八旗汗王

以翔实的史料，全面解读真实的努尔哈赤

天锡智勇，神武绝伦，横扫白山黑水

努尔哈赤

玮珏◎编著

线装书局

图书在版编目(CIP)数据

八旗汗王——努尔哈赤 / 玮珏编著. — 北京 : 线装书局, 2013.12

ISBN 978-7-5120-1143-4

Ⅰ. ①八… Ⅱ. ①玮… Ⅲ. ①长篇小说-中国-当代 Ⅳ. ①I247.5

中国版本图书馆 CIP 数据核字(2013)第 284523 号

八旗汗王——努尔哈赤

编　　著：玮　珏
责任编辑：杜　语　孙嘉镇
排　　版：腾飞文化
出版发行：线装书局
　　地　址：北京市西城区鼓楼西大街 41 号(100009)
　　电　话：010-64045283　64041012
　　网　址：www.xzhbc.com
经　　销：新华书店
印　　刷：北京龙跃印务有限公司
开　　本：787mm×1092mm　1/10
印　　张：48
字　　数：600 千字
版　　次：2014 年 1 月第 1 版　2014 年 1 月第 1 次印刷
印　　数：10000

定　　价：48.00 元

目录

Mu lu

第一章　体魄健硕　年少大志 / 1

第二章　浴血沙场　兄弟同心 / 70

第三章　养精蓄锐　放眼大局 / 172

第四章　建兵制　创女真八旗 / 209

第五章　战大明　祭坛盟誓 / 254

第六章　浴血萨尔浒 / 299

第七章　捷报频传　八旗军显神威 / 344

第八章　战辽阳　八旗军一路高歌 / 391

第九章　一代女真英雄　饮憾归西 / 441

第一章 体魄健硕 年少大志

一

大明万历五年(1577)四月中旬,辽东重镇辽阳。

几天蕙风和煦,又几天雨雪交加,经过多次交替较量,春天终于在这里站住了脚。像往年一样,清明过后,关外的气温上升得非常快,这时已经和北京差不多了。向阳的山坡漫上了一层草芽,像铺上了各种形状、深浅不同的绿毯;山沟里的白杨林,表面上似乎不动声色,可是它那细细的枝条、密密麻麻的新蕾已经鼓胀汁水;山间的密如蛛网的大小河沟开冻了,黝黑的水流在冰屑间欢笑着奔腾而去。它们就像人体的血管、筋络,正在把富于营养的血液送到白山黑水的各个角落……

辽东大地开始苏醒了!

最先感受到这一点的是那些小小的动物,鸟儿和兽儿。每天,晓光初露,成千上万的鸟儿就在山林里喧嚣起来,它们细小的毛屑在空中飞腾着,形成一种特殊的灰蒙蒙的雾,那是它们的冬衣,它们已经迫不及待地要换新装了。獾、兔、獐、鹿……都走出它们躲了一个漫长冬天的老窝,在山坡上漫步;老熊也拖了一身懒骨头在山林间逡巡,它那空空的肚皮垂荡着,划过草地,哼哼着找东西吃。

它们有件比觅食更重要的事,就是急切地找一个异性,干那件与生俱来的大事。于是向阳的山坡上,阴暗的树影下,凹陷的山坳里,潺潺的流水边,它们成对成双地搂抱着、追逐着,欢乐地叫嚣着,唯恐别人不知道似的。即使处事严谨的人类也似乎受了它们的感染,开始春心荡漾了……

辽阳城西,靠近郊野有一个花园,占地足有三四十亩。从低矮的、曲曲折折的花墙望进去,是一圈高大的、密密的、笔直的松杉,再往里可以看到一个个形状各异的花圃和花坛,一条条蜿蜒的小径和一座座亭台楼阁。这时候,花园里到处是苍翠欲滴,但花色还不多。只有一片片的迎春花绽放出耀眼的金黄……

从这儿路过的人都知道这是大明辽东经略、大将军李成梁的府第。紧接着东面就是一道高高的石基砖墙，过了一个红漆大门，就是李将军的内宅了。

李成梁，铁岭卫（今辽宁铁岭）人，字汝契，是万历时的名将。他家世代为铁岭卫指挥佥事，他本人因为家贫，没钱贿赂当权者，一直到四十岁才得袭职。后以都督佥事为辽东总兵。那时，明朝在北方的主要敌人是鞑靼。李成梁是个很有能力且勤于军务的将军，他到辽阳后，大力整修军备、修筑堡寨，和蒙古人打了几仗后，便威镇辽东。几年后，累官至辽东总兵，此时，他已在任二十年了。朝廷给他的任务是：不仅要他继续对付蒙古人，还要调制、监视女真人各部落之间的关系，必要时就代表朝廷坚决地镇压他们。

他经验丰富，得心应手，使大明的东北边陲多年没有生事。为了表彰他的功绩，朝廷封他为"宁远伯"，这可是封疆武将难以得到的爵位。

这年，李成梁也61岁了。他的几个儿子，都被他安插在军队里，有的做到了参将，有的已是镇守一方的总兵了！

朝廷里的朋友曾经劝他托人在京城里谋个位居权要的职位，可是他却一直守在辽阳。李成梁明白：在那人浮于事的京师，明月党纠结、相互倾轧，他是没有好日子过的。不如独处一隅，出则将士千万，退则妻妾成群，做个自由自在的"辽东王"！

时至正午，风和日丽，正是这季节一天中最好的时候。从花园的小径上走来一个女人。她很年轻，简直是个女孩子，走起路来就像小麻雀一样跳着、蹦着。她望望南边的山峰，那上面的树林仍然黑苍苍的，可是，天是湛蓝的，云是洁白的，阳光在那里闪耀，就像她的心情一样。她不顾春寒料峭，已经换上了春衣，让春风翻弄着她的裙裾。

小径的尽头是花园的一个最偏僻的角落，那里有两间用砖木垒起的平房。

小女子走到那里，站住，向周围打量了几眼，警觉得就像是一只小兔。当她断定周围只有鸟儿的喧嚷和风弄树叶的声音后，就悄悄地走到窗前。

她凑在纸窗上的小孔向屋里瞧着。

那小孔是她许久以前用舌尖舔破的。

房里一无声息，但床上躺着一个人。那人光着臂膀，露出黝黑粗壮、疙里疙瘩的肌肉，他蜷着腿，右腿搁在另一条腿的膝盖上，微微地晃动着。啊，他的脚掌那么大呀！

他捧着一本厚厚的书在读，那书几乎把他的脸全遮没了。她知道那是他读过不知多少遍的《三国演义》。

他说过，他不喜欢读书的时候被人打扰，可是，她可不愿遵守他的这个规矩。

"哈赤！哈赤……"她把手拢在嘴上压低声音喊。

那人名叫努尔哈赤，她嫌字数多而且有点拗口，就只叫后面两个字。

努尔哈赤在放下书的同时，倏地从床上跳了起来。那敏捷的反应，只有受惊的山豹才可以做到。

"谁?"

"是我,柳云……"

"还不快快进来,在外面叫什么?"

柳云像只猫儿似的溜进屋里去。

"我怕你厌恶我这时候来缠你……"柳云解释说。

"……李将军睡了吗?"

"刚睡熟,一个时辰后才能醒来……"

"你看准了没有惊动别人?"

"看准了,连狗儿、猫儿也没有惊动。那老东西睡得死死的,他对我说,等他睡着后也去睡一觉——他不愿意有人看到他那丑陋的睡相。"

她称李成梁将军是老东西。这一点,努尔哈赤始终不同意。他虽然"偷"了他的小妾,但他还是有点尊敬老将军的。

"我不是说过……白天见面是很危险的吗?"努尔哈赤皱起他那粗硬的眉毛。

"可是人家想你!"

"柳云,你早晚要弄出事来的!"

"什么事呀?不就是被那老东西发觉吗?"柳云蹭到努尔哈赤床前,扑到他的怀里。"什么也别担心了,最多也不过是'死',死就死好了,咱们像模像样地好过,那就没有白活!"

"你呀,总是这样……"

"哈赤,快来呀!人家好不容易来一次!"

柳云在努尔哈赤的怀里转着、蹭着,她那小手到处摸着,努尔哈赤的眼睛眯小了,搂着柳云的胳膊缩紧了。直到他喘着粗气把她浑身扒净。她觉得自己似乎落到了一只山豹的怀抱里,被他勒得每根骨头都嘎嘣嘣地响,连气也喘不得了,可是,最大的愉快也到来了。她觉得自己化作了云彩,悠悠荡荡飘游在天空中……

直到她有知觉、能够说话的时候,就紧紧地依偎在她的努尔哈赤怀里。

"哈赤,你怎么这样硬,浑身每一块肉都硬得跟铁似的!"

"我打仗、干活练出来的。——怎么,这样不好吗?"

"好,好。我喜欢你这样的男人!不像那老鬼……"

"柳云,我说过的,咱们在一起的时候,不要提李将军!"

"你还是觉得他对你有恩,那么,你还带我走吗?"

"那就是另一回事了!"努尔哈赤说,"柳云,你该回去了,别招惹出事来!"

"每次事过之后,你都赶我走……"

"柳云,再等些时日吧,"努尔哈赤说,抚摸着柳云的细腰,他怀疑,她这么柔弱的身子,怎经得住他的揉搓呢?"到时候,我会带你回建州去的。"

“快点吧，哈赤，我等不得了！”

“好的，柳云。”努尔哈赤先坐了起来，把柳云的衣服拢过来，开始帮她穿，差点儿把她窄小的内衣撕碎。

“我自己来吧，笨汉子！”柳云只好起身。

当努尔哈赤也要穿衣时，柳云却不让他了。

“等等，哈赤，我要好好地看看你，我还没有好好地看看你呢！”

说着，她又把努尔哈赤推倒，把努尔哈赤仔细打量着，就像是读一本心爱的书。

“柳云，我有什么看的，粗手大脚的！”努尔哈赤被她看得有点羞臊，挣扎着要起身，可是柳云又按住他。

柳云的眼睛里放射着一种奇异的光，就像贪婪的人看到什么渴求的财宝似的。她一边细细地看，一边嘟哝着：“啊，这才是真正的男儿呢……真好……真美……叫人看也看不够……”

最后，她看到努尔哈赤那两只硕大的脚丫子了。

“柳云，别看了，我整天练功、干活，两只脚怪臭的！”

“好男人的脚才臭呢！老爷的脚不臭，可是，两只脚干瘪得像鸡爪似的！”

忽然，她看到在两只大脚的脚心里都有七颗小小的但很明显的红痣，那样子就像天空中的北斗星。

她惊异极了：“哈赤，你的脚心里怎么各有七颗红痣呢？”

“谁知道呢！”努尔哈赤不以为意地说，接着，他拢过自己的衣服，一边说一边穿，“天生带来的吧——我阿玛脊背上有一片红痣，传到我，就长到脚心去了！”

“哈赤，也许有什么说法呢！”

“没有。”努尔哈赤说，“小时候，我额娘曾抱着我见过许多巫婆、神汉，有的说那是灾异，有的说那是福星……不管它了！”

“哈赤，”柳云眼看着努尔哈赤那身腌臜的衣服把他那光亮、黝黑的胴体遮挡起来，有点惋惜。“有个术士常常来老爷家，我留心给你问问？”

“柳云，我跟你说过几次了？绝不要多管我的事！”努尔哈赤往外推着柳云，“你走，你快走吧！也许老爷已经醒了正在找你呢！”

“我这就走……”她走了几步，又转回身来，可怜巴巴地求他道：“哈赤，抱抱我，再抱抱我……”

努尔哈赤踌躇了一会儿，也许是为了让她快些走吧，向她张开了两臂……

努尔哈赤是女真人。

东北长白山、黑龙江一带的广阔地域，是努尔哈赤先世活动的气势磅礴的舞台。

那时，女真部族发展起来了。大体说来，有三大集团：建州女真、海西女真和野人女真。其中又有几十个部落，各自为政，时时地相互攻杀。

努尔哈赤的直系祖先，最早的记载是他的六世祖猛哥帖木尔。

努尔哈赤的这位老老爷爷，据说曾做过元朝末年的万户。万户的官职是世袭的，猛哥帖木尔统领着自己的女真军和别的女真万户一起为元朝把守着北方的大门。换了明朝以后，猛哥帖木尔仍居旧职，但他为躲避明朝和被驱逐的蒙古人的战争，率领部族迁移到图们江下游的斡木河一带更适合游牧和耕种的地方。

明成祖朱棣在得到皇位后整顿边事，派千户王教化等持他的手谕到斡木河去招抚猛哥帖木尔，并表彰他“能够恭听朕命，归心朝廷，朕甚嘉之。”

猛哥帖木尔当然也不会放过这一大好的巴结朝廷的机会，跟随王教化进了当时的京城南京入朝。明成祖“授猛哥帖木尔建州卫都指挥使，赐印信、官袍、金带，赐其妻濮卓、衣服、金银和绮帛。”这样一来，猛哥帖木尔又成了大明的正式官员。所以说努尔哈赤也是簪缨世族出身了！

永乐十年，猛哥帖木尔再次来朝（这一次是到迁都后的北京），明朝增设建州左卫，敕封他为建州左卫指挥使。从此，他和明廷的关系更加密切了。永乐二十年，猛哥帖木尔还参加了明成祖反击鞑靼军的亲征，并立有战功。接连被封为都督佥事、右都督佥事，成为明朝镇守辽东一带的骁将。

猛哥帖木尔对明朝的耿耿忠心，对包括努尔哈赤在内的后裔们，有着深刻的影响。努尔哈赤的五世祖是董山（也译作童仓），是猛哥帖木尔的次子。在父亲被“野人”杀害后，他和他的叔父争袭建州卫的官职。明廷为了平息争端，设置了建州右卫。这样，建州女真就有三卫了。他们共处一地，互相联姻，后来成为满洲民族的主体部分。

董山的势力发展很快，大有统一建州三卫之势。在明朝看来，这是使不得的。因为明朝对东北女真的政策是：“分其枝，离其势，互令争长仇杀，以贻中国之安。”也就是说，利用他们的矛盾，挑拨离间，好对他们进行统治，以保持中原王朝边境的平安。明廷的这一手，女真的上层贵族当然看得清楚，董山起而反抗了。他借口反对明朝政府的压迫，不时地出兵辽东地区“犯抢”，掠夺耕牛、马匹、财物和人口，给辽东人民带来很大的灾难。这是猛哥帖木尔之后，建州女真头一次和中原明朝发生的冲突。

明廷是绝不会让建州女真发展为自己的强敌的。成化三年，明廷借故将董山杀死，又令大臣李秉、赵辅统兵分路并进，血洗了烟突山下的董山屯寨。声言要“捣其巢穴，绝其种类。”这次用兵，共斩、擒建州三卫一万多人，使他们“焚荡殆尽，部落残破”。给建州女真造成几十年平复不了的创伤。

董山被诛后，明廷叫他儿子妥罗执掌建州左卫。弘治中又晋升其为一品大都督。他曾五次进京朝觐。从这事上看，明廷也够蠢的，杀了人家的父亲，又让儿子袭了父亲的职，人家能不记仇吗？可是，这也是那时的常理：董山被诛，是他自己有罪，让他的儿子袭职是天朝的恩典，他一家只能感恩戴德。再说，董山一家在建州仍有很大的势力，也只有他们才可出头收拾残局。

妥罗是个㞞包，软弱无能，直到他死也没能把建州恢复到父亲时的兴盛，只有给明廷朝觐纳贡的本领。明廷当然最喜欢这样的代理人了。

努尔哈赤的高祖叫锡宝齐篇古。他是董山的三子，是妥罗的弟弟。他一辈子没做出什么像样的事来，大概和他的乃兄一样的无能吧？

他留下了一个儿子，叫福满。这使他在大清的历史上堂皇地记了一笔。因为，福满是努尔哈赤的曾祖，后来，清朝尊他为兴祖直皇帝。

福满有六个儿子。长德世库，次刘阐，三索长阿，四觉昌安，五包朗阿，六宝实，称为六贝勒。四贝勒觉昌安，是努尔哈赤的祖父。他们六人环卫而居，最远的也不过二十里。董山之后，干出点名堂来的，要算这个觉昌安了。历史上说他“英勇善战、素多才智”，后来被清朝尊为景祖翼皇帝。他袭了位后，把都督府设在赫图阿拉(今辽宁新宾县境)。他率领兄弟子侄打败了相临的强悍寨主硕色纳、加虎等，收服了五岭以东、苏克素浒河以西二百里内的诸部落，势力日渐强盛起来。

觉昌安接受他的祖爷董山的教训，明白要想扬名立万、扩大版图，那非得和大明搞好关系不可。于是他千方百计地和明朝的总兵李成梁相勾结，得到了他的默许。

觉昌安有五个儿子。长礼敦，次额尔兖，三界堪，四塔克世，五塔察篇古。塔克世也是“一世才俊”，很被父亲看重。他帮着觉昌安干了许多大事，被认定为觉昌安的接班人。最要紧的他便是努尔哈赤的父亲，后来被清朝尊为显祖宣皇帝。

努尔哈赤的先世，从猛哥帖木尔到塔克世，历六代，历时二百年，由斡朵里经斡木河到凤州，再由凤州经斡木河到达苏克素浒河谷，几经周折、数荣数衰，最后定居在赫图阿拉附近。他们在建州三部中“居中雄长，地最要害”，俨然成为一个独立王国。

明嘉靖三十八(1559)年，努尔哈赤就降生在这个有点显赫的家族中，可是他的少年时代是很不幸的。他十岁时便死了亲娘，就像民间故事中常说到的那样，后娘待他很不好。逼他干苦活、累活，却吃不饱、穿不暖。父亲宠爱他的新妻子，很听她的话，也认为努尔哈赤是个懒惰、倨傲、不尊敬父母的孩子，对努尔哈赤总是训斥和打骂。在逆境长大的他，养成了沉默寡言、忍气吞声的习惯，他从不分辩，从不诉苦，从不乞求怜悯。但他身体里却是满腔烈火，在熔炼着他的理想和意志。

不分严寒酷暑，他腰里别一把柴刀，背一个荆条编的筐篓，天不亮就上山去，直到天黑才回家。那无边无际的山林是他的自由世界。他在那里砍柴、打草、挖参、收集山果。山野中也有许多高人，他们教这个浑身乌黑的“野孩子”认识这个世界，还教他射箭、练武等许多本领，那也是他的课堂。

稍微大一点，他就跟着伯伯叔叔们到汉族的城镇去赶集市了。他去的最多的是抚顺。在那里，他把自己辛苦得来的人参、山果、毛皮和乌拉草换成钱，养活自己和比他小六岁的同母弟弟舒尔哈齐。每次到抚顺去，总要在那里盘桓几天。他绝不跟大人们到那些灯红酒绿的地方，去吃去喝去玩，他有自己感兴趣的所在。那些说书唱戏的摊子和窝棚对他有着巨大的吸引力。在那里,那些戏子和说书人以最通俗、最生动的方式向他宣讲着悠久而又极为深厚的汉族文化和历史。朝代的兴衰更迭、宫廷的明争暗斗、英雄的慷慨悲歌、百姓的欢乐辛酸……都使他感奋和激动。他的心哪,就像是块干涸的土地,对汉族的文化雨露总是吮吸不够……

再能忍受的人,他的承受能力也有个限度。一天,他从抚顺的集市回家,听到弟弟舒尔哈齐正在哇哇地哭叫,他们的继母也在狼似的吵嚷。他冲进正房里一看,见舒尔哈齐光着臂膀跪在地上,继母正用皮鞭疯狂地抽打他。努尔哈赤急了,他夺下鞭子扔到院子里,拉了舒尔哈齐就走,到了他们的房里,才问明白了事情的原委。

原来,事情十分简单:饿极了的舒尔哈齐偷吃了一点继母煮的马料……

努尔哈赤气得浑身打战,顾不得给舒尔哈齐疗伤,就拉了他到爷爷那里去告状。

在说明了情由之后,努尔哈赤哭诉道:“爷爷,您要是不管我们,我们就无路可走……”

觉昌安这时年纪大了,已经把部落里的事情交给了儿子塔克世,儿子的家事他就更不好管了。他一边叹着气,一边拿出上好的金创药,和了香油给舒尔哈齐敷在伤口上。

正在这时,父亲塔克世追到爷爷这儿来了。他仰着脖子、红头涨脸地大骂两个儿子不孝,一定要他们回家去给继母赔罪。

爷爷站出来说话了:“塔克世呀,你指挥了千军万马,怎么被一个婆娘弄得昏头涨脑了呢?好吧,我到你家去,替两个孩子向你那满脸横肉的婆娘赔罪去!”说着,抓了帽子就要往外走。

“阿玛,这哪儿成!”塔克世赶忙挡住觉昌安,把他按在火炕上,“不过,阿玛,你老要是看着这两个孩子好,你就收留他们吧,这样,我家里才能安静些!”说着急急地跑了。

“孩子,到你们外祖父家去吧!”爷爷说,“你们只要在赫图阿拉,我就没理由老是把你们留在这里。去吧,我会去看你们的!”

第二天,十五岁的努尔哈赤和九岁的舒尔哈齐去投奔外祖父了。

他们的外祖父名叫王杲,也是建州女真的一个著名首领。谈起他的出身,好像就不那么光彩了。他的父亲多贝勒靠着把持水渡勒索客商发家,钱多了,就养了一支军队,成为地方上的一霸。明朝边将把他视为心腹之患,就示意哈达部首领王台设计将其害死。多贝勒死后,他的子女也随之云散。唯有一个叫阿突罕的存留了下来,他改名叫王杲。因为生得眉清目秀、聪明伶俐,被明朝的一个台御史所收养。几年后,他勾搭上了那位台御史的小妾,逃回了老家。他思来想去,觉得还是干父亲的老本行发达得快。于是,他召集父亲的旧部,仍然占据古勒山到玛尔墩一带地方,抢夺敕书,拦截客商,把持贡市。几年后,就很有些势力了,他便自封为都督。

十多年前,他看到建州爱新觉罗家渐成气候,把自己的大女儿嫁给了觉昌安的四儿子塔克世为妻。努尔哈赤常到外祖父家里来,他虽对外祖父的土匪习气有些厌恶,但对外祖父的那种冒险、进取精神深深钦佩。

努尔哈赤和弟弟舒尔哈齐来了，少不了对外祖父哭哭啼啼。

“哭什么?”外祖父喝道，“努尔哈赤，你也十多岁了，为什么不带领着弟弟干出个样儿来给你们的父亲和那个后娘看看呢?”外祖父的呵斥正合了努尔哈赤的脾气，他用袖子把眼睛一抹，就一滴眼泪也不掉了。

“你们的父亲，那个塔克世，我早晚要好好地教训他一番，叫他知道我王杲不是好惹的！——至于你们，既然投奔我来了，我就收留你们。以后要是有出息，就跟着我干，要是没有出息，那也不要紧，外祖父总有一碗饭给你们吃！”

努尔哈赤兄弟只在外祖父这儿待了一年多的时间，灾祸和转机就同时来了。

王杲在这里兴风作浪、独霸一方，经常勾结蒙古土蛮入边抢劫，还先后杀了辽阳副总兵黑春等几个大明的戍边官员，气焰十分嚣张。后来，他竟窜到抚顺，诱杀了备御裴承祖。明廷十分恼怒，要收拾这伙匪众了。正巧，李成梁第二次被朝廷派到了辽阳任总兵，他正想找个机会向朝廷表示，辽东只有他才能镇得住，只有他才能使东北边境安静无事。

消灭王杲就是个绝好的机会。

他还是用他过去的策略，对女真人采取分化瓦解的办法。等王杲彻底孤立后，他便带领大军直扑王杲的老巢古勒山营寨。王杲拼死抵抗，发矢如雨。明军用火炮、火箭还击。这天风大，明军便顺风放起火来。王杲的营寨成了一个硕大的火团，不知有多少女真百姓葬身火海。王杲好歹冲出包围，落荒而逃。

努尔哈赤拉着弟弟舒尔哈齐的手，东冲西突，从火堆中跑了出来，满身是火，连脑后的小辫子也烧着了。

“哥，怎么办呀?”舒尔哈齐哭叫着。

努尔哈赤抱着舒尔哈齐打滚，想把火压熄，可是，他们滚成了个“土驴”，火焰仍在他们的棉衣上爬。没法儿，努尔哈赤拉着舒尔哈齐跳进了一条刚刚结冰的小河……

等他们从河里上来，看见的是面前林立的马腿。再往上看，是几十个衣着整齐的汉官，他们的一双双眼睛望着他们哥俩儿。

努尔哈赤的父祖很早就臣服于明朝，在他们很小的时候，就给他们讲些“上国天朝”的故事。说他们是如何地讲求仁义、敦睦邦邻。这时，努尔哈赤怀着希望拉着弟弟跪在最中间的一位官员面前。

“唔，这不是两个孩子吗?”

“老爷，放我们出寨吧!”努尔哈赤可怜巴巴地叫道。

“说一说，你们是谁家的孩子?”李成梁威严地问他们。

努尔哈赤想：他们的祖父觉昌安、父亲塔克世都是受过大明朝册封的戍边官员，他们因为忠顺曾屡屡受到朝廷的嘉奖，便哭着报了自己的家世。

李成梁的脑瓜转了一下，他想：对女真人征抚相兼、分化瓦解是朝廷的既定政策，拉住塔克世一家还是很有用处的。于是，他说：“你们虽是王杲的外甥，但和王杲的家人不是一回事儿。再说,你们的父祖对朝廷一直忠顺,我怎能为难你们呢! ——来人哪!”

李成梁喊了一声,立刻,有两个穿号衣的兵丁,跑到李成梁面前躬下身子。

“把这两个孩子领到后面去,让他们烤烤火,找几件干净、暖和的衣服给他们换上!”

“是!”两个兵丁答应一声,便拉着努尔哈赤哥俩儿走了。

几天后,李成梁收兵回到辽阳,把努尔哈赤哥俩儿也带到了那里。让他们做了他的“小侍卫”。他看两个孩子聪慧伶俐,很是喜欢。特别是努尔哈赤,年龄大些了,更是合他的心意。他虽是女真人,但他会说汉话,会写简单的汉文,还懂得汉族的一些礼仪。这对他和女真人的沟通很有帮助,就更觉得有用处了。

过了些日子,塔克世知道了“李大帅”剿灭王杲的消息和他的两个儿子被大帅“救”到辽阳,特备了一份丰厚的礼物,赶到辽阳来。

他来见李大帅有两个目的:一是为了和那个岳父划清界限,另外,为孩子向大帅表示谢忱。总之,是为了对明朝边官李成梁的进一步拉拢。临走,李成梁让他把年龄太小的舒尔哈齐带走,留下了十七岁的努尔哈赤。

那时正是多事之秋,特别是东蒙古诸部落不时地入边抢掠,作为戍边大将的李成梁必然要东征西讨。每逢出征,他总是把努尔哈赤带在身边。他有很多亲兵,其中有许多人对他忠心耿耿,而努尔哈赤却是个陌生的女真少年。李成梁到底喜欢他哪里呢?也许是他那张浓眉大眼的脸,也许是他那默默无声的性格?抑或是他一行一动中透露的勤勉忠诚呢?

后来的一件事证实了李成梁的眼力。

一次,蒙古土蛮部进犯长勇堡,李成梁率兵前去迎击,战事激烈,他把身边的预备队都发出去了,没想到一小股蒙古人从他身后的山坳里冒了出来。李成梁有点着慌,因为他面前只有包括努尔哈赤在内的几个护卫,这时,努尔哈赤却表现出了李成梁意想不到的神勇。

他一手举刀,一手拿盾挡在了李成梁前面,和蒙古人展开了肉搏。他的行动鼓励了别的护卫,他们也以努尔哈赤为榜样,在李成梁前面组成了一道不可摧毁的人墙。就这样,他们一连打退了敌人几次冲锋,等李成梁的部队回救,努尔哈赤和他的伙伴们已是个个鲜血淋漓了……

从那以后,李成梁更加信任努尔哈赤了。

使努尔哈赤不能忘怀的是他跟随李成梁的京都之行。万历六年,李成梁进京述职,他问努尔哈赤:“愿不愿意跟我到京都去?”

努尔哈赤没有说话,但他的眼睛亮了。

“努尔哈赤,我看得出你是个有出息的小伙子。将来,你也许能够袭了你父亲的职,可是到死你也出不了你们女真人那个窝巢。你要想跟我干大事业,那就得读汉书、见大世面!在当今天下,论人文荟萃、论繁华鼎盛,那是没有胜过京都的了!”

那是努尔哈赤头一次进京,他被北京的盛景惊呆了!

李将军到宫中觐见皇上,或去拜访朋友,他就在北京里蹀躞着。他围绕着紫禁城转了

荫下练武，休息时在这里编织自己的梦。

一个闷热的晌午，他在花园里干的时候多了些，想赶在大雨到来之前，把花园里的杂草锄干净。头顶的太阳炙烤着他，使他有点燥热。他把那件薄薄的汗褡子脱下来扔在树杈上，露出肩背上疙里疙瘩的肌肉和珍珠般的汗珠。

忽然，一只圆圆的苇笠扣在他的头上，立时，他的上半身就笼在一片小小的阴凉里。

这是谁呀？

努尔哈赤回头看了一下，惊出一身冷汗。

她是李将军刚刚过门的小妾——柳云！

努尔哈赤想说一声谢谢，但他没有说出口。

在四下无人，寂静无声的偌大的园子里，他们站在一起，就是难以说清的嫌疑，何况她还给他戴上了一顶苇笠！

努尔哈赤想逃，逃回到他的小屋去……可是逃就逃得了吗？

他想说几句郑重规劝的话，甚至把她送到将军那儿去，以洗刷自己，但那样就可证明自己无辜吗？

他愣愣地一动不动，就像变成了一尊石像。

柳云也在望着他，那样子就像是一位艺术家在欣赏一件难得的艺术品，那样地痴情，那样地贪婪，那样地忘乎所以！

虽然是不自觉的，努尔哈赤也在痴望着她。

李成梁有七八个夫人，除头几个已经或臃肿不堪，或干瘪枯瘦外，其他的几个都有几分姿色。努尔哈赤在将军府上都经常看到的，但他似视而不见，她们的姿容一丝一毫也牵动不了他的心。

一日，他正在伺候将军吃茶，忽然听到内间的门帘一闪，响起了女人的裙裾声，接着是一阵扑鼻的清香，他知道一个女人走来了。

按规矩，他是应该回避的，他刚要向将军告退，将军却用眼神止住他，笑吟吟地对他说："努尔哈赤，这是我的小九，刚过门的……"

将军那语气就像是向人炫耀一件刚刚得到的宝贝。

"拜见九夫人！"

九夫人望着将军，意思好像是在等待将军介绍面前的男子。

"啊，他叫努尔哈赤，是女真一位都指挥的儿子。"李成梁说，眼睛里含着笑意。"他跟我好几年了，有一次，他还救过我哪，现在他是我的爱将！"

"见过……哈赤将军。"九夫人眼睛望着努尔哈赤，膝盖稍微弯了弯，算是行了礼。她像许多汉人一样，叫不好女真人的名字，头一次见面就省去了前面的两个字音。

本来这样简短的见面礼就算完事的。可是九夫人仍在望着他，而努尔哈赤呢，心儿就像被什么戳了一下，差点儿使他失态，他连忙向将军行了礼，退了出去。直到回到他的小屋里，他还在想着那位九夫人。

“真是个没有见过世面的猪猡！”他骂了自己一句，就跑到屋外去练功。

他想用这办法把眼前的影像“冲洗”掉，好使自己轻松起来。

等他练得浑身汗水回到房里后，那九夫人的模样仍在眼前晃动。

是的，那个九夫人的确是个惹人爱怜的女人。她几乎还是个孩子，生得身形袅娜，面容俊美。不，不！只这样说还不行，漂亮的女人，努尔哈赤见过许多，可是，哪个也没让他这样动心过。应该说，她有一种令人说不出的魅力，在举手投足之间，在一顾一盼之瞬，就把人征服了！

努尔哈赤有一种预感，觉得这个女人将要葬送他在将军这里的前程，就小心谨慎起来。并发下誓言，除非将军传唤，绝不到内宅去了！

可是他的誓言是无用的。一是将军两天见不着努尔哈赤，就派人来叫，二是那个九夫人常常问起他：“老爷，怎么没见那位小将军呀？”

李成梁绝不会怀疑他的爱妾会和一个蛮族人有什么。在这些汉官看来，那些女真亲兵、裨将，不过是些经过训练后，忠于主人的战马、走狗之类，汉族女人是不可能和他们有什么感情的。

努尔哈赤只好回到李成梁的内宅去。

只要他们同在一处，那看不见的情感的千丝万缕便接通了。在这里，努尔哈赤了解了九夫人的简单身世。她叫柳云，原是京都一位御史大夫的丫头。后来，那位京官儿犯了事，下了大狱。家产充公，家属流放，他的仆妇人等大部云散。李成梁在京的朋友知道他有好色之癖，就给他物色了一个婢女送来。

谁知这个遭遇坎坷、命薄如纸的小丫头却有几分性格，她几次寻死觅活，不肯俯就面前这个手握大权的“辽东王”。可是，那个年过半百的老将军却被她迷住了。动员几个能说会道的婆子和几位已失去颜色的夫人再三说合，她才勉强答应。她的条件是：她只伺候老爷三年，三年后随她自去。

“好好，”李成梁说，“就只三年！三年后，我给你份丰厚的嫁妆送你走！”他想，过上三年，你这野马不驯顺了才怪哩，那时，赶你走，怕是你也不会走的！

知道了这一切后，努尔哈赤对她就不只是爱怜了，其中还有几分钦佩。

她对他的真实情意，努尔哈赤是这样知道的：一次，北京来客给将军带来了黄山新茶，将军要努尔哈赤给他冲了一壶。等茶“熟”了后，努尔哈赤只给将军倒了一杯。九夫人在一旁坐着，努尔哈赤只向那边望了一眼，没敢给她送茶。

“给九夫人也倒一杯呀！”将军吩咐道，朝九夫人笑笑，“你瞧，女真小伙子就是憨厚，直到现在，他还是只认我是他的主人！”

听了将军的话，努尔哈赤默默地给夫人捧过一杯茶去。按说，夫人对下人的敬茶是不必接的，随他放在桌上就行。可是九夫人竟两手接过，这样，他们的手就不可避免地接触了。使努尔哈赤心惊肉跳的是九夫人在这间不容发的一霎时,用她的小指在努尔哈赤的右手心里挖了一下……

回到下面的座位,努尔哈赤觉得浑身像火烧般地发热,他想大概脸上也变了颜色。他偷眼望望将军,将军仍然和颜悦色,才放下心来。

"努尔哈赤,你也来一杯吧!"将军说。

现在,那个女人又站在他的面前了,而且是这样地近,连她的轻轻的呼吸也听得到。他该怎么办呢?他总得说点什么吧。

就在这时,柳云说话了:"哈赤,别怕……那老东西正在和几位将军谈着什么呢,他顾不得咱们。"

那时,互相爱慕的男女间没有时间花前月下地耳鬓厮磨,只要他们有机会在一起便犹如干柴烈火,把心里的话直率地倾诉出来。

"九夫人……"

"哈赤,叫我的名字!"

"……柳云,我知道你的心……"

"说要紧的,哈赤!你愿意带我走吗?"

"咱们到哪里去?"

"回你们的老家!"

"建州吗?那也是大明朝的地方。"努尔哈赤蹙着眉望了望藐远的蓝天,"只要李将军下个命令,我老爹还不乖乖地把咱们送到他手里!"

柳云默然地想了一会儿,她说:"那就别回建州去,我不信白山黑水间就没有咱们存身的一小块地方!"

柳云对他的感情,使努尔哈赤很为感动,她的建议也十分诱人。可是努尔哈赤不想带着这纤弱的女人到那荒野间颠沛流离。他从小受苦,深深知道那是怎么回事。

最后,还是努尔哈赤提出了自己可行的办法,那就是再等待两三年,到那时,李将军不践行诺言时,再和她一起逃跑!

这说明:努尔哈赤是多么重视在将军这儿的一份差使呀!

不想这却使柳云痛哭起来。她用两只小拳捶着努尔哈赤的胸膛激愤地说:"哈赤,哈赤!你真的爱我吗?你是个男子汉吗?你如果是个真正的男子汉,是真正地爱我,夜里想到自己的女人被那老东西搂在怀里……你还能忍受吗?嗯?嗯?你说呀!"

努尔哈赤看到柳云那不顾一切的样子,怕了。他无法向她解释,无法劝解她。更无法向她说明他们民族男女间的风俗习惯。女真人——特别是贵族——一生中会有许多许多的女人,并不像汉族人那样两情相悦时便生死相许,甚至以命相殉。当然,这不等于说他们并不重视男女间的爱情生活……

努尔哈赤害怕弄得不可收拾,便有意地回避着柳云,他仍然想念着她,感激她对自己的一片真情，但他不愿意为了这段感情，使自己丢掉这块立足之地。

但在柳云这方面却不愿这样了结。

这天晚上，李成梁的儿子李如柏从他驻守的西南边境到这里来看望父亲。饭后，正在书房里密谈，努尔哈赤知道这天晚上是不会有什么事了，就离开内宅回自己的小屋去。

进屋后，他转身把门关好，忽然觉得屋子里有一种陌生的异香。就预感到有什么事情要发生，心咚咚地跳着。

他甩亮了火捻儿，把灯点上。他看到柳云正躺在他的被窝里，睡得正香。那憨憨的睡态，就像一个无忧无虑的女孩儿。

他的第一个念头，就是把她叫起来，令她穿好衣服，把她赶走。

可是，他又觉得这是命运，无法拒绝的命运。

再者，他平生中，这是头一次这样近地挨着一个女人，一种与生俱来的本能使他不能放弃“长生天”的赐予。

他吹熄了灯，三把两把将衣服从身上扒掉，扔在地上，钻进被窝里去。

一个又凉又硬的身体搂抱住她，柳云醒了。

“哈赤！”柳云欢叫了一声就像一只水蛭一样紧紧地贴到努尔哈赤身上。

“我叫你缠我，我叫你缠我！我要揉碎你，撕烂你！”努尔哈赤气喘吁吁地低声哼着。可是只一会儿，他就什么话也顾不得说了，享受着他平生尝到的最大的愉快……

“哈赤……哈赤……”柳云抖得像风中的树叶，“我要死了，哈赤……为你，我愿意死……哈赤，不要怜惜我……不要……”

那天晚上，他们没有睡觉。

鸡叫时，努尔哈赤推着柳云的脊背说：“你该走了吧？”

“我是该走了。”她说。

柳云在摸黑穿着衣服。黑影中，她那纤细的身材，使努尔哈赤十分怜惜。“柳云，柳云，我真为你担心。我是个粗人，你怎么受得了呢？”

“哈赤，你不是人，是一头十足的山豹，是只老虎！”

“要是我不小心把你弄死……”

“放心吧，不会的……我喜欢你这只老虎！”

“柳云，快点吧，李将军也许就要醒来了。”

柳云下到地上，又回身亲了努尔哈赤一口说：“要是我瞅着机会，我还会来的。你愿意吗，我的哈赤？”

“我当然愿意，可是不要弄出什么事儿来！”

男女间有了这种关系后，是很难割断的。只要有机会，他们就在这小屋里幽会。如果时间太短或者不方便，他们就在草窠里、藤蔓下……就像山里的野兽那样……

半年过去了。

入冬以后，西北边境的蒙古人又在蠢蠢欲动，发生了几起抢劫边民的事，李成梁不得不带领几千人马到大漠那边去镇压。

蒙古人当然不是明军的敌手，见官军来了，就赶紧避进沙漠。一进沙漠，他们就像掉进水里的鱼，很难找到他们了。李成梁不愿无功而返，他摧毁了几个蒙古部落，把成百的俘虏吊死在树上，让他们在风中摇荡，吸引着成群的乌鸦围着尸体哇哇叫。他这样做，不用说是为了“以儆效尤”。

他和部属在大漠边境忙了两个多月，直到小寒过后，才回到辽阳。

这时，最挂牵他们的是九夫人柳云。她盼望他们旗开得胜，盼望努尔哈赤能够安全地回到身边。

李成梁得了感冒，虽不发烧，却一到晚上就吭吭地咳，弄得柳云整晚整晚地陪着他。他们凯旋几天了，她还没有见到努尔哈赤。

这天吃晚饭时，柳云劝李成梁多喝了几杯酒，心想：酒力会让你早早上床的，等你在被窝里一打鼾，我就往园子里跑……

果然，饭后不久，李成梁就哈欠连连了。

“老爷，睡吧，你回家后还没有歇过来呢！”

“是呀，是呀，”李成梁说，抹一把眼角上的打哈欠打出来的泪水。“也许是老了的原因吧？年轻时可不是这样……那年，我率军去征讨蒙古……”

柳云知道他又要絮叨年轻时的丰功伟绩了，像他这样的老将军总是有不忘“当年勇”的毛病。柳云可不爱听，忙说：“将军，你那些事儿，我都背熟了……”

“真的吗？”

“有空儿我背给你听，不过，今天你得先睡觉。”柳云说，“我去端热水给你烫脚。”

一会儿，柳云把一盆热水放到将军面前，又给他脱去了鞋袜，把他那两只老得皱皱巴巴、长满鸡眼的脚按在水里……

“啊，啊……柳云，你要烫死我呀？”李成梁喊着，急着要把脚提起来，可是柳云使劲按着，心想：老不死的，要是我果真把你烫死，还倒好呢！口里却说：“老爷，你五十多岁了，怎么还像小孩子一样呀？烫脚就得热一点，要是水不热，怎么能够出火、解乏呀？”

那阵热一会儿就过去了，李成梁感到舒服，他笑嘻嘻地瞅着柳云。“柳云，这些日子想我了吗？”

“别没正经……”

“我问你呢？老爷问你话，你就得回答。”

“怎么会不想？”柳云可不想正面回答他。

“打哪里想呢？是打心里想吗？”

“你说打哪里呢，还能打腿肚子里？”

柳云红了脸，她红脸不是臊的而是气的。都是老头子了，还像小伙子似的和年轻女人调情，真让人作呕。

可是，李成梁的劲儿上来了，他歪着头盯着柳云的眼睛看，“柳云，昨天晚上怎么样？还行吧？年轻人也不过那样……”

这使柳云来气了，她说：“别不知羞，你折腾了半夜，弄得人家火烧火燎的……末了，你浑身汗水，就像水里捞出来的……”

“那是我劳累过度的原因，现在好多了，不信，今晚就再试试？”

“老老实实地睡你的觉吧，别糟蹋人了！”

“柳云，你说明白，是糟蹋谁呢？我，还是你？”

柳云没有回答将军，为了躲开这个话题，她指着李成梁脚心里的几颗黑痣说：“哟，老爷的脚心里也有几颗痣呀！”

“从小就有！”

“有讲究吗？”

“有，好几位相士为我端详过，他们说脚踩星斗，主大福大贵！”

“有准儿吗？”

“怎么没有？我这不是官居二品，为国镇守边关嘛，再过几年，封侯拜相是有把握的！”

“别扯了，老爷！”柳云脱口说，“人家哈赤两只脚底下各有七颗红痣，排列着像天上的七星北斗，那怎么说呢？”

“你说什么？哈赤？努尔哈赤？他的脚下各有七颗红痣？”

柳云知道自己说漏了嘴，要惹祸了。不过，她还没意识到事情的严重性。她不说话了，脑子飞转着，想法子把事情遮掩过去。

“说！柳云，你给我说！”李成梁严厉地望着她，那口气已经是在审问了，“努尔哈赤的脚下真的各有七颗红痣吗？”

“好像是……”

柳云想给老爷把脚擦干净，可是李成梁命令她不要动，当她挣扎着要起身时，他一脚把她踹到地上，“给我说清楚！他脚底下有七颗红痣，你怎么看得到的？”

柳云想：老家伙吃醋了。只要你心里有股酸劲儿，那就是说，你还舍不得我，我就不怕你！

她笑笑说：“老爷想到哪里去了？还怀疑我和那女真鞑子有什么私情不成？你也太叫人瞧不起了。老爷，你是堂堂的‘辽东王’呀！”

“不要乱讲，回答我的话！你是怎么看见努尔哈赤的脚下有红痣的？”

“事情是这样的……”柳云已经从惊慌中回过神来，她从容地说：“那一天，我从园中走过，干了一天活儿的哈赤正在水沟里冲刷着脚上的泥土，于是，我就看见了。这有什么呀！”

“你看得真切？”

“嗯。”柳云点点头。她想：你就是把努尔哈赤叫来，验明他脚底下果然有七颗红痣也没有什么呀！

“给我把脚擦干，穿上布袜、靴子……”

“老爷，都这会儿了，还有事儿吗？”

李成梁没有理她，兀自嘟囔着说：“怪不得京都为皇上望‘气’的人说：在辽东出现了帝气。半年不到就来了两道诏书，命令如果发现有什么异人，一定要尽数捉拿，送到京师……”

“老爷，脚下有红痣，也算是异人吗？”柳云觉得要大祸临头了！

“怎么不是！”李成梁跳到地上，“脚踩北斗下凡的人是平凡的人吗？我脚下仅有几个黑痣，就做到了大将军，那么，各有七颗红痣呢？”

他把瘫到地上的柳云踢到一边去，大声地叫喊中军。

一会儿，中军来到李成梁面前。李成梁吩咐他说：“点三十个卫士，把他们带到我面前来！”

“是！”中军回身走了。

李成梁在房里来回走了几趟，瞅了柳云一眼，说：“你的事情还没完，过会儿我再和你算账！”

他出去了。

直到这时，柳云才明白她最急需办的是什么事。她从地上爬起来冲了出去，层层叠叠的房屋的浓黑阴影遮蔽着她，她沿甬路出了内宅，向花园跑去。

下弦月刚刚爬上树梢，稀朗朗的星星像是撒在天空中的冰屑，使周围的空气分外寒冷。她向努尔哈赤的小屋跑去，她要在中军带领人马来捉拿她的哈赤之前，去叫醒他，催他赶紧逃走！

夜晚的花园使她有些陌生，几次摔倒在地，可是她像挣命似的爬起来仍旧往前跑去。努尔哈赤养着的那条大黑狗叫着，在夜里，它认不出跑来的人是谁？

“是我，老黑，是我……”柳云在心里默念着，像一块石头似的撞进了努尔哈赤的房门。

夜晚努尔哈赤是从不关门的，有老黑给他守夜。

努尔哈赤警觉地从床上坐起，顺便把总是放在枕边的腰刀抓在手里。

“柳云，是你？”

“是我。哈赤，快逃吧……”

“快逃？我为什么要逃？”

“李成梁派人来捉拿你了！”

在这种时候，往往谁也无法把事情说完全。可是当事者往往想问个明白。“我犯了什么罪？是为了咱们两个的事吗？”

“不，不，是为了你的脚心里长着七颗红痣！”

“脚底下有红痣，招惹谁了？”努尔哈赤仍然在床上坐着。

柳云急坏了，她扑上去从床上把他拖下来，把他的衣服揉成一团，塞在他的怀里。“你走，快走！要不，就晚了！”

努尔哈赤只好走出门去，可是他仍站在门口犹豫着。

就在这时，从花园那一边，忽地冒出几十支火把直向小屋扑来。

急促间，蹿房越脊已经来不及了，没法，努尔哈赤拉了柳云向一条草径跑去，隐藏在贴墙的一丛密密的蔷薇中。

他的老黑在疯狂地叫着。

火把包围了努尔哈赤的小房子。从那里传来杂沓的脚步声和喧嚷声。

“他逃跑了！”

“他的被窝还热热的，跑不远的。”

“是谁给他送信儿了，要不，他怎么会来得及逃跑呢？”

“他也许就藏在这花园里，赶快搜一搜！”

“先把那黑狗宰了，你听它叫得多让人心烦！”

老黑叫着跑了，它的叫声越来越远。

“跟着那狗寻找，它知道它的主人在哪里……”

周围清静了些。

“老黑把捉你的人马引开了，哈赤，你快逃吧！”柳云搂着努尔哈赤亲了一下就催他走。

“柳云，我仍然不明白，我脚下有几个痣子碍老爷什么事？”

“哈赤，听老爷说：朝廷来了敕令，说是辽东出了个新皇帝，他的脚下有七颗红痣，”也许是为了使努尔哈赤意识到事情的严重，她把李成梁的话变化了些。“皇上命令把这人捉住，解到京城去，不然，大明皇帝的江山就坐不稳了……”

“是这样，那么我就是那个新出的皇帝了？”

“大概是吧……”

“真是扯淡！——可是，李成梁怎会知道我脚下有红痣呢？”

“这都怨我，哈赤！”柳云哭起来，“我给那老东西洗脚时，看见他的脚底下有几颗黑痣，他就向我吹嘘起来，说什么这东西贵不可言，将来要封侯拜相的。我为了杀一杀那老东西的傲气，就脱口说出哈赤的脚下各有七颗痣子，还是红的呢！……”

“柳云，你害了我……”努尔哈赤虽然这样说，可是他搂紧了柳云，没头没脑地亲着。柳云嘤嘤地哭。

“走吧，哈赤，走吧……”

“好，我走。”努尔哈赤站起来，“可是你呢？你怎么办呢？”

“上天如果还给我条命，将来咱们还会见面的。上天若是要我死……我的魂儿也会去找你的！——无论怎样，别忘了我呀，哈赤！”

“就是我死了，研成末儿，我也不会忘记你！我的子孙也不会忘记你！”

努尔哈赤逃走了。

他能够到哪里去呢？想来想去，觉得仍然要回建州去，回赫图阿拉去。那里有他的亲人，有他的老乡，有他从小熟悉的山水……要是李成梁派兵去捉拿他，那里也会有人保护他，他也有地方可藏……

从辽阳到赫图阿拉有百多里路，中间有大片大片的平整的荒原。人走在荒原上，几里路外就能清楚地看见。

但，他仍不太相信柳云的话。李成梁会为他脚心里有几颗红痣捉拿他吗？皇上还为这件事下过两道敕令？

他觉得这是个荒唐的梦，做这梦的人会醒来的。

他也会从这噩梦中走出去。

天亮后，他进入了荒原。

忽然，他听到了狗叫。回头一看，见他的老黑追来了。他心里十分高兴。在这漫长的回乡路上，孤独的他是多么需要一个伙伴呀！

他站下了，等待老黑追上来。

他搂着老黑的脖子，亲着。“老黑，我忠心的伙伴。在将军的花园里你把捉我的人引开，救了我……”

黑狗呜呜地叫着，伸出通红的舌头舔着努尔哈赤的手脸。

忽然，努尔哈赤看到它的后胯上有两道伤口，深深的，渗着血水。努尔哈赤撕下了一块衣襟想为它包扎，可是狗跑开了，它一直向草原的深处跑去。

狗是对的。不久，追兵就来了。

努尔哈赤回头一看，见后面的地平线上有一条横着的晃动着的黑线，那是散兵线。努尔哈赤随从李成梁征伐蒙古时，就常常排成这样的散兵线追击。那散兵线跑得很快。一会儿，努尔哈赤就看清他们是骑着马，手中的刀枪在阳光下闪着耀眼的光。

努尔哈赤想：他们看到我了吗？要是看见了，他们会纵马驰骋，那样，我就插翅难逃了。可是，即使是现在还没有看到我，他们也终究会发现我的。在这大平原上，我就像秃子头上的跳蚤，很显眼的。

不远处绵亘着许多丘陵，在它们之间杂着一些树木。

黑狗跑到那儿去了，并且低声地吠着。意思是要它的主人跟它到那儿去。

努尔哈赤失望地想：那些散乱的小山包，那几棵树就能藏得了人吗？可是，那总比在光秃秃的平原上好呀！——努尔哈赤向那儿跑了。

他刚刚进入丘陵地带，追兵就逼近了，并且发现了努尔哈赤。他们的叫嚷声也传过来了。

“那就是他！”

“是他！终于追上这小子了！”

"快,别让他藏起来!"

"他藏不起来,在这种地方,不用说是人,就是一只兔子也藏不住!"

努尔哈赤知道无逃脱的希望了,可他还是往丘陵中跑。

跑进丘陵中后,他才明白敌人说得是对的。一个个小土包和周围齐膝的荒草是藏不住他这个八尺男儿的。现在,他只有祷告他死去的母亲,祷告他的"长生天"显灵保护他了。

他仍在跑,惊起一群群的乌鸦,"呀呀"地叫着在他周围盘旋。大概这是这儿唯一的生物了。

黑狗还在往前跑。努尔哈赤却不想再跑了,他不想再做徒劳的挣扎。

就在他前面矗立着一棵大树,有几人合抱那么粗。在十几年、几十年前一定是棵枝繁叶茂的树,可是它现在枯了、烂了,当中有个巨大的黑洞。

过去,如果有人给他说:在被追得穷途末路时,可找棵枯树躲藏起来,那他一定认为是荒唐可笑的,是小孩子的见识。但现在他却真的下意识地钻到树洞里去了。一想到他会被人从树洞里拖出来,他羞辱得浑身战栗……

树洞里竟很宽敞,可以让他这个壮硕的汉子从容地站着。

一群乌鸦飞来,落在了枯树上,大声地"呀呀"叫。随着它们的叫声,乌鸦也越聚越多,连上面的一小片蓝天也遮没了。

敌人来到了这片丘陵。

"那个努尔哈赤就在这里,细细地给我搜一搜!"是指挥官的声音。

"官爷,可是,他像钻到地里似的,不见影儿了!"

"胡说!他又不是蛇,怎会往地里钻?"

"我们也是这样想,可就是找不到!"

"你们骑在马上东瞅西瞧,怎么找得细密?下来,都给我从马上滚下来!"

"老爷,那里有棵枯树,那家伙是不是在那枯树里藏着?"

"只有傻瓜才那么想!你看满树都是乌鸦,如果树里藏着人,乌鸦会大群大群地落在上面吗?——给我揍那傻瓜几鞭子!"

响起笑声和噼啪的皮鞭声。

"老爷,您瞧,努尔哈赤的黑狗在不远处!"有人报告他们的官长。

"努尔哈赤一定在那里,快,快去追,上马!"

随着狗叫声,马蹄声、呼喝声渐渐远去了。

努尔哈赤惊出一身凉汗,他定定神,从枯树里钻出来。对着枯树和那群乌鸦倒头便拜:"枯树,你是树神;乌鸦,你们是神鸟。我努尔哈赤今天拾得一命,全是你们所赐!如果我侥幸逃得这一场灾难,将来一定回来祭拜你们,绝不敢忘记你们的恩情!"

他心里牵挂着他的老黑,又走入荒原。

老黑又一次为我将敌人引开,这一次,大概它要难逃一死了!——想到这里,他感动得泪眼婆娑。

但是,他的劫难并没有过去。

当他深入大草原内部,深信从外面再也看不到自己的时候,心情轻松起来。他跪下来再一次地祷告上苍,感谢"长生天"的活命之恩。

就在这时,他闻到顺风飘来一股燎烟气味,而且,这呛人的味道越来越浓。他站起来向北一看,只见一道火线已经形成,正在很快地向他逼来,用不了多久,大火就会来到他面前的。

放火者不用说就是李成梁的兵丁。

努尔哈赤感到绝望了,他知道自己立刻就要陷于火海。

但他不愿意就这样被烧死。坐着等死,不是爱新觉罗氏的性格。他撒开腿,拼命地和大火赛跑……

"汪!汪!……"随着几声狗叫,那黑狗又意外地来到他的面前。

努尔哈赤激动极了,他不顾火势向自己逼来,跪在地上,把自己的爱犬紧紧抱起来亲吻着。"老黑,你为什么不逃生?为什么还来找我?这一次,咱们可是无望了,你想和我一起死么?"

"汪汪!汪汪……"黑狗好像愤怒地斥责他,责备他的悲观绝望。

"老黑,难道还有什么办法吗?"

黑狗不再理他,掉头跑了开去。

"对了,老黑,你已经尽力了,你就逃生去吧!"……

这时,浓烟挟着烈火像一群凶猛的野兽向努尔哈赤扑了过来。他曾对自己说:草原上的火,就像夏天的骤雨,只是一阵,我要顶过去,顶过去!……

但他忽地感到难以忍受的窒息,接着,就昏倒了。

时近中午,他才醒了过来。

他庆幸自己又一次地逃过了劫难。抬头望望,发现自己躺在水泊里。

这里刚刚燃过了大火,哪来的水呢?

但他的确是泡在水里。衣服烧烂了,他只在肩背处有些烧伤。是谁又一次地救了自己呢,是上天吗?……

这时,他看见了他的黑狗。它就躺在离他不远的灰堆里,身上湿漉漉的。

"老黑,老黑!……"他喊着,疯狂地喊。

他忽然明白又是忠实的黑狗救了自己!他临昏迷前,黑狗离开了他,不是抛开他自己跑掉,而是去为他找水。它知道只有水才能救它的主人!

它终于找到了水。它是怎样把水弄到这儿来的呢?即使它把自己的毛皮全泡湿了,它又能弄来多少水呢?……

这时,努尔哈赤看到了在大火烧过的黑黢黢的草原中有一条窄窄的褐色的泥路,老黑就是一趟又一趟到河里把自己泡湿，然后又飞跑到主人的身边，把水淋在他的身上……就因为这一点点水，他努尔哈赤才没有被大火烧死！

“老黑！我的老黑！我的好兄弟！”

努尔哈赤哭着向黑狗爬去……他把黑狗抱在怀里，一声声地呼叫。

可是黑狗再也听不到了，它死了！

努尔哈赤号啕着，就像一只受伤的狼。

三

几个骑马的人向他走来。

马，匹匹膘肥体壮；人，个个年轻英俊。

“这不是那个人吗？”

“大概是他，准是他！”

接着，他们就嘻嘻哈哈地笑起来。

努尔哈赤放下他的黑狗，从腰间摸他的刀，可是他没有找到。那把他用了多年的腰刀早不知丢在什么地方了。

他恶狠狠地望着面前的一群人。

“你想怎样？”一个大眼睛、白面皮，豹头豹脑的年轻人对努尔哈赤说，“想和我们拼命吗？”

“不许你们笑话我！”努尔哈赤叫道。

小伙子们又笑起来，努尔哈赤觉得那笑声就像石块打在他的身上、脸上。他挣扎着要起来，要教训这些不知好歹的小子们，可是，他刚刚坐起就疼得差点儿叫出声来，只好龇牙咧嘴地坐在那里。

“你叫努尔哈赤吧？如果是，请你别生气。”豹头豹脑的年轻人说，“看到你活着，我们在为你们高兴呢！……”

“你们是什么人？怎么会知道我的名字？”努尔哈赤的嗓音里仍然迸着火花。

小伙子们相互望着，没有回答努尔哈赤。

还是那个豹头豹脑和努尔哈赤说话了：“我叫额亦都，别的人以后再给你介绍。这时说给你，你也记不住。事情是这样的：一大早，周围几个村子里就来了些辽阳的官军，他们说是要追捕一名叫努尔哈赤的女真人，并晓谕百姓：谁见过这个人，要立刻向官家举报，官家一定给予重赏！谁若是有意藏匿，或者帮助他逃走，全家杀光！我们一听，官家下这么大的力气要捉的人，一定是条好汉，也悄悄地找起来。我们找那个努尔哈赤，不是为到官家领赏，而是真像官家说的，把他藏匿起来，或者帮助他逃走……”

“你们都是女真人吗?”努尔哈赤问,但仍没有松懈警惕。

“我们当然是女真人了,”他们回答努尔哈赤,虽然错落不齐,但都是地道的女真土话。“你算是遇见自己人了!”

这时,一个比额亦都还高大的汉子下了马,硬是将努尔哈赤的被水浸得透湿的衣服扒下来,从马鞍上解下一床厚厚的毛毯,扔给努尔哈赤。

努尔哈赤浑身哆嗦得几乎站不住了,要不是又从马上跳下几个汉子扶着,他非倒在地上不可。是烧伤痛,还是冷风吹的痛,他自己也分辨不出。

“你们要把我怎样……”努尔哈赤问。

“把你怎样?”额亦都回答,看样子他是这群年轻人的头儿,“放心,我们不会把你交给官府的。”

“那,要把我弄到哪里去?”努尔哈赤又问。

“看你这人,还是不相信我们。”额亦都说,“我们要把你带回家去。先给你洗个澡,再给你吃饱喝足,然后,找一个大夫给你好好地看看。你身上有好几块烧伤呢,烧伤可是很难好呀!”

努尔哈赤只好听任他们摆布了。

那高汉子由伙伴们帮衬着,把努尔哈赤扶在他的马上,然后,他骑在后面,两手抱着努尔哈赤的腰。

“我自己能坐得住!”努尔哈赤说。

“别逞能,”额亦都说,“我看你快要虚晕过去了!”

他们一行开始上路。

“别扔下黑狗不管……”努尔哈赤说。

后面的一个小伙子应道:“明白,他是你的救命恩人哩!”他早把那黑狗的尸体用小绳缚在了鞍后。

正如额亦都说的,走不多远,努尔哈赤就迷迷糊糊了,要不是后面的汉子紧紧地揽着他,非摔下马来不可。

回到额亦都他们所在的佳木湖庄园,努尔哈赤大病了一场。高烧烧得他满嘴是豆大的脓包,在草原上的烧伤溃烂了,发出臭烘烘的气味……

额亦都和他的兄弟们到处延医求药,硬是把他从死神的爪牙下抢了回来。一个月后,他就能够下床散步了。

“努尔哈赤,你活过来了,咱们该相互认识一下了。”额亦都说。他先向努尔哈赤介绍了自己。

他说自己原是叶赫人。九岁那年,他的父母家人被仇人所杀,他只身逃了出来。在长白山里遇到了一位砍柴的老樵夫。他收留了额亦都,把他领回家里。老樵夫是个隐藏在山中的高人,有一身武艺。几年下来,他把自己的本领完全教给了额亦都。送额亦都下山时说："现在你可以去为父母报仇了！——不过，本领要用在正当的地方，不能打家劫舍，更不能欺负弱小。"额亦都回乡后，亲手宰了几个仇人，当仇人的老小跪在他的面前时，他手软了，提着满是鲜血的腰刀掉头而去。

那时，他才十三岁。

因为杀了人，本乡本土不能住了，就投奔到佳木湖的姑姑家来。

他的姑父、佳木湖的寨主穆通阿，是个"飞贼"，他身材高大，体壮如熊，满面虬须，眼如铜铃，把两柄铁锤抡得好似飞蓬，周围乡里都畏惧他。但他"兔子不吃窝边草"，绝不糟蹋附近的老百姓，却常常带领他的一伙儿到百把里外的汉人边境抢掠。

表面看，他是个粗人，其实却心细如发。他虽在骚扰中每每得手，但绝不忘乎所以。他每年只出去几次，能够过上富裕的日子就住手；他周围虽有几个强大的女真部落，但他从不入伙；另外，他绝不让自己溅得满身是血，也就是说：他轻易不杀人，不结仇家。明朝官军从不把他当做主要敌人。这样他就在女真和大明的夹缝中生活了下来。

额亦都在他的羽翼下慢慢长大，有时也跟随穆通阿到边境抢劫。对姑父的有节制的行动常常感到很不过瘾。姑父对他说："孩子，大明是只狮子，尽管是只老狮子……"

"咱们呢？姑父？"

"咱们是些小蚊子、小苍蝇。至多吸它几口血。"

"姑父，你也把咱们女真人忒看不起了。"

"女真人就是河边的沙子，永远也捏不成团！"

额亦都如今是二十多岁的小伙子了，姑父去世后，他就成了佳木湖的寨主。他想干点比姑父更大的事，就开始结交四方英雄，于是，他就有了几个志同道合的伙伴。

说完自己的事后，额亦都又向努尔哈赤介绍自己的结拜兄弟。

那个从草原把努尔哈赤用马驮回来的大个儿叫安费扬古，是胡济寨人。他有着一张憨厚的长脸，说话有点口吃，因此他不爱多说话，只默默地做事。

比安费扬古矮一头，身材像只熊的圆脸汉子名叫费英东。看样子他也是个老实人，有人开口说话，他就瞪大眼睛看着人家，一听得有趣，就嘻嘻地笑。

还有个叫洛寒的，是个小瘦猴儿，模样儿十分精明。额亦都怕努尔哈赤看不起他，就特别地作了介绍。他说洛寒打起仗来非常勇敢，尤其是善射，在战场上常有些出奇的举动。另外，他还是这帮人中的秀才，许多细事都是他出头办的。

最后，额亦都把一个十几岁的孩子拉过来。笑着对努尔哈赤说："这是我们的小兄弟，名叫扈尔汉，将来会是个大英雄！"

"现在呢？"努尔哈赤问道，他奇怪额亦都怎么连小孩子也网罗了来。

额亦都一时没有话说，噎了一会儿，他说："他原是个小要饭的。前年冬天，我从山外回来时，从一个草窝里把他拾回来，那时，他快要冻死了……"

努尔哈赤朝额亦都点点头，表示明白他的意思。他从小受苦，深深懂得流离失所是什么滋味,也懂得苦难时,有人伸出一只援手是多么难得。他爱怜地看看扈尔汉,又对额亦都投去敬佩的一瞥。

轮到努尔哈赤介绍自己了,他只说了几句,额亦都和他的兄弟们就默然了。努尔哈赤的祖父、父亲——觉昌安和塔克世,他们都听说过的。在他们看来,努尔哈赤家世代都是显赫的大明官吏,和他们经历是很不同的。当努尔哈赤说到自己在李成梁部下做事,并受到将军的喜爱一事,他们就更觉得努尔哈赤是外人了。

额亦都酸溜溜地问:“那么……他们为什么要捉拿你,还要把你烧死在草原里呢?”

“是因为我脚底下有七颗红痣……”

于是,努尔哈赤便把七颗痣子引发的灾祸说了一遍。

“你,你,你的脚下真的有七颗红痣吗?”安费扬古问道。

“红痣是有的,可是,出了新皇帝什么的,全是胡扯!”努尔哈赤说着,便把鞋袜脱下来给他们看。

几个兄弟围上来,他们看见努尔哈赤两只脚下各有七颗红痣,而且排列得很似天上的北斗七星。他们纳闷了,疑惑了,开始用异样的目光看着努尔哈赤。

额亦都笑着说:“努尔哈赤,你要真的是新皇帝,就领着我们干吧!也许能够在辽东干出一个国家来!”

费英东也嘻嘻地笑着说:“努尔哈赤,你当了皇帝,我们都是你的开国元勋了!”

洛寒说:“咱们还等什么,还不赶紧参拜皇上?”

努尔哈赤啐他们一口,把鞋袜穿起来:“这些乱扯的话,你们也相信!这些痣子弄得我险些丢了性命,我恨不得把它们挖去!”

扈尔汉瞪着眼,很想把那些奇怪的痣子多看几眼。“如果不值什么的话,那皇上为什么还为它发布敕令呢?”

努尔哈赤说:“皇上怎会知道我的脚心里长着红痣?他的敕令只是说辽东方向上出了帝气,是李成梁那老东西穿凿附会把我搞成异人的……”说着,他眼睛里冒出仇恨的光。

又过了些日子,努尔哈赤的身体完全恢复了。他对额亦都说要回建州老家。

“再等几天看吧,”额亦都说,“辽阳那边有新的情况……”

努尔哈赤看着额亦都,希望他说得详细些。可是额亦都也说不出具体的事情来。只说李成梁正在调兵遣将,把周围几个卫所的人马都调往辽阳去了,往年,只有打大仗他才这样做。

努尔哈赤想:为了我吗?他又摇摇头,李成梁绝不会为了个逃兵兴师动众的。他若知道我回到赫图阿拉,给我父亲下个命令,父亲就会乖乖地把我缚去了。

额亦都劝他安心些,他会派人再去打听的。

又过了几天,额亦都把兄弟叫到一起,告诉他们说发财的机会又来了。他说:“有可靠消息,正有一支运送军用物资的车队在边境往辽阳走着……这是一大块肥肉,我们即使吞不下，也要啃他几口！”

小兄弟们都很兴奋，他们都说：“端午快到了，多搞点东西，让寨子里过个好节。”

费扬古催着额亦都说：“哥，你就说怎么干吧！”

虽然大家都等他出主意，额亦都却不说话了，他正在思量。过了一会儿，他一边想一边说：“既是官军用的东西，不用说一定有军队押送。我们去抢夺，那就得和官军交手了……”

“那还用说嘛！”洛寒说，“人家不会白白送给我们！”

额亦都说：“以前，我们只是从汉人百姓手中抢东西，和官军打仗，这可是头一回呀！”意思是说，事情要想得周全些。

安费扬古懂得额亦都为什么担心，点着头说：“是得小心……弄不好会把灾祸招惹了来，那寨子里不安稳了！”

大家闷了好一会儿，没人说话。

后来，额亦都抬起头来望着努尔哈赤：“老哥，你跟着那李成梁大将军干了那么多年，对官军摸得跟自己的老婆一样熟悉，该给咱出个主意了吧！”

他们当着他的面商议到边境抢掠的事有好几次了，他总是坐得远远地一声不吭。额亦都也从不强邀他参加。这时，他是躺在离他们不远的床上，瞅着灰蒙蒙的顶篷。

努尔哈赤没有说话。

费英东大概是急了，大声嚷道：“哥，你求努尔哈赤干吗？人家是专门帮着官军收拾咱们女真人的！”

听了他的话，努尔哈赤忽地从床上坐起，眼睛里喷着火花，叫道：“费英东，你把话说明白些，我什么时候帮着官军收拾过咱们女真人？我是跟着李成梁打过多次仗，那都是在漠北，是和蒙古人拼杀的……”

额亦都和他的小兄弟们都吓呆了。

额亦都赶紧站起来打圆场，他笑着对努尔哈赤说：“大哥、我们头一次对付官军，心里没数儿，于是费英东急眼了，说了些没边没沿的话，看在你伤病其间，他没白没黑地伺候你，你就原谅他吧！”

提起他伤病其间小兄弟们对他的照顾，努尔哈赤没话说了，便默默地低下了头。

伤病时，努尔哈赤不大说话，康复后，他仍然寡言少语，就好像有着满腹心事。他为什么这样呢？他天生就这样一副脾气，还是他们不是他披肝沥胆的对象？小兄弟早就在背后有怨言了，可是额亦都压着他们，不让他们发作。

他对兄弟们说：“我看努尔哈赤不是个等闲之辈，他不说话，是没有把我们看成和他志同道合的人。你们决不能以为我们救了他，就可以任意摆布他！”

几天之后，他也似乎忍不住了，就想趁机打开这个闷葫芦。

他凑近努尔哈赤，平心静气地问：“大哥，你的年纪比我们大几岁，可以叫你一声大哥么？”

努尔哈赤点点头。

“咱们相处这许多日子了,你对我们还信得过么?”

努尔哈赤又点点头。

“我们指望抢掠边境上的汉人过日子,你赞成我们这样做吗?”

努尔哈赤抬起头,向远处望了望,没有回答。

额亦都和小兄弟们都屏息敛声地望着他。

费英东的嘴又开始翕动,额亦都摇手制止他。

额亦都想了片刻,向努尔哈赤坐得更近一些,问道:“这么说吧,如果我们和官军,和李成梁的部队打起来了,你是站在我们一边,还是站在官军一边?”

努尔哈赤眼睛又瞪大了,闪射着逼人的光。他一字一顿地说:“你还用问吗?我当然是站在你们一边!”

“为我们救了你?”

“不是!”努尔哈赤高声叫道,震得屋宇嗡嗡响。“为了我是女真人!为了我们和明朝的世代血仇!”

他的话又一次使他们吃惊。他们相互望望,像在说:咱们更看不透这个人了!

还是那个费英东先开口:“大哥,你们家不是几代为大明守卫着边境么?”

“是的,从表面看,我的祖上几代都做着大明朝的官,可是我们做官也有大半是为了咱们女真人。你们想:女真人若是没有人出面自己管理自己,还不知遭受多么大的灾祸呢!说到底,那不过是大明人的护院狗,弄不好会把全家人的性命搭进去!我祖辈有好几位死在了官军的刀下……”

这几句话是很有说服力的。他们都熟悉女真人的历史,努尔哈赤的祖爷猛哥帖木尔、董山的血案是人人记忆犹新的!

“那么……那么……”费英东不顾额亦都对他摇手阻止,还是把话说了出来,“大哥,别嫌我絮叨。我心里还是不明白……既然这样,你为什么还要在李成梁的手下干呢?而且一干就是几年!”

“起初,李成梁救了我,给了我衣食,我对他是感恩的。”努尔哈赤开始耐心地给他们解释,“我真心诚意给他出力,有一次,我还救了他的命。后来对他越了解,就越觉得他和他尽忠尽职的大明朝是女真人不共戴天的敌人!只要他们存在着,女真人就别想有好日子过!他们不准女真互相吞并,又不想让咱们安享太平。总是拉着一帮攻击另外一帮,让我们打打杀杀,相互消耗,他们坐收渔利……”

“我,我,还是有点不明白……”安费扬古又说。

额亦都叱他道:“你耐心地听着吧,大哥会对咱们说明白的。你们呀,总是心急喝不得热黏粥!”

“你们一定在想:那你为什么还在辽阳待下去,最后才不得已离开?”

安费扬古点点头，表示他正是这样想的。

“大明朝压迫我们女真人这么多年，我总得弄清楚其中的原因吧？在女真，在建州，一辈子、几辈子也弄不清楚。只有像孙悟空那样钻进妖怪的肚子里去才看清楚它的脏腑……”

《西游记》的故事，在辽东女真族那里也流传得很广，是妇孺皆知的。听到努尔哈赤提起这个他们熟知的故事，他们都活跃起来。

“大哥，你看明白了没有？”说了这句话，洛寒望望额亦都，生怕受到他严厉的眼神。还好，额亦都向他笑笑，意思是说他问得好。

“要看清楚大明朝和它的军队，还得用几年的工夫，”努尔哈赤说，“不过，看得也差不多了。”

“大哥，给我们详细地说一说。我和兄弟们长年累月地蹲在这土寨子里，就像井底的蛤蟆，只见着头顶上那点儿蓝天，此外什么也不知道。”

“好吧，我就给你们好好说一说……”努尔哈赤来了兴致，他那充满胸襟的大抱负有倾诉的机会了。

前些日子，他看到额亦都他们只知道干些抢劫、掠边的事，是些没有什么志向的人。现在他才明白，干大事的人，也不是天生的，也得有人开导，有人教育，有人给他们领路……

这时天黑下来，额亦都高兴地喊来家人，令给他们准备一桌丰盛的席面，他跟兄弟们要和开了“金口”的努尔哈赤大哥边吃边谈。

四

宴席间，努尔哈赤十分兴奋。在辽阳期间，他就有这个理想，就是回到家乡召集一伙有志向并对他唯命是从的人，共谋大事。没想到刚刚离开辽阳，就碰到这群憨厚、直率的“劫匪”。一见面，他就看中了额亦都这伙人，可是，多日来，他们干的全是些打家劫舍的事，这又使他寒心。所以他一直对他们若即若离，冷冷地观察，现在好了，他们这些“鱼儿”都上钩儿了。

他给他们讲了自己在李成梁手下时的许多奇遇、险遇，讲了征讨蒙古时的大小战役，讲得小伙子们忘了喝酒，忘了夹菜，两眼直勾勾地看着他。特别讲到自己跟随李成梁到北京去的一段时，他们简直怕漏掉一个字，都把头伸了过来……

得了个空儿，额亦都看了一下伙伴们说：“怎么呀？我对你们说过嘛，这努尔哈赤不是一般人！”

费英东心里藏不住话：“你还说，咱们的头儿来了！大哥，一开始，我们就想把你当作我们的头儿了！只有安费扬古担着心，他说人家是建州左卫都指挥的儿子，怎么会入伙当强盗呢！大哥，你愿意和我们当强盗吗？”

额亦都立刻叱住费英东：“你怎么什么话也对大哥说！像大哥这样的人怎么会跟咱们一起当强盗？他只要把咱们认作朋友，咱们就烧高香了！——来人呀！”他朝房外喊道。

进来两个睡眼惺忪的下人，站在他们面前揉着眼睛。

“把酒菜拾掇下去，温热了再端上来！”

“是！”他们开始收拾席面，同时把热茶送上来。

“大哥，”趁着给努尔哈赤倒茶的工夫，安费扬古问，“你在辽阳、京都见过许多世面，能不能拣要紧的对我们说说，到底有哪些？”

“要紧的嘛，大概有这么三条……”努尔哈赤一边想一边说。

“才三条呀？”扈尔汉管不住嘴，叫道。

努尔哈赤笑了。“儿子，要紧的话不用多了，有时候几句就行！”

努尔哈赤忽然扈尔汉叫“儿子”，大家都莫名其妙，愣愣地看着他。

“是这样，这个小要饭的，我着实地怜惜他，真想把他当成我的儿子，可是我到如今连个老婆也没有哩！”

原来是这样！大家笑起来。

大家高兴，是因为通过这件小事儿，明白努尔哈赤终于融入他们一伙儿了。可是扈尔汉这个鬼灵精却不放过这个机会，赶紧推开椅子，双膝跪到地上，磕了三个头，高声叫道：“阿玛，从今天起，扈尔汉就是您的儿子了！”

洛寒踢了扈尔汉一脚，骂道：“小子，你要赖着人家呀！”

可是努尔哈赤十分快活，他摸着嘴唇上的一抹小胡子大笑了好一会儿，末后，他把扈尔汉拉起来。对他说：“我今天就认你这个儿子！将来，我娶了媳妇，有了孩子，他们都是你的弟弟、妹妹！我会一律看待的！”

一会儿，酒菜又摆上来。大家举杯，首先祝贺大哥努尔哈赤有了儿子，又给扈尔汉贺喜，为这个小要饭的有了个好阿玛！

几杯酒后，努尔哈赤开始回答费英东提出的那个问题。

“……头一条，”他说，“那个大明朝虽然皇帝昏庸、朝廷混乱、官吏腐败、民不聊生，糟得不能再糟了，可是，它仍然是十分强大的！只要它愿意，它就可一巴掌拍死我们，就像一只老而且病的狮子拍死它面前的一只小兔子！”

兄弟们没有说话，只安静地听着，可是他们的眼睛变暗了。

看到兄弟的眼神，努尔哈赤知道他们并不明白，就又说了下去：“首先，它多么大呀！南北说，它从长白山直到寮越；东西说，从昆仑直到东海！你尽管想象吧，怎么想象也无法测度它辽阔的版图……”

小伙子们倒吸了一口冷气。

这使额亦都想起姑父对他说的话：大明朝是一头雄狮，而女真人的部落不过是几只苍蝇、蚊子，你就是叮它几口、啜他几口血，又能奈它何！

“还有那文化呢，”努尔哈赤知道，说到“文化”那看不见摸不着的东西，小伙子们一时不会理解，就变了个说法，“文化就是智慧呀！你们中间大概有人读过《西游记》《三国演义》那样的书吧？就是没读，也知道其中的几个故事吧？那里面有着多少智慧呀！听说，这几部书不过是汉文化中的一点点，就像大海中的几滴水！比起他们来，我们就像是刚从树林中走出来的野人！我不是败大家的兴，事实的确是这样……你们想一想，和这样的民族为敌会有好结果吗？要知道，汉民族统治着我们，不仅因为他们有强大的军队，还有他们深厚的文化，他们的心数比我们多，他们的智慧比我们渊博，就像是天上的乌云，总是笼罩着我们！他们的人民，都是在汉文化中泡大的，他们谁会看得起我们女真人呢？要是我们果真起兵造反，他们人人都会跳起来和我们拼杀！不管他们的皇朝和官僚怎样把他们的血肉榨尽，他们也绝不许我们乱说乱动……”

努尔哈赤边说边看着面前的小伙子们，他们这时蔫了，就像霜打的嫩苗苗。

他继续说下去：“我在北京几乎天天看到他们的军队，那气势、那威风真是逼得人透不过气来！还有巍峨的北京城呢，还有那金碧辉煌屹立天际的紫禁城呢？跑到北京看一看，绕着紫禁城转一转，你就是有天大的锐气也会泄尽的……还有他们的将军，那个个都是了不起的。比如说，那李成梁，尽管他镇守辽东几十年来，对咱们女真人做尽了坏事，可是他的确是个英才，我恨他，但又爱慕他、钦敬他、佩服他……”

说到这里，这帮“劫匪”彻底败了兴，一个个低头耷拉脑。

额亦都也沉不住气了，他说：“大哥，你说的是实话，我信你的，可是依你之见，我们就只有蜷缩在汉族脚下的份儿了？”

“是呀，是呀，”安费扬古说，“我们就安心做草窠里的小虫儿吧！”

“不，不，我们既然没有什么文化，和那些野兽差不多，那咱们就做山林里的老虎、豹子，有空儿就扑上去咬他一口！不管他肚子里有多少墨水，我还是能够咯吱咯吱地吃掉他！”费英东学着老虎吃人的样子。

“是呀，还是做咱们的草寇吧，”洛寒有点儿伤心，“有机会就抢他们一点儿东西，能够把日子过得舒服些就满意了，汉族再好也未必有我们自在！”

努尔哈赤看到他们的样子，听了他们的泄气话，哈哈大笑起来。

这使他们有点莫名其妙，相互望着，不知发生了什么事。

“难道你们就没想到和汉族较量较量？”努尔哈赤问他们。

费英东说：“谁敢想那个……”

别人也都摇头。

只有额亦都红着脸说：“我想过。拉个山头和他们拼一拼，咱们女真人的祖上也不是没干过！”

“好呀，好呀！额亦都有种。你们呀……嗨，摸一摸脖子上长着什么？”

费英东说:“那还用摸,是吃饭的家伙呀!”

“它除了吃饭,还有什么用?”努尔哈赤问他。

费英东不说话了,好像自己的脑袋除了吃饭,别无用处。别的人也大眼瞪小眼,不知努尔哈赤的葫芦里有些什么药。

还是额亦都心数多些,他看着自己的伙伴说:“嘴是用来说话、吃饭的,可是脑袋是用来想事情的呀!”

“是呀,还是额亦都说得对,”努尔哈赤说,“汉族虽然很了不得,可是还是有别的民族能够对付了它,甚至还把他们的江山夺过来哩!”

“是哪个民族呢?”他们几乎一起问。

“是咱们的邻居呀,他们就在咱们的身边。”

大家又开始互相望着。这伙乡间的“劫匪”还真是想不起来。

“知道几百年前蒙古出了个成吉思汗吧?”

“知道,知道!”他们异口同声地叫道。

“他的孙子忽必烈更是了不起,他领兵硬是把汉人建立的宋朝打垮了,建立了以蒙古人为主的大元朝!”

小伙子们的眼睛亮了。

“大哥,给咱们说……说,他们有什么诀窍?”洛寒问,看样子这个瘦小的汉子还是有些想法的。

“成吉思汗和忽必烈的故事以后对你们讲,”努尔哈赤说,“他们之所以能够干成大事业,主要原因是他们有一个团结的强大的蒙古民族。可是咱们女真族呢,却是分散成上百个部落,各自为政,那就什么也办不成了!”

大家不说话了,都愣愣地看着努尔哈赤。

他的话就像一盏灯,一下子照亮了问题的症结所在。

额亦都待了好一会儿,才嗫嚅地说:“大哥,你说得很对。如果咱们女真人捏成一个拳头,就能够和大明朝斗个你死我活了?”

“不错!”努尔哈赤肯定了额亦都的话。

“那好说了,咱们就一个部落一个部落地去游说……”费英东说。

他还没说完,就被安费扬古打断了,“那才不好说呢!”他说,“那一个个的部落头儿,那一个个的寨主,谁都认为自己是山大王。他们才不想联合起来受人管呢!”

“是呀,是呀!”

大家都同意安费扬古的话。

“还有呢,”努尔哈赤说,“大明朝也不会看着咱们女真人联合起来。咱们的老祖宗有几个人也想把事业做大,把几个部落联合成一片,可是还没成气候,就被大明朝找个借口剿灭了。”

大家默然了。

“这就用得着有智慧的人了!”额亦都说,“如果咱们女真人出了这么个真龙天子,他便能够带领我们把上百个部落统一起来,打出一片女真人的天下!”

费英东垂头丧气地说:“那个真龙天子什么时候出来呀? ……”

“他已经出来了!”额亦都说。

这句话引得大家都朝他看,只见额亦都望着努尔哈赤。

兄弟们一下子恍然大悟。

“他是努尔哈赤!”

“他是大哥!”……

话说到这里,他们的关系一下子上升了个台阶。

他们用异样的目光看待努尔哈赤了。他们想到他脚底下的七颗红痣,想到皇帝的敕令,又听到他不同凡响的振聋发聩的一席话,完全折服了。

他们不知怎么办才好,就在这时,额亦都领头在努尔哈赤面前跪下来,吭哧了好些时候,终于叫出了两个字:“大王……”

别的人也一齐跪在了额亦都的身后,口称:“大王……”

但努尔哈赤却站起来背过身去,不受他们的礼拜,他说:“额亦都,你们想事情也太简单了,现在咱们手下没有几个兵,在女真族没有一点威望,什么事情也做不成,却在这小屋里称起王来……不知你们怎样,我觉得这像小孩子闹着玩儿,可咱们都不是小孩子了……”

额亦都也觉得自己有些莽撞,红着脸说:“……我们只是求你做咱们的带头人,领着我们干……”

“那自然是可以的,不过,我们应该是兄弟。”努尔哈赤说,“明太祖朱元璋开始起兵的时候,不是从几个志同道合的兄弟开始的吗? 我看咱们今天就结拜为兄弟吧!”

额亦都说:“大哥说得很对。”

他站起来,招呼家人准备香案和天地神位。等备好了后,努尔哈赤和额亦都、安费扬古、费英东、洛寒等重新跪了下来,祷拜后,由努尔哈赤领头说出了心愿:从今天起他们结为同胞兄弟,一心一意,戮力共勉,为了共同的事业,生死不渝! 额亦都还领着兄弟们说了些忠于大哥努尔哈赤的话,被努尔哈赤谦虚地制止了。

结拜后,按照年龄分出兄弟。努尔哈赤最大,二十四岁,为长;额亦都小他两岁,为次;其他依次是安费扬古、费英东、洛寒……

至于扈尔汉,一是因为他年龄太小,二是因为努尔哈赤已收他为义子,就理所当然地成为他们的小侄子了。

仪式过后,额亦都命家人重新摆下酒宴。在酒宴上,大家仍是说话多喝酒少,大家兴奋地继续听努尔哈赤说话。

努尔哈赤给大家分析了女真的形势,他说:女真部落正如额亦都所说,是各自为政的。

你就是说下大天来，哪个也不情愿归于一统，怎么办呢？那就得打，也就是说要用武力统一。所以说，头一件事就要秘密地招兵买马，建立一支队伍。第二件事，就是想法躲开大明朝的征伐。他说：对付明朝，绝不能硬抗。面对如此强大的敌人只能顺从。要是真顺从，那就什么也不能干了，所谓的顺从，只能是阳奉阴违，这就看我们的本领了。

小兄弟一边听着努尔哈赤的话，一边信服地点头称是。他们觉得今夜自己一下子换了个人，再也不是过去的草莽英雄，不是一伙儿拼命的劫匪了，他们的生命有了明确的目标，有奔头了！

接下来，他们就开始讨论具体的事情。

首先就是钱的问题。额亦都说："我姑父穆通阿当了一辈子寨主，积下了一份厚实的家业，我在以后又添上了不少，这一切，我都献出来！我姑父和明朝干了几十年，没干出什么名堂，主要是没想出一条正路来，现在，咱们有大哥领路，一切都有指望了，我想姑父地下有知，也会感到高兴的！"

费英东、安费扬古、洛寒都是些小寨主，家业虽没有额亦都大，但都很殷实，他们都表示愿意把家产全部捐出来。

努尔哈赤说：只靠这几个寨子里的钱还是不够的，因为寨子里的百姓还要吃饭。怎么办呢？这要从边境上打主意。有了武装后，还是要到汉族那儿去掠边。

要干大事，只靠他们这几个人还不够，靠几个寨子的人也不够。那就得想法扩大地盘、扩大势力。努尔哈赤提出从今天起，他们都是将军了，他们的部下得自己去招。另外，得广交朋友，对那些有知有识的人要想法请来和咱们一起共事。"千军易得，一将难求，"大家都要明白这个道理。

这些小伙子们说干就干，他们回到各寨，立刻着手整修寨墙，把村寨里的年轻人组织起来。额亦都的佳木湖寨在周围的村寨中最大，他把它修成一个中心大寨，以沟壕和其他村寨互相连接。他又在村西的开阔地里修出十几亩地，作为演兵场……这其间，又有几个有本领的人来投，其中就有日后成为努尔哈赤大将的何和理。努尔哈赤和他们重新结拜，让何和理成为他的中心成员之一……

他们有了上千人马，为了扩大事业，他们开始掠夺明朝的边境了。努尔哈赤在明军中多年，锻炼了他的指挥才能和战斗能力，由他来率领掠边，效果自然和过去很不一样。他们掠得了许多粮食、布匹、牲口和汉人的家财，壮大了自己。可是，他们绝不和明朝的军队接触，等附近的驻军赶来时，他们就迅速退走了。并不给他们留下蛛丝马迹。所以，他们干了多次，明朝却不知他们是哪一个部落的人马……

一日，洛寒给努尔哈赤交来一个俘虏，是李成梁的士兵。

努尔哈赤皱起眉头。他一般不准许部下掳掠明兵或者百姓，因为那样会暴露他们的身份和部落。

"大哥，不是我们有意要俘虏他，"洛寒解释道，"我们退走后，他一直跟着我们，后来我们只好……”

额亦都说：“那他是不怀好意，就该半路上把他杀掉！”

努尔哈赤想了想说：“好吧，你把他领来，我问一问。”

一会儿，洛寒把俘虏送来了。

“是你？”努尔哈赤一眼就看出他是个老相识。

这俘虏名叫乌达木，也是李成梁手下的女真兵。不过他没有努尔哈赤那样的幸运，一直做看家护院的侍卫。

努尔哈赤在辽阳将军府中时，看在是同族的面上，时常拿些吃的用的周济他，乌达木也就把他看成是自己的大哥。

“大哥……”乌达木哭了，看他脸上、额头上有着一道道的伤痕，知道他在被捉时挨了打。要这些草莽出身的人不打、不凌辱人，几乎是不可能的。

“伤得重吗？”

乌达木摇摇头。

“那就好，”努尔哈赤说，“先去吃饭，洗个澡后，再来和我说说，是怎么逃出来的？你是逃出来的么？”

乌达木又点点头。

有人来把乌达木领出去了。努尔哈赤对一旁的洛寒说：“告诉咱们的弟兄，今后不要随便地打人，侮辱人，要给老百姓个印象，咱们的军队是最好的，最懂规矩的。不要让人家怕我们。”

洛寒答应着去了。

一会儿，乌达木回来了。

“大哥走后，将军府中的女真兵难过了。李将军把我们叫到一起，一个个地过堂，问我们事先是否知道你的事。我们当然无法招认，因为我们也是真的不知道。然后他就命令打我们，打得我们皮开肉绽……”

“后来呢？”

“后来，他把我们赶出了将军府，编到部队中了。再后来，听到边境女真人抢掠，他就派我们去打仗。在一次和你们对阵中，我认出了你，就跟着你们的人来了……”

努尔哈赤想大概就是这么个过程，可是他想听的不是这些。

“乌达木，你没听到将军的九夫人的事吗？”

“九夫人嘛，她死了！”

“她怎么死的？”

“她是吊死的。——你走后，李成梁忙着指挥人追你、捉你，把内宅的大门也关了。后来有人告诉将军说九夫人吊死在园子里的海棠树上了！”

“她……吊死了？”

"哥，你看咱们兄弟，到哪里也有女人看上，嘻嘻……"

比起努尔哈赤，舒尔哈齐是个乐观的人。

努尔哈赤笑着说："这些年，你的成就就是拐那个王爷的小妞儿吗，可又没有弄到手……"

"说哪里话，"舒尔哈齐仍然嘻嘻地笑，"我还学了不少本领呢！——我们'老大'是个很有本领的人，十八般武艺，样样精通。他一心认我做干儿子，可是我不干。我想：咱们父亲是绝不允许我'认贼作父'的。我只拜他做了师父。他把他的功夫全教给了我，只是有几手绝招，还没来得及传我。就是这样，哥，你也不是我的对手了！"

"别吹，舒尔哈齐！"

"你不信吗？咱俩现在就到你们的校场去试试。"

"舒尔哈齐，你又要发飙……"

"哥，父亲要你回去。"

"舒尔哈齐，我回去有什么事可做呢？何况这里还有这一大摊子人马……"

"那也得回去，哪怕过几天再回来。"

努尔哈赤跟舒尔哈齐回到建州后，不久就结了婚，他的妻子是附近一个小部落贝勒的女儿佟佳氏，名哈哈纳扎青，是个很漂亮的女孩儿。结婚后，按女真人的风俗就算成家立业，该分家出去过了。努尔哈赤仍然带着舒尔哈齐，他舍不得这个一母所生的小弟弟。——他和舒尔啥齐总算有了安适一点的家。

努尔哈赤很奇怪，那个李成梁就这样轻易地放过了他？

他不知道，李成梁这时正泥菩萨过河——自身难保呢！他年轻时，的确卓有战功，他给大明把住了辽东的大门，使北部边境平平安安地过了二十多年，因此，被封为宁远伯。也许他觉得已经功成名就了，把自己的几个儿子都安插好了，便放肆起来。变得十分贪卑，甚至为儿子们虚报战功，以求爵赏。御史们和朝中的大臣交章参奏，朝廷不得不打算把他罢职，交部议处。他是老宰辅张居正安插的人，张居正死了，他的同党正受着追查，这才是真正的原因。可是李成梁挣扎着，急急地派人带了金银进京找他的朋友、亲戚给他说话……

他还想出另一个办法自救，那就是再立战功，让朝廷觉得辽东离不了他。

正巧，在建州右卫，有一个阿台作乱。

阿台是王杲的儿子。

当年，李成梁带兵血洗王杲的老巢，王杲侥幸逃跑。他到处找藏身的地方，可是昔日的朋友谁也不敢收留这个灾星。最后，他只好去投海西部的首领王台。王台是个为人谨慎、恪守章法，一向忠于大明。王杲来了，他一不敢把王杲从自己门前放走，又绝不敢收留他。踌躇再三，把他献给了明军。李成梁把他押解着在建州各部示众，然后砍了头。

王杲死后，他的儿子阿台召集父亲的旧部，盘踞古勒山。几年后，又羽翼丰满了，他屡次率兵扰边。万历十一年（1583）二月，他带领一千余人，又一次越过边境，对汉人大肆抢掠。李成梁先是派几拨快马向朝廷报警，又亲率大军向阿台所在的古勒山进发……

一片浓黑的阴影竟也向爱新觉罗家袭来了。

像过去一样，李成梁一出兵，先发出讨伐檄文，文中例数阿台的罪状，并号召女真各个部落参战。

苏克素浒河部图伦城的尼堪外兰首先响应，带领自己的部属，加入了李成梁部落。

赫图阿拉的觉昌安、塔克世坐不住了。原因有三个。一是他们和阿台家有着几代姻亲，王杲曾把女儿叶梅琪（努尔哈赤和舒尔哈齐的生母）嫁给塔克世，觉昌安又把长子礼敦的女儿嫁给了如今在部落掌权的阿台。这是亲上加亲。如果，在这关键时刻不表示个态度，那是绝对不行的；二是他们早年曾经参与过王杲作乱，后来虽然归顺了大明，并有忠心的表现，可是李成梁怕他们忘了似的还是屡屡提起，所以，这时怎么也得有所行动，才能进一步刷清自己；再者，他们在建州都担任着明朝敕封的官职，更有平叛、靖边之责任。如果在这时装聋作哑，那后果是十分严重的……

于是，觉昌安、塔克世父子便带兵前往了。

他们赶到李成梁的大营报到。

"阿台叛贼是你们的姻亲，对吧？"李成梁嘿嘿地笑着问道。

"是，大人。"觉昌安回答。

"来往密切吗？"李成梁又问。

"没有……不过还是有来往的。"塔克世真不知怎么回答妥当了。

"你们是朝廷的命官，"李成梁提醒他们，"朝廷决心讨伐阿台这个罪恶滔天的逆贼，在这大是大非面前，你们应该大义灭亲……"

"是，是……"觉昌安、塔克世连声答应。

李成梁又笑起来，笑得他们的脊梁骨发凉。"你们就带兵做大军的向导吧，到古勒山阿台的营寨没有人再比你们熟悉的了。"

"是，大人！"觉昌安、塔克世连忙答应。

他们走到大帐门口又站住了。觉昌安又跑到李成梁面前，踌躇了一会儿说："大人，如果我们进寨去，说服阿台投降……"

"那太好了！"李成梁撅着他那一把白胡子说，"大军杀进寨去，是鸡犬不留的，连你的孙女儿、外孙都要杀尽！你们如果能够说得阿台投降，那么，罪过是他一个人的，别人一概不咎！好，你们就为寨子里的几千生灵做一做好事吧！"

出了李成梁的大帐，塔克世问觉昌安："阿玛，咱们能够说服阿台吗？要是说不服，咱们也走不脱了！"

"孩子，咱们试一试吧！为了你的侄女和几个外孙……"

塔克世看见老阿玛满脸是泪，就不再说话。

李成梁当然不会放他们带兵到阿台的营寨里去，觉昌安父子两人举着白旗、冒着飞矢一路报着自己的名字走向古勒山下严阵以待的阿台大寨……

进了大营后，阿台把两位长辈请到家里，嘻嘻地笑着问："两位老爷子是来为李成梁当说客的吧？"

阿台是他们看着长大的，从小就没正形。他到赫图阿拉串亲时，就看上了才十二三岁的礼敦的小女儿花姐，当着大人的面就抱着亲嘴，被觉昌安教训了一顿。同去的王杲却笑着说："我儿真是个女真汉子，才十四五岁就稀罕女人了！"隔了几天，趁晌午人们歇晌的时候，他给花姐用汗巾堵上嘴，抱到草垛里奸了。花姐是个不懂事的孩子，她提着裤子跑回家里，到处嚷嚷阿台对她做了什么事！礼敦可受不了啦，提着腰刀到处寻找阿台……

后来还是觉昌安做主，把花姐嫁给那个泼皮阿台。

看样子，十几年过去了，他还是那副秉性。

"阿台，你听我说，"觉昌安郑重地说，"咱们是至亲，又是你的长辈，不会误你的。而今，你犯了大罪，招惹得大明李大帅重兵压境。他想荡平古勒山，真像是踏破一个鸡蛋！你能够顶得了一天，两天……大军进寨后，还不是赶尽杀绝！为了你的一家老小，为了全寨几千口人，你就投降吧！我和塔克世带你一齐去见李大人，咱们磕破头地求他，他会饶恕你的！大明对咱们女真人，是一打二吓，不会不依不饶的……"

觉昌安还想说几句，可是他被阿台一口呛住。"老爷子，你别说了！你们一家给明朝当狗，还没当够呀？我们王家可不是你们那样的人！"他站起来，指着觉昌安的鼻子骂道，"我老阿玛直到死还是个响当当的女真汉子，我也不是孬种。现在我麾下有几千人马，寨子也是壁垒森严，李成梁真要打开我的寨子，也得拿出几千血肉之躯来换！他有吗？我打听清楚了，他只带了千把人，加上尼堪外兰的，你们建州的和另外几个帮他的部落，至多不到三千人！我看，在这儿缠上几天也就回去了，他奈何不了我！"

塔克还想帮着老阿玛说上几句，可是，阿台一扭头走了，还派了一队人马把觉昌安父子看了起来。

外面的明军看看觉昌安父子久不回来，知道事情并不像他们许诺的那样，起码很不顺利，李成梁叫来了尼堪外兰。

"这是怎么回事？"

"是怎么回事，不是明摆着吗？"尼堪外兰眨着他的两只小眼居心叵测地说，"人家是几代亲戚呀……"

"难道觉昌安和塔克世那两个老东西，就不想想后果？"

"后果是早就想过了。"尼堪外兰捋着他的小胡子，阴阳怪气地说，"他们呀，我是知道的，因为我曾经在觉昌安手下干过。他忘不了明朝对他祖上的血仇，将军只要想想就明白，几十年前他就是王杲一伙，后来看看敌不过大明了，才暂时回过头来归顺，那不过是权宜之计罢了……"

"怎么？他们现在觉得有本领和天朝对抗了吗？"李成梁不太相信尼堪外兰的话，望着几里路外的阿台的黑洞洞的坚固的寨墙。

尼堪外兰过去曾经是觉昌安的部属，做过他的小头目，后来觉昌安发觉他在下边挑拨离间，就把他赶跑了。他临走时，曾对觉昌安发下狠誓说：“你瞧着，不出三年，我就拉起个山头给你看看。”

离开觉昌安后，他就跑到李成梁那里去了，整天像条狗似的跟在李成梁的屁股后面转。几年前，李成梁在苏克素浒河边荡平了几个小部落，就把他安排到那里去了。从此，他有了自己站脚的地方，发展起来，现在也有点样子了！

他忘不了在觉昌安那里的耻辱。

“大帅，”他对李成梁说，“像觉昌安、塔克世这样的人，往往利令智昏，他以为凭靠着阿台那几千喽啰就可以和大帅相对抗了！”

“那我就叫他看看天朝的威力！”李成梁下令攻寨。

比起女真的土著来，明朝的军队素养就高多了。他们战斗力强，装备也好，那时，他们已拥有了大炮、火枪等先进武器。只一会儿，明军就逼近了寨墙，把阿台修筑了几年的寨墙、堡垒轰得七零八落。可是阿台有股子傻劲儿，他身先士卒守在锋口，激励、威吓士兵们誓死拼杀。

“兄弟们，给我打呀！背后是咱们的家，咱们的老婆、孩子，咱们的房屋、土地，如果敌人打进来，就要杀光、烧光、抢光，一切就化为乌有了！拼，也许有生的希望，不拼，那就是死路一条呀！”

古勒山的士兵杀红了眼，果然不顾一切地英勇向前，把逼近寨墙的组织严密、装备精良的明军硬是打退了几次。

到了夜里，明军只好把进攻停了下来。

李成梁纳闷道：“这就怪了，那阿台竟会用兵？”

“他没有什么，”尼堪外兰说，“可是觉昌安和塔克世却是两个身经百战的老兵了，他们虽比不上大帅，可是在女真部落里已是数一数二的了！”

“是他们在帮着阿台指挥？”

“我看那是一定的，您想阿台那小子哪有这么大的本领，如果只他在寨里，听到大军的炮响早就吓得拉到裤裆里了！”

李成梁没想到他的军队会在古勒山下受阻。如果拿不下古勒山，那他还有脸面回辽阳吗？只凭这件事就会给那些在朝的政敌们增加许多参劾他的口实！可是，面前的事实又让他寒心，寨子没打下来，却白白地损失了百多人。如果打下去，一定损失得更多，那样的话，就是把古勒山夷为平地，又有什么意思？消息传回京师，那些巧舌如簧的人，还不知怎样做文章呢！

这时，他心生一计，“尼堪外兰！”他叫道。

“奴才在！”尼堪外兰跑到他面前，躬下身子。

“你不是在觉昌安手下干过吗？那你就劝劝他，要他和他的孙女婿快快投降，如果说服成功，就是你的功劳。”

“好，我去试试。”

到了晚上，尼堪外兰带了一小队人马跑到阿台的寨墙前面，他先把自己隐蔽在一个土堆后面，然后令身边的士兵们向寨子里喊话：“不要放箭了，尼堪外兰奉大明总兵将令，有话要对王将军说话！”

城上像是很听话，一箭不发，静悄悄地候着。

尼堪外兰从隐蔽的地方爬出来，向前看了看。夜晚的上空，飘浮着厚厚的黑云。但凭着寨墙上的层层密密的火把，他还是能够看得清楚的。他看到明军的几次凌厉进攻已经把阿台的寨墙和堡砦大部摧毁了，如果李大帅再发动一次攻击，古勒山营寨就会被轰击得毫无屏障了。李大帅却在这时踌躇起来……

他慨叹一番，心想，也许是上天要把这大功劳给他留着吧？

他胆子大了，抻着脖子叫道：“古勒寨的兵丁听着，古勒寨的阿台将军听着，从建州来的觉昌安、塔克世两位贝勒也听着！我是奉了大明李大帅的命令来向你们喊话的！阿台、觉昌安、塔克世，现在，你们的寨墙、堡砦已大部分被轰毁，大军只要再发动一次进攻，你们就灰飞烟灭了。可是大帅可怜你们，可怜寨中几千女真人，令我晓谕你们：你们若是放下武器，出寨投降，大帅将既往不咎，饶恕你们！如若顽固不化，那将是大逆不道，必获严惩！古勒寨里的士兵、百姓也要听着，下面的话是对你们说的：你们是没有罪过的，不要给他们卖命了！只要放下武器，出城投降，就是顺民！大帅说过，谁若杀了阿台，把他的头送出城来，大帅就任命他为古勒寨的新寨主！”

尼堪外兰把以上的话重复了几遍。

实际情况是：明军的攻打，已经使古勒寨的抵抗到了极限，那些土著们从没见过这么凌厉的炮火，没想到他们修筑了几年的寨墙、堡砦在顷刻间被打得溃烂。最主要的是明军把他们的心理防线摧毁了，他们望着紧紧围绕着寨子的明军的营火，怕得要死……现在，听到尼堪外兰的喊话，似乎看到了一线希望。

不久，就有人从坍倒的寨墙上爬出来了。

当有人告诉尼堪外兰，有人开始出寨投降时，他十分高兴。他又走近寨子几步，这一回他看清楚了，一些人影就像小小的蚂蚁，从墙头上小心地往外流泻……

他兴奋得再也忍不住了，掉头就往回跑，并且喊着：“有人出寨投降了！阿台的兵溃败了！”

他不再躲避，直着身子猛跑，就在这时，一支流箭向他飞来，啄在了他的右肩膀上，他竟没有觉得，就带着那支箭跑去见他的大帅了。

阿台一脚把门踢开，看见觉昌安和塔克世正在孤灯下相对无言。他冷笑一声，对他们说：“明军的确厉害，他们一阵大炮，就把古勒寨轰毁了！顶多守到天亮，寨子就要破了……”

“那就赶紧投降吧!”塔克世说。

“晚了!”阿台说,“尼堪外兰已经奉李成梁之命向咱们喊话了。他说阿台、觉昌安、塔克世,你们都是大逆不道的罪犯……”

“……和……和我们两个有什么关系……”觉昌安颤颤巍巍地站起来,“你不要拉上我们,不要……”

“哈哈哈哈……”阿台发疯似的笑了好一阵,“不是我要拉上你们,是李成梁认为你们本来就是和我一伙儿的! 要不,你们怎么不出城回去呢?”

塔克世知道被这个阿台害苦了,抽出腰刀要和阿台拼命。他想只要杀了这个无赖,用他的头颅就可洗刷自己……

就在这时,古勒寨周围又响起震天动地的大炮声,接着听到响彻云霄的喊杀声。

“你们听,寨子破了,大明的军队杀进来了!”说着,阿台回身就跑。

他出了门没跑多远,就被他的部下杀死。

觉昌安、塔克世到了大街上,看到乱纷纷的人群,不住地涌出寨去,一时不知怎么办好。他们想迎着明朝大军的马头,找到李成梁,把事情的前因后果说清楚,可是他们能够说清楚吗?

“大帅,寨子破了,怎么处置这个贼窝呢?”在李成梁身边的尼堪外兰问。

李成梁想到古勒寨的顽强抵抗,想到战死的那一二百名士兵,想到这些土著给他的耻辱,他咬着牙根叫道:“全部杀光,一个不留!”

“那么,觉昌安、塔克世父子呢?”

“……他们嘛……”李成梁沉吟道,“先把他们拘押起来,问个明白再说!”

听了大帅的话,尼堪外兰动开了心思。看样子大帅还不想杀掉这两个人,可是如果不趁机除掉这两个竞争对手,以后就很难找机会了。

他没有再对大帅说什么,就领兵冲进寨去。

觉昌安、塔克世在寨口遇到了迎面而来的明军,大声叫道:“大帅在哪里? 李大人在哪里? 我们要见他……”

“站住,你是什么人?”几把明晃晃的刀架在他们的面前。

塔克世挺身护在老父亲前面,大声回答道:“我们是建州左卫都督……”

他还没有说完,就听到士兵背后有人叫道:“杀呀,还问什么? 大帅有令,对古勒寨的人要斩草除根,一个不留!”

觉昌安、塔克世认出站在士兵背后喊叫的人就是尼堪外兰,可是,他们没有时间辩驳,也没有时间闪避,眨眼间,他们就身首异处了!

古勒寨的士兵、居民大部被杀死了,只有几百个侥幸者窜逃出去,藏进了深山。寨内寨外到处是残缺不全的尸体。鲜血像无数小河沟在流。积聚了几天的乌云这时变成大雨倾泻而下，雨水也变成了血水，战胜者就站在齐膝的血水里……

李成梁下令寻找觉昌安、塔克世。

人没有找到，却找到了很像他们的两具尸体。大帅让尼堪外兰去辨认。尼堪外兰去了，不一会儿他回来报告说："大帅，就是他们……"

李成梁默然了好久。因为他们毕竟是朝廷的命官，他们的死，他是要向朝廷做出说明的。

"是谁把他们杀了呢？"他问身边的人，也似乎在问自己。

尼堪外兰说："大帅，那时，带着愤怒的士兵，有如猛虎下山，他们见人就杀，想是把他们误杀了！"

"误杀？"李大人回头问。

尼堪外兰被李成梁的目光逼得低下了头。

但，李成梁不想节外生枝，"误杀"就是个现成的解释。他下令把他们的尸体放在一处安静的地方，并派人到赫图阿拉通知他们的家人。

六

努尔哈赤、舒尔哈齐带领着他的兄弟们向古勒山纵马奔驰。在他们后面的是他的几个伯叔辈的人。

他们是在昨晚听到消息的，这消息就像晴天霹雳落到他们家。他们家族各支之间为了各自的利益原是有着许多嫌隙的，可是不幸使他们团结起来了。妇女们立刻号啕哭叫，拿眼泪洗濯这难以忍受的伤痛。男人们却没有被这天大的灾祸压垮，他们抑制着悲伤齐集在爱新觉罗家的正堂里商量对策……

激烈的人主张派出代表到辽阳去，质问李大人，稳重的人提议先想法子把事情弄清楚再作进一步打算。他们怕和明廷搞坏关系。建州卫的都督是世袭的，人是死了，但那职位还是爱新觉罗家的……

"到古勒山去！"努尔哈赤叫道，他那咄咄逼人的目光，使大家的眼睛都转向他，"爷爷和父亲是带兵去帮助明军平贼的，却被明军'误杀'了！这其中有许多可疑之处，这些疑窦只有到古勒山才能够揭开！咱们不要在家里猜测、议论了，立刻驰往古勒山！"

按说，努尔哈赤上有十数个长辈，实在轮不上他来领头说话。可是，新起来的一辈人都围绕在他的周围，他又是遇难的塔克世的长子，他的领头地位便确定了。

"我同意大哥的主张，到古勒山去！"舒尔哈齐首先站到了哥哥一边。

"对，别在家瞎嚷嚷了，赶紧到古勒山去！"

长辈中也有人觉得应当先到古勒山寨。他们说："事情发生在那里，不去就搞不清楚，再说，两具尸体挺在那里，得收殓后运回赫图阿拉。”

努尔哈赤不再理他们了，他和舒尔哈齐冲出了正堂。一会儿就在大道上驰骋了。

第二天一早，他们到了古勒寨。

天阴沉沉的，大雨停了，小雨却仍在下。明军已经大部撤走，只留几个官员和百多士兵在寨外。

努尔哈赤和舒尔哈齐兄弟见到了祖父和父亲的尸体。

舒尔哈齐等家属呼天抢地地痛哭起来，努尔哈赤却一声没吭，他只是望着死去的亲人，眼睛里燃烧着火焰。

两具尸体都没有清洗，仍然像他们刚刚遭遇灾难时那样，血肉模糊、衣服零乱，父亲的脸蹙缩着，大概死时极为痛苦。爷爷的白头发遮去了半个脸，露着的那只灰蒙蒙的眼睛望着上方，好像不明白为何会遭遇如此下场。他的伤口在胸膛上，那可怕的血洞仍然沁着黑血。父亲的脖子被砍断了一半，所以，头歪得厉害，那断了的气嗓骨在紫黑的血肉间，白得耀眼……

“你们光知道哭，哭！就不知想想别的有用的事吗？”

由于努尔哈赤吼叫的声音太大，且有些异常，小兄弟们的哭声停止了，都围到了他身边。

“走，到寨外去找官家说理去！”

“对，找他们去！……”

他们刚刚走到寨口，迎面遇到赶来的伯叔们。

觉昌安的六弟豹石喝住他们：“哪里去？”

“六爷，”努尔哈赤向前对豹石说，“爷爷和阿玛不能就这样白白地死了，我们找明朝的官员说理去！”

“那急什么！”豹石瞪起眼睛，他早就讨厌这个桀骜不驯的孩子了，“看到你爷爷和你父亲了吗？”

“看见了。”

“给他们收殓了吗？”

“还没有……”

“你这个孽种！”豹石叫道，“两个死人在那里挺着，你却先去惹事！”

“怎么是惹事呢，六爷？”努尔哈赤说，“爷爷和父亲本是帮助明军剿贼的，到头来却被明军杀了！这理不得讲一讲吗？”

“是得讲，但这家族里，比你大的长辈有许多呢，也用不着你来出头！”

“是的，你算老几！”站在豹石身后的他的儿子康嘉和绰其达一齐叫道。

努尔哈赤知道再说下去，就要和他们动武，就不顾他们的拦阻，把头一甩，说：“兄弟们，咱们走！过了这个当口，找谁说去！”

出了寨子，他的身后除了舒尔哈齐之外，没有别的人了。原来经过六爷豹石的阻拦，他们又扭头回寨子里去了。

“哥，咱们还去吗？”舒尔哈齐也犹豫了。

努尔哈赤拉着舒尔哈齐的手，“舒尔哈齐，他们怕明朝，怕伤着爱新觉罗家族的翎毛，你也怕吗？”

“哥不怕，我就不怕！”

“那就跟哥哥走！”

他们走没多远，就见东北那方来了黑压压的一彪人马，看那穿着，不像明军，就站了下来。

那群人走近了，为首几个人一齐叫了起来：“大哥，我们来了！”

努尔哈赤认出来，他们是佳木湖的弟兄们！

在这样艰难的时候，在他最最需要帮助的时候，额亦都他们来到了他的身边，这是何等重要呀！

努尔哈赤高兴极了，他和舒尔哈齐连忙迎上前去。见面后他们互相行礼、拥抱，问长问短，好像几年没见似的。实际上他们分别还不到一年，而且在这其间，还相互不断地派人询问。

“你们怎么来了？”

额亦都说：“惨案发生的消息昨天就传到佳木湖了，弟兄们挂牵着你，大家一商议就赶来了！”

“你们带来了多少人？”

“有二百多人，够了吗？”

“够了，”努尔哈赤说，“这时候用不着多少人……”

安费扬古说：“大哥，吃用都不用大哥操心，我们都带着。”

努尔哈赤打量一下他们身后的士兵，一个个除了手执的军械外，背上都各有一个大包袱，沉甸甸、鼓囊囊的。

额亦都、安费扬古、费英东等几个兄弟知道，大哥一下子失去了两位亲人，那哀痛是不用说的。他们一时也说不出什么安慰的话，只是劝他保重、节哀。

努尔哈赤对着自己的结拜兄弟才哭出声来，他的声音是那么大，那么痛，就像只受伤的老虎。大家好不容易才劝住他。

他不能说话了，舒尔哈齐把祖、父的死对额亦都等兄弟说了一遍。大家都愤愤不平。

“我爷爷、阿玛都是死心塌地忠于大明的，”努尔哈赤用衣袖抹一下泪水，“这次他们领兵去和明军汇合，本是帮助明军的，到古勒山寨担当说服阿台的任务也是李成梁叫去的。可是寨子破了后，却被明军杀了……”

额亦都问：“大哥打算怎么办呢？”

"明军的几个官员还在这儿,我要找他们说理去!"

费英东叫道:"对,绝不能忍气吞声!"

"走吧,"久久在一旁憋着的洛寒说,"大哥到哪里去,我们就跟到哪里!"

到了明军留守处的寨门,守门的人见来了这么多人马,有些慌乱,赶紧报了进去。留守是李成梁手下的一个千总,姓吴,叫吴竟。他的任务只是留在这里待几天,如果有"余匪"继续与朝廷为敌,便进行弹压。

努尔哈赤到了军营门口,岗哨拦住他。

"我是被你们杀死的前建州左卫都指挥使觉昌安的孙子、现袭职为建州左卫都指挥使塔克世的长子努尔哈赤,来见你们的驻守长官说话。"

岗哨问:"人死了,就收殓一下运回家好了,还说什么话?"

一旁的费英东沉不住气了:"和这小子唠叨什么,冲进去算了,这些东西就是山林中的猴子,不叫他们见见血,他们不会害怕,也不会说人话的!"

可是努尔哈赤伸手挡住了费英东说:"不要和明军兄弟说难听的,咱们找的是他们的长官……"

经努尔哈赤这样一说,那岗哨对他们和气了,他忙回身到大帐去。"你们等一等,我再次给你们通报。"

过了一会儿,那当兵的回来说:"千总老爷请你们进去,可是只准一两个人……"

费英东等兄弟又要发作,努尔哈赤说:"好吧,大家在外面等一等,我和舒尔哈齐去见长官大人。"

从与明朝打交道开始,直到他建立大金国,努尔哈赤在表面上始终坚持不触怒、不刺激、不失礼、奉大明正朔的原则。这条原则,给了他主动,也给了他转寰的余地和十分宝贵的时间,这是他的高明之处。

进了千总的大帐,一个粗壮的汉子站起身来,努尔哈赤打量了一下,见他消瘦面孔,几根黄胡子,一双小眼睛十分逼人,他仍然一身铁铠就像从战场上刚刚走回来。

他指着他桌案前的两条窄窄的木凳,要努尔哈赤兄弟坐下。

"您是千总大人吧?"努尔哈赤问。

千总大概早就得到过李成梁的吩咐,所以像是有所准备。他点点头,向面前的两个女真青年简单地介绍了自己,他说:他叫吴竟,对两位老都督的死很感难过……

千总的态度使努尔哈赤有点意外。他原以为千总会耍无赖,会赖账,会对女真人横鼻子竖眼,可是他却没有。

"人死了,光感到难过就行了?"舒尔哈齐叫道,从木凳上站起来。

努尔哈赤把舒尔哈齐按下,小声对他叱道:"别乱说话!"

"大人,"他对千总说,"我们爱新觉罗家为大明守边几十年了,一直奉公守法,勤劳忠恳。我家珍藏的朝廷敕令可以证明……"

“是呀，是呀，”千总说，“这些事，李将军对在下时常说起。”

“这一次，我们的爷爷、阿玛本是听从李将军的召唤，带领军队去参加平贼的，到寨里去劝说阿台投降也是奉了大将军的命令，可是寨子攻破后，却被明军杀掉！我们全家实在不理解！这件事在整个辽东影响很大，很多女真首领都很寒心，觉得这就是为大明尽忠尽职、拼死效力的结果，有的人甚至在背后笑话我们，说这是给大明当走狗的下场……”

“谁敢这样说话！”千总把桌案一拍，叫道，“谁这样挑拨女真人和大明的关系，我们就坚决地惩治谁！这还了得，这是造反的话！”

千总有点故作姿态，但努尔哈赤借着他的话说了下去。

“大人，大明朝必须对我家亲人的死给个说法，要不，女真人不服，女真人的百多个首领不服，以后，大明在辽东再也找不到为它出力的人了！”

“李将军知道你们家会来人的，”吴竟至此说了实话，“他告诉我说：觉昌安和塔克世两位大人都是误杀。那一日，大军进寨后，贼军仍然十分猖獗，激起士兵们的愤怒，你们知道，在激战中，出这种错误是常见的……回到辽阳后，李将军已将这件事向朝廷专门写了奏本，想朝廷不日就做出决断的！”

“朝廷有什么决断呢？”舒尔哈齐又忍不住了。

“朝廷的决断，谁也不敢乱说，”吴竟谨慎地说，“不过一定是有利于你们的，我大明朝对于那些有功于朝廷的人是决不会忘记的，请你们放心！”

“大人，我想问一件事情……”努尔哈赤说，看着吴竟的眼睛。

“请公子说。”

“当时，那个尼堪外兰在哪里呢？”

“啊哈，你问的是那个图伦城的城主吗？”吴竟干笑了一声说。

“大人，我问的就是他，他……那天在哪里？”努尔哈赤追问道。

“我跟你说实话，那家伙是个多嘴鸟，他一直在说你爷爷和你父亲的坏话。”看样子吴竟是个直爽人，他那两片嘴缺少个门岗，“要不是他，你们那两位长辈也许死不了呢！”

“大人，请您说得详细些好吗？”

“公子，我也是听说的，具体是怎样的，我也没有看到。”吴竟见努尔哈赤追着问这事，警惕起来，那件事，一个字也不吐了。

“大人，人已经死了，谁也不能让他们复生。——我看大人是个直爽人，很想和您交个朋友。”努尔哈赤把身上带着的一个金元宝拿出来，放在桌上。

吴竟是个财迷，一看见那个晃眼的东西，心动了，就说：“两位公子若是真想知道那天的情形，我可以告诉你们，不过决不可说出去！”

“放心，我怎么会害朋友呢！”努尔哈赤说，“以后大人到赫图阿拉，我的家就是您的家！”

“话说到这里了，我就对两个兄弟掏心窝子了！”

努尔哈赤和舒尔哈齐走到他的桌案边，坐下。

“那天的经过是这样的……”吴竟把他的小胡子捻了又捻，“我奉李将军之命带领我的士兵杀进寨去，当然是见人就杀。只见人头乱滚，鲜血迸洒。这时，你的两位长辈从寨内冲了出来，大声喊着：‘我们是建州左卫的觉昌安和塔克世，将军在哪里？我们要找将军说话！’冲在前面的几个士兵站住了，他们在等后面长官的命令。我们几个当官的还没有说话，夹在我们中间的那个尼堪外兰高叫道：‘你们在等什么？将军的命令说，要鸡犬不留，你们杀呀！’说时迟那时快，你们的两位长辈就死在乱军中了！”

“原来是这样……”

“两位公子，”吴竟自觉多说了话，就找补着说，“你们说得很对，人死了就活不了，千万不要再生事端了。你叫什么来着？是叫努尔哈赤吧？你是塔克世的长子，是适于袭爵条件的。我看你是个有为的人，我立刻给你报上去……”

袭爵这事儿倒没让努尔哈赤动心，但他从吴竟这儿却得到了一个重要消息。他满足了，拉着舒尔哈齐走出了千总的大帐。

这天夜晚，在古勒山下的一间小屋里，对着一盏孤灯，努尔哈赤、舒尔哈齐和他们佳木湖的弟兄们秘密地聚会。

努尔哈赤把自己去见明军千总的事详细地讲了一遍。

费英东搓着两只大手说：“奶奶的，咱们还等什么，现在就到图伦去，把那个尼堪外兰宰了！”

额亦都说：“也许那个姓吴的千总说的是真的，可是没有明军进攻古勒山寨，尼堪外兰想借刀杀人也不成！”

“是呀，”安费扬古说，“总账还是得算在明朝的李成梁身上！”

争论开始了，兄弟们有的说明朝的李成梁势大气粗，咱们一时打不过他，咱们可以先从尼堪外兰身上开刀。杀了那个龟孙子，也让那个李成梁知道，咱们女真人并不都是抻着脖子让他们任意宰割的！有的却说尼堪外兰虽然可恨，但他毕竟是咱们女真人。他是受了明朝边官的挑拨才出卖自己的同族的。上百年来，明朝就是对我们女真人拉一帮打一帮，我们可不要再中他们的奸计……

最后，他们的眼睛都望着努尔哈赤。

努尔哈赤呷了一口水，对兄弟们说：“毫无疑问，明朝是咱们真正的敌人，但目前我们还不敢动他。我过去在佳木湖的时候曾对大家说过，它太强大了。不仅现在，就是我们拉起几万、十几万人马以后，还是不能招惹它……”他说得斩钉截铁，“我们兄弟必须认识到这一点，对大明，我们决不能轻举妄动！那么就这样算了吗？不！怎么办呢？那就把账先算在尼堪外兰身上！如今，明朝明显地在保护尼堪外兰，我们打他，就等于打在大明身上……”

努尔哈赤看看面前的兄弟，他们还在倾听他的话。有的明白了其中的奥妙，在轻轻地点着头，有的仍旧希望他往下说。

急性子的舒尔哈齐喝不下这壶慢“茶”，问他道：“你说完了，哥？”

“别急，我还要往下说……”

“大明杀了我的两位先辈，这是它欺压我女真人的又一铁证，是对我们女真人的侮辱！但是从另一方面来说，又给了我们兴起的契机！我们就可以向尼堪外兰报仇为名，招兵买马、组织军队……”

说到这里，大家一下子领会了努尔哈赤的用心，大家相互望着，兴奋的火花在每个人眼睛里跳跃。

额亦都搓着手说：“好呀，好呀！这样咱们就可名正言顺地起兵去攻打尼堪外兰，如果有部落帮助他，咱们就一起把它们收拾了！”

安费扬古说：“他现在还在大明的羽翼下，有人会出来抱明朝那根粗腿的！”

“那好得很！”洛寒说，“也许因为尼堪外兰这件事，咱们可以把半个辽东抓在手里！”

“看样子，咱们可以大干一番了！”费英东坐不住了，他站起来叱叱咤咤地吵。

“在这时候，咱们必须走一步看一步，但每一步都不能出错！”努尔哈赤知道不能由着兄弟们的性子来，这些人就像是一匹匹骏马，手里的缰绳是不能松开的。

第二天，努尔哈赤一面和家族里的人料理两位长辈的后事，一面安排额亦都等兄弟回佳木湖。佳木湖在两座山的中间，很是隐蔽，要组织军队还是在那里比较好。那些山窝窝里可以藏下几万精兵。

几天后，爱新觉罗家族的人便扶柩往建州赫图阿拉进发。

路上，努尔哈赤的十几个长辈仨一堆五一团地嘁嘁嚓嚓。努尔哈赤明白，这时候，虽然两具大棺材就在他们旁边，可是他们已经把两位死去的亲人忘记了。他们在关心塔克世死了，究竟由谁来袭任建州左卫的都指挥使（俗称都督）？觉昌安的几个兄弟中仍然健在的还有两个。塔克世的五个兄弟都还很健壮。他们都望着那个在女真人中有点显赫的职位。

可以有两种袭爵方式：一是由前任都督的兄弟继任，那么觉昌安的兄弟，塔克世的兄弟都有份儿。二是由现任都督塔克世的长子来继任，那就是努尔哈赤了。

可是努尔哈赤从小就在塔克世面前不受宠，在叔伯们眼中也是根扎眼的刺。他们是绝不愿意由他来袭任这个手握大权、满身光彩的职位的。

袭了都指挥使，就等于做了整个爱新觉罗氏的家长，努尔哈赤的长辈能够接受他来指手画脚吗？

古勒山离赫图阿拉有两天的路程，由于带着两具棺木，还要早晚进祭，就走得慢多了，得三天才能到家。

就在离开古勒山一天多的时候，从辽东巡抚府来的快马就赶上了他们。他们是赶来转达朝廷任命的。

爱新觉罗的家族们按班辈分在路边跪了下来。

朝廷的敕令很简短。“敕令：爱新觉罗氏努尔哈赤袭领建州左卫都指挥使，随赐敕书三十道、御马三十匹。钦此。”

努尔哈赤的同辈人还没表现出什么，他的十几个长辈们却呆住了。辽阳的来使却不等他们反应过来，也许就怕他们有什么反应，连忙骑上快马跑了。

他们没有留下应该给的敕书和御赐的马，那得努尔哈赤亲自到辽阳去领取。

过了许久，努尔哈赤的六爷豹石先领着他的两个儿子骑上马跑了，他一开溜，别的爷爷、伯伯、叔叔也陆续地走了。

最后，只剩下努尔哈赤、舒尔哈齐和几个小兄弟。

他们跟着两具大棺材又在路上晃荡了一天半才回到了赫图阿拉。

那些先行回到赫图阿拉的长辈们，在两天内就把爱新觉罗大家族的财产分完了，留给努尔哈赤和舒尔哈齐的就是他们原有的几间破屋。他的妻子佟佳氏腆着个怀孕几个月的大肚子向他哀哀地哭。

“努尔哈赤，咱们怎么办呀……他们什么也没给咱们留下……”

努尔哈赤蹙着眉毛说：“哭什么？你不是有我，还有舒尔哈齐么？”

舒尔哈齐把脖子一挺，叫道：“太欺负人了，我去和他们讲理去！”

他跑到门口，又被努尔哈赤拉住，“舒尔哈齐，在家里是无理可讲的！”

“哥，你是怎么了？你连明军的千总都不怕，还怕自己家里的人吗？现在你是都督了，就更什么也不用怕了！”

“舒尔哈齐，你哥不是怕他们，是讨厌窝里斗，”努尔哈赤对舒尔哈齐说，“有本领咱们和尼堪外兰斗，和大明斗！”

“哥，你看吧，他们就是咱的敌人！”

“也许是……”努尔哈赤说，“他们就算是敌人，也要等待他们来打我们，我们是绝不对家里人先动手的！”

“哥……”舒尔哈齐冤枉得哭了。

努尔哈赤没有去和长辈们争财产，却和舒尔哈齐来到了父亲的仓房里。那里没有什么正经东西，所以，早回家的叔伯辈也没有到那里抢掠。

打开仓房的门，满屋是厚厚的尘土。在尘土下面有些锈蚀斑驳的武器，腰刀长矛都有不少。努尔哈赤对舒尔哈齐说：“这些东西还是有用的，可以捡出来，找下人打磨打磨……”

“哥，人家要的是金银珠宝，土地房舍，你要的却是破铜烂铁！”

“好兄弟，别发牢骚了，有时候，这些破铜烂铁比金银珠宝更有用！”

舒尔哈齐呆了好些时候，才帮着哥哥干起活儿来。

他们在仓房干了一天，才把那些武器清理得差不多。努尔哈赤的夫人给他们做了饭送来，吃了饭，努尔哈赤要接着干，可是舒尔哈齐却不想翻捡这些破烂东西了。

“哥，我的腰痛……”

“那么，你回家休息吧！”

“哥，我想和你一起回去。”

“那就把墙角上那口大箱子打开看看，然后咱们就回家。”

墙角那只箱子很大，他们想把它拉到房子中间，好打开清理一下。可是他们用尽吃奶的力气也没有拽动。

“哥，咱们要发财了，这么沉，想是藏了一箱子金元宝吧？”

努尔哈赤没有答理舒尔哈齐的话，他踏上一只木凳把箱盖揭了开来。

“啊！……”他叫道，“舒尔哈齐，咱们真是要发财了！”

舒尔哈齐惊喜地叫道：“哥，真是金银财宝吗？”

“比金银财宝还宝贵呢！”说着，从箱里拉出一团东西，重重地摔了下来。

那是一副锁子连环甲，上面的铁片一点也没有锈蚀，还明晃晃的呢！

“是铠甲呀。”

“是铠甲，”努尔哈赤说，“怎么？这不是好东西吗？”

“有多少？”

“咱们拿出来看……”

努尔哈赤一副一副地从箱子里翻拣出来，扔给舒尔哈齐。舒尔哈齐一副一副地数着，数到十三副……

“哥，你再往下扔呀！”

“没有了。”努尔哈赤说，“没有了，父亲就给咱们留下了十三副铠甲……”

舒尔哈齐一屁股蹲在地上，伤心地说：“哥，这点东西，有什么用呀！”

努尔哈赤从木凳跳到地上，端详着、翻弄着那些铠甲，那甲片的闪光在他脸上闪耀着。“舒尔哈齐，咱们就从这十三副铠甲开始干吧。把它变成一百三十副，一万三千副，十三万副……我们就打遍天下了！”

“哥，那多么遥远呀！”

努尔哈赤站起身，透过大门，望着那邈远的星空，他说：“舒尔哈齐，那就看咱们的本领了，长生天是会帮助咱们的。”

七

万历十一年（1583）三月，努尔哈赤借到辽阳领取敕书和御马的机会，又见到了李成梁。因为辽东的形势有变，朝廷也暂时不动他这个“辽东王”了。所以，这个已经发福的五十几岁的老汉，一副志得意满的样子。

因为努尔哈赤曾经在他身边“伺候”他许多年，他对努尔哈赤分外客气。至于因努尔哈赤脚下的七颗红痣引起的事端，由于时过境迁，李成梁当然也就不再提起了。

“啊哈，努尔哈赤，你终于成了建州的都督之一，老夫祝贺你！”见面后，李成梁这样说。他叫侍从备茶招待。

努尔哈赤恭敬地给李将军行了礼，搭讪了几句后，就说到爷爷和父亲的死。

“努尔哈赤，那是误杀！”看样子，李成梁咬住这一结论是不改口了，“军队嘛，打起仗来就像下山的老虎，指挥官并不能准确地掌握它……”

努尔哈赤也不想在这点上和李成梁争什么，但他提出尼堪外兰的事，“大帅，我已经调查清楚，祖父、父亲的被‘误杀’和尼堪外兰是很有关系的……”他把从千总吴竟处听到的攻进古勒山寨后的具体情况说了一遍。

“努尔哈赤，是谁告诉你的？”李成梁的面色阴沉了。

“大帅，我只问您，这是不是确实的？”

“努尔哈赤，你得告诉我是谁对你说的，我好去调查。”

努尔哈赤当然不会说出吴竟的名字，虽然他并不想保护吴竟。“大帅，不只是一个人对我讲。您想，那天，在尼堪外兰周围有很多人，有女真人，也有您的士兵，事情不可能被人遮盖住……”

李成梁的眼睛眯细了，显然，他不高兴努尔哈赤追着不放的态度。“告诉我，你想怎样？”

“大帅，我对您和明军没有丝毫意见，我的长辈的确是被‘误杀’的。可是，那个尼堪外兰在这事上脱不了干系，对他这个和我家有世仇的家伙，我们是不会饶恕的！我听说这个作恶多端的尼堪外兰竟躲在明军的某个卫所里，我希望大帅能够把他交给我们……”

尼堪外兰是李成梁亲手扶持起来的，打算把他作为明军在辽东的忠实走狗之一，怎会把他交出去呢！再说，在他执掌辽东大权的几十年里，还没有一个女真头儿敢像努尔哈赤这样对他死乞白赖地要求什么哩！李成梁生气了，一生气态度自然就强硬起来。

“努尔哈赤，你要明白自己是和谁说话？”

“我和大帅说话……”

“不，你是通过我和大明天子说话！”李成梁想把努尔哈赤压服，“朝廷已经下了结论的事，就是铁案，是不能更改的。”

“大帅，您觉得这样公道吗？”

“很公道呀！你看，在战争中，你的两位亲人突然遭难。对于这件事，朝廷和我本人已经表示对你家致歉，朝廷为此发给你敕书、御马，还令你袭位做了指挥使。我觉得够可以的了！”

“大帅，我对朝廷的恩赏感激涕零。我只是向和这事有直接关系的那个女真人尼堪外兰报仇，难道这……大帅也要管吗？”

“管！”李成梁被努尔哈赤的表面谦恭、内里强硬的态度激怒了，“你祖父、父亲的事已经了结，现在你又提出额外要求，太过分了！老夫认为你向尼堪外兰问罪，实际上是旁敲侧击我大明朝廷！那是绝不允许的！”

“大帅，尼堪外兰……”

“告诉你，努尔哈赤，我们是要帮助尼堪外兰的！我已下令把嘉班城交给他，让他在那里发展，将来做满洲国的国主！”

努尔哈赤从辽阳回到赫图阿拉，他会见李成梁的事，虽然没有对任何人说，可是，明朝官方坚决支持尼堪外兰的态度和准备让他做满洲国的国主的消息不胫而走。这使建州各部落在几天之内分成了两大阵营。

尼堪外兰的声望急剧上长，势力猛增。许多女真头头纷纷投到他的麾下，以为有了大明和李成梁的支持，他就是棵不倒的大树了！

最使努尔哈赤难堪的是他的族人，他们也抛弃了他，而向尼堪外兰靠拢。努尔哈赤曾经把尼堪外兰挑唆明军杀害觉昌安和塔克世的事实一再地对他们说，声泪俱下地请他们决不能和仇人站在一起，可是家族内的恩怨是说不清的。由于努尔哈赤袭了爵位，他们宁肯和尼堪外兰沆瀣一气，以压倒努尔哈赤的气焰，也决不支持那个在他们看来侥幸得逞的坏小子！

在这些人中，以觉昌安的两个弟弟五爷豹郎刚和六爷豹石最为活跃，他们带领几个儿孙在爱新觉罗家的祠堂发誓，要杀掉努尔哈赤，归顺尼堪外兰……

有了大明的支持，有了许多女真头目的拥护，尼堪外兰更加气焰嚣张，他给努尔哈赤写了一封信，信中说你虽然百般诬赖我，但我大人不计小人过，你只要率领建州左卫归顺我，我就给你恩惠，像兄弟那样待你……

努尔哈赤身处逆境，且险象环生，舒尔哈齐和几个贴心的兄弟劝他到外边躲一躲，待事态平静后再回到赫图阿拉。

“不，这是我的家，我的封地，我若是离开，岂不是向他们认输！”

他派舒尔哈齐到佳木湖去，把驻扎在那里的部队调来。

虽然只有不到一年的时间，额亦都和他的兄弟们在那几条山坳里已训练了三千精兵，还新添了几员大将。这个数目的兵力，在女真各个部落间也算是强大的了。

得到努尔哈赤的命令后，额亦都留下一千人守寨，他和安费扬古、费英东、洛寒等将领带两千人马急急地向赫图阿拉驰去。

两天后，他们赶到了那里。赫图阿拉从没见过这么多的兵马，一时被镇住了。

兵马来了，得有所行动才行。努尔哈赤提出发兵去苏克素浒河的图伦城攻打尼堪外兰。这一次，几个拥护他的结义兄弟中也有人起来反对了。他们说：“现在尼堪外兰兵强马壮，拣这样的时候对他开战，还会有我们的好果子吃吗？”

努尔哈赤说：“表面看来好像你们说的那样，整个建州似乎都倒向了尼堪外兰一边，其实不然，如果我们仔细地瞧瞧就可发现，还有许多部落在观望，他们盼望着有人出来挑旗和尼堪外兰对垒。这正是我们出头的时机……”

他的主张立刻得到了舒尔哈齐、额亦都等兄弟的支持。

于是，在五月中旬，努尔哈赤毅然地举起讨伐尼堪外兰的大旗。

果然，努尔哈赤预料的事情发生了。就在尼堪外兰的“后院”里，在他的周围，有几个小部落敢于拂尼堪外兰的虎须，坚决地跑到努尔哈赤这边来了。

他们对尼堪外兰卖身投靠大明，领着他们杀害本族人的行为很是痛恨，他们绝不情愿去依附这样的人！其中有萨尔浒城主瓜拉、瓜拉之弟诺米纳、嘉木城主噶哈善、沾河寨城主常书及其弟弟杨书等七八个有影响的人。

这是个很大的转折，面对着尼堪外兰一伙儿来说，他们称得起是另一阵营。这转折不仅稳住了赫图阿拉，还影响了整个辽东局势。

瓜拉、常书等请求努尔哈赤：“念吾等先众来归，毋视为编氓（普通老百姓），望待之以骨肉兄弟！”

努尔哈赤十分高兴，立刻对他们说：“你们都是我的好兄弟、亲兄弟，我怎么会把你们看成是普通百姓呢！”他在赫图阿拉的广场上杀牛祭天，和来投的各部落的首领跪下对天盟誓，他们表示为了打击共同的敌人，永结同心，永不背盟！

额亦都悄悄地问努尔哈赤：“为什么不把统一女真写进誓言里面？”

努尔哈赤回答道：“额亦都，他们也许只能和我们走一小段路，就是共同对付尼堪外兰，你提出我们的最终目标，会把他们吓跑的！”

这天，他把没舍得用的父亲留下的那十三副铠甲拿出来，赠给额亦都、安费扬古、费英东、洛寒……以及新来的噶哈善、常书、杨书等兄弟。

五月下旬，努尔哈赤的大军发向尼堪外兰的图伦城，一路上并没有受到女真部落的阻挡。

尼堪外兰在图伦城经营了几年，城高池深，城中也有两千多人马。努尔哈赤的人马虽多虽勇，但要拿下图伦城也不是易事，可是无奈守城的人在心理上先溃败了。

尼堪外兰听说努尔哈赤的大军到了，吓得魂不附体。眨巴着两只小眼睛对他的一群幕僚和将军们说：“你们看，这是怎么回事呀？努尔哈赤的祖父和父亲是被大明军队误杀的，和我有什么关系？他倒来找我报仇了！”

一位将军对他说：“城主老爷，到底和您有什么关系，以后再说。现在努尔哈赤的大军就在城外，你得想个法子呀！”

“法子倒有一个，就是派人赶紧去向辽阳的李大将军报告……”

“向辽阳报告，那当然要紧，不过，到辽阳来回得三五日，李将军派兵来怎么也得十数日，可是努尔哈赤就要攻城了！”周围的人纷纷说，催他带领众将官守城。

尼堪外兰是因自己挑唆明军杀了人理亏呢，还是他天生就是个能做不能当的人，反正他十分害怕努尔哈赤。他犹豫了半天，终于到了城上。他站在城楼向远处一望，只见城外山林间，人流涌动，旌旗招展，只做饭的炊烟就把个图伦城包围了起来。他问身边的将军：

"你看,努尔哈赤有多少人马?"

"最多也不过三千人……"

"多!多得多!"尼堪外兰对将军说,"你是怎么看的?还是领兵的将军哪!我看至少有一万人!"

将军不再和他争论,只是向他建议:"城主老爷,我看趁努尔哈赤立足未稳,先发制人,今晚对努尔哈赤的大营发动偷袭……"

"你是怎么啦?"尼堪外兰愣起眼睛,"偷袭?你想得倒美!你一出城,人家就会趁机打进来,只有傻瓜才那样想呢!你知道努尔哈赤是什么出身?"

"属下不知。"将军说。

"努尔哈赤跟随李成梁大帅多年,那时候,他就在和蒙古人的征战中锻炼了一身本领。他用来对付咱们是绰绰有余!……"

大概将军看出尼堪外兰已经吓坏了,根本无心抵抗,就说:"老爷,您如果想逃的话,我知道一条无人知晓的小路……"

但努尔哈赤没有及时前来攻城。

在图伦城的山林间,努尔哈赤军起了内讧。

萨尔浒城的诺米纳率领他参战的三百人离开了战场,虽然只是三百人,但对整个战局影响是很大的。

原因出在努尔哈赤的本族人。

觉昌安的三哥曹昌刚的四儿子隆登儿看到明廷支持尼堪外兰,觉得那是一棵能够遮阴避雨的大树,就想去投靠他,要投靠就得有一份重重的进见礼。在这关键时刻,没有比给图伦城解围再好的礼物了。

于是他找到诺米纳的弟弟奈哈达,对他说:"老弟,你家就要有灾祸了!"

"我家……有什么灾祸,老兄别吓唬人!"

"你家的两个哥哥,不是领兵跟随我家那个逆子努尔哈赤去打尼堪外兰去了吗?"

"是的,他们去了。"奈哈达挤着两只满是眼屎的眼睛,想着隆登儿的话。

"尼堪外兰如今是明朝的大红人,镇守辽阳的李成梁已经把嘉班城给了他,并想把他立为满洲国的国主。你的两个哥哥却在这时候去招惹尼堪外兰!大明朝廷会出面干涉的,李成梁如果恼了,他一伸手,消灭你哥哥那样的人,还不是等于拍死几只苍蝇?"说着隆登儿哈哈大笑起来。

"你别得意,"奈哈达说,"如果大明朝廷要镇压捣乱者,你们那努尔哈赤首当其冲,他才是罪魁祸首呢!"

"那我们知道。"隆登儿自得地说,"我们家族已经为此开过几次会议了,大家一致表示把那个努尔哈赤开除出家门,并派出代表去辽阳和李大人联系……关键是你们家得有个立场明朗的态度。"

奈哈达听了隆登儿的话，一刻也不能安住，当夜就追上了努尔哈赤的大军，见到了两个哥哥——瓜拉和诺木纳。

瓜拉的态度仍然很坚决，他说："大明朝廷支持尼堪外兰不是一天、两天了，我们早就知道，他是我们女真人的败类，说什么我们也不应该和那家伙站在一起！"

"哥，"诺木纳说，"不和尼堪外兰站在一起是一回事，跟随努尔哈赤去打尼堪外兰是另一回事！——咱们反对尼堪外兰，李大人不会怎么样我们，如果我们对尼堪外兰动刀动枪了，那就是造反，可是灭九族的大罪！"

诺米纳的话给瓜拉很大的震动，但他是条硬汉子，就是要命也不会出尔反尔，何况，他已经和努尔哈赤对天盟誓了呢！"诺米纳，人要有点骨气。我觉得咱们萨尔浒要想在女真族中有点影响，那就得做出点大事来让人家看看……"

"那，你就跟着努尔哈赤做你的大事去吧，我要领着我的人马走了！"

萨尔浒城，瓜拉是首要的城主，可是诺米纳也有自己的势力。这次军事行动，他出动了三百人。

诺米纳的临阵背叛，使努尔哈赤非常生气。他立刻召集将军们商议对策。

他慷慨激昂地说道："我起兵讨伐尼堪外兰决不只是为了报我一家之仇，主要为了女真整个民族！大家想一想，多少年来，我们女真人为什么老是被异族统治压迫？为什么老是捏不成一个拳头？为什么老是分成七零八碎的小部落，相互攻击，大家都没有好日子过？这一切的根源是因为我们民族总是出些像尼堪外兰般的败类！……"其实，他还没有说出真心话。他原本想说这一切的根源是因为明朝的欺凌，可是目前他还不敢把矛头指向明朝，那样的话，他连这点可怜的同盟军也没有了！

大家认真地听着，都觉得事情很严重。和瓜拉等一起投来的人，大都低垂着头，只有常书、杨书兄弟直着眼睛望着努尔哈赤。

"我不多说了，"努尔哈赤把面前的桌案拍了几下，"只说几句请各位记住的话：女真民族要想真正振兴，那就得把像尼堪外兰这样的奸人走狗清除干净！在干这件大事的时候，风险是有的，有时还要搭上身家性命！因此，我要的是同生死共患难的兄弟，绝不要那些看风使舵、三心二意的伙伴。请那些怕这怕那的人走吧，随诺木纳走吧……"

散会后，真的有两三个部落头目离开了军营，瓜拉留下来了，常书和杨书也留下来了，他们表示坚决跟努尔哈赤走到底！

可是，努尔哈赤仍然怒不可遏，他平生最不能容忍的就是背信弃义的人和事！

他和额亦都商量了一下，就决定掉转矛头，首先去惩罚诺米纳。

在这严酷的形势下，这样做显然是错误的，但谁也劝不动他。他分一半人马给了舒尔哈齐，要他去追杀诺米纳。

他对舒尔哈齐说"好兄弟，你为哥哥去做这件事吧！诺米纳欺侮了你哥哥，背叛了咱们的事业，绝不能饶恕他！"

努尔哈赤军的这件“事故”，使尼堪外兰赢得了时间。如果他是有能力的将军，他可以利用这一机会反守为攻，那样的话，也许能够挫败努尔哈赤。但尼堪外兰却没有那样的胆识和才能，他做了另一件事，他趁围城者的松懈，带领妻子儿女和几个亲随逃走了。

他逃到李成梁给他的嘉班城躲了起来。

他跑了，守图伦城的将士听说后，便大大失去了战斗力。努尔哈赤没付出多少牺牲就占领了尼堪外兰的老巢。这一胜利震动了整个辽东，努尔哈赤的名字响彻了白山黑水。

舒尔哈齐没有追得上诺米纳。

诺米纳跑得很快，而且是往辽阳跑，不到半天，他就跑进了明军的势力圈。舒尔哈齐只得收住脚步。

这年(万历十一年)八月，不肯罢休的努尔哈赤再次集结兵力，向尼堪外兰的藏身地嘉班城发动了进攻。

这时的形势发生了微妙变化。明廷中又有人参劾李成梁“贪污有据，虚报冒功”使维护他的人也无话可说，万历帝只得让李成梁去职。辽东总兵一职暂时空缺。在辽阳署理的人不愿插手女真人内部的纷争，就不太关心他们的走狗尼堪外兰一伙儿了。再说，由于尼堪外兰和觉昌安、塔克世父子的死的确有直接关系，已经弄得在辽东声名扫地，朝廷就更不稀罕这个臭烘烘的东西了！

这次出兵比上一次更加顺利，直捣嘉班城也没遇到什么阻碍。努尔哈赤想，这一次可以把尼堪外兰擒获了！

可是在嘉班城下又出了问题。

还是那两个不接受教训的诺米纳和奈哈达，他们再一次派人悄悄地给尼堪外兰送信，说努尔哈赤带领着比上次更多的军队到嘉班城来了！

嘉班城还没有筑好，他的军队也不齐整，就没法与努尔哈赤对垒了。于是他只得又一次地举家潜逃。

这一次，他决心不再过那种提心吊胆的日子，就一直跑到了明军抚顺所东南的河口台，希望那里的驻军收留他。

守台的明军因为没有接到上司的命令，声言要一级级地上报。可是努尔哈赤的旌旗已在不远处招展了。

“大明的军爷……”尼堪外兰仰头望着城堡上的守将哭了，“我是李大将军亲手提拔上来的，几年来，我为你们当牛作马，如今，女真人为此要杀我，你们就不管吗?”

看见这个身穿重甲的人张口就哭都感到可笑，就故意奚落起他来了。

“尼堪外兰，你是李大将军亲手提拔起来的，那就到京师找你的李成梁去吧！可以到他的监狱里和他亲热地谈谈……”

尼堪外兰不敢再提李大将军了，努尔哈赤的追兵更加临近。他发疯般地号喃着:“大明的军爷们，救人哪！如果在你们的城下，我被努尔哈赤用刀剁了，你们大明的脸色就好看吗？再说，你们还能找到像我这么贴心的人吗？……你们再也找不到了，谁敢再替你们效力呢？……”

他又拔出佩刀威胁身后的妻儿道：“你们跪下呀，求军爷呀，哭呀，叫呀……”

有个小丫头，吓得不跪也不哭，被尼堪外兰戳了一刀，痛得在地上一边滚一边没命地哭叫……

看到尼堪外兰已到了河口城下，努尔哈赤的心凉了。他命令停止前进，他不愿与明军冲突。

由于没有靠到城前，不了解那里的情况，他还以为明军就要出兵帮助尼堪外兰了呢。

“哥，又怎么了？”打头阵的舒尔哈齐急躁地回头问努尔哈赤。

“你没看到吗？”努尔哈赤用马鞭向前面一指，“尼堪外兰又钻到明军的裆下面了！”

“明军会帮助他吗？”

“还用说，尼堪外兰是他们的走狗！”

“那就连这里的明军一锅端掉！”

“别说胡话了，舒尔哈齐！”

“哥，那河口台至多有百把人，是一碗小菜，怕什么？”

“舒尔哈齐，我怎么会怕百把人，就是几千人，我也不会怕他们。”努尔哈赤不愿在这里多说话，但是这其中的道理非当着大家的面说明白不可，“我对你们说过多少次呀！——这百把人背后是什么？是大明的朝廷！是有着辽阔土地、上百万大军的朝廷！我们不要给他们打我们的借口，不要招惹他们！在这原则下，不用说是上百明军，即使是一个明卒也绝不动他！”

“那也得走得近些，好看得清楚呀！”

“带领军队就像驭马，”努尔哈赤说，“手里的缰绳是绝不能松开的。走得近了，如果控制不住，和明军冲突起来，那还不发生亲痛仇快的事！”

舒尔哈齐说不过老兄，又不服气，就没好气地蹲在地上说：“那就算了，我们就耐心地等待吧！”

努尔哈赤命令事事对他理解的额亦都安营扎寨，以静观事态的发展。

就在这天晚上，他得到了确实的消息。

尼堪外兰身边的一个亲兵，平时经常受他打骂，现在眼看着主子就要完蛋，就乘夜逃到努尔哈赤这边来了。

他被送到了努尔哈赤的大帐。

“你们为什么在这里停下了呢？”他一进帐就吵吵着，“尼堪外兰就在城下，你们这时去捉他，就像旱地里拾鱼……”

“是怎么回事？”谨慎的努尔哈赤问。

那个亲兵把尼堪外兰在河口受阻，向城上的守军苦苦哀求也无济于事的经过说了一遍。

“我问你，尼堪外兰是怎么知道我们要去捉拿他呢？”

“还是诺米纳和奈哈达兄弟俩给他报的信……”

努尔哈赤怒不可遏，他咬牙切齿地说：“不把这两个小子杀掉，我誓不为人！”

就在这时，他的侍卫前来报告，说是诺米纳和奈哈达前来求见。

“是长生天叫他们来送死的！”努尔哈赤叫道，“赶紧把他们送进来！”

只一会儿，那兄弟两个就被带进努尔哈赤的大帐。

“你们两个还敢来这里见我？”努尔哈赤的眼睛鼓得要从眼眶里蹦出来。

“为什么不敢呢？”诺米纳道，“你不过是建州卫的一个小官儿，又管不着我……”

“可是你在我手里犯下了大罪！……”

“努尔哈赤，你才犯下了大罪哩！”诺米纳说，“你违背大明朝廷的命令，擅自与满洲国主为敌，几次追杀他，这不是反叛行为吗？”

努尔哈赤冷笑一声：“哈哈，我正好到处找你们，你们倒自己跑来了！”

“我来，是告诉你两件事：一是浑河部的夯家和甲孔木两处地方是我的，你们路过时不能侵犯；二是东加和巴里达两处是我的仇敌所有，我想和你们联合攻打他们，否则，我将派兵把守道路，不准你们通过！”

“你们有多少人马，敢于对我说这样的大话？”

努尔哈赤这时恨不得把这两个小子剁成肉泥，再一口一口地吃了。可是他先耐住性子，把他们的底细摸清楚。

听了努尔哈赤的问话，没捞着插嘴的奈哈达抢着说：“我们的人马是少一点，可是我们的装备比你们精良多了！”

“好的，你们在这儿待一会儿，我去和我的兄弟们商议一下。”

八

努尔哈赤走出大帐，在额亦都帐里找到了兄弟们，他把刚才和诺米纳两兄弟的谈话说了一遍。

“当前是继续去捉拿尼堪外兰呢，还是先解决这两个兄弟？”他问。

舒尔哈齐说：“还是先把那个尼堪外兰捉到手里再说！”

杨书说：“诺米纳的两千多人马已横在我们面前，要想继续去捉尼堪外兰，那得先把诺米纳的人马打退！”

“还用那么干吗？”常书拦住弟弟的话，“诺米纳兄弟就在我们这里，先把他们宰了再说，这两个东西留着终是祸害！他们死了，他们的那帮乌合之众也就散了……”

额亦都说:“我刚才到那边看了一下,那两个小子的装备可是真好呀! 想个什么办法把他们的那些武器转到我们手里就好了!”

舒尔哈齐说:“我们可以去夺嘛……”

洛寒说:“我同意额亦都的意见,得想个办法……”

听了兄弟们的意见,努尔哈赤想了想,说:“我有一个计划,你们靠近点,说给你们听……”

努尔哈赤回到大帐,诺米纳已经等不及了,他焦躁地说:“你们总是慢腾腾的,怪不得捉不住那个尼堪外兰呢! ——商量得怎么样?”

“好了。”努尔哈赤说,“就依你们的意见办,我们打算先帮你们拿下东加与巴里达两城,再去找那个尼堪外兰!”

“这才算是朋友!”诺米纳拍拍努尔哈赤的肩膀,奈哈达也喜笑颜开。好像努尔哈赤上了他们的当。

“但由谁首先攻城呢?”努尔哈赤问。

“当然是你们打头阵了!”诺米纳说,“我们都是富贵人家出身,死不起,你们那些叫花子就先向敌人发动进攻吧!”

“那好吧,”他们没有想到努尔哈赤会一口答应,“但有一个条件,我们没有好的武器,也没有盔甲器械等战具,你们得先把手中的这一切借给我们!”

诺米纳哈哈大笑:“努尔哈赤,现在承认自己的士兵是一群穷光蛋了吧? ……”

奈哈达也开怀大笑,他说:“刚才我在周围转了一圈,看到你们的士兵有一小半赤手空拳,什么武器也没有,这算什么军队呀!”

“听说过吗,奈哈达?”诺米纳想尽情地取笑努尔哈赤一番,“努尔哈赤有句名言,叫做夺取敌人的武器武装自己。你没见到吗? 他的士兵一到战场就蜂拥而上,先把敌人的武器夺到手里再打仗……”

说罢,两人又笑了个够。

“笑够了吗?”努尔哈赤沉下脸问道。

“同意,同意。”诺米纳说,“不过有言在先,等打完仗以后,你们得立即把装备归还我们!”

努尔哈赤说:“那个自然,但我问你们,在这场战争中,我们能得到什么呢?”

“这个……”诺米纳敲敲脑瓜,“我们可以适当地犒赏你们一下,比如说,秋天过去,冬天就要到了,我们可以给你们的士兵每人发一件棉衣。”

“你可要说话算数……”努尔哈赤说,“那么,时不我待,现在就赶紧行动吧!”

这时,已过夜半,月朗星稀,就在河口的郊野,一片丘岗中间,双方的交易开始了。

诺米纳下令他的军队放下武器、装备,然后退到半里之外。

“我的兄弟们!”他叫道,“我已和努尔哈赤谈妥,这一仗就让他们替咱们打了! 可是,他们穷得很，手里只有几条烧火棍，怎么能够打仗？我们就把手中的武器让给他们先用一用，等打完仗，他们再归还咱们。让他们到两座城下为我们拼命吧！"

诺米纳的军队刚刚背过身去，费英东、洛寒、何和理等将领就大喝一声："快抢武器！"带领军队把诺米纳军的武器、装备据为己有了！

"不行！这绝对不行！"从后面的人丛中疯狂般地跑出一个人来，"诺米纳，你上当了！你把咱们一家都毁了！"

他是瓜拉。

在诺米纳背叛时，他虽然仍然跟随努尔哈赤，但努尔哈赤估计如果真的设计对付诺米纳时，他会站出来反对的。毕竟，他们是骨肉兄弟嘛，所以整个计议都是背着他的。

这时，瓜拉发觉了，跳出来阻止了。

"瓜拉，这也是没有办法的事，"努尔哈赤向他走去，想对他好好地解释一下，"诺米纳是应当受到惩罚的！——在是非面前，是顾不得亲情的！"

"努尔哈赤，你是个骗子！是个无情无义的独夫！"瓜拉哭叫道，"你比那个尼堪外兰更加狠毒……这些装备、武器，这几千人马，是我们萨尔浒的家底呀……是我们全家人几代好不容易积存下来的……"

他没有说完，就被站在他身旁的扈尔汉一刀砍下了脑袋。

诺米纳、奈哈达知道上了大当，刚要逃跑，他们大哥的血糊糊的人头已滚到面前。他们就像山中的猴子见了血似的，吓得要死，赶紧用两手捂上了眼睛。

"唔呀！我的妈呀……"他们哭道。

额亦都把他们一手一个，像抓小鸡似的抓着送到努尔哈赤面前。

这时，他们才明白离阴曹地府已经很近了，所以最要紧的不是哭叫，而是赶快地向努尔哈赤求饶。

"大王……"努尔哈赤没想到头一个喊他"大王"的竟是这个不成东西的诺米纳，"您大仁大义，饶命呀……"

奈哈达觉得称努尔哈赤"大王"还不行，那还不够亲切，他哭叫道："我的亲姥爷，亲阿玛，我是您的儿子、孙子，您大人不计小人过，这事情都是诺米纳做出来的，我是瓜拉和诺米纳的小弟，在家里没有什么地位、权利……您就饶了我这个狗一样的人吧……"

看到这两个能做不能当的狗一样的人，努尔哈赤不屑地把下唇伸得老长，背过身去。

周围的人认为，努尔哈赤动了恻隐之心，都上前劝他杀掉这两个人人厌恶的东西。

常书说："大哥，想想他们对我们做了些什么事吧，他们两次为尼堪外兰通风报信，若不是那样，我们早就捉住那个女真人的叛徒，把他碎尸万段了！大哥，你可坚决不能饶他们呀！"

额亦都也说："大哥，诺米纳可是与我们一同向长生天盟过誓的呀，现在他几次背弃盟约，只这一点就该死！"

诺米纳、奈哈达哭得声嘶力竭，连头都磕出血来了。他们爬过来，想抱努尔哈赤的腿。

“把这两个背信弃义的东西，给我砍了！”努尔哈赤喊道。

洛寒指使几个彪壮的战士把诺米纳和奈哈达拖到一个丘岗后面砍头，一路上他们一声未吭，原来已经吓晕了。

努尔哈赤在河口这儿一阵耽搁，尼堪外兰又趁机逃跑了。这次他跑得更远，一直跑到汛纳哈所属的鹅儿浑城，在那里筑垒安身。他已经明白明朝也不愿意照管他这个没什么用处的走狗了，所谓的让他做满洲国的国主，也是李成梁的顺嘴一说，和骗人差不多，可弄得他众叛亲离，惶惶然如丧家之犬了！

从河口回师，路上，努尔哈赤派舒尔哈齐去攻打萨尔浒。

萨尔浒城在一个山头上，地势十分险要，易守难攻。舒尔哈齐带领三千人到了城下时，城上的守军用滚木礌石和如蝗的飞箭迎接他们。

舒尔哈齐曾想硬攻，死伤了百多人，也没靠得上那光溜溜的城墙。

舒尔哈齐令人在城外搭了个梯子，站在上面向城内喊话：“萨尔浒的头领们、军士们，你们的城主兄弟已经被我们宰了，你们还为他们守个什么劲儿？快投降吧，免得士兵流血牺牲，老百姓遭殃！”

说着，他叫人用高竿把瓜拉、诺米纳和奈哈达的人头挑起来给城头上的人看。还把带来的原萨尔浒的降兵推到前面，令他们证实自己说的话。

萨尔浒的守军虽仍然没有投降，可是已毫无斗志。舒尔哈齐挥兵攻城，只打了一天。就夺取了萨尔浒。

努尔哈赤赶到时，舒尔哈齐在城上擂鼓欢迎他。

听舒尔哈齐汇报了破城的经过，努尔哈赤搂着舒尔哈齐说：“我的好兄弟，你真是一员有勇有谋的虎将！我要封你为‘巴图鲁’！”

当天，在萨尔浒的城中广场上举行了加封仪式。

这件事很有意义，意味着他们之间已经不是一般意义上的兄弟，努尔哈赤在地位、权柄上是高于别的兄弟的！还表明了努尔哈赤正在使用只有王者才可使用的褒奖手段了！

这天接受“巴图鲁”称号的，除了舒尔哈齐之外，还有额亦都、安费扬古、费英东、洛寒、何和理等十几人。

“巴图鲁”是大英雄的意思。

努尔哈赤留下洛寒暂时守护萨尔浒，和别的兄弟们率军回到赫图阿拉。

几千人拥挤在赫图阿拉，坐吃山空是不行的，他和舒尔哈齐、额亦都等兄弟商议了一下，准备让额亦都等人带领大部分部队回佳木湖去，那里山野空旷，有足够的粮草可以养兵。另外，分散目标，也省得明廷注意他们……

额亦都和佳木湖的兄弟都不愿意回去。

他们不只是舍不得努尔哈赤大哥，主要是觉得没有干出什么大的名堂。尼堪外兰没有捉住，虽然获得了一座萨尔浒城，但离统一女真各部的目标仍然远哉。

“哥，我不同意你这样的安排。”舒尔哈齐说。这些日子努尔哈赤的这个同母弟身价高了，这不只因为他获得了“巴图鲁”的称号。主要是勇敢和智谋给他赢得了威望。人一有了威望，说话就有人听了。“你不应当把额亦都赶回佳木湖。咱们的事业刚刚开始，用兵的地方随时都有。再说，也不用顾忌明廷，咱们亮出旗帜追杀尼堪外兰，明朝不知道吗？早就睁大眼睛盯着了！你藏也罢，不藏也罢，都一样！”

有舒尔哈齐挑头把话说出来，大家都发表意见，他们都觉得舒尔哈齐说得有道理，委婉地批评努尔哈赤对明朝过于谨慎。

后来努尔哈赤也想通了，他说：“就依你们，额亦都就留在赫图阿拉吧，有事，大家也好商量。不过都挤在赫图阿拉也不好，那就分散到附近的村镇去，有事，就集合行动，无事就开垦种田，或者放牧。”

回到家里，妻子佟佳氏和他刚刚娶来的侧室富察氏迎接着他，

佟佳氏已为他生下一个女儿东果和一个儿子褚英，现在又怀上孕了，腆着个肚子在他周围转来转去，也许是不断地生育耗损了身体，她不到三十岁，却有几分老态了。富察氏名叫衮代，才二十出头，像刚开的鲜花一样娇艳，她满面红润，忽闪着长长的秀眉，一口白牙亮晶晶的，很有些姿色。她笑嘻嘻地跑到厨房里为努尔哈赤准备饭菜……

努尔哈赤是很少回家的。最近，他带兵追杀尼堪外兰，前后又费去了一月有余。

吃饭时，他不住地放下竹筷，把手插进衣服里搔来搔去。

“你乱搔什么呀，努尔哈赤？”衮代问他。

“痒呀！……”努尔哈赤皱着眉头说。

“想是又生虱子了！”佟佳氏说，望着努尔哈赤。

衮代跳起来，咋咋呼呼地说：“呀，你快把衣服脱下来，脱下来！我给你烧一锅开水烫一烫！”

“吃过饭吧……”努尔哈赤说。

可是衮代不让他，硬是把他的上衣扒下来，扔到墙角去。

吃饭的时候，衮代贪婪地望着努尔哈赤，打量着他浑身的肌肉，眼睛里湿润润的。

到了晚上，佟佳氏对努尔哈赤说：“你到富察氏那边去吧……睡觉时灵警点。”

“我知道……”努尔哈赤说。

努尔哈赤虽然有了几千人马，除了自己的十多个庄园外，还夺了大小几个城，可是他的敌人不是少了，而是多了。最让他头痛的是他的家族，爷辈和叔伯辈的人大多反对他、嫉恨他，恨不得置之死地而后快！他们躲在阴暗的角落里，扇阴风、点邪火、设陷阱、筹密谋。只要他回到赫图阿拉，几乎每次都遭遇暗杀……

额亦都劝他对那些可疑的人全部杀掉，可是他像几百年前的忽必烈一样，总是等待着家族内部的人对他认同和理解……

就在这年五月，他的两个叔辈康嘉和绰其达经过策划，由有兵权的同族人李岱领路，抢劫了努尔哈赤所属的胡吉寨，还杀了几十口人。

六月的一个漆黑的夜晚，星稀月暗，风声阵阵。努尔哈赤刚征讨尼堪外兰回到赫图阿拉，失败的感觉使他半夜没有睡着。身边的佟佳氏对他说："你还醒着吗？我也睡不着，好像要出什么事，心哪，老是怦怦地跳……"

"你说的是，"努尔哈赤披衣坐起，"我也感到外面有点动静。"

这时，院子里的狗狂叫起来。

自从被李成梁追击时，黑狗救了他，他就开始养狗，把它看成是忠实的伙伴，他这条红褐色的大狗叫汤古哈。

他穿好衣服，带上腰刀。妻子要把灯点起来，他没有允许。

在房地上摸黑站了一会儿，又拿上了弓箭，这是他最拿手的武器。

他悄悄地开了房门，只见西墙头上冒上一个人头来，他知道又是哪个本家来谋害他了。他不想伤害他们，就朝那儿虚射了一箭，箭镞啄在石墙上冒出一簇火花。

那人头不见了，随着"啊呀"的尖叫，接着传来的是逃跑的脚步声。

努尔哈赤跑到墙外一看，见墙上搭着一张木梯……

这样的事情不止一件了。

舒尔哈齐对他说："哥，得想法整治一下那些不识好歹的家伙了！"

"不，舒尔哈齐，他们都是本家人，对爱新觉罗家的子孙开刀，我还下不了手！"

"哥，他们和尼堪外兰一样，都是咱们不共戴天的敌人！"

"弟弟，他们不一样的。"努尔哈赤说，"他们身上有着爱新觉罗家族的血，再说，我们的事业得有家族的支持呀！"

"哥，被他们害死就说什么也晚了！"

"如果我真是长生天派下来救助女真人的，上天就会保护我……"

这天头半夜，努尔哈赤没有捞着睡觉。多日没有男人陪伴的衮代，像条蛇一样缠在他身上。他也多日没摸到过女人了，一时兴起，和她合成一块儿，在那张大炕上翻来滚去，弄得衮代不顾一切地大叫，幸亏狗叫声把她的浪声掩去了……

等安静下来，努尔哈赤一下子就睡得很熟了。

"努尔哈赤，醒一醒……"衮代推他摇他。

努尔哈赤翻一个身躲开衮代，嘟哝着："你还没够呀……"

"你想哪里去了？院子里好像进来人了！"

努尔哈赤是个天生的军人，他听说有情况，立刻清醒起来。他只穿了一条裤子，就跳下床来，怕极了的衮代也跟着下了床，并紧紧地搂抱着他。

这时，汤古哈突然发疯似的叫了起来。

努尔哈赤把衮代搡到了大橱后面，嘱咐她不要出声。

他对着窗子喊："哪里来的毛贼？你要是有种，就进来！"

只有狗叫，没有任何声息。

等了一会儿，他知道敌人并没有走，就用刀把敲着窗棂说："好了，你居然不敢进来，我就出去会你！"给敌人一个他就要从窗子跃出去的假象，然后，他突然从房门冲到了院子里。这时，几个黑影顺着墙根溜了。

他没有追他们。家人们听到动静都起身了，他们发现两个院门外的岗哨被偷袭的敌人杀死了！

到了来年正月，爱新觉罗家族骚扰、暗杀努尔哈赤的事件仍屡次发生。有一两次还险些被他们得手，努尔哈赤实在忍无可忍了！

他每次和额亦都等人聚会，兄弟们都提出要努尔哈赤住到军营里去。但努尔哈赤不愿在家族面前显出怯懦的样子。

他已经探听到，这一切的根源就在那个叫李岱的本家人。他现在是兆佳城的城主，手下有几员猛将，有两千多人马，过去一直不听塔克世调遣。塔克世遇难后，他极为高兴，觉得自己已是爱新觉罗氏的领头人了。没想到现在又出了一个比他强的努尔哈赤，他心里怎会平衡呢。又加本家中反对努尔哈赤的人不住地往他那儿跑，巧舌如簧地把努尔哈赤形容成一个不守家规、不尊长辈、只知招惹是非的蛮野逆子，李岱更是把这个没见过面的本家恨之入骨了！

他自己是不出面的，他不是怕努尔哈赤，而是觉得和小字辈的努尔哈赤较量，实在不屑，就在后面策划着一起起的谋杀。

舒尔哈齐忍受不住了。他说："哥，你若再忍气吞声，我可要带兵去和那个李岱动手了！"

"别胡闹！……"

回到赫图阿拉后，努尔哈赤把在周围招兵买马的事交给舒尔哈齐办理。"我招了兵，可得归我管呀！"努尔哈赤想了想说："就归你管！"得了哥哥的应允，舒尔哈齐很是积极，只两三个月的时间，他手下就有了两千余人。他还网罗了几个有点本领的明军小军官为他训练……

手下有了人马，舒尔哈齐说话、办事就声大气粗了。努尔哈赤没有在乎他，看到自己的弟弟越来越出息，还有点高兴哩！

听了哥哥的呵斥，舒尔哈齐心里很不服气。他说："咱们从小受家族里的权势者欺侮，现在咱们有了兵马，比任何一支的力量都大，竟还是受他们欺侮！"

努尔哈赤默默地想着舒尔哈齐的话，心头的怒火也蓬勃燃烧了。

如果不是他的结义兄弟、妹夫被害死，努尔哈赤还是下不了决心。

还是那个生事的隆登儿，他自己没有力量奈何努尔哈赤，但他总是在背后不断地搞阴谋诡计。一日他把继母所生的努尔哈赤的弟弟萨木占叫到一个酒店里，挑唆他说："努尔哈赤现在已经是咱们建州的统治者了,手下有人又有刀枪,你不眼馋吗?”

萨木占从小就常常欺侮努尔哈赤,想方设法地对父亲和母亲说努尔哈赤的坏话,有一次,他用硬弩威胁努尔哈赤,没想到失了手,要不是努尔哈赤躲得快,那非让他射死不可!现在努尔哈赤得比他有出息了,他被满心妒火烧得坐立不安。听了隆登儿的话,虽没吭声,眼睛可是亮灼灼的。

“咱们有什么办法呢?”

“杀呀!想办法把努尔哈赤宰了!……”

“努尔哈赤有一身本领,谁能敌得过他?再说,他现在有许多人簇拥着呢!”

“你说的倒是。”隆登儿眨着他的贼眉鼠眼,“那也不能让他舒服了,杀不了努尔哈赤就想法杀他的部下,他的亲属……杀个大的等于断他一条臂膀,杀个小的等于拔他一根翎毛!”

“别人会怎么想……”

“你只要干了,爱新觉罗家就高兴!”隆登儿说,“现在咱家谁不愿意努尔哈赤栽跟头呀!”

“咱们先对哪个下手呢?”

“萨木占,你眼下就有一个……”

“他是谁?”

“努尔哈赤的妹夫噶哈善呀!那小子是努尔哈赤的铁杆,是他的一条胳膊,要不,努尔哈赤会把自己的唯一同母妹嫁给他吗!”

“别提那个噶哈善了,他老跟在努尔哈赤的屁股后面,恨得我牙痒痒!”

“萨木占,刚才,他的媳妇,也就是努尔哈赤的妹妹到我家串亲去了,她和我的二婆娘关系很不错。正好他家里没人,这是下手的好机会,你干不干?”

萨木占虽没什么大本领,可是心思细密胆子也大,尤其喜欢窝里斗。“干,我杀噶哈善就像宰只鸡!”

“你过去和噶哈善有过节没有?”

萨木占摇摇头。

“那就好,咱们去找他,他不会有所防备。——来,多喝几杯酒,壮壮胆!”

隆登儿给自己和萨木占倒满酒。他们一连喝了几碗,就出了门。

走到半路,萨木占站住,对隆登儿说:“这事还是我自己去干吧,你这人在努尔哈赤那一伙里名声太臭了,人家看见你就起疑心。”

隆登儿恨不得就此脱身,就笑笑走了。临走,他说:“萨木占,你可别支开我后回家睡觉呀,那样,我就一辈子喊你‘孬种’!”

“放心,你走吧!”

萨木占回家挑选了几个胆大心细的家丁,就带着去找噶哈善了。

噶哈善的家，就在赫图阿拉以北的一个小村里，也被暗藏的敌人骚扰过多次了。努尔哈赤要他把家搬到赫图阿拉，遇事也好照应些。他也答应了，可就是抽不出时间来。他的妻子又生性不爱兵丁刀枪，也不愿靠得努尔哈赤太近，事情就这样一天天地拖延下去……

噶哈善二十多岁，原是个牧民。他在打猎时，获得一头肥鹿，一个过路的明军军官眼热了，硬要讨了去。噶哈善不服，那军官拔出佩剑就要动武，噶哈善三拳两脚把那军官打倒，并杀了他。由此，他只好出外流浪，末后，投奔了额亦都……

在佳木湖，他还算不上一把好手，只是额亦都手下的一个小头头，后来在战争中，他被努尔哈赤看上了，于是，把他提拔到自己身边，担任他的侍卫。噶哈善没有辜负努尔哈赤的厚望，无论在什么地方，无论处境多么危险，噶哈善总是寸步不离地跟随着努尔哈赤。

这天他向努尔哈赤请了假，说要回家看看妻子。

"去吧，"努尔哈赤说，"我不能总是把你留在身边，你们小两口也应该团圆几天了！"

噶哈善回到家，妻子没在。他有些担心，因为妻子的脾气他是知道的，她大咧咧的，没有防人之心，什么人也交往，几句好话就把她给迷住了。他要把她找回家，和她商议搬到赫图阿拉的事。

出了门没走几步，就遇见了萨木占和他的一伙儿，他不想和萨木占这种人说话，就想仰着头走过去。

"到哪里去，噶哈善？"萨木占涎着脸皮搭讪，"你现在步步高升，不理老朋友了！"

噶哈善是老实人，拉不下脸来，就说："我去把老婆找回家……"

"放心，你老婆没被人偷去，她在隆登儿家里。"

"她在那里干什么？"

"一族人嘛，能不常来常往？"

"我去找她。"噶哈善说着就拐到去隆登儿家的路上。

"我们跟你一起去，"萨木占说，"我也要找隆登儿有事，前些日子他把我的一副牛皮鞍子借去了，至今没还，我还等着用呢！"

隆登儿家在赫图阿拉，从这儿去要经过一条山沟。天已经黑下来。

路上，他们没有什么话说。噶哈善知道努尔哈赤和萨木占这个异母弟的关系不好，更是十分谨慎，不多说一个字。走到拐弯处，萨木占弯下腰装作拴绑腿，稍稍落在后面，噶哈善没有理他。

"噶哈善，你跑得好快呀，再快，你今天也见不着你老婆了！"

噶哈善听出萨木占的说话有些异样，正要回头，一把冰凉的匕首从后心捅进他的身子！他反应很快，一回身，抡出腿，把萨木占扫倒了！同时，他从靴筒里拔出一把刀子。

要是只萨木占一个人，噶哈善死前也会把他给收拾了，可是从后面跑上了几个人，把他打倒在地……

血在汩汩地流，噶哈善的眼睛已有些模糊，在暮色苍茫中，他看见萨木占在他眼前晃动着。

“萨木占,你不得好死! 努尔哈赤会给我报仇的!”他说。

“他怎么会知道是我干的呢?”萨木占笑道,“努尔哈赤是我大哥,明天我会请他吃酒,还要为你的死安慰他呢!”

这天夜半,妹妹哭叫着跑到努尔哈赤家,向他报告了噶哈善的死信。

努尔哈赤十分哀痛,又万分愤怒,他知道这又是家族中的某个人制造了惨案! 他把身边的人叫起来,要他们去找噶哈善的尸体。但身边的这些人多是家族中的,他们有的不愿惹事,有的直接就是和杀人者站在一起的。

“你们不去吗? 我自己去!”努尔哈赤喊道。

一直同情他的叔叔棱登劝阻他道:“努尔哈赤,深更半夜的,就别出门了! 也许杀噶哈善的人就在某个地方候着呢!”

“舒尔哈齐!”他想叫弟弟和他一起去。可是有人告诉他舒尔哈齐到离这儿几十里外的额亦都那里去了,至今没有回来。

努尔哈赤愤怒得像一头发疯的狮子,把向前拦阻他的妻子和家人推到一边,迅速披上战甲,跨上战马,在赫图阿拉的大街上来回驰骋,并大声喊着:“你们不是想杀我吗? 那么,我跑出来了,你们就出来杀吧! 来吧! ……来吧! ……”

赫图阿拉人被惊醒了,他们从窗棂门缝中往外瞧着,被努尔哈赤的疯狂样子吓呆了,连大气也不敢出一下。他们懂得发怒的狮子是无所畏惧的,是什么事也做得出来的!

最后,他在跟着他的侍卫帮助下,在山沟里找到了已经僵硬的噶哈善的尸体,他紧紧地抱着痛哭失声,然后把尸体搬回家里。

“把在外面遭杀的人搬回家是犯忌的! ……”

大福晋这样劝他。

“我不怕!”努尔哈赤怒吼道,“噶哈善是我的兄弟,我把兄弟抱回家犯什么忌? 如果我不这样对待他,长生天才咒我呢!”

他亲手为噶哈善脱去血衣,为他换上自己刚做的新袍褂。家人想帮他,他也不准。等一切料理停当后,他又站在噶哈善的灵前痛哭起来……

第二天一早,舒尔哈齐回来了。他把弟弟拉到噶哈善的棺木前叫道:“舒尔哈齐,你说得对,是该收拾那帮十恶不赦的家伙了! 我已经决定了,现在就出兵讨伐李岱!”

“哥,你早该把这个脓包戳破了,”舒尔哈齐说,“把那条毒根拔除,赫图阿拉就安静了!”

“舒尔哈齐,你立刻回去通知额亦都,三天后,咱们就发兵兆佳城!”

城下的努尔哈赤、舒尔哈齐、洛寒等开始用云梯向城头发起冲锋，几次都被也拉罕指挥士兵打退，虽然没有奏效，可是也大大地消耗了守军的力量，最直接的效果就是牵扯了他们的注意力，使他们无力专注于正在向崖上攀登的部队。

经过近半天的努力，额亦都的士兵有一半上了崖，他们低头一看，只见整个兆佳城就在他们脚下蜷伏着。房屋、行人、军队都历历在目，甚至连衣服的颜色都能分辨清楚。

额亦都下令向山下推石头。

几百块大小石头滚下山去，那威势如同千军万马，那声音犹如霹雳雷鸣，连军士自己都感到惊心动魄。

石头被凹凸参差的山石弹起来，飞跳几十丈，落进兆佳城里，房子被砸塌了、人畜被砸死了！有的石头被碰碎了，变成飞射的霰弹，带着嗡嗡的响声在大街小巷飞蹿，只要是活的东西碰上就是一个血窟窿。

人们哭叫着从家里跑出来，见街上不能保命，又回到家里，可是房子轰然一声倒塌，全被埋葬在砖石堆里……

没法儿，他们只好往城北拥去，可是，那些飞石能够覆盖大半个兆佳城！

李岱和也拉罕骑着马东跑西窜，督促、鼓励士兵上城守护，可是士兵们都心惊胆战，不知如何是好了。

最使李岱感到要命的是南边的城墙已大部被山石砸坍，努尔哈赤会挥兵蜂拥而来，那时，他就只好束手就擒了！

"督爷，投降吧，督爷！"也拉罕对李岱说。

"你觉得无望了吗？"

也拉罕摇摇头，"再抵抗也无益，徒然地使士兵和百姓遭难！"

"努尔哈赤会杀了我的！"

"督爷，你给努尔哈赤跪下来，哭着求他，你们终究都是爱新觉罗家的人呀！"

李岱没有说话。

"你们做官的都是为自己想呀……"也拉罕说了这么一句，就把马一夹，向一条小胡同跑去了，直到城破清理战场，也没人见到他。

李岱在犹豫中坚持到最后，——他被活捉了。他想举刀自杀，可是那刀只在他脖子上划破了一点儿皮，他就晕过去了。

等他睁开眼睛，看到他已被带到自己家里。努尔哈赤坐在堂屋的正中，在他身后的是他的两个爱妻和几个孩子，他们都眼泪汪汪地望着他。

"努尔哈赤督爷，你要杀我？"他哭起来。

舒尔哈齐喝道："李岱，你不该死吗？"

李岱又差点昏过去，他给努尔哈赤磕着响头，"努尔哈赤督爷，要杀你就快点吧，我受不了，我的家人也受不了！"

“李岱，你听着，”这是努尔哈赤的声音，“我不会杀你的，因为你毕竟是爱新觉罗家的子孙……”

“谢督爷不杀之恩！”李岱又像孩子似的呜呜地哭起来。

“不过，你得把你干的事说清楚！”努尔哈赤又说。

“我说，我说……”李岱把自己策划的那些暗害努尔哈赤的行动都一件件地说了。原来除了少数几件外，大的案件都与他有关系！

“把这孬种千刀万剐！”

“杀了这东西喂狗吧！”

房内房外在高喊。李岱的家人都跪在努尔哈赤面前了。

“李岱，今后，打算怎样呢？”努尔哈赤问他。

“今后，我听督爷的，”李岱说，“如果我再做对不起督爷的事，督爷就把我全家都宰了，灭我的五族！——不过……”

看到李岱有话要说，努尔哈赤就把他拉起来，按到面前的椅子上：“李岱，心里有话就把它说完，不要憋在肚子里！”

“督爷，我服了你，可是咱们族里还有许多人不服你呢，他们正对着你磨刀霍霍！”

“他们是谁呢？”

“建州南边有个马尔墩城，那里的三个城主都是咱们爱新觉罗氏，其中就有杀了你的妹夫又跑到那里去的萨木占……”

提到萨木占，努尔哈赤气得哼哼着。

“哥，咱们接着发兵去马尔墩！”舒尔哈齐说。

打下了兆佳城，努尔哈赤的声威大振。隆登儿在兆佳城破时，趁着混乱再一次逃亡他乡。赫图阿拉平安多了，爱新觉罗家族的人大多数承认了努尔哈赤的地位，把他看成是无可置疑的英雄。

但是，建州别的部落酋长们见努尔哈赤日渐强大，心中的妒火越烧越旺，他们觉得不趁这时消灭努尔哈赤，当他翅膀长硬了，翎毛生全了，他们就再也无法降服这只草原雄鹰了。

建州大地上的战火越来越炽烈了！

马尔墩也和兆佳城一样原属于塔克世的建州卫，他们都不太宾服塔克世，一直处于半游离状态，塔克世死后，他们便公然独立了。

这日，三位城主讷申、萨木占和完吉干正在府里大吃大喝，突然，一个神头鬼脸、满身脏污、破衣烂衫的人，推开门，跌进房里。

“是谁？”他们几乎一齐喊道。

那人没说自己是谁，慢慢地抬起头来，对他们哭着嚷嚷道：“你们还在这里没事人似的喝酒享乐，告诉你们，努尔哈赤立刻就要带着大军杀到马尔墩城了！”

萨木占终于认出了他：“隆登儿，是你？”

完吉干也说:“我们目标也大,回去总是不太方便的。”

隆登儿很怕回赫图阿拉,可是,他在马尔墩是个多余的人,他不回去,谁回去呢?

萨木占想错了,如果努尔哈赤带领人马攻打马尔墩,对自己的老窝赫图阿拉怎么能丢下不管呢!他留下何和理、扈尔汉,还有新投过来的江湖大侠肖挥等几员将军,并令何和理总揽一切。

何和理是个极为小心谨慎的人,他带领扈尔汉、肖挥等留守将军在赫图阿拉转了几遭,然后他对肖挥说:“扈尔汉还是个孩子,在战场上他顶个人用,可是,要他去防备暗藏的敌人,他就有点耐不下心了,这事得靠你去做。”

肖挥点点头。

何和理指出要分外用心的几处地方,重点一是辎重仓房,二是努尔哈赤和舒尔哈齐一家。

“放心吧,何大哥。”肖挥笑笑说。

“那些宵小之徒,就像地老鼠一样,总是在夜里活动,你就白天睡觉,夜里对付他们……”

“何大哥,他们是地老鼠,我就是夜猫子!”

何和理端详了一下肖挥,有点放心了。

从此,肖挥真的成了一只夜猫子——昼伏夜出。

他本是长白山下的辉发部落的人,从小就跟随有点本领的父亲学武艺,长得稍大一些,就和父亲一起干些打家劫舍的事情。他们抢劫的多是过路客商,地方豪强,从不为害百姓。后来父亲积了些财产,就洗手不干了,他对肖挥说:“为人一生,要干些正经事,不能像父亲一样做‘贼’。就给了他些钱,要他进山向天齐庙的老和尚学高深武功。学成后,师父送他下山,他对师父说:“父亲要我别学同伙儿的样子,要干点正经事,师父,到那里去找正经事呢?”

师父想了想,问他说:“你真是这么想的吗?”

肖挥向师父跪下,表示了自己的诚心。

师父把徒儿拉起来,郑重地说:“你到佳木湖去吧,那里的城主额亦都曾是我的徒儿,当今白山黑水间山头林立、群雄竞起,唯有额亦都还是个正派汉子,我看将来还是他有指望呀!”

他给肖挥写了一封推荐信,就叫肖挥拿着去投额亦都去了。

到了佳木湖,额亦都对他的志向大大称赞了一番,然后就向他介绍了天下大势,并把他推荐给了努尔哈赤。努尔哈赤喜出望外,一连多日不让他离开自己身边,吃饭同桌,出门并辔。后来,额亦都委婉地劝说努尔哈赤道:“大哥,你这样做,我们大家都有些嫉妒了……”努尔哈赤哈哈大笑,他抱着肖挥转了三圈才放他去何和理的部队,做他的副手。

他领了任务后,干得十分认真,他白天睡觉,一擦黑,他就换上黑褐色的夜行衣,在赫图阿拉走街过巷、蹿房越脊。

几天平静地过去了。这天傍晚，何和理和肖挥在街头巡视着。

何和理嘱咐说："千万不可松懈，我看见那个隆登儿又回到赫图阿拉了！"

"隆登儿是谁？"肖挥问。

何和理把隆登儿这人和他的行径向肖挥大概地讲了。正巧这时隆登儿从家里出来，贴着墙角像狐狸般地东瞧西望。"看到了吗，那就是作恶多端的隆登儿，依我们的意见，早把那小子宰了，可是努尔哈赤大哥总是不依。"

"就是那个躬腰削肩、贼眉鼠眼的家伙吗？"肖挥望着巷口那个人。

"隆登儿回来不会做好事的，咱们要百倍注意他，尤其是看他和李岱的关系，李岱虽在大哥面前立下重誓，但也不能相信他，有道是狗改不了吃屎！"

说完，何和理到努尔哈赤家去了。他又绕着努尔哈赤家的院子转了一遭，没看出有什么破绽，就进了大门。

努尔哈赤的三个孩子刚吃了晚饭，在院子里玩得欢畅，见何和理来了，就围过来一起叫叔叔。富察氏衮代从厨房出来，在围裙上绞着手。"和理弟弟来了，请房里坐吧……"她热情地招呼着。

"不打扰了，"何和理说，"我还是那么几句话，晚上睡觉灵警着点，军队走了，坏人免不了会趁机捣乱，咱们可不能让他们钻了空子！——我已经派人在周围巡逻，可还是不能大意……"富察氏谢了何和理的关心，端出食垫，要请他尝一尝新烙出的菜饼子。何和理拿了一小块，咬了一口嚼着。

孩子们围上来，东果女孩儿有点怕羞了，搂着富察氏的腿，代善只两三岁，望着何和理只是傻笑。褚英一边舞弄着手里的木刀，一边问："何叔叔，我阿玛打下马尔墩没有？"

"还没有呢，"何和理想把他抱到怀里，可是褚英挣扎着不让，"叔叔，人家是大人了嘛，别抱我！"

何和理哈哈大笑，"啊，褚英是大人了，我才知道哩！"

"叔叔，下一次出征，你得叫上我！"

"那得你阿玛准许！"

"你别跟我阿玛说，"褚英说，"他总是看不起我，还怕我夺了他的功劳！"

这句话招惹得何和理又笑起来，"啊，原来是这样呀？那好，下一次出征，我就不声不响地带你去！"

"说好了，叔叔！"

"说好了！"

代善见何和理答应了褚英，有点眼馋了，他也走近了几步，有点腼腆地说："叔叔，我也要去！"

"要去吗？"何和理也不冷落代善，过去拍拍他的肩膀，"也带上你……"

可褚英不让了:“叔叔,别让代善跟着,昨天夜里,他还尿床呢,一泡热尿把额娘也冲起来了!再说,他手里也没有武器!”

代善羞得哭了,富察氏、何和理和两个刚从房里走出来的保姆都笑得前仰后合……

晚上,肖挥来到仓房,见十多个巡逻兵在转来转去,月光在矛尖上闪烁,他从墙头上蹿进来,他们竟没有发觉。他知道这些兵丁指望不得,就没有和他们多说什么。

仓房一间连着一间,房檐间没有空隙。他便躺在檐沟里倾听着动静。

肖挥从小在山林中长大,对过林风声、兽儿的蹄声、鸟儿的扑翅声、猎人轻微的脚步声都能分辨得一清二楚。

一更、二更……只有轻风溜过,院墙边的几棵大树上有几只老鸟在和儿女轻言细语。三更初,有个东西在急急地走近,他没有动。是猫吗?不是,猫儿的脚步没有这么重,再说,它也沉不住气,窜不了两道房脊,就“喵呜喵呜”叫起来了。——它一定是只獾狸……

果然,一只硕大的獾狸拖着扫帚一样的尾巴从房脊上下来了,它竟没有发觉檐沟里藏着一个人。

它走到肖挥身边,嗅了嗅,蓦地跳起来就飞速跑了,那速度真像掠过树梢的闪电。

肖挥嘿嘿地笑了。他说:“坏小子,你真刁,要不是我不能乱动,你是跑不掉的!我喜欢你那张皮,我马鞍上正缺一张皮垫子呢!”

街上的更夫敲了三更,上弦月西沉了。天气有点凉,肖挥想起身在周围走一走,就在这时,他听到了响动。他移动到檐边向下察看,没看到任何可疑的迹象。正迟疑间,墙头上飘过两条黑影……

“嘿,他们来了,没有让我白等……”

那黑影也有几分本领,他们进了大院后,迅速躲进仓房浓黑的影子里。接着,从下面传来窸窸窣窣的声音。

肖挥从檐沟里飞掠到地上,獾狸也没有他那样轻巧。

两个黑影就在前面两座仓房间的空隙处,一动不动。肖挥知道,当人不动的时候,眼睛一定是在溜溜地转。他们在观察,在寻找下一步行动的机会,所以肖挥也不能动。

大概那两人没有发现周围存在什么威胁,就顺着墙根往前慢慢地走。他们走得是那么轻捷,就像是在飘。

肖挥小心地跟随着他们。

转过仓房,是一字儿摆开的十几垛干草,那是为几百匹战马准备的过冬饲料。

“好家伙,看上要命的东西了!”

肖挥明白他们若在草垛放火,窜腾的火势连仓房也会卷进去,只一会儿就连成一片火海,即使把守城的军队都调来救火也无济于事。

那两个小子行动迅急,眨眼间草垛那儿蹿起一朵火苗。

“呔,狗东西!看我收拾你们!”肖挥大叫一声,接着飞掠过去。

两个贼人听到喊声，吓得一跤跌倒，等他们爬起来，肖挥已经来到他们面前。贼人是有经验的，他们立刻分头逃跑，使捉拿的人左右难顾。可是他们没有想到对付他们的是谁。肖挥抬脚把一个踢倒在地，几乎同时，他从腰里抽出七节长鞭，只一抡，就把已经跑出几步的另一贼人的脖子绞住了……

但救火要紧，肖挥把着火的草踢散时，头一个贼人偷空逃跑。

“你跑不了的……”肖挥把手中的七节鞭拧了一下，被绞着脖子的贼人被勒得昏过去了。

究竟费了点时间，逃跑的贼人已窜到墙头上，可是他的一条腿还拖在墙下，急促间抽不上去。肖挥跳起来抓住他的脚，把他从墙上拖了下来，摔了个半死！

到这时，仓房各处的巡逻兵才吹起螺号报警，并赶到出事的地点来。

肖挥命令把两个贼人绑了押解到何和理的哨房去。

二

努尔哈赤带领兄弟们和三千人马赶到马尔墩，已经是出发后的第四天了。

他在离城二里的地方扎下大营。那是夜间，遥望马尔墩城上，华灯点点，人影隐约。努尔哈赤无法休息，就带领额亦都等骑马绕城转着，细细地察看。

马尔墩城三面靠山、一面对着开阔的平原，形势险峻，那城墙全是用石头所筑，十分坚固。

安费扬古说：“这马尔墩怕是块硬骨头哩！”

费英东说：“安费扬古哥哥就想得多，明天我领兵打头阵，骨头再硬，我也要嚼嚼吃下去！”

“想得多些总是好的！”额亦都说，他望着努尔哈赤，“遇到硬仗不能硬打硬拼！”

努尔哈赤说：“是呀，咱们的目标又大又远，决不能为一座小城把命扔在这里。”

在回营寨的路上，安费扬古提出从前后攻城的办法，“两下夹击，让城里的敌人首尾难顾！”

洛寒是个小心的人，他说：“那么我明天到山上去，伐些木头来做云梯，——咱们带来的攻城器具怕是不够。”

费英东又发飙了，他说：“我看过，他们的城墙并不高，人接人就能上得去，只要上去十几个人，就可打开缺口！”

他总是乐观的，从不把敌人放在心上。

回到大帐，努尔哈赤安排兄弟们休息，费英东只一会儿就睡着了，而且鼾声如雷。

努尔哈赤被搅得无法安睡，朝费英东笑笑，就走出帐去，月光下，见额亦都在树下霍霍磨刀。"刀不快了吗?"他问。

"不……"额亦都说,停下手,把刀挂在树杈上,"我的心胸没费英东大,每临战事总是想这想那。"

"把你的想法说出来,咱们一起想吧。——我有好半天没见到舒尔哈齐了,他到哪里去了?"

"我也是为他担心呢。"额亦都说着望望马尔墩城那边。

舒尔哈齐处事果断、勇敢,对兄弟们也很有人缘,他和额亦都尤其要好。

"刚刚扎下大营,他就换下军衣和一个亲兵到山里去了……"额亦都说,"不过他也该回来了吧? ……"

"这是舒尔哈齐的老毛病,做事不和大家商量!"努尔哈赤有点懊恼,"他到山里干什么?"

"我想,他是去打探消息吧?"

他们利用一丛丛的矮树做掩护,慢慢地向马尔墩那边走。

努尔哈赤忧心忡忡地说:"看敌人的架势是想和我们打硬仗哩,我们可不能让士兵白白送命,他们都是咱们起家时的兄弟!"

"不过,要打仗死人总是不能免的。"额亦都说,"如果马尔墩像兆佳城那样紧靠着山就好了,我们就可以如法炮制,可它离身后的山太远,总有两三里地。"

正说着,前面小树林里有响动,努尔哈赤和额亦都蹲进树丛里观察着。

城里已经知道努尔哈赤兵临城下了,所以不住地向着建州军大营所在的方向发射火炮和施放火箭,这里那里地闪着火光。

过了一会儿,从对面的树丛中钻出三个人来。努尔哈赤认出来了:"是舒尔哈齐!"

为首的果然是舒尔哈齐。后面是谁呢? 是他的两个亲兵?

等他们走近,努尔哈赤和额亦都站起身来。

"是舒尔哈齐吗?"

"是我,大哥!"舒尔哈齐回答,他有点兴冲冲的。

"到哪里去来着? 也不说一声!"努尔哈赤批评他,"你也是个领兵的将军了,怎么连起码的纪律也不遵守? 如果,你手下的将士都像你这样,你的部队能够打仗吗?"

也许是为了缓和一下兄弟间的紧张吧,额亦都笑了笑。有这一笑,舒尔哈齐又撒娇了,"哥,饶了小弟吧,我这不是自由散漫,是为了咱们的胜利呀!"

努尔哈赤看着他身后的两个人,一个是他的亲兵,而那个呢? 见有陌生人,就不再说话,回头往大营走。

"来吧,来吧,"额亦都招呼舒尔哈齐他们,"回去找个地方说话。"

回大帐是不行的,那里横竖地躺着许多头目和亲兵。老早以前,努尔哈赤就想把军队建设得正规些。要想干大事,就不能像现在这样,官兵乱糟糟地拼凑在一起,称兄道弟,拍肩膀搂腰。他想起在李成梁那里时，看到明军的组织是十分严整的，上下有序、左右协调，是一个紧密的整体。在那里，官高一级就可对下级颐指气使，下级对上级只有俯首听命的份儿。那种组织也许有些缺点，但打起仗来是十分需要的。

他们来到大帐后面的一个僻静的小树林，在两棵倒地的树干上坐下来。

“说一说吧，舒尔哈齐，这半天，你干了什么？——那个人呢？”努尔哈赤把下巴向舒尔哈齐一旁的陌生人一晃。

“他是郎拉村长，”舒尔哈齐说，“我说的事，离不了他……”

“好，你说。”

舒尔哈齐立刻兴高采烈起来。

他说：到马尔墩后，立刻想起前些年在长白山入“贼”伙儿的事，那时，他经常跟着头儿到马尔墩城做“生意”。从山上到马尔墩，有一条秘密的小道，一直通到城墙上的一个豁口，走私的、偷盗的便从那里潜进城里。他想看看那条小道和城墙上的那个豁口还有没有，如果有的话，那对破城就大大方便了。

他来到城后一看，小道还在，可是城墙上的豁口没了，他笑自己，几年过去了，守城的还不早把豁口堵上了，人家怎么会给你留到现在呢？

他没有就此回营，却和亲兵走上山去，想从远处瞭望一下马尔墩城。转过一道山梁，忽见有一大群年轻人藏在山坳里。他奇怪了，就和其中几个愿说话的攀谈起来。

原来，他们是躲“出夫”的。

马尔墩城的城主听说努尔哈赤要来攻城，就想把城墙和周围的堡寨整修一下，好增强抵抗力。他们给山上几个村庄下达命令，要他们把十五岁以上，五十岁以下的壮丁送到城里“出夫”。这几年，每年都有几次出夫，那活儿苦累不说，还要挨打受骂，你只要顶几句嘴，那就连命也没了！所以一听城里又要征夫，年轻人就逃进山里来了。

“你们走了，把蜡留给你们村长坐？”舒尔哈齐问。

“是呀，那就顾不得他了！”

这时一个大胆的计划在舒尔哈齐心中萌生了。

他到村里找到了那个愁眉苦脸的村长。

他是叶赫人，叫郎拉，不到五十岁，满面胡须，脸上的皱纹堆出一副似笑非笑的模样。他本来是跑买卖的，后来在这里落了户。几年后，村人看他有点能力，能够应付那些经常来骚扰的地方豪强，就选他当了村长。

“你是村长吗？”

村长抬起头，端详着来人。“你是……”

“我是给你来解决困难的。”

村长笑了，那样子似乎在说：“年轻人，你能办什么事呀？”

“真的，我有人给你。”

村长重新打量舒尔哈齐。他看面前的两个小伙子是外地人，心中就开始琢磨了：每年夏天，长白山那儿有很多身强力壮的人来这儿打工，一直干到秋后，才揣着鼓鼓的钱包回去，在家过一个舒服的冬天……

“你们有多少人？”

“你需要多少？”

“一千？”

“再多点，我们也会满足你！”

“你们的人在哪里？”

“要看人吗，你就跟我走。”

村长半信半疑地跟舒尔哈齐和他的亲兵走了。

下了山，村长没看到什么民夫，就不走了。这时，舒尔哈齐才把自己的身份亮了出来。“听到过努尔哈赤这个人吗？”

郎拉眨巴眨巴眼皮，说：“听到过，听到过，那可是建州的大英雄！”

“你知道他干了些什么事呀，就叫他大英雄？”

“他呀，为了替长辈报仇，把尼堪外兰撵得像兔子一样到处躲藏，又一连拿下了几座城池，听说他还要来夺马尔墩……”

“他来了，我们就是他派来的人！”

郎拉十分吃惊，“你们找我干什么？也要民夫吗？”

“不，我们不跟你要民夫，是帮着你找民夫的！”

村长不明白舒尔哈齐的话。

“走吧，跟我们去见见努尔哈赤，他会对你说明白的！”

“努尔哈赤？要去见他？”他吓得直往后退，可是舒尔哈齐和他的亲兵一边一个，架着他走了。

“哥，事情的经过就是这样。”舒尔哈齐说，“你看，能不能帮助郎拉村长解决千把民夫的困难？”

在舒尔哈齐说到一半时，努尔哈赤和额亦都就明白了舒尔哈齐心中的计划，他们不由得兴奋异常。

额亦都哈哈大笑：“舒尔哈齐，干得好，等马尔墩城破后，就给你记头功！”

“好呀，好呀！”努尔哈赤搓着手，激动地说，“感谢上天给了我一个好弟弟！”

舒尔哈齐把努尔哈赤拉到陌生人面前，“郎拉村长，这就是我的哥哥努尔哈赤，那位是他的大将军。他们没有传说中的三头六臂，也没生得巨齿獠牙！”

努尔哈赤和村长重新见了礼。努尔哈赤究竟是政治家，他很会做动员工作。他问郎拉村长：“这几年日子过得怎样？”

“山里的百姓可被讷申、完吉干那伙人害苦了！”他说，“本来咱们守着的就是一座穷山，马尔墩城里的官兵又敲骨吸髓地整天地搜刮，要不是年纪大了，我早就离开这里，去干我的老本行了！”

郎拉只说了几句，努尔哈赤就知道他是个什么人了。因为事情紧急，就没有让他再往下说。

“好啦，你们的苦日子熬到头了。”努尔哈赤说，“我们来到这里，就是为了把讷申那一伙消灭掉。如果马尔墩成了我们的，就免你们三年的赋税……”

“那你们吃什么用什么？”郎拉似乎不太相信努尔哈赤的承诺。

“我们花钱买呀！”努尔哈赤郑重地说，“公平交易，你们老百姓就有钱挣了！——目前，你可得帮帮我们……”

“我？怎么帮你们呢？”

努尔哈赤和额亦都都哈哈大笑。

不一会儿，他们谈妥了。努尔哈赤从部队中挑选一千精兵给村长充当民夫。郎拉给他们准备一千套百姓穿的衣服和使用的工具，如铁锹、钢锹等……

“一千民夫，是你们几个村子的任务吧？那，你还得和那几位村长说一说。”努尔哈赤问，“你能够说服他们和咱们同谋吗？”

“我想能够……”郎拉说，“他们都是我的朋友。”

“好。我们会派人帮助你的。”

当过了夜半，挑选一千人的事就完成了。努尔哈赤点了洛寒的将，令他带领这队精兵和村长一起上山。

努尔哈赤没有立刻攻城，城里的三个城主先沉不住气了，他们每天齐集在议事厅里议论着。

讷申说：“这是什么事呀，既然来了就干吧，他们却在城外候着……”

“他们一定是出了什么问题……”完吉干说。

“出了什么问题呢？”讷申盯着伙伴们。

“比方说，他们来到后，看到马尔墩城高池深，不像兆佳城那么容易对付，就泄了劲、撒了气……”

萨木占摇摇头说：“努尔哈赤不是你想的那样人，他要干什么事，是不会半途而废的！”

“又替努尔哈赤吹嘘了吧？”讷申说，“虽说是同父异母，但究竟是兄弟呀！”

“干什么，你？”萨木占跳起来，“你又不是不知我们家的情况，到现在还说这样没用的话！”

完吉干瞪了讷申一眼，他的确说的是没用的话。塔克世家，除了努尔哈赤的同母弟舒尔哈齐，没几个人和他站在一起，他们之间的仇恨之深，那是外仇不可比拟的。

“算啦，讷申。”完吉干小声劝道，“咱们和萨木占才是亲兄弟呢！”

讷申也觉得自己错了，就把气平下来问萨木占：“我是想激你把心里的话赶紧说出来——你说,努尔哈赤在观望什么?”

萨木占咳嗽了几声,换了一副和解的面孔说:“努尔哈赤肯定要打的。这时,他正在和他的结义兄弟们充分地谋划……”

“他们谋划什么呢?”

“我们猜不到,也用不着猜,现在要考虑的是我们还有些什么事没有做得周全?比如说防御工事、武器装备……”

“完吉干,向山上要夫的事怎么还没办成?”讷申虎起脸问道。他是马尔墩城的大城主,有时还摆摆威风。“你办事总是拖拖拉拉……”

萨木占问:“这时候要民工……干什么?”

“修城。”讷申说,“上次大雨,西北角的城墙塌下了几十丈……”

“一定要修吗?”

“不修不成!”讷申把手一拍,“那城墙里面的土都没了,只剩外面一层石头墙皮,若是用破城锤一砸,那还不垮吗?另外,城墙上的几个炮楼子也要修……”

“我是想……”萨木占说,“这时候放进些生人来,合适吗?”

“没什么。”完吉干说,“那几个村长都是老熟人,他们得给我们把民夫送进来。”

正说着,侦探报告说:“努尔哈赤发兵攻城了!”

他们便急急地出门往城上跑。

努尔哈赤军的攻势并不凌厉,好像在做试探。他们往城里放射了成千支火箭,又施放了几百个火包,除了贴城的住户,有几间房子着火外,没有什么损失。接着,他们推着云梯过来了,甩了几十下破城锤后,就吹着螺号,往城上爬。这样的攻击,当然不会起什么作用,守军一阵滚木礌石就把他们打退了。

如此的进攻半天进行了三次。

整个过程,三位城主一直都在城楼上看着。

“努尔哈赤就这点本事?”讷申把嘴撇得歪歪的,他问萨木占。

“我看,这不是真正的进攻,他是在试探。”萨木占回答。

这又把讷申惹火了,“你是说努尔哈赤在开玩笑吗?他们在战场上留下了几十具尸体,那都是赫图阿拉的儿郎呀!”

“城主,”萨木占为了把话说得更郑重些,他叫了一声讷申的官位,“你没见过努尔哈赤攻打兆佳城的样子,那凌厉无比的攻势,那黑云压城的气魄,谁见了一辈子也忘不了!”

“别提那兆佳城了,那个李岱根本就是个草包!”

“李岱不懂军事,可他不是草包!”萨木占想为李岱说句公道话,“当然他不是努尔哈赤的对手。但在咱们爱新觉罗家族中,谁又是努尔哈赤真正的对手呢?”

这句话说到了讷申的痛处,他忍不住了。“萨木占,你被那努尔哈赤吓破胆了吧?”

“我不怕他……”

“不怕，你为什么跑到马尔墩来？你杀了他的妹夫噶哈善，努尔哈赤发誓要追杀你，你没处藏了，就到我这儿来了！说实话，如果你不在这儿，也许努尔哈赤不会来攻打马尔墩！”

“好，讷申，你不容我，我走！”萨木占扭头就要走，却被完吉干一把拉住。

“都是一家人，这是干什么？”他说，“如果努尔哈赤知道咱们在起内讧才笑掉大牙哩！——杀噶哈善，也不是萨木占一个人干的，是咱们大家的主意！在这时候说那些生分的话，有什么意思？大敌当前，咱们团结一致才是！”

说实在的，眼下萨木占真的无处可去，所以他扭捏一阵也就算了。

讷申呢，也觉得不该把话说到绝处，站了会儿，扭头下城去了。临走他扔下一句话：“明天要是努尔哈赤还来进攻，我带兵出城去会会他！我向你们证明：努尔哈赤没什么了不得！”

马尔墩面向后山的西门大开着，千把民工正扛着铁锨、提着钢锹有序地进城。

为首的是郎拉等几个村长。

他们抱着拳向周围几个守城门的军官致礼并且招呼着，还顺便把早就预备好的礼物一包一包地送给他们。

“军爷，这是咱们山上的一千多兄弟，我们送他们来为军爷们修城，请大家多多照应，他们家里多有老婆孩子，在农忙的时候，不容易呀……”

“好说，好说……”几位军爷说，他们得到村长们给的一点“实惠”，脸上光溜多了，“你们转告乡亲们，他们的子弟在这里受不着苦累，干完活后，就立刻放他们回去。”

并不是所有的军官都像他们一样粗心大意，有个小军官似乎嗅到了点什么，他跑过去，从民工队伍里拉出一个人，问他：“你家在哪里？”

“在山里……”那民工回答，想赶紧离开，可是那小军官揪着他不放。

“山里？我听你的口音是赫图阿拉人，你和你的几个同伴要跟我走！”

郎拉村长知道要出事了，赶紧来“救火”，他给小军官打躬作揖，“他是我的女婿。军爷看得不错，他的确是那边的人，是来看望我这老头子的……”

“你有几个女婿？”

村长涎着笑脸说：“军爷，我只一个女儿，怎么能有许多女婿？那几个都是我女婿的朋友了，他们看我为民夫的事着急，就约着一块儿来给军爷干活儿了。”他一边说着，一边抬头望着得了他“好处”的阶级比较大的几个军官……

“小鬼儿，”有一个军官叫着找事儿军官的绰号，从一旁走来了，“你别多事儿，都是老朋友，相互交往了多年，你怎么好意思故意难为人家！”

“不是故意……”小军官还想说话，却被大军官一把推到旁边，“走，走，回家歇着去！——这里无青草，用不着你这多嘴驴！”

这样，努尔哈赤的一千精兵就进了马尔墩。

第二天拂晓，随着阵阵螺号声，努尔哈赤从东城墙开始了凌厉的进攻，上百辆云梯、几十架破城锤向马尔墩运动。赫图阿拉的士兵们高喊着:“杀呀,杀呀……”向城墙扑来。这次进攻大不同于几天前的“试探”,急得城墙上的马尔墩士兵手忙脚乱,他们用滚木礌石,用飞箭和进攻者展开激战。

两个时辰后,努尔哈赤的战线稍退。

三个城主一直站在城楼上。

“看到了吧?”萨木占说,“这才是努尔哈赤!”

讷申满脸通红,他在生气,一个爱新觉罗家的毛孩子,竟敢这样地招惹他,瞧不起他!

萨木占的话更使他气愤难忍,他忽地站起来,对侍卫们说:“给我牵马抬枪来,我要去会会那个努尔哈赤!”

完吉干、萨木占赶紧上来劝阻。

完吉干说:“你是一城之主,怎好亲自出战呢?若有闪失,对大局不利!”

萨木占说:“兵书云:怒,不宜用兵……”

“去你妈的!”讷申骂了一句,走下城去了。

守城门的开了城门、放下吊桥,讷申放马跑到敌军面前,他大声叫道:“你们看到了么,我身后只是几个亲兵,我是来寻你们的努尔哈赤挑战的,他如果有种,就来会我,若是个孬种,就做缩头乌龟,从此别在建州充当好汉……努尔哈赤在哪里?努尔哈赤在哪里?”

这时,一员大将从散兵线上跑了过来,讷申端详着来将,见他身材魁梧,粗眉朗目,手握钢枪、座下一匹青骢马,威风凛凛。

“你是谁?”讷申问他,“你是努尔哈赤吗?”

“我不是努尔哈赤督爷,是他手下的大将安费扬古。杀鸡焉用宰牛刀,我就满对付得了你!”

讷申仰头哈哈大笑:“原来,努尔哈赤就这么草包,在我面前,他连脸面也不敢露,我感到羞耻,为爱新觉罗家族羞耻!”

他的话还没落音,就有一匹赤红马跑到他的面前,来人身大力壮,浓眉大眼,望着讷申就像两颗明星。他脸庞有角有棱,就似用刀斧砍出来的。讷申从小跟随觉昌安东征西讨,努尔哈赤出生时,他就小有名气了,怎么会在意塔克世以下的晚辈,所以他们从未见过面。

努尔哈赤两手抱拳向讷申致礼后说:“因为我少小离家,没有听家父说起你,更不知怎样与你论辈,请你见谅。”

“你还是爱新觉罗家的子孙吗?”

努尔哈赤噎了一下,可是他还是好言好语地说道:“讷申城主,我自任建州左卫都指挥使以来,总是得不到族人的认可,还遭受阴谋诡计的侵害,我忍无可忍才奋起反抗的,这使我很伤心!一个家族的人,应该和衷共济、共图大业才对……”

“努尔哈赤,你的大业是什么呢?”

“讷申城主,我觉得咱们的真正敌人,不在爱新觉罗内部,也不是白山黑水间的女真部落，而是欺压我们几百年的大明皇朝！如果女真人团结一致，天下就是另一个样子！咱们爱新觉罗氏，是辽东的大族，应该有这个责任和气魄，领导这一伟大事业！”

讷申望着努尔哈赤，心想：这小子还真是像萨木占他们评价的，有点雄才大略。可是一股妒火从他心胸中升腾起来：为什么爱新觉罗家出头的不是我闯荡江湖的讷申，而是这个小子呢！

他涨红着脸叫道：“你说的也许有道理，可是有能力担负这一责任的不是你，而是我！”

“如果你能……”

“我现在就让你看看，我能不能！”说着，他纵马冲了过来，捞努尔哈赤的心窝就是一枪，努尔哈赤赶紧闪开。

安费扬古抢到努尔哈赤前面，用枪架住，对努尔哈赤说：“大哥，你的礼也尽了，话也说了，就让我来收拾他吧！”

努尔哈赤说：“既然本家喊我出战，我就应该陪陪他，你闪开！”

安费扬古只好勒马让到一边。

由于内心充满了对努尔哈赤的仇恨和不屑，讷申下手是很狠的，来回几个回合，他的枪不离努尔哈赤的心窝和头颈。努尔哈赤只是招架着，他被动地招架，不是敌不过讷申，而是让他把招数使出来，好摸透他本领的根底。他想：你既然出来了，就绝不放你回去，你只有做俘虏和死这两条路。

讷申有些气馁了，他没想到努尔哈赤会有如此的本领，他已经看出：努尔哈赤虽然没有主动进攻，但他应付得很从容，似乎还有很大的余力。

为了给他们助威，城头上和努尔哈赤的身后都擂击着战鼓。

讷申觉得时间太长了，他本想速战速决，几下子把努尔哈赤挑在马下，好耀武扬威地得胜回城，可是，他知道自己想错了……

这样一想，他的枪法就有点乱，但努尔哈赤却越战越勇，由招架转为主动进攻。

也许，在城头的完吉干看出了讷申已不支，就出城拍马走过来，站在不远处观战。

讷申懊恼极了，他想到一城之主竟弄得在这里不尴不尬，想到自己在萨木占和完吉干面前的自我吹嘘，就有点气急败坏了。

赶紧结束这场战斗，——或把他一枪捅死，或把他刺伤……

这样想着，讷申不顾一切地向努尔哈赤扑来，努尔哈赤躲过，听到他吁吁直喘，知道他已技穷而想拼命了，就一手托枪，一手从马鞍间把腰刀拔出来。

讷申不愿给努尔哈赤留下空隙，只想接二连三地进击，所以刚刚跑过就勒马回头，他的坐骑回头不迭，差点儿跌倒在地，把自己的脑袋直接送到了努尔哈赤面前。

努尔哈赤一刀削去，讷申嗅叫一声连忙避开，一只耳朵掉在了地上……

他回身往城里跑去。安费扬古、费英东等将领策马跑过来，想捉拿讷申，可是讷申却被完吉干接走了。

回到城里府上，讷申的脸上、脖颈上、胸膛上满是鲜血，完吉干赶紧找来医生给他包扎敷药。讷申有点晕，但他还是大声叫道："萨木占呢，你在哪里？给我滚出来！"

讷申是个死要面子的人，他的败北，对别人都好说话，就是难以面对那个萨木占。他想找到那个"为努尔哈赤吹嘘"的家伙，把气出在他身上！

可是到处找不到萨木占了。

"完吉干，他到哪里去了？你给我找他来！他身在曹营心在汉，我要宰了他！"

萨木占知道败下来的讷申会朝他撒气，早早地藏匿了。

完吉干也有气，没想到三个人闹成这个局面。就对讷申大声吵了几句。"在这紧急时刻，三个人三个心眼，这城还能守得住吗？"

"噢，完吉干，原来你也和我三心二意呀！"

"讷申，别胡说！"完吉干向讷申横起眼，"如果像你说的那样，我还冒死救你回来干吗？"

讷申不说话了，抱头哭了起来。

"报！……"一个探马一直跑进院子。

"什么事？"完吉干问。

"城主，大事……不好了！那些民夫……全是化装的敌人，他们已经夺取了城……城楼……"

听到这个消息，讷申和完吉干全呆了。

这时，四下喊声震地，箭矢像鸟群一样在天上乱飞。

"完吉干，你快去，率领士兵把进城的敌人清除掉！马尔墩城高池深，只要有一个好帅，努尔哈赤是攻不破的！你先走，我随后就去，和你一起守城！"

完吉干走了。

讷申却没去，他明白马尔墩将要成为努尔哈赤的了！他把老婆孩子叫出来，要几个贴心的亲兵，为他们化装……

"老爷，你连个努尔哈赤也斗不过吗？"他老婆说。

"老婆子，连你都小觑努尔哈赤？告诉你，爱新觉罗家没人是他的对手！赶快跑吧，被他捉住就没命了！"

"你怎么办呢？"

"我呀，要和亲兵冲出去往山上走，"讷申说，"我的耳朵没了，努尔哈赤的士兵一眼就能认出我……"

完吉干见努尔哈赤的军队已经冲进城来，大街小巷拥挤着逃难的人。他知道事已不可为，顾不得回家，就顺手把一个老汉拉到街旁的角落里，抽刀逼他把衣服脱下来，他匆匆忙忙地换上老汉的衣装，混进人群跑了。

三城主中，还是萨木占有胆子，为躲避讷申的报复，他躲藏在一个心腹军官家里。听说城破后，他披挂上马，率领一支百多人的小部队，挺枪迎着敌人跑去。他在西城门口，被努尔哈赤的士兵打散，他也被包围起来。他左冲右突，杀死十多个敌人后，想落荒而逃，可是，他被一箭射中肩膀，差点从马上摔下来。

这时，额亦都冲他来了。

萨木占知道跑不了，一股拼死的劲儿来了。他高叫道："额亦都，你是努尔哈赤的主要将领，今日，把你宰了，我也出口憋在胸中的怨气！"

额亦都从东门杀进来，两把大刀鲜血淋漓。见萨木占向他挑战，他拍马迎上前去。

"好呀，我一路杀来，死在我刀下的不知有多少人，可没个像样的东西！这会儿终于有个城主碰到我手里，真是长生天的安排！"

萨木占冲到额亦都跟前，一连捅了十几枪，都被额亦都用刀架开了。

刀是短兵器，一时近不了萨木占的身，可是，刀有刀的好处，就是一旦靠得近了，敌人手里的长枪就显得别扭了。额亦都趁萨木占勒马转身的空儿，窜到他的面前，两把刀一前一后地夹住了萨木占。

萨木占当然想用枪杆遮挡自己的前胸，可是肩膀上的箭伤，使他的动作慢了一点，就这一点儿疏忽，额亦都的两把刀就从他的肋间扎了进去……

"啊呀！"萨木占叫道，"额亦都，不是你的本领高，是箭伤妨碍了我……"

额亦都趁摔下马来的萨木占还有意识，赶忙对他说："你为什么不早说？我要是知道你有箭伤，我只用一把刀和你打！"

萨木占倒在地上，立刻被跟随额亦都的士兵割去了头。

努尔哈赤攻占了马尔墩，他令军队在这里扎营休息几天。

有探马侦察到讷申跑到了界凡城，而完吉干呢，则逃到了巴各达。

一连得了兆佳、马尔墩两城，努尔哈赤军的士气大增。他问军士们是回赫图阿拉呢，还是继续前进，去捉拿两个仇人？军士们呼喝着，跟随督爷前进！

努尔哈赤还是遵守着女真人的传统，把虏获的大量财物，先是按功劳的大小分，剩下的再平均分给每个战士。再者，这时，他还没有颁布什么约束军队的纪律，军队打下一座城市、村寨后，都是大肆抢掠，甚至无故杀人，和当地的土匪没什么两样。这往往成为战士拼命流血的巨大动力。

这时，战士每个人都有了一堆东西，打仗、行军都很不方便。努尔哈赤便令士兵们到处搜寻车辆。几天后，上百辆大车便向赫图阿拉进发了。车上的东西都做了记号，或写了字，那是混淆不了的。

三

界凡和巴尔达都属于女真的栋鄂部。

马尔墩的陷落，讷申和完吉干的落荒而逃，使栋鄂的各个部落悚然而惊。

栋鄂在历史上和爱新觉罗部结过冤仇。

觉昌安掌权时，曾经联合哈达部对栋鄂几次掠夺。至今，栋鄂人心里并没有忘记这一笔血债。

几年前，栋鄂部趁爱新觉罗氏和哈达闹翻，也曾酝酿着报仇雪恨。他们把大蛇的血涂在箭头上，并对上天一再发誓。可是由于栋鄂内部发生了骚乱，互相残杀，就无法对仇人采取统一行动了。

努尔哈赤兴起后，栋鄂人十分关注，认为他是一颗灾星。为了共同的利益，栋鄂各个酋长又结合在一起，议论着要对努尔哈赤兴兵讨伐。

“趁这雏儿还小，动手吧，如果让他长成雄鹰，那就晚了！”

“是呀，是呀，我就不信倾栋鄂各部落之力就灭不了个努尔哈赤！”……

所以他们接纳了讷申和完吉干。

努尔哈赤知道与栋鄂部早晚要有一场血战，现在，他们又窝藏了他的两个仇人，于是就想对栋鄂用兵了。现在他来到了栋鄂部的“家门口”。

他把征讨栋鄂的想法和额亦都等商议，他们都很同意，主张趁着军队士气旺盛的时候，挥兵进入栋鄂。

但当他把计划公布后，还是遭到一些人的反对。

那是家族内十多个追随他的叔伯、兄弟们，他们虽然在为父祖复仇这一点上和他有着共同心愿，但未必愿意他统一女真，做整个辽东的大汗！

他的一个叔叔说：“建州是我们的领地，我们怎么打都可以，可是栋鄂是别人的土地了，我们怎么能够轻易地攻占呢！”

“栋鄂和我们是世仇，它是有准备的。”

“我们进去，得胜还可以，要是失败了呢？我们怎么办？”

努尔哈赤坚持自己的意见，他说：“现在的栋鄂，各个部落间的裂痕还没有完全弥合，等他们团结一致了，一定会对我们用兵报仇的，所以我们一定要先发制人！”

他的话，只说服了一部分族人，那些不愿和努尔哈赤一起往前走的人便离他而去了。

“好呀，”努尔哈赤说，“就让他们去吧，我知道他们早晚要和我分道扬镳的！他们走了，队伍就更纯粹了，战斗力也就更强了！”

九月初，在辽东，天气已经凉了，深秋后，天空一直乌云密布，还时不时地飘起雪花。当许多将士不住地抬头看天的时候，努尔哈赤毅然地带领他的三千人马打进了栋鄂部，包围了奇吉达城。

他下令将城外的房屋和城上的炮楼全部烧毁。

奇吉达城主阿亥是个刚刚从父亲手里接过大权的年轻后生，没有什么带兵守城的经验。听到努尔哈赤的大军到了，哀叹自己倒霉，做了整个栋鄂的挡箭牌。他希望努尔哈赤绕过奇吉达，打别的部落去。

阿亥下令关闭了城门，把手下四百名战士赶到城上。

还该做些什么呢？他不知道了。

“祷告长生天吧，”他年老的母亲说，“现在只有上天能够帮助你！”

阿亥听信了额娘的话，从早到晚跪在长生天的灵位前……

努尔哈赤挥兵攻城。

攻打过兆佳、马尔墩的赫图阿拉子弟，怎会把这个名叫奇吉达的小城放在眼里，他们推着云梯，用木板和盾牌挡着流矢勇猛冲锋。

奇吉达城的老城主曾是栋鄂有名的将领，这四百名守军是老城主训练出来的，他们可不像新任城主阿亥，打得十分出色，十几次地把爬到城上的敌人杀退，努尔哈赤这只山林老虎被这小石子硌着牙了！

就在这时，天空纷纷扬扬下起了大雪，那雪像撕绵裂絮，把攻城战士的眼睛都糊起来了。他们不辨东西，怎能抵挡城上的滚木礌石？因此死伤很多。

领导攻城的安费扬古征询努尔哈赤的意见：“怎么样，是不是先退下来，等雪停后再……”

努尔哈赤还没说什么，费英东跳起来嚷嚷道：“从古至今，从没听说被大雪拦住军事行动的，你不行，我就来！”

可是努尔哈赤不愿士兵无谓地再流血了，他挥挥手，说：“停止进攻，把军队撤到树林里去避雪……”

努尔哈赤军的退走，使阿亥喜出望外。他飞奔到母亲房里高声叫喊道：“母亲，上天显灵了！上天显灵了！……”

阿亥的母亲几年前就瘫在炕上，现在眼睛也瞎了。一入秋，她就怕冷，整天用几床被子拥在炕头上，像只老猫般地哼哼着……

“额娘，长生天听到咱们的声音了！”

听到儿子来向她报喜，娘伸出两手摸索着：“儿子，怎么说？”

“额娘，上天佑护咱们了，降下大雪，帮助咱们打退了敌人！”

“儿子，你可要看清楚了！”

阿亥从来没有上过城墙，听了额娘的话，为了看得仔细，带几个亲随上城去。他走来走去，从城墙的垛口处观望着。

雪虽然小多了，可是仍旧在下，把努尔哈赤军的脚踪全盖没了，四野白茫茫的，连树林和丘岗也披上了银装，他深信敌人的确走了。

“努尔哈赤走了吧？”他问一个身边的将领说。

“城主，恐怕有诈，”将军说，“努尔哈赤前来攻城，不达目的，是轻易不肯退兵的！”

“你看，他会藏到哪里呢？”

将军也说不出。

“你出去看看……”

将军犹豫了一会儿，说：“是。”

打开城门，放下吊桥，将军带领百多人马出城。他小心翼翼地向前走了里把路，没有发现有敌人的踪迹，就大起胆来。让士兵们分散开向四下里仔细搜索。

就在这时，脚下发出一声喊：“杀呀！……”平地里钻出黑压压的许多士兵。将军的人马大部分霎时变作了刀下之鬼。

将军知道中计，拨转马头，就要逃回城去，可是被赶来的额亦都拦住了。

“额亦都，不要管这一小股敌人，快跟我抢城去！”

努尔哈赤一马当先，冲进了四开的城门，随他和额亦都进城的有舒尔哈齐、费英东、洛寒各部。他们纵横烧杀，一会儿就把奇吉达城搅成了火海、血泊……

阿亥从城上跑回家里，想背起老母逃命，可是，他的两条腿抖得迈不开步。老母对他说：“孩子，上天降灾给咱们，就不要挣扎了……”

舒尔哈齐进城后知道哪里是块肥肉，就策马跑到城主府上，阿亥和他的老母就死在他的刀下。

原来，努尔哈赤命令额亦都退兵时，心犹不甘，他和他的亲兵商议，想埋伏在大雪下。亲兵都是些跟随他多年，最能吃苦最能战斗的小伙子，他们立刻趴在雪地里，让大雪一层层地把他们埋了，直到奇吉达将军的马蹄踩在身上……

奇吉达很小，他们在这里烧杀了一两日，就把它变成了一堆断壁残垣。

历史学家给努尔哈赤等这样的帝王涂抹的脂粉太厚了，使人看不到他们的凶残面目。其实，他们哪一个不嗜杀、不恋财呢！他们都是踏着成千上万人的尸骨走到我们面前的，他们身后是一片血海……为了他们自己，为了他们自己的目标，他们的确表现了大智大勇，创造了惊人的业绩，但人们切不可被他们耀眼的光环弄得目眩神迷了！

这日，努尔哈赤和他的兄弟们举杯庆贺胜利时，亲兵把个瘦猴儿似的人送来了，那人穿着奇吉达人的军衣。

“送到这里来干什么？”努尔哈赤问。

“请示督爷把他怎么办？”

努尔哈赤说：“怎么办，你们刀下还多这个鬼？”

“是这样呀，督爷，”亲兵说，“我们从砖瓦堆中找到了他，他又哭又叫地求我们不要杀他，他说他知道翁哥洛城的情况。”

“是这样……”努尔哈赤招招手，令亲兵把帮绳给他解开。又端详着面前这个狗头狗脑的人：“你叫什么名字？”

“我叫孙扎七光衮。”

“……”努尔哈赤沉吟了一会儿，他可记不住这么个奇怪的名字，“把你知道的翁哥洛城的情况说一说！”

“是这样，督爷。”瘦猴儿孙扎七光衮说，“你要捉拿的两个人，一个在界凡城，一个在巴各达城，对吧？”

“对，又怎样？”

“你要去捉拿他们，中间有个翁哥洛城挡着，对吧？”

努尔哈赤嫌恶他一句一反问，皱起了眉头。

舒尔哈齐喝道：“肚子里有屁，你就快放出来，还问督爷干什么？”

“是，是，是这样。”孙扎七光衮怕了，赶紧说下去，“我告诉督爷，那个翁哥洛的城主是个没什么本领的脓包，你们应该赶紧去把翁哥洛拿下来，打通去界凡的道路。”

“我们正要这么做，”费英东说，“你啰唆什么！”

“那城主赫光葛虽然是个无用之人，可是，他有两员善射的将军，额尔古尼和洛可。他们是神射手，百步远能够射死苍蝇……你们可要小心点儿！”

努尔哈赤和他的将领们被他的吹嘘招惹笑了。

洛寒说：“就这么点事儿吗？”

“就是这些事儿。”孙扎七光衮说。

“好了，我们知道了。”

“那么，还杀我吗？”孙扎七光衮不放心地问道。

“不杀了，”额亦都说，“找个狗窝趴着睡觉去吧！”

孙扎七光衮原是翁哥洛城人，他和他的哥哥扎都葛都是有名的小偷儿。去年他们竟偷到了赫光葛府上，这可惹怒了城主，下令追杀他们。没法，孙扎七光衮和扎都葛便逃到了奇吉达城当了兵。努尔哈赤军破城后，他们侥幸活了下来，在商量今后的去向时，兄弟俩发生了分歧。哥哥扎都葛主张回翁哥洛报告努尔哈赤军破了奇吉达消息，以求得城主的饶恕。孙扎七光衮却不想这样做，他说：“那个赫光葛想要咱们的命，怎么能给他送信儿呢？我要去给努尔哈赤报告情况，以报赫光葛追杀之仇！”

二人说不到一块儿去，就各奔前程了。

他们都获得了成功，努尔哈赤没有杀孙扎七光衮，赫光葛也没有对扎都葛问罪，还褒扬他送信有功。因为大雪塞途，赫光葛真的不知道奇吉达已被努尔哈赤夺得的消息。

赫光葛立即把额尔古尼和洛可叫到面前，告诉他们努尔哈赤已经来到栋鄂，还夺得了奇吉达城。

在这一策略的指导下，努尔哈赤军的好几个头头被射杀了，洛寒的右肩也中了一箭。

为了看准敌人躲在哪里向他们反击，努尔哈赤登上一道最高的屋脊，避在烟囱后面仔细观察。

“大哥，这太危险了！”安费扬古喊他，“你看天上的流矢就像蝗群一样！”

“不要紧，”努尔哈赤说，“在地上，什么也看不见，光挨敌人的黑箭！”

“不行，你赶紧下来！”安费扬古令身边的两个侍卫爬到房上去，保护努尔哈赤。“你们拖，也要把督爷拖下来！”

两个侍卫向房上攀登着……

就在这时，嗖的一声，一支箭镞飞来，正中努尔哈赤的头盔，并穿过盔甲扎进肉里一指多深！

努尔哈赤摇晃了一下，险些从房脊上掉下来。

“大哥……”安费扬古喊道，接着就要上房……

“你们不要动，”努尔哈赤从容地说，“这是那个射箭的好手，你们如果莽然乱动，也会被他射中的……喂，我看见他了——”

努尔哈赤看见一个人躲在百尺外的一垛烟囱后面，正向他弯弓，他抢先把箭射了出去，那人腿上中箭，大叫一声滚下房去。

这时，努尔哈赤的头上血流如注，他哼哼着拄着弓从房上慢慢地挪下来，下面的人急得乱蹦乱跳。

努尔哈赤刚刚下到房檐，下面的人都伸出两手去接他，一支箭又飞来了，这支箭射中努尔哈赤的脖子。他的脖子上有青铜打造的围领，利箭穿过时，火花直冒，要不是有它保护，这箭非把他脖子穿透不可！

“给我把箭拔出来！”努尔哈赤叫道，可是没人敢给他拔，只是着急得转来转去。

“我来吧！”安费扬古说。他握住箭杆咬着牙，使劲一拽，箭头出来了，由于箭头被铜围领挡弯了，成了一个钩儿，带出了杏大的一块肉……

安费扬古喊人来包扎，还没包扎完，努尔哈赤就昏晕过去了。

舒尔哈齐跑来了，他大哭大叫：“大哥，大哥！……”

努尔哈赤醒来后，对舒尔哈齐说：“退兵吧……退兵吧……”

舒尔哈齐拨一支卫队把努尔哈赤送走，可是他却没有遵照大哥的命令退兵。他喊道：“弟兄们，敌人伤了咱们的督爷，我们可不能这样晦气地离开这里，为督爷报仇呀！杀呀，把敌人杀干净呀！……”

努尔哈赤平日爱护兄弟，就是一个小小的士兵，对他们也嘘寒问暖，所以，从上到下都把他看作自己的长兄，他的受伤，激起了全军的同仇敌忾，杀敌的士气分外高涨，他们疯狂地呼啸着勇猛冲杀，那如雷霆万钧的威力是不可阻挡的。虽然敌人想化整为零，可是，愤怒的努尔哈赤军还是把他们从角角落落里挖了出来！

一个时辰后，翁哥洛的守军已经所剩无几了。

额尔古尼和洛可知道在这里已无可为，就想化装突围，可是，努尔哈赤军怎会放掉伤害他们主将的敌人呢？

安费扬古吩咐全军一定要细细地搜查，把那两个神射手拿住，要活见人死见尸！

舒尔哈齐先派人把翁哥洛的所有通道卡住，再逐房逐屋地细找，就是鸟儿虫儿也难以逃脱。

搜寻了半天，两个神射手落网了。

“给我一刀一刀地剐了！”舒尔哈齐叫道。

额亦都忙说：“且慢，报告了大哥再说！”他知道努尔哈赤的脾气，见了自己的族人、见了有本领的人，他那宽仁之心就从心底冒上来了。

“还报告什么？”舒尔哈齐怒火冲天，“这事儿，我就做主了！”

可是，额亦都不听他的，硬是把额尔古尼和洛可送到努尔哈赤面前。

努尔哈赤清醒了好多，现在，他只是很虚弱。听了额亦都的报告，他睁开眼睛，向两个俘虏微笑着：“你们真是神箭手呀！……名不虚传……名不虚传……”

见努尔哈赤伤势这么重，还少气无力地称赞他们，那宽容的气魄使两个神箭手忍受不了，连忙在他面前跪了下来。

“……我举旗兴兵不是针对女真同胞，更不是针对你们……”努尔哈赤气喘吁吁地说，“我……一是为了报仇，把那些在女真部落中欺内媚外的败类清除掉，……二是想做一件大事，将咱们女真人统一起来，捏成一个拳头……那样天下就没人敢欺负咱们女真人了……”

额尔古尼和洛可瞪大了眼睛，他们头一次听说，还有人怀着这样的理想！是呀，几百年来，女真人总是窝里斗，像狗似的互相咬，哪有人想到这一点呢！

“你们两人……愿意留下来吗？要是愿意，咱们就一起为了那个理想奋斗……”努尔哈赤继续说，“如果不愿意，我们也不为难你们……只要你们不和我们为敌……”

他的话还没有说完，额尔古尼和洛可就满面泪水，磕起了响头。“我们愿意跟随督爷，我们愿意为督爷效命！”

在一旁的舒尔哈齐气得把提在手里的腰刀猛力地投进鞘里，嚷嚷着说：“人家捞死地揍他，他却把人家饶了……”

“舒尔哈齐！”努尔哈赤向弟弟摇摇手，“他们二人射我，使我受伤，那是两军交锋，拼死厮杀，没什么过错。现在他们归顺了咱们，就是咱们的兄弟了！”

他令安费扬古把额尔古尼和洛可扶起来，并任命他们为牛录之职，在安费扬古部下听令。

四

在离开赫图阿拉数月之后，努尔哈赤率兵凯旋。这时，他的声威如日中天，栋鄂部，他虽只拿下了两个城，可是别的部落却逐个地臣服了。这样，努尔哈赤就成了方圆千里的主宰。

由于伤势太重，回家久医不愈，一月后，竟恶化了！

他整日发烧、昏迷，喊着："长生天，助我……"

他的兄弟们和他的家人当然不遗余力地到处延医求药。额尔古尼说："我去求我师父吧！我听说他有治重伤的灵药！"

舒尔哈齐恨恨地说："想逃跑了吧？"

额尔古尼抽刀在手，仰天叫道："人家这样不信任我，我还活着干么？"他举刀就要自戕，幸亏额亦都救得急，才没有发生不幸。

额亦都对额尔古尼说："二爷不是不相信你，这也是人之常情呀，换了你，你会怎样？以后，你要拿出自己的忠贞来证实自己的心……"

"所以我才去为督爷求师父……"

"你去吧，"额亦都说，"和你的师弟洛可一块儿去，我们在家等着你们！"

隔了几天，不见额尔古尼和洛可回来，舒尔哈齐骂道："瞧吧，那两个狗东西不趁机溜走才怪呢！"

就在那天晚上，额尔古尼师兄弟回来了。

他们带回了用小泥瓶装着的一撮药末。

"就这么点吗？"舒尔哈齐把下唇伸得老长，"你们的师父也太吝啬了！"

额亦都不理他，当晚就按那老师父的教导，用香油调好，拿鸡翎儿给努尔哈赤敷在伤口上，第二天，疼痛就减轻，到第三天，他就能够坐起来和兄弟们说笑了。

"神药，真是神药！"他问，"瓶里还有吗？"

"还有一点。"额尔古尼说。

"那就留着吧，日后不定哪个人就用得着。"

"我师父说过，你那箭伤，这一小瓶正好，"洛可说，"所以督爷还得把药用上。"

五天后，药用完了，伤口也平复了。

好几个人都有事等着向努尔哈赤请示，他首先把留守赫图阿拉的何和理和扈尔汉找来。问他们大军走后，家里的情况。

何和理向努尔哈赤一五一十地汇报了，当他讲到以隆登儿为首的几个爱新觉罗家族的败类搞的破坏活动，努尔哈赤恨得咬牙切齿。他说："我努尔哈赤真的没有得罪他们呀，他们怎么这样容不得我？”

何和理说：“大哥，世上就有这样的人，你处在他们下风时，他们还能让过你，至多不理你；可是你比他们高了，有权有势了，他们就恨死你，不把你除去，他们死也不甘心！”

努尔哈赤摇摇头，“也许是这样……”

汇报时，何和理特别夸奖了肖挥的机警和能干，至于努尔哈赤的义子扈尔汉，他也没忘了表扬，他说：“扈尔汉年纪虽小，可是，那个坏透了的隆登儿就是他捉住的！”

“好，好，就拿到他一个吗？”

“还有觉善和豹石的儿子康善绰其达……”何和理道，“现在他们都押在大牢里，听凭大哥发落。”

努尔哈赤沉吟多时，他说：“唉……说真的，虽然他们一而再，再而三地害我，我还真不愿杀害他们……”

“大哥，”何和理说，“赫图阿拉是咱们的后方，是咱们起家的地方，只要他们还在，咱们就没有个安稳的家，还是把他们杀掉吧！”

“嗨……”努尔哈赤还是叹气，“他们都是爱新觉罗家的，这三个人还是我的长辈呢……何和理，我就把他们交给你吧！”

第二天，何和理就把他们拉到赫图阿拉的十字街头杀掉了。

时近隆冬，努尔哈赤不想把弟兄们再带到漫天风雪中。“在家过一个暖冬吧，”他说，“把人和战马都养得壮壮的、肥肥的，明年开春，咱们就去攻打界凡城！”

进了腊月，他备了三份厚礼，都是肥羊一百只，貂皮十张，人参五盒以及东珠一颗。送给辽东总兵、辽东巡抚、蓟辽经略各一份。

舒尔哈齐十分心痛，他对努尔哈赤说：“哥，你把这么些好东西都喂狼了！”

“胡说！”努尔哈赤叱他道，“你那头脑呀，就像山中的猴子一样简单！咱们在这长白山下纵横驰骋，难道那些大明的边官们看不见吗？如果他们向咱们一伸手，咱们就得刹住脚步！”

“那，他们的手为什么还不伸过来呢？”

“我也不知道什么原因，”努尔哈赤深深叹了一口气，“我想，大概是明朝内部有什么变故吧，——咱们的消息太不灵通。”

“那就派个人到京师卧底。”

“你呀，说话总像吃饭那么容易。”努尔哈赤笑了，“但不管怎样，咱们还要把那些当权者打点好。”

他派比较善于辞令的何和理带着礼物前去，还写了一封信让他带上。

信上首先向三位长官恳切致礼，然后说到祖、父被难后的痛心。进一步叙述了建州各部纷乱的形势。他把这一切都归之于尼堪外兰等坏蛋的挑拨离间，最后，他表示，一定要把这些离间大明和女真人几百年良好关系的民族败类清除干净！到那时，他就把队伍遣散，让百姓在天朝的治理下安居乐业！

“哥，你还真有给大明拍马屁的才能！”舒尔哈齐讪笑道。

努尔哈赤面容严肃了，“舒尔哈齐，你和兄弟们都要给我记住：咱们还要长时间地蜷卧在大明的阴影下面，让他们觉得我们是安分守己的顺民。这样，我们才能在他们的眼皮底下成长壮大起来！”

舒尔哈齐说：“人家也不是傻瓜，早晚会看出来的！”

“是的，他们会看出来，”努尔哈赤说，“即使他们看出来，我们仍然要做出顺民的姿态，以麻痹他们，减轻他们对咱们的压力。”

这是努尔哈赤在成为后金大汗之前，一直坚持的大政方针。这政策是十分正确的。正因为如此，他的事业发展才没有受到很大的阻碍。

腊月二十以后，赫图阿拉到处洋溢着喜庆，通红的门联贴上了，一座座彩坊树立了，还到处响着鞭炮声。尽管大雪纷纷扬扬地下，还是掩不住一层又一层新落下的艳红的鞭炮炸响后的纸屑。

街道上行人并不多，家家都藏在屋里忙年，要做新衣，要蒸煮吃食……炊烟和着钻鼻的香气从窗户里一团团地冒出来，更给人一种新年特有的幸福感、吉庆感。

人们一边忙碌着，一边感激一个人，那就是努尔哈赤，是他带领军队连克四城和无数的村镇，几乎使每个有人从军的家庭财产都猛增了几倍、十几倍。他们有钱花了，有衣穿了，有大鱼大肉吃了！

努尔哈赤对牺牲在外边的战士也抚恤优厚，使他们的家人一边弹着泪水，一边念叨努尔哈赤的恩情。过去，他们也是常常入边抢掠。种地、放牧和上山收集山货只占收入的一部分，他们早已经习惯了死人的事……

努尔哈赤也在百忙之中抽空和家人聚在一起，好使他们也享受一下年节的欢乐。

这时，他已有了三个孩子，大格格东果十二岁，大儿子褚英十岁，二儿子代善八岁，两位福晋又腆着肚子怀上了。

他新近又娶了一位福晋，是钮祜禄氏，名阿绿。

这位阿绿是他在破兆佳城返回时偶遇的。

当时，努尔哈赤纵马跑了数十里，感到口渴难耐，想找点水喝，可是，四下都是青山绿草，却没有他盼望的潺潺流水，只得策马再往前赶。

“留点神，”他对跟在身后的侍卫说，“看看有没有能喝的水……”

拐了一个漫弯后，山路旁的斜坡上忽然出现了几间小屋。要不是几缕炊烟，他还真发现不了，因为它们的房顶都被茂盛的藤蔓遮严了。

努尔哈赤下了马，把缰绳甩给侍卫，一步一步地向坡上走去。

走到房屋前，他还是没看见任何人，只见一群鸡在房门前咕咕地觅食。

一架被沉重的绿藤压得歪歪扭扭的葫芦架，给了房前诱人的绿荫。努尔哈赤真想坐下来，好好地惬意一会儿。

就在葫芦架下，一根木柱旁有一口生着绿苔的水缸，缸里有齐沿的水，那澄澈的水面上还有一枚不知从何方飘来的绿叶，使这水似乎分外甘洌、清纯。

努尔哈赤四下里打量着，想看看取水的瓢在哪里。

可是，哪里也没有。

他等不得了，就伏下身子，想把嘴直接插在水里。

“喂，喂，你这人怎么啦?”有人不让了。

努尔哈赤抬起头来，面前站着一个女孩儿，她红衫绿裤，看样子只有十六七岁。接着，两个人，你看我，我看你地呆住了。

努尔哈赤的心觉得被这小姑娘一把揪住了，她太美了，细高身材，欢眉大眼，红唇皓齿，两个乳峰把她薄薄的衣衫挑了起来，直往他心里戳。

“你好美呀……”

一句话说得姑娘有点不好意思了，她用自己的一只小手捂上眼睛，跑进了屋子，叫道：“阿玛，有个人来了!”

“是什么人?”屋里有个男人用粗重的声音问。

“是个男人，好英俊，好魁梧呀!”

男人出来了，是个五十岁出头的老人，身板硬朗，面目憨厚，用两团皱纹包着的眼睛望着努尔哈赤。那小姑娘跟在阿玛的身后，从手指缝儿里望着陌生人。

“阿玛，他说我漂亮……”

“傻孩子，屋里去!”老爹叱她道。

可那女孩儿仍站在那里，嘻嘻地笑。

老爹对努尔哈赤说：“您是哪里来的客人? 小女不懂事，有事就对我说吧!”

努尔哈赤向老人致礼：“没事打扰老人家，只是我口渴了，想讨碗水喝。”

那小女孩儿又说话了：“他要像驴那样用嘴喝水……”

“又要胡说!”老人回头拍了女孩一掌，指着水瓮说：“这水是我刚取来的山泉，当然可以喝。可是，我刚刚沏了壶好茶，客人是不是愿意赏光呢?”

努尔哈赤恨不得多在这里待一会儿，就说：“那就叨扰老人家了!”

不等老人吩咐，女孩儿就从屋里把一套红泥茶具端了出来。

这时，额亦都等兄弟赶上来了，见努尔哈赤坐在葫芦架下，悠然地呷茶，就高叫道：“大哥，有茶喝了? 是老乡招待的吧，我们也想沾个光!”

努尔哈赤回身招呼兄弟们：“来吧，来吧……这老人家好说话。”

老人也向新来的几个客人笑着招呼，并令女孩儿再去拿几只茶盏来。

费英东等几个人咋呼道：“咱们不要茶盏，给咱家拿几只大碗来——那牛眼大的茶盏几时才能解过渴来!”

听了费英东的话，女孩儿真的扭头跑回屋里，眨眼抱出一摞大泥碗来，放在水缸边的石桌上。

“哈，这女孩儿懂事，她知道咱们爱喝什么！”费英东说着抄起一只大碗，从水缸里舀起一碗泉水，一仰脖子，咕嘟咕嘟地喝了下去。别的将领也照他的样子学。一会儿就把半缸水喝没了！

努尔哈赤笑着说：“看样子，你们真没有喝茶的嘴巴！”

那老汉一边招待客人，一边眨巴着两眼，终于被他看出事儿来了。他拱拱手说：“好汉们大概是赫图阿拉那边努尔哈赤的人吧？”

努尔哈赤说：“老爹，你算说对了。”

如果费英东没有在场，也许老人无缘结识当今的英豪，因为别的人都能够在陌生人面前管住自己的嘴巴。费英东却不让自己受那样的难为，他说：“老人家，你还真有眼力，坐在您面前的就是大名鼎鼎的努尔哈赤呀！”

老人激动起来，手足无措地转了几个圈儿，就要给努尔哈赤跪下，可被额亦都拦腰抱住了。

“这头是应该磕的……”老人说，接着，就介绍起自己来。

他说，他本是兆佳城人，紧靠着西城，他开了一个小杂货店，老两口和女儿一起过日子。虽说不够富裕，可是够吃够用。谁想，他们的女儿渐渐长大，老两口虽然还把她当孩子看，但在那些大兵看来却像刚刚吐蕾的一枝花了。一天，一个小头目竟指使媒婆来说亲。

那个头目，两位老人是见过的，有事没事地常到小店来游逛，生得獐头鼠目，说话阴阳怪气。他们当然是不会答应他的求亲。那媒婆还是好心人，她说：“你们如果不应承，就赶紧离开兆佳城吧，在这儿是没法住了！”

于是，一家人就连夜逃走。第二天一早，那头目得到消息，就带几个人骑马来追，他们躲在草窝里才幸免于难。

他们没有亲友可投，就在这半山腰里盖了几间茅屋藏身。好在山里有的是干柴、山果，周围也不缺肥沃的土地，只要不惜汗水，日子还是过得去的。使他们伤心的是，老婆婆不久就去世了……

心灵眼尖的额亦都看出了努尔哈赤的心意，就对老人说：“这样，您老就和女儿相依为命了？”

“是呀，”老人笑笑，“女孩子大了，也是件烦心的事！”

“姑娘生得像朵花似的，烦什么？”额亦都又说，“只要您老放出话去，说媒的怕是会挤破门的！”

“那敢情好，”老人说，“军爷如果有合适的人家，就给留心一下。”

“一般人家可不行，”额亦都说，“我把您闺女的面貌仔细端详了，她可是有做王爷福晋的相！”

“啊呀，我的军爷，我家老辈人可没积下那样的福分呀！”

听老人这样说，额亦都就向他招招手，把他领到一边去，劝他把女儿让努尔哈赤领走。他说：“我的大哥努尔哈赤已是建州的督爷，现在又连下数城，将来，女真人的大汗定是他的，刚才，我看他那神情已是中意您的女儿了，这可是长生天的旨意，也是您和女儿的福缘！”

老人一下子满面泪水，起初，额亦都以为他是不愿意，后来才看出他流的是喜泪。他说：“军爷，这真是做梦也梦不到的事……我愿意，我想孩子也会愿意的。孩子走了，我身子骨还硬朗，一个人的日子怎么也好打发……”

“如果这事成了的话，哪能让您还在这山路上住呢？少不得要接您到赫图阿拉养老！”

回到葫芦架下，额亦都对努尔哈赤说：“大哥，我看出来了，小阿绿和你挺有缘的，咱们就把小阿绿带走吧，让她做您的第三位福晋，怎么样？”

努尔哈赤有点尴尬，但他的眼睛却仍然没有离开小阿绿。“额亦都，没有和老人家商量，也没有征得阿绿的同意，就……”

“你不用管啦，”额亦都笑笑，“我刚才已经和老人家说好啦……”

努尔哈赤看面前果然不见老人和阿绿了。

过了会儿，老人拉着阿绿走出来，阿绿羞臊地低着头，脸色像盛开的桃花。周围的兄弟、侍卫见了，一起躬身行礼，并大声喊道：“拜见三福晋！”……

大福晋和二福晋又大了肚子，三福晋阿绿便带领几个贴身的婆子忙起“年”来。努尔哈赤有了点闲空，一时不知怎么打发才好。他把儿子叫到跟前，想看看这两个小家伙儿这些日子有什么长进。

“褚英，汉书，你学些什么呀？”

努尔哈赤很注意孩子的教育，除了给他们请了武功师父外，还给他们请了汉书老师，那是一位姓齐的白胡子、白眉毛的老秀才。

褚英低下了头。

“老师教了吗？”

“教了。”褚英的头更低了。

“齐老师教的什么？”褚英没法了，摇摇头。

努尔哈赤有些生气了，伸手拧着褚英的耳朵拉到面前来，喝道：“难道你连老师教的什么都说不出来吗？”

褚英点点头。

努尔哈赤的怒火冒到头顶，捞褚英的胸膛打了一拳，打得褚英叽里咕噜地退到墙根，可他仍不说话。

努尔哈赤平日虽和孩子们接触不多，但褚英的脾气他是知道的，那就像一头犟牛，有时候三脚也踹不出一声响屁来！

他向代善瞟了一眼，代善胆子小，耿直，只要努尔哈赤把桌子一拍，他就乖乖地听话了。“你给我说！”

“阿玛，是这样，齐老师教我们两样功课，一是从《资治通鉴》里选下来的几篇文章，二是教我们读唐诗……”

“齐老师给你们开讲吗？”

“开讲。”

“要你们背诵吗？”

“背诵。”

“那就背一篇文章给阿玛听听！”

代善仰起头：“初，晁错所更令三十章，诸侯讙哗……”刚刚背诵了一句，他就卡住了，张口结舌地站在那里。

“背下去，‘诸侯讙哗’怎么样？”努尔哈赤有点不耐烦了。

“诸侯讙哗……”

“你娘的！”努尔哈赤把桌子一拍，叫道：“往下背！”

代善跪了下来，原来站在墙根的褚英也跪下了。代善哭着说：“都忘记了……”

努尔哈赤噎了一下，好像有一肚子话没法对他们说。末了，他说：“好了，文章背不过，那就给我背一首唐诗吧！你们谁先背？”

代善望望哥哥，见他仍低着头，就说：“阿玛，还是我先来吧。‘春眠不觉晓，处处螺号吵，赶紧校场去，还是误了卯’……”

从今春开始，努尔哈赤就令十岁的褚英和八岁的代善天天到校场去“随练”了，这几句歪诗大概就是他们对“随练”生活的反映。

努尔哈赤的脸色红得像熟透的茄子，他站起来吼道：“这是唐诗吗？”

“是唐诗！”代善咕哝着说。

在这令人透不过气来的严峻时刻，在他身旁的褚英竟“嘿”的一声笑了出来。

这时，代善又补充了一句：“是哥哥教我的，他说是唐诗！”

努尔哈赤实在忍不住了，向门外的侍卫高叫道：“给我拿马鞭来！”

侍卫应一声“是”就跑了。他去拿马鞭时，拐了个弯儿，到内院给大福晋报了个信儿，说是两位小爷因为背不过书要挨揍了！

大福晋佟佳氏身体本来就不好，现在已有几个月的身孕，行动更不便了，而二福晋已快临产，怕她动了胎气，也不好打扰她，就跑到厨房去找阿绿。“阿绿，好妹妹，督爷因为两个儿子没有背过书，要鞭打他们了！我不是要护着他们，眼下年节要到了，一家人图个喜庆，这时如果出点什么事，咱们家还怎么过年呀！”

“我去……能行吗？”阿绿想起她进这家大门，大福晋曾给过她脸色看，就不想管这门子事了。

"妹妹,你能行,——如今督爷就还听你的话!"

"好吧,我去试试……"

"你可快点呀!"

阿绿回头风风火火地向书房跑去。

刚到书房门口,那侍卫也拿着皮鞭到了,阿绿一把将皮鞭抢在手里,进了书房。

"督爷,你要打这两位阿哥吗?"她问。

这时,褚英和代善已被努尔哈赤用脚踹倒了,他仍气得胸膛像风箱般地起伏着。"我要打死这两个没出息的东西!"说着,就要从阿绿手中夺鞭子,阿绿没有松手。

"督爷,你打吧,你打孩子,谁也不敢挡你!"阿绿说,"可是你一举鞭子,我就和阿玛回山里去……"

"这和你们有什么关系!"努尔哈赤仍像头被激怒的老虎。

"一点儿关系也没有,"阿绿说,"他们又不是我生我养的! 可是年节就要到了,你看整个赫图阿拉谁家不是喜气洋洋的,就是你在这里和两个孩子赌气! 俗话说:一人不安,全家难安。我看你是不想让我们过好这个年了! 我和老爹日子过得虽穷,可是,从没含着眼泪过年……"

努尔哈赤呆住了,接着,他就叹气,最后,他摇摇头坐下了。

九月中,他把阿绿和她父亲带回赫图阿拉后,立即成亲,他没想到这个乡下来的女孩儿给了他从没有过的愉悦,他爱她爱得像心头的一块肉似的,真想出去打仗时也把她揣在怀里。破了马尔墩进入栋鄂,又连破了两城,他受重伤后,阿绿昼夜地守在他的身边,那尽心尽意的劲儿,使他十分感动。他常常握着阿绿的手说:"是长生天把你给了我……"

深深的情爱是不用长长的话来表达的,努尔哈赤虽没有说出口,但已下决心今生今世绝不辜负阿绿。

刚才,阿绿的话使他有点心疼。

"好了,我不和他们计较了……"

阿绿装痴作娇地说:"过了年,两位小爷再不出息,你就把他们拉到树林去,狠狠地打,可别让两位大福晋听见呀!"

"依你……"

"真不打了?"

"不打了。"

"那……我就把马鞭带走了。"阿绿回头扭着屁股出了书房。

努尔哈赤也想:女人和孩子跟着自己也很不容易,起初担惊受怕,没少吃苦受累。现在日子好些了,可是,也没有个安静的日子过。要过年了,是应该给他们几天欢乐。

"好啦,"他挥挥手,"你们站起来吧,父亲不再责罚你们了。下面我要问你们几句话,你们可要照实回答我!"

一听说不挨揍了，代善不再害怕，爬起来走到努尔哈赤身边。

褚英却仍然扭着头，梗着脖子。

“告诉我，为什么不好好地读汉书呢？”努尔哈赤问。

褚英没说话。

代善看看哥哥，“你不说吗？——你不说，我可要说了。”

褚英仍然沉默着。

“哥哥说：汉书是汉人的学问，和咱们没有关系！”代善说，“阿玛也没读汉书，不是照样当督爷，照样能够统一建州各个部落！”

“糊涂！”努尔哈赤骂了一句。

父亲骂褚英，代善似乎有点得意，他继续说下去：“哥哥还说汉书是大明人的书，爷爷和曾爷爷都是大明人杀死的，咱们学仇人的东西干什么？”

“哼，还有吗？”

“没有了。”代善说。

看到代善那直率、天真的样子，努尔哈赤没有再骂他们。

“这件事也不光怨你们，也怨我没有把这里边的道理对你们说透……”努尔哈赤抓着褚英后脑勺的小辫儿，把他的脸转过来。“褚英，你抬起头来听着，我要好好地对你们讲一讲。——你是长兄，要给兄弟姐妹做表率，更要懂得天下的大道理！——去，找个凳子来，坐到我面前！”

两个孩子轻松了许多，他们从墙脚搬了个木凳过来，坐到努尔哈赤对面，仰起了头。

努尔哈赤从很小的时候起，就跟随长辈们走南闯北，赶远远近近的集市，后来又独立生活，在李成梁那里干过几年，结交过各种各样的人，见过各种各样的事。养成了分析思考的习惯，又善于把自己的见解确切地表达出来。

他对孩子们首先讲了他对汉族的认识，谈了他在关内、在京师的所见所闻，举了几个很有说服力的事例，说明汉族文化的博大精深。

“孩子们，你们知道拥有这光辉灿烂文化的有多少人呀？”

褚英和代善都摇摇头，代善还搭上了一句：“阿玛，我们怎会知道呢！”

“有几千万人哪！”努尔哈赤两手一摊做出个表示无边无际的样子。“即使把咱们女真部落所有的人口加起来，也没有汉族的几十分之一！”

看到孩子仍然没有个具体印象，努尔哈赤打了个比方：“这样说吧，你们能把白山黑水间的所有树木数过来吗？”

孩子们笑了。

“汉人呀，就那么多！”努尔哈赤说，“汉人那么多，又那么有学问，心数又那么高深，你们想想，咱们怎能斗得过他们呢！所以我们女真人几百年来光受他们欺侮！”

褚英听到这里，终于憋出一句话来：“阿玛，我们女真人就那么傻蛋，就那么没本领，难道就不会发展自己的文化吗?"

"好,好,你有志气!"褚英这句话,使努尔哈赤很高兴。于是,他开始给孩子们分析女真人的情况。

他说:"女真人的历史记载总共才几百年,到现在也没有自己的文字。在各个方面都远远不及大明……"

"那么说,我们就只能受大明人的压榨、剥削、蹂躏了!"褚英赌气似的说。

"当然不!"努尔哈赤说。刚才,他对褚英的执拗很动肝火,现在却有点喜爱他了。"咱们受欺侮,根源不仅在咱们女真人落后,在于我们不团结,如果我们女真人捏成一个拳头,汉人再强大,他们也不敢随意欺侮咱们了!"

孩子们睁大了眼睛望着他们的阿玛。

"俗话说,好虎架不住一群狼,就是这个道理!"

"阿玛,你为什么不把这个道理讲给各个女真部落的酋长听呢?"代善说,"过了年,你就去,骑上马……"

代善的憨直惹得努尔哈赤笑了。

"代善,这道理……不能说没一个人听,可是,绝大多数的部落酋长是不会听的!"

"为什么呢?"代善觉得奇怪,这么好懂的道理怎么会没人听呢?

"那些部落酋长几辈子守在自己那一小片土地上称王称霸,作威作福,怎肯和各部落联在一起呢?他们首先考虑的就是联合起来后,谁来做他们的大汗呢?那时,他们的小王国还有没有呢?他那些特权还能不能保证呢?与其那样,还不如蜷缩在大明人的脚下,做一条狗呢!"

"那就学学铁匠的法子……"褚英说。

"说一说,褚英,铁匠是什么法子?"努尔哈赤望着褚英,他知道褚英的心数比起代善来总是多一些。

"铁匠的法子,就是打!"褚英说,"他不住地锤打,把零碎的生铁打成一团,打成钢铁,打造成刀枪利剑!"

"说得好!"努尔哈赤拍拍褚英的肩膀,"你们的阿玛和他的兄弟们就正在这样做!你们瞧,我们统一了建州,又打到了栋鄂,明年,还要继续打下去,直到把女真人打造成一把锋利的宝剑!"

"阿玛,你不是……对咱们的军队说打仗是为了复仇吗?"

"是,也不是。"努尔哈赤诡秘地挤挤眼睛,"对外面这样说,是为了迷惑大明朝的那些边官,实际目的则是为了女真人的统一大业!可是,说复仇也不错,难道我们和大明不是仇深似海吗?等我们女真人团结一心了,我们的戈矛就该指向明朝了!"

孩子们很兴奋,他们的眼睛亮灼灼的。

"我们能够成功吗?"褚英问阿玛。

“已经有人成功过……”

“他们是谁?”代善问。

“几百年前,蒙古人就做到过。”努尔哈赤说,“那时的蒙古人和我们现在差不多,他们除了长于骑在马上冲锋陷阵外,哪一样也落后于汉族人,可是他们竟打败了汉民族,做了他们的皇帝……”

“后来呢?”褚英问。

“后来,他们离开了中原,回到了大漠以北,他们建立的元王朝,竟不到一百年!”

“那是为什么呢?”代善问。

“他们被汉民族的强大文化势力赶走了!”努尔哈赤说。他盯着面前的两个儿子,想看看他们有什么反应。两个孩子只愣愣地瞪着眼睛。

“你们好像还不太明白。”努尔哈赤说,“在文化上,汉族是个巨人,而那时的蒙古人不过是个小小的侏儒。他们可以骑在马上,战胜那个腐败不堪的宋朝,可是,久而久之,他们终于抵不过用强大的文化武装起来的汉民族!”

“如果这么说……”褚英嗫嚅着说,“我们也只好甘拜下风了……”

“是呀,”努尔哈赤无可奈何地对孩子们说,“这就是我为什么要你们好好地学习汉书的缘故。只有把他们这种无形的武器拿过来,才能最后战胜他们!”

“那要经过多么漫长的日月呀!”褚英说。

“是要花费许多工夫……”努尔哈赤沉思着说,“我想分两步走。先将女真统一起来,形成一个强大的王国,到那时,再和大明人较量。也许我这一生来不及走那第二步了……以后,就看你们的了。”

孩子们似乎懂得父亲的话了。

“所以,你们只有阿玛的本领还不行,你们要比我飞得更高,跑得更远,你们不好好地学习,怎么能行呢?”

努尔哈赤的这一观点,曾经对儿子们、将领们苦口婆心地多次说起过,蒙古人在几百年前的失败,也当做教训说了再说。他们大多没有认真地去实行,但有一个人是心领神会了,他就是努尔哈赤的第八个儿子皇太极。这时候,他还没有出生呢!

五

也许是在过年时多喝了酒的原因吧,努尔哈赤身上的刀箭伤又复发了。起初是痒,后来是痛,脖子和肩膀都红肿了。只得派额尔古尼再次入长白山去求他的师父。

额尔古尼见到他的师父时,老人已病入膏肓。听额尔古尼说明努尔哈赤的病情后,挣扎着起身,要额尔古尼把他的药箱拿来,对额尔古尼说:“这里面有几种医治刀箭伤的好药,你就一起拿走吧！”

“师父！……”额尔古尼不明白师父的意思，因为，师父对自己配制的药物总是十分珍惜的，从不随意给人。

“自你上次来后，师父就一直琢磨那个努尔哈赤。”老师父说，“他是长生天派来救助女真人的！这样大智慧的人，五百年才出一个……”

第二天师父去世了，额尔古尼只得又在山里延宕了一两天，和师兄弟们埋葬了师父。

等他回到了赫图阿拉，努尔哈赤的伤势更重了，红肿已经到了心窝。

额亦都和兄弟们一齐埋怨额尔古尼，额尔古尼只得把去长白山的经过详细说了。

“你们别难为额尔古尼了，”努尔哈赤说，“师父如同生父，是应当尽孝道的，额尔古尼这样做，是应该受到称赞的！”

敷上药后，很是见效，几天后，创伤开始消肿，不过等他全部痊愈，已经到了清明过后。

兄弟们见他身体日见强壮，都在嘀咕、猜测着最近的大行动。可是努尔哈赤一直没有说话，他只是每日一大早就到校场去，招呼兄弟们习试新马，或者训练士兵。芒种以后，舒尔哈齐实在憋不住了，就撺掇额亦都说：“二哥，你去问问大哥吧，他到底打算怎样？你瞧，士兵们都急得嗷嗷直叫了！”

“你不会去问吗？”额亦都朝舒尔哈齐笑笑：“你是大哥的亲弟弟呀！”

“我看，我这同母所生的弟弟，远不如你呀！他和你似乎更亲些。”

是呀，这不是舒尔哈齐一个人的看法。

“再等一等吧，”额亦都说，“我看等把夏季庄稼收完，大哥就有话说了！”

半月以后，满坡满山的小麦成熟了，那金黄色的麦浪涌动着，把周围几个小小的村庄都吞没了。麦子的香味从田野里一直飘进村镇，飘进人们的屋子里。布谷鸟和水葫芦都在叫，叫得庄稼人心里痒酥酥的。

建州左卫广袤的土地上有大小上百个部落，这时到处洋溢着丰收的喜庆。若干年来，他们久久没有享受到这样的安定了。往年，到这时候，四周的强大部落便派出人马到处强行收割。他们不仅抢庄稼，还到村庄里肆意地抢劫、杀人……现在好了，努尔哈赤的军队守住了这块土地，不仅在建州左卫，就是其他两卫也都臣服了努尔哈赤，谁也不敢在努尔哈赤鼻子下面动刀动枪了！

过了半月，农民们开始收割。努尔哈赤下令除了留下千把人马在四周警戒外，其他全部开赴大田帮助百姓麦收。旷野里到处响着镰刀的清音，那是一种特殊的令人激动的音乐。

又过了月余，晒干的小麦已经装到老百姓的囤里，夏种也已经开始了。

舒尔哈齐实在憋不住了，他朝着努尔哈赤叫道：“哥，你把万把人留在这建州，不是让他们做农民吧？你那计划呢？事业呢？”

看到舒尔哈齐那样子，努尔哈赤笑笑，“弟弟，你终于吵起来了！”

“再过几天，怕是士兵也会闹的！”

“好吧，你把几个头头都叫来，咱们商量一下。”

努尔哈赤的兄弟们也都等急了，一听舒尔哈齐叫他们，一刻不等，都跑到努尔哈赤家里来了。努尔哈赤喊出几位福晋给兄弟们准备茶水、点心……

除了舒尔哈齐外，还有个急性人费英东，他嚷嚷着说：“啊呀，我的老哥，我们在家里都吃饱了，喝足了，你还忙活些什么呀，快说话吧！”

“好，好，这就说，这就说！”努尔哈赤在他的主位上坐下来。“是这样……我想和兄弟们商量一下干几件大事，想先听听你们的意见。”说完他望着大家。

这是努尔哈赤的好习惯，每办大事总是先征求大家的意见。

没人说话，他们知道努尔哈赤已是成竹在胸了。

可是费英东却不愿闷着，他说：“最近栋鄂有几个部落又反了，对这几个脑后有反骨的城主不能客气，得给他点颜色看看！”

“我同意费英东的话，”说话的是舒尔哈齐，“先把一旁的鸡鸭鹅狗收拾好，再出远门干大活。”

同意费英东主张的还有扈尔汉，因为他在历次作战中有上好的表现，他也觉得有资格在将领中说出自己心里话了。“那不用费多少事，可以把人马分成几路，一路对付一个，不消半月，就可把那几个城主收拾服帖了！”

许多人见努尔哈赤并不以他们的话为然，还是沉默着。

“额亦都，你说呢？”

“我觉得……”额亦都一边说，一边皱着眉头思索。

“你说什么，讲呀，”舒尔哈齐叫道，“大家都在等着哩！”

额亦都说下去：“依我看，趁这时候天气好，先把界凡、萨尔浒几个城拿下来。那是栋鄂部几个部落归顺后又反叛的根子，不把这根子拔了，栋鄂部和建州周围不会稳的。”

“我也是这么想，”努尔哈赤终于说话了，“栋鄂部那几个城在我们伸手可及的地方，且势力薄弱，他们能做什么事呀！使我觉得是心病的就是额亦都说的那几个城！界凡城的城主巴莫，是讷申的哥哥，咱们夺取了马尔墩，只除了个萨木占，讷申跑到了界凡，完吉干跑到了巴各达。萨尔浒曾经是咱们的，可是，已被巴莫抢去了。他们虽都是爱新觉罗族人，但危害是很大的！”

前年，在追杀尼堪外兰回兵时，努尔哈赤曾派舒尔哈齐占领了萨尔浒，并派洛寒做城主，后来又换上了永喇。两个月后，巴莫带兵夜袭萨尔浒，永喇没有防备，被巴莫击溃，他在逃跑时，被巴莫追上，一锤砸死。之后，巴莫派自己的人做了城主。

经努尔哈赤这么一说，大家都觉得很有道理。他们都表示赞同，并说出了赞同的理由。安费扬古还说了进军的策略，他的意思是以攻界凡为主，巴莫和别的几个城都有亲戚关系，而且都听他的话，他必然会把几个城的兵力集中起来，共同反击，因此，要做好野战的准备……

事情决定后，努尔哈赤就给将领们分了工，额亦都和舒尔哈齐、安费扬古、何和理等人掌管军队的训练，洛寒擅长事务，就分管军备和辎重，努尔哈赤把扈尔汉等都给了他，好一齐做好这一重要工作。

一个月后，一切准备就绪，努尔哈赤带领众位将领祭告长生天后，就誓师出发。他的安排是由额亦都、额尔古尼、洛可做先锋，努尔哈赤亲率大军随后，最后是洛寒的辎重队和后备队。

尽管努尔哈赤以为把隆登儿等敌人的坐探肃清了，可是在赫图阿拉还是有不少敌人的细作，就在努尔哈赤紧锣密鼓做着战前准备时，巴莫和讷申就得到了努尔哈赤要来攻打界凡的消息。

他们把周围几个城的城主都叫到界凡来，其中有萨尔浒的阿亚里、巴各达的巴木尼以及在马尔墩时的老搭档完吉干。

巴莫把努尔哈赤要来的消息告诉了他们，激动地在房里走来走去。

“好呀，好呀，我‘请’他还请不来呢！”他说，“我老早就想，这个努尔哈赤呀，最好是引诱他离开赫图阿拉，然后一举消灭他。可是他老是在他的赫图阿拉转来转去，打几个胜仗就跑回去，更不到这一带来。这回可好了，他来了，他带着他的全班人马来了，真是求之不得的好事！”

来到界凡的几位城主本来对努尔哈赤有些畏惧，现在被巴莫的情绪感染了，不由得也兴奋起来。阿亚里的萨尔浒城主本是巴莫委任的，在他面前，绝不敢多嘴多舌，只是嘘嘘喝喝地随声附和。他那瘦小的身材，他那颧骨高耸的脸和脸上的那一对鼓出来的小眼睛，活画出一只狗的形象。

在这里边，唯一能够和巴莫称兄道弟的是巴各达城的城主巴木尼。

巴木尼说：“照你说来，那努尔哈赤是蹦到你的网里来了？”

“老兄说得不错。”

“那么说，你是打算怎样网住这一只大熊呢？”

“要网住这只熊，你得出人马，光我自己怕是不行……”

“人马好说，只要能够把努尔哈赤打倒，我是全力以赴的！请你说说你的谋略吧！”

巴木尼做出侧耳聆听的样子。

“是这样，”巴莫走到挂在墙上的宽大的地图前，那图上有辽东的整个地域，他指着界凡周围说，“看，这就是咱们的界凡，这是萨尔浒，两城之间有一条狭长的山沟相通。这山沟很深，两边是高山。努尔哈赤要来攻打界凡，或者回头去夺取萨尔浒，都不能不走这条大沟。如果咱们把兵埋伏在沟堑两边，进沟的努尔哈赤就像是钻进口袋里的老鼠……”说着，巴莫高兴得大笑起来，凑在地图前的几个人也都开心地笑着。

大家都觉得这计策很可行。讷申甚至退一步说：“即使努尔哈赤不来钻这一口袋，对咱们也没有损失,只这一条深堑也够他爬半年的!”

巴莫是个个性很强的人,他在界凡城称王称霸惯了,不允许别人对他的言行持怀疑态度,即使是有一点儿偏离也不行。

“你说努尔哈赤会不来钻我给他预备的口袋?”他回过头看着讷申。

巴莫块头很大,像头直立的熊,他的嘴很阔,一说话就露出满口牙齿,相貌有点吓人。讷申半年来一直过着寄人篱下的日子,受尽了巴莫的奚落。但他离开界凡就没处安身了,所以只好忍气吞声。

“我是说万一……”讷申解释说,“努尔哈赤好疑神疑鬼,他手下还有几个心思多的将军……”

“放心吧,老弟!”巴莫伸手拍拍讷申的后脑勺。这是很具侮辱性的动作,讷申有点忍受不了,但是他咽了几口唾沫还是忍下去了。“到时候,你就等待着打老鼠就是了。

讷申没话可说,却把自己受的气记在努尔哈赤头上了。他想如果努尔哈赤不夺了他的马尔墩,他何用着到巴莫的屋檐下讨口饭吃!

计议一定,就等着巴莫分配任务了。

阿亚里抢着说:“我就领兵守东崖吧,不知城主要我出多少兵?”

“两千足够。”

“是……”阿亚里只有听令的份儿。

“那么西崖就是我的了,”巴木尼说,“我也出两千人。”

巴莫表示高兴。他说:“消灭努尔哈赤,是为女真人除害,大家一定要奋力拼杀,万不可互相等待、推诿。现在你们就立刻回城去集合兵力,及早进入阵地。这次作战,最有用的武器是弓箭,希望大家都多准备一些!”

另外,巴莫叮嘱说:“这次行动的关键是不要性急,要沉得住气。一定要等努尔哈赤进了山沟纵深再打,这一条要当作军令遵守!”

“我准备了号炮,”巴莫又说,“三声炮后,大家再一齐动手!”

为了庆祝携手同心、共灭努尔哈赤,巴莫以主人的身份设了盛宴款待客人。

这天,他们没有吃喝得尽兴,因为事情紧急,巴莫又催得很紧,巴木尼和阿亚里早早地走了。

讷申看着巴莫的脸色问:“我呢,大哥给我安排了什么事?”

“你跟随着我,我有用得着你的地方!”

三天后,努尔哈赤的前锋来到了界凡山沟。

额亦都、额尔古尼、洛可在山口勒住了马,向前方张望着。

“好险的一条沟呀!”额亦都用马鞭指着前面说。

那沟的确凶险,宽约十几丈,深约几十丈,两边都是耸峙连绵的高山。这时候,沟里正绿藤缠绕、蒿草遍地,背阴的地方黑黢黢的。他们三个人都在想:如果在山口或者山沟里埋伏几千人马,来敌即使插翅也难以飞过。

额尔古尼把心里的话说出来了:“大将军,如果我是巴莫,我就在这儿设一关卡。真是一夫当关,万夫莫开!”

洛可闪闪眼皮说:“要是我,才不在这里设卡呢,我要藏起来,埋伏在沟沿两边……”

“是呀,是呀……”额尔古尼说:“如果我们几千人钻进去,埋伏的敌人向我们摔块石头也能砸死我们几个人!”

“那样,我们回头退出也难……”

“也许,巴莫已经为我们设了伏了……”额亦都谨慎地说。

他们正在议论着,观察着,舒尔哈齐和努尔哈赤也来到了。

“怎么?”舒尔哈齐嚷嚷着,“你们在这儿靠什么?前进呀!”

额尔古尼和洛可没有说话,他们不说,是因为他们新来乍到,轮不着他们建言。额亦都也没说,他不说,是因为他的谨慎。

努尔哈赤下马走到山沟前,抬头望着,正午的阳光很强,刺得他睁不开眼。他把头上的草帽拉得低一些,蹙着眉毛看了好久。

“对了……你们不进沟是对了……”他轻轻地说,“这沟很危险……”

“危险什么?怕巴莫有埋伏吗?哈哈哈哈……”舒尔哈齐仰头笑道,“你们不想想,巴莫有那头脑吗?纵然有,他有那么多人马吗?他总共有千把人,在大沟两边撒得着吗?再者,他们还要守城呢!”

“你怎么断定巴莫只有一千人马呢?”

舒尔哈齐说:“我琢磨着……”

“别瞎琢磨!”

努尔哈赤不理舒尔哈齐,对诸将说:“来,跟我到前面去看看。”

他们来到山口,爬到一处峭壁上,从草帽底下向山沟那边瞭望。

他们没看到什么可疑的迹象。起起伏伏的山岭上覆盖着黑苍苍的树木。

舒尔哈齐说:“如果他们有兵马藏在两边的山岭中,总会听到军马的嘶鸣,看到刀剑的闪光……”

努尔哈赤哼哼一笑:“如果这山沟的两边没有伏兵,那巴莫就是天下的大傻瓜了。”

他们正在议论着,山沟里腾起一群群的乌鸦,它们在空中盘旋着呀呀地叫。几只山鹰飞过来,乌鸦们吓得仓皇逃跑。它们几次想落下来隐藏在树林间,可是刚刚接触树梢就又腾飞起来。看来他们认为树林里的东西更为可怕。

“一定有伏兵!”努尔哈赤指着那些呀呀叫的乌鸦说。

额亦都点点头。

“哥,你下结论早了一点儿吧?”舒尔哈齐说。

“舒尔哈齐,你没看到那些乌鸦吗?”努尔哈赤说,“这些鸟儿多年前救过你哥的命,现

出发了，这是一大失策。

两千人进入山沟后，虽然讷申下了死令：马上嚼锁、人衔竹枚，还是弄出了许多响声。

首先，人多、道窄，免不了你拥我挤，发生低声的争吵。这两千人中，大部分是骑兵，那马蹄的嗒嗒声也是很惊人的，还有刀枪的碰撞声呢……这几种声音会合在一起，向周围传播着。

那些被惊醒的千万只鸟儿也给他们帮了忙，它们仓皇地腾空而起，在漆黑的夜空中盘旋着、尖叫着……

“他们来了！”努尔哈赤对身边的诸将说。

“来了就好！”这是额亦都在回答。

别的将领们呢？不见了。他们见督爷的谋划一点儿不错，个个兴奋异常，来不及对努尔哈赤说些赞颂的话，就各自去执行任务了。

出了山口以后，遥望前面，有一簇簇暗淡的营火，巴木尼竟然高兴地断定努尔哈赤军没有任何觉察，高兴地说：“努尔哈赤大概正在睡大觉呢！”

讷申没有说话，只勒着马缰慢慢地朝前走。他看见前面是一片黑黝黝的树林，在林间的缝隙里透出几簇稀拉拉的灯光。军帐呢，他也看到了一些，但都了无生气。他忽然觉得有异，就低声把巴木尼喝住：“……我觉得有些不对头！”

“有什么不对头？”巴木尼问道。

“我也说不出……只是一种感觉。”

“那么，咱们退兵？”

讷申没有说话。他想，夜袭努尔哈赤是他提出来的，到了这里又无功而返，在巴莫面前是说不过去的。

“你说呢？”他征求巴木尼的意见。

巴木尼是个粗人，他觉得他们率领两千多人来到努尔哈赤军前，不大杀大砍一阵，实在没法向巴莫交代，再者，他知道那个巴莫一直看他不起，很想借此给他看看，我巴木尼也不是个一无所长的人！但，他见讷申犹豫了，也不敢贸然地冲进努尔哈赤的大营。他说：“按说，咱们这么多人马来到他的大营，他们也该察觉了……咱们暂退一箭之地，再观察一下？”

“有理，”讷申说，“小心没有坏处，一旦上当，就没后悔药吃了。”

其实，他们已经上当。就在他们拨马回头的时候，忽然周围杀声震天，上千支火把平地而起。讷申和巴木尼吓得一时不知所措。努尔哈赤军围上来的有多少人马，在漆黑一团的夜间和耀眼的火把中，他们看不清楚，可是，眼前到处是雪亮的刀光剑影……

还是讷申比巴木尼更有经验，他早早从惊惧中苏醒过来，他对巴木尼说：“老兄，努尔哈赤没有钻进咱们的口袋，我们倒落入人家的口袋中了！事到如今，没有别法，只有拼死一战，也许能够绝处逢生！”说着，他舞动手中的银枪，迎上前去。

他遇到的头一位将领就是额亦都。额亦都手中是两把腰刀，他们战了三个回合，打了个平手。讷申枪上有功夫，使额亦都的腰刀急促间近不了他的身。额亦都知道自己得抢进他的身边，才能够使他的长枪失利，正在瞅空子冲进讷申的怀里去……

忽然，有人在额亦都身后喊道：“大将军，讷申是我的死敌，你把他让给我吧，看我教训他！额亦都，整个战场等你指挥呢！”

那是努尔哈赤，他拍马抢进额亦都和讷申中间，举起长刀架住讷申的长枪。额亦都只好说一句：“大哥，小心！”退了出来，去指挥整个战局。

一看来了努尔哈赤，讷申立刻怒目圆睁，咬得牙齿咯咯响。他想自己落到寄人篱下的地步，完全是这个努尔哈赤所造成的！本来讷申的本领并不弱于努尔哈赤，可是由于他气急败坏，枪法就有点乱，努尔哈赤抡起大刀连连发起攻击，逼得讷申步步后退。

“讷申，”努尔哈赤说，“你也是爱新觉罗的子孙，尽管你对我作恶多端，我还是想饶恕你，只要你下马归降……”

讷申听了努尔哈赤的话又羞又恨，他结巴着说：“努尔哈赤，你这个爱新觉罗家的逆子，家族里的人无不对你杀之而后快！今天，我就替全族的人宰了你，然后将你的尸首剁碎分给全族人下酒！”讷申的话使努尔哈赤怒火满胸，他觉得自己的所作所为无愧于爱新觉罗家族，没想到家族的人竟这样仇恨他！他感到愤怒，也感到伤心，他这样想着刀法就慢了，讷申趁这机会抢上来，把枪尖直逼到努尔哈赤的咽喉。努尔哈赤连忙闪开，却被讷申的枪尖伤着了肩膀。

努尔哈赤气愤极了，他挥起大刀劈头盖脸地向讷申砍去，讷申招架不住，一退再退，没想到，他身后是一条山沟，他的战马来不及反应，掉了下去，把讷申从马背上摔了下去。等他爬起来，努尔哈赤的大刀已到了眼前。他下意识地竟举起空手去挡，咔嚓一声，他的手和脖颈都断了！

努尔哈赤在沟边的湿土上擦着大刀上的血，这时，额亦都走过来了，他的一把腰刀上挑着一个人头。“大哥，我把巴木尼宰了……”

努尔哈赤看了一眼那颗血淋淋的人头，对额亦都说：“现在战况如何？”

“你瞧，我们的人马正在消灭敌人，有如砍瓜切菜！”

他们周围，在火把的照耀下，跃动着许多人影，喊杀声震动四野，里面也夹杂着哀哭和求饶……

“额亦都，舒尔哈齐呢？”

“二爷带兵杀向界凡去了！”

“额亦都，赶紧收拾人马，冲向界凡，一举把界凡拿下！”

“是！”

六

界凡军一落入努尔哈赤军的埋伏，就无心战斗了，他们唯一的希望就是冲出重围逃生。可是，他们大多被包围住，在核心挣扎。几经冲杀后，才有一小部分杀了出来，顺着山沟往界凡城跑去。

舒尔哈齐欢喜地叫道："大哥还真有两下子，他成了咱们的诸葛亮了。现在向导有了，弟兄们，跟着咱们进界凡城逛逛呀！"

他率领自己的两千人马跟着界凡城的逃兵往界凡冲杀。到了半路，他们就把那些逃兵踏在了马蹄下……

界凡城里的巴莫和完吉干在城里等得冒火，也不见前方有消息报来。

"阿亚里，"他吩咐道，"你带领几个人前去看看，不要参战，有消息就赶紧回来！"

阿亚里答应着去了。

"完吉干，你猜想前方的情况如何？"

完吉干知道讷申是个没什么本领而且刚愎自用的人。在马尔墩时，他们就有嫌隙，所以，城破逃跑时，他们也不逃到一处地方。但他不愿在巴莫面前说他的坏话，因为讷申比起巴莫来脾气要好得多多了。

"我看没有什么可担心的，"完吉干说，"讷申至多无功而返，那时，我们可以另想主意。"

这话说了等于没说，巴莫横了他一眼，就算了。为了解闷儿，他开了一瓶酒，自顾自地喝起来。

那个阿亚里带几个随从，出了城，没走多远，迎面就碰上了舒尔哈齐的急行军，顶头的大旗上写着一行大字"建州努尔哈赤"，他吓得差点儿摔下马来。

"妈呀！"他叫了一声，扭头就往回跑。

进了界凡，他不向守城的官兵说明原因，只哇啦哇啦地叫道："快拉上吊桥！快关城门！"

守城官兵不理解他的话，认为外面还有讷申和巴木尼的军队。就在他们疑惑时，舒尔哈齐的军队冲进城来了！

阿亚里当然不敢有半分钟的停留，纵马跑进了城主府。

"城主！努尔哈赤杀进城来了！"

在院子里下了马，阿亚里一骨碌一跌地冲进堂屋，哭叫道："城主，努尔哈赤杀进城来了？"

巴莫和完吉干傻了。

阿亚里上前抱住巴莫的腿:“城主,别愣着了,敌人真的来了!”

巴莫一把将阿亚里拖起来,瞪着眼吼道:“你说什么? 你要是再胡说,我就宰了你!”说着,他从桌子上摸了一把尖刀。

完吉干还沉着些,他抓住巴莫的手腕,取过刀,放在桌上。对阿亚里说:“你冷静些,把话从头说一遍。”

阿亚里把出城后遇到的事说了一遍,几句话就说完了。

“讷申和巴木尼呢?”

“不知道,我不知道他们的事!”阿亚里回答。

那就是说讷申的夜袭没有成功,也许已经全军覆灭了,这一想法,使他们三个人像一下子落进冰水里,不由得颤抖了一下。

这时,全城似乎突然沸腾了! 喊杀声、马蹄声像狂风暴雨般地喧嚣起来,震得大地瑟瑟发抖,窗户上闪动着一道道的火影……

还是完吉干与努尔哈赤有点实战经验,他对巴莫说:“别愣着了,阿亚里说的是实话……”

“那么,讷申和他的两千人马呢?”

“别管讷申了,”完吉干大声叫道,“咱们只管自己吧!”

巴莫这才明白大祸临头了,豆大的汗珠从额上扑扑啦啦地滚了下来。

“完吉干,我,我乱了方寸,你说怎么办吧,我听你的!”

完吉干说:“叫阿亚里回萨尔浒去,先把萨尔浒守住。咱俩上马把努尔哈赤抵挡一阵,若是不行,就往萨尔浒撤退!”

看来现在只有这一法了。

阿亚里还在愣着,巴莫朝他大喊道:“你还他妈的待着干什么,还不赶紧回萨尔浒?”

“是,是,我走! 我走!”阿亚里掉头跑了。

巴莫、完吉干披挂上马,冲到大街上。这时,界凡城已经乱成一团。界凡的守军也有两千多人,舒尔哈齐擅杀也一时杀不尽,只能把他们冲乱了,杀散了。守军就像打惊了的兔子,东扎一头,西扎一头,完全失去了战斗力。巴莫和完吉干呼喊着,想把他们集合到身边,好作困兽斗。可是,士兵们知道就是再打,也没有什么希望,大都绕过他们逃跑了! 费了好大劲,在他们身边站住的只有几百人……

完吉干说:“有几百人也行,和努尔哈赤对抗是没指望了,可是他们还能够保护我们出城。走吧,到萨尔浒再作……”

就在这时,额尔古尼发现了完吉干在指手画脚,就射来一箭,正中完吉干的气嗓,他话还没说完,就翻身落于马下!

“完吉干……”巴莫哭道,“没有你,我可怎么办呀!”身边将士没容他哭丧,就拥着他往城外走,路上他碰上了舞着两支银枪的舒尔哈齐。巴莫知道自己逃不脱了,反而来了勇气,他大叫道："舒尔哈齐，爱新觉罗家被你们败坏得七零八落，今天我要与你拼个你死我活！"

舒尔哈齐叫道："来将通名，二爷我不杀无名之辈！"

可是，巴莫不说话，朝舒尔哈齐挺枪就刺，舒尔哈齐闪过，问一旁的亲兵："这家伙是谁？"

亲兵说："他就是界凡城的大城主巴莫！"

舒尔哈齐仰头哈哈大笑："长生天对我舒尔哈齐真是照顾，把你这狗贼送到了我的手里，我要是三个回合杀不了你，就把人马撤出界凡！"

"只怕你主不了你老哥的事！"

"我现在已是努尔哈赤军的二掌柜的，我说话会不作数吗？你来吧！"说着两人杀作了一团。几招过后，舒尔哈齐发觉这个巴莫不是孬种，在枪法上很有些功夫，不用说三个回合，一时半会儿还胜不了他。他说的话可以不作数，可是刚才亲兵告诉他，努尔哈赤和额亦都都已经进城了。如果大哥来到，他一定要说："舒尔哈齐，让开，让你大哥来收拾这个巴莫！"那么，这功劳就成了他的了！

不知从何时起，舒尔哈齐就隐约觉得努尔哈赤事事想压他一码。起初，努尔哈赤不让军中称他二爷，后来就不给他应得的奖赏。这些事反而使舒尔哈齐产生了动力，非给老哥做个样看看不行。他想，在不久的将来，老哥你就会看到我舒尔哈齐是真正的"二爷"了！……

当又一次过招后，他跑到洛可身边说："你还等什么？给他一箭！"

"我怕……二将军不愿意……"

"我没工夫和这家伙磨了！"

舒尔哈齐又勒马回头，和巴莫相遇时，巴莫对他说："这已是第四回合了，你撤兵吗？看来不能相信你们兄弟的话！"

舒尔哈齐没有回答，只狠狠地给了巴莫一枪，就在这时，一箭飞来，射中了巴莫的左眼，立刻血流如注。

"孬种，暗箭伤人！"

可是他没喊出第二句，舒尔哈齐就一枪捅到他的咽喉上……

努尔哈赤没有进界凡城。他知道，只要舒尔哈齐冲进了城内，那就胜券在握了。他对额亦都说："你去帮帮舒尔哈齐，我去截断通萨尔浒的路，我琢磨着，敌人会在城破后往萨尔浒逃跑的。"

"你考虑得对，大哥。"额亦都说，"不过，还是我去截路为好。"

"不要争了，"努尔哈赤说，"这一件小功劳就让与大哥吧！"

努尔哈赤在界凡与萨尔浒的半道上截住了正往萨尔浒逃窜的阿亚里。阿亚里自知不是努尔哈赤的对手，就向努尔哈赤投降了。但努尔哈赤不愿收留阿亚里这样的无名之辈，只招降了他的士兵，还是把阿亚里杀了。他厌恶阿亚里的一个重要原因是，他是巴莫派去萨尔浒代替永喇的……

努尔哈赤大获全胜，界凡周围的几个城都划入了努尔哈赤的版图。

回到赫图阿拉后，努尔哈赤染了一点儿小恙。医生说是风寒，要他在家好好休息。努尔哈赤很生气。他是气自己，他不承认自己在翁哥洛城受伤后身体是大不如前了。

"你就歇着吧，哥！"舒尔哈齐对他说："外面的事有我们呢！"

这些日子，努尔哈赤对舒尔哈齐有点反感，无论什么事，他老想挡在努尔哈赤前面，好像他就是"二当家"似的。

"这孩子好出风头呀！"他这样想，竟说出声来。

"如果只是出风头那还罢了，可千万不要有别的心思呀！"

说话的是他的新福晋阿绿。

"你说什么呀，阿绿？"努尔哈赤不愿意他的女人掺和军政大事。

"那天我到舒尔哈齐家去串门儿，听到里面有几个人在说话，他们在埋怨你呢……"

"他们说什么？"

"他们在议论，说二将军的功劳不在督爷之下。"

"别说了，别说了！"过去，这样的风声也曾传到努尔哈赤耳朵里过，但都被他忘掉了。他想事业做大了，不免有些人飞短流长、搬弄是非。

又过了几天，时令已近中秋，天气有些凉了。努尔哈赤觉得身上硬朗些，就让亲兵在檐下放把椅子，想坐在外面晒晒太阳。

他坐定不久，门口有人在小声地争吵着。

"这件事得报告督爷……"

"不行，督爷刚刚病好，你就去报告二爷吧！"

"二爷"已是全军上下对舒尔哈齐的称呼。

本来，努尔哈赤规定额亦都是第二把手。可是不知怎的，额亦都自己把位子让给了舒尔哈齐。为什么会这样？努尔哈赤曾经问过部下，他们都说不出个所以然来。努尔哈赤想：大概是因为舒尔哈齐是他的同母兄弟吧！——不过，他也没有公开纠正过这事儿。他知道，有些事情还是糊涂点好……

额亦都被人称为"大将军"。

"什么事情？快进来说说！"

门口那儿没人说话了，一会儿，进来个一身戎装的士兵。

"报！督爷，栋鄂部永吉达城的城主派兵抢了咱们五十几匹马……"

"你们牧马的人干什么去了？"

"他们不讲理，说什么对你们的努尔哈赤说去吧，我们城主不想归顺他了，他如果想和我们打一打，我们就奉陪到底！"

"他们真的这么说的吗？"努尔哈赤觉得奇怪，因为永吉达城的城主归顺时曾经向他盟过誓的。

“小的怎敢胡说!”

“好啦,我知道这件事啦。”努尔哈赤挥挥手,叫探子下去。

探子走后,努尔哈赤思索着。在这各种势力并起、风云瞬息万变的时候,无论哪个部落都在窥测方向,只要有一点儿影响,也会使他们脚跟动摇。因此,他们突然改变态度是不奇怪的。

同时听到这一消息的舒尔哈齐、额亦都先后赶来了。

舒尔哈齐说:“得给永吉达城的城主点颜色看看了,不叫他们流点血,他们不会甘心的!”

努尔哈赤望着额亦都。

额亦都说:“二爷……说得很是……”

努尔哈赤皱起眉头。“额亦都,不要这样称呼舒尔哈齐,他比你小几岁,他应该是你的小弟。”

他又对舒尔哈齐说:“弟弟,咱们军队里没有什么‘二爷’,别人这么叫你,你要呵斥他,别那么心安理得的样子!”

“哥,你管得有点太宽了吧?”舒尔哈齐嬉皮笑脸,“我是你的弟弟,人家称我二爷,有什么奇怪呀!”

努尔哈赤见舒尔哈齐一时难以接受他的意见,其中的利害他又不愿当着额亦都说出来,就仰起脸表示要谈正事了。他说:“额亦都,你说,抢马那件事,该怎么处理?”

额亦都说:“永吉达城的城主阿巴海是个没有主见的人,一点儿风吹草动就能使他坐不住马鞍韂。我想在他背后一定有给他撑腰的人。”

“那就把事情搞清楚再说?”努尔哈赤进一步征求他的意见。

舒尔哈齐说:“不打,那阿巴海怎会说实话呢?”他主张对永吉达用兵。

额亦都在这点上竟同意舒尔哈齐的意见。他说:“永吉达没有多少兵马,派个将军带几百兵去吓唬他一下也是必要的。也许那时,就有人从阿巴海的背后转出来了。”

努尔哈赤觉得他们的意见很对。

几天后,赫图阿拉对永吉达进兵了。

领兵的还是舒尔哈齐。努尔哈赤本不愿意他去,但他一出头,就没人敢和他抢了。努尔哈赤给他点了五百精兵,临走嘱咐他说:“小弟,这事儿是几十匹马引起的,只要阿巴海认个错也就算了。正如额亦都说的,这次进兵,一是要吓唬他一下,二是想探听明白是谁在背后支持他? 因此,进军要适可而止。”

“知道,知道,我的大哥!”舒尔哈齐仍然大大咧咧,“你从小就不给我自由……”

“我不是怕你做错事嘛!”

“大哥,你放心!”

永吉达城建在群山之中，因此没有修建坚固的城墙。这样，守住山口，就等于守住了城池。坏处是敌人只要进了山，它就无坚可凭了。

城主阿巴海本是个优柔寡断的人。俗话说：嘴上无毛，办事不牢。这话对于阿巴海来说，是不适用的。他是个五十大几的人了，而且是满面黑髯，做事却一点儿主见也没有。几个月前，他跟着栋鄂的几个部落一齐归顺了努尔哈赤，还一齐跪在地上对长生天发了誓。回到永吉达，哲陈部土古昂城的石布抚在等着他了。

土古昂和永吉达只隔着一条浑河，两城来往密切，永吉达城周围是穷山，且没有多少土地，遇到荒年时，土古昂城的石布抚便常常接济它。永吉达归顺努尔哈赤后，石布抚很不高兴，他觉得努尔哈赤在永吉达一伸手就够到他们哲陈了。

"怎么？不和老朋友商量一下，就投新主子了？"石布抚责问阿巴海道。

阿巴海满面通红，他没有回答，就给石布抚安排酒宴，想用吃喝堵住石布抚的嘴。可是为了政治原因跑来的石布抚，是不会贪恋酒杯的。几杯酒下肚，他又把那尖锐的问题提了出来。"你是怎么啦，忘记逢到灾年往土古昂伸手啦？"

阿巴海被逼得没法，结结巴巴地说："老哥，你也别揪着我不放，栋鄂部各城城主都这么干了……"

"那，你也不能抛弃老朋友呀！"石布抚动火了。

"老哥，你说这话不对，我怎会忘记你对永吉达的恩情呢！"阿巴海说，"努尔哈赤割不断咱们两家的友谊。"

"别胡说了！"石布抚借着酒劲要起了威风，把桌子一拍，站了起来，指着阿巴海的鼻子骂道："你他妈的真不是东西！你没有想过吗？你一投降不要紧，把我们哲陈部的肚脐眼儿露给努尔哈赤了！……"

"你们哲陈部和赫图阿拉无仇无根，努尔哈赤不会招惹你们的！"

"真是小孩子见识！"石布抚冷笑一声，"努尔哈赤是什么人，你知道吗？他是一只猛虎，他兴兵的目的不只是为了报仇，他是以报仇为名，行把全部女真吞并之实！他是我们整个女真人的大敌！"

"他也是咱们女真人……"

"糊涂！"石布抚跳到阿巴海面前。他正在嚼着一块肉，喷了对方一脸肉渣。"女真人整起女真人来，比大明人狠得多！我对你讲，与其败在努尔哈赤手里，还不如永远给汉人当奴隶呢！汉人国大兵强、文明昌盛，他们该做咱们的主人，努尔哈赤算什么？呸，呸，呸！"

阿巴海不说话了。他无法为自己解脱，另外，他也觉得石布抚的话无可辩驳。这时，他觉得努尔哈赤真的是一只想一口把白山黑水吞下的老虎！如果，这时石布抚要他跟着去打努尔哈赤，他会随在后面去的。

看他不说话了，石布抚用筷子敲打着桌子说："现在是你做最后决定的时候了。我告诉你，如果你仍然愿意跟在努尔哈赤屁股后面挣屁吃，我就派兵驻进你的永吉达城，在这里修筑对付努尔哈赤的城堡！”

“别呀，老哥！”阿巴海着急了，忽地站起来，“那，我们永吉达还独立吗？”

“坐下！”石布抚把他按在椅子上，“独立？你现在独立吗？你和栋鄂的所有城主独立吗？你们不都是努尔哈赤利爪下的肉吗？”

“也是……”

“你不要怕努尔哈赤！”石布抚拍拍阿巴海的肩膀，“他有什么？在这辽东还轮不到他逞英雄呢！现在哲陈部、哈达部和海西部正在联络，不久即可形成一条强大的阵线，到那时，努尔哈赤的命运也就到头了！”

“真的吗？”阿巴海瞪大惊愕的眼睛，“那么说，我又走错了路？”

“你当然走错了！”石布抚得意地笑笑，“现在回头还不晚。不过你得做点事，使我们几大部信任你……”“我做什么呢？”

“你自己考虑吧……”石布抚抬起头望着房顶，好像在为阿巴海谋划，“比方说，你先招惹一下努尔哈赤，要他知道，老鼠有时也会报复一下老猫的。”

“我得和我的将军奥麦龙商量一下，他有些好点子的。”

这样，便发生了抢劫努尔哈赤军马的事件。

两天后，舒尔哈齐带兵开到永吉达城郊。

这一次，他记住了老哥的话，没有不顾一切地大杀大砍。他在浑河岸边扎下营寨观察起来。

头几天，永吉达城里没有动静。四五天后，浑河岸边忽然出现了许多战马。这时已到了秋后，浑河水不大，有些浅滩，不过漫到常人的肚脐以上。要是水流不急，人人可以涉水而过。

他的副将是洛寒，他是个很有心机的人。努尔哈赤派他来襄助舒尔哈齐，就是为了给主将出谋划策的。

他对舒尔哈齐分析道：“永吉达是个小城，没有多少部队，怎么一下子冒出这么多的战马？”

“你说这些战马是哪里来的呢？”舒尔哈齐问他。

“我看是永吉达城对面的土古昂城的人马来了……”

“土古昂城的石布抚敢招惹咱们？”

“那石布抚是个不要命的家伙。”

“他有这么多战马吗？”

“有。”洛寒说，“他有一支强大的骑兵，被他训练得敢打敢拼，是很有名的。他的部队身穿黑军服，人称黑虎军。”

“我不服他！咱们既然来到了这里，就戳一戳这群黑老虎的臭屁股！”舒尔哈齐抹了抹他嘴唇上的那两撇小胡子。

最近，他娶了第三房福晋，听说这三福晋很稀罕男人的小胡子，常对舒尔哈齐说：“你呀，已是赫图阿拉的二爷了，儿子也有了两三个，还把嘴巴刮得干干净净，像话吗？有道是男人嘴上没毛，就像战马没有长鬃一样，怎么也没有威风！”

于是，舒尔哈齐就留起了小胡子。

夜晚，舒尔哈齐搂着三福晋，一边亲热一边用小胡子扎她，扎得三福晋忍不住地咕咕笑。给他们站岗的侍卫便常常听到那女人的浪笑。

洛寒想了想说：“这事得小心，我先派人把事情探听明白，然后写信征求督爷和大将军的意见。”

“哪里来的这么多规矩！”舒尔哈齐不高兴了。

“督爷派咱们来，是为了对付永吉达城的，如果土古昂城插手了，该怎么办？督爷没有说，不请示还行？”

第二天，洛寒派人悄悄地游过河去，在河边细细观察。

这天特别暖和，太阳晒得河水都发烫了。这时从永吉达城里出来几十个穿黑衣的军人，来到河边后，就把黑衣脱了，赤条条地下河洗澡……

洛寒得知这消息后，对舒尔哈齐说：“咱们估计得不错，石布抚带领他的黑虎军来了。他一定得知了咱们要来惩戒永吉达的消息，来保护阿巴海了！”

“怎么办呢？”舒尔哈齐问洛寒。

“我立刻回到赫图阿拉请示督爷和大将军……”

舒尔哈齐想：这事儿麻烦了。一听石布抚带来了黑虎军，大哥和额亦都一定会认真对付，或者大哥亲自来或者派额亦都来。无论谁来，他都捞不着当主将了。可是他又无理由阻止洛寒回去。

“好吧，”他不情愿地说。“你对大哥说，我只要他再派两千人马来，别的就不用他们操心了！”

洛寒走了。临走，他嘱咐舒尔哈齐在得到督爷的确切命令之前，千万不要轻举妄动。这时的舒尔哈齐对于努尔哈赤的“老兄弟”们还是十分尊重的，所以洛寒敢那样对他说话。

但舒尔哈齐是个不“轻举妄动”的人吗？

洛寒走后，他几次跑到浑河边细细地观察，端详着那成百上千的军马。

忽然他嘿嘿地笑起来。

因为他心里生出了一条“妙计”。

洛寒，你不让我对永吉达轻易用兵，可是我用马还不行吗？

回到军营，他找来了几个头头，把自己的想法说给了他们。头头们连称“好计！好计”，并说这样亘古未有的“好计”，只有三国时的诸葛亮才想得出来！

立刻开始行动。他们各带领一队士兵到附近各处搜集母马。他们对老百姓说：“这不是强征，而是赁用，每匹马都付给一两银子的赁钱。无论马的老少强弱皆可，三天后归还……”

由于条件并不严苛，而且又付给赁钱，只两天时间就征集到五百多匹母马。舒尔哈齐下令把马赶到河边去，拴在沿河的树林里。

浑河只十几丈宽，两岸的马隔河相望。起初，它们还是安静的，只是互相打量着。可是半个时辰后，两岸的马都咴咴乱叫了。

母马们躁动不安，它们呼唤着对岸的“情郎”，永吉达城的公马们忍不住性欲的折磨，把肚子下的“长鞭”垂了下来，硬硬地一撅一撅地敲打着肚皮。

看到马群在骚动，石布抚的军士从永吉达城跑出来，他们用木棍、皮鞭抽打它们。可是，谁也治不住这群性欲勃发的牲畜。所有的公马涉过浑河到赫图阿拉军这边来了，来到后就不顾一切地和母马们干了起来，养马的人都知道，到了这样地步，你就是刀砍斧剁也不能把它们分开！

跑过河来的不仅只有公马，还有上百的母马。它们为什么也要涉河到这边来呢？原来，每匹母马都有自己的几匹“性伙伴”，每天，被几匹公马包围着、爱抚着，还昂着头、忸怩作态。现在，公马们不再对它们献殷勤了，还掉头而去了，它们能不着急吗？

起初，它们昂首高叫：“回来呀，该死的公马！”“你们乱跑什么，薄幸的家伙！”……后来，它们看到就在不远的浑河那边云集着那么多的同性同类，知道公马们不会回来了，也就立刻跟随着过了河……

土古昂驻永吉达的军人们看到他们的马匹呼啸着跑过河去，感到十分蹊跷，当看到他们的公马们正在那儿和众多的母马们干得鱼水和谐，立刻明白大事不妙！

他们赶到城里去报告他们的主人石布抚。

“老爷，大事不好了！”几个军人跑进城主府的院子里来。

这时，石布抚正和阿巴海喝酒谈天。他们在议论努尔哈赤派来的军队。

“看到了吗？”石布抚说，“他们在河边按兵不动了，你知道他们为什么这样吗？”

阿巴海摇摇头。

“那个舒尔哈齐还是知道轻重的。”石布抚说，“我一到永吉达就把我的战马放牧到河边，为的就是让来到的舒尔哈齐知道：我，土古昂的石布抚在这儿！我的黑虎军在这儿！我想，舒尔哈齐是看到了……”

阿巴海给石布抚斟满酒杯，石布抚一饮而尽，阿巴海又把拧干的热布巾送过去，可是，石布抚并不把嘴唇边的酒水抹干，歪着腮帮子看着一旁的侍女。那侍女没法只好接过布巾，把他的嘴巴抹干净。

那侍女生得漂亮，又会伺候人，阿巴海已经把她纳了小。石布抚来了后指名要她来伺候。阿巴海对石布抚说：“不成，我前些日子把她收进房里了！”

“那有什么！”石布抚说，“不就是个‘小妾’嘛，我要为你们永吉达抵挡努尔哈赤，那是把头吊在裤腰带上的事，不用说一个小妾，就是要你的正夫人，也该给呀！”

没法儿，阿巴海只好把自己的爱妾献出去。

“那么……那么……舒尔哈齐为什么不退兵呢?”阿巴海问。

“我想，他已派人回去请示努尔哈赤去了。”

“如果努尔哈赤来了呢?”

“那也不怕，”石布抚说，“我照样收拾他！他来了，我把人马放在浑河岸边，他如果敢过河，我就趁他的人马过河时消灭他们！”

“有把握吗?”

“等着瞧吧！”

这时，一句“大事不好了！”惊得他们都站了起来。

石布抚把来报告的几个军人叫到房里，问他们发生了什么事?

当他们把情况说明后，石布抚也没有感到事情的严重，就放下筷子，拉着阿巴海出城到河边查看情形。

他们来到河边，隔着河细细地打量着。

河边站着几层严阵以待的赫图阿拉士兵，他们都拈弓搭箭犹如金刚怒目地守候在那里。石布抚的马绝大部分已经跑到河那边去了。

这是舒尔哈齐的诡计！

石布抚立时面如土色。

起初，他还想令士兵大声呼叫，希望把马呼唤回来，现在他绝望了。舒尔哈齐怎么做到的，谁也能猜得出来。

舒尔哈齐见对岸战马跑过河后，欣喜若狂，急令士兵趁着公马和母马正在发情，给所有的马戴上了笼头。然后，把他的勇士布置在河边。

石布抚没有能力反抗了，没有了马，他的黑虎军就变成了一群黑绵羊……

他搂着阿巴海哭了，一边哭一边捶打着阿巴海，“你，害得我好苦呀！……我要揍死你这个该死的家伙！……”

阿巴海也哭，他也哭得很伤心。他说：“我本来跟定了努尔哈赤，是你叫我造反的！现在，叫我怎么办呀……”

舒尔哈齐却乐得手舞足蹈。他命令军队昂首大笑，谁笑得厉害就奖励谁，于是河岸上到处响起了犹如风暴般的笑声。

“投降吧，石布抚！”

“投降吧，阿巴海！”

“投降不杀！”……

这时，努尔哈赤和额亦都带领两千人马来到了浑河岸边，看到战士们笑得前仰后合、泪眼婆娑，而舒尔哈齐却提着腰刀沿着河岸高喊：“笑！笑！谁也不准停下！……谁停下，我就给谁一刀！……”

努尔哈赤拉住舒尔哈齐问明了情况，也和额亦都大笑起来！

额亦都伸出大拇指叫道："二将军真是天才！"

"什么天才，是歪才罢了！"努尔哈赤说。

石布抚见努尔哈赤的大兵压境，而他又失去了战马，便只有投降。而阿巴海在努尔哈赤面前长跪不起，忏悔自己的出尔反尔。努尔哈赤饶恕了他们。他封石布抚仍做土古昂城城主，还让阿巴海继续管理永吉达，只是没有把战马归还石布抚。

"石布抚，给你个任务，"努尔哈赤说，"你去联络哲陈各部，叫他们赶紧来归顺我，一齐治理建州女真事务。你要是联络成五个部落，给你记一功。要是再多，我给你记一大功。那时，我就把你的战马全部归还你！"

班师回到赫图阿拉后，已是初冬。努尔哈赤拿出钱来给部队换了棉衣，发了丰厚的饷银，让他们准备过冬的东西。

"哥，对我，你打算怎样呢？"一天，舒尔哈齐跑到努尔哈赤面前问。

努尔哈赤有点不明白，愣愣地看着舒尔哈齐。

"你……是什么意思？"

"在攻占界凡前后几个大仗，我都有立功的表现，你却没有奖赏我。"舒尔哈齐说，"前些日子我又为你夺了两个城——永吉达和土古昂。"

"你真是孩子气……"努尔哈赤笑着说。

"你笑什么，哥。"舒尔哈齐很是认真，"如果是别的将领，你不等人家伸手要，就早早地给人家'巴图鲁'封号了！"

"你不是有一堆'巴图鲁'了吗？"

是的，努尔哈赤没有记错，舒尔哈齐至少拥有三个"巴图鲁"封号了。除此之外，努尔哈赤还给他了许多物质方面的奖赏。几年前，舒尔哈齐成婚时，努尔哈赤一下子就给了他三个城镇，另外还有许多牛羊，那是为了给他安家。

"哥，这次你像对待别的将领那样，只给个'巴图鲁'可不行。你到赫图阿拉街头上听一听，到军队中问一问，有谁不夸我舒尔哈齐呀！甚至……"他没有说出来的话是：甚至说我超过了你！

"舒尔哈齐，我对于明朝来说，是建州左卫的都指挥，也就是人们所称的督爷；对于咱们的事业来说，我又是努尔哈赤军的领头人。你是我的亲弟弟，我的事业就是你的事业，是和别的将领不一样的，你何必要那些头衔呢！"

"你说得很对，我是和别的将领不一样，但你对我没有体现出这个'不一样来'！"

努尔哈赤听了弟弟的话有些生气：这个孩子真是不懂事！

"好吧，舒尔哈齐，我和别的将领商议一下，看怎么办才好。"

过了几天，努尔哈赤把舒尔哈齐的要求说给了额亦都。额亦都很快明白了舒尔哈齐的意思。他笑了笑说："舒尔哈齐功劳很大，只一个'巴图鲁'是绝对不行。大哥，他虽是您的兄弟，却也要赏罚分明，他立了大功，您就得给予不同一般的封号。”

“那给他什么封号呢？”努尔哈赤听额亦都这么说，心里活动了。

“大哥，您可在‘巴图鲁’前面再加点什么，比如‘神勇巴图鲁’……”

“那可是从没有过的事！”

在平常的日子里，每五天，将领们就到努尔哈赤府上议事，这已成了定例。在一次议事会上，努尔哈赤宣布舒尔哈齐为“神勇巴图鲁”！

在努尔哈赤军中，“巴图鲁”有的是，可是“神勇巴图鲁”却只有舒尔哈齐一人。这颇使舒尔哈齐高兴了些日子。而在诸多将领的心目中，舒尔哈齐的确成了努尔哈赤军的二号人物了。

七

皇宫的东暖阁。时辰已到巳时初刻。

大太监余文贵站在廊下尖声尖气地叫道：“皇上，该起了！”

他已在这儿站了半个多时辰，但他不能一迭连声地叫，他是个老太监，懂得规矩，只能一刻叫一次。他在长廊上一边走一边数着，来回三十趟，大概有一刻。他那声音也是熬了许多岁月才练成的。嗓音尖而不噪，软中有刚，使皇上清楚听到，但又不至于厌烦。

“皇上，该起了。今日风和日丽，百鸟声喧，一行大雁‘啊啊’叫着向南方飞去，是深秋中的好日子，皇上，您起床吧。首辅申大人在乾清宫等着您呢！”

余文贵唱歌似的叫完后，又开始在廊下走动起来。

当他站在廊下半弓着身子，又要开口时，一个宫女开门走出来，向余文贵努努嘴低声说：“余公公，不用叫了，皇上起身了。”

听了她的话，余文贵才长出一口气，把腰板挺直。“我先下去，半个时辰后，我再来。那边，我还有些事儿呢！”

余文贵也五十好几了，当他下台阶时，差点儿没有磕倒，宫女赶紧上前扶住他。“公公，有要紧的事吗？”

“谁知道呢？”余文贵叹了一口气，颤巍巍地下了台阶，又回头向宫女摆摆手，好像有一肚子话，却又不好对她说。

可是，皇帝并不想马上就起身。尽管满屋子都是阳光了，他还留恋着暖暖的被窝。

他怀里抱着皇贵妃郑氏，亲着吻着，弄得贵妃的脸上、胸膛上满是黏黏的唾涎。“皇上，您又把人家弄脏了！”

“不要叫朕皇上，在被窝里叫朕‘哥’！”

“我不敢……”

“朕就让你那样叫，那样才亲，才别有滋味。”

“好，我叫……”

“叫呀！”

“哥……”

“哎……”皇帝应道，他又把郑妃窝到身子下面。

“不嘛……”郑妃娇声娇气地说，“你答应了我那件事儿再说。”

“你说的是立咱们的小儿子为太子的事吗？这事得慢慢来，你没看到朝臣们正议论纷纷吗？”

“那，我知道。我是想和您说说那个混账的张居正。”

“张居正？朕不是已经把他给处理了吗？”

“可是他欠妾身的还没有还呢！”

“噢，有这事？他……欠你什么呢？”

“他把您钦赐妾身的田产都充公了！”

“朕怎么没有听说呀？”

“前几年，他把没收皇亲国戚的钱财，都拿回他荆州的老家了！”

“可能吗？”

“一点儿不错。”

“明天，朕就派锦衣卫到荆州去看看……”

郑妃在皇帝脸上亲了一下，把身子放平，说：“哥，您还来吗？”

可是，皇帝败兴了，不想再干了，一夜的折腾，把他的精力都淘尽了。

张居正，湖广江陵人，嘉靖进士。由于他确有才能，嘉靖时，就由编修官升至侍讲学士、领翰林院事。穆宗即位后，他仍受宠，得入内阁。说话、做事就很有影响了。他觉得若真能施展才华，得把首辅之位抓到手里。趁着穆宗驾崩，在权力转移时，他和总管太监冯保联合一起把首辅大臣高拱赶下了台。

在他掌权的十年间，他还真办成了许多大事，在历史上留下了声名。他的主要功业是推行改革，刷新政治。他在政府机构中实行考成法，大大提高了办事效率，他丈量全国土地，在税务上推行一条鞭法，一定程度上减轻了人民的负担。那时，明朝的主要敌人有两个，一是北方的蒙古，二是东南的倭寇。在军事上他大胆起用新人，如在东南，他任用才德俱备的戚继光，在北方，他起用无甚资历的李成梁，使边境安定了许多年，另外在浚治黄河、抑制豪强、裁汰冗员各方面都做出了很大成绩。

要想做点事情，除了有财而外，还得有人，张居正不可避免地要拉一帮拥护他的人，不然就说话无人听，办事无人帮。几年下来，朝廷内外，六部科局到处都是他的帮派，说他是结党营私，也无不可。再者，张居正也不是圣贤，到了晚年，他招降纳叛、损公肥私的事也不在少数。这样，就招致了许多敌人。

他一死，他的反对派就一拥而上，纷纷弹劾，恨不得把他和他的朋党赶下台再锉骨扬灰。

他是万历十年死的，“上怆悼辍朝，谕祭九坛，赠上柱国，谥文忠”。皇帝哀痛得连朝都不上了，下指示给予九坛之祭，规格够高的了。另外赠给他上柱国的称号和“文忠”的谥号。

到了第二年初，朝廷的震荡就开始了。朝廷中那些新贵们交章参奏，给刚死去的张居正加上了“结党营私、贪污受贿、结交内官、把持朝政”等大罪。

张居正是什么人，皇帝是知道的，也许朱翊钧羞于长期蜷缩在张居正那浓黑的阴影底下，想抻一抻身子，让满朝文武看一看自己的形象，也许他想趁机树立自己的威望。他立刻准了大臣们的章本，下令彻查张居正的罪恶。到了三月，他就下诏追夺了张居正的所有官阶和谥号。连他在锦衣卫任职的儿子也不放过，撵回家当平头百姓去了。过去“居正诸所引用者，先后斥削殆尽”。

万历十二年四月，皇上下令“籍张居正家”，就是抄没张居正的家产。

锦衣卫赶到张居正的老家荆州，弄了他个家破人亡。他们先登录了张家的人口，又把张府内外几十重门封锢。在这突如其来的变故下，张家子女“饿死者十余辈”。张居正的长子，做着礼部主事的张敬修“不胜拷掠，自缢死”。可是也真抄出了不少东西，“得黄金一万、白银十余万”！“廉洁”的张阁老竟聚敛了这么多的财帛！

正如历朝历代一样，平头百姓的苦难无人问津，落难的大官大宦却总有人同情。六卿大臣申时行等“合疏请稍缓之”。刑部尚书潘季驯复特疏言：“居正母年逾八旬，旦暮莫毕其命”，语意激切酸楚，使人动情。于是皇上特开隆恩，给张的老娘留下空宅一所，田十顷，以赡老人余生。

这事件引起的冲击，一直持续了几年。

另一件使士大夫们呶呶不休的大事，是关于立嗣的事，就是诏立太子的事。这本来是皇家的私事，可是朝中大臣们认为皇家无私事，皇家的大事也就是国家大事！这就来了麻烦。张居正死时，万历已是二十出头的大小伙子，也就是身强力壮的“春秋鼎盛”时候。那时，他绝不像后来那样的昏庸无道、疏懒埋汰。还一心想干点事情，做个英明皇帝。他对朝政是很感兴趣的，所以勤于政事。另外，他对床第之事也心醉神迷，除了在乾清宫指手画脚而外，他就在后宫里和宫妃追逐嬉戏。

起初，他最爱恋的是那个恭妃王氏，和她已有了个五岁的儿子。后来他又钟情于贵妃郑氏，当她生了皇三子常洵后，立刻把她晋封为皇贵妃，位置在恭妃之上。

这就给大臣们一个信息，皇上对郑妃“有殊宠，甫生子即晋封。而恭妃生皇长子已五岁，不益封，”于是“中外借借，疑上将立爱。”朝廷内外，说闲话的多了，怀疑皇上有意册立爱妃郑氏的小儿子。

为这件事，大臣又忙起来了，他们的章奏像雪片般地飞到皇帝的御案上。大臣们喧喧嚷嚷，后宫里也沸沸扬扬。

皇上当然极为生气，他下令朝臣不准再议论这件事，还威胁说：谁再多嘴多舌就割他的脑袋。可是越这样就越有人来劲，他们说：立储之事有关国家稳定、祖宗成法，是一点儿也马虎不得的，冒死也要纠正过来。在这过程中，给皇上、贵妃拍马屁的当然也大有人在，两派相互攻击、争斗。由此事引申开来，迅速结成朋党。

事仅一年之久，朝廷就被这样两件事弄得乌烟瘴气，张居正时代的安定没有了，上下一气的局面破坏了，和这相连的政治、军事、仓储、税收等都受到了很大影响。整个形势也每况愈下了。

这几年，努尔哈赤的势力越来越大，他把周围的部落攫于囊中，又把手伸向栋鄂、哲陈各部，在浑河、苏克素浒河间纵横捭阖，势力震动四野。智慧超群的他常常遥望着北京默默遐想，明朝那些衮衮诸公在那里干什么呢？以往，辽东发生一点儿小事，他们立刻前来问罪，各部落间有一点儿争斗，巡抚和总兵衙门就派兵弹压，现在我拥兵近万，在建州杀进杀出，为什么就不闻不问了呢？

朝廷内部一定发生了大事……

是的，以上就是他所不知道的大事。

朝廷顾不得辽东。努尔哈赤的崛起，并不是没人注意，并不是没人议论，可是他们总认为那只是疥癣之疾，无以为虑。

李成梁现在还镇辽东，努尔哈赤的所作所为就发生在他的眼皮底下，难道他就没有看见吗？

李成梁是大明的名将，正因为有他守在辽阳，鞑靼人才不敢轻举妄动，女真人才对大明俯首帖耳。为了他卓绝的功勋，他被封为宁远伯。难道英明聪慧的他，就看不出努尔哈赤的真实图谋？

他当然看出来了。

万历十年，当他的恩人张居正死后不久，就有人揭发李成梁"党于张居正"。还有人说：李成梁功劳都是假的，是张居正为他假造的。给了他个"冒功请赏"的大罪名。眼看，这位功勋赫赫的大将军就要"逮京严究"，蒙古鞑靼举兵犯境了。朝廷想令别的将军代替他，可是哪个也没李成梁的本领，于是李成梁又在辽东留下来了。

这样一动荡，使李成梁心有余悸，他知道张居正的冲击仍未止息，朝廷上的那帮人还在打他的主意。但他深知"鸟尽弓藏、兔死狗烹"的道理，什么时候辽东地方"贼寇"荡尽了，硝烟飘散了，什么时候他的仕途也就到头了！

对鞑靼，他总刀下留情，对努尔哈赤，他更是高抬贵手。为了自己，他也绝不会除恶务尽的！

于是，努尔哈赤就在这特殊的"气候"中成长壮大了！

皇上乘着御辇，在众多大小太监的簇拥下到了乾清宫，这时已交午时初刻。

在宫门廊下等待着他的，有首辅大臣、大学士申时行，还有给事中姜应麟。当申时行得知给事中仍是为诏立太子事而来的，就劝他说："凡事当止则止，不要弄得自己下不了台！"

姜应麟竟不受劝，他说："这是有关体制、国家根本的大事，我怎能隐忍不发呢，大人位居权要，过会儿请您帮帮我。"

申时行说："该说的话，前些日子我都说了。好在皇上的长子才五岁，可以从长计议。时势一变，皇上定会重新考虑的。"

可是姜应麟不听，他说："礼贵别嫌，事当慎始，我想再努力一次！"

申时行是个厚道人，在张居正时期，他是受压制的，但他掌权后，从不过为已甚，仍恪守中庸之道，因此很快树立了自己的威望。

他是为"考成"的事来劝谏皇上的。

"考成"之法，是张居正兴起来的，至今仍实行着。由于章程严酷，常常使事情适得其反，官不堪其苦，民不堪其扰。

皇上坐定后，太监把热烘烘的布巾送上去，让皇上净面。这就是说：皇上刚刚起身，还没有来得及盥洗，就赶到这里来了。

申时行很不安，更加战战兢兢。

他和姜应麟跪了下去。

好久，万历皇帝才低头往下看着，说："爱卿，平身吧！"

申时行等谢恩后站起身来。

"有什么事吗？"

申时行官儿大，他当然要先说。他又跪下去，可是皇上止住他说："申大人，你年纪大了就站着说吧。"

"是。"申时行就开口说话了。

他先叙述了皇上前时的决定。正月的朝觐考察，六科以考成本上，奉旨从重处分，一时，满朝惶惶不安。

"你觉得不该那样做吗？"皇上问他。

申时行说："考成之法，不过是催征钱粮、捕获贼犯、提问官员三事而已。今水旱灾伤，民力不及。若以钱粮不完重处抚、按，则抚、按必参论下属有司。有司别无计策，唯敲打百姓。百姓不安，盗贼必然蜂起，此臣等所大惧也！"

申时行说的这一"大惧"实际上已经出现了。万历掌权以来，江南、西南各省，多有义军窜起，使官兵剿不胜剿。这也是朝廷顾不得关外努尔哈赤的原因之一。

最后，申时行说："皇上肃清吏治，不过欲事治民安而已。臣以为事苟治不必苛责，民苟安不必过求。请今次罚治，仍须从轻才为允当。"

申时行说完后望着皇上。

他见刚刚执政几年的皇上，虽正当青年，却在后宫里弄得皮赘肉松，两眼无神，心里很不是滋味。他想为此多说几句，可是思量再三，终于欲言又止。

“到底怎么个从轻法呢，爱卿有章法没有？”

“还没有。”申时行把身子躬得更低说，“臣下想请皇上先把事情停下来，以安定朝廷大局，然后由内阁诸臣商定个详细条目上呈……”

“好吧，就这样做。”

这一公案就算完结，皇上又把眼光转移到给事中姜应麟身上。

姜应麟是个倔老头子，一看他那张干瘦的脸和两只直直的眼睛，就知道他的脾气。他站到当中去，虽然皇上也让他站着奏事，他还是硬跪下了。“皇上，老臣还是为立妃、立嗣两件大事来的……”

他才说了一句，皇上的脸色就变了。

“朕不是下令任何人不准再提这两件事了吗？”皇帝沉声说道。

如果，姜应麟这时能够看风转舵，磕个头走了，事情也就作罢。可那不符合他的脾气，为了表现他的忠义，他是不会戛然而止的。

“臣冒死上言：贵妃所生陛下第三子犹亚位，中宫恭妃诞育元嗣，反令居下，揆之伦理则不顺，质之人心则不安，传之天下则不正。请皇上收回成命，先封恭妃为皇贵妃，而后及于郑妃。则礼既不违，情亦不废。”又说，“陛下如从臣下所请，册立元嗣为东宫，以天下之本，则臣民之望慰，宗社之庆长矣！”

也许是姜应麟的眼神不好，他没看到皇上的那张苍白的脸，渐渐红涨起来，嘴唇也神经质地哆嗦起来。

姜应麟刚刚说完，皇上就把御案上的一只和田玉笔洗向姜应麟扔下来了。幸亏没有击中，要是打在老头的额角上，那非给他开瓢不可！笔洗从他的头上掠过，砸在方砖地上，摔得粉碎。姜应麟愣怔了一下，伏下身去。他嘟哝着，说了些什么，谁也没听清。

“屁话！完全是一派胡言！”皇上用拳砸着御案咆哮如雷，“朕册封贵妃和东宫有什么关系？你竟敢讥讪朕！”

见皇上如此震怒，申时行后悔没有及时走人，这时只好跪下。殿里的“诸珰环跪叩首，请皇上息怒”。“珰”者，太监也。因其头饰上有铜质（或玉或金）圆片而得其名。那本是妇人戴的东西，称他们为“珰”，可不是什么尊号。

皇上仍气得吁吁直喘。诸珰便请“严惩抗旨不遵的姜应麟”。

“拉下去，给他一百廷杖！”

“是！”站在殿外的几个宫侍呼喝一声，窜进殿来。

明朝从朱元璋时，就有了廷杖有错臣工的规矩，动不动就拉下去，在廊下或宫院里揍一顿，然后再视情节轻重给以处分。据记载，各朝各代几乎有三分之一的臣工挨过廷杖。有的被打得爬不起来，宫侍便送出宫城，再传他们的家人用大车拉回去。

“且慢！”申时行忙喊道，并向宫侍摆摆手，让他们退后。

他说：“陛下，姜应麟忤逆尊上，该当受到惩罚！可是，臣下请皇上念他在朝多年，忠正勤勉，无甚过错。再说他已年迈，未必当得起这一重罚……”意思很明白，一百廷杖打下来，恐怕就把那老家伙揍死了！

万历瞅瞅摊在地上姜应麟，像一堆垃圾，厌恶地说：“好吧，你那一百廷杖暂时寄在朕这里……朕要说的是，贵妃敬奉勤劳，特加殊封。立储自有规矩，用不着尔等多嘴！姜应麟疑君卖直，可降极边杂职。”

姜应麟被宫侍拉起来，他浑身哆嗦着，连“谢恩”两个字也没有说清楚，就被拉出去了。幸亏申时行又给皇上磕头求情，才免去了姜应麟的极边充军，到广昌去做了一名典史。

“爱卿还有什么事吗？”万历问申时行。

申时行见皇帝大怒刚息本不想说什么了，可是皇上问起了辽东那边的事。

“回皇上，辽东那边兴起了个努尔哈赤，”申时行一边说一边斟酌着词句，“他为了给他的祖父和父亲报仇，把周围许多部落灭了。”

“朕听说过那个努尔哈赤，他不是建州左卫都指挥塔克世的儿子嘛？”

“是的，陛下。”

“为他祖、父误杀的事，李成梁曾经上疏请让努尔哈赤承袭，朕都批准了，还发给敕书和印信。这事不是已经过去了吗？”

“是已经过去了。”申时行说，“可是那个努尔哈赤追着他的仇人尼堪外兰不放，并借此招兵买马，对其周围兴兵。”

“李成梁对这事怎么看呢？”

“一年多来，鞑靼屡次犯境，李成梁光对付鞑靼人就疲于奔命了。”

“那不行，”皇上说，“他是我朝镇守辽东的大将，怎能不管女真人的事呢？爱卿，你对那个努尔哈赤有话说吗？”

“臣下以为那个努尔哈赤不宜小觑，我朝对于辽东女真一直是分而治之，驯顺者奖之，叛逆者惩之。绝不允许其相互兼并，更不允许其中一部称王称霸。我认为那个努尔哈赤居心叵测，将来会成为我朝肘腋之疾。”

“有这么厉害吗？”皇帝笑笑，似乎成竹在胸似的。他又说：“女真人归顺已经许多年了，他们和咱们汉人交往密切，虽然有个别头头顽劣难驯，可是总起来说是好的，比起东南、西南边境的部族好多了……”

“是……”申时行知道在什么时候得顺着皇上说话，“那么……”

“申大人，咱们对待女真人的政策是不是得改一改？”皇上说，“那就是以夷制夷。在那里培养几个有能力且忠顺的头领，令他们给咱们守边。如果做得好，今后我们会少操多少心，节省多少军费呀！”

申时行并不同意皇上的主意，可是他也不敢反驳，因为那个努尔哈赤除了扩大自己的势力外，并没有对明朝有什么侵犯。至于自己说的“肘腋之疾”，现在还只是猜想。他不想对此事多说什么话了。

“皇上所虑极是……”

“那个李成梁现在怎么样了呢?”

申时行明白皇上问的意思。

自从张居正死后,在揭发张居正的同党时,朝臣们对李成梁多有指责,劾他“附居正饬功”“捷报多有不实”等等,幸亏兵部尚书极力为李成梁开脱,亟称辽东“十大捷非妄”,那时,正值辽东战乱频仍,皇上才没有继续追究李成梁的事。

申时行也觉得有李成梁在辽东坐镇,省去他很多事,就上奏道:“皇上,臣以为所谓居正朋党一案宜粗不宜细,现在已经有许多无辜牵连在内,如果再继续下去,恐动摇朝廷根本。”

“朕也是这个意思。”皇上说,“那,你就和阁臣们商量一下,把朕的意思写成敕令,晓谕辽东督抚。”

如果努尔哈赤知道这件事,该是多么高兴呀,他真可以大张旗鼓地干了!

八

苏克素浒河边,临近建州卫有个安土瓜尔加城。

那是块好地方。城寨周围有沃野百里,良田万顷,又有河水之利,所以十分富足。还有一点,就是他们有一个善良的城主,他叫揞甫甘。揞甫甘六十几岁,满头满脸的白发白须,笑蔼蔼地对待任何人,包括他的老百姓。周围的城主大多对百姓横征暴敛,甚至敲骨吸髓,他从不这样。他鼓励百姓好好种田,饲养牲畜,实行轻徭薄赋。所以,别的地方的百姓也有许多跑到他的城镇来。几十年下来,在他的治下,到处是一片欣欣向荣的景象。

努尔哈赤的版图,早就越过安土瓜尔加很远了,可是安土瓜尔加仍像个孤岛那样屹立在苏克素浒河边。

每次路过这里,努尔哈赤就用马鞭指着安土瓜尔加对兄弟们说:“看见了吗?那个老揞甫甘真了不得,他把这地方治理得这么好!”

舒尔哈齐说:“哥,得个空儿,我去把它灭了!”

“不可,”努尔哈赤说,“老城主是个仁义君子,我们贸然对他用兵,赚个不仁不义的名儿不说,那里的百姓也不归顺咱们呀!”

额亦都说:“如果老城主真的像大哥说的那样好,那么他一定会深明大义,我们可派个会说的人到那里去,把咱们的志向对他说明,看他作何表示。”

“要是他不理咱们的说教呢?”费英东问。

“那就动兵呀!”舒尔哈齐说。

“那也不能动兵,”努尔哈赤说,“只要老城主好好地对待老百姓,就让安土瓜尔加在那儿吧。”

额亦都的建议，努尔哈赤实行过，几次地派人去向老城主说明建立统一女真国的意向，揞甫甘城主听后却坚决地拒绝了。他心里只有一个大明。他说：“女真人早就归顺了大明，朝廷对咱们很好，只要咱们交点儿赋税，就再也不打扰咱们，让咱们过着自由自在的日子。现在咱们就是大明国人，何必再建立一个女真国呢？”

老城主说得也在理，如果没有成见，到大明国里去走一圈，就会发现，女真人实在比大明人生活得要自由得多舒服得多。历朝历代的统治者，对边缘的各民族，相对内地来说，都是实行宽放得多的政策。

努尔哈赤当然不会同意揞甫甘的观点，在他看来，大明对女真再宽放、再自由也不行。做个自由的奴隶，远不如做自己的主人。何况，他有着不可宣示天下的野心，那就是做个和大明皇帝比肩的女真帝王！

过了年，努尔哈赤和他的兄弟们正计划着远征哲陈部，忽有探子来报，说是安土瓜尔加城发生了内乱，有许多百姓纷纷逃到建州来了。

努尔哈赤觉得机会已到。说实在的，有个安土瓜尔加杵在眼皮底下，总使他不太舒服。他立刻派何和理去打探清楚。

老城主揞甫甘从去年冬天起就卧床不起，他咳嗽、气喘，浑身发冷，内地和外地的医生围绕着他，但都束手无策。过了年后，竟然变本加厉，吐起血来。他自知没有几天了，就想托付后事。

他有两个儿子，大儿子名叫撒尔木，三十岁出头，个头儿不高，生着一张阔大的脸，为人忠厚老实，许多人说他很像他的乃父。二儿子名叫西尔发，从外表看高挑、俊逸，比大儿子好看多了，可是，他的心里却装着一包祸水。平日他在安土瓜尔加城里要威风、追女人，是个人见人怕的花花太岁。

从去年冬天父亲病重开始，他就悄悄地对身边的人说：“老东西就要死了，你们要拥戴我做城主！”

人家说：“还轮不到你呢，有大阿哥在那儿！”

“他算什么，”西尔发说，“叫他一边待着去，我不把他宰了就算他运气了！”

几个月来，他做好了准备，偷偷地养起了一帮人马，雇了身手高强的杀手，一切妥当后，就只等着老父亲咽气了！

老城主是没有武功的，但他为了城防的安全，招徕了一名将军，那就是英达。这个英达为人义气、本领高强，和老城主也处得很好。

自知难以活命的揞甫甘把英达叫到床前，对他说：“我的日子不多了，请你来商议一下后事……”

英达看着可怜的老人，想说些安慰的话。

“别耽误工夫了……”老城主摇摇手，“我就要离开人世，安土瓜尔加就交给你了！”

“我可不敢当，”英达说，“老城主，您有儿子呢！”

“你相信就好，”英达哭着说，“老城主把城主之位交给了你，又托付我扶保你，我在老城主面前磕了头，把付托之重应承下来，我就要拼死保你坐上城主之位！——现在，你就是安土瓜尔加的城主了！”

撒尔木把英达拉起来，两人抱成一团哭个不停。

英达本不想在这时候和撒尔木一起哭，可是他知道，有时候眼泪就是一种强力的黏合剂，这一哭，就把他们团结在一块儿了！

“咱们光哭不行，”英达把撒尔木推开，“咱们要赶紧采取行动！”

“咱们怎么办呢？”

“以其人之道还治其人之身！”

“怎么样，把西尔发杀了？”

“是的，要想使安土瓜尔加城的百姓过上安稳的日子，那就得坚决地把西尔发杀掉！”

“我的兄弟呀！”撒尔木又哭起来。

英达知道要对西尔发动手，必须得到撒尔木的允许，于是他就从中国历史上历朝历代皇室中兄弟阋于墙的事，拣重要的几个说给了撒尔木听。“城主，同室操戈的事，在历史上多少呀，并不是从你开始呀！”

撒尔木终于点了点头，“为了安土瓜尔加，为了安土瓜尔加的众百姓，也只好这样了……”

英达离开撒尔木，回到军营，他立刻派他的副将去通告西尔发：“撒尔木已经捉到了，现在就羁押在牢房里，请城主亲赴军营定夺！”

如果在平时，像西尔发那样狡猾的人是绝不会上当的。可是，在这时，西尔发最大的心病就是撒尔木。如果能尽快把撒尔木除掉，他会不顾一切的！尽管他的左右有人已觉察到其中隐藏着危险，他还是带着足够的侍卫跑去了。

到了军营，英达殷勤地把他接到客厅，献上茶点……

“我刚刚即位，事情千头万绪，没有工夫在这儿逗留，”西尔发说，“你赶紧领我到关押撒尔木的牢房去！”

“是的，我去安排一下！”英达出了客厅，就下令把西尔发带来的侍卫缴了械，看管起来。

“城主，英达要害你！”有人喊了一声。

西尔发听到了，想急忙冲出客厅，可是，客厅的大门被锁上了。

“开门！”他叫道，“英达，你谋害自己的主人，天理不容……”就在这时，外面火起，巨大的火舌从窗户里窜进来。

西尔发知道要完蛋了，就发疯一样地东冲西突，并且大声地叫骂着：“英达，你这狗东西！吃着我家的俸禄，却害我们！你不得好死！我们兄弟的事，和你有什么相干，竟然插在我们中间！”……

如果西尔发冷静一点儿，他就会听到外面有人争执、叫骂，那叫骂的话，和他的如出一辙。

当英达出了客厅，下令放火时，有一个人急急地跑到他面前，要夺他手中的火把。他是撒尔木。

“不行，绝对不行，”撒尔木叫道，“西尔发怎么说也是我的亲兄弟，他对我不义，但我不能不仁，你给我住手！”

英达是个有着大智大勇的人，一旦知道怎么做才合乎正义，他是绝不半途而废的！他把手里的火把交给身旁的士兵，叫道：“给我点火！”

周围的士兵一起动手，大火立刻就蓬勃燃烧起来。

撒尔木躺到地上打起滚来，并且叫骂道：“英达，你这个没良心的家伙，吃着我家的俸禄却害我们！你不得好死！我们兄弟争来争去，也是一家人，和你有什么相干？你却在我们中间痛下杀手！”……

撒尔木在兄弟西尔发死后当上了城主。

可是西尔发的党徒们并不死心，他们纠合在一起和英达拼杀着，撒尔木对英达的拥立并不领情，埋怨他把安土瓜尔加置于了争斗的漩涡。

就在这时，努尔哈赤的军队来了。

努尔哈赤军的到来，使撒尔木醒悟过来。他不再怨天尤人了，他对英达说：“你领兵守城吧，我号召全城百姓支持你！”

撒尔木走街串巷，动员百姓有力的出力，有钱的出钱，钱和力都没有的老弱鳏寡就把房子拆了送去筑城。他们这样做，一是信任老城主的儿子撒尔木，二是他们听人传说努尔哈赤是个杀人不眨眼的妖魔，激起了他们的同仇敌忾。

这次的主将是费英东，他只带了五百人，觉得一个小城，没有看在眼里。他一到就发起攻击，打算一鼓作气就把安土瓜尔加拿下来。可是，他的进攻却连连失败。

英达手中虽只有五百人，加上刚刚动员上城的居民，也没有一千。可是英达很会练兵，他的战士都能以一当十。英达把新兵分散到各个队伍中去，使他军队的战斗力翻了一番。他教导他的士兵把敌人大胆地放过来，直到登上云梯才滚木礌石地打下去，只一天的战斗，就消灭了努尔哈赤军一百多人！

费英东吓傻了，继而恼羞成怒，他不顾命地挥兵上前，还喊着：“兄弟们，你们是赫图阿拉的子弟，你们是常胜军，竟在一个小城下打了败仗，还有脸回赫图阿拉吗？我们战死在这里算了！”

他脱了上衣，光着膀子带头冲杀，这很起了些作用，士兵们都不顾命地冲锋，可是他们只知拼命，却忽视了协同作战，乱糟糟的像一窝蜂。这使英达有机可乘，一个娃娃在城头扔块石头也能伤他们几个人。

这时努尔哈赤赶来了，他立刻制止了费英东的进攻，对他说：“你的失败在于轻敌。这城虽然不大，但有两点是我们不可忽视的。一是老百姓们都受过老城主的恩惠，也拥戴新城主，二是那个英达很会用兵，是个很有才能的将军。”

他和兄弟们商量了以后，决定政治攻势和军事攻势同时进行。

他要洛寒写了一篇文章，盛赞老城主的仁德，又批驳了时下流传的有关努尔哈赤军的诬蔑，并宣称努尔哈赤督爷的到来，目的是为了和新城主交朋友，帮着稳定城里的秩序……努尔哈赤叫人抄成许多份，用响箭射到城内去。

第二天，努尔哈赤军在城外捉到了几个西尔发的同党，立即杀了，把他们的头用长竿挑了示众。

和平的安土瓜尔加人多年没打过仗了，城头上的鲜血使他们惊惧莫名，他们虽不太相信努尔哈赤是来交朋友的，可是希望着，憧憬着……

就在城里的士气有所瓦解时，努尔哈赤挥兵攻城了。

他知道城里只有五百真正的士兵，两天来又被费英东消耗了百把名，为了分散城里的兵力，他从四门全面展开攻击。

他派安费扬古、异母弟舒尔哈齐攻打北门。派费英东和肖挥攻打西门。派扈尔汉和何和理攻打东门。他自己和额尔古尼和洛可攻打南门。每支部队各领二百人。

攻势一开始就极为凌厉，喊杀声震得天摇地动，安土瓜尔加的百姓上城助战的人不多了，四周的火光连天空都照得通红，他们只坐在家里祈求长生天的保佑。

守城的英达骑上战马绕城转着，对战士们高喊：“努尔哈赤军就是这么点本领，你们只要再打败他们一次进攻，他们就泄气了，就灰溜溜地滚回赫图阿拉去了！你们看咱们的旗帜还在城头上飘扬着呢！”

为了鼓舞士气，英达在四门上都插了几杆旗。那旗是天蓝色的，上面绣一只张牙舞爪的山豹。现在那四面旗真的在鼓舞着安土瓜尔加人！

努尔哈赤看出这一点，他对两个神射手说“从这里射旗杆有没有把握？”

额尔古尼说：“那是小菜一碟！”

洛可说：“督爷，如果一箭不中，你就割我的头！”说着，洛可就拈弓搭箭，也没瞄准，那箭就“噌”地飞出去了。眨眼间正中南门顶上的旗杆，那旗杆摇晃了一下就折了，蓝旗飘飘摇摇地落到了城下。

“好箭！”努尔哈赤叫了一声，又命令道：“你们分头行动，额尔古尼向西，洛可向东把城头的旗都给我射倒！”

“是！”两个神射手应了一声，就拍马而去。

他们绕城转了一圈，当他们回到努尔哈赤面前的时候，城上的蓝旗都没了！

这虽是几杆旗的事，可对安土瓜尔加军是很有影响的。他们的士气大减，努尔哈赤军却攻势更加猛烈。只一会儿，首先在费英东的北门奏捷了！接着其他三门也被攻开，努尔哈赤军如潮水般涌入城内。

努尔哈赤通令全军，不准杀人，不准奸淫掳掠。要像老城主那样爱护百姓。

过去是每攻占一城，努尔哈赤都放任士兵大杀大抢，现在士兵们头一次接到这样的命令，当然遵守得不够好，可是比起以往来就规矩多了。

当安费扬古和舒尔哈齐攻进城主府，撒尔木已吊死在大堂的房梁上。他是自己上吊死的。他觉得夺了兄弟的大位，却又没有守住，没脸面活在人间。

英达没有死，他浑身血污，想夹杂在败军中、逃难的人中混出城去。但没走多远就被认了出来，他被绑着推到努尔哈赤面前。

努尔哈赤起身为英达解去了绳索，握着他的手说："将军，你为安土瓜尔加尽了自己的本分，是努尔哈赤敬重的人！你如是愿意跟我干呢，你就是我的兄弟，以后有福同享有难同当。你若是觉得我这小家小户无法安栖，也不要紧，我放你走，你可以另择高枝！"

听了努尔哈赤的话，英达跪下了，他说："督爷，我早就仰慕您的大名，您的经历，您的高风亮节，一直感动着我。现在我已是无家可归的人，督爷如果能够收留我，我一定竭尽全力跟随督爷和各位兄弟……"

努尔哈赤两手将英达拉起来，把面前的几位兄弟介绍给他。

安土瓜尔加从此列入了赫图阿拉的版图，努尔哈赤又多了一员大将。

这个城镇虽小，但是很富有，努尔哈赤军得到了许多粮食、武器和甲胄。

回到赫图阿拉后，努尔哈赤给英达和他的家眷安排了一处舒适的宅院，令他们在那里将养休息，并且每天前去看望。

英达感激得很，常常热泪盈眶。他几次地探问努尔哈赤是否给他安排了职务，好让他有个立功的机会。

"急什么呢，英达兄弟？"努尔哈赤拍拍他的肩膀说，"现在你的职务就是安心将养，咱们的事业刚刚开始，有你的事情做！"

进了九月，天气冷了，连下了几天雨后，就飘起了雪花。努尔哈赤亲自带领几辆大车给英达一家送了许多木柴来。英达实在熬不住了，上前拉着努尔哈赤的手说："督爷，你待我恩重如山，你再这样要我闲在家里，我实在受不了啦！"

"你身体怎样？"

"督爷，我现在就像一头壮牛！"

"英达将军，我听说你自幼研读兵书，有一肚子的学问，很想向你请教……"

英达忙说："不敢，不敢！"

"你这里有好酒吗？"

"有，有！"英达说，"前次大将军额亦都给在下送来了几坛玉露好酒，一直在那里放着。"

"那就好！"努尔哈赤说，"今日我就叨扰几杯，暖暖身子，借着与你谈谈心。"

英达十分高兴，连忙大声地喊叫他的妻妾，说是督爷要在这里赏光吃饭，要她们准备。

"来了，来了。"几声莺声燕语，从堂屋里跑出两个年轻的女人来。个个有些姿色，英达

束了。

英达说完后，努尔哈赤久久地没有说话。

“我说过了，如果督爷觉得不符合咱们军队的实际，就权当我没说。”

“英达，这一条分外重要，”努尔哈赤说，“可是大家散漫惯了，很难改变，就像脚丫子一直光着，就不想穿鞋子了！”

“可是在下……”

“英达，你不用说了，”努尔哈赤摇摇手，“一支没有任何秩序的乌合之众，是不能成事的。——话说到这里了，英达，我想求你一件事……”

“你说，督爷。”

“你说的别事好办，但那‘名’和‘礼’的事，得由下边的人提出才行，你是不是在议事时提出来呢？”

英达很理解努尔哈赤的心思，秦末陈胜做王时，也是先做了很多舆论准备，然后由他的部属提出来的。

“督爷，我刚刚归依赫图阿拉，在将领中资历最浅，提这件大事是不合适的。”

“那么，你认为谁来提合适呢？”

“额亦都大将军最合适了！”

是的，论威信资历，额亦都最有人望，没有比他更合适的人选了。但他也不会无缘无故地提出这事儿来。

“英达，那么谁对额亦度说这事呢？”

“那，我可以对大将军去说。”英达说，“我以新加入者的体会来说。”

“那就太好了。”

他们一直谈到夜深才罢。

送努尔哈赤出门时，英达又问起安排他做什么具体事情？

“这，我已经想好了，只是刚才没有来得及对你讲。”努尔哈赤又回到门檐下，“现在我已经有了四个儿子，除了最小的孩子外，别的都懂事了。近一年来，我一直为孩子们的教育发愁。过去我曾给他们请过先生，可是都被孩子们气跑了。你学识渊博，本领高强，我想请你做我孩子们的老师。当然别的将领的子弟，也可以送到你的门下学习，不知将军可愿意？”

英达想了想，觉得努尔哈赤现在就考虑到对子弟们的教育，是很有眼光的。就说：“督爷把自己的孩子交给我，是对在下的信任。我未必胜任督爷的付托，但我会尽力而为的。——督爷要我教他们些什么呢？”

“英达，我只是看上了你这位老师，但究竟教他们些什么，那就随你的意了！”

“好吧。”英达应承下来。

努尔哈赤立刻不顾雨后的泥水，给英达跪下来，“古来师比父母，孩子们没在眼前，我就代他们先拜师父了。”

拣个合适的日子，英达去拜见额亦都大将军。

在征讨安土瓜尔加时，额亦都将军的妻子墨绣去世了，这使他十分伤心。努尔哈赤明白额亦都的智慧和本领在全军中无人可比。经过几年来的考验，他对自己也是十分忠心的。前些年，赫图阿拉的同族人对努尔哈赤明里没奈何，暗地里一再地行刺暗杀，有几次险些使他们得逞。额亦都为了保护努尔哈赤，就和他换了住处，把危险引到自己身边。努尔哈赤一直想怎样才能使额亦都和自己更加亲密？现在机会来了，他就把自己的大女儿东果嫁给了他。

几天来，在赫图阿拉的大小官员都拥来给额亦都贺喜，把门槛差点踩平了，英达却没有上门。

一直到贺喜的车马走净，大将军府家的尘埃落定，他才备了一份厚礼来叩门环。

额亦都知道英达已被努尔哈赤聘为孩子们的座师，当然不能怠慢，就请英达后院书房落座。

英达早就听说过努尔哈赤极为倚重的这位将军，见面后恭敬有加。他瞥了一眼书房的布置，靠山墙边有一个红木书架，书架里的书不算多，可是在努尔哈赤的将军家中已是难能可贵的了。英达读的书多，他虽不能冒失地到书架翻一翻，但从那书籍的装帧上即可大体认出那是什么书。里面多的是史书和兵书，翻得书角卷了的是几本演义小说。他记起努尔哈赤常常强调将领们要多读《三国演义》，额亦都想必已把此书当做必读的兵书了。

另外，墙上挂的、几上放的就是各种武器了，其中有剑有戟，还有他最爱的银枪。

看来主人力图使自己成为一个文武兼备的将军。

侍女们送上茶点来，额亦都亲自为他沏茶。

这时，家人来报告，说是又来了客人。额亦都吩咐道：“给我回了吧，就说出去拜客了。”

这使英达明白，额亦都对他的来访很为重视，也许有话要对他说。

吃了几杯茶后，果然额亦都先开口了：“将军是远近闻名的英才，初来我军，想必看出了许多破绽，能不能说出来，使我们早早改正呢？”

英达谦逊了几句说：“我初来乍到能看出什么来呢！”

额亦都笑着说：“初来乍到才能看出问题来呢，我们如久在鲍鱼之肆，难闻其臭了！”

“哪里哪里，大将军是督爷最最信任的人，几年来一直操持军务，已训练出一支震动辽东的常胜军了！”

额亦都想：在前几天车马如市的时候，英达没有来凑热闹，现在却突然来了。他的家人曾对他报告，努尔哈赤曾亲到英达家送了几车干柴，还一直谈到深夜。他们谈了些什么呢？这引起了他的猜度。

在起兵时，他和努尔哈赤的确是亲密无间的，现在，局面大了，建州的绝大部分已归于努尔哈赤的版图，他就渐渐地和努尔哈赤拉开了距离。他绝不像费英东、扈尔汉那样仍旧把努尔哈赤看作比一母同胞还亲密的大哥了。

想到这里，他向英达拱拱手，收敛笑容说："我说的是实话，将军，现在咱们是一家人了，我很想听听你的实话。"

英达是来做什么的？他自己心里明白。既然额亦都这样坦诚地问了，就把答应努尔哈赤的事娓娓道来。

他很简短地追述了努尔哈赤起事的经过，又带着赞扬的口吻说起了努尔哈赤和他的兄弟们正义事业。"这是女真人历史上没有过的伟业，只有把女真人统一起来，才能称雄辽东，才不再受汉人的欺凌！"

"将军，你以为咱们的目标一定能够达到吗？"

"那是毫无疑问的！"英达说，"古之起于草莽终之宫阙的英雄可谓多矣！"他举出汉刘邦和朱元璋为例，说明他们的成功是可效法的。

"那么，我们的路走得对了？"额亦都注视着他，等待着他那个"但是"的到来，他知道英达就要把那个"但是"说出来了。

"但是，起兵时可以，现在就显示出许多不足了！"

"英达将军，我终于等到你要说要紧的话了！"额亦都高兴地说，把椅子挪到英达面前。

英达开始讲了，他说，要想成就大事，必须讲求"名"和"礼"，否则，就会成为乌合之众。必然一哄而起，到头来便一哄而散。他具体说到努尔哈赤的军队，各个将领称兄道弟，看来十分亲热和谐，但再发展下去就会导致分裂和内讧，是成不了大事的……

"大将军身为督爷最亲近、最信赖的人，是应该比任何人先看到这一点的！"

额亦都点点头，久久不语。

他猜想，英达的话里是不是有努尔哈赤的意思呢？他想是有的，不然新来乍到的英达是不会有这样胆量的！要改变久而久之的习惯，把努尔哈赤从兄弟中分离出来使他成为高高在上的汗王，再把其他兄弟分成若干等级，那对自由惯了的鲜血凝成的兄弟来说是痛苦的，难以接受的！

但这是必走之路！

"英达将军，你说得太对了，你对督爷谈过了吗？"

"没有，"在这里，英达说了个小谎，"我有什么资格谈这件事呢？"

"那么，你认为谁可以在我军中提出这一建议呢？"

"那大将军就要当仁不让了！"英达说，"大将军功勋卓著，地位尊崇，又是督爷的近亲，由你来建议是再合适不过的了！"

额亦都微微笑着，看着英达，表示很理解他的话。

这天，英达只谈了这一件事。别的事，如建立铁军等，那是不需他来操心的，努尔哈赤自会下令去做。

英达走后，额亦都又想了好久。他知道努尔哈赤军和兄弟们已走到了关键的一步。只有依英达所说走下去，才有前途。努尔哈赤借英达的嘴说了他的心事，把这么重要的事托付给他，如果他不去做，他的命运也就走到头了！

尽管，他有许多功劳，尽管他是努尔哈赤的女婿，但是，如果他在这一事上背叛了他，他是不会饶恕自己的！

九

万历十三年的隆冬到了，大雪覆盖了千万里的白山黑水。凌厉的北风吹着，雪雾弥漫着，几丈外就迷茫一片。在这样的天气，不用说人，就是野兽也绝不出它们的洞穴一步。村镇之间，在晴好的日子，才有人坐着马拉的爬犁小心谨慎地走着。

街道上也是风雪肆虐，厚厚的积雪，连家门都堵上了。努尔哈赤曾几次地下令清扫白雪堆起来像连绵起伏的山岭。可是刚刚堆起，大雪又纷纷扬扬地下来了。

过了年后，努尔哈赤照例把他的兄弟们召集起来，议论天下大势，商讨今后的进军计划。

几位福晋把将领们打理得很好，很周到。她们把早就煮好的大块的猪肉、牛肉、羊肉、鹿肉切了，装到盘子里送上去，他们喝呀喝呀，不知喝了多少酒，家人们只是空酒坛就收拾不完。

忽然一天大早，额亦都也没有和努尔哈赤商量，就下令说："今天谁也不准喝酒！"又回头对努尔哈赤的几位福晋说，"今日，嫂子们可以休息一天，可令家人们从容地准备些酒肉饭食，到夜里我们再大吃二喝！"

大家看努尔哈赤对这反常的情况没有表示异议，虽怀着疑虑，还是遵守了。

议事开始后，额亦都发言了，他先叙述了兄弟们跟随大哥起事的经过，对努尔哈赤的伟大志向周到地颂扬了一番，接着，他话锋一转，叹了口气，说："但是如果这样下去，我们的路走到头了！"

几年来，兄弟们从没听到过这样的话，而且这话是从大将军额亦都口中说出来的，就分外地觉得奇突，将领们诧异地看着他。

"为了成就大事，咱们必须抛弃过去的那一套，在咱们赫图阿拉实行新的章法！"额亦都继续说，他那郑重的样子，使面前的将军们更加疑虑重重。"再也不能像过去那样，像个挤在一起的大家庭！我们应该像古代的成大事者那样，讲究个名分和秩序，为将来建立女真国做好准备！"

大家终于明白了大将军的意思，但还说不出这事的重要性，更无法说出这和自己有什么关系。

额亦都刚刚说完，英达就说话了。他首先肯定了几年来大家跟随努尔哈赤大哥纵横驰骋辽东大地建立的丰功伟绩，然后才说到正题，他说："要想把督爷的伟大志向实现，那就必须在内部讲求个秩序、等级、尊卑，那样才可能做到令行禁止，成万世之伟业。"他说得很长，还举出了几个很有说服力的例证。

将军们一听就明白他才是这件事的始作俑者。

大家又抬头望着努尔哈赤，希望他对这件大事有所表示。

就在这时，额亦都又说："现在我赫图阿拉兵马上万，勇将百员，有数十城，幅员上千里，俨然是一初具规模的国家，我以大将军的身份郑重提议，拥戴大哥努尔哈赤为建州汗王！"

大家愣住了，不知如何是好。

但额亦都给他们做出了样子，他在努尔哈赤面前跪了下来。

将领们知道怎么做了，他们犹豫了一会儿，也跟随额亦都向努尔哈赤跪了下来。

努尔哈赤虽然有了思想准备，可是面对跪在他面前的将领们，也一时手足无措。他站起来又坐下，坐下又站了起来……

努尔哈赤在议事时，一直是坐在他的大火炕上的，只把两腿耷拉到炕下。这时，英达站起来走到他面前，行礼后，大声叫道："请汗王归位！"说着就架起他的一条胳膊向中间的太师椅走去。

努尔哈赤满面通红，额角上一层油汗，看样子也很激动，他像一头不认套的马驹子，绊绊拉拉地不知往哪里走好。额亦都赶紧也走上前去，他和英达一边一个把他拉到太师椅前，按了下去，就像按倒半堵墙。

额亦都和英达把努尔哈赤拥上正位后，又跪在努尔哈赤面前。

这时，聪明的洛寒终于明白，在这事上可不能落后，大声地高叫道："给汗王磕头！一叩首……二叩首……三叩首……"

接着，额亦都带头从地上爬起来，算是"礼成"。

当大家站起来后，才觉得一切都不一样了。坐在正位上的努尔哈赤，不再是他们亲切的大哥，而是一位威严的君王了！他们在君王面前一时不知怎么办好，走了，不好，在这儿也不好，坐下更是不好。

幸亏努尔哈赤这时说道："好了，都坐下吧……"

努尔哈赤话虽说了，大家却不知道怎么坐，按什么秩序坐。仍然像一群打愣了的鸡似的你看我，我瞅你的。

"原来怎么坐还是怎么坐吧！"努尔哈赤又发话了。

大家坐下了。

过去到这里议事时，有的大呼小叫，有的嘻嘻哈哈，有的喊爹骂娘，还有的为不了一点小事，就互相撕打起来。现在一下子都规矩了，像一群戴上笼头，又挨了一顿鞭子的马。

努尔哈赤可头一次感到讲究纲常礼仪的好处。慢慢地他变得自然起来，对大家说："额亦都和英达两位将军说得很对。咱们是得有个秩序了，不然，咱们就是乌合之众，乌合之众是干不了什么大事的！我想大家跟我起事，流血流汗，受尽辛劳，是绝不愿意一哄而起又一哄而散吧？现在，咱们虽然奠定了一些基础，但离建立个女真人的国家还远得很，我们还得吃苦耐劳，甚至流血牺牲。但苦尽会甘来的，将来真的把国家建成了，我做了大汗，你们都是开国功臣！”

努尔哈赤平时多思虑，很内向，可是讲起话来，还是很健谈的。他善于以平实的语言，说出很深的道理。现在也是这样，他把易弦更张的目的说得晓畅明白，又切实地许给了大家一个辉煌的诺言，使人人觉得有前途，有奔头。

等大家都安心后，他又说：“我虽为大汗了，但我不会忘记从前的兄弟情谊。大家也不要忘了我仍是你们的大哥！仍旧像过去那样亲亲密密，携手同心，共创伟业！光有汗王不行，汗王下面得有各级将领……额亦都，这事就交给你和英达将军吧，你们赶紧制定出各种章程，好确定名分和职责。明天，是个好日子，我们先设坛祭天。”

祭告长生天后不久，额亦都和英达把必要的章程制定出来了。

在章程中首先把汗王的身份、权柄写明了。汗王是长生天派到世间拯救女真人的，是女真各部落的酋长，他统率一切，号令一切，谁背叛他，就是背叛上天！这和汉族人把君王看成是天子是一样的。

得到汗王核准，册封了五位大臣，他们是：大将军额亦都，上将军安费扬古，上将军何和理，上将军费英东，上将军扈尔汉。其他的如洛寒、英达、肖挥、额尔古尼、洛可、戒沙等十名为将军，其他为副将。

有了明确的等级后，将士们就像上了绑绳一样，他们都老实多了。额亦都还觉得捆绑得不够结实，在各种章程宣布以后，他又带头向汗王宣起誓来。誓言中向汗王表示了自己的忠心，如果违犯，不仅要受到相应的严厉处分，还要遭受长生天的惩罚，他们用上了“横尸山野”“乱箭穿身”“死无葬身之地”“断子绝孙”等毒咒。

在这件事的整个过程中，有一个人似乎置身其外，他就是舒尔哈齐。

他没有向努尔哈赤宣誓，额亦都的封赏建议中也没有他的名字。他有时事不关己似的在一旁观看，有时又吃吃发笑，好像在看一群孩子做游戏。

一天晚上，他去找努尔哈赤了。

“哥，你把我放在什么位置呢？”

“你嘛……”

“哥，你忘了我了？”

“哪能……”努尔哈赤笑着说，“你是汗王的兄弟，和他们是不一样的！”

“那也得有个名分呀！”

“将来会有的……你是我的亲属，像我的孩子褚英、代善……”

那时，褚英、代善常常到军营中玩耍，认识的人都称他们为“小贝勒”。

努尔哈赤把舒尔哈齐看做他的孩子们，也许有亲密之意，可是舒尔哈齐并不买账。他说："哥，我是你的同母兄弟，跟随你出生入死地干了许多年，立过许多战功，你怎么把我和你几岁的娃娃同样看待呢？他们还是些屁孩子！"

"当然不能和他们一样……"努尔哈赤有点被逼得语无伦次了，"舒尔哈齐，我是汗王，你就是第二个汗王。这称号一时还没法说出去……"

"怎么没法公布呢？"舒尔哈齐说，"我的身份，我的功绩难道当不起这个第二汗王吗？"

努尔哈赤无话可说了。

这些日子以来，舒尔哈齐一直像一块劈柴似的硬硬地梗在他的心里，可是努尔哈赤不愿弄清这是怎么回事？就让他梗在那里。

第二天，他在议事时，宣布把舒尔哈齐封为贝勒王。

这是努尔哈赤想出的给舒尔哈齐的最合适的名分。

他刚一说完，额亦都和将领们就朝舒尔哈齐跪下来，向他祝贺，称颂他的功勋。闹腾了很久才安静下来。

努尔哈赤的脸色苍白，默默地看着这一切，他没有阻止，更没有说半句话。

在赫图阿拉，汗王是独一无二的，贝勒王也是独一无二的。

舒尔哈齐待部下宽松平和，就是小小的战士，他也是一副笑脸。对待将领们就更是和颜悦色了，所以他的人缘出奇的好。许多将士想方设法地投靠到他的手下。这样他的部属就越来越多，几乎占到了全军的三分之一。

起初，这些事，努尔哈赤没有很在意，现在就变得有些突出了，就像一道道的沟壑把兄弟俩从感情上、身份上隔开了。

努尔哈赤初做大汗，有许多事情等他去做。首先，他要忙建立铁甲军的事。考虑了一下，他觉得把这件事交给何和理和洛寒比较合适。他把他们找来，向他们说了自己的意图。问他们这事有什么困难？

何和理说："首先要找几位有本领的铁匠，打造上千副铁甲，有了铁甲，再从全军中挑选人才……"

"你们能够找到这样的铁匠吗？"

洛寒说："我认识一名铁匠，原先在关里给明军干活来着，他造的铁甲又轻又结实，我有他造的半副轻甲。"

"为什么是半副呢？"努尔哈赤问。

"我父亲年轻时，在关内当过兵，"洛寒说，"在征讨闽粤叛乱时，一位将军被打死了。我父亲从他身上扒得一副轻甲，但这样的好东西，一个大兵是保存不住的，只好拿出来和兄弟们分了，他们用刀子把轻甲割开，我父亲分得一片前胸。在作战中他们常常把分得的轻甲绑在前胸后心。后来那几个弟兄也战死了，父亲找到了几片，用铁丝连缀成半副轻甲。"

"噢，原来是这样！"努尔哈赤说，"那样的好铁匠，到哪里去寻他呢？"

洛寒说："咱们起事前，我到抚顺赶集，看到一个老汉在卖甲片。我看那些甲片很像父亲的那半副轻甲上的，就上前和他搭话。还请他吃了一顿饭，他虽没十分承认，但我认定他就是那个手艺高强的铁匠……”

“那太好了！咱们立刻把他请来！”何和理说。

努尔哈赤还是高兴不起来，他说：“他是个老人，现在他还活着吗？就是活着，你还能找得到他吗？”

洛寒不敢保证，只答应带人去抚顺附近找找看。

“快去把你那半副轻甲拿来，让我们饱饱眼福！”努尔哈赤说。

只一会儿，洛寒就把自己珍藏的半副轻甲拿来了。

那的确是好甲，甲片很轻，像片片树叶，油黑发亮，虽只是半副，但估计比绵甲重不了多少。努尔哈赤把玩了好久，便催促他赶紧动身。

“洛寒，这事，我没抱多大希望，你若是找不到人，就赶紧回来，咱们再想别的办法……”努尔哈赤嘱咐洛寒。

开春后，努尔哈赤扫荡了建州的几个叛逆村镇，把自家“后院”进一步巩固了，就打算向外线进攻。

就在清明将近的时候，洛寒回来了。他身后的侍卫牵着一匹马，马上驮着一个白眉白须的老人。有人问他：“这是从哪里请来的高人？”

“这是位老铁匠，是咱们汗王的客人！”

大家打量那老人，只见他浑身乌黑，就像铁打钢铸的一般，洛寒没有再答应街道上百姓和将士们的询问，一直向汗王府走去。

请到了技艺高强的老铁匠，努尔哈赤十分高兴。

老铁匠姓刘，叫刘得成，汉人，这时已经七十多岁了。努尔哈赤把洛寒的半副铁甲给他看，他只瞥了一眼，说：“那是我年轻时的手艺，别拿给我看。现时，我看了害羞。”

那就是说，他现在手艺更高更精了。一连几天，努尔哈赤亲自陪他吃饭，还给他往碗里夹菜。老人很感动：“我听洛寒说过，你们要我打制一千副铁甲，我可没力气完成那些活儿了！”

努尔哈赤说：“我怎敢让老人家干那么重的活儿，我想请老师傅多给我教导几个徒儿，你只在一旁指点一下就可以了！”

洛寒从各队中挑选了几十名心灵手巧的士兵，让他们跟老师傅学习。从那天起赫图阿拉的大汗府附近就天天响起叮叮当当的打铁声。

就在这时，努尔哈赤的弟弟雅尔哈齐回来了。

在努尔哈赤的诸多异母兄弟中唯有雅尔哈齐和他最亲，他年纪很小就跟着努尔哈赤上山打猎、砍柴、收集山果，像根小尾巴。继母对他说：“你别跟努尔哈赤出去，看他把你推到山沟里喂狼！”尽管她想尽办法进行挑拨，雅尔哈齐也不离开努尔哈赤。

努尔哈赤和舒尔哈齐出走后，他们挂念的家人就只有雅尔哈齐。几年后，努尔哈赤回到赫图阿拉，到继母家去找雅尔哈齐，继母给他的是一张老泪纵横的脸。她告诉努尔哈赤说："你们走后不久，雅尔哈齐就走了，他说要去找你们……"

"我们没有见到他呀！"努尔哈赤说。

现在的继母已经没有了过去的火气，没有了丈夫，也失去了依靠，对努尔哈赤也流露出些许亲情了。努尔哈赤把自己在外流浪的经过对她说了。

"嗨……他走时，还是个十二岁的孩子呀！……"继母哭道。

努尔哈赤说："弟弟没有事儿。我的朋友多，我会招呼他们寻找弟弟的。"他陪着继母流了许多泪。

几年来，尽管戎马倥偬，他还是时时地想起雅尔哈齐。

这天，努尔哈赤和何和理在城外操练铁军。虽然铁甲还只造出百多副，他们觉得还是先行演练为好。

傍晚，从校场上回来，侍卫向努尔哈赤报告说，有一位远道来的小将军要见汗王，他说是汗王的兄弟。

"我的兄弟？他是谁呢？"

不知怎的，努尔哈赤觉得是雅尔哈齐回来了。

等他走到那小将军面前，却一点也不认识。

"你是谁？……"努尔哈赤问。

忽然，那小将军放声大哭："大哥，你不认识雅尔哈齐了吗？"

"雅尔哈齐……是你？"

努尔哈赤再次端详面前的青年人时，他认出了，面前的小将军就是他日思夜想的兄弟雅尔哈齐！他长高了，长壮了。但那宽阔的肩膀，厚实的胸膛，虎头虎脑的模样，还是塔克世家儿孙的样子。

"雅尔哈齐，我的好兄弟……"努尔哈赤抱起失散多年的兄弟痛哭失声。

何和理等将士连忙围上来劝慰，并把他们送回汗王府去。

晚上，努尔哈赤把继母请到府中，又通知在赫图阿拉的同母弟舒尔哈齐和异母的各个兄弟姊妹都来府里欢聚。

塔克世家多年没有这样的喜庆了，他们聚在一起，叙述着往事，回忆着亲情和爱新觉罗一族觉昌安一支的兴衰，有着说不完的话。

到了夜深，努尔哈赤把雅尔哈齐叫到房里和他同床而眠。

他们哪里睡得着，雅尔哈齐要对大哥说一说这几年的经历。

"明天吧，"努尔哈赤说，"以后有的是时间，你跋山涉水上千里还不累吗？"

可是雅尔哈齐一定要说，努尔哈赤也只好由他，喊来侍卫给他们准备茶点和火烛。

雅尔哈齐只几句就把努尔哈赤吸引住了。那是一段曲折奇异，引人入胜的故事。

雅尔哈齐想去寻找他一刻也离不了的大哥，可是一离开赫图阿拉就迷了路。天苍苍，野茫茫，大地无边，何处是路？几天后，他就知道错了，他是找不到大哥的。可是他虽年纪小，可是像塔克世家别的子孙一样，执拗得就像一头小牛，他逢路向前，继续走着，走着……

后来他找着了一条叫浑河的大河，就沿着河岸走。头几天的愁闷过去后，他竟感到有点快乐。那时正是夏初，暂时不愁衣食，累了就找个山洞躺躺，饿了就到田里找点东西烧了吃。如果幸运，还能打得一只野兔，捉到一只鹌鹑，那就有了美味佳肴。

一天他来到一个大镇，那镇子有几条街，还有几家店铺，如饭店、当铺、骡马店等。人们的衣着似乎也算整齐，他就猜想这地方算是富裕的了，找吃的大概容易些，就打算在这里歇上几天……

正如他所料，这里的人过得富足。他在饭店门前伸头探脑时，被老板看见了，招呼他道："小讨饭鬼，别光想吃懒食，也给咱干点活儿好吗？"

雅尔哈齐问道："老板有什么活儿尽管吩咐，只要我干得了的……"

"嗨，这小家伙会说话，来，来，到店里来！"

老板满脸油光光的，两眼水汪汪的，除了嘴里冒酒气外，看样子还和气。雅尔哈齐在饭店里干了几天，老板看他干活很卖力气，又不多言多语，就想留下他。

老板说："孩子，我看你是流浪出来的，家里还有什么人？"

雅尔哈齐撒了个谎，说是原先家住长白山下，因为遭了匪，和家人逃了出来。路上又遇到劫道的，一家人走散……说着，眼里落下泪来。

"别伤心，孩子。"老板叹口气说，"有道是天无绝人之路，如果你愿意，就在我这里留下来吧。我管你吃穿，一年再给你两吊钱，怎么样？"

雅尔哈齐想从此有了安身的地方，不再受饥寒，也是好事。就赶紧给老板跪下来，谢了他的收留之恩。

饭店的活儿并不很重，雅尔哈齐和另外的几个小伙计满应付得了。遇到饭店里顾客不多，老板就吩咐他到附近的山林中拾点山果，采点蘑菇给客人添菜。

雅尔哈齐很乐意上山。在饭店久了不免感到憋闷，正好借此在山野里松散一下，看看红花绿草，听听鸟叫泉鸣，坐在山石上想一想自己的心事……

老板对他还是很周到的，每逢上山，总是给他带足了干粮和咸菜，并令他不管捡到东西是多是少，在太阳落山前必须回家。

一个秋日的午后，温暖的阳光把山沟里的凉气都赶跑了，雅尔哈齐吃过饭后，就歪在一块高高的山石上，打起盹儿来……

忽然，在不远处响起了"嗒嗒"声，起初，他以为是下起了雨，睁眼一看，头顶上仍是朗日高照，那是什么声音呢？——他向周围打量着。

这时，从崖下树林里跑出一匹紫红马来，那马背上横卧着一个人。马顺着山沟往这儿跑，没跑多远，那人就从马背上掉了下来，马也停步了。

雅尔哈齐从小就知道周围一直兵荒马乱，大小战争从来就没有止息过。家人总是嘱咐他在外面千万不要多事。

他站起身，从崖上拿起自己的布袋，想从后面下山走开。

可是好奇心又把他留住了。

他是谁？他受伤了吗？死了吗？

管他呢，——他又想，这山野里天天死人呢，我管得了那么多吗？

但他还是没走。如果他是出走的大哥或者二哥呢？出门在外的人什么事也可能摊上呀！这样想过后，他就悄悄下了山崖贴着山脚慢慢地向那马和人走去。

他一边走一边向周围睃摸着，周围十分安静，小风细溜溜地吹着。鸟儿在你呼我应地鸣叫。如果那人后面有什么追兵也早该到了。

他在那马身后的林边又站了一会儿，在确信自己是安全的以后，他走到紫红马跟前。

“咴咴咴咴……”那马长啸了一声，向他点点头。

“我只是看一看。”雅尔哈齐对马儿说。

他绕过马，来到那人面前。

那人还在一动不动地躺着。雅尔哈齐一眼就断定他不是大哥和二哥，刚想走开，那人“唉……”地哀叫了一声。

雅尔哈齐站住了，他开始端详那人。

那人四十多岁，容长脸，面色纸一样苍白，这样显得他的胡子、眉毛分外的黑。他的衣服被什么撕烂了，露出这里那里的多处伤口，有的还在流血。腰间的皮带上挂着一管长长的刀鞘，他的刀却不知哪里去了。

回头走开呢，还是想法救他呢？

他这样想着，慢慢蹲了下来，想仔细地看看这个倒霉的人。

“水……水……”那人忽然轻轻地说。

雅尔哈齐摇了摇水壶，那里面还有些水，他就拔去木塞，把壶嘴凑在那人嘴边，那人贪婪地喝起来。其实，水没进口里多少，大部从他的下巴流到他的领口里去了。

可就是那几滴水使他苏醒过来，睁开了眼睛。

“你是个孩子？”那人说。

雅尔哈齐没说话，只是望着他。

“孩子……好孩子……”那人咕哝着，从他的眼神看，他渐渐地信任面前的孩子了。

“你饿了吗？”雅尔哈齐问他。

那人摇摇头，仍然望着雅尔哈齐。

“孩子，我求你一件事，你把我送回家好吗？”那人说，眼睛里露出热烈乞求的神色。“你……可以吗？”

“你家在哪里呢？”

“在播一混城。你知道那地方吗？”

播一混，雅尔哈齐是知道的，两个月前他就是从播一混流浪到这儿来的。那地方并不远，可是去来一趟，也得走到天黑。主人会责备他的，也许还会断送了他刚刚得到的饭碗。

“求你了，孩子。”那人的眼睛里闪着泪光，“如果是成年人，我就不求他了，可是你是个孩子，孩子的心是善良的。”

“好吧，我送你走……”本来，雅尔哈齐是想说，“我干不了这事，天黑前我还要回到家……”可是他没有管住自己的嘴。

既然答应了人家，就得实践诺言。

“你得先把我弄到马上……”那人似乎看出了他的心思。

是的，他是不能把他背到播一混城的，只能用马。这就是个艰巨任务。

雅尔哈齐试着去做了。他先把马背上的鞍子解下来，把马褥铺得平平的，又把马的肚带紧了紧。等一切停当后，就去搀扶地上的人。

我能把这个人弄到马上去吗？他觉得没有把握。

“大叔，”雅尔哈齐这样称呼受伤的人，“咱们上马吧，那会是很痛的。”

“我受得了……”

雅尔哈齐虽仅十多岁，可是从小在山野里历练，身上也有些力气了。他把“大叔”托着两肩掀起，让他坐着。这第一步，办到了。

“大叔”紧咬着下唇，浑身颤抖着，雅尔哈齐看到他身上的伤口，有些又开始流血。

“你痛吗，大叔？”

大叔没有说话。

“大叔，你痛吗？”雅尔哈齐又问。

“小混蛋，不要跟我说话！”那人叫骂道。

这一声骂，差点儿雅尔哈齐就放手不干了。可是他理解“大叔”，他正在以全力忍痛，是不能说任何话的，以免撒气。

“你的两臂还行吗？”不等他回答，雅尔哈齐又说，“如果有力气，就搂着我的肩膀！”

那人照雅尔哈齐的话做了。

雅尔哈齐抱着马腿，使劲地往上挺起。他没有想到“大叔”会这么重，两手扣在他的喉咙上，使他一丝气也不透了。但他知道，这时如果改变主意，那一切就白费。

于是他憋住气，用尽力气挺了起来，使“大叔”的两手比马背高了。

雅尔哈齐两眼直冒金星，立刻就要晕了过去，他从牙缝里挤出一句话：“大叔，赶紧放开我，两手抓住攀带！”

马背上的两条攀带是用来固定马褥的，很结实。

“大叔”还是有些本领的，他的手松开了雅尔哈齐的脖子，就在他将要歪倒时，他及时地把攀带抓住了！

这时雅尔哈齐也轻松了许多，深深地吸了几口气。

但他没有让自己停手,他知道"大叔"随时有倒下来的可能,那就前功尽弃。他一探腰把右肩顶在"大叔"的屁股下面,用劲儿地往上顶去。

"大叔"渐渐地上升了,他的两手也乱抓,减轻了雅尔哈齐的负担。

"大叔"终于上了马。

"好了,剩下的就是走路了。"

"大叔"没有吭声,他眯着眼,似乎又晕了过去。

雅尔哈齐没有管他,牵着马往播一混城走去,这时的夕阳已经压在山头上了。

"雅尔哈齐,那人是谁呢?"努尔哈赤忍不住问。

雅尔哈齐想对他说透,可是又管住了自己的嘴巴,"大哥,你听呀,马上你就知道了!……你耐心点。"

"他对你有影响吗?"

"当然有……"

"那你就快说!"努尔哈赤把一杯热茶送到雅尔哈齐手边。

雅尔哈齐喝了几口,又说了下去。

等他们到了播一混城,已经小半夜了。城上不开门,守城的士兵问他们是什么人?

"大叔,我怎么回答他们呢?"

"大叔"苏醒过来了,他对雅尔哈齐说:"你对他们说:城主回来了!"

呀,自己救的原来是播一混的城主呀!

雅尔哈齐就对城头上高叫道:"是你们的城主回来了!"

城上乱了一阵,接着亮起了一堆火,在火光的照耀下,几个人探出身来仔细辨认着,且小声地说话。"是城主的紫红马………""可是城主呢?""在马上趴着的那个不是?""他怎么趴着呢?""快找城主的家人来认一认。"……

没办法,只好等。

过了吃袋烟的工夫,城门的吊桥落下来了,接着城门也开了。雅尔哈齐牵着马走进城去。

"那人真是播一混城的城主克丹吗?"努尔哈赤还是忍不住了,惊异地问。

"是他……"

"他怎么受的伤?"

"他受安土瓜尔加的城主揞甫甘的邀请赴宴,回来时,被界凡城的巴莫劫了道,差点儿就丧了命!"

"这是好久以前的事了……"

"是,五年以前。"

"现在,界凡和安土瓜尔加两城都是你大哥的了!"

"我知道。"

“说下去，巴莫为什么半路袭击克丹呢，知道吗？”

“知道，那个揞甫甘和克丹都曾经拒绝巴莫的拉拢，因而结了仇。巴莫曾经发兵去打安土瓜尔加，但被两城联合打了回去。克丹到安土瓜尔加，被巴莫打听到了消息，因此想在半路上杀了他。”

“这一点很重要。”

“有什么重要呢，大哥？”

努尔哈赤没有回答雅尔哈齐，只是催促他：“说下去，说下去！”

“哥，你耐心地听我说下去吧，后面还有好听的呢！”

“雅尔哈齐，今夜你不想让哥睡觉了？”

——雅尔哈齐想当夜回到自己的老板那儿，可是城主的家人怎么也不让他走。除了报答他以外，还有了解情况的意思。

几天后，经过医治，克丹的伤情已见大好。他又把雅尔哈齐叫到面前，问他家在哪里？家里还有什么人？雅尔哈齐又照对饭店老板说的那样，对克丹撒了谎。

“那，好啦，你就在我这里住下吧，不必回饭店那里去了。在那里干一辈子，也混不出个什么来！”他说，“你是我的恩人，我会好好地待你的！”

雅尔哈齐愿意留在播一混，可是他觉得老板待他很不错，不能不告而辞，就想回镇上去向老板郑重告别。

可是克丹怎能让呢？他说：“你这孩子忒认真了，我派个士兵到镇上去走一趟，什么也会给你办好的。他养了你一场，我会给他些银两，报答他。”克丹这么说了，雅尔哈齐也不好再说什么。

“雅尔哈齐，后面的故事是不是这样？”努尔哈赤揉一揉眼睛，“你在他那里留下了，他待你很好。顿顿有酒有肉，后来你听说我在这儿，事业上有点根基了，你就跑回家找我来了？”

“才不是呢，后面还有好长的故事呢，”雅尔哈齐说，“在刚才的酒宴上，你好像说要想收服播一混？”

“是的，我该去收拾那个克丹了，幸亏你跑了回来。”

“哥，你听下去吧，下面的故事对咱们的事业可大有好处呀！”

“真的吗？”

“我怎么会欺骗大哥呢！”雅尔哈齐看努尔哈赤有些打盹了，就说：“如果大哥真的困了，咱们就睡吧，明天，我再接下去说。”

听雅尔哈齐说下面的故事对打播一混有好处，努尔哈赤不困了。他装了一锅提神的水烟吃着，并向侍卫喊道：“来呀，给泡一壶浓茶来！”

侍卫答应着刚要走，努尔哈赤又吩咐道：“你到小福晋那里看看，那种好吃的点心兰花根还有没有？如果有，就拿一些来！”

雅尔哈齐说起下面的故事。

克丹安排刚刚十三岁的雅尔哈齐做了他的侍卫。

他的侍卫队长名叫满浅，是个矮小的瘦骨嶙峋的汉子。雅尔哈齐不明白克丹为什么把他安排在这么重要的岗位上，大概是他的什么亲戚吧。

克丹把满浅叫到跟前："这个娃娃是我的救命恩人，他年龄很小，不好安排他别的职务，就先让他在你的名下，学些本领吧。你要好好教导他。"看样子，克丹对满浅很相信。

克丹没有向雅尔哈齐介绍满浅的能耐，满浅也没有自我吹嘘有什么本领，雅尔哈齐更没有向满浅学些什么的要求。他想克丹把他交给满浅，不过是要满浅领他玩儿罢了。

一天晚上，满浅把雅尔哈齐叫到一个打谷场上，对雅尔哈齐说："只咱们两个人，就不到城外的校场去了，就在这儿上课。"

雅尔哈齐想：这师父真是好脾气，我还没有给他行拜师礼，他就开始教我了。

满浅指着一旁的一道秫秸篱笆说："到上面走一趟。"雅尔哈齐愣了，以为满浅是与他开玩笑，就笑嘻嘻地说："我走不了，还是请师父给我做个样子吧！"

"那，你看着点。"

满浅走到篱笆前，只一耸身，就到了篱笆顶上，压上他那么个人，细细的秫秸竟然连摇也没摇一下。雅尔哈齐大惊失色，还没等他回过神儿来，满浅就踩着篱笆顶儿走了一趟，那篱笆竟没有一点儿响声。

雅尔哈齐朝师父跪了下来。

可是满浅没有停下，他又从篱笆上跳下来，他跳到哪里了呢？篱笆下是两亩菜园，一尺多高的水芹正长得旺盛。满浅的脚就落在了芹菜上，并在上面走了几趟。那水泠泠的水芹不仅没有被踩倒，不，甚至连摇晃一下也没有……

雅尔哈齐给满浅咚咚地磕起响头来："师父，徒弟给你磕头了！"

满浅向雅尔哈齐走来，可是一忽儿又不见了。

"师父，师父，你在哪里？

"我在你的肩膀上呢，"雅尔哈齐的头顶上有师父的声音，"你抬起头来瞧瞧呀！"

雅尔哈齐扭头一看，果然看见师父站在他的肩膀上，他竟一点儿也没有觉得。

"我收你这个徒弟，"满浅站在他的对面，把雅尔哈齐拉起来，"我收你为徒，不仅是城主的安排，还因为我看你是个学艺的好料，从今后，你可要努力呀！"

从那天起，雅尔哈齐迷上了武功，起早贪黑从不懈怠。几年下来，他不仅学到了满浅的绝世轻功，还从他手里学到了十八般武艺，虽不能说是件件精通，在武林中也算得上是高手了。

克丹眼看着雅尔哈齐在他面前长大，出落得英俊飘逸，玉树临风，俨然是个少年将军了，就把满浅调去率兵，让雅尔哈齐做了他的侍卫队长。

几年中雅尔哈齐更与师父满浅结下了父子般的情谊。

克丹有个兄弟，叫哒克塞，是个很有野心的人。

他表面上很尊重掌权的哥哥，实际上总想瞅机会取而代之。他觉得靠自己的力量是无法和哥哥相抗衡的，就想借外力扳倒克丹。

克丹虽没有料到亲兄弟在伺机谋害他，但也留了一手，就是绝不把兵权交给哒克塞，只是让他管一管庄园的来往账务，为此，哒克塞暗地里更是愤愤不平。

一日，克丹要雅尔哈齐去把哒克塞喊来，过问一下财政的收支。

雅尔哈齐去了。

因为雅尔哈齐已是家里很受信任的人，各门各户他都能够出入。当他来到哒克塞的房里时，哒克塞没在那儿，雅尔哈齐想坐在桌前等一等。就在无意间，他看到桌上有一张纸，以为是一份账单，就拿来看了一眼。

这一看不打紧，他吓得刷一声站起来了。

那是界凡城主巴莫给哒克塞的一封密信。上面写道："……几年前狭路设伏，竟被山豹逃脱，余憾犹在，常使兄耿耿于怀。但弟与他日夕相守，难道就无隙可乘？近来风云变幻，时不我待，望吾弟周密谋划，早报捷音……"

看看信后的署名，是"界凡巴莫"。

雅尔哈齐知道克丹有个江湖人知道的绰号——"山豹"，难道巴莫和哒克塞"谋划"的就是城主？

事关重大，雅尔哈齐把信藏在袖筒里走了出来，心怦怦直跳。

他在院子里转了一圈，不知和谁商议。把它交给城主吧，怕无端地招惹出纠纷。细想想再说吧，又怕耽误了大事，于是他想和师父先研究研究。

他到校场上找到了满浅，两人走到一旁的密林里。雅尔哈齐把巴莫的密信拿出来请师父琢磨，看有没有蹊跷在里边？

满浅看了几遍，越看眼睛瞪得越大，他说："哒克塞这小子，竟和巴莫勾结起来，谋害城主！"

"师父，你有把握吗？"

"这还有疑问吗？'几年前狭路设伏，竟被山豹逃脱'，就是指你救城主的那一次。现在巴莫又在催促哒克塞对他哥哥下手了！"

"怎么办？"雅尔哈齐问师父。

"交给城主呀，这事只有他自己来决定！"

"如果城主不像我们这么看呢？"

"别犹豫了，我的徒儿，克丹又不是痴子！"

克丹看了信后，起初，让怒火燃烧得脸色通红，后来转为苍白，就像挂了一层霜。接着他哭了。好久才对满浅和雅尔哈齐说："父亲临死时嘱咐我们说：'你们兄弟一定要兄友弟恭，如手如足，才能守住祖宗留给你们的家业。'我是照父亲的遗言做的，你们看哒克塞

他……这让我怎么办呀!”

“该采取果断措施了,城主!”满浅说。

“总得有个把柄吧……”克丹说。

满浅说:“把柄已经有了,就是这封信!”

可是克丹不想就这样和弟弟翻脸。“还是等一等吧,”他说,“巴莫是希望哒克塞对我动手,可是,那也许是他的一相情愿呀!”

城主这样想,别人就很难对他说什么了,究竟人家是亲兄乃弟。

满浅和雅尔哈齐从城主府出来。雅尔哈齐说:“师父看到了吗?人家和咱们的想法不一样呀!”

满浅说:“徒弟,你看的书比我多,一定知道许多忠臣义士的故事。为了相知相敬的城主,为了播一混城,咱该怎么办就怎么办!”

从那天起,师徒二人就悄悄地监视哒克塞了。

哒克塞回到房里后,发现那封秘密信件没有了,这使他吃惊不小。起初,他一人翻箱倒柜地找,后来他叫来几个丫头帮他寻找。

“是谁趁我不在的时候,进来过呢?”

丫头们都说没有看见。

他赶走了丫头们,自己躺在床上揣想。想来想去,他断定是被人拿去了。因为,他和巴莫通过多次信,没有一封丢失,为什么单单这一封失落了呢?

他翻身坐起,把从前的许多信找了出来,一一检视着。别的信一封没少,就只少了新近的这一封。

他把所有巴莫的来信都扔在火盆里,又躺在床上继续想。

如果这信落在克丹手里呢?他会对我动手吗?

那答案是没有疑问的。

克丹一定立刻就带兵到他这儿来。克丹曾经联合揞甫甘一齐对付巴莫,巴莫又曾在半路截杀他,他们已经成了死敌,现在他的亲兄弟竟然勾结他的死敌谋害他,他怎不狂怒?怎不发疯似的对我杀之而后快!

他也许就要来了!

如果他带着兵提着刀来了怎么办?

哒克塞越想越怕,竟嗦嗦发抖。那我就跪在他面前痛哭、磕头,求哥哥饶恕……

他会饶恕吗?我想他会的。因为父亲临死前把我交给了他,要他爱护我、教导我,他又是个极孝顺的孩子……

那么我就不在这里等待、折磨自己了,我赶紧去到克丹面前,给他磕头,求他饶恕,搂着他的腿痛哭……

他站起来了,也走出门去了,可又走了回来。

他躺在床上笑起来,一直笑得眼泪鼻涕流了满脸。

"我真是愚不可及!"他对自己说,"即使是那封信落到他手里,又有什么要紧?巴莫是给了我一封信,要我谋害克丹,可是我行动了吗?我对克丹动手了吗?没有!如果克丹问起来,我就说:我正要把信交给你,却被人偷去了!"

我何必庸人自扰,我就等着,就像没这事一样。

一日,哒克塞打猎归来,把一只肥兔拿出来交给厨下细心地做好,用玻璃罐盛了,派人给克丹送去。

那时,玻璃器皿是很珍贵的,用它盛东西送人,显得更加珍重。

吃饭时,克丹把清蒸肥兔端到饭桌上,还没有下筷,满浅慌忙跑进来,叫道:"城主,莫用,我来试一下。"

他端了玻璃罐出了房门,拨了几块肉,放进狗食盆里。看门狗立刻大嚼起来,还高兴地汪汪叫着,等了几刻,那狗没有事儿,仍摇着尾巴瞧着满浅。

"城主,可以放心地吃了。"满浅把玻璃罐放在桌上说。

可是这样一弄,克丹吃不下去了。他笑笑说:"他真的会对我下手吗?不至于吧!"

满浅不管城主如何,他仍然对城主的衣食住行十分关注。

几个月过去了,一切都没什么异常。

一天他到校场指挥练兵时,看到人数少了几乎一半,他追问军官们这是因为什么?军官回答说:许多士兵泻肚,没有力气前来出操了。满浅是个好将军,知道爱护下属是他的本分。他立刻跑到军营,看望那些生病的士兵。他见那些生病的兄弟有的在洗衣服,有的在擦拭武器,还有的在对弈,一边摆弄棋子,一边哼着小曲。

"喂,你们怎么啦?"他责问道,"你们的军官说你们病了,是不是撒谎了?"

士兵们向他行了礼,报告说:他们真的病了,胃口不适,有点恶心,四肢没有力气,出操实在不行。

满浅相信士兵们不是有意偷懒,就跑到伙房去查看,把几天来吃的账单和厨下所有的饭菜都验看了一遍,没有发现异常。

他没有声张,只是回到住处仔细地想,但他想破脑袋,也没有破解这个谜。

"去找老师吧。"

他有个老师,叫天童子,就住在不远的山中,一百多岁了,早已不收徒弟,可是还硬朗地活着,看那样子就像个白发白眉的孩子。想到这里,满浅收拾了东西,就起身进山去了。

努尔哈赤越听越入迷,家人送来的那壶浓茶,送来的名贵点心,两人都没有动,竟让它白白地凉在那里。

"雅尔哈齐,你的故事够长的了。"

"哥,你听够了吗?"

"没有,我听得正有趣呢,连一个字也不敢漏掉。"努尔哈赤说,"我就奇怪,你在播一混，就没有听到过我的消息吗？”

“我当然听到过。哥，你追杀尼堪外兰，大破马尔墩，攻占翁哥洛……就像惊雷滚过大地，人们都在传说着你的丰功伟绩，我怎么会听不到呢！”

“那你还在那里恋什么，不早早地前来找哥哥？”

“哥，你真不懂弟弟的心，没给你准备好见面礼，我怎好来见你呀！”

努尔哈赤听了雅尔哈齐的话，心怦怦地跳着，他已经大体知道故事的结果了，但他还不敢说破。

他抓着雅尔哈齐的手说：“你说，你说下去……”

——日子在提心吊胆中过去。

哒克塞没有做出什么危害哥哥和播一混的事，可是他那诡秘的样子总是叫人难以放心。“他不会死心的。”满浅对城主说。

“也许人家回心转意了呢？”城主说，他的话也意味深长。

一天，在教过雅尔哈齐几个新招后，满浅忽然说：“徒儿，想回赫图阿拉探亲吗？”

这话问得雅尔哈齐一头雾水。

“师父，你怎么这样说……”

“雅尔哈齐，该对师父说实话了。”

“师父，你怎么知道？……”

“如果我不知道自己的徒弟是个什么人，我能把自己的本领教给他吗？”

师父说得很对。

雅尔哈齐给满浅跪下，请他饶恕欺瞒之罪。

“徒弟，你也是没法子呀！”满浅说着把雅尔哈齐拉起来，牵着他的手回到住处。雅尔哈齐满怀歉疚地要对师父说说自己的来历。

“你就别给我啰唆了，”满浅说。“咱们的城主早就羡慕你大哥努尔哈赤的为人，在他起事后不久，他就派我到赫图阿拉去观察动静。我化装成商人去了，一次，我还有幸和你大哥谈了一次话，深深为他的远大志向所感动。我头一次见到你，就觉得你的小模样很像努尔哈赤，可是我不敢断定你和那位声名赫赫的督爷有什么关系，后来我派人到赫图阿拉去打听，打听到努尔哈赤果然有个失散的弟弟雅尔哈齐，一切就明白了……”

“你却没有告诉城主。”

“还没有到时候呀！”

“现在，师父认为时候到了？”

“不过，我的徒儿愿意才行。”

“还得请师父指教。”

满浅给他说了辽东的大势。他说：“现在，努尔哈赤是白山黑水间首屈一指的人物。他统一了建州，连下十数城，已经占有了周围上千里的地方，如果他把界凡和萨尔浒、董嘉、巴各达四城拿下来，他就辽东无敌了！”

“现在，你大哥正在和巴莫等人的四城联军交战，他的大军已经到了界凡城下，整个辽东女真部落都眼望着那儿……”

“你说我大哥能够打胜吗？”

“硬拼，他有五成的希望，要是他用计取，取胜的希望就更大些。”满浅说，“但不管打不打得过四城联军，将来女真人最有希望的就是努尔哈赤了！”

师徒两个正谈得起劲，城主克丹差人来请他们议事了。

路上，满浅问雅尔哈齐：“你说，城主叫我们要议什么事？”

“我猜不出……”

“我猜它个八九，”满浅说，“是和我们讨论四城联军的事。到了城主面前，你不要说话，你看师父的。”

雅尔哈齐点点头。

到了城主的议事厅，那里已经有了几个克丹的宗亲，还有几个将军。

坐定后，克丹说：“现在，努尔哈赤带领他的大军已临界凡城下，我们是在一旁观战呢，还是有所表示？”

看样子，他们已经讨论了一会儿了。克丹的话刚一说完，哒克塞就把克丹横了一眼说：“哥，你又来了，咱们不是都说出了自己的意见吗？”

克丹说：“大将军和侍卫长不是刚刚到吗，我要他们知道咱们议的是什么事。”

“那我就再把我的态度再说一遍，”哒克塞的话音有点气咻咻的，“咱们应站在巴莫城主指挥的四城联军这一边。理由呢，有两个：努尔哈赤是辽东枭雄，野心很大，如果他打败了四城联军，下一步一定会来进攻播一混的，到时候，我们孤军奋战，就很难有取胜的希望了！再者，咱们原来和揞甫甘是朋友，他灭了安土瓜尔加，就等于对咱们宣战，从道义上说，我们也该是巴莫的盟军！”

“可是，巴莫是咱们的敌人呀！”满浅给他顶上一句，“几年前，他在深林里拦截咱们的城主，若不是雅尔哈齐相救，城主和咱们还有今天吗？我们不能好了伤疤就立刻忘了疼呀！”

哒克塞冷笑一声，“哼，满浅，你脑子太简单了，只认死理。时势是此一时也彼一时也，为了打败共同的敌人，就不可再念旧恶了。在努尔哈赤的大军面前，我们就该和巴莫城主联合起来！”

满浅并不理哒克塞的讪笑，单刀直入地说：“我们绝不可与努尔哈赤为敌！这不仅因为现在他几乎是不可战胜的，还因为正义就在他这一边！他并不想打仗，他起兵起初是为了追击计杀他祖父、父亲的仇人尼堪外兰，在征战中逐渐认识到真正的敌人是站在尼堪外兰后面的大明人。因此，他的志向更远大了。如果他把女真族统一起来，建立一个强大的女真国，就像历史上的大金国那样！如果他的目标能够实现，女真人真正翻身的日子也就到了!”

哒克塞听了满浅的话仰头哈哈大笑,“我没有想到在咱们播一混城里竟隐藏着努尔哈赤的一个奸细!哥,你还等什么?还不下令把满浅拿下!”

哒克塞这样一说,站在门口的几个卫兵立刻扯出了雪亮的腰刀。

“胡闹什么!”克丹喝道,“我们在这里议事,你们竟敢跑来窃听,给我滚了出去!”卫兵们不敢违背,插上刀,低头耷脑地走了。

参加议事的几个宗亲和将领一齐望着克丹说:“到底该怎样呢?请城主发话吧!”

克丹说:“满浅将军的话,你们该听到了,我们考察一个人,要听其言,也要观其行。这几年,我曾派满浅到赫图阿拉考察过努尔哈赤,又通过许多事研究过努尔哈赤,发现这个人不仅志向远大,为常人不可及,另外,他的人品也是我辈难以企及的!他招纳四方贤士,从善如流,起兵后又能爱护体恤百姓,是咱们女真人真正的领袖!现在他的势力强大,麾下有上将百员,精兵上万,已经成了女真人的巨大希望!”

克丹说话时,哒克塞一直把下唇伸得老长,一副不屑的样子。

可是,克丹不去管他,依旧说下去,谈到那个仇人巴莫,他说:“那是个彻头彻尾的坏蛋,我们即使不和努尔哈赤联合,也绝不与他沆瀣一气!”

这时,有一位年纪大的宗亲问:“城主,安土瓜尔加城不是咱们多年的盟友吗?努尔哈赤却把它灭了……”

克丹觉得这件事得向大家说清楚,就说:“如果老城主还在,以他那样的德行和威望,努尔哈赤是不会招惹他的。可是他死后,被他那个不成器的小儿子把权攫了去,安土瓜尔加发生了内乱,在这种情况下,努尔哈赤才出兵帮助平乱,安土瓜尔加城的大将军英达投降了努尔哈赤,现在很被重用……”

不用说,克丹的话离事实有着许多距离,他过分美化了努尔哈赤。可是历史的勾勒总是粗线条的,谁也不会去计较细节。

哒克塞见大哥也公开称颂那个努尔哈赤,气急败坏,跳起来叫道:“你们既然要把播一混卖给那个女真人的逆贼,我也就把实话向你们和盘托出了。我哒克塞早就和巴莫城主接上头了,在这关键时刻,我不能看着界凡危急而袖手旁观,克丹,给我五百人马,我要去支援四国联军!”

克丹笑笑说:“你连一兵一卒也动不得!播一混的军队是属于我的,他们只听我的号令!”

哒克塞急眼了,他叫道:“告诉你们吧,一年前我就给全城全军下了毒药,你们已经中毒了,抬手动脚都困难,还能守什么城!不几天,巴莫就要来接收播一混了!哈哈哈哈……”

等他笑完,满浅问他:“我们还能活多少日子?”

“现在你们已经浑身酥软,用不了半月,你们就个个身体水肿,死于非命了!”

这时,克丹才意识到这个哒克塞出乎他意料的歹毒。

他气急了，喉咙里啦啦地响，他说：“你这个从古至今最为狠毒的人，连亲兄乃弟都不顾了，连祖宗留下的城池也不顾了！”

“城主，你别着急，”满浅说，“我早已料到哒克塞的阴谋，取了水井里的水进山给我的老师看过。他说：‘这水里有砒霜还有鸩毒，可是你只要熬一点人参枇杷汤倒在井里，就可化解！’我和雅尔哈齐早已这样做了。哒克塞，你可是白费心思了！”

哒克塞立刻吓呆了，想说什么也说不出，他只好跪在克丹面前，不住地磕头。

宗亲们像捡了条命似的，互相欷歔着：“啊呀，若不是满浅将军识破了哒克塞的阴谋，咱们这会儿都做鬼了！”他们纷纷要求城主赶紧把这个丧尽天良的哒克塞处死！

克丹气得浑身抖成一团，好久才说：“把这个狗东西给我拉出去砍了！”

“是！”侍卫们发一声喊，架起哒克塞就往外走。

死到临头的哒克塞一步一回头地哭叫道：“大哥，你真的要杀小弟吗？我可是和你一母所生呀……给我留下一条狗命吧……我会一辈子为你祷告长生天的……”

“站住！”克丹的心又软了。他觉得无论如何，自己也担不起诛杀骨肉的名声。他下令把哒克塞送回家中，派兵严加看管。

被哒克塞的背叛弄得身心疲惫的克丹，回到书房长吁短叹，不知怎样才好。几天忧虑后，他已形销骨立了。

雅尔哈齐和满浅看到城主这副模样，很是不忍。

雅尔哈齐说：“师父，我救过城主的命，他也对我不错。经过几年的观察，看出他的确是个好人、好城主，咱们去劝劝他吧！”

满浅说：“我和你的心思是一样的，不过还没有到火候。”

那么什么时候就到火候呢？

不几天，传来努尔哈赤大破四城联军的消息。克丹坐不住了，他又把满浅和雅尔哈齐叫到面前。

“你们师徒听说四城联军的事了吗？”他说，面色不无惊惧。

“怎么没有听说呢，城主。”满浅说，“那努尔哈赤好厉害呀，他连破了四城，巴莫、讷申、完吉干、巴木尼都成他的刀下之鬼！”

“那，他会不会到咱们播一混来呢？”克丹眨着眼睛。

满浅沉吟了一会儿说：“城主，说实话他会来的。他没有忘记那个计杀他祖、父的仇人尼堪外兰。现在那个尼堪外兰就藏在鹅儿浑城，播一混是鹅儿浑的最后一道屏障。”

“噢，你说得对，满浅。”克丹说，“那么咱们借道给他吗？”

“只是借道吗？”满浅问，“城主，容我问你一个问题，努尔哈赤的主张你是知道的，你是否赞成他的主张呢？”

“我知道，我也赞成。”城主说，“只要是个有远见的人，就一定会拥护努尔哈赤的主张！”

“那么,恕我大胆地问一句,城主为什么不归顺赫图阿拉,和努尔哈赤共襄大事呢?”

这话使克丹愣住,再“开明”的城主,也不愿意把自己的世代老城献出去。在播一混,他是一位无上的南面王,但是,投到努尔哈赤名下,他就只有称臣的份儿了!

他没有驳回满浅的话,只是说:“你们先回去容我好好想一想……”

又是几天过去。

传来努尔哈赤大军凯旋的消息。克丹派人到赫图阿拉打探,探得的消息更使克丹忧虑,努尔哈赤的确有向播一混进军的意图。

于是,他又把满浅和雅尔哈齐叫来。

“我得到消息,努尔哈赤就要来了?满浅,你说这仗能打吗?”

“怎么不能打呢?”满浅说,“只要努尔哈赤兵临城下,我们就要应对。我虽然佩服努尔哈赤的英武,赞成他的主张,可是我是播一混的将军,我会以死和他相拼的。咱们现在有一千多人马,都是我多年训练出的精锐,可以抵抗努尔哈赤十天半月的!”

“那么半月以后呢?”

“那时,我大概已经殉城,以后的事,就凭城主定夺了!”

克丹摇摇头,叹了口气。“如果打那么一仗,播一混人就遭难了……”

他们默默无语好久。

最后,克丹说:“满浅,你说如果咱们归顺了努尔哈赤,他会对咱们的播一混秋毫无犯吗?”

“那我没有一丝怀疑。”满浅说,“不仅对城池毫无损伤,就是你,也仍会在城主的位上!”

“努尔哈赤能够这样宽仁?”

“我用自己的头颅保证。”

克丹想了一会儿,说:“谁去做播一混的大使呢?你吗,满浅?”

“城主,我当然可以前往,可是你有更好的人选呢!”

“他在哪里?他是谁?”

满浅这时把雅尔哈齐拉到城主面前。

“怎么,是雅尔哈齐?”

“告诉城主,雅尔哈齐就是努尔哈赤的亲兄弟!”

克丹骇得目瞪口呆,“你……雅尔哈齐,是努尔哈赤派你来卧底的?”

“绝不是!”满浅说,“你忘了他是怎么来到播一混的吗?他是你的救命恩人,城主!让他把自己的故事说给你吧!”

雅尔哈齐知道在这样的时刻是不能长篇大论的,他几句话就把自己的经历说完了。真的东西假不了,克丹一听就知道那是真实的。他拉着雅尔哈齐的手欷歔了良久。“雅尔哈齐,我的好兄弟,你怎么不把自己的真实身份早早地告诉我呢?”

“城主,我曾想早早地告诉你,可是我怕那样会影响咱们的友谊。”

“雅尔哈齐,如果我和努尔哈赤在播一混打起来呢?你站在哪一边?”

“我会毫不迟疑地为城主死在城下!”

“雅尔哈齐,你会这样?”

“城主,我是这样想的,我是努尔哈赤的弟弟,是亲生骨肉。可是,城主收养了我,播一混城培养了我,给了我一身本领,我想我的大哥也不会看到他的弟弟是个无信无义的孬种!”

这当然是谎话,是不可信的。克丹再对他好,也灭不了他心中的骨肉亲情!如果他不里应外合已经是不错了,但他会在城下倒戈的!但,在紧急关头,一个人,谁也免不了说些谎话!

克丹感动得泪眼婆娑,他相信了雅尔哈齐的话。因为这时,他宁肯相信……

“好呀,雅尔哈齐,你就作为播一混城和我的代表到赫图阿拉走一趟吧!就说我克丹拥护努尔哈赤汗王,把播一混献给汗王是上顺天时、下应人和的好事!……”

雅尔哈齐的故事说完了,宅院里的雄鸡拉着长声叫着,窗纸上已露出暗红色的曙光。

努尔哈赤把雅尔哈齐紧紧地抱在怀里,久久地不说话。

“哥,我给你的见面礼怎样呀?”

“好,我的好兄弟,”努尔哈赤激动地哑着嗓子说,“这礼物重得很,重得我几乎拿不起!……我又有了一座大城,又有了几员大将,又有了可靠的膀臂……”

几天后,努尔哈赤派舒尔哈齐、额亦都、洛寒等人为代表跟随雅尔哈齐回到播一混城,并带去了很多贵重的礼物。努尔哈赤正式收服了播一混城,并封克丹为城主,让他继续管理播一混。

第三章 养精蓄锐 放眼大局

一

收服播一混城，在努尔哈赤的事业中是一件很大的事，消息传播出去，浑河流域震动很大。又有几个城派人前来通好，表示归顺。

努尔哈赤很是高兴，一时安不下心做什么事。这日，他想起训练子弟的英达将军来，就溜达到他的“书房”那边。

那地方离汗王府不远，除了几间砖房外，就是一个两亩地大小的校场。孩子们每天来到这里，上午在房里读书、写字，下午就在小校场练武，日子过得很有规律。

他一进书房大门，就有人通知了英达。

英达连忙出门迎接，孩子们也坐不住了，跑到院子里围在努尔哈赤身边。

“孩子们，你们跟英达老师学得怎么样呀？”努尔哈赤问道。

“好呀！”孩子们一齐喊。

“光你们说好不行，我还得考一考你们！”

他首先把自己的两个孩子褚英和代善叫出来。

这时，褚英已长大成人，有十四岁了，代善也长得挺拔壮实，像棵小橡树。努尔哈赤想：不久，这两个孩子就可以做他事业上的臂膀了。

看到褚英那粗率的样子，心想：他大概武功不错，读书一定不怎么样，就问：“褚英呀，你这小子是不是又荒疏学业了？”

“没有，阿玛，你若不信，就问问英达老师！”

英达老师在一边说：“一年来，褚英大有长进，他已经读完了《四书》，还背得过好几十篇古文呢？”

“那，就选一篇给我背背！”

努尔哈赤沉思了一会儿，说：“《古文观止》里的那篇《吊古战场文》不算生僻吧，你给我背诵一遍！”

“浩浩乎，平沙无垠，复不见人，河水萦带，群山纠纷。……”褚英开始背诵。那些拗口的字句竟从他口里小溪一样汩汩流出，一直背到最后一个字，没有一丝停顿。

背完之后，褚英又问努尔哈赤：“阿玛还要孩儿背诵哪一篇？请指定吧！”

努尔哈赤笑了：“看样子，我儿真的下了一番工夫，不怕老子考了。你功课有了长进，不等于认识上有了提高，我对你再说一遍，学好汉语汉书，对咱们女真人是极为重要的。你们不是要和大明分庭抗礼吗？那就得知己知彼，大明人有两手过硬的东西，除了他们的上百万的军队之外，就是他们几千年来积存的文化了。所以我要你们不但练好高强的本领，还要把他们的文化拿过来！”

“阿玛，咱们没有自己的文字吗？”

“没有……”褚英问到了努尔哈赤心里的痛处，使他皱着眉头叹了一口气。

“那，咱们不会自己创造一种文字吗？”

“是的，你出了个好主意，可是那不是简单的事，日后再说吧。”

努尔哈赤把创造文字的事征询英达，看他有什么办法？

英达竟一口否定了。他说：“文字也是一种文化，是一个民族几千年自然形成的，每一个字都有深深的意蕴在其中，不是哪个人说创就创得出来的。”

英达说的是对的。元朝的忽必烈曾经令他的几个有学问的大臣创造过蒙文，经过几年的努力，文字是创出来了，可是很难通行，自己写了，几天后，连自己也看不出是什么意思，后来，经过几百年的使用锤炼，才成为一种可行的文字。

努尔哈赤有点不高兴，可是他也没有表现出来，他令褚英进书房写几张“大仿”给他看。“大仿”就是临着字帖写的大字，是读书人必下的功夫。

褚英去了，努尔哈赤又考试代善的武功。

代善在努尔哈赤面前表演了枪法和刀法，都很熟练，看样子很能上阵应付一下了。努尔哈赤表扬了他。

“代善，你老师最擅长的是长鞭，你跟他学过吗？”

“老师教过我，可惜我没有学好。”代善老实地说。

“演练一下看看嘛！”

代善走到场上，英达把七节鞭从腰上解下来，递给代善。

“阿玛，我恐怕要给老师丢人了。”

“别怕，丢人不要紧，以后好好地学就是了。”

代善抡起鞭走了几趟，出手和收鞭都很不熟练。最后，他有点慌，竟让鞭把自己的脖子缠起来，他脸红了。

“鞭是很好的武器，在战场上很有用处，常使敌人无法应对，”努尔哈赤说，“我不会用，可是很欣赏英达将军的长鞭。”

他这样说，英达听出来了，是想让他上场使几趟看。

英达走到场地中央，向努尔哈赤拱拱手，从腰里解下一根绳子来。“鞭有两种，一软一硬，刚才代善演练的是硬鞭，也就是七节或九节鞭。另外是绳鞭，软鞭，就是我手中的这一种，这种鞭更难一些。”说着，把绳子一抖，他手中的绳子就倏然间变成了一条硬邦邦的长棍，只这功夫就使周围的人喝起彩来。

接着，他开始舞鞭，只见那绳子，有时软，有时硬，但看弄鞭的人需要它怎样。使到妙处时，人们眼前就只见绳索飞蹿，有如金蛇狂舞，弄得你眼花缭乱。最后，他手一放，那绳子飞了出去，硬生生地把一棵碗口粗的小槐树戳断了！

大家惊得好久都说不出话来。

“看到了吧，”努尔哈赤赞叹地说，“这才叫本领！要你们把一条软绳拿在手里，还敢乱舞吗？它不把你自己缠起来才怪呢！你们好好地跟英达老师学吧，他文武兼备，如果能把他一半的本领学到手，你们就可以做将军了！”

英达赶紧上前向努尔哈赤行礼，说：“汗王为我吹嘘得过分了，我不过跟老师学了一点瘸脚猫般的功夫，等我把自己这点东西教完后，就只好求汗王另请高明了！”

努尔哈赤又把别的孩子一个个地叫到面前，又问又考，其中有额亦都的两个孩子，还有舒尔哈齐的两个娃娃。

额亦都的孩子学得都不错，努尔哈赤从身上找礼物，没有找到，把两个扳指脱下来奖励他们。舒尔哈齐的孩子也学得可以，阿敏学得分外地好，努尔哈赤想奖赏他，可是摸索了半天也没找到合适的东西。

“好了，阿敏，你给我记在账上，以后我会还你的！”

阿敏说：“大伯，我看上了你的一样东西，但看你愿意不愿意给我了！”

“你想要大伯的什么呀？”

“你腰上带的那把金鞘腰刀呀！”

努尔哈赤的腰带上是挂了一把闪闪发光的金鞘宝刀，那是去年蒙古锡勒盟贝勒爷来赫图阿拉时作为礼物送给努尔哈赤的，他一直带在身上。

“阿敏，你怎么什么都想要呢？那只有汗王才可以佩戴的呀！”英达将军向阿敏挤眼睛，要他收敛些。可是阿敏还是两眼盯着大伯的腰刀不放。

努尔哈赤也实在不愿意把这宝刀送人。

可是，阿敏是谁呀？他是舒尔哈齐的儿子，舒尔哈齐又是个对这些事十分计较的人，要是他从播一混回来后，儿子向他说起这事儿来，他会怎么看呢？

最近，舒尔哈齐已经对努尔哈赤有些意见了，虽然他也没有表示什么，可是已使努尔哈赤很担心了。想到这里，努尔哈赤把金鞘宝刀从腰带上解下来了……

不用说是这把刀，就是再贵重的东西，我也得给！

“阿敏，过来！”

阿敏走过去。努尔哈赤把刀亲自给阿敏系在腰带上。

“知道怎么谢大伯吗？”

“知道。”

“说一说！”

“好好地跟老师学习武功和汉书。”

“还有呢？”

阿敏望望大伯，乖巧地说：“长大后，跟随大伯和父亲上阵杀敌，多立战功！对大伯忠心，对女真人忠心！”

“好呀，好呀！”努尔哈赤说，“你父亲是大伯的好兄弟，是我的好膀臂，你长大后，能够像你父亲那样就好了！”

“我不会让大伯失望的！”

努尔哈赤拍拍阿敏的肩膀，和英达老师告别，走了。他没有回头看，他知道孩子们那一双双明亮的眼睛正望着他。

回到大汗府，努尔哈赤心里好像添了什么事，细想了一下，原来是褚英的创立自己文字的建议。他虽是个小孩子，但他的话使努尔哈赤动了心。现在，女真人还没有自己的文字，与大明、朝鲜交往，他们用的是汉字，给蒙古和女真各部落的函件用的是蒙古文，十分不便，那屈辱的感觉更使他无法忍受。

几年前，他曾命令文官（巴克什）用蒙古文记录女真语，虽然解决了一些困难，可是往往很不准确，错乱丛生。

英达虽劝告他不要在这方面多费工夫，但他很不甘心。

经过深思熟虑，他把这件重要的工作交给了当时主持文秘的两位大臣：额尔德尼和葛盖。

他们都表示干不了。

额尔德尼说：“我们学习蒙古字才懂得了蒙古语，您要我们用自己的语言写女真书，我们怎么办得到呢？因为我们从来没有文字……”

努尔哈赤开导他们说：“你们的想法不对，作为女真人来说，语言用不着学。汉人只要念出汉字来，学过汉字的和没学过汉字的人都明白是什么意思，我们用蒙古字来记录自己的语言，如果没有学习蒙古字的，一定不明白是什么意思。所以，只有懂得了语言，编创文字才是容易的。你们怎么反而以为学习别人家的语言为容一易，这不是怪事吗？”

额尔德尼和葛盖准备试试。

努尔哈赤又给他们出主意：“你们可以从蒙古文中找条路径。比方说，要写‘阿玛’一字，可以用蒙古的‘阿’字，下面再加一个‘玛’，不就组成了吗？有什么困难呢？你们就走这条路。我看，你们都是绝顶聪明的人，会想出更好的办法来的！”

愫。努尔哈赤被感染了,别的人也已陶醉。

就在这时,她唱起了歌:

蜀道如天夜雨淫,
乱铃声里倍露襟。
当时更有军中死,
自是君王不动心。

唱完后,她又反复吟咏了两遍,更加使人荡气回肠。

在座的人不知她唱了些什么,即使是对汉文化浸染很深的努尔哈赤也不知所云。但他们都感受到那歌吟的魅力,都被她那如泣如诉的声音打动了。

“她唱了些什么呀!……”舒尔哈齐揉了揉眼睛说。

谁也不能回答舒尔哈齐的问题。

努尔哈赤看依尔玛有点累,就命侍女送她到大福晋处,让大福晋安排她休息。

依尔玛唱的是北宋诗人李觏的一首七律,是他的《读长恨辞》中的一首。李觏,字泰伯,南城人。在宋朝也不算是很有名的文人。努尔哈赤虽读了不少汉人的诗歌,但大多是唐宋的名家,像李觏这样的诗作,他就难能涉猎了。

对于那首偏僻的诗歌,努尔哈赤不去想它了,使他心存疑窦的是,这个依尔玛为什么选一首汉人的诗歌唱给他听呢?

宴席上有点儿沉闷,努尔哈赤问:“你们不有两个人吗?那一个是谁?”

雅尔哈齐说:“那是我的师父满浅,克丹城主说我播一混已经在汗王的羽翼下了,再也用不着这员武功高强的大将,就令满浅师父来投大哥了!”

其实,克丹这一着是对努尔哈赤的表白:你瞧,我把自己的大将都交给你了,对你是多么真诚、多么依赖呀!

努尔哈赤一听雅尔哈齐所说的那个神乎其神的师父来了而且知道现在还被晾在外面,就觉得很是失礼,他把桌子一拍,叫道:“你们为什么到现在才告诉我!满浅将军是上宾,怎么能怠慢他!快快给我请上来!雅尔哈齐,快去!”

满浅被请上来了。

努尔哈赤赶紧站起来,快步走上前去,整衣下拜道:“满浅将军,恕努尔哈赤失礼了!请上座,让我再拜!”

满浅激动得跪了下去,说了些“久闻汗王大名,有如雷震”“满浅愿意投奔麾下,效犬马之劳”一类的话。接着两人携手入席。

努尔哈赤见席面已经狼藉,就令撤了下去重新布席。

别的将领见汗王对满浅如此恭敬,也都肃容迎接。

夜深了,尽管那个依尔玛使努尔哈赤心向往之,但他没有像口馋的猫儿似的急切地去找她。

他回到书房，把跟随使团到播一混去的侍卫叫到面前。

这个侍卫名叫都雀灵，他生得瘦骨嶙峋又加贼眉鼠眼，没人会拿他当回事，可是，将领们都低估了他的能耐，他却是个不显山不露水的机灵鬼。

努尔哈赤的事业大了，也像一切有权势的人一样，开始对他功勋卓著的部下有所防备了。他选中几个侍卫给他窥探身边的人，都雀灵就是其中之一。

当初，他把任务交代给都雀灵之后，问他："你愿意干吗？"

"督爷，我愿为你赴汤蹈火……"

"你会为这事受尽辛劳的，你是我的侍卫，但不能像他们那样靠近我，在表面上，我也不能给你什么优厚的待遇……你知道吗？"

"我知道，督爷……"

于是都雀灵像狗一样到处嗅着。

这次出使播一混，努尔哈赤把他作为一名侍卫编进使团去了。

"都雀灵，给我说说这趟到播一混去的事吧！"

"从头开始说吗，汗王？"

"那一些，我已经知道了，你就说一些我想知道的吧。"

都雀灵的眼睛转了几圈，说："奴才觉得别的人没有什么异常，就是贝勒爷，他……"

"舒尔哈齐怎么样？别吞吞吐吐的！"

"好，我说……"

他说了这样几件事：一是到了播一混后，克丹在宴会上对舒尔哈齐优礼有加，称赞舒尔哈齐的功劳。把他说成是赫图阿拉的第二号人物，舒尔哈齐扬扬自得。二是他想把依尔玛要到手，被克丹拒绝了，克丹说："只有努尔哈赤汗王才配拥有她。"三是他见迎宾台上只供了努尔哈赤之位，笑着对克丹说："你们呀，只看着我哥了，其实，在赫图阿拉，我和我哥是齐名的。贝勒是什么？贝勒就是王。在百姓中，在军队中，人们真正崇仰的是我呀！"

"还有呢？"努尔哈赤沉思着问道。

"别的……没有了。"

"一路上没什么事吗？"

"那个也要说？"

"我要你一无遗漏！"

"是，"都雀灵说，"路上，他几次骑马走在依尔玛的小轿旁……"

"只是这样吗？"

"他让依尔玛把轿窗卷起来和她说话……"

"他们说的什么？"努尔哈赤的眼睛瞪得把白眼珠几乎全露出来了。

"贝勒爷问依尔玛：'你真的看中了我哥吗？'依尔玛说：'我没见过汗王。'贝勒爷笑笑说：'我可走在你旁边呀，你看我怎样？'依尔玛说：'贝勒爷当然是一表人才……''那么，你为什么不要这个你见到的，反而去求那个你没有见到的呢?’贝勒爷又说。‘别为难我了，贝勒爷，’依尔玛回答说，‘克丹城主已经把我许给汗王了!’‘汗王，汗王！别叫得那么溜嘴，’贝勒爷叫道，‘将来我也是汗王呀!’……”

“还有呢?”努尔哈赤问。

“没有了，汗王。”

努尔哈赤拉开抽屉，找了一大块银子扔给都雀灵，“好了，你干得很好，去吧，去好好地歇息吧。”

努尔哈赤来到富察氏的房里。

佟佳氏病逝后，富察氏被立为大福晋，她庄重贤惠，很受努尔哈赤的倚重。时间已经很晚了，她仍在灯下忙着，正在为孩子们缝制衣服。

“衣服已经多得穿不了啦，你还不住手地缝?”努尔哈赤问。

那时，每次攻城略地，都获得很多很多的战利品，其中有许多是衣物。将士们总是拣最好的给努尔哈赤送来。

“衣服是不少，”富察氏说，“可是没几件合身的，总得自己再改一改。——又从哪里弄来了那个小妞儿?”她指的是依尔玛。

在女真的贵族中从来就是一夫多妻，一个男人只要养得起，纳多少妻妾都可以。女人们也有了这个习惯，绝不会像汉族女人那样争风吃醋的。

努尔哈赤说起了舒尔哈齐率使团出使播一混的经过。

“那女人名叫依尔玛，是播一混城主克丹送的。——你把她安排在哪里了?”

“在后院偏房中，你要是觉得不合适，明日另换。”

“那房子还好，就先让她在那儿吧!”

又坐了会儿，富察氏说:“去吧，说不定人家还那儿等着你呢?”

“明天吧，”努尔哈赤有点不好意思，“今天太晚了……”

“你想在这儿住下呀?”富察氏瞥了他一眼，“那可不行，这几天我身上不爽，不能伺候你。再说，人家大老远来了，不能耽搁人家呀!”

“好，我去。”

到了后院的偏房，有个小丫头正在廊檐下的火炉边忙活着，见努尔哈赤走上台阶，忙扔下火铲，跑到屋里去说:“福晋，汗王爷来了!”

努尔哈赤掀帘进屋时，依尔玛已经迎到门口。

“迎接汗王爷!”

依尔玛刚要下跪，被努尔哈赤一把拉住。“依尔玛，以后在家里，就不要这么多礼了。”他拉着依尔玛进了内间，坐在床上。

努尔哈赤有一肚子的话要问依尔玛，可是，他不愿那么直接，就先说起了自己的家世。这也是必要的，好让面前的女人知道，他努尔哈赤不是无名之辈，更不是山野强盗。不想，他唠叨了半天，依尔玛却说："我知道……"

"你怎么知道呢，依尔玛？"

"在辽东，谁不知你的大名呢！"

这句话说得努尔哈赤十分高兴。

"你既然知道我，我就不啰唆了，可是我还不知道你，你能说一说自己吗？"

"奴才家有什么好说的……"

依尔玛这时红霞满腮，更显得唇红齿白，双目晶莹。努尔哈赤抓起她的手，把她拉到怀里，依尔玛似乎不胜娇羞，要在努尔哈赤怀里融化了。

"比方说，你是哪里人？你的父母都是谁？……"

"我嘛……我的父亲原是科尔沁人，他是做买卖的，来往关内外，在太原娶了我娘。后来又回到关外，在播一混安了家……"

她说完了，抬起眼望着努尔哈赤，似乎在问：就是这么简单，你还想问什么呀？

是的，像他们这样平头百姓的履历，的确几句话就可说个明白。可是她的话却没有解除努尔哈赤心头的疑惑。

"依尔玛，可是你唱的歌，跳的舞都有点儿不一样。"努尔哈赤说，"那歌儿似乎是汉人的诗歌。"

"大概是……"依尔玛说，"我母亲是汉人的女儿，读过书，给我启蒙的就是她。在太原父母又给我请了汉人师傅，师傅教我读汉书，后来还学了汉人的歌舞。那时，父母很有几个钱……"

"啊，是那样……"努尔哈赤说，"依尔玛，我该问的都问了，你呢，该回答的也回答了，但你在我心里似乎还是个没解开的谜。"

依尔玛笑笑说："那才好呢，什么事都一清二楚了，也许就无味了！"

这句话更使努尔哈赤觉得这女子很不一般。

过了会儿，侍女送进夜餐来，那是糯米银耳莲子汤，还有一盘牛眼大的肉粽子。努尔哈赤亲手给她盛了汤，还剥了两个小粽子，给她放在面前的细瓷碟里。

她的吃法也很特别，绝没有女真女人的泼辣，像猫儿似的吃着。吃过饭后，侍女端水来，他们两人净了口。

这时，依尔玛头一次主动地和努尔哈赤说话："王爷，这里的衣食住行很有汉味儿呀！看样子，你并不拘泥于女真人的风俗了。"

"是的，"努尔哈赤承认，"女真人有许多好的习俗，那是应当保留的，可是也有许多不好的东西，那就该破除了。"

"要是你有个汉族的女人呢？"

"只要她有着女人的一切……"

努尔哈赤实在熬不住了，他吹熄了灯以后，把依尔玛紧紧地搂在怀里。大概依尔玛实在受不了了，哀叫道："王爷，你要憋死我呀！"

这一晚，努尔哈赤几乎没有让依尔玛休息，最后一次，依尔玛已经有点昏迷了。

努尔哈赤头一次享受这样一个女人，她很细弱，抱在怀里似有若无，可是给他的愉悦却是那些粗大盈怀的女人无法比拟的。

第二天，太阳丈把高了，两人还没有起来。

又过了些时候，依尔玛坐起来了。

"依尔玛，你还活着呀？"努尔哈赤问，

依尔玛又羞了个满面通红。"你……简直是一头……老虎。"

"是……么？我前几个福晋刚刚和我睡觉时，也都这么说。"

"起来吧，要是你还不走，我怎么出去见人呀！"

"这又是汉人的风俗，我们的女人才不在乎那一些呢！"

"王爷，起来吧。"

"我起来，你再背一首诗我听。"

"好吧……"

依尔玛背诵道：

秦时明月汉时关，
万里长征人未还。
但使龙城飞将在，
不教胡马度阴山。

"好诗！这首诗我也知道。"努尔哈赤说，"我终于有了个有学问的福晋，汉人称呼他的贤惠的老婆为贤内助，我希望你就是我努尔哈赤的贤内助！"

二

努尔哈赤随后带领兵马休养生息起来。一天中午，努尔哈赤与众兄弟正在喝军师张聿华的喜酒，忽有近侍向他报告说："嘉木湖寨主噶哈善被人害死。"

努尔哈赤遂与众兄弟赶到嘉木湖寨噶哈善家里，方知被害经过。前一天傍晚，有一个陌生人来到噶哈善家里，说是有人在门外找他谈话，噶哈善刚走出门外，忽然蹿上来五六个大汉，一齐用刀对噶哈善身上猛刺。由于噶哈善全无防备，眨眼之间，便死在敌刀之下，凶手随即一哄而散，跑得无影无踪。后来有人看到巴雅齐跟着纳申等人，一齐向马儿墩城驰去。努尔哈赤当即断定：这又是隆登儿为首的族中人干的，其中有他的异母四弟巴雅齐。努尔哈赤的判断是正确的，正是隆登儿唆使巴雅齐把努尔哈赤的妹夫噶哈善杀死了。

万历十二年(1584)六月，努尔哈赤为了替噶哈善报仇，亲自带领五百兵马，去攻打马儿墩城。随他出征的将领有额亦都、安费扬古、费英东、扈尔汉等。努尔哈赤升帐发兵，他向大家扫视了一遍，然后说道："我们这次攻打马儿墩城，是为了报噶哈善被杀之仇，向纳申、萨尔占、完济善以及巴雅齐等恶人们讨还血债。请大家注意，我们的仇人主要是上面提到的那四个人，至于城里的兵士，还是少杀，或是不杀为好，他们是受指使的。"

之后，派额亦都带强壮勇士五十人，从后山隐蔽进攻。努尔哈赤自己带领众兄弟将领，把兵马停在城下半里远的地方。安费扬古领着一百名兵马，在城下高声喝骂，向城内挑战。

且说马儿墩城内的纳申、萨尔占、完济善，仗着自己人多势众，又有隆登儿、觉善和康嘉绰其达做内应，根本未把努尔哈赤放在眼里。不过，这几天有些着急，他已经修书约好了隆登儿，只要一开战，就放火烧了努尔哈赤的粮草大营，努尔哈赤发现后院起火，便会立刻退兵，他们就可以带领人马从后面追杀过去。但是，赫图阿拉至今没有信来。他没有想到隆登儿的计谋已经被张军师识破，用兵马控制了局势，计谋已经无法实施了。

纳申说，努尔哈赤已送上门来，何不与他决一死战。巴雅齐到来之后，坐上了第四位城主的高椅，提起努尔哈赤，他的狠劲就上来，他说道："自古以来，兵来将挡，这马儿墩城又坚又固，城里兵精粮足，怕他什么呢？依我之见，与他干一仗，像纳申大哥说的，打掉努尔哈赤的威风，给他一个下马威，等到建州那边动起手来，咱们来个里应外合，前后夹击，说不定能把努尔哈赤一举消灭呢！"

纳申听了，也不断地点头，他又道："巴雅齐说得对，我们要主动出击，因为我们是以逸待劳，怕他什么！"

萨尔占与完济善也只得点头，表示答应。谁知第二天早上，四位城主还未吃过早饭，就听城外炮声隆隆、鼓声咚咚，喊杀声震天动地，知道是努尔哈赤在城下挑战了。一向性格急躁的纳申，急忙吃了几口饭，便对其他三位城主说道："我先下去会会努尔哈赤，请你们为我助阵。"

说罢，便去披盔带甲，提枪跃马，领着五百人马，打开城门，冲出来了。来到阵前，纳申将枪一指，大声喝道："来将报上名来，老子不杀无名之辈！"

安费扬古听了，不由得冷笑道："你是什么东西，敢如此猖狂！你在马上坐牢一点，我现在就告诉你，我是建州都督努尔哈赤麾下大将安费扬古！"

纳申听后心里很不高兴，立即喊道："快快回去，我不和你战，让努尔哈赤上阵，我一定要亲手活捉他！"

安费扬古正要说话，忽听身后马蹄"哒哒、哒哒"响了起来，未等他转身，努尔哈赤的战马已到他身边，对他说道："你先回去，他既要会我，我就跟他战上几合，难道我会怕他么？"

努尔哈赤说完，便拍马来到阵前，向纳申看了一眼，见他细高个儿，脸上又黄又瘦，约摸三十岁左右，便问道："来者何人，快通报姓名，我努尔哈赤从来不杀无名之辈！"

纳申见努尔哈赤长得龙眉虎目，仪表堂堂，身材高大，体质健壮，不觉心里一惊："这个努尔哈赤外貌不凡哩！"纳申正想着，忽听努尔哈赤问他姓名，便说："努尔哈赤你可听清了，我乃马儿墩城主中坐第一把交椅的纳申,我劝你赶快投降,免做我枪下之鬼!"

努尔哈赤听后,冷笑两声,气愤地说道:"我与你纳申无冤无仇,为什么多次派人谋杀我,又暗杀了我妹夫噶哈善,这个仇我是一定要报的!"

努尔哈赤说罢就想举刀砍去,那纳申又道:"好吧,我就全告诉你,这都是你的族中人隆登儿、觉善和康嘉绰其达让我干的,你可以找他们报仇去,别来我这儿找死,老子可不是好惹的!"努尔哈赤举起大刀向仇人砍去。纳申不敢怠慢,忙使手中枪,去架那把大砍刀,只听"锵啷"一声,纳申马上感觉两臂被震得又酸又麻,差一点儿连枪都丢了。努尔哈赤又把大砍刀举起,运足气力,对准纳申的左肩,用力砍下去。纳申看得清楚,这第二刀来得又快又有力,如果再去硬架,就会吃亏了。慌忙调转了马头,想把这一刀躲过去,但是,努尔哈赤见纳申想逃,那把快要砍下来的大刀在空中稍微停了一下,然后刀锋一转,横扫过去。纳申也狡猾得很,见大刀横劈过去,立即把枪横架在马鞍上,他自己猛然伏下身子。但是,已经迟了,那砍刀把纳申右边的耳朵削掉了半边。

这情景被城上观阵的萨尔占、完济善看得真切,二人慌忙顶盔贯甲,骑上马,冲出城来,大声喊道:"努尔哈赤,休得猖狂,我们来取你的性命!"

再说纳申右耳被削半边,血流满面,仍然伏在马背上,忽见城门大开,冲出两匹马来,知道是萨尔占和完济善出城助他。此时安费扬古见城里来了两员将领,也拍马迎了过来,准备与他们厮杀。努尔哈赤对萨尔占、完济善喝道:"快快下马投降,不然,纳申的下场就是你们的样子。"说罢,他把大砍刀一横,做好力敌二将的架势。

萨尔占与完济善刚才已见到努尔哈赤的厉害,二人只是远远地骑在马上,不敢靠近。努尔哈赤见安费扬古准备上阵,就对他说:"你到后面为我助阵。"

等安费扬古回马以后,努尔哈赤见萨尔占与完济善仍然立马不前,便大声喝道:"呔!战又不战,退又不退,到底作何打算,快快决定啊!"

萨尔占对完济善小声地讲了几句话,正准备回城的时候,努尔哈赤将那大砍刀举起来,在空中一挥,他身后的安费扬古、费英东和扈尔汉突然领着兵马冲杀过去。见建州兵马杀过来了,萨尔占与完济善急忙打马往城门口跑去。谁知建州兵马英勇无比,他们冲杀过去真如一股疾风席卷而去,眨眼之间,杀进敌人兵马中。一看不妙,萨尔占与完济善吓得屁滚尿流,抱头鼠窜,逃回城里。原先纳申带出城的五百人马,已被杀得落花流水,四散奔逃,所剩无几了。

安费扬古、费英东与扈尔汉指挥人马,打扫战场,将城里丢下的兵器、盔甲等,全部收捡一起。这一仗,努尔哈赤大获全胜,回营以后清点人马,一个不少,反而获得许多战利品。

当晚,努尔哈赤命令犒赏全军,他与安费扬古等计议道:"明天要加紧攻城,不给纳申等以喘息的机会,并加紧对城内守兵的招降活动。"

正讨论着,忽然一阵大风刮来,把军帐中的灯火一下子吹灭了。安费扬古急忙对大家说道:"城内的纳申等大败回去,心中难免不服,今夜要加强巡逻,防止他们来劫营。"

努尔哈赤点头说道:“不如咱们来个欲擒故纵的计策,故意引他们来劫营如何?”

说罢,兄弟几人轻声议论一会儿,便各自分头去布置了。马儿墩城的三位城主——纳申、萨尔占和完济善,开门第一仗被努尔哈赤打得大败而回,心里恨恨不已。努尔哈赤的异母弟弟巴雅齐,见他们唉声叹气,士气低落,便劝道:“胜败乃是兵家常事,这一仗虽然输了,只要我们重振雄风,说不定下次在战场上就能将努尔哈赤一箭射死。”

“好了吧!下次就要看你的了,看你在阵上怎么能把你那哥哥努尔哈赤射死!”

这是纳申的话,只见他的右边耳朵全被包着,右边脸也肿得厉害,听了巴雅齐的话,非常反感,故这样说了几句。萨尔占听后,也想将巴雅齐一军,便道:“我想了一会儿,努尔哈赤打了胜仗,可能要好好庆贺一番,既然庆贺能不喝酒么?咱们何不去劫营?”

说到此,便转脸对巴雅齐说道:“今晚就看你了,看你能不能把努尔哈赤一箭射死!”

纳申与完济善都觉得去劫营有胜的把握,还是纳申点子多一些,他又提醒道:“先派两个探子化装去侦察一下,弄准确了再发兵也未迟。”

萨尔占遂派了两个探子,让他们化装成商人模样,前去努尔哈赤营寨周围窥视一下,看他们是如何庆贺的。那两个探子悄悄地走出了城门,此时天色已渐渐暗下来了。他们借着暮色的掩护,溜到了努尔哈赤营帐周围,踅来踅去,不时地向营里张望。他们的鬼祟行动,被巡营的兵士发现了,就带他俩去见安费扬古将军。见是两个商人模样的人,安费扬古问道:“天已晚了,你们还要做什么生意?”

那两个探子随口编造道:“咱们是生意人,本想进城去的,因为城门关了,便想在你们营房里借宿一晚,明天早上我们就走了。”

安费扬古走到两个“商人”面前,仔细看了他们的衣着,发现二人的罩衣虽是商人打扮,但里面的衬衣仍是士兵的服装,当时心中便明白了七分,于是便说道:“今晚我们要大摆筵席,犒赏三军,怎么能留你住宿?你赶快走吧,要是被咱的努尔哈赤都督发现了你,把你当做城里派来的探子,那你想走也走不掉了!”

安费扬古说完,向身边的费英东使了一个眼色,说道:“你快些送他们走吧。”

费英东听后,便领着那两位“商人”,故意从努尔哈赤的中军帐前经过。这时,努尔哈赤正在中军帐里大吃大喝哩,费英东用手指着对两位“商人”说道:“你们看见了吧?那是努尔哈赤都督在喝酒呢,要不是你们来了,我也在喝酒呢!”

纳申等听了两个探子的汇报之后,兴奋得眉飞色舞地派兵出城,让萨尔占与巴雅齐两人领着前来劫营。当夜,月色朦胧,星光暗淡,巴雅齐非常高兴地对萨尔占说道:“真是天公助我,该是努尔哈赤命丧黄泉的时候了!今晚,我打头阵,你在后面略阵,看我马到成功吧!”

未等萨尔占点头,巴雅齐便拍马上前,领着兵马冲到努尔哈赤大营前面。巴雅齐举目向营里一看,见那营门大开,里面横七竖八地躺着一些士兵,他心想:“好啊,这些士兵肯定是喝多了酒醉倒的,他们连营门也不看管了。”

巴雅齐又向中军帐里一看，见努尔哈赤正伏在桌子上睡着，他面前的菜碗、酒坛子、杯盘等，狼藉一片。巴雅齐取弓在手，本想瞄准正在呼呼大睡的努尔哈赤拉弓便射的，但是又觉得距离有些远了，自己的射箭能力又有限，一旦射不准，努尔哈赤若是被惊醒了，那可不得了！于是，巴雅齐向身后的士兵一挥手，大喝一声道："杀啊。"巴雅齐一边喊着，一边打马冲进营里，转瞬之间，他已来到中军帐前，努尔哈赤就在眼前，只见他拉满弓，狠狠一用力，那箭便飞了出去。巴雅齐双眼瞪得足有牛蛋一样大，他看得真切，那箭头"扑哧"一声，射进了努尔哈赤的脑袋里了。就在此时，忽听"轰隆"一声炮响，接着鼓声锣声，呐喊声，一齐爆响，在巴雅齐两侧突然跳出无数的兵士，他们手执大刀，逼向前来。巴雅齐还不明白是怎么一回事，又定睛一看，他的马已站到努尔哈赤的面前了，心想："我那一箭没有把他射死，再补他一刀吧！"想到此，便从腰里拔出刀来，对准努尔哈赤的脖颈，用力一挥，只见他那又大又圆的脑袋便骨碌碌滚了下来。

正当巴雅齐手执大刀欣喜万分之时，猛然传来一个熟悉的声音："该死的东西，我就不明白你为什么如此恨我？"

巴雅齐立刻转过身来，见努尔哈赤正站在自己的马前，两只怒目正瞪着自己。他吓得浑身发抖，手中的钢刀自动落在了马下，本想下马谢罪，但是两条腿已不听使唤了。周围的兵士举起刀来，一阵乱砍，巴雅齐已是身首异处，四肢不全了。

再说萨尔占在兵马的后面，早就觉得情况有异，他见巴雅齐领着兵马冲进努尔哈赤的军营未受到一点儿阻挡，便知中计了，慌忙勒转马头。就在此时，炮声隆隆，锣鼓声响成一片，便想往城里逃。哪知刚走不远，一员大将拦住去路，萨尔占哪有勇气应战，正想逃走，忽听那将领喊道："安费扬古在此，看你萨尔占往哪里跑？"

听了喊声，萨尔占只得强打精神说道："你安费扬古休得猖狂，我萨尔占也不是好欺负的，来！咱们战它五十回合！"说罢，挺起手中枪，对准安费扬古的胸膛刺来，这一枪又快又准，能看出萨尔占的本事还是不差的。安费扬古也不敢怠慢，忙用手中枪去挡，只听"锵啷"一声，两只铁枪猛一碰撞，竟溅得火星乱飞。

此时，努尔哈赤与费英东、扈尔汉领着兵马将巴雅齐带来的人马杀得血流成河。剩下的已投降过来，又把丢弃的兵器、盔甲等收集在一起，运回营里。原来，营里那些醉倒的兵士，还有伏在桌上喝醉了酒、睡觉的努尔哈赤，全是草人儿，不过给他们穿上衣服，远远看去倒像真的人一般。

努尔哈赤与费英东前来观阵，二人见萨尔占枪法纯熟，与安费扬古枪来枪往，打得甚是激烈。二人斗到二十多回合了，还不分胜负，安费扬古忽见努尔哈赤与费英东全在旁边，那枪刺得更快、更有力了。萨尔占本来无心恋战，他见巴雅齐已死在乱军之中，带来的几百兵马未剩一人。萨尔占的心里一慌，稍一疏忽，被安费扬古一枪刺中大腿。只听他大叫一声，翻身落马，安费正要用枪去刺死他时，忽听努尔哈赤喊道："枪下留人！"

努尔哈赤见萨尔占武艺高强，便产生惜才之心，就想让萨尔占投降过来。他见安费扬古想刺死萨尔占时，便来到近前，对萨尔占问道："你若投降，我们就不杀你了。"

此时，萨尔占虽然大腿受了伤，但是他还能站立起来，便对努尔哈赤说道："等我回到城里，劝纳申、完济善一起来归顺你，如何？"

努尔哈赤听了，迟疑一下，他知道纳申为人奸诈，是不会轻易投降的，便说道："我只要你归顺我，何必要扯到纳申呢？"

在这说话的工夫，萨尔占已攀着马鞍骑在马上了，连忙又对努尔哈赤说道："还是让我进城去劝劝他吧！"

还未等努尔哈赤回话，萨尔占已拍马如飞一样逃跑了。这一下可惹恼了努尔哈赤，只听一声大喝："好个萨尔占，看你往哪里跑？"

只见他不慌不忙取出了箭，"嗖"的一声，一箭射去，虽是夜里一片黑黢黢的，那箭却像长了眼睛似的，正射中萨尔占的后心窝。一声大叫，萨尔占摔下马来，立刻呜呼哀哉了。

次日，努尔哈赤与安费扬古等商量要加紧攻城，不给纳申、完济善一点儿喘息时间。安费扬古与费英东、扈尔汉各带五十名勇士，分三组轮流攻城。由于城在山上，道路又被纳申等有意破坏，马匹不能走，他们抬着云梯，冲到城下，城上如雨点般地打下礌石滚木，不能前进了。后来，安费扬古向努尔哈赤建议道："只需如此如此，便可以攻破此城。"

努尔哈赤与费英东、扈尔汉听了，都拍着手笑道："好计，好计！"

他们说干就干，吩咐兵士分头找来门板、桌子、凳子、大木板等。努尔哈赤亲自带领一队优秀的弓箭手，埋伏在离城较近的地方。这些弓箭手见城上有人就射，一连被射倒好几个兵士，城上再也没有人敢轻易露头了。

纳申的耳朵伤势未好，只有完济善在城头指挥，被努尔哈赤一箭射掉帽子，吓跑了。这时候，费英东、扈尔汉与安费扬古带领勇士们，顶着那些木板、桌子等，再也不怕城上打下的礌石、滚木了。何况那些弓箭手一见城上有人，搭箭便射，吓得兵士们不敢再露头了。建州兵冲到城下，正准备甩那飞抓登城时，忽见城里浓烟滚滚，喊杀声如雷般地响起来。努尔哈赤立刻便知是额亦都从后山攻进城了，他兴奋地大声喊道："咱们的队伍已经从后山攻进城了，快上城啊！"

这一喊，攻城的勇士们也跟着喊起来，城上守城兵士听到喊声，又见背后城里确实攻进了兵马，更加慌张。于是乘着城内混乱，守备松懈的机会，努尔哈赤率先冲到城下。见主将冲锋在前，兵士们士气更加昂扬，都是奋勇登上城头。经过一场拼死的砍杀，城上的守军无人指挥，便四散奔逃。纳申早已跑到他哥哥的界凡城里去了，完济善见纳申跑了，便也骑上快马，向他的姐夫、巴尔达城主搬救兵去了。努尔哈赤让士兵打开城门，把兵马领进城里，收降城里归顺的兵士。此时，额亦都领着他那五十名精兵，与努尔哈赤合兵一处，也胜利会师了。

三

开春后，赫图阿拉正是兵强马壮的时候，努尔哈赤又和将领们商讨出兵了。将领们意见不一，有的主张先去鹅儿浑城，去捉拿仇人尼堪外兰。有的说鹅儿浑还挡在哲陈部几个城的后面，要经过那些城镇，人家未必就乐意放行，主张先把那几个城镇拿到手再说。

努尔哈赤不想无缘无故地和那些城镇结怨，想先派使节到那里去通融一下。

那地方的形势是，居中有个大城，名叫托漠河，周围有五个城分别叫佳哈、章佳、巴达尔、南山和节番。

几天后，使节从托漠河回来了。他汇报说：托漠河城主十分傲慢，他说："让你们的努尔哈赤来吧，我们五个城早在这里摆开迷魂阵等待着他了！别以为这女真人的天下是他的了！"

将领们得知这消息后都十分气愤，一齐到努尔哈赤面前请战，要去会一会那五城联军。

三月初，努尔哈赤的大军来到哲陈，临近了五城之一的佳哈城。

努尔哈赤与军师张聿华商议，决定兵分两路，一路以少量精锐之师轻装简从，突然袭击佳哈寨。这佳哈寨位于托漠河城与其他城寨之间，先攻袭这座城寨，既可孤立托漠河城，又能切断它与其他城寨之间的联系。另一路兵马去攻打托漠河城，就不会遭遇其他城寨从后面，乃至侧翼攻击的危险。这佳哈寨的寨主名叫苏占赖虎，一听说努尔哈赤只带了八十名士兵前来攻寨，心里万分高兴："你努尔哈赤死期不远了！"

苏占赖虎一面命令守城士兵认真守住寨门，不准出战。一面派出精悍人员，让他们秘密前往托漠河城、章佳城、巴尔达城，南山寨和界尔番城去请救兵，并将努尔哈赤仅有八十人的消息报告了他们。五城主得到消息以后，欢喜得雀跃起来，立即组成一支联军，合计八百人，由托漠河城主的弟弟格列兀巴担任总领队。

格列兀巴得意扬扬地对那四城主说道："我们的八百人，对努尔哈赤的八十人，难道不能消灭他么？"

当时，这八百人的联军斗志高昂，士气旺盛，耀武扬威地向佳哈寨赶来。努尔哈赤与雅尔哈齐来到佳哈寨前，仔细一看：原来这是一座木寨！尽管寨子不小，寨门高大，但是寨墙全是用碗口粗细的树木并立泥土中，再以手指那么粗的藤蔓扎实而成。表面看去，寨墙坚固，高耸，不易攀缘，再强的兵马，它若紧闭寨门，也只能望寨兴叹！

努尔哈赤看完之后，笑着对三弟道："我已经有了破寨的办法。"

"小弟也想好了一个攻寨的妙法。"雅尔哈齐含笑说。

"我这方法只用一个字就行了。"努尔哈赤也笑道。

"我们各自把那妙法写在手上，好不好？"

兄弟二人各自转过身去，随手从地上捏了一块黑土，在自己手心里写完字。二人又转过身，伸出手来相互一对照，“哈哈哈”，原来竟是同一个字——火！兄弟俩相视一笑，努尔哈赤忙吩咐：“趁夜黑我们去附近准备干草之类的引火之物！”

不到一个时辰，一人一大抱干草运来了。努尔哈赤立刻向三弟道：“要抓紧攻寨，防止其他城寨的援军来救。我们孤军深入，兵力又少，不能大意呀！”说完之后，二人各带四十人，从寨子的前后同时点火，并大声喊道：“攻寨了！建州的兵马来了！”

转眼之间，那寨墙便燃烧起来。由于树木干久了，更易燃烧，只听“乒乒乓乓”一阵炸响，在熊熊的烈火中，又高大又结实的寨墙很快化为灰烬。寨里的兵马与百姓们在一片喊杀声中被惊醒，又见四周火光冲天，自己被围在火海之中，怎能不害怕？于是，在一片“救命”的叫喊声中，努尔哈赤带领他的四十勇士，从寨前杀进；雅尔哈齐带着他的四十名勇士，从寨后杀来，一路逢人便砍。一时间，寨子里人喊马叫，一片混乱，寨主苏占赖虎惊慌之中上马应战，哪是雅尔哈齐的对手，只斗了两合，便被砍于马下。寨内的士兵见寨主身亡，也就群龙无主，各自顾命，四散逃去。努尔哈赤与雅尔哈齐合兵一处，一路杀进寨府，清点人数，还是八十人！兄弟二人急令准备饭菜，大家饱餐以后，想继续行军，去攻袭章佳城。

这时候，探马报告：“托漠河城主的弟弟格列兀巴带领章佳、巴尔达、南山、界尔番和托漠河城的五城联军，约有一千人马，已埋伏在浑河至南山，界尔番一带，想袭击咱们哩！”

兄弟俩一听，不禁暗自吃惊，雅尔哈齐道：“大哥！我们的人也太少了，是不是现在就退回浑河那边，等到——”

“不！现在无论如何退兵不得，联军正希望咱们退兵，他们可以乘势追杀过来。”

他道：“两军相遇，勇者胜！他那联军本是凑在一起的乌合之众，不经打的。只要如此……”他立即附在雅尔哈齐的耳朵边，小声说了几句，兄弟俩会心地一笑，便匆匆集合他们那八十人的队伍，走出那还在燃烧着的佳哈寨。他们的队伍刚出寨子不远，便见到对面黑压压的联军兵马早已摆开了阵势。此时，努尔哈赤的两个堂兄弟扎庆和佛古勒，一见对方兵多势众，便吓得惊慌失措，急忙解甲脱盔，妄图逃跑保命。在他俩的影响下，其他士兵也畏敌不前，想趁机溜走。努尔哈赤立刻敏感地察觉到了，便厉声训斥扎庆、佛古勒道：“你们平日横行于士兵中，以勇士自居，现在遇到敌人，就吓成这样？”

见二人羞惭满面，努尔哈赤继续警告道：“我可以明白地对你们讲，在战场上，怕死的人总是先死，死神往往属于胆小鬼！”

努尔哈赤说完，亲自高举大旗，右手提着大刀，带着三弟雅尔哈齐拍马飞驰，直奔五城联军冲去。扎庆与佛古勒也急忙随着勇士们，于努尔哈赤的马后，杀入敌阵。努尔哈赤直奔对方大旗下的格列兀巴冲去，由于马跑得快，等到格列兀巴反应过来时，努尔哈赤的战马已到眼前，格列兀巴被一刀斩于马下。那八十名勇士，见到两员主将如此英勇，也呐喊着杀人敌阵中。此时，五城联军见努尔哈赤的天兵天将，来势锐不可当，顿时军心大乱，溃不成军了，纷纷争着渡河逃命。

这次被历史上称作浑河之役的遭遇战，努尔哈赤凭着勇敢、机智、顽强的性格，面对十倍于己的敌人，毫不畏惧，创造了古今战争史上以少胜多的奇迹。后来，努尔哈赤自己在总结浑河之役时，向他的部下及子侄们说道：“浑河之战，以八十人而败八百之众，此乃天助俺以胜之也！”

当努尔哈赤的军队过了浑河，天突然下起了大雨，只一昼夜的时间，雨水就把远近的沟壑填平了。虽是三月阳春，可是衣服被雨水湿透后，士兵们都冻得颤抖不已。

舒尔哈齐埋怨说：“来得真不是时候，冻得手都伸不出来，能打仗吗？”

努尔哈赤却不这样看：“这雨也许帮助了咱们，大雨倾盆，敌人不防备我们会来。”他在大帐里生了火盆，请将领们来议事。

费英东提出越过佳哈，直取托漠河，把他们的中心城市拿下了，其余的还不纷纷归降吗？

他的话很有支持者，因为将领中不少速战速决派。

“额亦都，你说吧。”

“我的看法是先把周围的小城攻破，使托漠河孤立起来，就像剥葱一样，一层层地往里剥，最后直取核心。”

额亦都的主张总是稳当可靠。

努尔哈赤同意了额亦都的意见，但有所修改。他说：“据侦探报告，厄鲁纳刚手下只有千把人，主要集中在托漠河，由于咱们来得迅速，又加大雨如注，他还没有来得及布阵。咱们的人多，可分两路，一路由我带领，从佳哈开始打起，争取几天内把托漠河周围的城镇拿下，一路由额亦都率领，直取托漠河，这样使厄鲁纳刚首尾难顾，他们的联军就被打破。大家看怎样？”

将领们都觉得这样打法好，于是请努尔哈赤分兵。

“那么我去打佳哈吧！”舒尔哈齐说。“本来我是想去托漠河的，可是大哥已经把这任务给了大将军了！”

“还是我去打吧，”努尔哈赤说，“看你那冷得乱颤的样子，想是得了风寒……”

从这时起，努尔哈赤就有意地扼制舒尔哈齐了。

他已经意识到如果任其发展下去，舒尔哈齐就是自己的敌人了，他绝不愿看到这样的事情发生。

额亦都说：“好，明天一早，咱们就分两路进军！”

“不，今晚我就去打佳哈！”努尔哈赤说，“如果天亮前，我把佳哈攻克，就等于给将士们烤了火，他们会忘记寒冷，士气大振的！”

舒尔哈齐没说话，因为他在这一战役中将清闲地观战。

还没交子时，努尔哈赤就领军向佳哈进发。他只带了五百人马，将领有三弟雅尔哈齐、费英东和满浅等，他要亲自试试满浅的能耐。

雨还是下着，淅淅沥沥的雨点打得道路两旁的松林刷拉刷拉地响。

摸近了佳哈，却没见到一个士兵。在雨幕中隐隐看到城墙和城门上有几点暗淡的灯光。从城中传来安谧的木梆子的响声。

佳哈城是没有什么戒备的。

努尔哈赤挥军悄悄地来到佳哈城下。他留下雅尔哈齐和费英东控制军队，自己和满浅直逼城下，见在松林中有一道高高的用原木垒成的城墙，还用松油浇灌过，那比石头建成的还要结实，经雨一淋，发出松木的清香。

用木材筑城，在辽东也不鲜见，因为这里有无穷无尽的木材。

“满浅，你看我们怎么下手呢？天亮前咱们可要向大营报捷呀！”

“汗王，用火攻吧！就像三国时诸葛亮火烧战船！”

努尔哈赤也是这个想法。

“可是……下了一天一夜的大雨，木墙怕是灌满了水吧？”

满浅说：“造城墙的是多年干透了的原木，再大的雨，也只能湿个表面，里面还是绷干绷干的，有道是火大无湿柴呀！”满浅说得很对。

“不过，得尽快把火点起来才行……”

“我带了一桶绵子油，汗王！”

“嗬，真有你的，满浅！”努尔哈赤惊异地说，“事先，你就知道佳哈城的城墙是木材筑的？”

满浅摇摇头：“那，我可不知道，不过要攻城，也许就要用火，在这样的天气，好的引火物就用得着了！”

“你真是员有勇有谋的好将！”

他们回到营帐，找到雅尔哈齐，把他们的计谋说了一遍，雅尔哈齐也十分赞成。看看时间已交子时末刻，他们赶紧布置起来。努尔哈赤仍让雅尔哈齐、费英东制军，令他们一见火光大起，城门坍塌，就冲进城去。

他和满浅再次来到城下，过了护城河，用手摸摸城墙，觉得城墙虽是木筑，可是用火把它烧着，还是很不易的。

“满浅，涂上油吧？”

“好的，”满浅把油桶的木塞拔去，先把油倒在带来的扫帚上，然后，再往城墙上涂。

努尔哈赤惊异于满浅做事的周到细密，如果，用油桶直接往城上浇，墙上粘不上多少，大部会流下护城河去的。

涂抹了一会儿后，满浅拉着努尔哈赤退后到护城河边的松林里。

“怎么，满浅，你就只在城墙上涂那么一点儿吗？你桶里还有半桶呢！”

“我要把这些油涂到松树上……”

努尔哈赤立刻领会了满浅的意思。城墙虽涂了油，但未必就能奏效，因为城墙是硬硬的松木，再加湿了两天两夜，如果油烧完了，木墙仍烧不着怎么办呢？那时，敌人可能已经发现……攻城就难了！

但是，把油涂到松树上，那些细枝细叶一见火就会轰轰烈烈地燃烧起来，凭风直往城墙上扑去，火大会把城墙上的油烧着，连成一片大火，就算木墙浇得透湿，那时也会燃烧成一道火墙！

满浅把剩下的半捅油涂在靠墙的几棵树上，就一甩火摺子点起火来。

一开始，只是一朵小火苗，像一只金老鼠那样往树上飞快地爬着，等它跳上树后，那树冠就腾的一声变成一个巨大的火球，附近的几棵树都着火了，相邻的许多没浇油的树也着火了，那火借助风势呼啸着向城墙扑去，几乎没有经过油的过度，就立刻燃烧起来……

"起火了！城墙烧起来了！"

"快快救火呀！"……

守城的士兵发现了，他们绕着城呼喊哭号，可是面对大火，谁也无计可施。城内的百姓惊醒了，他们摸着扁担，挑起水桶，打水上城，可是他们迅速就明白那是无济于事的。因为大火已经把周围的城墙都烧着了，整个城墙就像一条巨大的火龙，把几千百姓盘绕其中，而且他们的房子也着火了。他们这时，唯一能做的就是跪在地上向他们的长生天祷告……

努尔哈赤和满浅回到雅尔哈齐那里，见雅尔哈齐和他那几百名战士都骑在马上，准备向城里跃动，可这时都呆呆地望着城里的大火触天，听着百姓的哭叫遏云……

"大概，这佳哈城用不着咱们攻打了……"

是的，只这大火就足以把它变成灰烬。

有的士兵偷偷地哭泣起来……

努尔哈赤感叹地说："上天呀，原谅努尔哈赤吧！佳哈城的百姓呀，理解我吧！如果我不兴兵统一女真，咱们就只能像祖先那样苟活着……让我们用火与血换个自己的国家吧……"

士兵们被他们的汗王感动了，他们首先原谅和理解了努尔哈赤，纷纷抹去了泪水。他们怎知道历史上那些像努尔哈赤这样的人物，在他们趟着血河前进的时候，都说过这样的话的。人们就是不时地怀着感恩的心，走过了几千年。他们从来不想，就是统一了女真，他们就不苟活着了吗？

"雅尔哈齐，赶紧带兵前去看看，把四门打开，让百姓逃难！"努尔哈赤说。雅尔哈齐和满浅答应一声去了。

时交寅时，满山遍野都是逃难的人群。忽然，一群人跑到努尔哈赤面前。

"饶命吧，汗王！我没有做对不住汗王的事，饶命吧，汗王……"

士兵们押解着一个蓬头垢面的人。

"跪下！"士兵们喝道。

那人跪了下来，不住地磕头。

“你是谁?”努尔哈赤问,士兵们介绍,说这就是佳哈城的城主苏占赖虎。

“苏占赖虎,”努尔哈赤看了一眼他那可怜的样子,他确实没有招惹过努尔哈赤,在这之前,努尔哈赤甚至不知他的名字。把人家的城寨一把火烧了总得找个理由,给他个说法呀!“你和那个厄鲁纳刚同流合污,助纣为虐,难道不是罪吗?”

“是罪,是罪!”正像一则古老寓言所说,兔子在老虎面前永远是有罪的。“饶命吧,汗王!我听说大王是仁慈的,就给我一条活路吧……”

“好了,本王饶了你,命你仍然在佳哈做城主,”努尔哈赤指使士兵把泥猴儿似的苏占赖虎拉起来,“你赶紧回城带领全城人把火扑灭,给居民们安家,本王会帮助你的!”

苏占赖虎千恩万谢地去了。

天亮后努尔哈赤带领军队回到了扎在浑河岸边的营盘。额亦都等将领接着。努尔哈赤向他们备述火烧佳哈的经过,将军们都盛赞汗王的英明多谋。

四

再说军师张聿华带领大队兵马,来到托漠城下,见城墙又厚又高又结实,他立刻召集众将领开会,讨论攻城事宜,忽然探马进来报告说:“都督兄弟二人已攻破嘉哈寨,打败五城联军,凯旋之师快到军营了。”

张军师与众将领十分惊喜,未曾想到这么快就取得了胜利,真是用兵如神啊!在张聿华的带领下,众将领一齐走出营门,去迎接凯旋归来的努尔哈赤和他的八十名勇士。浑河之战的胜利,鼓舞了努尔哈赤全军的战斗土气,也给张军师攻打托漠河城,创造了极好的条件。

张军师忽然灵机一动,想到了一个计策,他立即向努尔哈赤征求意见。二人计议已定,军师让努尔哈赤回帐休息,他自己遂与额亦都、安费扬古等将领布置晚上攻城之事。

再说这托漠河城主厄鲁纳刚,有兄弟二人,弟弟格列兀巴,俩兄弟相处和睦。厄鲁纳刚主管托漠河城,嘉哈寨、章佳城、南山等五城寨的事情,全由格列兀巴负责。这次努尔哈赤要来攻打托漠河城,兄弟二人正准备召开五城主会议,商议组成一支千人的联军,好与努尔哈赤相对抗,未想到建州兵马来得太迅速,未能准备充分,便让格列兀巴带了二百兵马,前去救援嘉哈寨。如今,城下已有建州的许多兵马,嘉哈寨那边的战况还不得而知,厄鲁纳刚心里正在着急。他感到庆幸的是城墙坚固,只要守军日夜认真巡逻,不要轻易开城出战,努尔哈赤再厉害,他也难以攻打进来。

托漠河城主听到努尔哈赤大军已经过了浑河,并且向托漠河进军的消息,有些着慌,他对周围的将士说:“这个努尔哈赤,打仗不守规矩,这样的天气也来了!”

他派人通知各城城主,赶紧带兵来托漠河集合!

那几个城虽然很近，但集合起来也须半日。等形成战斗力，额亦都的大军已兵临城下了！

这时，厄鲁纳刚才听说昨夜佳哈城已经化为灰烬，他和各城城主都吓得胆战心惊。

“他娘的努尔哈赤！”厄鲁纳刚骂道，“我要和你拼了！”

有时，窘迫的境遇会激发人的拼命精神，厄鲁纳刚声泪俱下地号叫，也使各个城主心头升上一股不要命的勇气。他们在厄鲁纳刚面前表示：一定听从他的号令和努尔哈赤拼个你死我活！

托漠河城很大，他厄鲁纳刚手下的那千把人不够分派，他又听说，努尔哈赤军至少有两千人，有点心虚。他立刻下令城内的十五岁以上的男子，十八岁以上的女人都要上城战斗，这样他的“士兵”立刻就上升到五千人。

他骑着马绕着城嗷嗷叫：“都给我听着，努尔哈赤来了！他和他的士兵都是红眼绿鼻子的土匪！一旦城破，他们就人杀净财抢光，女人都要受到蹂躏，连女孩和老太婆也不能幸免！托漠河城人呀！大灾大难来了……谁能搭救咱们呢？只有长生天，可是长生天绝不挽救胆小鬼……让我们行动起来吧！让我们自己拯救自己……以牙还牙！以血还血……”

他如疯如狂的叫嚷，还真起了作用。那些百姓兵手拿火棍、菜刀和登城的努尔哈赤军玩命地拼杀，结结实实地教训了一路趾高气扬的建州军。

额亦都在托漠河城下扔下了二百多具死尸，退兵了。

托漠河城人有了信心。他们想：原来打仗就这么简单，只要不吝惜身后的那些坛坛罐罐，就能夺取胜利！

努尔哈赤赶到了，看到额亦都等将领那羞愧的神态，士兵们那低头耷脑的样子，没说一句责备的话。

他说：“你们在托漠河城栽了个跟头就败兴了？你们也太经不起摔打了！如果这点小波折就叫你们泄了劲，将来咱们还能干大事业吗？”

他的话使将士们很快振奋起来，他们原以为努尔哈赤会大发雷霆的。

努尔哈赤调整了军事部署，向后撤兵十里，把疲惫的军队调到二线，将自己手中的生力军派到一线。

即使这样，他也没有立即挥兵攻城。

厄鲁纳刚见努尔哈赤军撤走了，以为胜券在握。别的城主也认为他们打败了努尔哈赤。老百姓呢，觉得那些强盗是自己亲手打退的，有的还亲身体验了刀刀见红的滋味，更是树立了战胜敌人的信心。

将领们在城主府里庆贺了三天。

这时探马报来，努尔哈赤并没有走，只是撤到了十里以外。

“看样子，努尔哈赤还是不死心，那，我们就让他在托漠河的土地上全军覆灭吧！”

厄鲁纳刚整顿了自己的军队，把城市居民中身强力壮，士气高昂，又有点战斗经验的男女编进军队。

那么，叫谁带兵呢？一个人站出来了，他叫格列兀巴，是厄鲁纳刚的弟弟。他矮矮的个儿，十分敦实，就像个庄稼人打谷场上的石头——碌碡。早年，他当过土匪，杀人不眨眼。他没带过兵，却有着勇敢的声名。

“好，就是你去！”厄鲁纳刚说，“我看不要再等努尔哈赤来打了，你就带兵迎出去，在山林中设下埋伏，给努尔哈赤一个全歼！”

格列兀巴领命去了。埋伏倒是设下了，可是，格列兀巴和他的军队吵吵嚷嚷，把秘密全暴露了，额亦都一眼就看出他们的阵线在哪里。

“好呀！”努尔哈赤叫道，“咱们就把厄鲁纳刚的这三千人消灭在这里，一个也不放回城去！”

额亦都说：“如果从正面打的话，他们没有了城墙的凭恃，要打败他们不在话下，可是咱们是会有较大的伤亡的！”

“他们就那么能打？”努尔哈赤问。

“我们在托漠河城下领教过，他们是敢于拼命的！”

努尔哈赤想了想：他的军队和那些农民义军是打胜不打败的，胜仗越打越勇，败仗越打越怂，得想个办法打个巧妙的胜仗了。

他对额亦都说：“你给我正面顶住，我到他们后面看看。”

敌人的后面就是托漠河城，——额亦都想，那里没有空间让你偷袭。但他不知努尔哈赤的打算，只是提醒他道：“那是很危险的，汗王一定要小心……”

安排妥当后，努尔哈赤和雅尔哈齐只带了一百多人远远地跨到两军阵线以外，从那儿向托漠河方向转去。

“大哥，咱们带领的人马少点了吧？”

“雅尔哈齐，不能带多了，那样会被敌人发觉的。”

“人少了，能做什么事呢？”雅尔哈齐回头看看那一小群破衣烂衫的战士。

“咱们只是撼动敌人的阵线，好给额亦都创造机会……”

雅尔哈齐不再问了，他心里没有把握。敌人有三千多，你要撼动它，没有千把人，能够办到吗？

他们转到了敌人和托漠河城之间。这时已近黄昏，因为周围有群山阻隔，天黑得早，树林过早地用黑黑的影子把山沟填满了，上千只乌鸦在空中盘旋着，呀呀地叫。

努尔哈赤把他的一小股军队带到山沟里隐蔽起来，让他们吃了一点儿饭，然后对他们说：“咱们人少，敌人人多，因此必须大造声势，过一会儿，我一声令下，你们就勇敢冲杀，同时大声地鼓噪。”他又对身旁的两位小将说，“你们就举起大旗前进……”

努尔哈赤没想到这些兵士是在托漠河城败下来的，直到现在还心有余悸。他们听着努尔哈赤的话，心里却在打鼓：这么点人能行吗？还不是飞蛾扑火，一去难回？

等一切布置好以后,努尔哈赤命令两个小将:“举旗冲锋!”

那时努尔哈赤还没有正式的旗帜,只是用一幅红布,写一行黑字“赫图阿拉努尔哈赤”。那两个小将得令后举旗跑了几步,就不见影儿了。

雅尔哈齐跑去看了一下,只见他们把军旗扔在一边,正手忙脚乱地脱着战衣,显然,他们是在准备逃跑。雅尔哈齐将他们揪了回来。

“大哥,这两个龟孙子想做逃兵,我把他们宰了吧!”

努尔哈赤也很气愤,但他阻止了雅尔哈齐:“先饶了他们,他们被敌人吓破胆了。”说着,努尔哈赤站了起来,跃身上马,快跑几步,探身把旗帜抢到手里举了起来,回头招手喊道:“兄弟们跟我来,咱们是虎,敌人是羊,他们再多,也是怕老虎的!”

他这样一喊,军士们似乎一下子变成了老虎,人有精神马有欢,他们跟随努尔哈赤向敌人的阵线驰去!

托漠河的军队,听到后面喧嚷,惊异地向后看去,他们看到了赫图阿拉的大旗,十分骇怪,到底有多少人呢?暮色已浓,他们看不清楚。满天的昏鸦聒噪,他们也以为是敌人的呼喊,因而更加恐慌。

“敌人来了,跑呀!”

“努尔哈赤抄咱们后路了,不跑就没命了!”

“赫图阿拉人将咱们包围了,快快逃命呀!”

恐惧感是能够传染的,整个阵线开始纷乱崩溃,有如被捣毁的蜂房,士兵们各自逃命。额亦都见敌人阵线摇动,继而四处溃散,知道努尔哈赤的计谋已成,就和众将挥兵冲锋,他招呼费英东、安费扬古、洛寒等人,不要追捕逃敌,要径直夺取托漠河城。

“那厄鲁纳刚一定还不明就里,城门也一定开着,我们要一鼓作气地跑进城里去!”他们像几支利箭,一直向城内飞去!

努尔哈赤见敌人的阵势大乱,就提刀直奔敌人的帅帐。

那个格列兀巴听到军中纷乱,又听有人在喊“敌人杀来了!”就跑出帐来。面前的情形使他心中失措,他挥刀杀了几个逃兵,可是无济于事,仍镇不住阵脚。他招呼几个将军,想挽救局势,可是一股溃兵冲过来,把他们也卷走了。

没跑几步,他就碰上了一位天神般的敌将。

“你,你你……从哪里来的?”他问,想避绕到旁边,可是“天神”横刀挡住了他。

雅尔哈齐喊道:“汗王努尔哈赤在此,还不下马受死!”

一听到努尔哈赤的名字,格列兀巴吓得魂不附体,摇晃着跌下马来,还没落地,就被努尔哈赤一刀挥为两截。

努尔哈赤与格列兀巴带领的军队交战的时候,另一边早已经由张军师带领另外一只兵马假装是格列兀巴的参军前往托漠河城。城主厄鲁纳刚正在独自想着心思,却感觉到右眼老是跳得剧烈,心里禁不住紧张起来。这两天,右眼老是跳,是不是有什么灾祸降临?难道这城要守不住？正当厄鲁纳刚胡思乱想之际，忽有守城的将领扬布格进来报告："格烈兀巴领着兵马回城了！"

厄鲁纳刚急忙对扬布格吩咐道："你快回城上去，打开城门让他进城吧！"

扬布格答应一声，便去开城门了。原来，天黑之后，约有二更天时分，安费扬古冒充格烈兀巴，带着二百兵马，来到城下。让士兵向城上喊话说："去嘉哈寨的救兵回城了，快开城门！"

扬布格向城下一看，因为城墙高，又是夜里，只能看到黑压压的一队兵马，分不清衣着与面孔，自己又不敢做主，便对城下说道："请格烈兀巴将军稍等一会儿，我去向城主报告以后，就来开城门。"

工夫不大，城上士兵往城下喊道："开城门了，请格烈兀巴将军带领兵马进城。"

此时，安费扬古低声吩咐士卒们道："进了城门，就开始……"

忽听"吱呀"一声，偌大的城门打开了，安费扬古一马当先，先冲了进去，举刀就把开城门的士兵砍了。后面的士兵如潮水一般涌了进去，见人就杀，有的点起了火把，城头上的扬布格正在发愣的工夫，安费扬古已经登到城上，手起刀落，扬布格的人头早已骨碌碌地滚到城墙下去了。城上的守军见守将已死，吓得四处乱窜，安费扬古一边追杀，一边喊道："建州兵马进城了！"

城外的张军师已带领兵马，冲进了城，顿时城内喊杀连天，城主厄鲁纳刚一头撞见安费扬古，知道中计了。这厄鲁纳刚也是一员武将，忙从士兵手中夺得一把大刀，与安费扬古杀到一处。张军师带兵赶到，大声喝道："你弟弟早已战败身亡，你还不早早下马投降，更待何时？"

厄鲁纳刚一听弟弟已死，心中不由一惊，手中的大刀稍慢一点，就被安费扬古一枪挑于马下，士兵们拥过去，一阵乱砍，早被剁成肉泥了。厄鲁纳刚一死，张军师与安费扬古等带领兵马一路杀到城主府里，收降归顺的士兵，清点府库财物。这个托漠河城也是非常富庶的，城里粮仓满满的，城中的百姓也是家家马牛羊成群。张军师立刻起草了安民告示，明示城内百姓安居乐业，只要归顺建州大都督努尔哈赤，一切财产均受到保护。这一告示，令百姓放下了心。

格列兀巴败退之后的残军再回到托漠河城时，托漠河已经被额亦都占领，城头上飘扬着"赫图阿拉努尔哈赤"的大旗。溃兵们不敢进城，就向吉林崖逃去，过了山，就可到哲陈部别的城镇。

努尔哈赤对雅尔哈齐喊道："走，咱们去抢占吉林崖！"

他们拍马猛跑，赶过了成百上千的逃兵，来到吉林崖上，身后只有十多个战士了。

"大哥，咱们守这山头吗？"

努尔哈赤知道雅尔哈齐有点担心，就说："那怕什么，现在逃兵有如惊弓之鸟，一有动静就会成群飞散……"

正说着，有百多匹马正向峰顶跑来。

吉林崖并不高，是个漫坡似的丘陵，但那是通往哲陈内部的必经之地。

“雅尔哈齐，让咱们等着了……”

雅尔哈齐不明白努尔哈赤的话，抬头望着大哥。

“雅尔哈齐，现在额亦都已经夺取了托漠河城，但是，他未必能够把里面的几个头头捉住。如果他们逃跑了，必然会从这里逃到哲陈别的部落求救，这里就是他们的‘华容道’。”

“但我们可不是那个关羽。”

“是的，我们不会对厄鲁纳刚讲义气的。”

“只可惜我们的人马太少了。”

“一点也不少。”努尔哈赤笑笑，“雅尔哈齐，你的箭法怎样？”

“也许比不上大哥，但也能百步穿杨！”

“小家伙，还真能自夸！”努尔哈赤说，“你去把兄弟们隐蔽起来，拈弓搭箭，听我的号令！”

雅尔哈齐照努尔哈赤的话做了。

这时，那百多人已经上了山，正在东瞅西瞧，轻声地说着话。

“我的长生天，我们逃出了虎口了吗？”为首的那人唉声叹气。

“我看没事儿了，”后面一个人安慰说，“城主，大难不死必有后福！”

“是呀，是呀……”有人应和道，“几年后我们还要从这道儿上回到托漠河城的！”

“但愿如此吧，我的老天呀！”……

努尔哈赤不认识托漠河的厄鲁纳刚，也不认识他那几个同伙，但他知道这就是他们。等他们更走近了些，努尔哈赤一箭射去，为首的那个便大叫一声，翻身落马！

雅尔哈齐站出来连发数箭，箭箭都不落空，敌人就像群被打蒙了的鸡，回头就往山下跑，哭叫连天。有的被自己人踩到马下，有的摔进沟壑里……

“杀呀！……”几彪人马冲了过来，这是额亦都派来的追兵。

额亦都拿下托漠河后，没有找到几个城主，知道他们趁破城后的混乱出城逃跑了，就派兵几路追去。

等战斗结束，打着火把检认尸体时，一个不少地找到了那几个以厄鲁纳刚为首的城主……

天亮后，努尔哈赤派兵分别占领了其他四城，掳获了大量的牲畜、财物和军械。

五

尽管努尔哈赤先后统一苏克素浒河部、董鄂部和哲陈部，但起兵已经三年，仇人尼堪外兰还没有擒获，埋藏在心底的隐恨并没有消除。一股复仇的烈火在他胸中燃烧着。擒斩尼堪外兰，洗雪父祖之仇，成为努尔哈赤下一个奋斗目标。

此时，被努尔哈赤专门派出去的两个贴身侍卫杨布禄和厄林刚回来了。他们是为侦查尼堪外兰的情况被努尔哈赤派遣出去的。根据这两人的报告，得知尼堪外兰已在鹅尔浑筑城驻居。

这鹅尔浑城距离明朝的驻军很近，尼堪外兰依仗明军的力量，修筑了城墙，又招收了几百名士兵，企图与努尔哈赤对抗。努尔哈赤与张军师商量了之后，觉得当前情况下，不能与明朝军队发生冲突，还要继续高举忠于大明皇帝的旗帜，暗中积聚力量，统一建州女真。努尔哈赤让张军师与众将领在托漠河城里一边休息，一边训练兵马，自己亲自去广宁拜见明朝派驻辽东的巡抚。

大明皇帝于万历十三年(1585)六月，派遣顾养谦为都察院右佥都御史巡抚辽东。此人五十余岁，贪财，好色。在京师里，他的下属都说顾养谦占了两个“一”：“一脑子的鬼点子，一肚子的花花肠子。”来到广宁后，他经常出入酒馆、妓院，毫不避嫌。他认为辽东地处关外，天高皇帝远，荒唐一点也无伤大雅，皇帝不会知道。

努尔哈赤根据军师张聿华的建议，为巡抚大人顾养谦准备了丰盛的礼物。这一天，他与费英东二人各自骑着马，后面紧紧跟随两辆马车，一起往广宁进发。在第一辆车上，装的全是人参、鹿茸、熊掌、虎皮、虎鞭、木耳、松子、香菇、珍珠等。第二辆车上，坐着两位蒙古女孩，这是特意让克丹从蒙古买回来的。不长时间，广宁便到了。努尔哈赤曾经去过巡抚衙门，轻车熟路地径直来到院里。那门卫一见车上的礼品，立即心里明白，这是来向巡抚大人送礼，请求办事的。便领着努尔哈赤及车辆送到巡抚的一处院落——府中之府。

此时，顾巡抚就站在客厅门首，算是对努尔哈赤迎接，已是很难得了。努尔哈赤见巡抚大人身材不高，是一个矮胖子，面色微红，两眼深陷，鼻子呈蒜头形，嘴巴大而阔。其貌相平常，但是官服一穿，威风便显示出来，神情也流露出不怒自威的样子。努尔哈赤向巡抚大人行女真人的礼节，然后随顾大人进入客厅坐下，他对巡抚大人道：“建州卫都督努尔哈赤专程前来拜见巡抚大人，并献上薄礼一份，务望大人收下。”

说罢，他将礼单双手捧着，走到巡抚面前。顾养谦急忙站起来，接过礼单，对努尔哈赤道：“专程来府，已属不易，又携礼物，实不敢当，但恭敬不如从命，顾某收下了。”

顾大人拿着礼单，从上到下，浏览一遍，面呈惊喜之色，高兴地说道：“我们是初次晤面，未想到你如此年轻，名声已在辽东到处传扬了，实属不简单，不简单呀！”

努尔哈赤听后，面露难为情之色，忙说道：“顾大人初来辽东，我们是大人治下的臣民，送来一点薄礼，略表心意，也是应当的。我还要急着回建州有事，只是有一事想请大人帮忙。”那巡抚忙问道：“有什么事尽管提出来，我一定让你满意。”努尔哈赤便将尼堪外兰如何忘恩负义，又怎样骗杀了自己的父亲和祖父，简单向顾巡抚讲了一遍。顾养谦听后，问道：“你现在打算怎么办？”

努尔哈赤急忙答道：“尼堪外兰逃到鹅尔浑城，得到大明的边将王廷山将军的庇护，又筑城，又招兵马，这是帮助我的仇人与我们作对，想请大人向王廷山将军关照一声。”

“可以,这是小事,我立刻就派人去向王将军说,我们怎能支持你的仇人呢?”

努尔哈赤听后,非常高兴,真是大喜过望,情不自禁地对顾大人说道:“大人请放心,我报了父祖之仇后,一定再来向你道谢。”说完,努尔哈赤立即招呼费英东,二人攀鞍上马,向着托漠河域,疾驰而去。

万历十四年(1586)七月,努尔哈赤率兵征取尼堪外兰驻地鹅尔浑城。早在万历十一年(1583)五月,努尔哈赤攻克图伦城时,尼堪外兰就已经逃往甲板城。同年秋,尼堪外兰又携妻子、近属及部众等,从甲板徙至鹅尔浑,并筑城驻居。鹅尔浑城在浑河北岸,属浑河部,离明朝边境比图伦还近,易受明军庇护。

鹅尔浑城近明边墙,西通抚顺。努尔哈赤心急如焚,星夜兼驰,率兵往攻鹅尔浑城。努尔哈赤兵到径攻,城攻陷后,由于尼堪外兰外出而没有索获。努尔哈赤为了早日报仇雪恨,三日后就与三弟雅尔哈齐及大将费英东带领兵马二百人,前往鹅尔浑城。努尔哈赤领着二百兵马,晓行夜宿,不几日工夫,便来到鹅尔浑城。他和三弟雅尔哈齐、费英东一起,来到城下一看,见那鹅尔浑城不过是一座土城。

努尔哈赤心中不由得大喜,兴奋地说道:“尼堪外兰的死期到了!我一定要亲手杀死这个忘恩负义之徒,方能消除心中之恨!”说罢,他举起大刀,向城上的守军一指:“放箭!快射死他们!”

这一声令下,二百士兵一齐放箭,如雨点一般,一齐飞向城头。城上十几名士兵非死即伤,剩下的也吓得屁滚尿流,慌忙逃命去了。努尔哈赤一马当先,便飞马窜过那一丈多高的土城墙,雅尔哈齐与费英东带着兵马,也连人带马从城上蹿过去。

谁知尼堪外兰到底是诡计多端,他在城上只安排了十几名士兵守城,在城里的街巷两侧,却埋伏了六七十名弓箭手,准备一举将努尔哈赤射杀而死。报仇心切的努尔哈赤,果真中计!正当他飞马落到城里,手举大刀向城里冲杀之时,忽见街巷那边房顶上埋伏着许多士兵,他们正拈弓搭箭,正准备向自己射击哩!

一向勇猛过人,从不畏死的努尔哈赤,面对仇人的挑衅,他怎能贪生怕死?只见他两眼喷射出复仇的光亮,紧咬双唇,双腿一夹座下战马,那马便如飞一般驰去。就在一刹那间,两边房顶上的士兵,立刻放箭了,机智的努尔哈赤一听弓弦响,就在飞跑的马背上突然使了个镫里藏身。这时候,雅尔哈齐、费英东也领着兵马进到城里,他们便一齐向两边房顶上的士兵还击。雅尔哈齐又带部分士兵将两边的房子燃起了火,顿时房子被烧起来了,那些士兵有的被烧死在房子顶上。

努尔哈赤虽然冲过去了,但是身上也中了几箭,仍然在城里到处冲杀,四处去寻找尼堪外兰。他登城遥望,见城外逃跑的四十余人中,为首一人头戴毡帽,身穿青绵甲,疑为尼堪外兰。他下城纵骥,眼冒仇火,单骑直入,身陷重围。他被乱矢中胸贯肩,受创三十余处,依然奋死力战,射死八人,斩杀一人。他在余敌溃散后,返回鹅尔浑城。

回到鹅尔浑城之后,当努尔哈赤得知尼堪外兰被明军保护起来的消息时,愤怒的失去了理智。努尔哈赤因仇恨而失去理智,杀死城内十九名汉人,对捉住的六名中箭伤的汉人,把箭镞重新插入伤口，让他们带箭去向明朝边吏传信，索要尼堪外兰。明朝见努尔哈赤势力日益强大，留着尼堪外兰这个傀儡已成赘疣，就决定抛弃他。于是努尔哈赤派斋萨率四十人去索取尼堪外兰。斋萨斩杀尼堪外兰，向努尔哈赤跪献他的首级。

明朝万历十六年九月的一天，努尔哈赤摆设灵位，置父祖灵位于坛上，灵前放满了各种祭品，努尔哈赤让全族人披麻戴孝，济济一堂。在灵堂的右下方，竖着一块大板，已经用清水净过身的尼堪外兰四肢分开，一丝不挂地被钉在木板上。他的舌头被绳子扎着，嘴巴里塞满了马肉，说不出一句话来。忽听一声炮响，行刑的刽子手身披红色衣衫，手执大刀，走向尼堪外兰。主祭师一声令下，刽子手一步跃到前面，将尼堪外兰的心一刀剜出，放在了一个盘子里，端到了灵台上。随后一伸手，又将肝也掏了出来，放在灵台上的盘子里。用刀砍下的尼堪外兰的人头，也放在了灵台上。

之后，努尔哈赤和全族的人哭祭一番，说，如今仇人尼堪外兰已经被活祭，冤仇已报，二老若是地下有知，也就瞑目了。我努尔哈赤将继承你们的遗志，重振爱新觉罗家族的雄风，扬威天下。至此，努尔哈赤算是为父祖报了血海深仇。

努尔哈赤伤势恢复，又率兵去攻打翁科洛城。城陷后，俘获鄂尔果尼和洛科。

众将把鄂尔果尼和洛科绑缚，让他们跪在努尔哈赤面前，请求施与乱箭穿胸的酷刑，以雪翁科洛城之恨。然而，努尔哈赤说："两敌交锋，志在取胜。彼为其主乃射我，今为我用，不又为我射敌耶！如此勇敢之人，若临阵死于锋镝，犹将惜之，奈何以射我故而杀之乎！"努尔哈赤没有杀掉鄂尔果尼和洛科，亲自给他们释缚，并授为牛录额真，加以厚养。

努尔哈赤不计私怨、宽宏大度的胸怀，深深地感动了诸将，加强了其统治内部的团结，也加快了他统一建州女真的步伐。

努尔哈赤起兵后，东西征战，南北突驰，统一女真族的事业一步步地取得进展。他继对苏克素浒河部、董鄂部获取重大胜利后，又兵指哲陈部，在统一建州女真的道路上策马奔驰。

努尔哈赤从攻尼堪外兰、克图伦城，开始了统一建州女真的战争。尼堪外兰被斩首象征着他统一建州女真的战争，已经取得决定性的胜利。努尔哈赤历时五年，先后并取苏克素浒河部、董鄂部、浑河部、哲陈部和完颜部，重新整合建州女真本部，到万历二十一年(1593)，又先后攻占长白山三部——讷殷部、朱舍里部和鸭绿江部。到此为止，明建州左卫都督佥事努尔哈赤，在十年之间，将蜂起称雄的"各部环满洲而居者，皆为削平"，使整个建州女真重又统一。

努尔哈赤在统一建州女真过程中，万历十六年(1588)有苏完部长索尔果及子费英东、董鄂部长克辙巴颜之孙何和里、雅尔古寨扈喇虎及子扈尔汉，各率其所属军民族众至赫图阿拉归附。费英东、何和里、扈尔汉后来同额亦都、安费扬古共为开国五大臣。

费英东，瓜尔佳氏，为苏完部长索尔果次子。"瓜尔佳为满洲著姓，而居苏完者尤著"。苏完部长索尔果有子十人，其族繁盛。费英东随其父索尔果率五目户，归顺努尔哈赤。努尔哈赤将长子褚英之女，与费英东为妻。史称其"自少从征诸国，三十余年。身先士卒，摧锋陷阵，战必胜，攻必克，屡奏肤功"。费英东在归附努尔哈赤之后，赤诚忠耿，自厉直言，深得努尔哈赤的信任,并建立了殊勋。

何和里,董鄂氏,以地为姓。其祖克辙巴颜、父额勒吉、兄屯珠鲁世为部长。万历十年(1582),何和里代兄掌其部。何和里所率领的部以强著称,兵精马壮。

归附努尔哈赤后,努尔哈赤许其长女为妻。何和里原有妻,长于骑射。其妻率故地兵马,求同何和里战。经努尔哈赤谕和,其原妻始罢兵降附。何和里后随努尔哈赤征战三十六年,温顺勇勤,战绩显赫。

扈尔汉,佟佳氏,世居雅尔古寨。年十三,从其父扈喇虎归附努尔哈赤。努尔哈赤十分喜爱扈尔汉,收为养子,赐姓爱新觉罗。稍长,努尔哈赤收其为侍卫,更加宠爱,扈尔汉"感上抚育恩,誓以戎行效死,每出战,辄为先锋"。扈尔汉忠心耿耿,内外效力,后列为五大臣之一。

努尔哈赤其时三十岁,诸子尚幼,赖额亦都、安费扬古、费英东、何和里、扈尔汉等诸将,同甘共苦,为努尔哈赤效死命。自努尔哈赤起兵,仅五六年的时间,在努尔哈赤的内外发生了巨大变化:

第一,克图伦城,斩尼堪外兰,洗雪了父祖被害之仇。

第二,统一建州各部,加强了建州女真的军事与政治、经济与社会的实力。

第三,改善了与明朝之间的关系,明"岁输银八百两、蟒缎十五匹,通和好焉"。

第四,明于抚顺、清河、宽甸、瑗阳四关口设市,以通商贾,易有无,加强了经济实力。

总之,《清太祖武皇帝实录》于努尔哈赤起兵五年后的建州女真社会,包括同明朝的关系,作了如下的记述:太祖遂招徕各部,环满洲而居者,皆为削平,国势日盛。与大明通好,遣人朝贡,执五百道敕书,领年例赏物。本地所产有明珠、人参、黑狐、玄狐、红狐、貂鼠、猞猁狲、虎、豹、海獭、水獭、青鼠、黄鼠等,以备国用。抚顺、清河、宽甸、瑗阳四处关口,互市交易,照例取赏,因此,满洲民殷国富。

六

万历十四年(1586)五月,二十八岁的努尔哈赤留何和理与洛寒在赫图阿拉守城,他与军师张聿华率领兵马六百余人,威风凛凛,往浑河部的播一混城出发。克丹大摆酒宴隆重迎接建州卫大都督。席间有一位从戏班子来的蒙古少女伊尔根觉罗轻歌曼舞,吸引了努尔哈赤,只见她眉目传情,搔首弄姿,歌声婉转,缠缠绵绵,加上自己酒意朦胧,真的如在梦中。张军师见伊尔根觉罗和大都督情投意合,就转脸对城主克丹说道:"太好了! 这个中间介绍人就由我老朽与城主担任了,现在就正式通知你,从今晚开始,你就是我们建州卫的人了!"

当夜阑人散之后,张军师与克丹找到那戏班的蒙古老板,小声地议论着,克丹付了银子之后,张军师便把伊尔根觉罗带走了。这一夜,努尔哈赤初次领略了蒙古女人的韵味。伊尔根觉罗终于成为努尔哈赤的第五位福晋。

努尔哈赤一生共有十六个妻子:

一、高皇后叶赫纳喇氏，名孟古姐姐，是叶赫贝勒扬佳努女，比努尔哈赤小十六岁，为皇太极生母。

二、元妃佟佳氏，名哈哈纳札青，生子二：褚英、代善；女一：称东果格格。

三、大妃乌拉纳喇氏，名阿巴亥，乌拉贝勒满泰女，比努尔哈赤小三十一岁，生子三：阿济格、多尔衮、多铎。

四、继妃富察氏，名衮代，生子二：莽古尔泰、德格类；女一：莽古济格格。

五、寿康太妃博尔济锦氏，蒙古科尔沁贝勒孔果尔女。

六、侧妃伊尔根觉罗氏，生子一：阿巴泰；女一：称嫩哲格格，又称沾河公主。

七、侧妃叶赫纳喇氏，是高后纳喇氏之妹，生女一：称聪古图公主，就是努尔哈赤的第八女。

八、侧妃博尔济锦氏，蒙古科尔沁贝勒明安女。

九、侧妃哈达纳喇氏，哈达贝勒扈尔干女。

十、庶妃兆佳氏，生子一：阿拜。

十一、庶妃钮祜禄氏，生子二：汤古代、塔拜。

十二、庶妃嘉穆瑚觉罗氏，名真哥，生子二：巴布泰、巴布海；女三：穆库什及努尔哈赤之第五女、第六女。

十三、庶妃西林觉罗氏，生子一：赖慕布。

十四、庶妃伊尔根觉罗氏，生女一，也就是努尔哈赤之第七女。

十五、庶妃阿济根，努尔哈赤死时从殉。

十六、庶妃德因泽，努尔哈赤死时从殉。

这些妻子中元妃佟佳氏是他的第一个伴侣。这段婚姻无从查考，只有下面的传说。

大约在万历五年（1577）前后，努尔哈赤十八九岁时，带着弟弟舒尔哈齐离开李成梁旗下，回到了建州左卫的家乡。没多久，努尔哈赤娶了第一个妻子佟佳氏（哈哈纳札青）。

佟佳氏的父亲塔本巴颜是个名不见经传的小人物，可知这是一桩没有任何政治背景，甚至没有父母之命的婚姻。

一次，努尔哈赤在山里迷了路，遇到抚顺商人佟老翁。努尔哈赤自陈父母双亡，无家可归。佟老翁见他可怜，就把他带回抚顺家中，收为佣工。佟家虽非巨富，却也家资富饶，是个良田千顷、牛马成群的地主兼商人，家里有成百个长工、短工。佟老翁却不以佣工待努尔哈赤，时而携他下乡收租，时而与他家中闲谈。时日越长，佟老翁对努尔哈赤越器重，最终将独生孙女嫁给了他。从此之后，努尔哈赤不但姓爱新觉罗，也姓佟。

开国皇帝曾入赘妻家，又改变过姓氏；并且佟氏并非女真人，而是世居辽东、女真化了的汉人，只为后来佟家追随清朝（金）有功，才归入满族，佟氏方改为佟佳氏，所以清人对这段历史讳莫如深。可是在当时，努尔哈赤却从不以自己改姓“佟”为耻，就是在起兵之初给明朝的文告中，也毫无顾忌地写着“佟努尔哈赤”。

正当努尔哈赤为实现未来理想而踌躇满志，努力积蓄力量之时，他的同宗亲族们又施毒计，向他射来了暗箭。那个一直嫉恨努尔哈赤的隆登儿，拉拢族人兆佳城的城主李岱，跳出来与建州卫作对。

小李岱年约二十三四岁，与努尔哈赤也是同宗兄弟，彼此本无仇隙。李岱自小学过武功，十八般兵器样样精通，在隆登儿这一帮人的眼里，李岱是抗衡努尔哈赤最理想的人选。隆登儿对李岱软硬兼施，他向李岱允诺："你若能让努尔哈赤就范，我们全宗族的人拥护你作建州卫的首领。"

李岱答应了隆登儿的条件。万历十一年年底的一天，李岱领着哈达部的一支兵马，袭击了努尔哈赤所属的瑚济寨，将瑚济寨的财物抢劫一空，连牛羊也赶走了。因为安费扬古是瑚济寨人，李岱把安费扬古的儿子卜赖带去做人质，并要挟安费扬古的父亲完布录说道："你立即让安费扬古离开努尔哈赤，否则，就把你的孙子卜赖杀死！"

努尔哈赤得到消息之后，气愤地说道："李岱领着哈达部的人来抢劫我们的瑚济寨，正如引狼入室，我们怎能坐视不管！他们知道安费扬古是我的好兄弟，就抢他的儿子作为人质，并胁迫完布录大叔，是可忍，孰不可忍！他的儿子，也正像我的儿子一样，我们首先要解救人质，把卜赖救出来。"

大家议论纷纷，舒尔哈齐首先发表意见说：解救人质固然重要，但是眼前正当冬季最寒冷的日子，那兆佳城已处群山之中，大雪封山，道路不通，兵马更难行走，不如来年开春之后再战。未等二弟说完，努尔哈赤便瞪了他一眼说，等到来年开春之后，卜赖怎么办？孩子若有不测，我们于心何安？

舒尔哈齐回到哥哥身边以后，见到他对安费扬古、额亦都、费英东、何和理、扈尔汉五人特好，特亲切，特关心，难免产生了嫉妒心理。有一天，舒尔哈齐竟向嫂子春娅娜说道："哥哥对我这个亲弟弟，还不如对那五个拜把子的干兄弟好！"

春娅娜听了，不胜惊讶，忙劝他说："二弟啊！可不能这么说，你哥的为人你还不了解么？虽然他处处以事业为重，但是，他仍然重亲情。"

这时安费扬古沉思了一下，直截了当地说："他们要我离开建州卫，不如顺着他们的意思，我就暂时离开，到兆佳城把卜赖领回来，以后再兴兵讨伐也不晚。"

"万一他不放孩子，也不让你走，怎么办？"

听了额亦都"万一"的设想，他笑道："那也没什么，我安费扬古可不是小孩子，我就留在那里充当内线，岂不更好？这攻城的事就不要在会上讨论了，我考虑再三，觉得自己不妨答应他们，亲自去兆佳城，看事态如何发展，再定下一步的行动。我到兆佳城去，他会认为我已屈服了，与建州已脱离了关系，能会对我怎么样呢？不然的话，我就学那三国的徐庶，进了曹营以后，来个'一言不发'！他李岱又能奈何？"

军师张聿华看了一眼努尔哈赤，点头说："还是用那'将计就计'，不过，你得考虑全面，去了以后怎么办。"

安费扬古回到住处，带了几件随身要穿的衣服，便向努尔哈赤、张聿华、额亦都等辞行。努尔哈赤、张聿华与额亦都三人故意把安费扬古送出大门以外，给许多人留下“安费扬古真的离开建州”的印象。

果然不出所料，康嘉绰其达和觉善忙着与隆登儿一起庆贺胜利。

隆登儿道：“安费扬古一走，等于砍去努尔哈赤的一条胳膊，我看他也神气不长了。”他们立即让人送信给兆佳城的李岱，要他好生招待安费扬古，争取能把安费扬古留在兆佳城里，并为自己所用。

努尔哈赤自安费扬古去了兆佳城，便领着额亦都等加紧训练兵马。又过了两天，军师张聿华让费英东陪着他，亲自骑马去了夹山口，认真地察看了那里的地势地貌，对兆佳城的周围也作了考察。二人站在城南的山上，鸟瞰城周围那险峻的山势，道路因被大雪覆盖，一片白茫茫。这位历经风霜的老人，通过这次实地侦察，在骑马回赫图阿拉途中，已琢磨出了攻取兆佳城的初步方案。当日，军师张聿华与努尔哈赤整整谈了一个晚上，他们对攻打兆佳城订出了具体的作战计划。

努尔哈赤万万没有想到，曾与自己患难相逢，恩爱情深的妻子——佟氏春娅娜突然一病不起，百药难治，命已危矣。

原来佟氏这病，是两次刺客谋杀努尔哈赤时种下的病根。那还是在攻下嘉班城后，隆登儿和几位亲属连续两次雇佣杀手企图杀死努尔哈赤，没有成功，却把妻子春娅吓病了。再加上事后的忧思愁结，劳累过度，终于酿成大病。

这些日子里，努尔哈赤把府里的公事全交给军师张聿华与额亦都等弟兄了。每日，努尔哈赤坐在佟氏春娅娜床前，送茶递水，同妻子说话。两人相互偎依着，紧握着手，聊着过去，讲着现在，也描绘着未来。在去世之前，佟氏拉着努尔哈赤的手道：“我们结婚十几年来，从未红过脸，更没有争吵过一句，总算是恩爱情深了。回想起来，我们佟家帮你振兴祖业，如今你已成为建州卫的千军之首，又承袭了都督的职位，这也不枉了祖父和我的一片赤诚！可惜，我没有福分看到你成就大业，再也不能……”这一句话没有说出来，一缕香魂飘飘悠悠消逝，温柔贤良的佟氏春娅娜竟撒手而去。

努尔哈赤想起佟家一家人对自己的恩情，尤其是妻子春娅娜关爱自己的许多往事，痛哭不已。为了追悼亡妻，努尔哈赤宣布：“全府挂孝，十日之内不许任何人弹奏乐器，不许任何人唱歌娱乐。”

办完丧事，努尔哈赤仍然深深怀念着佟氏春娅娜的许多好处，他沉痛地说道：“婚后十多年来，她管家理财，操持家务，扶养孩子，做出了巨大的牺牲，这一切，我绝不能忘！”

春娅娜死后，她留下二男一女，他们是长女东果格格，长子褚英，次子代善。额亦都的妻子莫愁主动承担了照顾三个孩子的担子。

这时候，为了给努尔哈赤解扰，让他精神上得到抚慰，沾河寨的寨主常书送他的小姨子兆加氏给努尔哈赤。这兆加氏长得虽不及佟氏春娅娜美貌，倒也妩媚动人，尤其是那苗条的身段，白皙的肌肤，男人见了，全会动心的。当晚他们就圆了房，完了婚。从此，这兆加氏便是努尔哈赤的第二位福晋了。

万历十二年(1584)正月，努尔哈赤经过充分酝酿和讨论，决定亲自带领大军一千人，前去攻打兆佳城。他派额亦都为开路先锋，让洛寒与提布尔先负责押运粮草，留军师张聿华守赫图阿拉。

先锋官额亦都带领二百兵马，乃是经过挑选的精兵强将，个个生龙活虎，武艺高强。他们身上除了兵器，还带着清理积雪的工具，比如铁锹、铁锨、铁铲、木杠、筐子、竹篮等。因为连降大雪，路上的积雪较深，额亦都便下马走到队伍的前面带头铲雪。那些士兵见主将也亲自下马除雪，都很感动，干得更欢了。

努尔哈赤也骑马追上来，见兵士们忙着挖雪开路，他也下马步行，走到铲雪的队伍中，拿起筐子，主动抬起雪来。如此一来，兵士们看在眼里，心里都更感到热乎乎，暖洋洋，虽说是冰天雪地的正月，大家却是汗流浃背。努尔哈赤与先锋官额亦都领着二百兵马，挖雪开路，坚持行军，不久，那夹山口便在眼前。

额亦都让部队停息下来。此时，天色将晚，努尔哈赤下令："埋锅造饭，准备晚上作战。"

兆佳城里的李岱，一听说努尔哈赤来攻城了，心中不免有些惊慌，先来见安费扬古。"在这天寒地冻的正月，努尔哈赤居然带兵前来打我，是他自寻死路!"

安费扬古听了，冷笑一声说道："自古以来，军队打仗靠的是机智、勇敢，靠的是军队的士气，未听说天寒地冻能使对方丧命。这种怪论，我不敢苟同。"

李岱一听，愣了一下，忙问道："依老兄的意见，我该怎么办?"

安费扬古便说道："这是有关兆佳城的大事，我不好乱讲，还是你自拿主意吧!"

此时，天空阴云密布，大朵的雪花又纷纷扬扬地下了起来，李岱一见，拍着手道："真是天助我也！这雪下得越大越好，我看他努尔哈赤的兵马不冻死在山下才怪哩!"说完，李岱走出安费扬古的小跨院，回到客厅里，向侍卫喊道："快到夹山口传达我的命令：加强山口两边弓弩手人员的埋伏；山口要多设置滚木、树枝，以阻止努尔哈赤的兵马前进。"

侍卫走后，李岱又亲自走到城门口，叫来守城的将官也拉罕。李岱对他又嘱咐道："从现在开始，你要日夜守城，加强警戒，派士兵多运些礌石，城头上增加弩手人数。"

也拉罕听了，心里想道：我一个将官怎能日夜坚守？遂建议道："这守城之事需得两人轮班，白天夜里巡查坚守，日子长了，一人怎能受得了?"

李岱听了，甚觉反感，便压住火道："这么冷的天气，努尔哈赤的军队能坚持长久么？说不定那夹山口他过不来，就会撤兵的，你别想得太远了。"

也拉罕本想再劝城主两句，提醒他一下，但见到李岱那副傲视一切的表情，知道他既看不起努尔哈赤，更不会把自己放在眼里，就把话咽到肚子里，心里想道："我又何必去苦口婆心劝他呢，还不如当一天的和尚，撞一天的钟，以免多言生事，一旦得罪了他，可就吃不了兜着走了。"

努尔哈赤的军队来到夹山口，守寨的佳兰古四等人也没有停止寻欢作乐，他对守兵说道：“你们别害怕！只要山口两边有强弓硬弩，有滚木礌石，努尔哈赤的兵马上来，两边就一齐射箭，滚木礌石一齐打下，谁能通过？”

守军听了，也就不把努尔哈赤的兵马放在眼里，见佳兰古四只顾寻乐，他们也打牌、赌牌九、掷骰子、喝酒、猜拳，乱得一塌糊涂。李岱派人来传话，让多加注意敌兵，佳兰古四听得不耐烦，只叫士兵多砍些树枝放在山口，就又去寻欢作乐了。

当晚半夜时分，呼呼的北风越刮越猛，雪也越下越大了。此时，漫山遍野，北风卷着大片的雪花，上下翻飞，将整个山野装扮成一个银色的世界。额亦都向费英东看了一下，问道：“到时候了吧？”

费英东兴奋地眨了眨眼睛，神秘地道：“刚才我出去的时候，见到山口那边有好几个士兵抱着碎柴进屋，大概是冷得受不住，抱柴烤火取暖的吧！”

额亦都听了浓眉毛一挑，高兴地说道：“这是替咱帮忙的，就怕他们抱的柴不够多！我们开始吧。”说罢，二人笑着走了出去。

额亦都带着人马从山口的北边点着了火，那火借着风力，呼呼地伸着两尺长的火舌，从北向南一直烧过去。费英东领着士兵们，每人抱着一大捆柴草，把那尚没有着火的地方也燃着了。虽然是积雪覆盖着草丛，但是火的威力煞是厉害，火还未烧到，雪已化了，干草随即燃烧，不一会儿工夫，夹山口火光冲天，浓烟滚滚，山口两边的草屋很快被火海吞没了。

山口的守兵们惊慌失措，站岗的士兵早吓得无影无踪了。屋里的士兵还在梦中，惊醒后一见大火烧进了屋子，忙得连衣服也顾不得穿，逃出屋子一看，到处是火，结果有冻死的，有烧死的，很少有逃出去的。

那佳兰古四正搂住两个蒙古女子呼呼大睡，怎想大火已烧进屋子，门被火封死，想跑也不成，被活活烧死在屋里。不到一个时辰，夹山口战斗结束了。

天也放亮了。额亦都与费英东检查士兵数目，一个不少，还是二百人！他们打扫战场，将那些兵器、盔甲等捡到一块儿，还有一些未烧毁的弓箭，也收集一起，这些就是战利品了。不久，努尔哈赤带着大队人马赶了上来，他兴奋地看着夹山口，对他的两位部下说道：“这天险第一关的神话，被你们一火焚之，而且未折一兵一卒，不能不说这是一个奇迹！”

说完，努尔哈赤将马鞭一指：“继续进军兆佳城！”

只听一声炮响——“咚！”震得漫山遍野的回声，李岱在兆佳城里也听得真切。他连忙跑到城门口，向也拉罕问道：“怎么了？这炮声响得这么近。”

也拉罕用手指着夹山口方向说道：“夹山口可能失守了。”

也拉罕话还未说完，就见从夹山口通往兆佳城的大道上，人喊马嘶，黑压压一大队兵马向兆佳城开来。

李岱也看见了，心里想：这努尔哈赤果真名不虚传，便顺口对也拉罕嘱咐道：“你在这儿小心守城，我去找安费扬古，看他可有什么退兵之计。”

说完，便慌慌张张，跑下城去。

一见安费扬古，李岱苦笑着说道："安费大哥，努尔哈赤已攻破了夹山口，正带领兵马往这里进发，我想出城去与他大战几百回合，你看怎样？"

听了李岱的话，安费扬古提醒他道："我认为你不是他的对手，何况他身边还有额亦都、费英东、扈尔汉等，个个都有万夫不当之勇，你自己决定吧。"

"难道说你就不能拉我一把？"

安费扬古听他这么说，便笑了笑道："你要我怎么帮你？我可不能去帮你和努尔哈赤对阵，是你对不起人家呀。"

李岱有些后悔地说道："这事怪我没有主见，还不是隆格儿那一帮子人来让我那样干的，可现在……"

安费扬古立刻顺着李岱的话说道："现在怎样？我以为现在回头也不晚！你若是出城与努尔哈赤硬拼，简直是以卵击石，你值得么？"

安费扬古见李岱在沉思，头脑里在斗争，认为是时候了，便亲切地对李岱说："我可以老实告诉你一句话，不要说你一个兆佳城，即使是十座兆佳城，也挡不住努尔哈赤的兵马！我预计，不出三年，努尔哈赤必将统一建州，这是一股不可抗拒的力量！你为什么不可以顺应形势，变被动为主动？"

未等李岱答话，只听城外喊杀声渐近，李岱慌忙站起来，无头苍蝇一样在屋中撞来撞去。

安费扬古紧接着又对他说道："事不宜迟，现在已是兵临城下，贻误了时机，后悔也来不及了。"

李岱想想，再没有路可走，只有照安费扬古说的办法——向努尔哈赤投降了。

李岱随着安费扬古一起走出了城门。来到努尔哈赤的大营里。二人虽然是同族同宗的兄弟，但是从未见过面。

努尔哈赤热情地上前拥抱着李岱，轻松地笑道："咱们既是兄弟，就不该反目成仇，更不能刀枪对阵，这全是个别人挑唆的，我们应该引以为戒。"

李岱听了，只是点头，他深感悔恨地道："若不是安费大哥的苦口婆心，我还执迷不悟哩！今后，我一定振奋起来，追随在你的鞍前马后。"

努尔哈赤接受安费扬古的建议，将李岱留在帐前所用，派也拉罕守城，做兆佳城的城主。也拉罕当然高兴，当即向努尔哈赤说道："这兆佳城从此便是你努尔哈赤的，我将随时听候调用，金银财物，兵马粮草，全在征用之列。"

兆佳城头，已挂上"建州努尔哈赤"的大旗。

第四章 建兵制 创女真八旗

一

二月底，舒尔哈齐回到了费阿拉，他刚一进家门，就觉得气氛不对，妻子仆妇都满脸泪痕，问候的话也说得少气无力的。

“你们怎么啦？”舒尔哈齐问，“家里出了什么事了？”

正巧阿敏在家，他把阿敏叫到面前，喝道：“你给我说！”

“阿玛，你先回房歇息一会儿吧……”

“不行，你这会儿就要给我说！”

阿敏抱着阿玛大哭道：“大伯把常书和纳济布关起来了！”

在京都时，尽管他过得很愉快，可是心里总觉得要有什么事，他把家里可能发生的事在心里过滤了一遍，没有叫他太担心的。后来由于常常思念家乡，眼皮竟然扑扑地跳起来……左眼跳财帛到，右眼跳灾祸绕，他想起这句俗语，我是右眼跳，难道要遭什么灾吗？

听到这句话，舒尔哈齐差点儿晕倒。扶着阿敏的肩膀进到房里，他的几个福晋都默默地给他宽衣，给他扫尘，给他沏茶……

大福晋忍不住了，哭着说：“你可回来了……”

“都给我一边待着去，天塌不下来！”他吼道。

舒尔哈齐明白，努尔哈赤是冲他来的！

他想起熊廷弼的话，想起他讲的历史上为争王位而骨肉相残的故事。他不是随便对我讲的，他虽在京都，却看透了我和努尔哈赤的关系！努尔哈赤当了建州的督爷后，家族里的大多数不都成了他的敌人吗？起事后的几次大仗，不都是在爱新觉罗家族中进行的吗？

莫非努尔哈赤要对我下手了了？

他这样想着，脸上流露出一种冰冷的笑——大哥，你得看清了，我可不是软包子，尽着你捏！我有本领，我有军队，我有战功，我在建州、女真各部落甚至大明和朝鲜都有威名，我怕你呢！

努尔哈赤，今后能在一起就在一起，如不能在一起，咱们就各起炉灶，分道扬镳吧！

他想立刻跑到努尔哈赤府上兴师问罪，可是大福晋劝住了他："你刚刚回来，得歇息一下呀，再说，你到大哥处去讲理，也得好好想想，话该怎么说……"说着把他推进房里，服侍他上炕。

"怪事，对努尔哈赤说话，我还要小心谨慎吗？他是什么人，他是大明皇帝吗？"

"你可别这样说，大哥现在就是建州的皇帝了。你呢，就是他的臣子，你们是兄弟，也是君臣，你却至今仍旧只把他当做哥哥……"

"什么，他是皇帝？"舒尔哈齐直着脖子大叫，"那我是什么，是他的臣子？他做梦去吧，建州到底谁是皇上还得走着瞧呢！"

大福晋看他火气仍然很大，就出去了。

"阿敏，给我进来！"舒尔哈齐大声呼唤。

阿敏来了，低头站在炕前。

"你给我讲一讲事情的经过……"舒尔哈齐从床上坐起来。

他现在已有六个儿子，能上阵的已有三个。他们是长子阿尔通阿、次子阿敏、三子扎萨克图。阿尔通阿虽很聪明，却武艺不精，在战争年代里没本领便没有地位，三子扎萨克图，年纪还小，正跟着英达将军学艺。唯有阿敏头脑灵活，武功精湛，就是褚英、代善也难与他比拼。舒尔哈齐也是很看重他的。

"阿玛，是这样……"阿敏说，"你走后的第三天，大伯把常书和纳济布叫去，质问他们在乌碣岭作战中，为什么陪同他们的主子在山下观望，不英勇杀敌？……"

"哼……还有呢？"

"常书气得一句话也不说，纳济布分辩说：当时情况不明，而敌人又大我们几倍，主子就想先把情况弄明白，再做打算……"

"纳济布说得好，阿敏，你说，是不是那个情况？"

"可是大伯恼怒了，他指着他们的鼻子骂道：你们是胆小鬼，是建州的败类！咱们打仗哪一次不是以少胜多？如果让你们打呀，乌碣岭一战是败定了，形势哪有今天这样好？你们的主子还向我为你们邀功请赏，好像我努尔哈赤不赏罚分明似的！你们已是建州的罪人，我决不轻饶你们！"

"听到了吗？阿敏，这哪里是责备他们，分明是在骂我！——常书就一直没说话吗？"

"这时，常书说话了。他说：我们兄弟自投奔汗王以来，哪一战不是身先士卒，一往无前？我弟弟就是为汗王死在敌人的乱刀下的！汗王骂我是胆小鬼，我绝不领受！"

"常书的话是对的，他可不是胆小鬼！"

"可是汗王杀他们的主意已定，他再也不和他们啰唆了，喝令把他们推出去，到街口枭首示众!”

“周围的将领就没人敢说话吗?”

“将领们都在场,可是没人出面劝阻,直到褚英、代善领头给汗王跪下来,将领们才跪了一地,大声呼喊着为他们求情……”

“努尔哈赤怎么说呢?”

“他很愤怒,他大声说:要干大事就得赏罚分明,对那些在战场上,畏缩不前的败类就应该处以死刑!”

“可是大家跪着不起,求大王看在他们过去都有大功的这一点,饶他们死罪,给他们将功补过的机会。”

“后来呢?”

“后来……大伯叹口气说:大家既然认为他们还可为统一事业出力,我就姑且给他们留下一条命,但死罪可免,责罚可不能轻饶。他把额亦都等人叫到府里商议了半天,最后定下:分别处罚金百两,全部收回所管辖的诸申(部属)……发生了这事后,咱们家里和咱们的部队就像霜打了的嫩秧——蔫了!”

“我要去找努尔哈赤!”舒尔哈齐嚷道,“我要让他知道自己是谁?我要对他说:在自己的亲兄弟中不能摆他汗王臭架子!”

“阿玛,你千万不要这时去找大伯!你这样气咻咻的,到那里不会有好话说,会把事情弄得更糟的!”

“再糟能怎么的?他还能把我杀了?”

“阿玛,刚才额娘说的是对的,现在你不能再把汗王看成是你的大哥了,他是建州的大汗,是建州的皇帝……”

“嘿,阿敏。你也这样说?”舒尔哈齐瞪起牛眼,“你呀,这样胆小怕事,真不像我的儿子!”

第二天一早,舒尔哈齐以向汗王汇报进京朝贡一事,去见努尔哈赤。

他见努尔哈赤脸色冷冷的,索性不说朝贡的事了,他劈头就问:“哥,你趁我进京挤对我呀?你对亲兄弟都做出这样的事来,你还有脸当这个汗王呀?”

这几句话是很严重的,除了舒尔哈齐谁也说不出来。努尔哈赤愤怒了,他反唇相讥道:“你是为了常书、纳济布的事来兴师问罪吧?我知道你会来的,在家里等着你呢!舒尔哈齐,我对你说,无论谁的人马,都是建州的,都是我努尔哈赤的!人人都得听我努尔哈赤的命令,如果他们立了功,我就奖赏他们,如果他们犯了罪,我就责罚他们,甚至杀了他们!”

“努尔哈赤,”舒尔哈齐不叫努尔哈赤哥了,“你少在我面前摆你汗王的臭架子!你对别人指手画脚可以,在我面前可行不通,我不听你的!你忘记了建州这几万军队是谁和你一起拉出来的?是我!这建州至少有我舒尔哈齐的一半!”

几句话后,他们就剑拔弩张了。舒尔哈齐忘记他临来时,福晋和儿子对他的嘱咐。努尔哈赤呢？他没料到舒尔哈齐会这么嚣张！他尽管准备与舒尔哈齐唇枪舌剑地争论一场，却没想到舒尔哈齐这么凶狠，几“枪”就扎进他的心窝子！

“舒尔哈齐，你竟说出这样的话，可见你是个叛臣逆子！”努尔哈赤恶狠狠地说。

“努尔哈赤，以后咱们各干各的，几年后见分晓吧！”舒尔哈齐也以同样的腔调回答他。

努尔哈赤被气得说不出话。舒尔哈齐自以为得胜，扭头跑了。

他跑到监狱里，手持腰刀逼着守狱的士兵，放出了自己的将领常书和纳济布。

回到家，几个福晋、家人、将领都围上来询问情况。

“我和那个家伙闹翻了……”他把和努尔哈赤吵架的事说了一遍。

大福晋说：“啊呀，不得了了！”

儿子们、将领们和僚友们都说：“这等于公开决裂，咱们再在费阿拉待下去，不行了！”

商量了好一会儿，后来决定移居到浑河上游的黑扭木去。过去他们曾经在那里扎过营寨，以与哈达部对峙。现在，那里还有现成的栅墙和房屋，就是有些废圮，修造起来也不费难。舒尔哈齐同意了。

这事是不能等的，四月初，舒尔哈齐走了。

在费阿拉，他已有很大的家业，不能一次搬个干净，他只能先和几个福晋，常书和纳济布，还有一百士兵先行，其余的陆续再走。

就在这时，努尔哈赤的狠劲上来了，他采取了断然措施，令额亦都逮捕了舒尔哈齐的三个儿子和曾经参与移居议论的族人阿萨布、部将武尔坤。还没收了舒尔哈齐的全部财产和部众。

惩罚是极为严厉的，努尔哈赤令人把阿萨布和武尔坤吊在街口的大树上，下面堆上木柴，活活地烤死，再放下来，让一群狗吞吃……

那天，围观的军人、民众有数千，都吓得浑身颤抖、呆若木鸡。许多病残老弱经不住这一惊吓，昏倒了不少，女人孩子哭叫连天。可是，外围有士兵站岗，谁也不许半路溜走。

接着，努尔哈赤下令把舒尔哈齐的十数名家丁砍了头，弄得街口血肉狼藉，周围的将士虽然久历战场，杀人无数，看惯了尸横遍野，但也被这手足相残的惨剧吓坏了，他们个个面色如土，连大气也不敢喘一下。

“把那三个畜生给我拉过来！”努尔哈赤叫道。

舒尔哈齐的三个儿子被推到努尔哈赤面前，他们趴在地上哭叫着向大伯求饶。

“大伯，阿玛错了，您看在一母所生饶了阿玛吧！”

“饶了我们一家吧！”

“大伯，我们都是您的骨肉呀！”……

他们哀哀的哭叫使周围的人忍不住伤心落泪，可是努尔哈赤不为所动，他跺着脚叫道：“舒尔哈齐是只凶恶的狼，你们都是狼崽，杀了杀了，给我斩草除根！”

刽子手拉过阿尔通阿，咔嚓一声砍了。又去拖阿敏……

就在这时，皇太极跑到努尔哈赤跟前跪下了："阿玛，我求您放过阿敏吧，他在几次战争中都立过大功，在乌碣岭，他英勇冲杀，三进三出！现在他已经不仅是您的侄子，他还是您的骁将啊……"

阿敏是和努尔哈赤的几个儿子一起长大的，努尔哈赤常常望着褚英、代善和阿敏对人说："瞧见了吗？那是我家的三只虎！"他心里真的不愿把这个已经成为他膀臂的阿敏杀掉。

就在他犹豫时，褚英、代善、阿拜等几个儿子都跑到努尔哈赤面前跪下，他们都哭着为阿敏求情。

以额亦都为首的将领也在阿哥们身后跪下，大声地求努尔哈赤饶过阿敏。

汗王叫过阿敏："你给我说，你父亲对吗？"

"不对……"

"今后，你不要喊他阿玛了，你叫他狼！"

"……是。"

"叫呀，叫呀！……"

"狼……"

"你是跟狼走呢，还是跟我走？"

"当然是跟大伯走！"

"好，你对长生天发誓！"

阿敏仰起头，对着蓝蓝的苍天叫道："长生天呀，今后，我要一心一意地紧跟大伯，要是有三心二意，上天惩罚我，叫我横死战场，尸骨喂狗！"

"好了，给他松绑！"努尔哈赤说，"把小崽子扎萨克图砍了！"

扎萨克图才十多岁，已吓得有些昏晕，这时忽然睁开眼睛叫道："大伯，不要杀我，不要杀我，我也叫阿玛是狼，我也一心一意跟着你，我也发誓……"

但他还没有说完，就被砍掉了头颅。

传说那天午前还蓝湛湛的天，午后忽地阴云密布，巨雷夹着冰雹下了半个时辰，费阿拉周围的春苗都被砸烂了！

费阿拉的军民都惊得心魂难定，努尔哈赤大概也受到了震撼，到了傍晚，他在堂子上祭天，并向长生天祷告，述说了自己杀害亲属的理由，请求上天饶恕。

正在黑扭木苦心经营的舒尔哈齐听到费阿拉发生的惨案后，当即昏死过去，醒来后，他痛不欲生，要回费阿拉向努尔哈赤求饶。

福晋们和将领们谁也劝不住。

他单人匹马来到努尔哈赤面前，跪下痛哭道："大哥……我不是人，正如你所说的我是只凶恶的狼！求你看在一母所生的面上，饶恕我吧！今后，我一定全心全意地跟随大哥，再也不怀二心……"

努尔哈赤以胜利者的目光看着舒尔哈齐。他想：如果是我，就头也不回地拉起队伍远遁，在敌手够不着的地方发展壮大，等待将来报复的机会……

可是舒尔哈齐终究不是努尔哈赤！

“舒尔哈齐，你犯下这样的大罪，难道你跪下说几句好听的话就算了吗？”

“当然不能这样算了，大哥！”

“怎么样呢？”

“我愿受惩罚……”

“我看你对自己的罪行认识得还很不够，得找个地方好好反省反省！”

“是，我听大哥的！”

努尔哈赤喊来侍卫，把舒尔哈齐押进大牢。

到了六月，努尔哈赤把他的“首都”又迁回赫图阿拉。在那里建造了一个十分结实的石头监狱，单独给舒尔哈齐留了一间。

当舒尔哈齐被关进那间没有一丝缝隙，用胳膊粗的铁棍封门的监牢时，他绝望了。这时，他才真正地意识到他和努尔哈赤已不是寻常意义上的兄弟，而是君臣了，他犯了臣子对皇上的大忌……

舒尔哈齐的下场传到京师时，熊廷弼对他的幕友高兴地说：“建州的两个枭雄被除掉一个了！”

但他的幕友说：“是的，那是件好事，但，从这件事上看，那个努尔哈赤也真的具备做皇帝的心胸了！”

“先生，怎么讲？”

“古来能干点事情的皇帝，他的心胸大可以大得容纳四海，小可以小得难容兄弟手足！他们是从不讲恕道的……”

把舒尔哈齐关起来后，努尔哈赤派费英东到黑扭木捉来常书和纳济布，立刻杀了，另外还杀了舒尔哈齐的许多家人。

两个月后的一天晚上，雅尔哈齐悄悄地去拜访他的师父满浅了。

满浅将军的家属还没有搬来，只他一个人和几个跟随住在赫图阿拉城边的一个仅有几间矮房的小院里。门卫见是将军最得意的徒弟和密友来了，就没有跑到里面大吆小喝地通报。

雅尔哈齐跑到正房，轻轻地敲了敲门，就推门进去了。

满浅正在一个人守着几碟小菜喝闷酒。

他见徒弟来了，很是高兴。让他坐在自己对面，也让跟前的小侍给雅尔哈齐准备了一副酒具。

“喝点吧，雅尔哈齐……”

雅尔哈齐却呆着不动。

“喝吧，喝几口吧，我知道你心里苦。”

师父这样一说，雅尔哈齐忍不住了，趴在桌上大哭起来。

满浅努努嘴，让小侍走开。他没有去劝慰徒弟，让他尽情地哭了一会儿。

“雅尔哈齐，你我比父子还亲，有话就说吧。”

“师父，你说，怎么会这样……”雅尔哈齐用袖子三下两下把眼泪擦干。

满浅知道雅尔哈齐指的是在费阿拉发生的那件令人不堪回首的事。

“……舒尔哈齐是有过错，”雅尔哈齐说，“二哥有野心，也不太听大哥招呼，随随便便，大大咧咧，可是他心地不坏……可是为大哥的应当宽容嘛……你可以警戒他，惩罚他……怎么可以对他动杀心呢？孩子有什么错，竟一个个地杀了？”雅尔哈齐说着又哭了起来。

满浅啜了一口酒，淡淡地说：“过去，我是这样想，努尔哈赤会带领咱们创造一个全新的社会。那里虽有帝王将相、君臣子民，可是大家会其乐融融，不分彼此，那是个迥异于中原那些王朝的。可是我错了，我错了……努尔哈赤带领我们建立的女真国和那些王朝是没有什么两样的！”

“师父，你灰心了吗？”

“岂止灰心……”满浅的眼角有了泪珠，“女真社会与其那样，还不如像现在这个样子对百姓有利呢！你想现在遇到霸道的城主，还可以远走他乡，到那时呢？你有什么地方可去？你就只能任暴君宰割了！还有呢？建立那个不知什么时候才能建成的女真国，得死多少人呀！几万？十万？几十万？……”

雅尔哈齐顺着师傅的思路思考着：“是呀，秦朝就是个例子，秦王嬴政把全国统一了，可是老百姓的生活真的就比东周列国时好些吗？——可是，师父，我们怎么办呢？”

满浅只是喝酒，好久没有说话，还指指雅尔哈齐面前的酒杯，让他喝酒。

雅尔哈齐等不到满浅的回答，只好喝起酒来，他喝，却不像师父那样慢条斯理，他一连干了几杯，连一口菜也没吃。

“雅尔哈齐，吃菜呀，你那喝法容易醉的！”

“醉就醉吧，醉生梦死也比清醒好！”他又喝了几杯。

满浅从雅尔哈齐手中夺下酒杯，放在身后的茶几上，自己也放下筷子，对雅尔哈齐说：“徒弟，你既然跑到我这里来了，我有话就不想瞒你，在那件事发生后的几天，我一直在想，现在终于想明白了。”

“怎么样呢，师父？”

“我不想在你大哥手下干了……我要离开！”

“师父要到哪里去呢？”

“天下大着呢！”

“师父就没有为我考虑一下？”

“雅尔哈齐，你是努尔哈赤的兄弟，你应该待在他的身边，可随时随地地劝告汗王，防止他成为一个暴君！”

“师父，我在你的教导下长大，你就不了解我……我想随你走……”

两天后，努尔哈赤得到了满浅和雅尔哈齐失踪的报告。

“没有出息的东西……既然不能志同道合，要走，就让他们走吧！”

为防止这类的事再次发生，他令额亦都对将士严加看管，还令洛寒加倍发给将士们饷银……

二

努尔哈赤懂得，把将士们维系在自己身边的最有效的手段是让他们不断地战斗、胜利，再战斗，再胜利……使他们看到前途，看到希望，尤其是要他们大发战争财，使他们的生活比老百姓好得多！

六月，努尔哈赤派兵五千直抵抚顺关外探索参价，他们的人参大多是从抚顺关运往内地的，那里有个很大的马市，建州的土特产也是在那里销售的。抚顺积年拖欠了许多参钱，建州陈精兵于关外，抚顺关不得不偿还了。

九月，蒙古虎尔哈部攻打建州所属的宁古塔城，努尔哈赤派阿敏出兵击之。阿敏知道这是考验自己的时候，尽心尽力地打好这一仗，几天就传来胜利的消息。回赫图阿拉后，努尔哈赤表扬了他，给他加封“英武巴图鲁”的称号，还奖赏给他许多财物。

十月，努尔哈赤派他的义子扈尔汉统兵三千征讨胡叶路，扈尔汉和他的将士顶风冒雪，忍受着严寒，冲杀了三个月。夺取了胡叶路，俘获敌人两千而还，另外还有许多牲畜和财物。整个万历三十八年，建州的将士们就是在征战中度过的。

十一月，大雪封路，他派额亦都带领费英东、安费扬古等大将率兵抢掠边远的那木都鲁、绥芬、宁古塔、尼马察四部，除劫掠了大量资财，还掳虏几万人，编户带回。

那时已天寒地冻，在路上就死了几千老弱病残。

十二月，已临近年关，努尔哈赤还不歇手，他又派额亦都率领褚英、代善、阿敏、阿巴泰、皇太极等子侄进攻女真之雅兰路，获人畜一万而归……

通过一年的掠夺，建州在战争中的亏空都补上了。现在他的仓库丰裕，将士们也有了许多积蓄。新年前，赐给赫图阿拉城中一千余穷困诸申以大量财物和布匹、粮食，没老婆的买老婆或娶老婆，使他们过一个富庶的新年，赫图阿拉城里到处是欢声笑语。几个文人编了许多上口的歌颂扬努尔哈赤，大街小巷传唱开来。

辽东总兵——八十几岁的李成梁申请致仕的上疏被批准了。他第二次回辽东后，又干了十年。这时的他变得老成持重，深深懂得没作为就是有作为的道理，在这十年中，他什么事也没干，却不断地向朝廷报告辽东的大好形势，当然也包括对努尔哈赤的赞扬，几乎成了努尔哈赤的保护伞。

他走后，明廷派张睇以都察院右佥都御史巡抚辽东，以杜松为辽东总兵，他们对辽东的防务一仍其旧。

努尔哈赤派人和两位边官商量，在边境刻碑立石，并宣誓互不侵犯、各守边境。明廷的边官大得所望，以为从此可以天下太平了！

可是有识之士还是看出了努尔哈赤居心叵测，不住地向朝廷上疏。

大学士朱庚奏称："……建酋桀骜非常，旁近诸夷，多被吞并，恃强不贡……现已拥有精兵三万！……"皇上不理。

兵部尚书李化龙也上疏说："据辽东按臣熊廷弼言，今为患之巨，独在建奴……"

努尔哈赤得到消息后，立即恢复对朝廷的贡献。他先以车价昂贵为由，后又以疆界难行为理为自己辩解，把近两年的贡物全部补交，还把当年的贡品加多。皇上竟然相信了他的鬼话，给了他大量赏赐。

在监牢里的舒尔哈齐，日子久了，竟生出了一丝朦胧的幻想：两年过去，他的大哥竟对他不问不闻，是怎么回事呢？看来杀我是不大可能了，我终究是他一母所生的弟弟嘛！……那么，他想把我监禁一辈子吗？那也似乎不大可能。我才四十八岁，后面还有很长很长的日子……他对我的气也该消了……

也许他想得太多了吧，夜里常常梦见死去多年的母亲。他向母亲哭诉努尔哈赤对他的迫害，母亲指着努尔哈赤的鼻子骂，可是努尔哈赤就是不放过他，仍然把他关在狱里……醒来，枕头都被泪水弄湿了。

如果阿敏不出征，每隔十天半月，他就会来看望阿玛。给他捎几件换洗的衣服，送点吃的东西，隔着铁门与他说几句话。

"阿敏，你母亲还好吗？"

"她好。"

舒尔哈齐被捕后，努尔哈赤把他的几个福晋都杀了，只留下阿敏的母亲。可是阿敏的母亲也没活多久，第二年春天就死了。阿敏不忍心把这件事告诉父亲。

"她怎么不来看我呢？一次也没来过……"

"阿玛，我不是隔不久就来一次吗？我来也是带着母亲的问候……"阿敏别过脸去，怕阿玛看见自己眼里的泪光，"我想再过些日子她会来的……"

"大伯待你好吗？"

"还好，我打仗立了功，他又封了我个'巴图鲁'。"

"很不错，你比阿玛有出息。"舒尔哈齐说，"你说，大哥什么时候会放我出去呢？"

"我不知道……"他不想欺骗阿玛。

"来……我的好孩子。"舒尔哈齐流着泪说，"把脸贴过来，让阿玛亲一亲你……"

阿敏就把脸紧紧地贴在铁门上，让父亲的脸贴在自己脸上。

每次都这样，说着几乎相同的话……

就在这年的中秋节晚上，努尔哈赤到舒尔哈齐的监狱来了，后面跟着两个卫兵，提着一只篮子。

狱卒忙了很久，也没有把铁门打开，那大锁很久不开，厚厚的锈把锁簧锈住了。狱卒手忙脚乱地从锁口里灌进油去，才好歹地把锁拉开。

努尔哈赤走进狱室，里面的一股恶臭几乎把他顶了出来。就在这时，从墙角那阴暗的角落里站起一个人，伴着丁当的脚镣声响，那人慢慢地走近了。

“哥，是你……”

是舒尔哈齐的声音。

这时，狱卒送来了一支蜡烛。在摇动的烛影中，努尔哈赤端详了一下，站在面前的人蓬首垢面，脸色蜡黄，浑身发散着一股难闻的气味，从乱发中露出的那张脸像舒尔哈齐，又不太像，比他心目中的舒尔哈齐胖多了，努尔哈赤知道那是虚肿。

两年来，努尔哈赤一刻也没忘记自己的这个弟弟。有时，他悄悄地来到狱室外面，从栅栏的缝隙里久久地瞧着舒尔哈齐。他可怜弟弟，有几次他差点就释放了他。可是他忍住了。他心里说：“舒尔哈齐，你这是自作自受，……你就在这儿吧，叫那些人看看，这就是反对我努尔哈赤的下场！……”

他不会放出舒尔哈齐的。他把舒尔哈齐的福晋杀了，把他的将领杀了，把他的两个儿子杀了，把他剥得像个没毛的鸡，他会甘心吗？

“是我，舒尔哈齐，我来看看你……”努尔哈赤说，“今天是中秋节，我来和你喝上几杯……”

“哥……”舒尔哈齐哭了。

两个侍卫和狱卒抬进一张小桌和两个小凳，在桌面摆上带来的几样菜肴，又把酒杯和匙箸摆好，努尔哈赤就挥挥手，让侍卫和狱卒出去等着了。

舒尔哈齐因为有所等待，他没有说话。努尔哈赤知道他在等什么……但他不会说那句话的。“你今年多大了舒尔哈齐？”

舒尔哈齐想了想，说：“我忘了，有五十岁了吧？”

“哪有呢，舒尔哈齐，你才四十八呀！你看，你的头发几乎全白了！”

是的，舒尔哈齐的面相看起来比努尔哈赤还老些。我为什么这样呢？——舒尔哈齐想——他又哭了。

舒尔哈齐不敢问起自己寥寥的几个家人，他只问问战争有哪些发展？努尔哈赤很高兴地和舒尔哈齐说起了形势的变化。

“舒尔哈齐，现在的大势非两年前可比了，咱们把哈达和辉发灭了，把乌拉打得趴下了，这，你知道吗？我又派大将和子侄们到乌拉部、边远的女真部连续出击，掳获极多，他们都无还手之力……”

说到这里，努尔哈赤表扬了阿敏：“阿敏是员勇将，每战必胜，他已经是我的膀臂了！”

舒尔哈齐面露喜色:“这全仗着大哥调教呀!……那边呢?”

“那边,”努尔哈赤知道他是问明朝那边的情况,“那边基本上不管咱们的事,只要年年给朝廷进贡,给辽东的边官送礼,决不和明将有任何冲突,就没有什么事,我们干我们的,我想用不了几年,统一女真的大业可成……”

努尔哈赤的情绪感染了舒尔哈齐,他扭动着身子,弄得脚镣铿锵响。“大哥,要是我在外边,能帮大哥做多少事呀!”

努尔哈赤没应他的话,只是说:“本来,我们是一齐干起来的呀……”

舒尔哈齐有些黯然。

“来,咱们喝酒!”努尔哈赤招呼他。

他们举起酒杯一饮而尽,“弟弟,吃菜……”

舒尔哈齐夹了一箸菜放在嘴里:“这是什么肉?怎么这样香?”

“是鹿肉,”努尔哈赤说,“我来时,你大嫂要我给你带来一盘……”

“哪位大嫂?”

“是那乌拉的阿巴亥呀……”提起阿巴亥,努尔哈赤面露得意之色,“前年,富察衮代去世以后,我就立她为大妃了。她年纪虽小,可是干得极好。——这鹿肉还烂吧?”

“很烂,油水很多,”说到这里,舒尔哈齐仰脸看着空中,似在回想什么:“大哥,记得我八岁那年的事吧?”

“……哪件事呀?”努尔哈赤一时不明白。

“那年,我被继母打了一顿,气不过,跑到山里去了,直到天黑也没回家。你摸黑到山里去找我,在山沟里转着,像狼似的嗷嗷地叫:‘舒尔哈齐!哈齐……’找到半夜才找到已在山洞睡着了的我,咱俩搂抱着哭成两个泪人儿。我说:‘哥,我饿……’这时,你才想起给我带着的吃食。你拉开衣襟从贴胸膛的怀里拿出一块鹿肉,你说:‘舒尔哈齐,你吃吧!这是我临出来时,从继母的锅里偷来的刚刚煮熟的鹿肉……’映着月光,我看到你胸膛上亮着几个圆圆的东西,好像珍珠。我一动,你就疼得叫起来,原来那是被刚出锅的鹿肉烫的!我又哭了,你却笑着说:‘没什么,你快趁热吃吧!’……”

“我记起来了,记起来了……”努尔哈赤叫道,“那些苦难的日子……”

舒尔哈齐说:“那些日子虽苦,但是我们有一种宝贵的东西……”

“那是什么,舒尔哈齐?”

“那是亲情,兄弟间的亲情……”

努尔哈赤点点头。

“那时,你一再地告诉我和雅尔哈齐:‘忍辱受苦不算什么,只要有志气,总会熬到头的……’咱们不缺志气,苦难也早到头了,可是那宝贵的亲情没了……”

努尔哈赤默默地听着。

他们谈呀谈呀,明月直直地照进监狱的小窗里。

努尔哈赤起身要回去时，舒尔哈齐拉着哥的衣襟说：“哥，我知道自己错了，你惩罚的我也该够了，你就放我出去吧……”

“兄弟，我就要放你……你稍微等一会儿……”

努尔哈赤走了，舒尔哈齐因为带着沉重的脚镣没有送到监狱门口。

回到书房，看到桌上有一纸战报，那是师傅龚正陆送来的。几年前，他就给龚师傅立下一条规矩，把每天他需要知道的事列一个清单放在他的桌上。

这清单上说：阿巴泰、费英东领兵取渥集部，大获全胜，不日即可班师。

他把这消息看了几遍，却没引起他多少兴奋。

这时，他的贴身小将戒沙推开门，悄悄地走进来。

努尔哈赤望了他一眼，默想了一会儿，抬头对戒沙说：“好吧，你去吧，干得利索些……”

“是……”戒沙只应了一个字，就转身出去了。

努尔哈赤来到大妃阿巴亥房里，阿巴亥已经睡下，这时，又起身迎接着他。看他脸色阴沉，就小心地问：“汗王，怎么才休息？”。

“叫我努尔哈赤！”努尔哈赤的声音虽严厉，但有气无力。

他在房里转了一圈，从桌上拿起一杯茶。

阿巴亥从他手里把茶杯拿过来，对他说：“努尔哈赤，夜里不要喝茶，你会睡不着觉的，你忙了一天，该睡个好觉了！”

努尔哈赤点点头，脱衣上床，阿巴亥脱光衣服，紧紧地贴在他身上，等待着。可是努尔哈赤没什么反应，呆了会儿，就呼呼睡去了。

戒沙带几个狱卒进了舒尔哈齐的狱室，一个狱卒把一个烛台放在靠墙的小桌上，那摇曳的烛光并没有把狱室的阴暗驱散。

“给贝勒爷把脚镣砸开吧！”

“是。”狱卒应着。

舒尔哈齐直着眼睛看着面前的官员，认出他就是努尔哈赤身边的小将戒沙。他的职位虽小，可是连额亦都等大将军都十分尊敬他。

“戒沙，是你？”

“是我，贝勒爷，汗王要我放你出去！”

舒尔哈齐激动得哭了，他颤抖着两只脏手抹着泪。“我在这黑牢狱里两年哪……两年，七百多天，天天度日如年呀！……”

狱卒让舒尔哈齐坐下，又在他面前放好沉重的铁砧，把铁镣垫上，用大锤当当地砸。

不一会儿，铁镣被砸开了，狱卒把它扔在角落里。舒尔哈齐站起身，一步一挪地往狱室外走。他虽然已经除去了脚镣，一时难以适应，仍然像带镣时一样地蹒跚走路。

他正走着，一把冰凉的匕首从他背后捅了进去，还在他后心里用劲地搅了几下，他回头望着戒沙问了句：“是努尔哈赤叫你干的吗？……”

"是,贝勒爷……"

但戒沙的回答,他没有听到,就扑通一声仰面倒地了。

努尔哈赤忽地坐了起来,痴痴地望着空中,大口地喘着粗气。

阿巴亥赶紧起身,把蜡烛点上。她看到努尔哈赤那吓人的样子,吓得赶紧给他抚摸胸口,捶拍脊背,"努尔哈赤,你怎么啦?是不是快去传医生?"

"阿巴亥,舒尔哈齐死了……我派戒沙去杀了他……"

"今夜吗?"

"是的,他死了,……他的魂儿刚才来了,来向我告别……"

"这是你想的,人死如灯灭……"

"我不胡说,阿巴亥,他真的来过。他那样子,不是蓬头垢面,胡子拉碴,就像从战场上刚刚回来……他对我说:哥,我走了,你就带领侄子们拼杀吧!你会建立一个王朝,可是,我不羡慕你,你会操劳而死……再过十几年,你会来找我的……"

阿巴亥是个极精明的女人,她才十几岁,即能够驾驭一个事务纷繁的后宫。她不再害怕了,对努尔哈赤说:"梦是心头想,你一定是对杀了舒尔哈齐感到内疚了,是吧?"

努尔哈赤点点头。

"努尔哈赤,从这点来看,你还是个常人,还没有变成一个帝王……"

努尔哈赤看着她,那样子是想让阿巴亥说下去。

"帝王是什么人?他是上天之子,是肩负了上天之命到下界来驭民的。民众是他牧放的牛羊,为了牧好成千上万的牲畜,他得用皮鞭、刀枪,得时时从中剔除那些扰乱畜群的败类……你却把他看成是人,看成是你的兄弟……"

"他是我的亲人呀,阿巴亥!"

"帝王也是有亲属的,可是这些亲属也是臣子。如果他们不遵守臣道,妄自尊大,就是祸国的蠡贼,那也要当机立断地杀掉的,这就是帝王的英明!"

努尔哈赤被阿巴亥说的有点明白了,眼睛亮起来。

"努尔哈赤,俗语说:天无二日,人无二主。不仅是人,连虫虫也知道这一道理。蜂群、蚁群如果有了第二个大王,它们的群落就不安定了,它们会把新王咬死,或者新王带领一部分部众迁走,到适宜的地方建立新的群落……"

努尔哈赤握着阿巴亥的手,阿巴亥觉得他的手不像刚才那样凉了。

"努尔哈赤,你正在由一个人间的英雄向天子的路上走着。到了你再也没有人的感情的时候,你就真正地变成一位伟大的帝王了!每个成功的帝王都是从尸山血海中跋涉过来的,如果都像你这样,他们还有法活吗?他们的大业还能成吗?"

"阿巴亥,你小小年纪,竟有着这样的心胸,真是我的好助手呀!今天你是我的大妃,等我做了皇帝,你就是我的皇后!"

"你可不要忘了我呀,努尔哈赤!"她紧紧地偎在他的胸膛上。

她就没有想到，等他从一个常人变成一个真正的帝王后，他还会像现在这样对待你吗？……

三

万历四十年(1612)九月，努尔哈赤借口乌拉布占泰背弃盟约，以鸣镝射击侄女娥恩哲为由，亲自领兵征伐乌拉。

临走时，他把国内的事务交托给褚英。

这是一件非常的决定，意味着努尔哈赤要立长子褚英为他的继承人了，尽管努尔哈赤也未必想得这么深，可是满朝文武都这么看了。

他的几个成年的儿子听到阿玛这个决定后，眼睛都红红的，不管他们怎么抑制，嫉妒的神色还是流露了出来。

任何君主在做这样的决定时，都会对亲属和朝臣解释一下的，努尔哈赤却没多说什么，就领兵走了。

乌碣岭大战后，给了乌拉严重的挫伤，可是布占泰就像条九头蛇一样，即使斩除其八头，另一头还会活着，而且日子一多，别的头也会次第再生出来。几年过去，他又医治好战争创伤，养得兵强马壮了。

这些，努尔哈赤都看在眼里急在心上，他认识到不灭了乌拉，整个扈伦四部都会苏醒过来，连已经灭了的哈达和辉发也能死灰复燃。

布占泰要想和建州对抗，唯一的盟友就是扈伦四部中的叶赫了，于是他派人到叶赫联系。

叶赫酋长纳林布录在古勒山大战后，被惨败伤了心肝，整日愁闷，一年多就得病死了。现在的贝勒是他的儿子金台石。

金台石这年轻人，野心比他的父亲还大，他也在积聚着力量，等待将来有机会时，与建州的努尔哈赤一决雌雄。看到乌拉向他伸出友好的手，他高兴极了。他觉得布占泰是个很好的盟友，他被努尔哈赤俘虏过，三年后，又被努尔哈赤派兵送回乌拉，做了酋长，相互几次联姻，他的老婆中有一个是努尔哈赤的女儿，还有两个是舒尔哈齐的女儿，但他没有被努尔哈赤的“恩情”所软化，仍然秘密地积蓄力量，以报国破家亡的奇耻大辱！

“那布占泰有种，”金台石对他的将领说，“咱们就得选这样的伙伴结盟！挡住那个努尔哈赤！”

为了表示友好，金台石要把叶赫美女东哥嫁给布占泰。

那个东哥，的确有点姿色。叶赫曾把她许给努尔哈赤，因时势的变迁，这桩婚姻没成。后来又曾许给哈达酋长、许给蒙古贝勒，现在又把她许给乌拉的布占泰了！谁知道这个政治诱饵，叶赫还要使用多少次！

乌拉使者回来后，把叶赫贝勒金台石的态度和送美女的事报告了布占泰，布占泰喜出望外，他怕事情有变，就迫不及待地准备了丰厚的嫁妆，想把东哥早日娶到手。

有远见的乌拉将领拉布亥劝阻布占泰说："你真的要答应这桩婚姻吗？"

"那当然了！"布占泰乐呵呵地说，"周围各部落的贝勒谁不愿意娶到大美女东哥呀！这不仅是我的福分，也是我的光荣呀！"

"你不想想吗？你娶了东哥就等于宣告与努尔哈赤为敌了，后果不堪设想！"

尽管拉布亥怎么劝说，布占泰就是不听。拉布亥还没有认识到，这事的实质是两个部落结成联盟以对抗建州。没有联盟，叶赫和乌拉都感到势单力薄！

拉布亥在情急之中去找从建州娶来的那三位福晋。在拉布亥叙述了事情的经过后，努尔哈赤的女儿穆库什，舒尔哈齐的女儿额实泰、娥恩哲都着急了，她们不愿意两国间发生战争。努尔哈赤把她们嫁过来的使命，就是要她们时刻注意布占泰的动向，保证他忠于建州。

她们风风火火地去找布占泰了。

穆库什稳重些，她想对布占泰说明道理，额实泰和娥恩哲却耐不住性子，立刻火药味十足地开了腔。

"听说你要娶那个老姑娘东哥？"额实泰质问道。

"是呀，"布占泰说，他直言不讳，"我要娶那个最最美丽的女人，她比你们是老了点儿，可是她比你们可爱多了！"

"你竟敢这样说！"娥恩哲像责备小孩子，"这事你做不了主，你得问问我的大伯，他是你的恩人！你背着他做这事，胆子可不小！"布占泰火了，他瞪起牛眼高声叫道，"别跟我提那个努尔哈赤！当初，他供养我有他的目的，还不是要叫我在乌拉当他的傀儡？可是我布占泰是条汉子！是顶天立地的女真贝勒！他想把我当狗一样地使唤？我不听，死了也不听！"

"你这么说，就有点忘恩负义了！"穆库什慢声细语地说，"我阿玛是像你说的那样吗？如果像你说的那样，他会把三个亲骨肉送到你这里来吗？要说为点什么，那就是为了女真的统一大业……"

穆库什还没有说完，布占泰就抢白说："什么女真的统一大业？努尔哈赤还不是想做女真的皇帝？这一点，整个女真社会都看得清楚！他想把女真人都做他的奴隶，他想把女真的上百个部落都捏在他的手心里？没门！我们女真的酋长们不答应！几十万女真人不答应！"

从布占泰的话里，三个女人都明白，布占泰这一打算不是一天了，大概从他回到乌拉那天起，就处心积虑地谋划着离建州而去了。

娥恩哲急了，跑上前去，啪啪地打了布占泰两个嘴巴，嘴里还骂道："你这个狼心狗肺的东西，你等着我大伯来收拾你吧！"

女真的女人，不管丈夫多么不成东西，很少有敢对男人动手的。娥恩哲敢于这样做，一是因为情急，二是认为自己有强大的建州做她的后盾，三是她也太拿布占泰不当东西了！——要不是穆库什一把拉开她，她还要打下去。

这一打，就打得布占泰不顾一切了，他像头被戳了一刀的老虎，跳着蹦着地嗷嗷叫："三个娘们想依仗努尔哈赤欺负我？你们看错了人！我是谁？我是名满女真的乌拉贝勒！是人人仰脸奉迎的布占泰！"

娥恩哲这时候仍不怕他，嘿嘿冷笑着说："想想你跪在我大伯面前哭得一把鼻涕一把泪的时候吧，那样子我到现在还感到恶心！"

"来人哪！"布占泰一步跳到门外，"给我把三个贱货绑到树上去！"

十几个侍卫跑过来，但他们不敢对三个福晋动手，愣愣地站着。

"你们想违抗酋长的命令吗?"布占泰呛啷一声扯出了亮着寒光的佩刀。

侍卫们不敢怠慢了，他们立刻行动，把三个女人绑在了院子里的白杨树上。娥恩哲还想挣扎，可是她一个柔弱的女子，怎拗得过这些彪形大汉呢。

布占泰找了一支马鞭，在空中甩了几下又扔掉，跑到房里拿出了他的金镶玉嵌的宝雕弓，嚷着道："今天我干脆宰了你们，看努尔哈赤敢怎么样我！"

他把箭上的铁镞拔下来，把箭杆搭在弓上，拉满弓，蹙着眉，眯细左眼，对着三个女人瞄准。

"向老子求饶吧！"他咆哮着，"谁表现得可怜，我就饶了谁！"

三个女人没一个向他讨饶。

女真人有一种对家属的惩罚办法，就是用无头箭射击脊背。使人疼痛难忍，却又伤不了性命。

娥恩哲以为布占泰不过吓唬她们罢了，仍然骂声不绝："布占泰，你逞什么能，你胆子再大，也不敢伤着我们一根毫毛！"

"你看我敢不敢？小东西，过去，我在炕上也听你的指挥，叫我怎么干我就得怎么干，今天我要振一振男人的威风！"他把箭移到娥恩哲背上。

"贝勒爷，别胡闹！"来的是拉布亥，不知谁人给他送了信，他匆匆地赶来了，"你会给乌拉带来大灾大难的！"

也许是受了拉布亥喊声的震撼吧，布占泰的箭发出去了！

"啊呀！……"娥恩哲痛苦地叫了一声，头就歪在了一边，接着，一股鲜血就从她脊背流了下来！

那时正当盛夏，女人们都穿着薄如蝉翼的绸纱，再说，布占泰离她们又这样近，那没头箭的力度仍是很大的。

布占泰见惹下了祸，扔下弓箭想走，还嘟哝着说："你还装死，死就死吧，天塌下来，我布占泰顶着！"

拉布亥急得跺脚说："我的贝勒爷呀，只因这一点，那个努尔哈赤也可带兵走一趟了！……"

他令人把三个福晋松了绑，送进房里，验看了娥恩哲的伤，那无头箭扎进肉里有半指深，整个脊梁都红肿了！

拉布亥请来了医生，给她敷了药，就去找布占泰去了。他要劝告酋长采取主动，备办礼物，到建州去给努尔哈赤赔礼道歉。

穆库什、额实泰坐在娥恩哲的炕边看顾着她，三个女人都哀哀地哭。

穆库什说："咱们光哭不行，别耽误了大事！"她说，"看样子，那个畜生是横下一条心了，咱们得派人到建州去报告阿玛……"

娥恩哲和额实泰也觉得很对。事不宜迟，她们找来了从建州带来的小侍文良，为他化了妆，令他星夜赶回建州去……

努尔哈赤接到女儿和侄女送来的信息后，气得火冒三丈，他的侄女、女儿嫁到别部落去的有好几位，都没遭受过这样的虐待，即使两国交恶了，他们也绝不敢欺凌她们。这个胆大妄为的布占泰竟然这样的卑鄙和不顾一切！

但是，他还是没有立刻做出向乌拉用兵的决定，他明白兵法有云：兵者，国之大事。他找来了额亦都，把乌拉发生的事对他说了。

"汗王，该动手了！"额亦都说。

"你觉得是时候了吗？"

"正是火候！"额亦都说，"咱们以追杀仇人尼堪外兰为名把建州统一了，现在可以用布占泰迫害三位格格对乌拉用兵……"

"想一想，理由充分吗？"

"汗王是担心明廷过问吧？可是女真有女真人的判断标准，他们是理解的。"

"好，咱们准备好了吗？"努尔哈赤问的是在军备方面。

"汗王，咱们这几年不是一直在准备着吗？"

九月底，努尔哈赤率一万人马开进了乌拉。他命令代善和阿敏带领两千人马去攻打乌拉的宜罕山城，自己引兵继续前进。

这山城对乌拉来说，很是重要。它是乌拉的一座仓库，它的粮食和大量的畜群都储存在那里。它像女真的许多城池一样，大都依山而建。代善、阿敏赶到后，见山城全用石头垒成，十分坚固，如果强攻伤亡会很大的。两位堂兄弟把营扎下后，便绕着城观察。走到山城后面，见山城没有后城墙，把陡峭的岩壁当做城墙了。

阿敏说："哥，看到了吗？这就是个弱点，我们可以爬上岩壁，直接用缒绳下到城里……"

"这主意在攻打兆佳城时用过。"

"你不用管在哪里用过，好用就行！"

代善望望高高的直插云霄的山顶，说："可惜那岩壁太高了！"

"再高也是可以上去的！你把善于攀援的士兵挑出来给我……"

两人又回营商议了好一会儿。

"你能从山顶下去多少人呢?"代善还是担心，"人家那里也有兵，没等你站住脚，就把你们消灭了！"

阿敏说："那就看你老哥进攻得激烈与否了，如果你从正面打得他们喘不过气来，他们就会把后城的人马调到正面去，那样，我就有机可乘了！"

代善想了想，一时也没有更好的办法，也就同意了。

两人忙了大半夜。先是把军队中善于爬山的战士挑选出来，交给阿敏。阿敏数了数，足有三百多人，很够了，就带领他们向山城后面的断崖奔去。代善立刻准备组织军队攻城。

那断崖真的很陡，能够爬上山头的仅仅一百多人，少是少了点，可是阿敏还是想冒险一试。他把这百多人埋伏在丛林中，在那里面把带来的绳索连接好。

拂晓时，代善指挥他的人马开始了对宜罕城的凌厉进攻，他们用攻城锤、云梯、炸药、绳索轮番进击。喊杀声、破城锤声震得天摇地动……

守将是布占泰的侄子阿巴山，是个不知天高地厚的家伙，他像他的叔父一样，野心极大。他很想做出点成绩给叔父看看，准备将来把他阿玛——满泰的酋长位子再抓过来。他手下有两千人马，觉得足可以和建州人较量一番。

建州人来到后，有人曾经建议他派人到乌拉城向叔父请求援助，他骄傲地说："你没看见吗？努尔哈赤只在这里留下了一点点人马，他的主力已经向乌拉的深处去了。也许我叔叔这时正在手忙脚乱呢！不要把建州人看得有多了不得，他们也和咱们一样，两条腿撑个屎包肚子而已！"

但建州人一开始进攻，他就感觉出建州人和他们是很不一样了。他们像山林中的老虎扑了上来，那如雨的滚木礌石，在他们看来好像雨点和冰雹，一点儿也不在乎。

另外，他们手中的攻城器械也很得心应手，他们有巨大的盾，有带来的木板，可以抵挡城上打下来的东西，他们的云梯顶上配备了挠钩，一旦抓在城墙上，你就别想把它推倒。还有那攻城锤呢，那巨大的声音，就像大炮轰鸣，击得城墙石屑、火花飞溅。很结实的城墙，几下就击打得松动了，坍塌了……

从一开始，阿巴山就和军士们一块上了城，建州人的英勇善战使他心胆俱裂。几个时辰后，他的意志崩溃了，他对副将说："赶紧派人出城，到乌拉城求救，快！……"

可是副将对他说："建州人马围得密不透风，鸟也飞不出去！"

"那就把城西的军队调过来，那里是悬崖绝壁，建州人上不去的！"

副将遵命，跑到西城去调兵……

埋伏在丛林中的阿敏和他的战士焦急地等待着，时近中午，在崖边放哨的士兵跑回来说："贝勒爷，崖下没人了，他们都被调走了……"

“好了!”阿敏说,“该咱们动手了!”

他立刻组织士兵们向悬崖运动,指挥他们用縋绳下崖,阿敏也随士兵縋下崖去。

有的还没有縋下地就着急地松手,有的縋绳断了,跌死跌伤的不少,还有的縋下城后,晕倒在地,丧失了战斗力。

总之,这时阿敏手下最多不过五十几人,可是就这五十几人决定了胜负。

他们顺着大街呼啸着、砍杀着。

“建州人来了!”

“建州人打进城来了!”……

这一消息,犹如石破天惊,首先老百姓出现惊慌失措,他们从家里跑出来东奔西突,他们的成千上万的牛羊也从圈里冲上了大街小巷,搅在人群中乱窜乱跑。

守在东城的军队,听到身后乱成一锅热粥,以为敌人从城后杀进来了,也就离开了自己的岗位,各自四散逃命……

代善见城头上已经空虚,知道阿敏的计策已得逞,就挥军杀进城去。

他们找到了那个阿巴山,可他在乱军中已经毙命。

这次攻破宜罕城,最大的收获是使乌拉在财产上受了无法弥补的损失,他们积累了多年的物资全部到了建州人的手中。

听到代善和阿敏破了宜罕,努尔哈赤极为高兴,他派人来告诉两个贝勒,不要领兵和他会合了,赶紧把得到的东西运回赫图阿拉。

他们搬运了半个多月,清点一下,约有牛羊两万头,粮食上万担,还有大量的布匹和军械……

努尔哈赤也进展顺利,他连得乌拉十五城,直逼乌拉。布占泰曾等待叶赫的援助,他没有等到,但他不愿再做俘虏,就带领千把人马往叶赫逃亡。

可是建州军截住了他,打散了他的护军,像上次被俘一样,这次也是被逼落入河中,布占泰想乘一小船顺乌拉河继续窜逃,可是他周围箭矢如雨,只得停住向努尔哈赤求饶。

努尔哈赤骑马走进乌拉河中,直到河水淹到马颈才停。他对布占泰发表了愤怒的长篇讲话:

布占泰,你在战场上被擒应死,从宽收养,释回乌拉为贝勒。我把三个女儿嫁给你,你曾七次立誓说:“天高地厚”,可竟变了心!你两次袭击并掳掠我属下的虎尔哈路。你布占泰扬言要强娶恩养父我给过聘礼的叶赫女子。我的女儿是给国主做福晋,才出嫁他国,岂是给你用来箭射的吗?我的女儿如果做错了事,你要向我说明。你能举出我爱新觉罗首先攻击你们乌拉的先例吗?百世可能不知,十世以来的事情也不知道吗?如果有,那我是错误的。如果没有那样的先例,你布占泰为何用骲箭射我的女儿呢?她死后还要蒙受被骲箭射过的恶名吗?活着就闷在心里吗?古人说:“人若折名,甚于折骨”!如果见到绳子就以为是毒蛇,看到疮脓就以为是海水，这次出兵非所乐为。听到你用鲍箭射我的女儿的消息，十分愤恨，我才领兵前来的……

这段讲话，实在不算流畅，也许是经过当时人的记录、传抄而失真了吧？但不管怎样，布占泰被努尔哈赤训斥得满面羞惭、低头耷脑，后来就呜呜痛哭。

“我的恩养父！……请你老人家再饶恕我一次吧！我再也不敢了！……我把两个儿子立刻送去赫图阿拉为质，永世忠于你！……”

努尔哈赤竟又原谅了他。后世的史家分析可能有三个原因。一是努尔哈赤深谙诸葛亮“七擒孟获”的故事，他很希望布占泰对他口服心服。二是努尔哈赤想做给广大乌拉人看，建州的努尔哈赤已经对布占泰仁至义尽了。三是为了自己的女儿和两个侄女，她们和布占泰夫妻多年，且都有子女了。

努尔哈赤班师后，额亦都设宴庆祝，在宴会上有人似乎遗憾努尔哈赤没有把乌拉一鼓作气地灭掉。

他蔼蔼笑着说：“别心急嘛！想伐大树，岂能骤折？必以斧斤陆续斩之，渐至微细，然后方折……”

可是不顺心的事来了，使他懊恼的事来了。

他回到府里洗漱之后就歇着了，一直到第二天夜里，大妃阿巴亥才忸怩着对他说：“努尔哈赤，你歇过来了吗？”

努尔哈赤说：“还有点乏累，你想，我也是五十几岁的人了，年轻时，有人喊累，可是我就不知道什么叫累，一场大战后，睡一夜就又精神百倍了……”

“那，你就休息吧。”

努尔哈赤从阿巴亥的话里听出她有事要对他讲，就问：“阿巴亥，有事吗？”

“没什么要紧的事，过几天再说也行！”

努尔哈赤以为又是些后宫里的针头线脑的事，就说：“阿巴亥，你给我管理后宫以来，人人称道，还有什么事呢？”

阿巴亥又忸怩了一会儿，终于说了：“努尔哈赤，这件事，我可处理不了，它是几个阿哥之间的事……”

努尔哈赤支棱起耳朵来了，在亲属中他最关心的是他的儿子们，因为他认为那是他的臂膀、他的助手、他为之奋斗的目的、他的接班人！

“阿巴亥！”他的声音重了，“你一直是个处事果断，说话干脆的人，怎么今天吞吞吐吐起来了呢？有话快说！别让我心肝吊着……”

“好，我说。但我把话说在头里，你可不要激动。”

阿巴亥说了这么一件事……

在努尔哈赤带领人马走后，褚英把兄弟召集起来，对他们说：“看见了吗？父亲把大权交给我了，以后，我就是父亲的接班人。在明朝那边，这叫太子，我就是咱们建州国的太子！……”

岁数小的兄弟只能默不作声地听着，以为他说的都是真的，不禁对这个威风凛凛的大哥诚惶诚恐起来。

可是阿拜、汤古代、莽古尔泰、塔拜、阿巴泰、皇太极等却不顺从，他们早就对那个以势压人、常常欺负他们的大哥怨恨不已了。

褚英也知道这一点。

努尔哈赤常对褚英说："你是大哥，有教育兄弟的责任。你在战场上已经给他们做出了榜样，希望你在日常行为上也以身作则。"

褚英却依仗着这一点欺负、虐待自己的兄弟。

在教小兄弟武功时，褚英经常借机会打骂他们，有一次还差点儿杀死莽古尔泰。

莽古尔泰性子很倔强，他看不惯的事，听不进的话，是不能接受的。一个招式，褚英还没说明白，就要他做，做不好，大哥就用刀背砍他，一次，他要莽古尔泰跟他对打，褚英不顾莽古尔泰还没熟练，出手就很狠辣，莽古尔泰一招没接住，褚英的大刀却倏地砍了过来，急得莽古尔泰哇哇地叫，要不是在一边的皇太极出手用枪隔了一下，莽古尔泰就在大哥刀下呜呼哀哉了！

为此，皇太极被大哥罚在毒日下跪了一个时辰。

除了比他略小而积有战功的外，几个弟弟没一个不被他惩罚过。后来弟弟们再也不想忍耐了，就想联合起来反抗，同心合力地揍大哥一顿，后来，因为难以想象这样做的后果，罢手了。

但事情却传播了出去，兄弟们的隔阂就更大更深。

听了褚英的话，耿直的莽古尔泰反驳说："父汗只是要你暂时地管理一下内政，没有说要你当他的继承人！"

这一句话惹得褚英大怒，他令莽古尔泰脱光上衣，跪在太阳下，用皮鞭抽得他皮开肉绽，皇太极等兄弟赶紧跪下为莽古尔泰求饶。

"听着，"褚英说，"看父汗身体的样子，他活不久长了，也许我很快就要接班！到那时，我要把反对我的人全部杀光！"

第二天，他又把在赫图阿拉的诸大臣召集起来，问他们在他掌权后，是不是忠于他？

额亦都等大臣对褚英的这一招，感到十分突然，以为是努尔哈赤临走时布置下的，也不好反驳他。虽然他们是功勋赫赫的大臣，但在大汗之子面前，还是不敢放肆的，何况，努尔哈赤在出征前已经指定褚英处理一切的。就说："如果大贝勒接手政权，我们当然会无限忠于大贝勒的……"

"那么，你们在我面前盟誓吧！"褚英说。

这一要求，大臣们却觉得太过分，因为努尔哈赤还健在，再说，像这样的大事，汗王会和大臣们反复商议的……大家又望着额亦都。

“不要说别的兄长了，这事你得领头。你如果能够做成这件事，你在兄弟们中就大大地超前了，也许只排在代善之后！”

当夜，皇太极又从家里跑了出来，悄悄地一家一家的串联，最后都聚在了莽古尔泰家里，他们围着烛光商量着。

莽古尔泰还不敢穿衣服，他背上的鞭伤涂着刀疮药，在烛光下亮闪闪的。

他们都对褚英满怀愤恨，当皇太极提出等父汗回来后告发大哥时，只一个同意的，那就是莽古尔泰。他说：“为什么不告？现在不说话，将来就没命了！”

“那么，你领头吧。”皇太极说。

“我不行，”莽古尔泰说，“我在父汗面前没有威信，他老说我惹事。再说，我拙嘴笨腮的……”

除了褚英和代善，阿拜就是老大了，他怕大家推选他出头，连忙说：“我是想……父亲想把权力交给褚英也不是一天两天的事了。去年，五大臣就几次地跟父亲说从你的儿子中找个帮手吧，让他历练一下。父亲当即表示说是呀，统一大业或许在咱们这一代干不成，即使是干成了，也有个守业的事。——我已经老了，几年前眼睛就花了，现在身体就更觉一天不如一天。从去年冬天开始，父亲就逐渐把大量的部众、牧群、银两，乃至敕书都交给了他。可见父汗真的是看上了大哥了。你们想，即使我们一齐告他，而且证据确凿，至多父亲批评他几句。以后，你们想想那可怕的后果吧！”

阿拜的话说出了许多兄弟不知的事，原来父亲对交班蓄意已久。经他一分析，兄弟们害怕起来。塔拜更胆小，他站起身说：“那，咱们还在这里干什么？背后议论大哥，就是不可饶恕的罪行……”

见塔拜吓成那样，别的兄弟也坐不住，眼看他们要散摊了，皇太极出头招呼大家：“都坐下，坐下！今天这个碰头会，是我皇太极召集的，将来事情不成，你们都往我身上推，都是我的事！”

莽古尔泰不顾一切的脾气又来了，他说：“还有我一个！这会是在我家开的，我能脱了干系吗？皇太极，到时候，挨罚、砍头，我陪着你！”

“好吧，我领头干这事！”皇太极说，“但大汗问起来，大家可要开口说话呀！”

见有人领头了，大家都答应着。

现在父汗从乌拉回到赫图阿拉几天了，该去办这事了。

这夜，皇太极又和哲哲细细地商量，连到父亲面前说的每句话，他们都再三斟酌。

“我哭不哭呢？”

“哭呀，边说边哭，”哲哲说，“但你不要哭得张口叉气，连话都说不成句，像汗王那样的男人，是很讨厌男人号啕的。”

“我还和五大臣联系一下吧？因为褚英也逼迫他们向他宣誓过。”

“你可不要去串联五大臣！”哲哲告诫皇太极，“历代皇朝都有严厉的规矩，皇子们如果交结外臣,那是大罪,即使从轻处理,也要弄个‘内务府圈禁’……”

“如果五大臣助我一臂之力……”

“你放心吧,汗王一定会询问五大臣,他们也会如实地回答的。”

四

这天一早,皇太极就去邀集弟兄,可是这个说是有病,那个又说是有事,第三个的家人推说阿哥一早走了,不知所云。

皇太极的伙伴只有三个:汤古代、阿巴泰和莽古尔泰。

走进汗王府后,汤古代、阿巴泰就畏首畏尾了,他们颤抖着说:“皇太极,我们只是陪你来的,说话可是你自己的事……”

“知道知道……”

侍卫通报后,说是汗王在书房接见他们。

进了书房,四兄弟就跪下了。他们抬头看着父汗,见他满面发黑,阴沉得就像要滴下水来,在从乌拉班师回来那天,他们都见过父汗,仅仅几日,他就像瘦了一圈,那张他们看惯的老脸,本来就长,现在就更长了。

皇太极带头哭起来,他的三兄弟也跟着哭。

“哭什么!”父汗喝道,“把褚英那东西逼你们做的事,一一跟我说清楚!”

父汗的这一句话,使四兄弟心里一下子有如朗日高照了!父汗已经知道了那件事,而且褚英在父汗嘴里已经成了“那东西”,这是何等好呀!

皇太极的舌头好使得很,他从头到尾把事情说了个完完全全。努尔哈赤听得血脉贲张,怒发冲冠,他把桌子擂得通通直响。

“皇太极,我一直认为你不同于别的孩子,头脑清醒,智谋超群,为什么现在才来告诉我?想匿瞒这件事吗?”

皇太极不说话了。他觉得这时不说话比说话好,他宁愿接受这一责备。

“父汗,”莽古尔泰说,“你不要责备皇太极吧,若不是他来领头,兄弟们打算忍了算了……褚英严令不准我们告诉父汗的!”

“别的事可忍,这事能忍吗?”努尔哈赤仍在生气,离他几步远,那呼呼声十分吓人,“我听说莽古尔泰还挨了打?”

莽古尔泰临来时,就只系了几个扣子,准备着哭诉时,把衣服脱了给父汗看。这时听父汗这么问,三下两下把上衣扒下来,转过身去给父汗看。

努尔哈赤是很疼爱孩子的,他比一般父亲看孩子身上还急,因为那是他的指望。他站起身,走过来仔细地端详着莽古尔泰的后背。伤口已经结痂,不过仍然可看出当时伤得是很重的。他忽然在莽古尔泰背上打了一掌，疼得莽古尔泰叫了起来。

“你喊什么？没用的东西！”努尔哈赤恨恨地说，“褚英叫你们下跪，你们就下跪？褚英叫你们宣誓，你们就宣誓？褚英揍你们，你们就挨着？褚英不让你们对我讲，你们就对我保密！如果褚英要你们杀你们的老子呢？你们动不动手？”

他又问皇太极：“在家的六七个兄弟都宣誓了吗？”

“都照大哥说的做了……”

“他们为什么不来？只来了你们四个，还只有你说话！”

“还不是怕大哥！”

“回去把事情的经过都给我写出来，下面都给我签上你们的名字！”

“是！……”

他们在大街上遇到了褚英，褚英看着他们走过去，没有对他说话，就叫住他们：“喂，站住，为什么不和大哥说话？”

汤古代说：“大哥，没话说……”

“没话说，要对我致礼！”

莽古尔泰忍不住了：“你等着吧，父汗就要收拾你了！”

皇太极把所有曾经受过褚英迫害的兄弟都叫到莽古尔泰家里，把他们向父汗上告的过程说了一遍。他们欢喜得热泪盈眶，相互拥抱，把皇太极捧到天上，像救命恩人那样赞颂他。

“皇太极，”汤古代说，“好兄弟，别人都不如你笔下来得快，文辞更是不行，你就为大家写一份父汗要的诉状吧，我们大家都签字！”

皇太极几兄弟走后，努尔哈赤把五大臣叫来，问他们褚英在家干的那些事，额亦都等大臣们都详细说了。

努尔哈赤责备他们说：“咱们是一齐起事的兄弟，是一起从刀光血影中滚出来的。虽说现在我是汗王，你们是我的臣子了，但是咱们的兄弟情谊改变了吗？一丝一毫也没有改变！你们却在家里允许褚英这么胡闹，实在让我心凉！……”

额亦都分辩说：“汗王，褚英刚刚视事，就是有些事做得不够妥当，我们想，怎么也得让着他点，不能对他指手画脚……”

“胡说！”努尔哈赤大声叫道，“咱们是他的父辈，他是咱们的孩子，这关系一辈子也改变不了！”

安费扬古看到努尔哈赤气不可遏，就劝他说：“我们错了，今后我们一定好好地照汗王的话去做，好好地照看大阿哥，汗王，你就别生气了！”

在这段时间里，褚英几次请求见父汗，努尔哈赤都不见他。直到皇太极把写好的众兄弟签过名的诉状呈给父汗，努尔哈赤才令褚英到他面前去。

这时的努尔哈赤已经冷静多了，但在心里仍充满着对褚英的愤怒、轻蔑和失望。

“褚英，我领兵去征讨乌拉的这些日子，你在家里做了什么事呀？”他问。

褚英知道他的事发了，但还没有想到怎么回答父亲。

努尔哈赤把几张纸扔给褚英：“这是你的兄弟和诸大臣对你的控告，你看看吧！”

几张纸在空中飘摇了一会儿，就落到地上。

侍卫拾起来，交给褚英。

褚英跪下来，两手捧着那几张纸，一目十行地看着。

他没有认真看，也没有心情看，但他知道上面写的是什么。

“如有辩解的话，你就说出来！——有吗？”

“阿玛，我觉得没有什么错，”褚英说，“只是早了一点……”

“什么？”努尔哈赤没想到褚英会这样回答他，大声吼叫着，震得窗棂嗡嗡响。

“阿玛，从古以来，所有的帝王都用血与火建立自己威望，对自己的兄弟、亲属，对那些战功赫赫的大臣尤其是要这样！汗王既然要把大权传给我，我就该这样做！父汗，你不是也把我叔叔舒尔哈齐坚决地杀掉了吗？——你的权柄和威望是无人敢动摇的，可是到我掌权时就不行了，我只能早早地用这办法……”褚英见努尔哈赤的眼睛越瞪越大，他吓得不敢说下去了。

“小子，你真是丧心病狂！”努尔哈赤站起来，抬脚把褚英踢倒在地，褚英从没见父亲这样震怒，吓得瑟瑟发抖。

“褚英，你这个畜类，我什么时候说过要把位子传给你？”努尔哈赤指着褚英的额头骂道，由于愤怒已极，他的手抖动着。“我年纪大了，精力不如从前了，在大臣们的劝说下，只是让你帮我一下，因为你是长子，又跟我历练了几年。你……你竟然痴心妄想着要抢班了！……什么‘从古以来’，那是汉人的从古以来，不是我们的！咱们如果要建立女真国，也决不模仿汉人那一套！它的汗王，它的皇帝必须是个有智慧有道德的人，对子民，对兄弟，对臣工居心仁厚的人，我怎么会把大权传给你这卑鄙无耻的东西呢！……”

“父汗，我错了……饶恕我吧……”

“如果真有道理，尽管错了，我也就责骂你几句，让你给你的兄弟，给大臣们赔礼道歉算了，现在看来不行，你像你的叔叔一样，也是一只狼，没良心的狼！……”

“父汗……”

“滚！滚！我没你这个儿子！……”

就在这天晚些时候，努尔哈赤派代善接管了褚英曾经执掌的一切。因为褚英是长子，又有赫赫战功，父汗分给他的部众、牧群、财物都比兄弟们多得多。现在，努尔哈赤下令把多出来的部分，尽行收回给兄弟们平分，这大大削弱了褚英的势力。

布占泰屡战屡败，颜面丢光。对他的惹是生非，乌拉贵族们群起反对。他不但不痛加反省，反而派兵镇压。于是国内这里那里经常发生战争。就是处于这样难以收拾的困境，他还是贼心不死。

努尔哈赤刚退走，他立刻就到叶赫去了。这次他带来了两个小儿子，留给叶赫贝勒金台石做人质。接着，就提出迎娶美女东哥的事。

金台石十分精明，他已经把他们的美女东哥前后（包括努尔哈赤在内）许过四家贝勒了，他怕惹起是非，婉言劝布占泰说："老朋友，何必这么急呢？东哥已经是你的，我再也不会许给别人了，可是现在几个贝勒都向她伸过手来……弄得她又哭又叫的！我看，再缓一时吧……"

金台石说的也是实情。那美女东哥，这时已靠近三十岁，成了个老姑娘。那使男人心动的美颜已渐渐退色。布占泰要娶她，也只是为了满足自己的虚荣，——你们看，谁也得不到她，最后，我布占泰得到了！

没得到美女，却得到金台石和他联盟的许诺，两人杀白马盟誓。

他回到乌拉后，贵族们又围着他劝说不已，他的三个建州福晋更是喋喋不休，他火了，把腰刀悬在门口，声言谁再多嘴，定斩不饶！他还把三个福晋软禁在一间小房里，一天只给一餐饭……

万历四十一年（1613）正月，努尔哈赤又统兵征讨乌拉。

这次出征有四点理由：乌拉国内发生内乱；布占泰屡背盟约；幽禁努尔哈赤的女儿和侄女，以及强娶叶赫许诺努尔哈赤的美女。

跟随出征的将军是他的次子代善、侄儿阿敏，大将额亦都、安费扬古、费英东、何和理、扈尔汉等，出动的人马是历次征战的几倍，约三万余人，临走，他对将领说："这一次我们势在必得，不灭乌拉决不回还！"

一路上，建州大军张黄盖、奏鼓乐，浩浩荡荡。

可是努尔哈赤心里并不清静，一路走一路想着留在赫图阿拉的几个儿子。

这次出征，他没有允许褚英参加。也没有让他守护赫图阿拉，而把责任托付给了皇太极和莽古尔泰。

他再三想：他心爱的大儿子怎么会长成那么一个野心勃勃、无父无亲的人呢。一直进入了乌拉的国境，他才放下心事，和额亦都商量克敌制胜之策。

因为连续几次的败北，布占泰已经没有一点儿威望。他等不来叶赫的援兵，没娶到叶赫的美女，手下的将军也众叛亲离。所以建州的军队进入乌拉后，没有遇到过有力的抵抗。几天的时间，就夺得了隼扎秦、郭多、鄂莫等十余城。正月末，大军就直逼乌拉的纵深。

布占泰想孤注一掷了，他在易守难攻的富尔哈城庸集了三万余人马，要和努尔哈赤誓死决战。

如果，他在城内坚守，努尔哈赤十天半月还无法奈何他。他竟自不量力地带领人马出城迎战，这就加速了他的灭亡。

建州将士一看布占泰从城里出来了，不由得欢欣鼓舞，士气更加高涨。额亦都说："如果他不出来，我们就得攻坚，那得死伤多少人呀！现在好了，这个布占泰自己把几万人的性命送上来了！”

富尔哈城外是一片几十里的开阔地，中间只有几簇丘陵和几片小树林。

努尔哈赤和诸将计议了一下，派安费扬古、代善和费英东、阿敏各带五千人占领两边的树林和丘陵，准备从左右策应，他和额亦都带领主力在正面布成阵线。

战争的序幕在清晨拉开，布占泰攻击凌厉，他的军队如风起云涌，一直冲到努尔哈赤的大帐面前。

“汗王，快撤！”汗王的侍卫一起紧紧护住大帐，额亦都率领何和理、额尔古尼、洛可等将领杀向布占泰，稳住阵脚。

努尔哈赤对侍卫们笑笑说：“不要紧的，他们就要退回去了……”

他的话还没说完，敌人就像退潮的水，向富尔哈溃退。

原来，两翼的建州军，见布占泰的军队进攻虽很勇猛，但他们犯了一个致命的错误，就是脱离了后方，没多少军队掩护城垣了。安费扬古、代善，费英东、阿敏带领他们的人马迅速包抄过去，断了敌人的后路，还夺门进城。乌拉士兵见城上飘起“建州努尔哈赤”的大旗，军心大乱，各自逃窜……

努尔哈赤立刻带领众将士追逐奔杀，如虎逐羊，一直杀到夜晚方歇。

布占泰见大势已去，败局难挽，如再迟疑，就有再做俘虏的危险，就带了几十个卫兵杀出重围向叶赫方向窜逃去了……

这一战役，仅仅持续了一天，乌拉军就全军覆灭。建州军击溃乌拉三万人马。其中斩杀乌拉军卒一万有余，缴获盔甲七千多副，各种军械不可胜数。

努尔哈赤趁胜进军，把他的三万人马分做十路，由十位将军率领，收服乌拉各城各镇。到了二月底，乌拉的局势底定。这一次，由于缴获过多，带来的军车都成了运货车，建州军第一次没有抢劫。

乌拉部始建于明朝永乐五年，历206年，传了九代，到布占泰，彻底灭亡了。

三月初，努尔哈赤留下乌拉籍的将军诸济亥带领五千人马暂时统治乌拉，就带领其余的将士回赫图阿拉了。

这一年(1612)，他的对后世很有影响的第十四子多尔衮出生了。多尔衮之前、在皇太极之后，努尔哈赤生了九子巴布泰、十子德格类、十一子巴布海、十二子阿济格、十三子赖慕布，他们日后都成为努尔哈赤的功勋卓著的将领。

布占泰又在叶赫成了流亡客，从此他走出了历史。

赫图阿拉表面是安静的，可是，尖锐的矛盾在潜滋暗长。

征讨乌拉的大军刚走，褚英就行动开了，他把自己的军队调来调去，咒天骂地，以向皇太极和莽古尔泰示威。

努尔哈赤虽削夺了褚英的许多军队，但他的势力还是比别的兄弟大得多。

莽古尔泰怕了，他担心地对皇太极说：“大哥会不会对咱们动手？”

“他还没那么大的胆！”皇太极说。

“我听说他天天在家咒骂父汗，还扎了象征父汗的纸人在街口焚烧……”

“是么？……他这是在作死！”

莽古尔泰说的事是真的。

褚英大概是世界上嫉妒心最强的人了。父亲惩罚了他，还不让他参加征讨乌拉的战争，甚至连留守的责任也不托付给他。他接受不了，对父亲，对兄弟，对建州的一切仇恨使他颤抖不已。他快要被仇恨的烈火烧成灰烬了！

“长生天呀！”他把两手伸向天空，声嘶力竭地喊道，“让乌拉的布占泰战胜吧！让努尔哈赤的军队败北吧，溃散吧！……”

父亲和他的将士走后的第二天夜晚，他扎了个很大很高的草人，令他的侍卫帮着抬到街口焚化。咒骂道：“这是你呀，努尔哈赤！……你杀了你的亲弟弟，现在又来迫害你的亲儿子！……你对皇帝阳奉阴违，背信弃义，……长生天会惩罚你的……你就要从乌拉溃逃了！……你败北回来后，你会看到，赫图阿拉已不是你的了！我决不准你进城门……你瞧着吧……”

他如疯似狂的举动，吓跑了他手下的将领，连他的侍卫也不敢帮他干那些带来灭门之罪的事。有的逃了，有的自寻出路，有的跑到皇太极那里去，把主子的悖天害理的事都禀告了皇太极……

“你们没说谎吗?”皇太极激动、兴奋地问他们。

“我们怎敢给主子编造呢！”

“汗王回来后，你们要如实地上报！”

“贝勒爷，奴才不敢……”

“我会代你们说的，但是你们要出头作证！”

“那……小的也不敢……”

“那，你们就等着死好了！”皇太极说，“你们主子做那些大逆不道之事时，你们帮着干来吗？帮过。你们劝阻过吗？没有。只这些你们的全家都得死！你们得自己救自己，就要在大汗问起来时，出头作证！”

“好，好，奴才听贝勒爷的！”

努尔哈赤回到赫图阿拉后，首先向他汇报的却不是皇太极。

努尔哈赤临走时，最不放心的就是褚英，所以他把侍卫都雀灵留下了。要他悄悄地监视大阿哥。

努尔哈赤进府后一边解着身上的甲胄一边向正房走，两边的福晋、家人、仆妇向他问候，他连头都没点。就在这时，都雀灵像阴影一样出现了。

“都雀灵，跟我到书房去！”

“是，大汗！”

大福晋阿巴亥跟到书房门口，笑着说："汗王一进家门就要办公事呀，你还没有洗把脸呢！"

"阿巴亥，你带领福晋们回房去吧！我有点急事要办。"

"你身体好吗？"

"很好，壮得像条牛，晚上，你就知道了！"

阿巴亥一抿嘴，走了。

"都雀灵，那个人干什么了？"

"那个人"指的是大阿哥。

"汗王，他干了不少悖逆的事……可那些事，我连说一遍都没胆量……"都雀灵那瘦小的身体就像只断了脊梁的狗。

"小奴才，你连杀人都不眨眨眼睛，怎么怕说几句话！"

"我说……我照直说……"

都雀灵把自己探听到的几件事一一地对努尔哈赤说了。

努尔哈赤扶着的椅子得得地响，那是他的身体在抖。"反了！反了！……"他叫着褚英的母亲——他的头一个福晋佟佳氏的名字咬牙切齿地喊道，"你给我生了个好儿子，简直是条毒蛇呀！……"

"汗王，这不能怨大福晋，她在天上听到会伤心的。"

"住嘴，"努尔哈赤吩咐说，"你去给我把皇太极叫来！"

"我就去，大汗！"

努尔哈赤一看见皇太极就怒不可遏，他喷着唾沫叫道："皇太极，我是把赫图阿拉交托给你的，对吧？"

"是的。"看到父汗横眉竖眼，知道褚英那件事发了，就赶紧趴倒在地。"父汗，我和莽古尔泰没尽到责任……"

"没有莽古尔泰什么事，他本就是个粗人。皇太极，你是我倚重的孩子，可是，褚英干下了那么多悖逆的事，你知道不？"

"知道，父汗！"

"那为什么不赶紧来说！"

"父汗，您刚刚进门呢，儿子还没有来得及向父亲禀告……"

努尔哈赤迟疑了一会儿说："那你现在就告诉我，那个逆子在我走后，他干了些什么大逆不道的事！"

"是，我说，我说！"

皇太极把自己知道的向父汗叙述了一遍，他说的和都雀灵说的大体上是一样的。

努尔哈赤气得吁吁直喘，像大开大合的风箱。"还有谁能证明？……"

"父汗，您问问大哥的侍卫吧……"

“不要再叫他大哥！——去，快去把那狗种的手下人叫来几个！”

“是！”皇太极爬起来，跑出去。

在大门外遇见了莽古尔泰。

“皇太极，父汗说什么？”他拦住问。

“褚英这一次是彻底完蛋了！”他只说了这么一句，就急急地跑了。可这一句里包含着许多滋味。兴奋、激动和明显的幸灾乐祸……

没多久，皇太极领来了几个褚英的侍卫，他们在皇太极的授意、鼓励下都准备揭发他们的主子。那篇窝在心里的台词早就烂熟了。路上，皇太极又嘱咐了几遍：“你们在汗王面前实话实说就行！”

“我们害怕……”

“怕什么？在这关键时刻，可不能畏首畏尾！”

回到汗王府，院子里已聚集一些人，其中有大小阿哥，有额亦都等大臣。皇太极想：莽古尔泰得到消息后，一定会奔走相告，他心里还存得住这样的大事吗？

努尔哈赤看着面前趴在地上的侍卫，喉结窜动了好一会儿才轻声地说：“把你们主子的悖逆之事说一说！……”好像他的力气差不多用尽了。

皇太极很怕父亲会突然晕倒。

侍卫们知道他们的主子要完蛋了，于是不遗余力地噬咬起来，他们把褚英做的那些事一一地揭发着。他们不敢乱编，但出于解脱自己的心态，往往说得十分详细。

“别说了，你们下去吧……”

“是，大汗！”侍卫们每人都顶着一头汗爬出去了。

努尔哈赤亲自找褚英来问话，是在下午，是他在阿巴亥房里躺了一个时辰之后。

他把五岁以上的儿子都叫来了。儿子们知道事情的严重性，所以，他们一进门都跪下了。

努尔哈赤坐在阿巴亥的大炕边，耷拉着腿，脸上露出很疲惫的样子。大妃坐在他的身后。

“褚英，你当着众兄弟的面，把你在我走后做的那些伤天害理的事一一地说说！”

褚英不说话。

努尔哈赤没有逼问他。“皇太极，你问一问你大哥。”

“是。”皇太极犹豫了一会儿，他问：“褚英，在父汗出征乌拉后，你多次咒骂父汗，祷告上天，盼望父汗死，盼望咱们军队失败，有这事吗？”

“有。”褚英低着头回答，他并不辩驳。

“你还说父亲败北回来后，你将关上城门，不让他进城，有这事吗？”

“有。”

“你扎个草人，说那是父亲，要侍卫帮着抬到街口焚烧，有这事吗？”

“有……”

皇太极回头对努尔哈赤说：“父汗，儿臣问完了。”

努尔哈赤待了一会儿，没有发出儿子们等待的滔天怒火。他蹙着两道浓眉把褚英看了好久，说：“褚英你犯下了这天理难容的大罪，还想活吗？”

褚英不语。

“侍卫，”努尔哈赤的嗓门仍然不大，“把褚英拉去……街头砍了，再让狗把他吃掉！——可多唤几条狗来，把他吃干净，我想，长生天也不愿留他丁点儿污秽在人间。”

房门开了，进来七八个侍卫，要把褚英拉出去。

皇太极带头跪下了，他还回头招呼兄弟们：“求求父汗呀！大家快求求父汗呀！”

兄弟们大声地哭喊着：“父汗，饶了大哥吧！……”“大哥虽然该死，可是父汗给他留个改过自新的机会吧！……父汗，您可以惩罚他，重重地惩罚他，但给他留一条命吧！”……

早就等在门外的大臣们，这时也推门进来，一起跪在努尔哈赤面前，在地上碰着头给褚英求情。

努尔哈赤不说话，只是向侍卫们瞪着眼，那眼睛快要瞪裂了。

侍卫们明白大汗的决心是不可逆转的，就一齐扳着褚英往外走，可是皇太极抱着哥哥的腿，使劲地拖着，抬头对褚英说：“哥，你向父汗求饶啊，你说话呀，哥！……”

褚英像晕过去了，仍然一声不吭。

“你们站住！”向侍卫说话的是大妃阿巴亥。

侍卫不再生拉硬拽褚英了，房里也鸦雀无声。

阿巴亥对努尔哈赤说：“汗王，你曾经说过：亲属犯了罪，即使是大罪，也不要立刻处死，要等待一段时间。这样可以把他们的罪行看得更清楚，处理得更恰当！您这规矩，也适用于褚英吧？”

努尔哈赤在考虑着阿巴亥的话。

“我看就先把褚英关起来吧？”

努尔哈赤仍然沉默着。

“皇太极！”阿巴亥说，“你把你大哥送到监狱里去！”

“是，额娘！”

阿巴亥救了褚英一命。

皇太极拉着褚英走出门去，顺便找莽古尔泰、阿巴泰、汤古代几个兄弟帮着把褚英送到监狱。

在那里又费了很多工夫。皇太极一连看了几间狱室，都不满意。不是嫌阳光太亮，就是嫌不够结实。最后，他给褚英选了一间监禁过舒尔哈齐的狱室。那狱室像个石洞，一门一窗都用胳膊粗的铁棍做成。

褚英进狱室后仍一言不发。

"这是咱们叔叔蹲过的狱室,最后他死在这里……"

听了皇太极的话,褚英的脸一下子变得灰黑,连站也站不住了。一个狱卒扶他坐下。

"你就在这里蹲几天吧,"皇太极又说,"狱卒会好好地待你的……"

走到外边,狱卒头儿问皇太极:"贝勒爷,上锁吗?"

"不仅要上,还要上一把大锁!"皇太极说,"找几个认真的狱卒看守,出了事,拿你们是问!"

这时从狱室里突然传来大声的狂笑,在这阴暗的监狱里,那笑声使人毛骨悚然。

阿巴泰说:"皇太极,是不是回去看看大哥?我看他有点疯疯癫癫……"

"千万别……"皇太极说,"一句话也不能和他多说!"

这是万历四十一年春季的事。

五

这年(1613)八月,努尔哈赤又和大臣、儿子、侄儿们商量征服叶赫的大事了。他说:"现在扈伦四部,只剩个叶赫了。它比其他三部都强大,是咱们统一女真最大的拦路虎,不把这只虎打死,咱们的事业也只能在这儿止步了!"

叶赫,是"头盔"的意思。叶赫城建在山上,那座山就叫叶赫(盔顶),或许它是因山而得名吧?也有人说,它叫叶赫,是因为它在叶赫河流域,是因水而得名的。

叶赫姓纳喇氏,对大明很恭顺。每年按时向明朝贡送很多东西,受到朝廷的褒奖。它地理位置在北方,进贡时常常取道镇北关,明朝又称它为北关(哈达为南关)。

叶赫的治所在叶赫城,此城有东西两城。西城依山面水,位于叶赫河北岸半里地的山坡上,城墙宽厚高峻,中有高台,在上面可俯瞰全城,很有利于防守。东城北临叶赫河,南依岭岗,城墙也很坚固。土城内有石城,石城内又有木城,三城有深壕相通。

叶赫东临辉发,南接岭达,西靠蒙古,西南方向和明朝的开原较近,北与乌拉相通。扈伦三部灭亡之后,它就很孤立了。这时,叶赫的统治者是布寨之子布扬古和纳林布录之子金台石。

在乌拉被建州敉平后,努尔哈赤曾经三次出兵叶赫,夺取了它十多个城镇。叶赫贝勒布扬古、金台石便向明廷求救。明廷派总兵张承胤晓谕努尔哈赤,要他别再欺侮叶赫,并把侵夺的叶赫十几城"吐"出来。努尔哈赤派使辩解,说叶赫常常骚扰建州边寨,掠夺建州的人口和牲畜,还说叶赫把已许他的美女,又背约许给了别人,是对建州,对努尔哈赤的侮辱……

明廷实在弄不明白他们间的"陈年旧账",也只好作罢。

九月,努尔哈赤带领将士三万,进入了叶赫境内。

布扬古和金台石商量御敌，他俩都觉得不能让努尔哈赤长驱直入，像哈达和乌拉那样在部落的中心城市打仗。于是他们便带领三万人马迎了上来。

两军在淘金湾相遇，列开阵势。

像过去一样，努尔哈赤想对敌方的头头说几句话，以作最后的劝告。他令前哨到叶赫阵前喊道："大汗要对你们贝勒说话！……"

喊了半天，只出来一个人，他是布扬古。

额亦都想去迎战，可努尔哈赤拦住了他："还是让我先和他说两句吧！"

"阿玛，和那家伙说什么？要说，我去说！"皇太极就要出阵。

"你替不了我！"努尔哈赤说，"有道是木不钻不透，人不讲不知，开战前该说的话还是要说的。"他便拍马向前。

来人是个黑脸大汉，留两撇黑胡，一双露睛眼。他座下是匹雪青马，提一支长长的矛。他端详着努尔哈赤。

"你就是那个杀我阿玛的努尔哈赤吧？"他说话像放炮。

"我是。"努尔哈赤说，"你呢？"

"我是叶赫贝勒布寨之子布扬古！"黑汉叫道，"在乌碣岭是你把我的阿玛杀害了，今天我就要讨还血债！"说着挺矛便刺。

努尔哈赤把他的矛用刀架开，仍旧对他好言好语："贝勒，你那话就不对了。在战场上两军相遇，就得拼个你死我活，可那死伤是不能当做世仇来看的。咱们都是女真人，是同胞，有些道理还是可以讲的……"

"不听不听！"布扬古大声地咆哮，"你这个狼心狗肺的家伙，今天不是鱼死就是网破，你看枪！"说着，布扬古就一连捅了努尔哈赤十几枪，把努尔哈赤弄得气喘吁吁。

布扬古很有些本领，他的枪使得犹如蛟龙窜腾，再说他才三十几岁，而努尔哈赤已经五十好几了！

在乌碣岭战后，布扬古曾经派人向努尔哈赤讨回父亲的尸体，努尔哈赤一时气急，竟把布寨的尸体只割了一半给他们。布扬古把裹尸体的草席展开一看，当场气得昏了过去。打那后，他就决心报这深仇大恨！

有这难以排解的仇恨鼓荡着，布扬古越战越勇，逼得努尔哈赤连连后退，费英东赶紧拍马上前接替下努尔哈赤，和布扬古战到一起。

这时，两军将士已杀得难解难分。淘金湾周围刀枪铿锵、战马嘶鸣、杀声阵阵、尘土蔽天……

叶赫的另一贝勒金台石很有点用兵之才，他知道在战争中，骑兵是很重要的。所以这几年，他一直请女真族中的高手训练他的"镇北铁骑"。两千多匹战马全用铁甲护腿、裹胸、蒙面，跑起来的声音有如大河奔流。他自己也练得一身精纯的马上功夫。

两军展开攻杀后，他没有把自己的"镇北铁骑"投进去，这时，他觉得火候到了，便带领两千骑士呼啸而进！

努尔哈赤正在战场外观战，忽然他听到山崩海啸之声由远而近，只见从叶赫阵地上，一股黑色的铁流滚滚来，他立即令他的预备军向那股铁流放箭，虽然箭矢如雨，可是奈何不了身被甲胄的人和马，叶赫的铁骑杀进战场，只一会儿，建州军就溃退下来。几十里后，努尔哈赤才来得及把他的军队收拾、整编。

在叶赫的边境上停留三天后，努尔哈赤下令回程，可是将领们都围着他请战，说，"不消灭叶赫绝不回建州！"将士们的心情是可理解的。自起事以来，所经百战，无不所战皆捷，这次却突然败北，他们很难接受。

努尔哈赤把众将领请进他的大帐，笑着对他们说："天下本无常胜将军，这次失败，对我来说，只是喝了杯苦茶，何必呢？"

将士们站起来又要激昂请缨，努尔哈赤向他们摆摆手说："你们坐下，平心静气地听我说：我不是对你们说过吗？消灭一个大的部落，犹如砍一棵大树，得慢慢地一斧斧地砍……你们却要毕其功于一役！连这点小小失败都容不得，怎能干大事！"

回到建州后，努尔哈赤立刻整备军械，训练军队，到了这年初冬，他又率领四万将士进军叶赫。

叶赫在淘金湾战后，被胜利冲昏了头脑。金台石和布扬古大宴将士，在宴会上他高兴地说："你们都说建州军是不可战胜的，现在怎样？不是被咱们叶赫打败了吗？咱们叶赫才是天下最强的部落！过去是，现在是，将来也是！"

布扬古也说："这一次大战，努尔哈赤被打得伤筋动骨，要恢复起来怕是要两三年！"

金台石说："咱们怎能让他恢复呢？明年咱们就打到建州去，把努尔哈赤打得落花流水，以报古勒山之仇！"

不过叶赫将领中也有些头脑清醒之人，大将乌若代就说："淘金湾一役，努尔哈赤虽然败了，但他只损失了一千多人马，大将一员没损，远远说不上伤筋动骨，我看不久他还会带兵来的！"

可是在热烈的欢庆声中，他的声音有如秋虫的鸣声，没人听他的。

就在他们酣醉于胜利、全无准备的时候，努尔哈赤带领大军又来了！

淘金湾胜利后，叶赫的军队已散居叶赫各地，一时调集不起来。两个贝勒慌了，不知如何是好。布扬古对金台石说："快，把你的镇北铁骑用上去先堵挡一阵！"金台石想：也只好这样了，就带领他的骑兵上阵了。

努尔哈赤是有备而来的。他已想出对付铁骑的办法。当叶赫铁骑呼啸而来的时候，建州军推出了几百辆铁鍒车。那铁鍒车有二尺来高，前边镶以锋利的刀刃。叶赫战马的铁皮衣只及马膝，它们冲过来，碰到铁刃时，把腿齐膝切断了！前排倒下，后排的急切闪躲不开，就只好滚跌在前排身上，这样前后相叠，有如山积。他们只有挣扎的份儿，哪里还有战斗力！建州军乘机掩杀过去，不上半天，叶赫恃以自豪的镇北铁骑就彻底完蛋了！

金台石也受了伤，他哭着跑回叶赫城里，对布扬古说："我的铁骑没了，快想别的办法吧！……”

“别的办法”就是从全部落调集军队，可是，努尔哈赤已将自己的四万人马分几队把守住叶赫要道，叶赫的军队只能在各地据守，来不了叶赫城了！

布扬古和金台石急得相对而泣，可是哭是解决不了问题的。他们把手头的一万人马，布置在叶赫的东西二城，又派人去和蒙古的察哈尔部联系，求他们出兵援助。蒙古很快做出了反应，但提出要叶赫把美女东哥立即送到蒙古，和蒙古贝勒园突的儿子泯古达完婚。叶赫立刻就答应了。

正在叶赫避难的乌拉贝勒布占泰不愿意了，他急急地跑到贝勒府里去吵闹：“你们是怎么了？东哥是我的，是你们早就答应我的！……”

金台石指着布占泰的鼻子骂道：“你算是什么东西？你不过是我们豢养的一条没用的狗！我们的美女怎么能嫁你这样的人！”

布占泰被骂得气急败坏，他吼叫道：“人得有良心！我为叶赫顶住建州的锋锐十几年，你这时竟对我说这样的话！像你们这么不讲信义，也合该被努尔哈赤吃了！”

布扬古说：“布占泰，努尔哈赤已经打来了，你若能把建州人顶住，那东哥还是你的！否则，你就靠边吧！”

但蒙古的小贝勒也没能娶到美女东哥。因为，东哥原是个很有血性的女子，她看叶赫两代贝勒都拿她作政治交易，前后已把她转了五个主儿了，有时，她自己也不知真正属于谁！这时又听说要把她嫁往蒙古，她坚决拒绝了，她死活不肯上为她准备的花车。

说实在的，她现在已年老色衰，眼角唇边满是皱纹，女真姑娘到了三十多岁，即使是美女，也已是昨日黄花了！

没法儿，布扬古、金台石又派人带了重礼到辽阳去拜求明廷的总兵了。

叶赫城内的困境和两个贝勒又想把东哥嫁到蒙古的事传到努尔哈赤的大帐。许多将领请求努尔哈赤集中兵力去突袭叶赫城。额亦都也说：“大汗，最早，叶赫是把东哥许给您的。他们屡次把东哥转主儿，是对您的侮辱，也是对建州的侮辱！该以此惩罚一下这些不信不义的人了！”

努尔哈赤笑了：“你们以为，我还想要那个东哥吗？在我眼里，东哥不是个吉利的女人，就因为这个女人的缘故，哈达灭亡，辉发灭亡，乌拉也因她而灭亡！今天，金台石和布扬古不将此女子予我而予蒙古，我还要那个女人干什么！——不过，我们可以把这件事当做出兵征讨叶赫的借口。我们已经利用了她两次了，今后我们还可以利用她……”

努尔哈赤对东哥的评价是不对的，东哥是个不幸的女人，她的命运自己做不了主，她的长辈利用她，她的兄弟利用她，叶赫的敌人也利用她……

努尔哈赤进入叶赫境内后，进展十分迅速。很快就夺取了叶赫的张城、吉当阿城，又包围了北部最大的城镇乌苏。乌苏见建州军“师众如林，不绝如流，盔甲鲜明，如三冬冰雪”，几天后不战而降。

各路军展开了攻势，仅仅不到半月，就连克叶赫大小城镇二十余座！叶赫在各地的军队大部被歼灭，叶赫成了一座孤城！

努尔哈赤没有急于去攻打叶赫城，他下令“凡所下之城，尽行焚毁所有房屋。掠夺所有财物、牲畜，把所有的人口编户，送回建州”！对叶赫实行了灭绝政策。

这时，明朝的辽东总兵是杨镐。他曾被明廷多次派往南方和西南方镇压起义的民军，立过战功。这次守辽，他更想立功异域。当他得到努尔哈赤侵夺叶赫的消息后，很是震惊，他立刻接见了叶赫贝勒派来辽阳求救的使臣，对那里的局势有了更全面的了解。

他对手下人说：“这个努尔哈赤呀，早晚是咱们大明的祸患。瞧着吧，若不早早地剪除，后果难以想象！”

“那就趁早出兵消灭他！”一位幕僚这样说。

杨镐回头瞅了那人一眼，意思是嫌他不知深浅。“我不想说前任的坏话。李成梁大人年高德劭，咱们更不能随意地评论他，可是在对待努尔哈赤这事上，他的确是犯了养痈遗患的错，这是有事实根据的……”他摇头叹气，结束了自己的感慨。

他像别的官僚一样，也是把过错推到以往。

但事情总得管一管，于是杨镐便派遣备御肖伯芝来到叶赫前线，责令努尔哈赤罢兵，并退出柴河、范河、三岔儿等地，努尔哈赤被迫从命。

将士们当然不肯听从，他们不愿意把占领的地方让出来。但努尔哈赤说：“目前尚不是灭亡叶赫的时候，他一边有蒙古，另一边有大明，就再让叶赫存在几天吧！”

“那么，我们不是白来一趟吗？”代善很不服。

“怎么会白来呢？咱们侵夺了叶赫许多地方，退给他们的不过是十之二三。不要心急，咱们就像吃桑叶一样，慢慢就会吃掉它的。”

努尔哈赤留下一万军队，带领其余的三万人马撤回建州。

这两三年，辽东的边官像走马灯似的换来换去。麻贵、张承胤、张涛、杨镐……哪个的任期都不满一年。现在又换上了郭光复。努尔哈赤向郭光复致书，力表忠于明帝、尊重明臣，绝没有为非作歹。可是，郭光复不听他的了，他回京后，立即向朝廷上疏，愤激地说：“将来颠覆天下者，努贼也！”

他的话，大多臣僚都以为是危言耸听。可是辅臣叶向高遍征从辽东回任的边官，他们竟都赞成郭光复的见解：“那个努尔哈赤绝非一般女真酋长可比！他现在已经统一了建州全境，又几乎灭亡了扈伦四部，别的女真部落也多受其侵害。如果现在倾全国之力，也未必能够剿灭它！”

叶向高极为重视郭光复的上疏，他又综合别的边臣的意见，写成自己的奏本，拉着现任兵部尚书李化龙上朝去见皇上。

他们从早晨起在朝房等到中午，大太监李顺成才来宣他们进宫。

皇帝在乾清宫召见他们。这时的万历帝已经五十出头，身体大不如前。两只眼睛老是水汪汪的，泪囊大大的像两个鼓胀的脓包。下巴底垂着一堆肉，使他的头部转动起来很不方便。现在除了几个大臣以外，谁也见不着他了。

他没有正面对着大臣，而是偏坐着，好像随时准备起身溜走。

“有什么事吗？”等大臣们向他行过大礼后，他问，打了一个哈欠。因为他张得嘴太大，不得不用手捂着。

叶向高怕皇帝疲累，没听他说完就走开，尽量地把话说得简短。他把郭光复上疏的内容要点讲了一遍，又说了自己的见解。

“辽东的事有这么严重吗？”皇上说。他做了个手势，示意太监给叶向高等看座。

太监在御座的前左方设了两个座，可是他们仍然躬身站在皇上对面，以示他们所奏之重要。

“极为严重，皇上！”叶向高说，“现在，努酋已经统一了建州，吞并了扈伦四部，据辽东的边官所奏，明年努贼将成立大金国，并进军辽沈……”

这几句话，使万历有点着急了，他终于回头对着他的臣工了。

“这个努尔哈赤！他……他果真如此吗？”皇帝把脸转向兵部尚书，好像要把叶向高的话再证实一下。

李化龙赶紧向前一步，大声奏道：“多年来，这个努尔哈赤以退地、结盟、减夷、修贡为名，阳奉阴违、骗取信任，得以从容吞并女真各部，达到他与天朝分庭抗礼之目的！……”

“他竟敢做如是想，有多大的势力呀？”皇上问。

李化龙答道：“如今，那努贼已列帐如云，积兵如雨。十几年来，他日夜征战，高城固垒。成为白山黑水间最大的枭雄了！有识之士皆说，天下无事，他绝不轻动，一旦风吹草动，努尔哈赤必将成为祸首！”

万历听了两位大臣的话后，沉吟良久，一时拿不定主意。他怕朝廷有事，更怕有战事。只南越和西南边境的民军就够他烦心的了，他不愿辽东那里再起战火。

就在这时，一位大臣走了进来。

他是陈良弼，这人袭封泰宁侯，官高爵显，却无实权，但他勾结了内臣魏忠贤就有势力了。现在他可不召自来，随意出入宫廷。

他们这一批狐群狗党，专事招降纳叛拉帮结派愚弄皇上。他们也最怕辽东有变，因为战事一起，朝中正义之士就会因而得势，他们的地位就要岌岌可危了。

“陈爱卿，你来了？”皇帝向陈良弼说话了，“你对辽东那里有什么看法呢？朕很想听听你的意见！”

“是，皇上。”陈良弼向前躬身奏道，“据老臣所知，那努尔哈赤并没有做什么错事。他手中的确有几万兵力，但这都是事出有因的。起初，他为了报杀祖、杀父之仇，追杀尼堪外兰，后来又为了追杀本族中的仇人，再后来又为了了结部落间的私怨，打了多年的仗。因而积累了许多兵。但他却从没有对咱们天朝动过兵，一次也没有，一点也没有！即使是在部落间的争斗，一旦朝廷做出公断，他就立刻听从，从不违抗……臣以为努尔哈赤是女真酋首中最好的，皇上也多次褒扬过他！……”

他的话使叶向高、李化龙十分生气，叶向高是位才学渊博的宰辅，一时不好对陈良弼示以唇枪舌剑,可是李化龙忍不住了,他打断陈良弼的话说:"陈君侯,你一直庇护那个努尔哈赤,是什么道理呢?你给在下讲讲,努贼十多年来侵吞周围部落,扩大自己的势力,你仅用报其父、祖之仇可以解释吗?现在他又席卷南关,攻占辉发,灭亡乌拉,又接连蚕食北关叶赫,难道只是为了报本族内恩怨情仇吗?还有勾结蒙古呢?群驱女真各部呢?还有耕牧哈达旧地、不断向汉人居住区域推进呢?……这些真凭实据,君侯您都能给朝廷,给国人一个满意的答复吗?"

陈良弼张口结舌不再说话了。

但万历也没有做出对努尔哈赤的任何决断,他摇摇手说:"好了,好了!你们为什么火气都这么大?都是为了国事,何必意气用事!听朕说……"

他的谕旨是:立刻派朝廷大员代表皇上到建州去召见努尔哈赤,给以训示,责令其不准再对其他部落用兵,过去侵吞的土地、财物要视情况向原主归还。至于他的军队,只留一万为国家戍边,其余全部遣散……

为了体现朝廷赏罚分明,赏给他宝刀、绸缎、香米等东西。

六

朝廷对建州的态度,虽仍然是以怀柔为主,但努尔哈赤和他的大臣们都明白情势已走到一个关键时刻。朝廷开始关注辽东局势,以各种办法缚住他的手足,如果他不想办法甩开朝廷的羁绊,他将不可能完成统一女真的大业了!

他和子侄、大臣们商量了几天,决定了三件大事。

一是和大明公开决裂;二是整编建州军队;三是在明年适当的时候成立国家。

这三项决定是划时代的,是女真向独立走出的重要一步。

努尔哈赤令额亦都、安费扬古、代善立刻清查建州的所有军队,加以初步的编制。

可是他们忙了一两个月,也没有把军队编制妥当,只调查清楚建州现有军队六万五千余人……

努尔哈赤问明了什么原因。

原来他们想,今后要和大明对着干了,军队得仿明制才好。但那样一编,许多战士因离不开自己的家,连当兵的兴趣也没了。

"不能那样编!"努尔哈赤说,"咱们女真的军队有自己的特点,得依照这个特点来编制军队!"

负责编制军队的几个人糊涂了,他们一时说不出自己军队的特点是什么。

努尔哈赤说:"咱们军队的特点是:家家都有人当兵,孤寡老弱都是军人家属。军队离不开家,家也离不开军队。也就是说,老百姓就是军队,军队也就是老百姓!"

努尔哈赤只几句话就把建州军队的特点说出来了。额亦都等人恍然大悟,事实真像汗王说的那样！

“那么怎么编制才好呢?”额亦都问。

“很好编。”原来努尔哈赤早已想得差不多了，“你们就按户编好了。十六岁至五十岁算是在军籍的士兵，他们的家人就是军属。在籍的打仗时就是军人，平时就在家耕牧。他们的官儿呢，打仗时，就带领军队上战场，不打仗就在家管理百姓、领导生产。”

这“全民皆兵，全兵皆民”的制度是努尔哈赤的一大发明，在世界军事史中也应占有辉煌一页！

在努尔哈赤的直接参与下，用了两个月的时间，八旗制度诞生了。

《清太祖皇帝实录》中是这样记载的：

上既削平诸国，每三百人设一牛录额真，五牛录设一甲喇额真，五甲喇设一固山额真。每固山额真左右设两梅勒额真。初设有四旗，旗以纯色为别，曰黄、曰红、曰蓝、曰白。至是添设四旗，参用其色镶之，共为八旗。

后来中下级的军官称谓，由“额真”改为章京。

固山是满洲户口和军事编制的最大单位，每个固山有其特有颜色的旗帜，所以汉语把“固山”译为“旗”。原有四旗，各以黄、白、红、蓝的布匹为旗。增添的四旗，将原来的四色旗，各镶上不同的边框以资区别。黄白蓝三色旗镶红边，红色旗镶白边。这样就成了八种不同的旗帜。在称呼上，不镶边的旗帜加以“正”字，镶边的旗帜加以“镶”字。这样，八旗的名称依次是：正黄旗、镶黄旗、正白旗、镶白旗、正蓝旗、镶蓝旗、正红旗、镶红旗。

军队是国家的命根子，所以努尔哈赤把它紧紧地掌握在自己手里。他是八旗的最高领导者，他还兼领两黄旗，即正黄和镶黄两旗的固山额真。其次子代善领两红旗——正红和镶红。其五子莽古尔泰领正蓝旗。其侄阿敏领镶蓝旗。其第八子皇太极领镶白旗。其长孙杜度领正白旗。

这是最早的安排，以后随着军事的发展，又有许多变化。

尽管与努尔哈赤一同起事的大将如额亦都、安费扬古、费英东、何和理、扈尔汉等人功勋卓著，忠诚不贰，但谁也没分到一旗！可见他们在努尔哈赤心中是个什么地位！他们只不过是努尔哈赤大棋盘上的卒子罢了！

这充分表明，现在的建州和将来的国家都是他们爱新觉罗家的！

比起大明的军队，八旗军自有其先进的地方。它是一支以骑兵为主的军队。兵书有言：国之大事在戎，兵之驰骋在马。八旗军虽然没有火器，用的是皮弦木箭、短剑钩枪，射程近、威力弱，但是他们却以铁骑角胜。八旗骑兵的战马饲养，栏里不蔽风雪溽暑，不喂菽粟，野外放牧，能耐饥渴。出征时，兵士骑马，带上自备的军械和干粮，驱骑驰突、速战速决。他们还利用行军和战斗的间隙，脱缰牧放，不需后勤。正如朝鲜人李民寏在《建州闻见录》中所说：

> 胡中之养马，罕有菽粟之喂。每以驰骋为事，俯身转膝，惟意所适。暂有卸鞍之暇，则脱缰而放之。栏内不避风雪寒暑，放牧于野，必一人驱十马。养饲调习，不过如此。而上下山坂、饥渴不困者，实由于顺适畜牲也……

努尔哈赤很重视军事训练、提高军队的素质，在费阿拉有很大的操场，天天操练兵马。他常常亲临观看，还查看战马的膘情，马肥者赏酒，马瘦者鞭责。除演习枪刀骑射外，还进行“水练（跳涧）”和“火练（越坑）”，优胜者奖励，怯懦者斩首。他自己也是个弓马精熟、武艺超群的战士。在《清太祖高皇帝实录》就有个“百步穿柳”的故事。

> 初，上出迎时，至洞城之野。有乘马佩弓矢过者。上问左右曰：“谁也？”左右曰：“此董鄂部人，善射。部中无出其右，所称善射钮翁金是也！”上召钮翁金至，指百步外柳，命之射。钮翁金发五矢中其三，上下相错。上发五矢皆中。众视之，五矢所集仅五寸许。观者共叹为神技云。

八旗不仅是军事组织，也是政权组织，军事长官也是行政官员。牛录额真及其属下的村领，掌管本村本屯的民政事务，诸如登记户籍、查勘田地、组织生产、分配财物、收纳赋税、摊派劳役、拘捕逃人、料理婚丧、排解纠纷……

努尔哈赤创建八旗制度，以其作纲，把整个女真社会统治起来了。一位外国军事家曾说：“战斗和生活合一的民族和社会必强”，努尔哈赤时期的女真民族和女真社会就是战斗和生活合一的民族，也是战斗和生活合一的社会，这也许是他崛起于东北地区，统一女真各部的原因吧！

万历四十三年八月，建州八旗军建成，正是努尔哈赤起事以来最强盛的时候，由五大臣领衔上书努尔哈赤，恭请他即大汗位。

努尔哈赤认为此事还不够成熟。他已经两次称汗了，但没有一个独立的国家，终觉所谓汗王，不过是一个大部落的酋长而已。现在，他手中已有了八旗大军，有了十几个女真部落的土地，虽然这样，如果不是大明威逼甚急，他还是想象以往那样维持下去，直到他有力量可以平等地毫无逊色地站在大明面前。

就在这时，又一件使他心痛的事发生了。

八月下旬的一个午夜，关押褚英的那间囚室的铁门被人撬了下来！那门的铁棂有胳膊粗，用铆钉楔人两边的石墙一尺多，不用说还有看守，即使让两个壮汉把门卸下来，恐怕也要忙上半天。

门开了，褚英被人劫走。

可是，劫人者还没有走出赫图阿拉就被巡逻的哨兵截住了。

褚英仍戴着脚镣，两手被反剪了绑着，嘴里填了一块肮脏的棉絮。

黎明时，努尔哈赤知道了这个消息。他亲临监狱，把褚英带到一间秘密的小监室里进行审讯。

努尔哈赤对褚英说:“你虽然犯了逆天大罪,但还是爱新觉罗的子孙,是我努尔哈赤的儿子,你若是还有一点儿骨气的话,就如实地回答我!”

“是,阿玛。”

努尔哈赤端详着须发长长的儿子,自从前年褚英被关押以来,努尔哈赤没有见过他。一想起他来,心里就充满着怨恨。舒尔哈齐被囚禁时,他还多次地偷偷地到过监狱,远远地看望过他。可是,他一次也没有来看褚英,儿子的言行伤透了他的心。

“他们是谁?”

“我想他们是叶赫人。”

“叶赫人,他们派人来与你联系过吗?”

“没有。”

“说实话,褚英!”

“真的,阿玛,我没有说谎。”

“那,你怎么知道他们是叶赫人呢?”

“从他们的说话的口音……”

“说说,你们说了些什么?”

“起初,我认为是自己人来放我出去,后来,他们开始抠挖墙壁了,我才看出不对头,就喝问他们是什么人?他们小声地呵斥我,要我别说话,并说他们是来救我出去的!我说只有阿玛放我,我才出去!……后来他们就不理我了,只一个劲儿地挖墙……”

“他们用了多少时候?”

“约有一个时辰吧……”

“在这么长的时间里,看管监狱的竟没来一个人?”

“是的……没来。”

“他们劫你走时,你就跟他们走了?”

“没有,我想大声喊叫,可是他们用棉絮堵上了我的嘴……”

从监狱出来后,努尔哈赤叫来了洛寒,命令他接管了监狱。要他把狱卒全部提起来,逐个审讯,另从部队中挑选可靠的士兵代替他们。

洛寒为这事忙了一天,然后向努尔哈赤报告,狱卒中有几个人原来自叶赫,他们想把褚英劫走,在叶赫把他培养成努尔哈赤的反对派。为这事,他们买通了监狱长。努尔哈赤猜想也是这么回事,还没听完就对洛寒摇摇手……

洛寒见努尔哈赤神情十分沮丧,就不说了。

“汗王,把这些人怎么办呢?”

“全部杀掉!”

“不再逐一地甄别了?”

“不,你想,在赫图阿拉的监狱中竟然发生这样的事,他们中还有个好人吗?”

他的命令很快被执行了,几十个狱卒被押到城南的山沟砍了头,在那样的时代,杀几十个人只是小事一桩。

晚饭时,努尔哈赤一个人喝闷酒,一直喝到起更还没睡。

“把代善给我叫来……”他忽然这样吩咐。

“是。”守在一旁的侍卫应道。

一会儿,代善站在他面前了:“父汗……”

努尔哈赤指着桌边的一只大肚子锡酒壶说:“把这壶酒给褚英送去,你哥俩好好谈谈。”

“是。”代善说,鼻子有点酸,他捧起酒壶抱在怀里走了。

“到伙房里给他带上几个菜。”努尔哈赤又吩咐。

“我知道,阿玛。”

代善抱了酒前边走,一个侍卫用竹篮提了菜跟在他后面。到了牢房,见褚英正凑在一支大蜡烛下捉袄里上的虱子,他那尺把长的头发老是碍他的事。

“哥……”代善叫了一声。

褚英撩开头发,抬头看着。

“我是代善!”

“代善!……”褚英猛地站起身,踉跄着迎上前去,弄得脚镣锵锵啷锵啷地响。代善还没有来得及把酒瓶放下,就被褚英抱起来了。“代善,我的好兄弟……”

褚英的身上臭不可闻,代善当然不会嫌恶他,可是由此知道他在监狱里过的是什么日子!他心里想:“哥,你这样受罪,还活个什么劲呀!……”

自从褚英被关起来后,代善没有来看过他。不是他把哥哥忘记了,而是因为有纪律,努尔哈赤是不准家人去探望有罪的亲人的。

这时,狱卒拿来了一张小桌,侍卫在桌上布好菜,就出去了。代善给自己和褚英的碗里倒满酒。还没放下酒壶,褚英就捧起碗,一仰脖,咕嘟咕嘟喝下去了。

“哥,你不能这样喝,容易醉的!”

“代善,我两年没沾过酒了!……”褚英用衣袖抹着嘴,“知道昨夜的事吗?”

代善当然听说了,但褚英还是又说了一遍。他说着哭起来:“代善,我真的和叶赫没什么事儿,你想,我褚英再怎么浑,也不会去私通敌人呀!……”

代善相信哥哥的话。

“代善,你说,这会增加我的罪过吗?”

“我想不会。”代善安慰他,“咱们父汗是何等英明,他怎会不分辨清楚!”

“代善,如果有机会,向父汗给我求求情吧,我会改过自新的!我就是那么点事,他惩罚得我也够了!求阿玛把我放出去吧,我会好好地为咱们爱新觉罗家的大业拼命的!我褚英也不是个没本领的人!……”

“哥,只要有机会……”但他知道,打死他,他也不敢为这事向父亲进一言。不只是他,即使是别的兄弟也没那胆量。在这方面,他们还不如额亦都等五大臣呢,有时候,他们还可向父亲说几句话……

“代善，咱们是一母所生，你不疼我，谁会疼我呢？”褚英又抽泣起来，“指望皇太极他们吗？他们不给我说坏话就谢天谢地了！”

代善想：哥哥不糊涂，可是当年，你怎么就迷了心窍呢？

“说说这两年外面发生的大事吧！”褚英说。

这两年，主要是对叶赫作战，只汗王就亲征了两次，另外还派额亦都、代善等与叶赫打了几场小仗，若不是有大明在后面给叶赫撑腰，叶赫早就归于建州的版图了！

代善又对哥哥说了八旗制度的建立，这也是建州的一件大事。

“代善，父汗自领两黄旗，你也领了两旗——两红旗！”褚英的眼睛亮闪闪的，像两朵火苗，“阿玛就没给我一旗吗？”

“哥，你急什么？”代善说，“只要你能够出去，父亲少不得要给你一旗，我的两红旗中还不是有你的一旗！”

代善说这话是违心的扯谎，他知道那几乎是不可能的。可褚英却相信了，他搓着两手说：“是呀，是呀！你瞧别的兄弟都是一旗，唯有你是两旗，那一旗还不是我的？代善，父亲为什么要建立八旗制度吗？他的深意你知道吗？”

代善还没来得及回答，褚英就说：“是这样，代善，我们就要和咱们最大的敌人打仗了！你信不信，代善？”

“我想哥哥猜得对……”

“不是猜，那是一定的！”他激动地仰起头对着黑乎乎的夜空说，“长生天呀，指点我的父汗吧，要他饶恕我！眼看就要天翻地覆了，他却还把我关在这里！我要出去建立功勋！建立如长白山那样的功勋！”

他们谈到三更以后，那只酒壶空了，代善又派侍卫去沽了一瓶。

当他和哥哥拥抱而别，走出监狱大门后，他忽然想到阿玛叫他来这里的用意——他是永远地看不到褚英了！……

他在大街上站了很久很久，黎明时，他才擎着满脸冷泪回家。

褚英却立刻睡着了。

天亮时，狱室里进来两个人。他们摇了摇他，见他睡得很熟，就在他的脖颈上拴了一条绳子，接着就一人扯着一端用劲儿地抻起来。

褚英被憋醒了，用两手疯狂地拉绳子，眼睛瞪得像铜铃，转了几圈，也就闭上了。

早晨，努尔哈赤穿上礼服，坐在客厅的正座上，他要在这里接见蒙古明安贝勒之子桑噶尔寨台吉。他要陪他接见的洛寒给蒙古贵宾准备几样礼物。洛寒像无意似的对汗王说：“傍天亮时，大阿哥已经走了，外面有人请示汗王的意见……”

努尔哈赤愣了一会儿，声音沙哑地说：“悄悄地，把褚英埋在他母亲的坟旁吧……”

第五章 战大明 祭坛盟誓

一

到了年底，一件大事在八旗贝勒和五大臣间酝酿成熟了。

明朝万历四十四年(1616)，在辽东将要诞生一个新的国家。努尔哈赤已经同意在赫图阿拉建国称汗了！

建州上下在为这件永载史册的大事忙碌着，所以这个年过得分外喜庆。

正月初一，在赫图阿拉汗王府，举行了极为隆重的建元称汗大典。

这天赫图阿拉大街小巷张灯结彩，通红的喜联耀人眼目。在通衢要道扎起了一座座的过街牌坊。街道两旁陈列着在战争中虏获的武器、装备、战车和旌旗。从昨天夜里起，鞭炮声、锣鼓声就没有停息过。几天来纷纷扬扬的大雪给这个北方的都城平添了更浓重的节日气氛……

黎明，阿巴亥就带领众福晋跪在努尔哈赤面前，给他行了祝贺礼。接着，就是各种身份的妃嫔和仆妇，汗王府中的侍卫、马弁也一批批地进见，直热闹到天色大亮。努尔哈赤令把早已准备好的礼金拿出来，赏给参拜的众人。鞭炮到处炸响，人们相互间不对着耳朵说话，就没法听见。积在地上的纸屑把一地白雪都盖严了。

稍稍吃了一点儿饭后，阿巴亥就把几个月前就给大汗缝制好的大汗的冠冕、礼袍拿出来了。她和几个福晋围着努尔哈赤忙乱着……

在这方面汉人龚正陆给出了很多主意，他原想仿照大明皇帝的衣冠给努尔哈赤缝制一身，可是努尔哈赤没有全部采纳，他说："那不好，我们女真人有自己的礼服，只要稍加改变就好了。"

于是，整个款式还是女真贵族的宽袍和箭衣，马蹄袖口，紧束的腰带，带雉翎的帽子。质料用的大明皇帝过去赏赐的绸缎，还用了皇家专用的明黄颜色，在礼袍的前后绣了两团张牙舞爪的盘龙。

关于仪仗，龚正陆也给努尔哈赤列了一张单子，想令工匠做起来，努尔哈赤没有允许，但考虑到典礼必要的威仪，只做了几柄黄伞和宫扇。

午时正刻，诸贝勒、大臣，各部落来宾齐集汗王府大院，等候吉时的降临。午时三刻，典礼开始，努尔哈赤在额亦都等五大臣和四大贝勒代善、阿敏、莽古尔泰、皇太极诸人的簇拥下登上了大汗宝座，努尔哈赤的几名威严的近侍阿敦等持刀环列在他的身后。接着，由大巴克什额尔德尼郑重宣读众臣、众贝勒给努尔哈赤上的尊号。尊号是："承奉天命，养育列国英明汗"。

然后是向大汗进呈劝进的奏书。

一阵鼓乐声后，大臣、贝勒以及来宾齐刷刷地跪在努尔哈赤面前，奏书仍然由额尔德尼宣读。

那劝进的奏书也是汉人龚正陆起草的，他那点文化水平很难写出什么高雅的东西。到底怎样写的，历史上没有记载，可是大体意思是有的，内容是："……因我们国中失去了大汗，没有汗的日子很难过，生活是极苦的。可是长生天可怜我们，欲使我们安居乐业，给我们贫苦的国中诞育了贤明才智者，他将把贫苦之人恩养……他就是我们女真人的大汗……"

额尔德尼还没有读完，周围就响起了欢呼声："英明汗万岁！大汗万岁！万万岁！……"

这时，努尔哈赤站起身，率领他的臣子、贝勒走出汗王府，来到离这儿不远的祭坛（堂子），他跪下来，右手抚胸口，向上天仰望，然后虔诚地祝祷："上天呀！您看见了，众臣民拥戴我努尔哈赤为大汗，我知道这是您的意旨。您给了我权力，也同时给了我责任！几百年来，我们女真人心里充满了苦难和仇恨，我要率领他们建立自己的国家，我要率领他们复仇！鞠躬尽瘁，死而后已！……给我力量吧，万能的长生天！指导、帮助我完成自己的责任吧，长生天！……"

努尔哈赤很是激动，他那张满是风霜、五十八岁的老脸上淌着泪水。

两个侍卫将汗王扶起来。先是五位大臣，然后是四大贝勒依次向努尔哈赤宣誓。他们的誓词大体上一样的，都表示自己要誓死忠于汗王，若是违反律条，任凭汗王处置，若是背叛汗王……说法就有各种各样了。有的说被乱箭射死，有的说尸骨不全，有的说暴尸荒野，有的说死后被狗撕碎、吞吃……反正都是咒骂自己的话语。

回到汗王府上，大汗仍坐了正中的大位。他宣布国号为"大金"。宋时，女真人建立过国家而且辉煌过，曾经掳去大宋的两个皇帝，差点儿就把汉人的宋朝灭了。努尔哈赤使用大金为国号，是有道理的。历史上称这段历史为"后金"。

接着，他下令建元为"天命"，今年为天命元年。

礼成之后，大汗令搬出府库中大量钱财奖励有功之臣。受奖的除了五大臣、四贝勒外还有各职臣僚一百多名。又令赫图阿拉的百姓和八旗将士大宴三天以示庆祝。

大概这一正位大典确实花钱不少，本来靠几年抢掠、积攒，后金的府库还算是充盈的，现在却立刻艰窘起来。

这么大的事，大明朝廷几个月后才知道。“据朝鲜咨报，努酋僭号后金国汗，建元天命，指中国为南朝，黄衣称朕，词甚侮慢。”

《明神宗实录》同年六月十九日载礼科给事中亓诗教上疏云：“近如朝鲜咨报所云，（努酋）辄敢建国，改元称朕。”

其实，努尔哈赤并没有称“朕”，主要原因是周围的环境和气氛还不行，也就是还没到时候。

万历皇帝却没有拿他当回事，临朝时，也曾和几位大臣议论过。没人认真地拿出办法，至多说几句“不可小觑”，骂几句“狂悖”也就算了。大多数人只把他当做笑话来说，就像说山里的猴子戴上王冠一样滑稽……

因为，这时的大明朝廷正被几件事弄得焦头烂额，连首辅叶向高这样的治世能臣也没心顾及努尔哈赤了！

一是明宫中的“梃击案”。万历晚年，皇上极为宠爱郑贵妃，郑贵妃想说服皇上废黜太子朱常洛，立自己的幼子为太子。为这事，朝廷内外搅得沸沸扬扬，朝臣们甚至分成两党。万历四十三年，蓟州男子张差手执木棍，闯入太子朱常洛居住的慈庆宫，击伤守门太监。张差被捉后，在狱里供出系郑贵妃手下太监庞保、刘成引进。事情很明显，没有宫内的人和张差相勾结，宫禁森严，张差如何能够进得宫里？即使能够混进去，面对重重殿阁，他又是如何找得到太子的慈庆宫的？

于是朝廷内外议论汹汹。

起初，万历追诘甚急，一旦牵涉到郑贵妃及其内珰（太监）时，他不愿深究了。他指示说：“那个张差一定是个疯子！为一个疯子，何必纠缠不休呢？”于是，刑部便按照皇上的旨意结案：“戮差于市，毙内踏二人于禁中。”

可是大臣们不是那么好愚弄的，他们抓着这件事不放，奏书雪片似的飞上内阁，他们请清查内奸，以严惩肇事者！

其二是在“边事紧急，内乱不已”的情况下，“不堪忍受悲苦”的士兵“胁众为乱”了！这也闹得朝廷手足无措。

在努尔哈赤建立后金政权的前后，大明的社会矛盾空前激化，土地兼并日益激烈。皇帝、贵族、权臣、缙绅……更加疯狂地掠夺土地。皇帝的皇庄占地二百一十万亩，但比起其他皇族来，他还是个小地主哩！他的弟弟朱翊缪，生四岁而封王，占田“多至四万顷”。万历的儿子福王“括河南、山东、湖广田为王庄，至四万余顷，”因群臣力争，才减其半。至于国内各地大户豪绅，更是“如狼似虎，侵夺民业”，据户部估算，农民有田者，不过十之其一！

要命的是这些大大小小的地主是不缴纳赋税的，朝廷拿什么来养活那上百万的军队呢？军饷既少，而又被有司层层赳扣，军士们生活之穷困就可想而知了！可是更使边军无法忍受的，朝廷还要他们包纳矿税！——这是万历时，太监们给皇上出的敛钱绝招，就是把地方矿产包给部队，要他们在平时开矿自给，这就把士兵的生活拉到了贫困线以下，使他们衣食无着了！

辽东巡按御史何尔键在给万历皇帝的上疏中痛切地描述了军队里的惨状：

> 我等边军余丁，皆朝廷爷爷赤子也！往年不纳矿税，边方地瘠差重，尚自度日不过。近年因包矿包税，每人一身，除屯田、科粮、帮军、买马……各正项杂差之外，每丁仍包矿税，多者二、三两，少者一、二两，而此外火号使用及无名差委，棍徒挟骗之害，更有不可计之焉！以至富者日贫，贫者日逃，逃者不返，返者更逃……
>
> 我等穷军，朝不保夕，典妻鬻子，析家荡产，苦苦赔纳，已经数年。今委实穷极，无所出办矣！乃今日说罢，今日也不见。明日说罢，明日也不见罢。看来官司只是哄我。我等上天无路，入地无门，再看几时不罢，也都钻入彝地，自在过活去罢……

辽东的巡按，也算是朝廷大员了，他竟急不择言，向当今万岁说粗话了！军屯破坏，军余逃散，军械朽蠹，军备废弛，他们怎能有力量去管努尔哈赤的事呢！

女真人有了自己的国家，有了自己的大汗，当然就不再向明朝进贡了。汉人进入建州的边地，常常受到盘查，甚至遭受掠夺或杀害。这时，朝廷才感觉到了那个昔日的建州都指挥使不再听他们指手画脚了。于是，满朝文武群集宫阙向皇帝建言，倾力管一管那个在建州不自量力，南面称王者。

二月，明廷派陕西右布政使李维翰为辽东巡抚，山东副使袁应泰为辽东兵备参政。他们到辽阳后，只是守望着那已成气候的努尔哈赤，没有什么动作。

汉人的边民，以为朝廷要惩治那些肆无忌惮的女真了，就常常到建州那边种地、伐木、收集山货。现在的女真人已经有了国家意识，他们认为这是对领土的侵犯。这样的事报到后金朝廷后，他们就要采取行动了……

“扈尔汉，去看看吧……”努尔哈赤说，“把那些入边的汉人驱走。”

扈尔汉是员勇将，也是个杀人不眨眼的刽子手，他带领五百人马来到了出事的清河，令部下去驱赶汉人，那些樵夫、伐木者和依靠山林为生的老百姓当然不听，他们和后金兵争论起来，他们说：“这里世代是大明的土地，怎么成了你们的呢？”他们不承认出现了个后金国！

扈尔汉想：这是个张扬大金国威风的机会，就令部下把几个山头包围起来，把山上的汉人全部杀害了。

回到赫图阿拉，大汗努尔哈赤褒奖了他，并立刻派他到黑龙江流域去征讨萨哈连部和虎尔哈部。

十月，大明为了加强辽东的守卫，升义州参将颇廷相为辽东副总兵，沈阳游击贺世贤为义州参将。

这些刚上任的边官们觉得应该给努尔哈赤点颜色看看了，不能由着他任意胡来。十二月初，辽东巡抚李维翰檄令努尔哈赤交出杀害清河伐木山民的祸首。

巡抚府的命令来到大金朝廷后，大金五大将和四贝勒都觉得这是个振国威的好机会。

额亦都说："现在明廷在辽东的军队并不多，充其量有三万人。"

皇太极说："父汗，给我一万人马，我就把那个上百年来压在我们头上的总兵府、巡抚府给端了！"

别的将领也都到大汗面前再三请战。

犹豫了几天后，努尔哈赤还是决定遵从明廷的命令，认罚。

"这是为什么呀，父汗？"代善代表大小臣工到大汗府询问。

努尔哈赤说："咱们如果不听巡抚府的命令，必然会导致战争……"

"阿玛，咱们还怕打仗吗？"

"现在，咱们还不能与明朝开战。"努尔哈赤说，"你们没看到吗？咱们建州夏秋两季的庄稼都收得不好，眼下又来了水灾，国库也是空虚的，咱们负担不起这场战争。"

"阿玛，你就把扈尔汉交出去吗？"

"扈尔汉是我的义子，是咱们后金大将，怎会交给他们呢，找几个下级军官顶上算了，你赶紧去办这事！"

到了年底，努尔哈赤指令龚正陆替他向明巡抚写了悔过书，派遣洛寒持书到辽阳拜见李大人请罪，还带去了牛羊各一百头，肇事牛录一名，士兵五名。

李维翰收下了努尔哈赤的请罪书和他的牛羊，把"肇事者"当着洛寒的面立即砍了头。并令洛寒回去传话，今后努尔哈赤和他的"伪政权"必须老老实实，遵从大明号令，恢复每年的贡礼，若再无故生事，必举兵讨伐之！

洛寒回到赫图阿拉，向努尔哈赤哭诉了事情的经过，后金上下都认为这是国家的奇耻大辱，努尔哈赤也觉得像挖了心头的一块肉，但他还是对大臣、贝勒们说："忍耐一下吧，等明年咱们养得马肥兵壮，一定出征大明！"

为了战胜水灾和饥馑，努尔哈赤下令军民都要厉行节约，都要从事生产，上山采集、伐木，种棉养蚕，缫丝织缎，还令商人和汉地开展贸易。

与此同时，努尔哈赤加紧拉拢蒙古科尔沁部、察哈尔部，他希望在明年与大明一开战时自己有个可靠的后方。

后金天命二年正月，蒙古科尔沁部明安贝勒来谒，努尔哈赤郊迎百里，盛宴款待，并赐给大量财帛。

二月，将舒尔哈齐的第四女嫁给蒙古喀尔喀部恩格德尔台吉（太子）为妻。

久居赫图阿拉的龚正陆越来越不安心了。虽然努尔哈赤给他高官厚禄，他也十分想念自己的家乡和远在千里之外的亲人。除此而外，还有良心的煎熬。努尔哈赤毫无疑问是女真人的英雄，是女真统一的奠基人，只有秦皇汉武那样的人才可与他比拼。但他心里仍忍受不住对他的仇视,对大明江山的担心,对自己屈辱事敌的谴责……

清明那天,他弄了点纸钱和几碟供品来到了赫图阿拉郊野,向着东南方祭奠自己去年死去的老母。

老母去世后几个月,他才从关内来的朋友处知道,当时,他就痛不欲生,哭得死去活来。他立刻向努尔哈赤请假,要回家去为老母尽孝,但努尔哈赤没有批准,他知道一旦放走龚正陆,这个汉人就像溜进河里的鱼,再也不会回来了!

"龚师傅,你们汉人有句俗话,是说忠孝不能两全。你现在是我的重臣,又当对大明用兵之际,我怎能放你走呢?"

把纸钱烧化后,龚正陆跪在地上泣不成声:"我的亲娘呀……您的儿子在这边蛮之地向您老人家说句心里话……我是个对家国有罪的人。我背叛了天朝,是为大逆,离弃老母,是为不孝。像我这不忠不孝之人,羞于活在世上……娘呀,可是我还思念家乡那一片故土,思念我的妻子儿女……我想偷偷地跑回家去,可是祖国山河哪里是我容身的地方呢!……"

他越哭越伤心,不觉号啕起来。

忽然他听到身边有隐隐的啜泣之声,他立刻终止了哭嚎,细心地聆听起来。为了在郊外无人处,把郁积在心里的哀怨之气尽情地倾诉出来,他是悄悄地一个人跑出来的。他不敢回头,怕看见熟识的人,他知道自己说出的任何一句话,如果被朝廷知道了,都会招致杀头之罪……

那忍泣声还在絮絮地传来,他听得更加清楚了,而且断定是个女子在悲泣。他胆子大起来,慢慢地转动自己的头颈,他看到了,看到就在自己身边不远处,在一丛沙柳树下有一位女子正跪着掩面而泣……她的面前也摆了一个供品摊儿,烧了一堆纸灰。

她是一个人来的吗?龚正陆向四周打量了几眼,不,在她不远处的白桦树下拴了两匹白马,一个女孩儿守望在那里。立刻弄清了她们的关系,这哭着的是主人,而站在远处瞭望着的是主人的丫头。——那就是说,这野祭的是个有点身份的人。

又过了一会儿,女人用丝绢抹了几下颜面,开始小声地絮叨了。她显然忍不住内心的悲痛,声音越来越大,龚正陆听得十分清楚。

"爹呀,娘呀……你们在天上看着我吗?听我说话吗?……"她又开始啜泣,"你们把我送给那个人……我的一生算是完了……起初,他还宠爱我,后来就逐渐疏远了……现在他对我就像路人一样。我又没为他生下一男半女,他怎会重视我呢……尽管他英明、威武,是个值得倾心的人,可是他不是属于我一个……那些福晋却不像我这样,她们仰望着他,就像崇拜一尊天神。只要能生活在他的身旁,看见他,心满意足,如果偶尔被宠幸一次,或者朝她们笑笑,甚至被呵斥几句,她们就会激动得泪流满面,幸福得受不了……我却不行,……爹呀,娘呀……是你们把我变成个汉人了!……我虽有个蒙古人的名字,现在又穿着女真人的衣服,可我骨子里是汉人……我在他身边怎会不度日如年呢!……"

龚正陆听出来了,她是努尔哈赤的五福晋依尔玛,他吓得魂飞魄散!

他无意间听到了她的心声，可是他没有感到惊奇。细想想，她在汉地生活了多年，是喝着汉文化的奶汁长大的。汉文化是如此具有魅力，一个外族人一生中只要在汉地住上一两年，就终生难忘了，何况她童年、少年时是在墨水中泡大的呢！

他断定她不会出卖他，可是他仍然极为害怕，因为她还有那个小丫头，周围也许还有别的眼睛。不用有别的，只是他们两个在郊野相遇这事儿就说不清道不明的……

“啊，你是龚师傅？……”她走到他的身边，龚正陆只得回过头来。呀，不是依尔玛，而是她的丫头。

“是我。”龚正陆没法回避了，他站起身，拂着膝头的尘土，“清明节到了，免不了思念远方的故人……”

“啊，龚师傅！”五福晋也看到他了，那表情好像并不感到意外，她用手帕抹了一下眼角，向龚正陆走过来，“是给太公、太婆上祭吧？……”她问，那样子大方、庄重、优雅，就像关内的名门闺秀似的。

“是的。父亲早就过世，母亲是去年病殁的……”

“这是人生大事，龚师傅为什么不请假归里一趟呢？”

依尔玛话里虽没透露出责备的意思，龚正陆却露出难堪的神情，脸上青一阵红一阵的。“这个……我向大汗请过假，可是没有得到恩准……”

“是这样……”

话说到这里，龚正陆就想向五福晋告辞了，可是依尔玛对小丫头说：“再到路口看着，我要对龚师傅说几句话……”

“是……”小丫头走了。

看样子，这女孩是依尔玛信得过的人。

依尔玛向龚正陆走近了几步，忽然搂着他的脖子呜呜地哭了。龚正陆没想到她会这样，想伸手推开她，可是又不忍心，只好让她搂着。“按和她父母的关系来说，她是我的晚辈，也就是我的孩子……特别是在举目无亲的这里……她对我这样，也是可理解的……”他这样给自己解脱。

“龚叔叔……我心里满是苦水呀……”

“他……不好吗？”依尔玛知道，这个“他”是指努尔哈赤。

“过去，我以为他是女真人的英雄，我崇拜他、爱他。现在，他变了，变成了一个帝王，为了达到他的目的，他不惜使大地血流成河……再者，他只能像帝王那样对待女人……我却像汉族女人那样，想有自己的丈夫……”

“是呀，我了解你的心……可是……依尔玛，你已经是这样的身份，忍着吧……”

“我知道……”依尔玛仍然哭，“龚叔叔，我是一个女人，您可是个堂堂正正的男子汉呀……”

“我能做什么呢？……”

“回去吧，回到关内去吧……”

这一句话说得龚正陆也难忍伤悲了，他抽泣着说：“我已经在这里陷得很深了，恐怕连大明朝廷也知道我的名字，他们会饶恕一个汉奸吗？”

“叔叔，我还是劝您回去……”依尔玛放开龚正陆，用衣袖使劲地擦擦眼睛，对龚正陆说：“一时失节，并不可怕，何况您还有不得已的情况在，您如果把自己知道的建州的事告诉大明朝廷，谁还怪怨您呢？走吧，回家吧，叔叔……即使您什么事也不能为大明做，即使您死在大明的惩戒下，祖先也会饶恕您的！”

龚正陆没想到面前的弱女子，性情竟这样刚烈！

他想着她的话，久久地没言语。

“叔叔，原谅我，我的话太激切了。”依尔玛说，“我听说后金立刻就要进攻大明，他们先要攻打抚顺……”

“是吗？”龚正陆吃惊了。

过去他给努尔哈赤出了许多主意，用努尔哈赤的话说，他为女真的统一、为后金的建国，立下了许多功劳，可那是帮助他打女真人呀！今后，努尔哈赤就要把矛头对准大明了，对准自己的同胞了，对准生养自己的家国了，他还要帮助努尔哈赤吗？这时，他的眼泪潸潸而下，这是无声的泪，是从心底里流出的泪……

“是的，你说得对，依尔玛，我要回去，虽九死而不悔……”龚正陆说。

他的声音很小，可是依尔玛听出了他的决心。

“可是，我没有通关令牌，”他说，“那也不要紧，就是死在路上，上天会知道我的心迹的！”

“叔叔，那通关令牌嘛，您会有的。”依尔玛说，“三天后的傍晚，您到汗王府边的小校场找我吧，努尔哈赤规定福晋们每天到那里练骑，——我会早到一点儿。”

就在这时，小丫头慌慌张张跑来了，她说：“福晋，咱们快走吧，我看见从城里跑来一队人马……”

“好吧，咱们走……”依尔玛回身把竹篮扔进沙柳丛里，扶着小丫头的肩膀走了，几步后，她又回头看了龚正陆一眼，那虽只是一瞥，但其中的关切的情愫是浓浓的。

他又在郊野磨蹭了一会儿，看着依尔玛两骑缓缓地进了城门，他才回头上路。

他一路想着依尔玛，想着这个奇女子，心中激情翻滚，不觉吟起了南宋女才子李清照的一首“绝句”：

生当作人杰，
死亦为鬼雄。
至今思项羽，
不肯过江东。

二

三日后的黄昏，龚正陆在汗王府外的小校场找到了依尔玛，她假装在给一匹枣红马整理鞍鞯。还是那个小丫头站在门口的墙边望风。

“您快点呀，龚师傅！”

依尔玛从她的袖口里拿出一面小木牌给他。龚正陆看了一眼，那木牌髹了红漆，上面有几个金色的满文大字，就像是画的符咒。

他把令牌揣进怀里，对依尔玛说：“我走了……五福晋，你？……”

依尔玛哽咽一声，别过脸去，龚正陆只得向她拜别。

当晚，龚正陆出了城，打马向西奔去。当夜过了萨尔浒边的三关口，守关的后金牛录验了他的令牌，虽有些怀疑，但放他走了。

“您是龚师傅吧？”牛录问他，上下打量着他。可见，他在后金的军队中还是有些名气的。

“是的，我是……”龚正陆回答。

“怎么是您一个人？”

“这趟差使，汗王只派我一个人去。”

“一路顺风。”

过了萨尔浒，到了抚顺地界，就没人盘问了。两天后，他到了京师。

在京师，他认识好几位京官，但能与朝廷说上话的只有一位，他就是熊廷弼。这时的熊廷弼已经很有些名声了，他两次巡视辽东，几次上疏朝廷，有几位朝廷大员抵不住他的刀笔，被他参劾下来。上下皆认为他是个很有能力的人。但由于他得罪的人太多，自己又放荡不羁，朝廷没有大用他，可是他还在积聚力量。

龚正陆认识他是在他刚刚进士及第之后，还没有得到正式任命之时。那天，龚正陆正在北京城里闲逛，忽见路旁一家黑漆大门张灯结彩，门庭若市，黑绿两色的轿子摆满了半条街，进出的人流不绝如蚁，龚正陆问了一位轿夫，才知是新科进士熊廷弼为母亲做六十大寿。像他这样的大商家都很注意结交官员，为自己拓宽商路。也知道和官家打交道不能临时抱佛脚，得有远大的眼光才行……

他摸摸自己的衣袋，摸到了一只小锦盒，里面有一颗还值几十两银子的东珠。那是准备踏进一位户部主事的大门的，可是踌躇再三，觉得仪注太轻，才留在衣袋里了。

给这位新进的进士是可以的，他想，这些新贵，宦囊大多羞涩，和他们首次交往，是用不着怎么重的礼物的。于是，他走进附近一家礼品店，找掌柜的把那个锦盒包装得富丽些，上面写上两句祝寿词，就捧着走进了熊家大门。

他杂在人群里，到寿堂给坐在上座的寿星磕了头，就回身走出来，在院子里站了一会儿，见无人招呼他，就往大街上走。心想，可惜了我那颗珠子，日后再说吧。

没想刚走出大门，就有一位儒雅的三十岁左右的后生追出来。

“先生，今日客多，恕在下怠慢……”

“您是……？”

“小生熊廷弼……”

“啊，是新科状元公了？”那时的风气，见了新科进士，无论几榜几名，一概称为状元公。

“岂敢，岂敢……”熊廷弼一揖到地。

龚正陆还礼，两人相携着回身走进大院。那日，他俩只说了几句场面上的客套话，可是从那以后，几年中，只要他有机会进京，都是到熊家拜访的。

自从龚正陆被努尔哈赤留在赫图阿拉，他就和熊家不通音讯了。但他知道熊廷弼为朝廷做了许多事，他目光如炬，看出了辽东的症结所在，是朝廷中真正了解辽东的人。他来到京师是应该先找他的，可是龚正陆还是有些犹豫……

熊廷弼一定知道这个往日的朋友正在赫图阿拉，知道他投靠了那个在京师被称做“努贼”“努酋”的人，……那么他会怎样对待自己呢？

龚正陆想过，最好别在京师招惹是非，悄悄地回到乡，然后携妻带子远走高飞、隐姓埋名……可是那样，他对不起祖宗，对不起依尔玛，也无法洗刷自己心灵上的污垢……

两天后的一个黄昏，他叩开了熊家的大门。一个头顶上扎着两个发角的小斯愣愣地看着他。

“你家老爷在家吗？”

“……在家。”小斯说，“小的怎么向主人通报呢？”

“你就说他的一位朋友来拜访了，他叫龚正陆。”

小斯把门虚掩着回头跑了。

龚正陆的心怦怦地跳。他真想回头就跑。

“老爷请您进来……”那小斯回来了，对他满脸笑容，头一点算是行礼。

小斯关好门，就领他往后院走去。这时，院灯亮了，只是驱赶不了院中的黑影，这里一团，那里一滩，龚正陆想那是花畦和花坛。进到后院，满是萧萧绿竹，只北房的檐灯亮着，门口站着一位身穿长袍的先生。

龚正陆一眼就认出那就是熊廷弼，与当年相比，没大变化，只是嘴唇上多了一抹黑胡，他没分辨出熊廷弼脸上是否漾着笑意，就快步跑了过去。

“大人……”这两个字，龚正陆是带着哭腔叫出来的。

“老兄……”熊廷弼回答，对他深深一揖后，又伸出了两手。“快来快来，这些年，我一直挂念着你！”

“我也是……大人！”龚正陆心里一块石头落了地，赶紧抓住熊廷弼的手。

“你我兄弟，就别那么客气了！”两人拉着手进了书房。龚正陆又要重新见礼，可熊廷弼摇摇手说：“别那些客套了……”回头就喊家人备饭。

“熊老弟，我已经用过饭了。”

“又要客套，”熊廷弼说，“来我这里就得先用饭，再说话！”

好像早就准备好似的，他们在书房没喝了两盏茶，几个家人就把茶具撤去，随后，一盘一碗往桌上布菜了。

当席面收拾齐整后，熊廷弼令家人走开，把门掩好，然后他们和龚正陆对面坐下。“来，老兄，咱们……举箸，举箸……”

这几天旅途劳顿、担惊受怕，到了北京后，因为缩头藏脑，也没有正经地吃过一餐饭。这时，见熊廷弼一如既往诚恳地待他，紧张的心情松弛下来，他还真有点饿了，就一筷一筷地连着吃起来。

“熊大人，您还没有问我怎么突然到北京来了呢？”

“咱们还是兄弟相称吧，”熊廷弼说，“——那还用问吗，是逃出来的呗！”

“您怎么……知道的？”龚正陆的象牙箸停在半空不动了，“我在努尔哈赤那里干得好好的，为什么要逃？”

“是么？那好，等你吃过饭后，我就叫人把你送到刑部！”

“好吧，那我也要在你府上吃个饱！”

两人哈哈大笑起来。

笑罢，龚正陆说：“这几年咱们没有通过音信，你不知道我，我也摸不清你，可是我却撞到你家来了……”

“那是你深知我熊廷弼。”

“但我走得太急，没给你和夫人带一点儿礼物……”

“老朋友，你给我带来了十分贵重的礼物，怎么说没带呢？”

龚正陆知道廷弼指的是什么，两人又会心地笑。

“那么，你让我把给你带来的礼物拿出来！”

“这时候可不行，你得在酒足饭饱之后……”

两人又开始喝酒。酒过三巡，龚正陆就跟廷弼要饭吃：“老弟，还不赏下饭来？”

“老兄，看样子你是喝足了？”

“足了，喝多了搅唇绊舌地说不明白。”

“好，以后，咱哥俩有的是时间喝呢……”就回头喊在廊下伺候着的家人。

一会儿饭上来了，有北方人爱吃的春面，有北京人家常饭烧饼油条，还有花卷、脂饼等，一共几样。龚正陆笑着说：“看来，老弟知道我几年来没吃过正经饭了！”

“怎么，女真人不吃正经饭吗？”

“他们顿顿是牛羊肉，煮一大盆，一家人围着，你割一块臀肉，他拽一条腿骨，吃得满腮满脸的油，老远就闻着一身的腥膻，就像来了一只羊。”

“努尔哈赤也这样吗？”

“怎么不呢，他也是个鞑子！”

龚正陆拉过一碗春面，倒上半小瓶醋，撒上葱花、姜末和几匙肉丁，用筷子搅一搅，就扒开了。刹时就扒完一碗，已是满头大汗了，他吃了几个春卷，然后用家人递过来的棉巾擦擦脸，就说：“饱了！”

家人捧上漱口水。

这时，熊廷弼还在和一个小小的脂饼“治气”，见龚正陆已经把自己收拾干净，也就把那半块饼放下了。

“怎么，熊大人也饱了？”

熊廷弼笑笑：“我喝了酒后，就吃不动饭了……”

“如果让努尔哈赤看到你这样‘细食’，他才高兴呢！”

“怎么？”

“他想：大明朝百姓吃不饱，官吏吃不下，这个国家还有好吗！”

熊廷弼点点头，令家人收拾饭桌。趁这时，廷弼引龚正陆浏览他的藏书。这里是书籍的山林，一排排的书橱、书柜竖着摞着的，直逼得人透不过气来。

龚正陆说：“我只读过几年私塾，努尔哈赤就把我当宝贝了，他和周边部落，和大明、朝鲜来往的文牍、对臣民的政令都是我起草的，如果要让关内的学人看到了，不笑下大牙来才怪哩！”

“在朝堂上，我见过几封努尔哈赤的来文，敢情那就是你的手笔？”

“那，熊大人的大牙还在吗？”

等他们宾主重新坐好，家人送上茶点和水果。熊廷弼吩咐：“时已夜半，你们都去睡吧，只留个小厮换茶。”家人应着出去了。

龚正陆知道该他说话了。他低着头慢慢地小声地好像说一件见不得人的事似的说：“廷弼，女真人就要和大明开战了！”

熊廷弼却像听到一声惊雷，他望着龚正陆久久地没说话。

“努尔哈赤……先从哪里下手呢？”

“从抚顺卫。”

“他们什么时候行动呢？”

“就在这几天吧……”

熊廷弼就像个没有准备好，老师就要考试的小学生那样叫道：“这么急？……”

“这几年，朝廷干什么去了？”龚正陆有点愤激，“努尔哈赤几乎统一了女真全部，你们不知道吗？努尔哈赤手下已有十万兵马，你们不知道吗？就在半年前，他们把所有的兵马编成军民一体的八旗，你们不知道吗？你们说的那个‘努贼’，已被他的部下拥戴为汗王，你们也不知道吗？……”

熊廷弼微张着嘴，望着激动得面色有些发红的龚正陆，就像个被老师训斥的学子。半天，他才说：“知道，知道。老哥，你说我没有揣测到努尔哈赤的狼子野心，是冤枉我……可是没有想到他现在就要动手……”

“那么，努尔哈赤做这一切是为了什么呢？——他已经为进攻大明做好一切准备了！”

待了一会儿，熊廷弼站起来，急急跑到书架前，从顶上取来一卷纸，在桌上摊开来。那是一张辽东地图。由于他急手忙脚，把一个茶盏推到了地上，打碎了。

“别忙，你看，多好的一只杯子呀！”龚正陆惋惜地向桌下瞅了瞅。

“别管那茶盏，”廷弼说，“咱们看地图……瞧，这是赫图阿拉，这是萨尔浒，这是通抚顺的大道，抚顺城就在这里……它是离努尔哈赤的老巢最近的一座城镇。”

“所以，他想先吃掉它！”

“我想想守抚顺的是谁？……”熊廷弼抬头望着北方，敲着脑壳，“想起来了，他是游击李永芳……”

“那人怎么样？”

“他不是大将军，但他是个谨慎小心、尽职尽责的人。城也修得很好，他会抵挡一阵的！——明天，我就禀报尚书，再一齐去见首辅，如果有机会就去见皇上。”

“咱们在辽东有多少人马？”

“最多有五万人……”

“那就危险了！”龚正陆说。

“是很危险，从辽东回来的人都说‘女真满万不可敌’何况十万呢！我想朝廷会积极地采取措施的。——龚老兄，现在我还是不明白，努尔哈赤是流贼，他是像过去那样骚扰一下就走呢，还是有个大目的？”

龚正陆知道熊廷弼说的“大目的”是什么？那就是夺取大明江山。这点，他也说不上来。

熊廷弼摇摇头：“在这时候，如果有个人在赫图阿拉就好了，可以时时知道努尔哈赤要干什么？”

“那么，我再回去？……”龚正陆思索着说。

“不行……你怎么能这样想？”熊廷弼盯了龚正陆好久，“你曾是努尔哈赤身边的谋臣，他一天看不见你，就知道你逃掉了。你对后金所知太多，他能不下令细细地搜索你吗？”

“我当然不会到他的面前去送死，”龚正陆说，“但我可潜进赫图阿拉……”

“那有什么用呢？”

“在大汗府中有我的人……”

熊廷弼点点头，但接着又摇摇头，“不行，不行……容日后计议吧。今夜咱们先商量向朝廷报告的事，无论如何得让朝廷重视起来，从而立刻知照辽东督抚……”

在后金决定出征大明的前夕，龚正陆不见了，这的确是一件大事。努尔哈赤下令在赫图阿拉，在全国，特别是在通往抚顺的关隘要道上搜寻。不到半天，他就得到报告，龚正陆真的是逃向抚顺方面去了，而且持着大汗府的通关令牌。

努尔哈赤是个很有心机的人，他没有声张令牌的事，而是先把大臣、贝勒召集起来，向他们通报了龚正陆逃跑的消息。

"这件事责任在我，是我相信了那个汉人！"他痛心地说，"这就是咱们女真缺少人才的缘故，如果我们朝廷中有几个学问高深的谋士，还用得着那个龚正陆吗？"

大家见汗王那么悔恨，谁也没说什么。再说，他们也不认为那家伙的逃走，会对大局有什么关碍。

"大家想想，龚正陆一定是给辽阳的边官送信去了，这对咱们的部署有影响吗？"努尔哈赤还没想到龚正陆一马就跑进了京师。

臣僚、贝勒们都说：龚正陆是个商人，那些边官能听他的吗？如果他见到李维翰，李维翰也相信了他，咱们也不怕，巡抚衙门能有多少兵呀！他们唯恐努尔哈赤改变攻打抚顺的决定。

但努尔哈赤是小心的，从来不听将领们的大话。他派人把学堂里的英达找来。过去他常常向英达将军问计，自从有了个龚正陆，他就把英达疏远了。这就说明，尽管努尔哈赤仇视汉人，可是在文化上，谋略上，内心里还是自愧不如的。

英达来到后，对努尔哈赤分析说：即使边官相信了龚正陆的话，他们也不敢擅自动兵，他们得向朝廷驰奏。现在的明廷就像个中风的老人，想做一件事，采取一个行动，那不知要犯多少心思，走多少手续，等这些过场走过，有十个抚顺也打下来了！再说他们的军队，如今大多在朝鲜，在东海边，在南越和西南边陲，就是朝廷下令调集，那还不知哪年哪月才能集中到辽东来呢！

经英达这一分析，努尔哈赤放下心来，决定立即商量向抚顺进军的大事。

晚上，努尔哈赤宿在阿巴亥房里，悄悄地对她把龚正陆逃跑的事说了。

"他持的是大汗府里的通关令牌……"他说。

"你的令牌放在哪里了呢？"阿巴亥问。

"在书房里，那里有一只大木柜，令牌就锁在里面。"

"一直锁着吗？"

"不，有时取了东西后，一忙就忘记锁了。"

"——努尔哈赤，谁常到你书房去呢？"

努尔哈赤摇摇头，他说不清。他说："有许多人去过，如前来奏事的将军，汇报、请示的大小官员……但他们站不住，办完事就走了，而且大多时候我都在场。如果怀疑，就是那几个家人了……"

家人都是伺候主子的老人和侍卫，他们中大多为爱新觉罗族的本家，他们每一个人都忠心耿耿。如果问他们一句，稍微表示怀疑，那就会死人，因为他们会以死来表明心迹的……

阿巴亥想了想，对努尔哈赤说："咱们到书房去看看……"

"你想给我破案吗？"

阿巴亥没说话，领头就走。

来到书房，她让努尔哈赤站得远点，她自己站在大木柜前看个仔细，又蹲下来嗅了好一会儿，站起来说："努尔哈赤，可以断定这是个女人！"

"女人？"

"一点不错。"阿巴亥说，"事情已经过了一两天了，这里虽有你的味儿，别的男人的味儿，可是脂粉的香味仍然很浓。——你来闻闻。"

努尔哈赤走过去，也蹲下来嗅。是的，这里真的有女人的味道，就像在这里撕碎了几朵玫瑰花。

"咱们家里竟出了这样的女人！"努尔哈赤恨恨地说，"可是她们——福晋和侍女们，不是女真人就是蒙古人，难道她们中有家贼吗？——这事好说，谁身上有这味道……"

"福晋、丫头们都是用着差不多的脂粉，难道她们都是贼吗？"

"如果贼人在她们中间，就好查了！"

阿巴亥捂着努尔哈赤的嘴："你别再为这事说什么了，好吗？"

努尔哈赤想了想，不太明白阿巴亥的意思，但他点了点头。

"大汗，这事得慢慢来，千万不可张扬出去。"阿巴亥说，"如果真有这样的人，她绝不会就此罢手，早晚她会暴露出来！何必现在就弄得汗王府里沸反盈天！"

"阿巴亥，你得留心呀！"

三

天命三年(1618)四月十三日，努尔哈赤把八旗大军集合在城南大校场上誓师。《太祖武皇帝实录》以及朝鲜的几本"见闻记"都记载了当时的盛况。

校场中央是临时筑起的高高点将台，台子周围竖立着迎风猎猎的八面大旗，中间一面金色的帅旗上绣着"大金国天命汗"六个大字。帅旗下面，是用黄缎装裹的大帐，御案上环列着十几支令旗。努尔哈赤身穿大汗服装，佩刀站在台中，他的五大臣、四贝勒分列两边。

环绕点将台的是他的八旗步兵，个个身被甲胄，枪刀剑戟、弯弓箭囊，在凛冽的朔风中闪射着寒光，像万点星星落在地面。在步兵后面是八旗骑兵，是克敌制胜的铁军。那些驰骋疆场的骑手们正金盔铁甲、勒马以待。

将士们仰望着他们衷心拥戴的汗王，那一张张饱经风霜的黑脸有如铁打钢铸，但几乎没有几张面孔是干净的，舒展的，他们都被大小深浅的伤疤所扭曲。可是这些伤痕都记载着他们的光荣，记载着他们的功勋，在努尔哈赤和他的将士看来，那是天下最俊美、最英武的面孔……

在一阵激越的锣鼓和悠扬的螺号声后，司仪的洛寒将军高声喊道："金国大汗率全体将士祭天！"

努尔哈赤和将领们虔诚地跪下来，台下步兵下跪、骑兵离鞍，那震耳的铿锵声如大雨骤临。

努尔哈赤右手抚胸，仰首向天祝祷道："我的无所不能的长生天啊！从今天起，我将遵从您给我的指示，率领女真将士前去出征大明！我们是您的儿女，是正义之师！我们将向大明雪去几百年的耻辱，将向大明讨回被他们掠夺去的百万资财！长生天啊，帮助您的儿女吧，保佑您的将士吧！等我们凯旋归来，我将再一次地率领将士们祭奠您，并将战利品摆放在您的神位前……"

祭告完毕，步兵重新站起，骑兵再次上鞍。努尔哈赤走到台前，大声地、悲愤地向全体将士发表了永垂千古的演说。这就是有名的"七大恨"。

其文曰：

我之祖、父，未尝损明边一草寸土也，明无端起衅边陲，害我祖、父，恨一也！

明虽起衅，我尚欲修好，设碑勒誓："凡满汉人等，毋越疆固，敢越者，见既诛之，见而故纵，殃及纵者。"讵明复渝誓言，逞兵越界，卫助叶赫，恨二也！

明人于清河以南、江岸以北，每岁窃瑜疆场，肆其掠夺，我遵誓行诛，明负前盟，责我擅杀，拘我广宁使臣纲古里、方吉纳，挟取十人，杀之边境，恨三也！

明越境以兵助叶赫，俾我已聘之女，改适蒙古，恨四也！

柴河、三岔、抚安三路，我累世分守疆土之众，耕田艺谷，明不容刈获，遣兵驱逐。恨五也！

边外叶赫，获罪于天，明却偏信其言，特遣使臣，遗书诟詈，肆行凌辱，恨六也！

昔哈达助叶赫，二次来侵，我自报之，天既授我哈达之人矣，明又党之，挟我以还其国。已而哈达之人，数被叶赫侵掠。夫列国之相征伐也，顺天心者胜而存，逆天意者败而亡。何能使死于兵者更生，得其人者更还乎？天建大国之君即为天下共主，何独构怨于我国也！初扈伦诸国，合兵侵我，故天厌扈伦启衅，唯我是眷。今明之助天谴之叶赫，抗天意，倒置是非，妄为剖断，恨七也！

欺凌实甚，情所难堪，因此七大恨之故，是以征之！

如此"七大恨"，已为诸多历史家公正地分析过，都认为这是"强词夺理"，是"无据之由"，充分体现了"战争的无理性"。

毫无疑问，女真人在汉族历代统治下，受过许多欺凌。明朝辽东官兵，对女真"捣其巢，绝其类"的事，的确有之，"勒买人参，强征貂皮，横行马市"的事，也所在多有。总的政策也是“削弱之，离间之”，这不能不引起女真人的民族仇恨。但总的来说，女真人比起多灾多难的汉人来说，生活还是要好得多，自由得多。

如第一恨，他的祖父、父被杀之事，明朝曾多次向努尔哈赤道歉、赔偿，发给敕书、赏赐，并令袭其父职，努尔哈赤也表示满意。这已是公平处理过了的事，现在又被翻了出来，而且列于首恨。又如第二、第三两“恨”，他忘了两件事，整个辽东是大明的疆土，大明应该对其进行合法的统治，任何一个有主权的国家是不会允许国土中另有独立王国的。大明的干预只是妨碍了努尔哈赤对女真各部的侵吞。

至于因那位“老女”而列为第四“恨”的事，更属荒唐。正如明臣王雅量所奏“夫努酋冶容之人，何求不得，而仅仅为一三十五岁之老女？且夷俗何所不为，而未嫁之老女有何体面？所系不过留其不了之局，以兴问罪之名，乘问窃发……此努之本志也！”

至于由于叶赫被努尔哈赤侵夺，明派兵干涉而引发的两恨，更是莫名其妙，你派兵打人家，人家向宗主国求救，宗主国发兵援救又有什么过错？要说恨，被其吞并的部落更有“恨”可诉，那可能不止“七大恨”了！

可是，努尔哈赤的“七大恨”的确很有煽动力，全场女真将士激动得义愤填膺、泪流满面，呼喊声震山摇岳。

“向大明复仇！向明朝讨还血债！”

“杀尽明朝官民，一个不留！”

“把明朝的村镇夷为平地，把中原当牧场！”

“以血还血，以牙还牙，以命抵命！”

……

在后金誓师前，国内已充满着因灾害引起的各种矛盾，以致无法解决。现在，努尔哈赤利用女真人的民族情绪，把女真人对朝廷的不满引向明朝，并借对明战争的掠获，以救济无法生活的灾民。

努尔哈赤成功了！

四月十五日是抚顺马市开市的日子。

从明洪武时起，这里就设立了马市，两百年来这马市越来越大。成为关内外土特产的集散地。居住在白山黑水间的女真人、蒙古人，其他兄弟民族，都把一年来生产和采集的人参、山果、毛皮、木料、药材和牲口送到集市上进行交换。关内广大地区、直到湖广、江浙一带的商人，都纷纷赶来，他们带来关外人极为需要的如布匹、绸缎、家具、成衣、粮食等在这里出售。内外的商品不下千万种，占用的面积也有上千亩。

十几天前，就有商人赶来了。他们在东城外的草场里、树林里、丘岗里，甚至田地里草草地搭起棚帐，把自己的东西堆放、陈列在那里。供早来的本地居民和远道赶来的商旅参观。

那时，正是暮春时节，关外的大风时常肆虐，刮得人蓬首垢面，墙摧棚翻，可是他们依然以苦为乐，在避风处安置了床铺、挖筑了锅灶，嬉笑着过起了日子。他们企盼着带来的货物能够卖个好价钱，那么旅途的劳顿，风沙的蹂躏也都甘之若饴了。

市场之外，许多人看出了另外的商机。几天后这里就会拥集十多万人，他们是一群贸易者也是一群消费者。于是说书的、唱戏的、耍把戏的、出野医的、剃头的、开澡堂的，甚至出卖肉体的野妓也来了。

抚顺城，是明朝在关外的规制较大的卫所，从明太祖时算起，也有二百年了，经过多任守卫者的修建，已成为塞外重镇。它有一道石建的城墙，城上有女墙和箭垛，隔十几丈就有一座坚固的炮楼，安置着生铁铸造的大炮。它环城有四座大门，门内有瓮城，便于守护。现在的游击将军名叫李永芳，是位四十几岁的军人。年轻时，在大帅李成梁麾下任事，因为勤谨忠恳，屡建战功，他被派到抚顺独当一面。至今也有五六年了。游击将军本无定职，也就是说是个未入流的将军，可是，许多声名赫赫的总兵也是从这一职位上慢慢起家的，李永芳也盼望着那一天。

几天前，辽东巡抚李维翰就派人来知照他说："建州努贼蠢蠢欲动，很有进袭抚顺的可能"，要他多加小心。

龚正陆冒死跑回北京，见到了熊廷弼，熊廷弼第二天转告了当时的兵部尚书李化龙。李大人极为重视这一消息，很想亲自与龚正陆谈一谈，可是熊廷弼回答说：他已经回辽东去了。李大人为龚正陆的忠勇很是赞叹了一番，就和熊廷弼一起去找当朝内阁首辅叶向高，他们很费了一番周折才见到了皇上，可是皇上听了他们的汇报后，没有给予非常的关注，只让他们通知辽东巡抚加紧防范，别无任何动作……

李永芳得到知照后极为重视，立即带领几个千总巡查城防。平时，他还觉得抚顺城固若金汤，现在要临事了，却觉得处处不足，甚至漏洞百出。他询问身边的千总们，他们都说："其实最最不足的是人马！抚顺城现有人马不到三千，要抵挡努尔哈赤的几万大军，太难了！"

于是，李永芳立刻派人赶到辽阳，向巡抚大人提出四项请求。一、立刻向抚顺增兵两千；二、加强对抚顺周围城镇的守卫，使抚顺有所依托；三、补充抚顺的装备，给他们多添十门大炮；四、暂时停办今年的集市……

这四项请求，结果都泡汤了。李大人当即回答："哪来的军队、装备给你们呢？辽阳、沈阳比抚顺重要得多吧？可是也兵少、装备不足，如果转而跟朝廷伸手，他们也不会给什么的，还是靠自己吧！"

至于集市，李大人说："那是从太祖时立下的定制，就是皇帝要废也会颇费斟酌的，我们还是别找麻烦吧！"

向上头要不来东西，那就要靠自己了，李永芳下令征集民工修筑城墙、堡寨，把城外十丈内的房屋拆掉，划定集市的范围，不准逾越……

抚顺一年一度的集市就在他们的忙乱中来到了！

这天刚刚黎明，集市上就挤满了人。那骡马牛羊的嚎叫声几十路外就能听到，这此起彼伏的叫声，使集市带来的节日气氛更为浓烈。抚顺人在这天也几乎停止一切日常的工作，准备扶老携幼地到城外集市上去看看，就是一样也不买，也要感受那盼望已久的热闹和欢乐。

李永芳起了个大早，在夫人和丫头们的伺候下，吃了早饭，换上了游击的官服，还在里面加了一层硬甲。

"老爷，今日巡城还穿甲么？"

"要穿。"李永芳说，每逢要出公务，他的态度就严肃了，说话也简短了。

"你不嫌累么？"夫人还想絮叨。

"听说努尔哈赤要来袭城，我得有所准备。"

"就是那个到咱们家来过几次的努尔哈赤吗？"

应该说，努尔哈赤是李家的老朋友了，他与朝廷的信函，常常送来抚顺，请李将军为他转达，一些误会他也常对李将军解释。每次来，永芳总是热情招待，把努尔哈赤请到家里吃饭。那个粗大汉子的憨直样子，使李家上下都很喜欢。

"是他。"李将军回答。

"他会来攻打抚顺？"夫人还想说几句。

可是李永芳不耐烦地说："那个努尔哈赤原本就是个贼……"

夫人还想说点什么，李将军却一甩手出去了。

到了前院，千总王大钧正在安排巡防，他把一千人分成五队，每队由一个百总带领。他还给他们设定了巡逻的地段。

李永芳走到几个百总面前，向他们再次转达了巡抚衙门的通知，说明了事态的严峻，要他们加倍提防，不可懈怠。

巡逻队走了，李将军回到大堂，想读那本几天前就开始温习的《左传》，可是他定不下心，就在房里踱蹬不住。

太阳出来了，略微发红的辉光涂在西廊顶上，一群家雀团团地飞来飞去，还喳喳地吵得人心烦。

一会儿，巡逻队有人来报了，还没等他跪下行礼，将军就问："有事吗？"

"有。"

"赶紧报来！"

"将军，今年的集市异于往常，从建州那边来的人特多，一队队，一群群，络绎不绝……"

"他们是些什么人？"

"他们多是牲畜贩子。奇怪是他们的年龄相仿佛，大都是二三十岁的辫子客。每人都牵着几匹马，马上搭着鼓鼓的草料袋。"

"马上有鞍鞯吗？"

“没有。”

“有武器吗？”

“也似乎没有……”

“不要说‘似乎’，究竟有没有？”

“将军，没有！”

“再去巡逻、打探！”

这一情况，使谨慎的李将军很不放心，他向在院子里伺候着的亲兵、马夫喊道：“备马！”就去堂前的枪架上取下自己惯用的烂银枪。

太阳一爬上树梢，集市就非常热闹了。几条用各种货物排成的街道，交叉往复，虽不太整齐，但拥挤着摩肩接踵的人流。在各个摊铺口都站满了顾客，他们操着各种腔调和摊主讲着买卖。除了郑重的按质按量论价，调侃的、戏谑的、咒骂的、讥咒的都有。

“来，看看你的货……”

“看吧，谁也没捂着你的眼睛！”

“这张貂皮多少钱？”

“你放下吧，看你的衣着，也买不起这东西！”

“嗬，瞧不起人么？告诉你，太祖皇帝当年还穿过百衲衣呢！”

也有人什么也不打算买，只是挤来挤去地看人看货看热闹。看到上眼的大姑娘，就顺手掏摸一把，吓得女孩儿吱哇乱叫，他们就高兴了。一个癞头小伙子举着手里一把花花绿绿的绒绳儿给人看：“瞧，我从这条街的南头挤到北头，就从大姑娘的辫子上撸了这么多！嘻嘻……”

一群卖马的从建州来的牲口贩子围着守城门的一个百总请求：“放我们进去吧，往年我们就是在城里卖马的！”“行行好，外面风大，把马的鬃毛都刮乱了，看起来毛蓬蓬的，卖不上个好价钱！”“再说，外面也没有水，饮不上水的马，要跌膘的！”……

这些马贩子说的不假，往年的马市的确就在东门里的草场上，那里有几口专门饮马的水井，有拴马的石桩，还有遛马的长长的甬道……

“往年是在城里，”百总对马贩子说，“今年不行了。李将军有命令，把买卖马匹的市场移到城外去了！……”

“那是为什么呀？是怕我们挣钱吗？”一个巧嘴的女真青年说，他把自己油光水滑的大辫子绕在脖子上，“我们挣的钱多，交给你们的税钱也多呀！”

明军百总有二十多岁，铁色的脸，嘴角那儿有一道伤疤，那伤疤却没给他破了相，相反地却给他留下了个笑模样，说实的，他真的是个脾气好的人。他被这群女真的年轻人求得急了，就说：“这不是我的事，是李将军要我们这样做的。——你们没听说吗？那个努尔哈赤想要来攻城吗？”

谁知百总的这一句实话，却惹得小伙子们喜笑颜开。他们嚷着：“你在集市上转着找找,哪个像努尔哈赤?"

"他现在是后金的大汗了,还会到这里来赶集?"

"他如果来,早被你们的李将军迎到将军府去了,你们该知道,他和你们的李将军几年前就拜了把子!"……

他们一边和明军的百总讲理,一边就慢慢地往里拥,没用半个时辰,那个百总就退进城门几丈远了。

几十个人仍然和他磨蹭着,更多的马贩子却趁机进了城,在原先的马市上拴好了马,放下木架竹箩,从马背上拿下草料袋,开始喂马了。等百总发觉他们已经"渗透"进来时,十分着急,跑到马贩子中请求他们退出。

"哥们,你们也太不够意思了吧?"他说,"我看你们熟头熟脑的,说话就客气了些,你们竟得寸进尺……"

"不是得寸进尺,而是得尺进丈了!"一个脑门剃得锃亮,大辫梳得齐整,穿绸着缎的年轻人哈哈笑着走到百总面前。他学汉人样,捧着拳向他拱了拱,说:"当兵的兄弟,与人方便就是与己方便,你就抬抬手让我的伙计们进来吧……"

说着趁百总不留神,拉住了他的手,把一锭金子塞到他的掌心里。

那百总低头瞥了一眼,见是块黄澄澄的东西,心就怦怦地跳了。几年来,朝廷发的那点饷银,被大小官员七扣八扣,到他手里时,一年也就那么几两。这么块金子,他就是当兵当到死也赚不到。怎么会不心动呢!

他把金子赶忙装进里层的衣袋里,搭讪着说:"老兄,不是我不愿通融,是上头确有命令——如今,你们已经进来了,我也不好再把你们赶出去,不过,千总来了后,那就不好说了!"

那女真的贩马头儿拍拍百总的肩膀说:"放心,千总来了,我们也不会把你举报出来的!但,当千总的也是人,是人,就会有情,他也不会把我们一刀一个地杀了吧!"说着,马贩头儿走回去,和他的伙计们一起,在周围砸桩拦绳,围起一个大场子。

那个马贩头儿就是努尔哈赤的第八子——四大贝勒之一的皇太极!

在议论如何进攻抚顺的军事会议上,负责侦察的洛寒谈到抚顺城防的坚固和守备的严密时,大家流露出畏难情绪。

八旗军擅长的是野战。他们的铁骑如大河奔腾,一泻千里,那威势几乎是不可抵挡的。可是他们没有真正打过攻坚战。

是的,在统一女真的几百场战争中,他们也攻打过城池,但那是对付本民族人,那些城镇的守备比起明朝来就相去甚远了!

五大臣、四大贝勒从大早商量到夜半,没人提出个可行的方案,临时任军师之职的英达说:"看来攻坚不行,就只好智取了!"

智取当然好,可是怎么个智取呢?大家望着英达,等他说出智取的战术。可是等了半天，他也没说出所以然来。

他说："我也没想出好办法，只是提出一条路子，让大家思考。"

这一句话说得大家撒了气。莽古尔泰嚷嚷着站起来："英达想和汉鬼子动心思吗？你是白想了！比起汉鬼子，咱们都是些猪，根本没门！我看还是强攻硬拼，我就不信拿不下个抚顺！——父汗，我打头阵！"

努尔哈赤也在动着脑筋，听莽古尔泰一阵吵吵，弄得心也乱了，就斥他道："这里边，只有你是头猪！你就别哼哼了，给我坐下！"

莽古尔泰坐下了，可他仍像猪似的哼哼着。

这时，皇太极发言了，他说："到四月十五日，就是一年一度的抚顺马市，咱们能不能在这上面做点文章……"

他一这么说，大家支棱起耳朵听。

"有点门道了，"努尔哈赤也说，"皇太极，你说下去！"

"比方说，我们可以装扮成马贩子混进城去……"他试着往下说，一边看着父汗的脸色。

莽古尔泰又打了一响横炮："你能混进多少人去？把你的一旗人马都混进去？"

"那倒不用，"皇太极说，"我只要混进百把人去，甚至更少也可以，譬如几十人，我们就能在关键时刻打开大门，让咱们的大军进城！"

"好！"努尔哈赤把大腿一拍，叫道，"就这样办！额亦都，英达，快对皇太极这一计评论一下！"

额亦都和英达先后发了言，都称赞这是妙计。

"就是妙计也有缺点，"努尔哈赤说，"大家都来谈一谈！"

有了皇太极的启发，大家都说话了，在议论中，使这混进城去，里应外合的战术更圆满了。安费扬古说：进城的战士要精干，要以一当十。扈尔汉说：进城的马要去掉鞍鞯，因为马贩子的马都不配鞍鞯的；何和理说：联络要用螺号，那声音传得远，连炮声也掩盖不了。洛寒说：城外的人马也要分做两部分，大军要在城外的森林里埋伏，总得有几千人扮作赶集的在市上游动，随时准备接应，才可万无一失……

接着就要确定谁领兵进城了，莽古尔泰、费英东都来劲了，都说："这差使需要的是勇气，得有股不怕死的劲儿才行。"

"你们别争了！"努尔哈赤说，"刚才大家都谈得很好，这就是集思广益！主意是皇太极想出来的——当然没有英达将军的提示，他也想不出来！——这混进城去的任务就交给皇太极吧！别的将军是这样分配的，皇太极进城后，城外的集市上得有咱们的人——扮成赶集的买卖人，我看有两千就尽够了。多了也不行，那个李永芳，我和他是老相识，他可不是等闲之辈！到时他会出城巡逻的，万一让他识破，咱们就倒霉了。我看这件指挥城外人马的任务非额亦都大将军莫属！"

额亦都立刻站起身，躬身答道："是，臣下领命！"

“这是咱们后金成立后的第一次大战，我当然要亲自出马！”努尔哈赤说，他的情绪有些激动，“我要带领一万人马埋伏在城外森林里，但等皇太极进城后的螺号声响！”

“我们呢？”莽古尔泰又忍不住了。

“我们去争夺抚顺去了，赫图阿拉也得有人守着，安费扬古、洛寒，这老窝就交给你们了，你们手里还有几万人马哩！别的将军都跟我到抚顺去！”

四

不久，李永芳将军和王大钧千总来到了东城门。

将军看到城里竟设了马市，蹙起了眉毛，追问是谁批准的？原来那个守门的百总不说话，别的军官也紧闭着嘴。说实话，谁也没看到那些女真马贩子是怎么进城来的。习惯是可怕的力量，多年来那马市一直是在东门里的，大家竟都感到还是在那里合适。

“怎么样呢？”王大钧问将军，“是不是调人来把他们统统赶出城去？”

李将军想了好久，终于没有下达对女真人动武的命令。

他的经验告诉他：对女真人最好的办法就是怀柔之、安抚之，离间之，削弱之。他们已经进来了，就不能硬赶出去。弄急了就会激起民变，这城里城外有上万的女真人呢！

“这样吧，”李将军终于想出了主意，用指头点着王大钧的胸膛，“你就留在这里安排。这片地就留给那些已经进城的马贩子，可是不准再进人来了。你把和这里相连的两个路口封锁起来，多派人把守，必要时调几门火器来！”

“是，将军，我懂……”

“那就好，那就好！”将军说，“如有什么动静，你就派快马给我送信。”

李将军和王把总带着百多名亲兵，绕着集市转了两圈，没有看到什么异动，他有些放心，才有这个安排。

回想过去女真部落，经常有侵犯边境者，他们的目的都是抢掠牲畜、财物，像阵风似的，抢到手就赶紧逃走，没人留在汉地。他也曾多次领兵对女真犯边者进剿，几乎每次都是望风披靡，没有顽抗者。在所有部落中，努尔哈赤还算是最为循规蹈矩的，他一直为大明守边，挣得一大堆头衔，难道他会突然抛弃那些难得的荣耀吗？

他摇摇头。

回到将军府，已是中午，李永芳坐在前面的大堂上，想稍微休息一下，家人给他泡了一壶茶。关外的天气有些怪，春天已经到了，冬天却迟迟不走。到了三月，还时常大雪纷飞，好像和深冬没什么两样。可是一进四月，人们都听到了春天的脚步声，感觉到了她的气息。就连雪褥、冰窟中似乎也有几分暖意。后来就一天一个样，到了四月中旬，那向阳的山坡上就钻出了针尖般的青草，到处响起雪水的泠泠声。这时候，这里的天气已经和京都差不多了。刚才出去转了一圈，他隐隐地感到后背上已汗水涔涔……

这时，夫人领着他们的一男一女两个孩子过来了。男孩刚刚六岁，那女孩已经十几岁了。他们在父亲面前都很规矩，正懂事地望着他。

夫人说："集市上……没什么事吧？"

"到现时为止，还没什么异常……"将军回答。

"那么，我想带孩子们出去看看，我听说半个城的人都跑到外面去了。"

"不行。"永芳说，"那是人家的事，可是你们不能出去！夫人，咱们不是普通老百姓，你应当懂得这一点……"

两个孩子听了父亲的话，很是失望，小男孩的眼睛里已满是泪水。

夫人当然懂得将军的话，丈夫的谨小慎微也感染了她。在大堂门前待了一会儿，她低头对两个孩子说："咱们听爹爹的话，回去吧！"

就在这时，老家人李成来了，他捋着一束花白胡须笑呵呵地说："夫人，车为你们备好了，还等什么？"

夫人和两个孩子回头望着将军。

李成是李家的老家人，在李家几十年了，很有些威望。他虽是个用人，可是主人也不愿违背他的意愿，何况，在这过节般的日子里，让他们母子憋在家中确也有点不公平，难道仅仅因为他们是他的家属吗？

"好吧，你们去吧……不过，得留神点。"

一杯茶还没喝尽，一名侍卫进来说："在城外巡逻的华千总有要事来报告。"

"叫他进来。"

一会儿，华千总站在将军面前。华千总才二十多岁，黑黑的消瘦脸上，有一对引人的大眼睛，他穿一身厚厚的棉铠，大概是骑马颠的吧，屁股后面透出一大块汗渍。比起王千总来，他显得不够成熟，但他更加生气勃勃。

"你说。"将军命令。

"回禀将军，属下在抚顺周围进行巡逻，辰时末刻到了蛤蟆岭，看到潜入我城郊的大量女真部队，他们在丛林、沟壑间隐藏着……"

"你是怎么发现的？"李将军担心地站起来。

"我和弟兄们看见数百只乌鸦四散而去，这是很反常的。往年的春天，一大早，它们总是聚在一起的……"

"往下说！"

"太阳出来后，我们看到树林、沟壑、丘陵间有许多光点闪烁，耀人眼睛。我令巡逻队埋伏在山沟中，自己带领十几个士兵靠近了那些可疑的地方，于是发现了他们……"

"他们有多少人马？"

"我难以估计，总有数千人吧！"

“数千人？”将军略想了一会儿，说：“来，帮我穿上铠甲！”

千总王大钧按照将军的命令把几个路口封锁起来，但路口狭窄，用不上很多人马，他把百多名用火枪的士兵安排在房顶上，监视草场。路口设了木障，那是刚刚锯下的整棵大树。在路障后面，他布置了几十名弓箭手。他向城上的部队调用大炮，可是那些炮兵不归他统属，人家不来，他只好用十多支抬枪代替。抬枪又名“二人抬”，是一种用火药的长枪，它的铁筒子有胳膊粗，一次能装二斤火药，一斤铁沙。点火后，火药和铁沙喷射出来，在十丈内有巨大的杀伤力。因为在它的射程内，不是一条线，而是一个面，就像扫帚一样。

王千总和他的士兵密切地注意着那些辫子客，他们早就引起士兵们的疑虑了。这些女真小伙子一不认真地做买卖，也不热情地招待顾客，他们东张西望，好像在期盼着什么、挂牵着什么……

一个从关内来的五十几岁的经济人大声地喊道：“喂，有人看上了你们的马，我该和谁说话？”

从马堆里钻出一个辫子客，迎向经济人。他没戴帽子，亮亮的脑门上满是汗水：“我，我，有事你就和我说吧！”

于是他们甩着衣袖向对方走去。

等走近了，关内的老乡望着辫子客说：“嘀，天还凉呢，怎么就汗水津津了？”

“哈，走的道远呗，……刚刚又吃了顿饱饭。”

他们打着哈哈，精明的眼睛打量着对方，接着，他们的袖口相接，并且握住了手。

按照市场上牲畜交易的规矩，价格是不能明说明道的，价钱就在袖子里讲。经济人握住了辫子客的三个指头，望着他看上的马，“你瞧，这个价行不行？”

“不行，不行，远着哩，远着哩！”说着，辫子客把自己的三个手指从经济人的手里抽出来，反握了对方的五个指头，向他说：“怎么也不少于这个数！”

“嘀，看样你是不想卖了，想要这么个天价！”经济人用力拽出自己的袖筒，甩了甩，愤愤地走了。

可是他走了几步，又站下来，回头端详着自己看上的马。

围上来的顾客越来越多，他们和女真人这里一簇那里一团地像刚才那样谈着买卖，激烈地争论着……

皇太极站在中心，忧郁地靠在一匹雪青色的儿马旁，用手抓着马鬃玩弄着，他周围站着几个剽悍的女真小伙子。皇太极小声的、自语似的说：“一定要争取在他们没有开枪前越过木障，否则，损失就大了。如果他们已经开枪，那只有等他们头一阵火药放完之后，——那样，工夫就耽误多了！”

紧靠着的一个人是他的副手是神箭洛可，他说：“四贝勒，别担心，咱们一听到螺号声响，就上马急跑，没等他们转过神儿来，咱们就飞一样从他们的头顶上过去了，在这其间，我会把那几个枪手收拾掉……”

这些话,他们在不住地重复着。

几个明军士兵走过来,他们想从近处看看这群辫子客。

可是等他们走近女真人,遇到的是一双双警惕的眼睛。他们一下子就觉察到这伙人不是平常的马贩子,就停住了脚步。

“喂,你们是做买卖的吗?”明军喊。

辫子客没人理他们。

“喂,和你们说话呢!“明军又叫。

这时从马贩子中间走出一个人,笑着向明军打招呼:“啊,军爷,到里面看看吧,想为自己挑选一匹好马吗?说说看,看上了哪一匹?我们会贱卖给军爷的!”

说话的是洛可。

紧张的气氛缓和下来,几个明军战士走进了马群的中心,东看西瞧,有的还顺手翻弄女真人的东西。忽然,他们看到了一把雪亮的腰刀,从辫子客的行李卷中突露了出来。明军士兵十分熟悉女真人这种武器,辫子兵就是举着它骑在马上风驰电掣地“飞”过草原的。明军士兵把马刀抽出来摇一摇,大声喝道:“这是什么?这是马贩子该有的东西吗?”

女真人先是一愣,像窃贼突然被抓住了手腕,接着,他们就迅即有了反应,纷纷从行李中,从草料袋中,从杂乱的东西中……抽出了雪亮的腰刀,几个明军立刻被包围在刀丛里……

皇太极没想到事情会这样突变,但他毫不慌张,只是指示:“把他们按在地上,不许他们乱喊乱动!”

他的命令被执行了,那几个明军士兵,倏忽间被按倒在地,许多脚掌踏在他们身上。他们不用说喊叫,就是喘气也困难了。

就在这时,从城外东北方向响起了沉闷而悠长的螺号声。

皇太极脸上的忧郁一丝也没有了,换上的是昂扬和兴奋。他飞身上马,一连下了三道命令:“上马!吹号!冲杀!”

辫子客眨眼间就都在马上了,腰刀在他们手中闪亮,他们立刻分成三股,两股跟着皇太极冲向路口,一股迅速地跑去占领东门。

“那马贩子都是贼!……”有人喊道。

把守路口的明军一时手忙脚乱,还没想明白怎样应对,几十匹战马就从头顶上飞过去了,他们的路障没起丝毫作用。

马市上的人群乱了,他们东窜西突,想找个安全的地方藏身。城墙下有一片小树林,可那里能藏几个人呢,许多人又扭头跑回来,向东门涌去……

先前那几个明军仍趴在地上,一动不动,原来他们早在女真人的脚下丧命了!

这时候,明军的抬枪响了,火药、铁沙、飞箭一起向没头苍蝇似的群众扫来,转眼间,上百人死伤在明军的无目的的“反击”中。

听到城外响起螺号，皇太极知道父汗率领大军来到了，他立刻命令夺取东门，并率军向城内冲锋。他知道惊慌失措的明军这时没有任何战斗力，组织不起有效的抵抗。是的，他们人数很少，可是，锋利的刀尖从来就是一小点儿！

吓坏了的民众死命地涌往城里避难，这股势不可挡的人流，能够抵得上千军万马，皇太极要的就是这股疯狂的混乱……

螺号响的时候，李永芳和华千总正走在城中的大街上，一旁有个小广场。平时，他就是在这里召集军队、民众，向他们发布朝廷的诏令和他自己的训示的。他想在这里停一停，把各个千总叫来，汇总一下情况，然后决定下一步的部署。可是，从东门过来的溃兵像决堤的洪水涌来了！

李永芳是位很有战斗经验的将军，他没有惊慌，他和华千总以及十多个侍卫横刀站在路口，企图挡住这股溃兵，可是一时没有办到。

“城破了，辫子兵打进来了！”

“他们在杀人呀！到处是血！”

“兵败如山倒呀，快逃命呀！”

看样子，不叫他们见血是不行了，李永芳、华千总和侍卫们迎头在溃兵中砍杀着，二十几个人立即倒在血泊中，后面的人有的扭头往回跑，有的在李将军面前跪下来。

“发生了什么事？”将军喝问道。

“敌人进城了！”

“辫子兵打进来了！”

李将军喊道：“敌人来了，你们就得为国杀敌！如果顶不住，应该成仁取义，你们跑什么？”他知道在这时候，多说也无用，就当机立断，对华千总说：“你快飞驰辽阳，向巡抚求救！”华千总答应一声去了。

李永芳回头往老营走去，一路收拢着溃兵，并派出几哨人，通知各处人马向老营集合，准备坚守。

所谓老营，就是他的将军府，那里是他发号施令的地方，也是他的家。一想到家，他一阵心痛，谁知这时候他的夫人和孩子在哪里呢？

一听到城里响起喊杀声，城门上也换了旗帜，额亦都知道皇太极已经得手，就令他的亲兵呼啸一声，那些散在周围打扮成赶山乡民的八旗兵就跃上战马，迅速向他聚拢来，几乎就在同时，他们开始冲进城去，沿着几条大街向城里冲杀。

在城外的努尔哈赤，听到城里螺号的响应后，来不及整顿队形，就骑马向城里奔驰，那山呼海啸般的马蹄声，那催人心肺的呼喊声，使人觉得天塌地陷！

集市乱了，几万人就像捣烂了的千百个蜂群，他们疯狂地哀号，没命地奔突，相互践踏、冲撞、撕打。想把前面的一切冲翻，想把脚下的一切踩烂，只想逃命，只想尽快离开这个灾难的集市！

他们想逃命，却把其他逃命的人推倒、踩死。他们用头碰，用脚踢，用手抓，用牙咬，用一切拿到手的东西打砸，只想给自己开拓一条通向生的道路……霎时间，成百上千的人死伤了，就像经过了一场战争。死伤者大多是老人和孩子！

集市上满是狼藉的各种货物，可是没有一个人抢劫、拾取，他们，只嫌这些东西太多了，太碍事了，以致妨碍他们迅速地逃生……

努尔哈赤的人马就是从这个"战场"上跑到城里去的！

李永芳回到他的将军府时，他的身边只有几百人马。想要布成阵线已是不可能了。他只好和士兵龟缩进衙门，凭着四堵墙来坚守。他刚刚部署完毕，两门火炮和几支抬枪还没架好，皇太极、额亦都的军队已经把将军府围了个水泄不通！

要拿下这个将军府，真是易如反掌，可是皇太极和额亦都没有挥兵进府，他们要等待努尔哈赤的到来。

里面的李永芳也在等，他等的是他的人马，他以为他的人马并没有受到很大损伤，他们会急急地往老营赶来的，与他一齐为国捐躯。他知道把敌人打出去是无望的，他只想有个好的死法，给后代留个名声，给对手以更大的杀伤……

可是他没有等来。

女真兵进城后，有如下山猛虎，撒着欢儿地纵横穿插，把几千明军分割得连不成片接不成线，失去了任何抵抗力。王大钧等军官曾想集聚身边的几百个士兵反击，占据几栋房屋结成据点，可是徒劳无功。洪水般的女真大军并不想在这几个"小岛"上费心，只在他们身边打几个旋儿，就向李永芳的老营冲去。

努尔哈赤到了。

他把将军们叫到面前，对他们说："我想要个活的李永芳，你们可别伤了他。皇太极，你叫士兵向他喊话！"

一会儿，将军府周围响起了喊叫声：

"李永芳，投降吧！你们已经没希望了！"

"李永芳，大汗爱惜你，他不会杀你的！"……

喊了好一会儿，将军府里没人应声，还不住地往外射箭、打炮。努尔哈赤说："给他点厉害，但不要伤着李永芳！"

皇太极令士兵进攻，用破城锤几下就把将军府的围墙锤倒了几丈，士兵们冲进了院子，凭着断壁残垣和明军对峙着。

李永芳绝望了，他向着京都跪下磕了三个头，仰头叫道："皇上，永芳无能，竟把这关外要塞丢了……实在无颜活在世上！"说罢，扯出佩剑想要自刎，可是他被一侍卫拦腰抱住，另一侍卫夺下他的佩剑，将他按在大堂内的椅子上。这时，他的士兵大多投降或者逃窜了，院子里已站满了女真人。

"老朋友，何必那样呢？你看我来接你了！"

永芳抬头看去，努尔哈赤已站在面前。他待了半天，掉着眼泪说："你既然把我还当做朋友，你就把我杀了吧！我是明臣，当为明死！做你的俘虏，生不如死，你就成全我吧！"

努尔哈赤笑着说："看你说的什么话！我能帮着你死吗？走，你跟我到赫图阿拉住几天，那时，你如果还不愿帮助我，就随你去，努尔哈赤绝不为难你！——走，走，到后面去看看你的夫人和孩子，别把他们吓着了！"

听到后面这句话，李永芳哭了，一旁的李永芳的侍卫告诉努尔哈赤说，将军的夫人和孩子，坐车到集市去了，现在也不知身在何处？

努尔哈赤叫来了代善，要他带领人马到集市上去寻找，说："一定要给我找到！找到后，送到将军这儿来！"他又吩咐细心的英达将军在将军府和永芳相伴，免得他寂寞。

英达知道自己的任务是什么，那就是监视李永芳，别让他逃跑，别让他发生意外。

努尔哈赤的大军在这里停留了五天。

他们清扫战场，搜罗俘虏，抓捕那些模样像知识分子的人，当然也没有忘记抢劫。

努尔哈赤最恨的是明朝那些读书人。他觉得明朝的将士还可谅解，就是那批文官居心险恶，一再地劝皇上对他进剿，他对这些人一个不饶！

到了傍晚，李永芳的夫人和孩子都找到了。幸亏那位老家人李成，他在祸乱刚起时及时地令车夫把车赶到一片丛林中，夫人和孩子虽然受了惊吓，却安然无恙。

代善把他们送回将军府中，当面向李将军做了交代。将军和夫人、孩子抱头痛哭。第二天，他的情绪就好了很多，也就是说他不再想为大明、为皇上壮烈殉国了！

这时，英达又见机行事，劝他归顺后金。他说："努尔哈赤是万世英主，将来金国将是独立的、与大明平等的国家，他很希望你做他的幕臣，把百废待兴的金国建设好。你如果把自己的才智给金国贡献出来，你就是金国的开国元勋！"

李永芳点点头，似乎不再执拗。

第三天，皇太极来看望将军，李永芳设家宴招待他。

席间，将军一再地谢大汗不杀之恩。

皇太极说："父汗是绝不会杀您的，他还想仰仗您呢！"

"我能为大汗做什么呢？"李永芳谦虚地说，"请四贝勒回去禀告大汗，有用得着我的地方，李某定当倾力报效！"

见李永芳已经表白了自己的心迹，皇太极说"将军，你猜大汗为什么要进攻抚顺城呢？他就是为了得到您呀！他过去是您的朋友，在我辈面前，常夸您智勇双全，他说：'要是有抚顺的永芳在我身边，我还有什么事不好办呀！'……"

皇太极当然是在撒谎，可是一心博得努尔哈赤欢喜的李永芳宁愿相信了。

"现在大汗在哪里呢？"

"他在城外的小树林里。"

"为什么不住到府里来呢？"

皇太极满怀深意地笑了："将军，要我告诉您……这是为什么吗？父汗说：'我来抚顺，是不请自入的，现在，老朋友归顺我了，应当请我到家才对。'所以，父汗又退回城外去了。"

李永芳恍然大悟，他说："大汗说得很对，我应该欢迎大汗和他的大军进城！"

第二天一早，李永芳在皇太极的陪同下，与他的几个亲随来到城外。见努尔哈赤骑马立在一个高岗上，十几名贝勒、大臣前呼后拥，他们在等待着他。

李永芳下了马，一步步向高岗攀登。他这时才明白这一切是努尔哈赤有意安排的，是名副其实的受降礼，可也没法，只好忍受。

在岗上的努尔哈赤，见老友来了，拿捏不住，就要下岗迎接。可是英达拉住了他，劝他说："大汗，您现在是大金国的至尊，那李永芳是您的俘虏，他得在您面前下跪，求您饶命才是！"

"对，对……在礼法上是该这样……"努尔哈赤说。

快要爬到岗上时，李永芳叫道："大汗，李永芳向您投降了！"

他想两步三步地跑到努尔哈赤面前，像老朋友那样和他见面，可是皇太极一把扯住了他的衣袖。

"将军，你们汉人是十分重视'礼'的，您既然投降了，就是我们大金的臣子。您想想，一个降将去见对自己有不杀之恩的皇帝的时候，应该如何呢？"

"是……是……"李永芳站住了，满面汗水淋漓，想了一会儿，就跪倒地上。对高高在上的努尔哈赤拜了三次，磕了九个响头，才来到努尔哈赤的马头下面。

"大汗……罪臣谢您不杀之恩……"

他哭了，他满心泪水。是后悔的泪，耻辱的泪，也是惭愧的泪。他恨自己一念之差，使自己落入现在这种不尴不尬的境地！

"哈哈哈哈……"在李永芳头顶上响起一阵冰雹似的笑声，那是胜利者的大笑，"李永芳，你这小子，叫我费这么多的事！……"

"我……该死……"

努尔哈赤这才从马上下来，跑几步弯腰把李永芳扶起来，他说："去年我到抚顺来时，你还领我看了你的城防，对我说，你的抚顺可挡十万雄兵，现在怎么样呢？哈哈哈哈……"

"罪臣惭愧……"

"你就别惭愧了，今后只要跟我好好地出力，我绝不会亏待你的！"

努尔哈赤下令把抚顺的城垣、堡寨彻底拆毁，还放火烧掉全城民房。然后带兵从满天大火的抚顺城走了出来，在周围扫荡了一百余个城镇，任士兵大肆掠夺。把东洲、马根单等小城夷为平地。前后经过半个多月，才领兵往赫图阿拉而去。

在努尔哈赤的思想上，觉得大明仍是个一时难以战胜的庞然大物，他这头从建州出来的老虎今生未必能够吃得了它。所以他的战术仍是以游击为主，抢掠一阵就走。

这次大战，战果十分辉煌。后世计算了一下，他们攻下了抚顺、东洲、马根单大小三城，附属台堡五百余座，俘虏了大明李永芳等将佐二十多名，从抚顺虏获人畜三十余万（他们把牲畜和人看得同样重要，所以在战果上，人和牲畜是一起计数的）。其余物资、财帛无法计算。反正够他们几年吃用的了！

使他们最得意的是：他们招惹了一下大明这个纸老虎，给它戳了个大窟窿！

五

大明辽东巡抚李维翰在抚顺失陷后的第二天，才得知消息。

一开始，他有点不相信，派人前去打探，这样就迁延了时日。直到辽阳满街满巷游荡着抚顺逃来的难民，他才相信那是千真万确的事实。

抚顺是关外重镇，朝廷一直十分重视。他失掉了抚顺，朝廷能饶过他吗？他吓得几乎不敢向朝廷汇报了，他把幕僚叫到巡抚衙门里，向他们问计。

没想到的是，他们都不怕那个努尔哈赤，都说：努尔哈赤不过是个流贼，他打开抚顺，是他侥幸得手，为的是抢掠点财物。咱们派一员干将再把抚顺抢回来就是。

“那么，那个努尔哈赤呢？”

“一定要严厉地惩戒他，夺回抚顺后，就一鼓作气地去捣毁他的老巢赫图阿拉！”

他们对努尔哈赤的估计，离事实多么遥远！

李维翰原在兵部，万历四十四年，调守辽东。由于他“庸才无德、贪暴成性”才弄得“边事日下”，他到辽阳后，知道李成梁至今还有很大势力，于是他对李成梁旧部故意寻衅、压制，搞得将士间离心离德。

他把麾下将领一个个地数了一遍，决定派总兵张成荫率兵一万出征建州！他给张成荫的任务是：捣毁赫图阿拉，把努尔哈赤和大明军人的败类李永芳一齐抓回来，交朝廷治罪！……

张成荫是个将近五十岁的武将，红脸膛，胸前飘着一把花白胡子，说话似洪钟一样嗡嗡响，是辽东公认的一员勇将。他跟随李成梁几十年，多有功劳。在他的观念上，女真是不足为虑的，每次鞑子作乱，一开始都气势汹汹，可是天朝大军一到，他们就望风而逃了！

李成梁走了，李维翰来了，他觉得这是朝廷的安排，和自己没有关系。凭自己的一身本领，他照样能够取得新任边官的信任。

这次巡抚点了他的将，他感到十分高兴，以为给新大帅露一手的机会到了！

他接令后，立刻和副将皮廷相、参将蒲世芳、游击梁汝贵进行商量。然后点齐所属各部的一万人马出征。他们打算一昼夜赶到抚顺，接着马不停蹄地去追击努尔哈赤。

当他们来到抚顺地界时，震惊得莫以名状。以抚顺为中心的周围百里几乎成了无人区，村镇墙倒屋塌，一股烟火味呛人肺腑，一群群野狗拖着死人在旷野里来来去去。

张成荫和他的将领们都多次来过抚顺城，城虽不大，但十分齐整，市面也还繁荣，都把它看成是镇抚一方的大卫所。

现在抚顺城没了，面前是一堆废墟，虽然已经过去十多天了，可是鬼眼睛似的火光还在这里那里地明灭着，随风吹来烟火和血腥气……

面对眼前的惨相，张成荫和他的将军们都哭了。

“啊，这是地狱还是人间？”

“是呀，皇皇天朝，怎能允许发生这样的事呀！”

“那个李永芳真该千刀万剐！”……

他们怒火满胸，决定立刻向赫图阿拉进发。

因为抢掠了大量财物，虏获了几十万的人畜，努尔哈赤的八旗军走得很慢。他们也不急于回赫图阿拉，一路上他们饮酒唱歌，慢慢地享受胜利的快乐。

十多天后，他们才走到萨尔浒以东。这里周围全是山林，只中间一条山道。他们打算在这里休息一晚，第二天到达赫图阿拉。

这时已是五月夏初，白天有点热，可是太阳一落，就凉风习习了。这夜，面对清风明月，八旗兵们都乐不可支，他们有的在路旁，有的在山间，就着几块平坦点的石板，又摆下酒肴吃喝了起来。

努尔哈赤也来了兴致，他邀了几位将领前来饮酒，并下令说：“谁也不准空手到我面前来！”于是有的带酒，有的拿肉，有的一时筹措不到，就把士兵们刚抓到的鹧鸪、野鸡带来，交给努尔哈赤的侍卫去煎炒。

正喝到兴头上，忽然有人喊道：“报，有重要军情！”

努尔哈赤皱起了眉头。

“等一会儿！”阿敏叫道，意思是嫌恶他来打扰。

“军情么，是不能耽误的，”努尔哈赤说，“叫他过来吧……”

探马走到汗王和将军们面前，先行了礼，然后说：“……后面发现明朝的追兵！”

“有多少？”阿敏问道。

“大概有一万人……黄昏后才发现，黑压压的，看不见头尾。”

“离这里有多远？”代善问。

“隔着几个山头。”

“好，你去吧，注意他们的动向，”努尔哈赤说，他并没有很在意，“他们竟跟到这里来，可惜他们来晚了……我们已经到家了！”

大家笑起来。

皇太极站起来说：“父汗，他们既然追来了，咱们就该回头会一会他们！”

代善也向努尔哈赤请战。

“你们想打吗？可是咱们带了这许多东西，行动起来很不方便。”他又说，“你们以为那个辽东巡抚愿意和我们打仗吗？绝不！他只是为了表示个态度。咱们夺了明朝的抚顺城，把他们打疼了，不来追一下，对他们的主子也不好交代！”

可是皇太极还是觉得还击一下为好，他说：“在他们追击下跑回赫图阿拉是不好的，会给敌人怯战的印象。我看，父汗可给我和代善一万兵马，回头和他们打一仗，给他们个教训。父汗明天可仍旧按原计划回赫图阿拉。”

皇太极十六岁跟父汗出征以来，表现得智勇双全。现又在夺取抚顺一战中立了大功，努尔哈赤对他的意见很为重视。

“怎么样？咱们回头再打一仗？”努尔哈赤望着面前的将领们。

额亦都说：“我看可以。这里是丛山环绕，二位贝勒可在这里设伏，把明朝的两万人吃掉，叫他们有来无回！”

有了大将军的支持，努尔哈赤批准了，当场拍板，任务交给皇太极和代善，并给他们留下一万人马。另外，还令老成持重的英达将军压阵。

阿敏不高兴了，他对努尔哈赤说：“大伯，我是您的侄子呀……”

“好了，好了，”努尔哈赤没等他说完，就摆摆手说，“你也算一个，免得说我偏心！”

皇太极和代善、阿敏商量了一会儿，就从两万人中选出两千精骑兵。分三路进行反击。余下的，由英达将军率领，埋伏在附近的山路两旁，瞅机会包围、出击。

“英达将军，您看怎样？”皇太极对老将军很是尊重，从不摆贝勒的架子，这也是日后能够成就大事的原因之一。

“我看四贝勒的部署可以，大体是这样，战争开始后，可以灵活应对。”

阿敏说：“两千人去冲锋，不少了点吗？”

英达将军说：“如果前去攻城，这两千人马当然是少了点，抚顺城里只几千人，但如果不是四贝勒出了奇计，里应外合，仓促间是攻不破的。可是在山林间，在平原上，我们骑兵可以充分发挥优势，以一当十了！”

计议停当，皇太极就下令夜半造饭，黎明迎战。

张成荫已经探得前面有女真人的军队，就扎下营盘，准备和他们决战。

可是他的一切估计都是错误的。首先，他认为天朝的旗帜一亮，努尔哈赤一定会诚惶诚恐，或败走，或求降。认为他们能够夺得抚顺，是李永芳的无能，是利用马市混进城去里应外合所致，只能算是偶然的侥幸……

还有，比起天朝的军队来，女真军的武器也不行。除了长枪短刀强弓硬弩外，他们还有了在当时极为先进的用生铁铸成的平射炮，它能够发射装有炸子儿的炮弹，比那装黑火药的黑铁管子杀伤力要大多了。那种大炮一响，有如惊雷垂地，敌人会惊得心胆俱裂的……

跟上敌人后，张成荫和副手们商量一下，便把他们的一万人马分做三营。两营布置在山路两旁，凭险据守。一营由颇廷相率领绕到靠近赫图阿拉那边，包抄敌人的后路。张成荫在颇廷相到达预定位置后，他自己将率军队与女真军正面决战。这样前后夹攻，可一举打垮敌人！

将军们的布置是对的，但他们的军队出问题了。连续几天行军，战士们极为疲累，到了宿营地后，他们急于吃饭、休息。可是食物、草料都在大营，得派人去领。上万人的东西，层层发放下来，要多少工夫呀！有些人就忍着饥饿在山洞里睡下了。到了夜半，天气冷下来，下级的军士还没吃上热饭，以至于怨恨声、咒骂声此起彼伏。

得到吃喝的东西后，军官们近水楼台，先在帐篷里摆下便宴吆五喝六地挥霍起来，这便引起军士们的愤怒，他们围起帐子，要与军官们理论。有些脾气暴躁的竟用刀把帐篷划破了，冲突一触即发。

"老子到现在还没吃上饭，你们倒喝酒捞肉了！"

"把他们揪出来，跟他们说理！"

"明天也许就掉脑袋了，可不能饿着肚子去见阎王！"

"冲进帐去，宰了这几个狗官！"……

军官也不示弱，提着佩剑走出帐来，眼看一场内讧不可避免。

就在这时，张成荫和他的几个副手赶到了，他们把几个军官训斥了一顿，又责令管司务的赶紧把士兵的伙食分发下去，还指示每人多发猪肉二两。

等纠纷平息已是三更过后。

吃过饭的士兵更是散乱。有的在树林间搭建帐篷，有的找个背风的山坳用棉甲把头一蒙打算迷糊到天亮。一身劳累的他们，一沾地就睡得像死了一样……

将近黎明，皇太极、代善、阿敏率领两千精骑向明军发起了凌厉的进攻。喊杀声、马蹄声摇山震岳，明军惊醒了。可是醒来后，一时不知发生了什么事，就糊里糊涂被砍了头。

张成荫等几个将军也十分被动。因为他们有一种十分愚蠢的思想，老认为努尔哈赤是畏罪潜逃者，自己是正义的追击者，潜逃者是绝不敢回头反攻击追击者的！

等到他们意识到发生了什么事，眼前已是一片通红的血光……

张成荫毕竟是员老将，他立刻明白这时应该干什么。他命令参将、游击到最前沿组织抵抗，又命令击鼓鸣号，要各营收缩战线，到老营附近布阵。

这虽是最低要求，但也办不到了，明军已经十分混乱。他后悔把颇廷相派了出去，以至于大大削弱了自己的力量，他这样想时，有人喊道："将军，我在这里！"

张成荫回头一看，这人正是颇廷相，原来，他刚走到半道就听到老营那边杀声大起，知道原来的计划不成用了，就急急地率军赶了回来。

"好，好！"张成荫说，"你回来就好了！快，你跟我到前面去！"

李成梁与敌人作战时，无论情况多么紧急，他的身边总是保留着几百人的精锐，张成荫也跟他的主帅学了这一手，现在，他身边的后备队用得着了，他和颇廷相率领这支军队前去拦击女真军。

明军的那些千总、百总们也不都是孬种，他们在八旗军的冲击下，没有逃窜，而是担当起自己的责任。本部人马,他们已是组织不起来了,他们就极力搜集身边的溃兵,迅即把他们组合成有战斗力的队伍,凭着山石和树木形成抵抗的线点。敌人从他们身边冲过去了,但这些线点还存在,他们依旧从各个方向和敌人战斗。

看到明军仍旧垂死顽抗,英明的英达将军又向战场派送了三千人,他们在锋锐之后清扫着战场,明军的那些线点眼看就要覆灭!

皇太极、代善、阿敏的两千人马没有受到有效的狙击,他们仍像从天降下的苍龙,在战场上纵横飞腾着。他们一边砍杀,一边大喊:

"张成荫,张成荫在哪里?"

"活捉张成荫,赏银一千两!"

"投降的有命,顽抗者杀头!"……

张成荫知道大势已去,为了大明,为了自己的气节,他是能够从容成仁取义的。但他觉得自己是身经百战的大明总兵,死在鞑子的马蹄下究竟难以瞑目,就想多杀几个鞑子,以消胸中的愤恨!

主将的英勇大大鼓舞了明军士兵们,他们环绕着张成荫形成了一个有力的战斗集团,他们有分有合,相互协同,给敌人造成很大的伤亡。

可是,这个集团越来越小了,后来他们被逼到一个山坳。

"不要伤了张将军!"这是皇太极的喊声。

张成荫冷笑着大声说:"你们把大明军人都看成李永芳了?——这把剑还在我的手里呢!"

说着,他把佩剑一横,割断了自己的喉头!

"将军!将军!"张将军身边,还有十多个士兵,一齐涌到张成荫的尸体旁。

皇太极没有挥兵歼灭这一小撮人,而带领人马走开了。

在战争的末尾,副将颇廷相、参将蒲世芳、游击梁汝贵等随溃兵逃出,在不远处,他们又停下来,到处寻找张将军。后来有逃出的士兵告诉他们:张将军已经牺牲了。颇廷相等抱头痛哭,相互说:"我们这样回去,国法不容,情理不饶!主将已殁,我们岂能苟活!"

于是,他们把逃出来的明军组织起来,晓以国家、民族大义。以激发他们的必死决心!军士见将军们如此激昂,也表示愿意为国赴死。

可是皇太极没有忽略这些流连在山头的明军,追杀过来。把山头包围后,他们高喊:"谁愿意投降,可走下山来,大汗饶你们不死!"

等了半个时辰,却没一人下山。

皇太极发起进攻,没想到这一小股明军却使他们遭受了重创。明军杀得十分顽强,他们呼喝叫嚣,奋勇拼杀,那困兽犹斗的精神,使女真人惊诧不已。最后,他们都壮烈牺牲。

中午,战场上平静下来。

这场追击战,明军又弄了个全军覆灭。损失军队上万人,张成荫以下大小官佐五十余人……

抚顺城的失陷和追击军的覆灭，震惊了大明朝廷。

他们奔走相告，那惊慌的样子，好像努尔哈赤立刻就要打到北京来了。

这时的首辅大臣换了方从哲。

叶向高执政时，朝廷一连发生的许多大事，以致党派林立，相互攻击，连他也没有逃脱言官的参劾。他觉得这个朝廷已不可为，便以老、病为由向万历申请致仕。万历当然不让他走，曾再三下诏挽留，可叶向高去意已决。皇上问："你走后，谁来为朕辅政呢？你就给朕推荐一位吧！"

于是，叶向高便把自己的学生方从哲荐给皇上了。

方从哲，进士出身。五十多岁，微黑的面孔，长须飘然。做过尚书和主事，六部中，他转了三个，也算是一代名臣了。他为人耿直，看不惯朝廷中那些蝇营狗苟之事，三年前就挂冠跑回家去了。

"可是那个方从哲不在京城……"万历说。

"皇上，您得下诏请他来呀，舍此，老臣心里没有别人！"

于是皇上派人带了诏令硬是把方从哲从他的家乡拽来了。

辽东的危机传到京都后，他的门槛几乎被大小朝臣踏碎，他们请求首辅大人赶紧进宫请命，方从哲本人当然也十分着急。

这日，方从哲捧着辽东战报，大清早就跑到万历的寝宫外等候。

大臣们有一多年积存的经验，要想见到皇上，必须这样等上半天。

万历帝已五十几岁了，除了怠惰疏懒外，还有爱财好色诸多秽行。方从哲回朝后，发现这个皇帝更加不堪，连他离京前也不如了！

近日，内宫太监不知从哪里得了个十几岁的美女，献给皇上，万历如获至宝，赐名娇妃。与其时时处处纠缠一起。

昨天晚上，他早早地就和娇妃在寝宫里睡下了。可是，万历没有得到他想望的"风调雨顺"。娇妃身体单细，又柔若无骨，万历抱着她揉搓了一阵，性子起了，可是只一会儿就无雨云收。他当然不想落败，可是也没有办法。却弄得娇妃欲火烈烈，水蛭一样紧紧地贴在万历身上，最后，她躺在浑身汗水的万历怀里哭了。万历百般安慰她，说是事不谐和的原因是国事日繁，弄得神不守舍……

直到下半夜，他们才相拥着睡去。

方从哲起初坐着，后来再也坐不住了，他就在朝堂里走来走去，不住地搓着手。老太监给他送来了茶，劝他少安毋躁。老太监何世良说："皇上不到中午是不会起身的，没有人敢去打扰他。如果有要紧的事，可以先去办理。"

"啊，老公公，哪有比这件事更要紧的事呀！"方从哲说。

"方大人，您是说……辽东那边的事吧？"

“是呀，是呀，努尔哈赤已经夺了抚顺城，前去追剿的几营也全军覆灭了呀！”

老太监也知事情紧急了，他把拂尘一甩说：“那，我再去看看，再去看看……”

直到过午，皇上才睡眼惺忪地走出了寝宫，老太监何世良急忙把相国要见他的事上奏了，并说方从哲从早上起就在朝房里等着他召见。

“他又有什么事？”皇上问。

“他说……他说……辽东那边抚顺城失陷了！”

“那是前几天的事，朕听说李维翰已派兵讨伐了。”

“可是，可是……”老太监见皇上满脸不耐烦的样子，说话有点嗫嚅，“可是他说前去讨伐的军队已经全军覆灭了！”

“什么？你说什么？”皇上站住了，他回过头晃动着两只发红的眼睛。

何世良又把刚才的话说了一遍。

“你把方从哲叫来！”

“是。”

可是老太监刚走了几步，万历又叫住了他：“事已如此，也不必急了。你去告诉方从哲，午后未时一刻朕在中和殿等他们。”

“皇上，您是说的他们？”

“你要方从哲把阁臣们都叫来吧！”

“遵旨。”

就这样，方从哲等了整整半天也没等到皇上，还要到下午才能御前廷议，即使这样，他也很高兴，尽管肚子里饥肠辘辘，他也忙不迭地上马去通知阁僚们去了。

未时一到，阁臣们齐集中和大殿。等了些时候，皇上来了，群臣跪倒三呼万岁，万历要大家平身。“方大人，”他说，“你把辽左的事说给大家听听吧。”

说实在的，万历皇帝朱翊钧对待大臣们态度还是谦和的。大多时候他对他们从不直呼其名，有时一般地称他们“大人”，有时，就称他们“爱卿”或他们的职务。

方从哲站了出来，把得到的来自辽东的火急奏章读了一遍，然后又加上自己的分析和认识。

他说：抚顺是国家辽东重镇，努尔哈赤竟不顾天朝至尊，在不到一天的时间就夷为平地，其气焰竟如此嚣张！他追忆说：我朝百多年来，对东北蛮蒙一直采取绥靖政策，恩威并施，使其安居乐业。即使对那些悖逆之辈也从不赶尽杀绝，总是剿抚并用，使其翻然有悟。

接着他说到努尔哈赤，他说努尔哈赤从年轻时就心怀叵测，觊觎我大明国土。几十年来，他阳奉阴违、养精蓄锐发展自己的势力。表面上委曲求全，背地里秣马厉兵。几年前他就统一了建州女真各部，在虎尔哈河、松花江和辽河之间建立了一个强大的后金国，与我大明分庭抗礼！就在几天前他在赫图阿拉誓师，并发布了他的所谓的“七大恨”，接着就起兵进犯我辽东抚顺……

说到这里方从哲有点激动难抑，他看了一下两边的大臣说：十几年前，有远见的大臣们就一再地上奏：辽左已酿成肘腋之祸，请求朝廷一举荡平"努贼"，可是朝廷总是寄希望于辽东抚臣的经略而不采取彻底的措施。那些位居要津的衮衮诸公又总不以国事为念，一味地斤斤计较于一派一己之私，因循苟且，才拖延成今日的不堪局面……方从哲这样一席慷慨激昂的言语，使皇上觉得很不安。过去，有朝臣提起辽东事时，他总是说："那不过是疥癣之疾，无须为虑。"不想现在已病入膏肓了！

他瞥了一眼面前躬身侍立的大臣们叹了口气，一时说不出什么话来。

方从哲原以为他的"一块石头"，会激起波浪千层，可是没有，宫殿里悄无声息。

原来，皇上等待着臣子们说话，事情到了这般光景，他们难道没话说吗？

阁僚们呢，他们大多是方从哲指责的"位居要津而斤斤计较于一派一己之私"的"衮衮诸公"，他们这时说话会"惹火烧身"，怎不把嘴闭得紧紧的呢？

这样的冷场，方从哲是受不了的，他抬头看看皇上，只见他满面灰黄，正不知如何是好。

万历这几年的确是老了，那老态大大超过他的年龄。眼皮肿得像两只铃铛，泪囊下垂着，松弛的两腮一直耷拉到下巴。叫人一看，就明白他的生命之火已经灯枯油尽。方从哲不禁可怜起他来，可是他的生命耗费在哪里了呢？

万历的两嘴终于翕动了："方爱卿说得很对，他言辞激切也是应当的。如今的国事也该痛下针砭了！……辽左覆军陨将，建州势焰益张，边事已经十分危急，大家不要再相互指斥，那无济于事，所有过错就由朕来承担吧。希望各位把平定叛贼的良策拿出来……"

皇帝的话一落音，大家知道谁也不会指责他们贻误边务的过失了，日子还是照常过。于是大家活跃起来。

看到皇上要下决心讨伐建州反叛的"努贼"，出来说话的就多了。戎政尚书薛三才、户科给事中官应震、户部尚书李汝华都发了言。他们先把辽东的善后事宜议论了一番，说起李永芳的变节投敌，无不切齿痛恨，说起张承荫等的壮烈殉国，人人赞许有加。以后又对辽东巡抚李维翰的损兵失地义愤填膺。

议论的结果是：请旨诏逮李维翰到京交刑部严加议罪。赠张承荫少保左都督，立祠为"精忠"，以下如蒲世芳等死难将校皆有追赏。当然这主要是做给活人看的，但当时却对正在执行边务的将士很有鞭策、鼓舞作用。

下面就开始议论具体的平叛之策了。头一条是该派谁出任领兵的主帅？议论来议论去没找着合适的人。武将文臣都不愿到辽东去冒险犯难，谈到谁时，谁就畏首畏尾、推三阻四。气得方从哲把脚一跺说："那么，我去吧！我已经五十多岁了，蒙国恩、食君禄，对国家边事却从未立过尺寸之功，为臣虽不谙用兵，但愿意为破敌充当前驱！"

他虽说了几句狠话，却使殿内群情振奋。

薛三才站出来说："方大人心昭日月，但他是国家辅臣，皇上是一天也离不开的。——臣下斗胆想推荐一个人……"他说到这里望望周围的大臣。

“爱卿请讲!”皇上向他招招手,表示急切地听他说。

薛三才好像最后下决心似的说:“这个人就是杨镐!”

他的话刚一出口,大殿里就静了下来。两年前,杨镐曾经为辽东边官,因获罪于上,被罢官。只有大胆的人才敢对皇上再次提到他的名字。

看到皇上没有责怪他,别人也没有说话,薛三才继续说下去:“臣下知道杨镐并不是最好的人选,他在领兵戍边时,立过功劳,也犯过错误,但他熟谙边事,目前来说,找不到比他更合适的人了。”

仍然没有人说话。

杨镐这人,大家是熟识的。他不惮于任事,却常常谋划不周,且好大喜功,无端开衅,常常造成难以收拾的局面。

他曾带兵到东南一带讨伐倭寇,立过殊功。后又被派去镇抚辽东,他主动出击破兆哈,谏臣们上书劾他无端生事,造成边事不安。皇上罢了他的官。他又举荐早被罢了官的李如梅为大将,更惹得朝廷议论纷纷,为给事中麻僖等人所劾。杨镐不服,上书自辩,可是皇上为了平息朝野议论,还是想给他处分。他看看没法儿了,就上书“乞休”回家去了。

大家对他的印象是不好的。

这些事薛三才何尝不知,他是在这非常的情况下提出这非常之人的。

等了一会儿,皇上说:“杨镐勇猛有余,虑事不周,但对边事是有过功劳的,只要给他几个有能力的谋僚,朕看叫他去也不是不可以的。皇皇天朝难道看着让人断我左臂?……”后一句话说得十分激昂,皇上那皮肉松弛的脸上竟放出光来,这也感染了阶下的大臣们。

皇上发了话,这事也就定了下来。

有了大将,下边的事皇上就交给方从哲等辅臣具体计议了。

六

几天后,皇上下诏,起杨镐为兵部侍郎兼签都御史,带兵去经略辽东。

杨镐到京陛见万历皇上后,就到辽阳上任去了。

京都的阁僚们却忙成了一团。

事情一开始就遇到了许多难题。首先是“乏饷及兵”,没有钱也没有人马,这仗怎么打?

方从哲觉得这事好容易得到皇上的热切关注,可不能让具体事冷了大家的心。他说:“事在人为,只要大家一齐想办法,总能够调集兵马、筹到钱粮的。”

尚书薛三才说:“辽阳处如果凑一凑可有兵马八万,还可征调登州兵一千五百名,南京水陆二营兵三千名赴援。至于军饷,下官建议发内库银十万两!”

听了他的话,内科给事中官应震说:“十万两银子,内库还是能够拿得出来的。可是里面有五万九千两或黑如漆、或脆如土。那是……因为长久不用烂掉了。”

方从哲气愤地说:“这样的银两能充军饷吗?”

官应震说:“当今说不得这些了。如果想速成大捷,就要以朝廷的官符压下使用,还可化无用为有用……”

方从哲想:这不是等于强行聚敛吗?可是事情紧迫,也只好如此了。“官大人,就没有别的办法了吗?”

“有,当然有。”官应震说,“征收的金花银每岁一百二十万两有奇,嘉靖皇帝规定专门用来供给边防,不许他用。到了万历初年,皇上将此款移入大内,以致军饷大亏。要是大人能够奏请皇上把这笔款项仍归太仓,那,咱们就宽余多了!”

第二天,方从哲就进宫为此专奏皇上。

皇上听了以后,久久不语,末了他说:“爱卿就不能想想别的办法吗?朕就是指望这一笔钱才把日子过得像个皇上……”那还说什么,看样子即使努尔哈赤打到京郊,皇上也不会把这笔钱拿出来的。

那只有去掠夺老百姓了。

为了把征辽的这件大事办好,方从哲把回家无忧的吴道南叫回来。吴也是大学士,和他一样,曾位居辅臣,是个很公正、很有谋略的人。目前兵部尚书仍然空缺,经过方从哲、吴道南向皇上再三吁请,才任命黄嘉树到任。于是他们和与这件事有牵扯的部科官员忙了两三个月,终于拿出了个可行的计划上奏皇上。

其大致内容是:

一、遣将。除杨镐外,调往辽东的将军有李如柏、杜松、刘綎等。

这些将军还是可用的,李如柏是经略辽东几十年的大将军李成梁的二子,骁勇善战,有乃父之风。他曾任宁夏总兵,立功升任为右都督。这时已经派往辽东去代替死去的张承荫了。

杜松,榆林人,是位很有名的将军。他守陕西身经百战,威名赫赫,被称为杜太师。现在他被任命为山海关总兵。

刘綎,曾在云南、四川等地为将多年,并曾率兵援助朝鲜平定倭乱,很有战绩,与杜松齐名。这人有个毛病,就是爱钱,前几年因贪污受贿等罪被罢为“废将”。可是如今他出头的机会又到了。他被起复,仍为总兵。

李维翰被抓到京都后,关了些日子,经刑部定罪,奏皇上批准,削职为民。他捡了一条命回家了。朝廷便任命周永春代替他为辽东巡抚。

二、调兵。杨镐到了辽东后,清点将士,他手头只有三万人马。他立刻上书朝廷求兵十万。朝廷没有这么多兵马给他。因为这时内乱已繁,朝廷还要留些军队镇压农民起义。方从哲建议调集边兵。兵部先后从宣、大等地征调了万人。登州三营调出一千五百人,令他们速速从海道渡辽。南京水陆二营调拨三千。这仍然凑不足数目。又敕令蓟州先发五千,后又调台兵两千。朝廷又命杜松、刘綎、官秉忠、柴国柱等将军在赴辽时连自家的家丁也带了去。此外，还从朝鲜调兵一万，连在北关的叶赫女真也被征调，令他们出兵两千相助。为了这场战争，大明朝廷真到了计穷力竭的地步了！

三、筹饷。没有钱是不能打仗的。当初，廷议时，薛三才曾经凑集十万银两。经兵部计算，十万远远不够，得用银三百万！这个巨大的数字，把内阁臣僚们都吓住了。方从哲曾经到皇上那儿要过钱，没有得到批准。为了眼前急用，兵部奏请先发饷银二十万两。皇上允诺，方从哲、吴道南等大臣一天几次地去见皇上，还是为了要钱。后来万历也觉得十万军队，二十万两银子实在是杯水车薪，狠了狠心，又批准发库银五十万两！从他那儿再也弄不到钱，怎么办呢？那只有向老百姓伸手了！

到了这年秋后，户部请加派田亩税。每亩加三厘五毫。这样，全国增加田赋至白银二百余万两！并规定第二年再加三厘五毫，第三年续加两厘。前后三加增至每亩九厘，每年田赋达五百二十万！如果认真实行下来，老百姓身上的油水可真是轧尽了！

为了解决东征粮饷，朝廷还专在广宁设了“辽东饷司”。

四、更换兵器。为了提高军队的战斗力，总兵柴国柱提议破“虏”全用火器。可是没有那么多先进枪炮，朝廷只准各营配备一定数量的火药武器。为此，兵、工二部尽发库存的从外国买到的大小佛朗机大将军虎蹲炮、三眼枪、鸟铳、火箭等，还发了盔甲、盾牌等一应防御用具。可是一般兵士不会使用这些火器，只好责成用过此种武器的川陕督抚各派三百名甲兵到京演练，然后赶赴辽东军中。

备战用了几个月的时间，这时，努尔哈赤的人马已发展到十多万了！

其中最让朝廷头痛的是：将官大多不愿到任。他们认为讨伐辽东不过是虚张声势，是做给女真人看的，等到女真人远远地逸去，朝廷会罢兵的。他们瞧不起努尔哈赤，觉得那鞑子只能算是个流寇，只要杨镐在那儿挡一挡也就解决问题，何劳兴师动众！有人说努尔哈赤会打到关内来，将军们却说就是把努尔哈赤碾成末，他也不会有那样的心思！

所以，他们虽接受了朝廷的任命，却迟迟不肯进兵。

另外，打算调集的那些部队，计划上有了，命令也下达了，但只有山西宣、大的兵马有的开拔了，可也没到达辽东，其余的就更不用说了，他们连消息也没有。

方从哲等阁臣急了，他们把情况如实地上奏了皇帝。

万历大为恼怒，在他在位的四十几年中，没有过什么大的举动，现在事情迫在眉睫了，将士们竟不用命，那还了得！他特派遣重臣到辽东赐杨镐尚方宝剑一口，并敕令说：将帅之下，有不用命者，可先斩后奏！

这样一来，各地很快地把应调的人马送到了辽东。杜松也开始行动，领着本部人马向辽东集结。刘綎仍迟迟不出关，他说要等川兵的到来，因为从四川调来的兵马划归他统属。这不过是个借口而已。朝廷立即命他出关，不必等待，他才领兵慢慢地东行。

兵饷更难筹集。辽东请饷的奏书雪片般地飞到京都，而发下的饷款仍很有限。有兵无饷，引起一些下级军官带兵半路哗变，变成土匪。他们沿路抢掠，成了当地的祸害。

刘綎带兵到了关外，路途所见和听到的消息，使他明白将来和努尔哈赤定是一场血战，他也坚定了立功异域的决心。于是，他命令驻军祃祭。

他把军队集合在田野上，升起军旗。十头大牛牵在军前，他对军队慷慨激昂地发表了平定鞑虏，报效朝廷的决心。将士深深感动，呼喝声直上云霄。于是，他拔出佩刀，和副将、参将等军官领头宰杀牺牲。

他照一头黄牛砍了一刀，他以为会痛快淋漓地把牛头砍了下来。可是，他的刀只砍进了牛脖子的三分之一，那牛瞪起眼睛扛着两只大角向他扑来，而且鲜血喷涌，其状惨烈。刘綎在全军面前，只好再次上前，在几个侍卫的帮助下，他又挥了三刀，才把牛头砍了下来。他觉得很丢脸，把刀一扔，说："拿着这样的刀能上战场吗？笑话！"

他是责备自己还是斥骂什么人，谁也不知道！

别的将军也不顺利，没有一人把牛头砍下来，都是弄得气喘吁吁，满身鲜血，大汗淋漓，才完成任务。

祭旗后，刘綎下令全军修整军备，并上书给杨镐，请他给予更换武器。

万历四十六年（1618）冬，征辽的大军终于先后集结于辽东。加上当地原有的军队，能够投入战场的约有十万。

杨镐把将领们集合到辽阳，和他们商议进军之策。用现在的话来说，就是召开军事会议。他的官阶比起刘綎、杜松等大不了多少，他们也都是国内有名有声的将领，而且个个骄横无状，他们会听他摆布吗？

可是杨镐有办法。

他把皇上的圣谕和亲赐的尚方宝剑供在香案上，率领将领们恭敬地磕了头，然后对大家说："努贼经营辽东，已四十余年，除了蒙古、叶赫等部，他已统一了整个白山黑水，并且建立了伪金国，现在的确已是我大明的心腹之患了！……"

杨镐还说了很多话，目的是为了给大家分析当前的形势。

他是个五十出头的强壮汉子，胖胖的苍黄脸，似乎有点虚肿。可是浓眉下有一双长长的丹凤眼，使他的面目增添了几分尊严。

他看看坐在下面的将军们听得还算专心，就继续说下去。他说："朝廷把这么重大的责任交给我们，我们就应当奋不顾身、一往无前地去完成它！不知将军们怎样，本职自任事以来，一直战战兢兢、寝食难安，真不知如何才能报答主上的信赖于万一！我想各位将军也是这样吧！……"

接着，他又委婉地说道：来到辽东后，有些不经事的将领可能有些轻敌，这是非常要不得的！在训诫了将军们几句后，他提出当前的任务就是进一步整理军备，充分地秣马厉兵，一旦进剿战起，就应该做到能打硬仗、死仗，从而战胜敌人！那就对天地朝廷有所交代了……

他的话有点太长,下面的将军有的轻轻地跺脚,有的咕噜咕噜地喝水,甚至有人窃窃私语。

这时,杨镐忽然长身立起,转身恭敬地把尚方剑抱在怀里,把桌案一拍叫道:“把两犯带进来!”

他的话音刚落,就有侍卫拖进两个用铁索锁住的人来,扔在大将军面前。

有几个人认识他们。

他们是清河总兵陈大道和游击将军高炫徇。

在抚顺失守、追兵覆灭后,这两个人沉不住气了,就引兵往关内逃,半路上被出关的杨镐部逮住。论其罪过,当时,杨镐就该把他们杀掉。可是,杨镐把他们关了起来,为的是在这个当口使用。在狱中押了几个月,他们已被折磨得蓬首垢面、形销骨立、不成人样。

杨镐当着面前的十多位将军把他们的罪名数落了一顿:“国难当头,将兵者就应该为国死节,可是他们却做了贪生怕死之徒,鞑虏未至,却望风而逃。于国法军法,皆不容赦……”

数落完了,杨镐喝问:“陈大道、高炫徇,你们知罪吗?”

两个罪犯抬起头,却一句话也说不出来。

大家看到两张惨白的脸,又看到他们的嘴都被铁丝勒着,嘴角那儿已渗着血……

大概是为了使这场面多停顿一会儿,以给将官更深的印象,杨镐没有命令立刻把他们正法,这使大家都感到尴尬。

杜松发话了:“杨大人,快把这两个可怜虫杀了吧。他们原就该死,还让他们活受罪干什么呢?”

他的几句话把凝固的气氛打破了。刘綎等人也说:“给他们个痛快的算了,他们和咱们同朝为将,谁也会有个一念之差的!”

杨镐没想到几个将军会这样说话,可他也无可奈何,就喝令把两个逃将推出砍了。

任务明了,血也见了,接下来就该说说进军的部署了。

杨镐先让将军们说话。十几个人七嘴八舌说了一通,就请杨镐拿出自己的定案。

杨镐清了清喉咙说:进攻的目标是后金的都城赫图阿拉,战法是分兵合击,具体的部署分为四路。各路兵将配置及进攻路线是:

原任总兵马林为一路。开原兵备道佥事潘宗颜监军,岫岩通判董尔砺赞理,以庆云游击窦永澄督率叶赫部协助。从开原出三岔口,攻其北,称为北路军。

以山海关总兵杜松率领一路兵马。保定总兵王宣、赵梦麟佐之,分巡兵备副使张铨监军,从沈阳出抚顺关攻其西,可称西路军。

以辽东总兵李如柏率领一路人马。分守兵备参议阎明泰监军,推官郑之范赞理,从清河出鸦鹘关,攻其南,是为南路军。

总兵刘綎率领一路人马。海盖兵备副使康应乾监军,同知黄宗周赞理。还有朝鲜援军一万划归该路军。他们从宽甸出发,攻其东,亦称东路军。

这样东西南北军都有了，即可把努尔哈赤的赫图阿拉包围起来。

四路中，以杜松率领的西路为主。十万兵力中，这一路就占了三万。

因为辽阳是根本重地，以原任总兵官秉忠、辽东都司张承基领兵驻守。总兵李光荣驻广宁策应。管屯都司王绍勋总管各路粮草供应。

杨镐自己却不在辽阳，他以全军总指挥的身份跑到沈阳去坐镇。

一切都安排就绪，杨镐却不进兵。看看进了腊月，辽东像往年一样，大雪铺天盖地的下来了！

内地的人没有见过那样大的雪。那不是雪花，不是雪霰，而是雪团、雪暴，真个像撕棉扯絮。就是没有风，它也是拧着劲儿地下，只一个昼夜就把白山黑水全部用雪的殓衣包裹起来！可是它还不停歇，仍旧无日无夜地下着……下着……

这样的天气就是山林中的野兽也不出洞了，它们蜷缩干草窝里，安静地享受着秋天的积蓄。

人可没有野兽们的福分，他们得在雪天里奔波。

杨镐隔几天就向朝廷修书一封，那是“情况汇报”。派几匹快马送到京城。他向朝廷述说这里的情况，描述着这里的大雪。他说：在这样的天气里，是无法向赫图阿拉进军的。另外，他还说到军队的情绪，年关近了，他们都思乡心切。他希望朝廷派大员带着东西、银钱来辽东犒军。

朝廷真的派人来了，而且不绝于途。朝廷也是用的快马，给他送来的却不是犒军的东西，而是命他立即向努尔哈赤进军的敕令！

起初，朝廷的敕书还是温和的、体贴的，几封书之后言辞就激切起来，甚至是训斥、责骂和威胁。

杨镐却耐着性子顶着。

朝廷的东西得不到，但他不愿意在中国人的大节时，冷落了蜷缩在茅屋营帐里的将士。他明白这件事如果处理不好，这十万人马就会叫嚣闹事，将佐也会离心离德。保不住有人会哗变。是的，什么事也会发生的。

他和将军们商议怎样和士兵们一起度过年关。这是很困难的事，因为他们有时连一顿饱饭也吃不上。

杜松说：“那些决策者不知怎么想的？他们原本就不该在这天寒地冻的时候，把咱们赶到这里来！”

刘綎也说：“是呀，难道就等不到来年春暖花开的时候？在这万里雪飘的时节，那个努尔哈赤也做不出什么事来！”

别的将官也是气鼓鼓的，可是他们觉得没有资格像他们两位这样直抒胸臆。

“快别说了！”杨镐止住他们，“这时候说这些话，有什么用？咱们在年关前后怎么也得让弟兄们好好地吃喝上几天！”

“那怎么办呢?”刘綎的火又冒上来。

“想办法嘛……”杨镐的话里大有深意。

“我明白了!”杜松说,他有点嬉皮笑脸。

刘綎却傻愣愣地看着他:“你明白个逑!把你明白的说出来嘛!”

杜松只是笑,却怎么也不说。

过了一会儿,不仅刘綎,连其他将军也明白了。那就是向地方官索要,要不着就在周围抢劫。现时,老百姓都在准备年货,就是再穷,总也有点东西,何况还有些大户人家呢!

几天后,杨镐的军队几乎沦为土匪。他们给地方官下了几十条通令,要他们带着东西前来部队犒军,如果不来或者来迟了,他们就要自己派人去拿。

地方官知道“自己去拿”是什么意思。他们立刻行动起来,向老百姓加紧勒索。就是自家的年不过了,也要先把年货送到军队上。即使这样,抢劫的事还是接连发生了。军士一旦跑到百姓的家里,他们拿的东西就不单单是过年的吃喝了……

所以,一些聪明的地方官忙不迭地跑到各级将校面前,送东西说好话,希望能够保一方平安。

好歹挨过了年,可也到了一年中最冷的时候了。厚厚的积雪冻得像石板一样,这却多少给人们的行动带来一点儿方便。平原、山沟里有了人兽的脚踪,雪橇、爬犁开始在原野上纵横驰骋了。

朝廷催促进军的敕令更加紧急,杨镐觉得不有所行动真的不行了。

第六章

浴血萨尔浒

一

明朝进军辽东的事,很快就传到了赫图阿拉。

金国的满朝文武没有十分着急,他们已经和那个几百年来压在他们头上的"圣朝"打了两次大仗。结果怎样呢?李永芳成了俘虏,张承荫等几员大将都成了刀下之鬼,而他们几乎毫无损伤!他们已经不怕那个"圣朝"了,而且巴不得他们赶紧来,好给他们源源不断地送来金银财宝和他们渴望得到的物资……

即使这样,只要有新的消息,他们还是拥到努尔哈赤的府第来。

可是每次都被努尔哈赤骂跑。

"你们跑来干什么?敌人还远着呢!你们给我把兵训练好,仗有你们打的!一听到消息,你们就随便地涌到我这儿来,还有个高低上下吗?这里是大金国的朝廷,不是长白山上的獐子窝!"

他在和两个汉人密谈。

这两个汉人一个是李永芳,另一个是范文程。

李永芳在抚顺城破投降金国后,一直竭尽全力为努尔哈赤效劳。他是第一位降金的将军,虽然在明军中职位并不高,可是,努尔哈赤却视为珍宝。为了使他死心塌地地归顺,竟把七子阿巴泰的女儿送给李永芳为妻,这样,李永芳就成了努尔哈赤的孙女婿。

对于这桩出乎意料的婚事,起初,李永芳是坚决地拒绝的。把个十多岁的小姑娘硬塞给他,的确不合乎汉人的习俗。他说:自己已经有了妻子,还有了孩子,不知把这位娇贵的格格放在什么位置才好,还有年龄、身份也极不适当……

努尔哈赤听了哈哈大笑。他说:"你既然归顺我大金,又剃了头,就是满人了!满人可不在乎有多少妻妾,你看我已经偌大年纪,而且有了十几个女人,要是有机会,也许还要娶上几个!至于她的位置嘛,我的孙女贵为格格,你就看着办吧!"

李永芳仍然犹豫,一旁的人劝他道:“这是大汗赐婚。大汗就是天子,天子的旨意怎能拒绝呢?再说这是求之不得的荣幸,今后,你就是大汗的至亲,是满身光彩、富贵无比的额驸。你如不领情,就不想一想后果吗?”

大汗的这一恩典,李永芳的元配当然受不了,她哭闹了几天,终于明白大汗的旨意是不能违抗的。好在格格虽嫁给了李永芳,却并不到李家去。李永芳只能到阿巴泰家去当女婿。一月几次在那儿留宿,就算是夫妻了。李家过去的日子怎么过,现在还是怎么过。

努尔哈赤把投降的汉兵挑出一千人马交给李永芳率领,并给了他一个总兵的职衔。就是这一千人马,后来发展成为满洲的汉军旗。

李永芳为了报答努尔哈赤的收留之恩,带领着这支汉兵活跃在汉族人居住的地区,为后金绥靖地方,征赋拉丁,平叛追逃,巩固边境,做了数不清的事。

另外,在军队的改革方面他也提出了很好的建议。他对努尔哈赤说:八旗兵勇猛善战,这不必说。可是,他们没有节制和秩序。攻则一窝蜂地上,退则乱哄哄地跑。这样的军队往往打胜不打败,无法和大明的大军相对垒。他带领自己的一千人马演练给努尔哈赤看,使他心悦诚服。别的满洲将校却很不服气,他们说:“你既然有这样的本领,为什么还做了我们的俘虏?”

但李永芳的进退有据的战术还是打动了皇太极、代善、额亦都、英达等几个有见识的将军,他们听从努尔哈赤的命令,照着李永芳的样子练兵,大大地提高了满洲军队的战斗力。

现在,努尔哈赤已经很信任李永芳了,他希望李永芳能够给他笼络更多的汉族军人。就在这时,一个汉族的知识分子走上了后金的政治舞台。

他就是范文程。

范文程是辽东(现在的辽宁)沈阳人,字宪斗,明朝生员(通过最低一级考试,得以在府、县学读书的人叫生员)。他本来跟着李永芳做个书吏,抚顺城陷后,他混入军中,想瞅机会逃走。

当时,努尔哈赤的政策是:可以容忍明朝的将校士兵,但绝不宽恕知识分子。他认为明朝最坏的就是这些文人。只要被他捉到,就坚决杀掉!

努尔哈赤令代善把李永芳的降兵细细地筛选,把里边真正的军人一一放过,却把稍微识几个字的人抓了起来。代善把他们押解到赫图阿拉后,又请示努尔哈赤对这些人如何处理?

代善所以有点犹豫,因为李永芳曾向努尔哈赤一再地建议:对汉人知识分子不能一概而论,他们中有许多是可以为大金服务的。

“照过去的老办法,杀掉!”努尔哈赤吩咐。

这样,包括范文程在内的十多个人就绑到位于城中心的小广场去了。

也是范文程命不该死,正在这时,努尔哈赤从一旁经过。他看见正在杀人,就走了过去,把犯人逐个地问了一下。走到范文程面前时,他端详了好多时候。

这个仪表堂堂的汉族青年吸引了他的注意。

“你叫什么名字?”努尔哈赤问道。

“我叫范文程。”

“范文程？没听说过……”

这是生死攸关的时候,只要努尔哈赤离开,他的头就掉了。

“大汗,我的祖上,您一定知道的……”范文程的脑筋转着。

“他是谁?”

“他是宋朝的名臣范仲淹。”

努尔哈赤愣住了。他不识几个汉字,当然也就没有读过范仲淹的文章,但他知道这个人。他几岁时,就跟着父兄到抚顺赶集市,有空儿就到书场、戏园听书、看戏。书中戏中的历史故事和人物深深地吸引了他,也感动了他。在他崇拜的那些忠臣良将中就有这个范仲淹。

“噢,范仲淹是你的先祖……他有两句要紧的话,你知道吗?”

“知道。大汗指的是‘先天下之忧而忧,后天下之乐而乐’吧?”

“正是,正是!”努尔哈赤高兴地说,“我问你,要是我把你宽恕了,你能够像范仲淹忠于宋皇帝那样忠于我吗?”

范文程立刻跪了下来,一边磕头一边涕泪交流地说:“大汗,那是自然的。我们读书人信守的是士为知己者死。大汗,您这样赏识奴卑的先祖,如果您也像宋皇帝信任先祖那样信任奴卑,我会为您肝脑涂地的！……”

“好了,你起来吧,跟我走……”

范文程跟着努尔哈赤走不多远,就听到身后扑哧扑哧地响,回头一看,只见那些汉族小文吏已被砍下了脑袋,那鲜红的血光连天空都染红了。

是努尔哈赤把他从死亡的边沿拉回来的。他哭起来,不知是为了自己侥幸逃生还是因了感激大汗的大恩大德……

从此后,范文程就一直留在了大汗的身边,他死心塌地地跟定了努尔哈赤。

他觉得自己是幸运的。他做大明的臣民时,孜孜于十年寒窗,一举成名。可是,他翻破了四书五经,也没有捞得什么功名。现在好了,他从死亡线上一步走到了大汗的脚下。目前他虽没有什么名分,可是他自忖了一下,位置相当于进士及第后的翰林学士。要是弄得好,将来还会有更大的前程……

他把老祖宗也卖给努尔哈赤了!

现在的范文程已不是一年前刚从刑场上放回来的那种猥琐的样子,他穿一身女真文官的装束,那是比起箭衣来稍微宽大一点儿的长袍。虽然只有二十三岁,在嘴唇上也留起来一小撮胡髭,显得温文尔雅。说话、做事,很有点装腔作势的味道。如果大明的那些正派文人看见他,一定觉得他小人得志,令人作呕。

但这家伙也真有一套，要不，他不会得到大清几代皇帝的信任，一直做到大学士、太子太傅这样显赫职位的。

大汗来到书房。

“两位先生久等了？”他说，以汉礼捧着手向他们问候。

李永芳和范文程站起来，向努尔哈赤深深一揖。那时候，他们君臣见面也仅是这样的礼节，全没有大明朝廷里的繁文缛节。

“坐吧，坐吧……”大汗说。

李永芳、范文程坐了下来，望着大汗。

他们在一起议论时局已经几天了。

努尔哈赤开始改变自己，不再像发布“七大恨”时的骄横，在有学问的汉人面前也能够虚心求教了。他和两位汉臣一再地权衡着敌我双方的力量。

大明在他心目中仍是一个庞然大物。也的确如此，尽管大明王朝十分腐朽了，好像经不起狂风暴雨，他也曾率领八旗子弟把它的十几个边将打得落花流水，可是，他仍觉得有点怕它。它有着成百上千的文臣武将，有着几十万经过训练、拥有先进武器的大军，还有着幅员辽阔的广大国土……在大明面前，他觉得自己就像那不经事的猴儿，它围着那个巨人打转，有时也搔挠他几下，甚至还能够骑在他头上撒尿。但真的要下口撕咬他的时候，它就害怕了。

他觉得要战胜大明，那就得了解它。尽管，他为此做了几十年的准备，仍觉得不够充分。他不愿再听自己的子侄和大将们的叫嚷了，他要的是冷静的思考和万无一失的决策。目前，汉人谋士就只有李永芳和范文程，觉得他们能够帮助他。

当然，他也不全听信他们，因为就在不久前，发生过他信任的汉人龚正陆逃跑的事，至今那件事还没有落案。

像前几天一样，努尔哈赤先向他们通报了最近的敌情。

他说：据他的探马报告，进攻赫图阿拉的明国军队已先后到齐，聚集在沈阳、辽阳、清河、开原、宽甸一带。明廷任命的领兵大帅是谁？四路大军中各路的领军主将是谁？各路军是怎样配置的？努尔哈赤已经和他们分析议论多次，也可以说，已经了如指掌了。

“朝廷几天一道敕令，催他们迅速‘进剿’，”努尔哈赤笑笑，“你们说，最近杨镐就会有所行动吗？”

“不……会，”李永芳把声音拉得长长的，摇着头说。“总兵张承荫和他们的军队被大汗消灭之后明廷举朝震惊。从那时起，他们就做着进犯辽东的准备。半年过去了，他们不是刚刚把人马凑齐了么，怎会立刻就朝我们发兵呢？”

“听朝廷传出的敕令说足有十万人！”努尔哈赤说。

“大汗，那是吓唬人！”范文程说。这年轻人明白大汗并不需要用空话壮胆，他需要的是有凭有据的分析。于是，他扳着指头把杨镐的军队是从哪些地方凑起来的一一数了一遍。

"这些军队良莠不齐,不经过训练,就没法上战场。我给它数了上百遍了,怎么也算不出十万之数,我看最多也就是七八万人……"

努尔哈赤点点头,他又望着李永芳说:"你在明国的军队中也待了几十年了,对那些来辽东的将军该是熟悉的……"

论班辈,李永芳是努尔哈赤的儿子阿巴泰的女婿,这种关系在女真人中比比皆是,可是对已经洞悉汉族文化的努尔哈赤来说,心里一定觉得有点别扭。所以,他有时称李永芳为将军,有时称他为先生,有时就简单地只称"你"。李永芳一直称努尔哈赤为大汗。

"是的,大汗。我在明军中虽算不上高层的武将,可是,我在李成梁麾下时,也听到过他们的议论,如刘綎、杜松等辈我还曾经见到过。据我所知,主帅杨镐前几年在朝廷栽过跟头,一行一动是十分小心的。我猜他如果没有十分的把握,是不会贸然进兵的。刘綎、杜松是明廷有名的将军,听说他们都不愿意到辽东来……"

"你猜测一下,他们有没有像你一样愿意投到咱们这方来的?"

努尔哈赤问得李永芳红了脸,他结结巴巴地说:"大概……没有吧。"

大汗知道这一问触到了李永芳的痛处,连忙回头看着范文程。

范文程也不想议论明廷的将军,他说:"大汗不用担心,明军近期不会动窝了。"

"你有什么根据呢?"

"光有兵是不能打仗的,还得有饷。听说,为了给辽东凑足饷银,明廷真是费尽了心思,为此,他们还设立了专门的司局。眼看冬天就要到了。立冬以后,冰天雪地。他们的将士多是从中原来的,经不起寒冬的折磨。这就等于上天给了大汗十万神兵!大汗就放心地在兴京好好地过年吧!"

这几句话说得努尔哈赤的眉头舒展了。他说:"这样说来,他们要等到春暖花开了?"

李永芳不以范文程的话为然,他说:"我听说现在朝廷催得很紧,大学士方从哲挟朝廷之命派人持红旗快马来到沈阳,力催杨镐进兵……杨镐敢于违抗吗?"

"依你之见呢?"努尔哈赤问李永芳。

"杨镐是决不会仓促进兵的,"李永芳说,"不过他也顶不了多少时候,最多延迟到年节之后……"

"过了年,是辽东最冷的时候,他敢在这个时候行动?"范文程摇摇手。

"我是这样看……"李永芳坚持自己的意见。

范文程虽然满腹韬略,可是他没有指挥军队的历史,不敢和李永芳犟嘴。想了想说:"他要是那时来才好呢,我怕那时他不来?"

"说一说……"

这时,侍卫送进茶点来。努尔哈赤站起来招呼两位谋士吃茶。李永芳和范文程也忙起身致谢。有好一会儿他们没有继续谈下去。

等他们再次坐定后,努尔哈赤接着刚才的话说:"范先生,你原说明军在清明之前不敢来犯,又说过了年就来更好,有怎样的说法呢?”

“您想,大汗,那时,他们像一群被强赶出山洞的蛇,能有什么作为呢?消灭他们还费力气吗?要真是那样,大汗连门也不用出,只派代善、皇太极两位贝勒爷率领八旗大军几天就可把他们收拾干净!”

努尔哈赤听了范文程的话,沉吟良久,点了点头。

“咱们谈了些时候了,两位先生吃点东西吧。”努尔哈赤说。

等他们再开始谈时,话题就变了。努尔哈赤这时问的是:要是他们开始行动,几路大军能够同时扑向赫图阿拉吗?

对努尔哈赤的这一垂问,李永芳和范文程好像早已料到了。他们请大汗等一等,二人起身到内间去,接着抬出了一件东西。

那是一方有几张桌子大的木盘,里面有许多毛毛糙糙的泥巴,好像是为了遮盖,上面撒着一层白白的石灰……

起初,努尔哈赤眨着惊怪的眼睛,可是聪明的他立刻就明白这是什么东西了。

他笑着说:“两位先生真下了工夫,把赫图阿拉和沈阳间的山水地理都做在这木盘上了!……你们是什么时候做出来的?”

“几天前吧。”李永芳说,“受大汗的重托,我们时常议论敌我间的形势,为了指点方便,范先生就做了这个木盘。这一带重要的山河、树林、路径都在这上面了!”

“真是聪明人!”努尔哈赤的眼睛亮亮的。

范文程说:“在这一点上,我们的看法完全一致,——明廷的四路军绝不会一齐来的,大汗请看……”

在木盘的一边有一支早就准备好的木杆,范文程拿了起来,指点着对努尔哈赤说:“——这是咱们的赫图阿拉,这是沈阳。在沈阳的下边是辽阳……这是几道河流。左边是辽河,往右分别是辉发河和佟佳江……在沈阳和赫图阿拉之间是萨尔浒山……”

城市、山岭、河流和关隘在木盘上都一目了然。

努尔哈赤一边看一边惊叹于木盘的精细和巧妙。

城堡的雉堞、旌旗,山岭的挺拔、雄峻,河川的蜿蜒曲折,都做得惟妙惟肖。那一团团的丛林是用松树枝儿做成,那萦绕在山林间的江河则是蓝色的缎带,看起来闪闪发光。不用说,敷上的一层石灰粉末,当然是象征大雪了。

接着,范文程指出了明军的位置:西路杜松军现驻沈阳,他准备出抚顺关直扑位于山巅的界凡城,然后东进赫图阿拉。北路马林军现集结叶赫部的开原,他准备从那里出兵南下,经商阳堡到赫图阿拉。南路李如柏军现已在清河堡,他离赫图阿拉最近,如果顺利的话,一天之内就可到达虎拦岗,一伸手就可扣响赫图阿拉的门环了。东路刘綎军现驻扎在宽甸,他的指向是向北逼近,妄图直击赫图阿拉的后背……

说完之后,范文程加上一句:“这就是杨镐的如意算盘……”

努尔哈赤认真地听着他的述说，不时地用手比划着各路军离赫图阿拉的距离。

“李将军，你已经说过，西路军杜松部是最强大的，对吗？”

“是的，大汗。”李永芳回答，“他有三万余人，几乎占去了全部明军的三分之一。”

“明廷为什么这样配置呢？”

“我想是这样的，”李永芳说，“杜松一路从西到东处在进军的中央，杨镐想用他对赫图阿拉作正面进攻，其余各路只是他的辅助。”

“你说的是……”努尔哈赤点点头，“那一会儿我问过，明军的各路能够同时到达赫图阿拉城下吗？”

“不可能！”范文程说。

“绝不可能！”李永芳说。

“为什么呢？”努尔哈赤两手扶着木盘，看着他们。

“大汗，您想想看——”李永芳指着木盘说，“他们各路距离赫图阿拉的路程是不一样的，路途中的山林河曲坎坷障碍也相互迥异，他们怎么同时到达呢？我敢说，就是一切顺利的话，在时间上也会间隔个十天半月的。”

“这只是地理上的，还有心理上的呢？”范文程看出努尔哈赤的心在往哪里想，所以他笑着说，“现在各路军俱怀异志，都想把最艰难的战斗让给别人，都想在自己到达之前，仗已经打完了……”

努尔哈赤看着两个人哈哈大笑：“那，明廷为什么还要把他们的军队分为四路呢？这不是白白地把力量分散了吗？就算明廷有十万军队，这十万人撒在这白山黑水间也看不见什么，何况他还要分为四路！”

“是呀，是呀……”范文程附和着也笑起来，“古兵法说：天时、地利、人和是取胜的三个条件，现在明廷连一个也占不着！”

努尔哈赤拍着范文程的肩膀说：“是呀，是呀，天时、地利、人和，……这盘棋还没下，他们是不是就输定了呢？”

“是呀，他们输定了！”

李永芳没有笑。他虽然投降了努尔哈赤，也为他立下了汗马功劳，可是他的内心中还有那么一大块和大明连带着，眼看大明的十万大军将要死在这林海雪原中，他怎能笑得出来呢！……

幸亏努尔哈赤没有看得出来，他拉着李永芳的手说：“别再动脑筋了，该歇一歇了，咱们去吃饭，看看我家的大厨为咱们准备了些什么！”

大战在即，努尔哈赤虽没有明说，但他在揣摩着谁可充当大金领兵的主帅。

在褚英死后，努尔哈赤立代善为太子，他身经百战，又刚健沉稳，要他出任主帅，是理所当然的。另外再让皇太极、莽古尔泰、阿敏等辅助他……

就在这时，在努尔哈赤身边发生一件使后金朝廷震动的事，使代善的地位一落千丈。

代善这时（泰昌元年）已经三十七岁，是后金的功勋卓著的将领。如果数一数后金建立前后的各大战役，几乎都有他的功劳。在他十几岁时，他就和叔叔、大哥在一起冒着血雨腥风为女真的统一而战斗了。万历三十五年，他跟随舒尔哈齐、褚英只率三千人马去接应归顺的女真。在回程时，遭遇乌拉部万人大军的截击。面对全军覆灭的厄运时，他临阵不惊，率领一哨人马冲开敌人的阵线、杀出一条血路，使整个战局反败为胜。回到赫图阿拉后，努尔哈赤授予他“古英巴图鲁”的称号，意思是“钢铁英雄”。

此后，代善衔努尔哈赤之命常临战阵，在关键时刻发挥了重要作用。努尔哈赤常对身边的人说：“我为有这个儿子而自豪！”

更叫努尔哈赤放心、满意的是代善的雍容大度，待人宽厚，有长者之风，和死去的褚英大不相同。

在代善被宣布为努尔哈赤的继承人以后，几个对汗位的觊觎者也就死心了。可是皇太极的内心中却仍“余波汹涌”。

他的大福晋劝他说：“别想这事了，你还要好好地侍奉父汗，做父汗的好儿子！”

“那还有什么用呢？”

“有，有，你等着吧！”

“难道我就不如代善吗？”

“是的，你不如大贝勒。”大福晋静静地说，“第一，你年龄还小，父汗尽管很喜欢你，可是他还是不能把汗位交给你。第二，你和褚英不是一母所生……”

“连这一点也有关系吗？”

“当然有了。褚英是父汗杀的，做父亲的杀了自己的儿子能不难过吗？他像普通人一样难过。清夜扪心自忖，他也难对死去的大妃有交代。把代善立为太子，他心里会好受些，可巧，大贝勒又合适。”

皇太极点点头。想了一会儿，叹口气说：“看样子我是没份儿了。”

“也不一定，”大福晋朝他笑笑，“要是上天眷顾你，机会不久就来了。”

真让大福晋说对了，上天没让他等多久。

就在后金朝野酝酿着一场规模巨大的反击战的时候，命运之神在朝他眨眼睛了。

代善继褚英为太子之后不久，努尔哈赤对他说：“你要好好地干呀，不要像褚英那样心地褊狭、贪婪自私。拿出个大哥的样子，好好地对待兄弟们。看样子我在世上也不久长了，要是真有什么不测的事，大福晋就交给你了。你要善待她，尽心竭力地把她的四个孩子抚养大……”代善唯唯听着。

父亲的妻妾留给儿子，在汉民族来说是不可思议的事，可在那时的满、蒙民族中却是常见的，不会有人非议。

大福晋阿巴亥，比代善还小七岁呢。

努尔哈赤和阿巴亥已经情深意笃地共同生活了二十多年了。自觉走入暮年的努尔哈赤不能不对她有所交代。

努尔哈赤这几句话在家族中暗暗地传开，三十刚刚出头的阿巴亥心动了。她得为自己和四个孩子的将来着想。

无论什么事预先打算是要紧的，可是做得过分就会出事，特别是在互相像乌眼鸡似的瞅着的皇族中更是如此。

阿巴亥开始巴结太子代善了。起先是眉目传情，后来就像妻子那样关心起大贝勒来。要是代善忙得顾不上吃饭，阿巴亥就把做好了饭送到他做事的地方，直到看着他吃了才离开。有时，周围人多，阿巴亥不能自己去，就派专人给代善送东西……

在努尔哈赤的儿子们中，几个大一些的，虽然是骨肉同胞，可是都在暗暗较劲，他们都在兄弟中、大臣中，为了政治利益相互拉拢，已经结成了一个个有实无形的小党派。表面上风平浪静，实际上已经白热化了。努尔哈赤立代善为太子，暂时没人说话，可是许多人希望他栽跟头……

一次，不上数的小福晋代音察对皇太极的福晋博尔济吉特氏说了阿巴亥和代善的暧昧关系后，皇太极的福晋故作姿态地说："呀，还有这事？她等不得啦？咱还盼望大汗能够长命百岁呢！"

努尔哈赤的小福晋更是添油加醋地说起来……

"你就这样听着呀？得空儿你对大汗说说吧，可别闹出什么事儿来！"

"我怎么去说呀，"小福晋说着红了脸，"大汗一年中也和我睡不了几次……"

皇太极的大福晋低头笑着："你跑到大汗面前说就是，我看你水汵汵的，说不定大汗正想你呢，再一说，为了你对大汗的忠心，他会升你几级，难道你就甘心一辈子这样做个排不上号的小福晋吗？"

嫉妒会使一个懦弱的人变得胆大起来，小福晋果真跑到努尔哈赤面前告发大福晋去了。他把自己的所见所闻在努尔哈赤面前从头至尾地说了一遍。

努尔哈赤听了，气得一时说不出话来。

"他们这样频繁地往来，是有什么阴谋吧？"小福晋添枝加叶地说，"我还看到大福晋几次深夜离开她的院子，她到哪里去呢？我想一定是到大贝勒那里去了！"

"别说了！"努尔哈赤吼道，"你给我滚得远远的！"

小福晋被赶出去了，努尔哈赤对这事却认真起来。他虽已六十开外，可是嫉妒心仍然炽烈。他仍然爱着自己的年轻貌美的阿巴亥，他不愿看着在自己合上眼睛之前，她成了别人的女人，尽管那人是自己的儿子！

努尔哈赤开始追查这件事了，他派皇太极带领大臣扈尔汉、雅逊、额尔德尼悄悄地去搜寻证据。皇太极极为聪慧，他知道只这件事，代善是倒不了台的，以后的事又很难测，他不愿在这上面惹恼太子，就坚决推辞了。可扈尔汉是他的心腹，他怎能不知皇太极的心思呢？

扈尔汉等人调查了几天后，对大汗上报说："这些事的确是有的……"

"她这是为了什么?"

扈尔汉说:"这大概是因为大汗说过,身后委托大贝勒抚养大福晋及诸幼弟的话,所以大福晋才倾心于大贝勒……"

"他们发生过什么事了吗?"

"不清楚,……"扈尔汉的话说得很是含糊,"也许没有发生什么事,但作为大汗的福晋这样亲近一个晚辈也不太好。恕臣下直言,有时大汗赐宴于诸贝勒及大臣们,大福晋就修饰打扮得花枝招展,斜眼瞄着大贝勒,这些事,除您以外的人都看见了……"

"你为什么不早说!"努尔哈赤吼道,"亏你还是我费了许多心血养活大的!"

"臣下感到不像话,想如实地对大汗说,但又害怕大贝勒和大福晋,思来想去还是没有说……如今大汗委任臣下办这件事,只好实话实说了!"

努尔哈赤用拳头捶了几下面前的书案,没有说什么,就挥挥手让扈尔汉们走了。

扈尔汉跑到皇太极那里把汇报大汗的事说了一遍。皇太极称赞他办得好,话也说得很得当。可是扈尔汉仍长跪不起,他说:他很怕大贝勒挟嫌对他报复。皇太极说:"放心,没事的,你这是奉命调查,谁也说不得。我再到大汗那里为你说几句话。你只要忠诚地跟着我,就一切不用担心。"

要是大福晋就此改正错误,从此谨小慎微,事情也许就这样过去算了。可是人往往在这节骨眼上继续犯糊涂。阿巴亥见努尔哈赤对她一天天地冷漠,她吃不准是什么事,又不敢开口问大汗,就察言观色。一天,她听说大汗曾派人搜查了她在界凡山上的住处,疑惑大汗已发现她在那里藏了大量的财产,就害怕起来。

原来,阿巴亥对自己的将来早就留了心。她想自己比大汗的年龄相差几十岁,孩子又小,一旦大汗撒手西去,她能依靠何人呢?因此,她就利用自己的身份和一切机会拼命地攒钱、攒物。但大汗对这一点儿是很严厉的,不管哪个福晋,东西多了而说不明白来源,他就要惩罚她们。

没办法,她便将一些珍贵的东西转移到她认为可靠的人家里去。

她和大贝勒的事这时已经传开了,都知道他在努尔哈赤面前已经失宠。因此,都纷纷向大汗报告,并把大福晋所寄藏的"赃物"交到大汗手里。这些人中有扈尔汉,有蒙古福晋,有总兵官马笃礼等等,后来连他的亲儿子阿济格也交出了母亲藏到他那里的倭缎、东珠、宝石等东西……

这样一来,阿巴亥的事越弄越大,她自己也解释不清楚到底是怎么一回事了。

努尔哈赤想想过去和阿巴亥的几十载恩爱,心里的滋味难以描述,他把诸贝勒、大臣叫到议事厅,气愤地说:"大福晋……狡诈、虚伪、盗窃成性,人间的坏事她都做全了!她利用我对她的恩情蒙蔽我的眼睛,去勾引别的人,真是该杀!"

代善是不敢为阿巴亥多说一个字的,只能呆呆地低头耷脑地站在一边。

又轮到皇太极出面了,他从诸贝勒中走出来,率领他们跪在父汗面前,另一边皇太极的大福晋博尔济吉特氏也和诸贝勒的福晋们一齐跪倒在地，他们齐声求告父汗，请他饶恕大福晋！

皇太极说："阿巴亥几十年来一直对父汗情深意切，尽心照顾父汗的起居。没有功劳也有苦劳呀！现在她虽犯了罪，但罪不至死！再说，三个弟弟年龄尚幼，他们如果没了妈妈，怎么办呢？别人就是照顾得再好也远不如他们的妈妈呀！"

皇太极的话说到了努尔哈赤的伤心处，他也落下泪来。"是呀，杀了她有什么用呢？"他说着用袍袖抹一下泪水，"我那几个可爱的孩子如果得了病，需要人来照看他们，外人是靠不住的，还得自己的母亲呀！好吧，我不杀她了，让她去给我抚养孩子吧！可是我再也不认她做我的福晋了！今后，谁如果还和这个坏女人有什么勾连，或者听信她的谣言，不论男女，一概杀头！"

这实际上是一场阴差阳错的误会。可是在帝王之家，往往一场误会就会给一些人造成匪夷所思的伤害，又给一些人撮合成天外飞来的福祉。

代善也受到了努尔哈赤的教训。指斥他作为一国太子竟不检点自己的行为，做出了难以挽回的尴尬事，使大汗和国家都蒙受耻辱！但他的太子的位置还是保住了。

皇太极受到人们的赞扬，称道他在这件事情上举止有据，宽容、公正。努尔哈赤也觉得自己没有白白地宠爱他，连大贝勒代善也是对他心存感激的。

二

形势没有让后金人久久地沉浸在这件让他们痛心的事件中。从前线传来急报，大明军杀过来了。

使努尔哈赤意外的是：明军主帅杨镐派使者送来一封战书。内容说：大明军即将发起攻击。领兵的将帅以及监军的文臣业已齐至。四十七万大军定于三月十五日乘月明之夜进剿。并命令努尔哈赤迅速率众投降……

这封不伦不类的战书摆在努尔哈赤书案上的时候，是二月二十六日的夜间。

他端详了好久，不明白杨镐是什么意思，是威胁吗？可这又能吓着谁？再说，出兵的时间大多是秘而不宣，哪有公开告诉敌人的？这位身经百战的杨大帅，难道连这一点用兵常识也不知道吗？还有，他的将士，他自己早就声称十万，怎么一下子就涨到了四十七万？是吹牛呢还是又从关内调来了大量援兵？

努尔哈赤又坐了一会儿，还是没有悟出其中的"玄机"，就派面前的侍卫深夜把李永芳和范文程找来。

没多久，大汗就听到有脚步声传来，他吩咐侍卫把火炉烧旺、伺候茶点。

李永芳、范文程进屋来了。

于是，杨镐只有往死扣里钻了！

关于上面的这一切，都是范文程的私房消息，他是不会对任何人透露的。

四大贝勒和五大将一个个进来了，他们都满身雪絮，臃臃肿肿，好像一头头从雪洞里钻出来的大熊。

“你们呀，这是来见大金的大汗呀，怎么不在外面把身上拍打干净呢？”努尔哈赤说，“要是你们这样跑进大明的金銮殿，不杀头才怪呢！”

扈尔汉说：“那大明的皇帝杀不了我们的头，我们倒要跑到北京杀他的头呢！”

“狂妄！”努尔哈赤骂了一句，他到现在还没想到将来要去杀皇帝的头。

等侍卫把他们拍落在地上的雪打扫干净后，四贝勒和五大将按照早已规定的次序坐了下来。李永芳和范文程坐在努尔哈赤的身后。

努尔哈赤看了子侄和将军们一眼，见他们个个睡眼惺忪，大概是刚从热被窝里钻出来。

“喝杯茶，醒一醒，有大事和你们商议呢！”他说。

听到有了大事，与会者已经大体上知道是沈阳明军那边的事了，他们开始活跃起来，交头接耳小声地谈论着。原来他们也听到了一些风声。

“是这样……”努尔哈赤先把明军的战书读了一遍，下边的人吃吃地笑起来。

“那是吹牛！”

“那是吓唬人！”

“杨镐要是有种，现在就来好了，何必虚张声势地说要等到下月十五来！”

“你没听清楚吗？上面写着呢，人家要趁着有月亮的时候……”

“好看着自己的头怎么掉下来的！”……

他们你言我语地说个不停，越说越乐呵呵的。

努尔哈赤把手中的战书往桌上一摔，严肃地说：“别说些没用的了，看样子杨镐一定要来了，据范文程先生估计，他们已在路上了！”

一提到范文程，下面又开始嚷嚷，与会者大多不服气那个从他们的屠刀下逃生的小子。

“他懂什么！”

“叫他抱着他的书本滚到一边去！”

“胜仗是一刀一枪地拼杀出来的，凭嘴皮说不死敌人！”……

努尔哈赤拉下脸来喝道：“你们叫唤什么？但凭匹夫之勇，也许能够打一两次胜仗，可是能够建朝立国吗？”

下面没人敢说三道四了，努尔哈赤继续说下去，他讲起刘皇叔思贤若渴，三顾茅庐的故事。“要想建邦立国光靠武功是不行的，那得有智能之士运筹帷幄。什么时候大家懂得这一点了，什么时候我们大金国就可和大明分庭抗礼了！”

“那么，这个范文程有诸葛亮那样的才干吗？”这是五贝勒莽古尔泰说的。他冒出的这一句，又打断了努尔哈赤的话。但他没有生气，他知道莽古尔泰代表着一大帮人，怎么说服他呢？

正在这时，皇太极站了起来。

他说："父汗说的是治国平天下的大道理，我们也许一时半刻地弄不明白。但我们要好好地听从才是，我觉得现在最主要的是照着这个方向走去。范文程先生也许比不上蜀国的诸葛丞相，可是只要我们尊重有学问的人，学会和他们好好共事，天下圣贤就会奔我们后金而来，那时，我们就会有不止一两个诸葛亮了！范文程先生自从归顺以来，出了许多的好主意，纵然他不是当今的诸葛亮，难道我们就不能好好聆听他的见解吗？"

皇太极是努尔哈赤宠爱的四贝勒，是战功卓著的大将军，在智谋方面也是有口皆碑的，他的话自然很有分量。

没有人再敢乱说乱道了。

刚才许多人说了些对范文程不尊重的话，他倒没感到什么，他习惯于这些粗鲁的将军对他的鄙薄了。可是皇太极的一席话却使他受宠若惊，额上豆大的汗珠淌了下来。

努尔哈赤没有留给他局促的时间，回头对他说："范先生，你为什么认为那杨镐现在已经出兵了？快对大家说一说！"

范文程抹一把头上的汗水，站了起来。他向大家深深一揖，开口了："小的真的没有诸葛孔明之才，只是感于大汗活命之恩，愿意为大金国鞠躬尽瘁而已！在诸位身经百战的将军面前，也说不出什么真知灼见，不过……"

他开始把自己认为杨镐已开始向大金进军的见解说了出来。他这一次说得十分详细。把自己得到的消息一条条地摆了出来，说得有理有据，就好像身在沈阳杨镐军中似的。

四贝勒、五大将听得十分认真。

"如果范文程先生说的确凿无疑，那事情就很紧急了，所以一刻不等地把大家召集了来。"努尔哈赤说，"大家都和明军打过交道，也知道对手的情况，都说一说自己的意见吧！"

"兵来将挡，水来土掩，那还有什么可说的！"扈尔汉叫道。

"这是谁在说浑话！"努尔哈赤愤怒了，脱口骂道，吓得扈尔汉赶紧缩下脖子不声不响了。"如果谁再这样不动脑子，一味蛮干，就罢他的官，撵他到下面去！因为他没有资格做一旗的旗主，最多做个牛录额真！"

扈尔汉是努尔哈赤的养子，生得浓眉大眼、身材粗壮，是很受信任的五大臣之一。当年投奔努尔哈赤时，他才十四岁。他没有辜负努尔哈赤的厚望，战争环境的陶冶，使他成长为一员冲锋陷阵的勇将。他唯一的缺点是不太动脑筋，他常说：想多了干什么？大汗叫咱们怎么干，咱们就怎么干好了。

代善虽然刚刚为和大福晋的事受到申斥，差点儿丢掉了太子的位置，但他知道自己的责任，就带头说出了自己的意见。

"范文程所言极是，敌人已经来了。"他说，看着父亲的脸，他怕一句说错，招致更大的祸端，"我看杨镐在这冰天雪地时进军是孤注一掷。不过，我们不可掉以轻心，他们的人多，有十万之众哩，我们能上战场的也就是六七万人……”

努尔哈赤和与会者等他往下说，他却停住了。看他那可怜巴巴的样子，努尔哈赤温言温语地说：“是呀，我们人少。正因为这样，我们才要好好地商议呢！”

代善说：“我愿打前锋……”

这说出了他的心情，这些日子，他很郁闷，老想得个机会向父亲和兄弟们表白，可是又无法言语。现在机会来了，他要在战场上向大家说明：他代善是个顶天立地的英雄，不是个专做腌臜事的孬种。

“好儿子，有你的用武之地的，”努尔哈赤看出了他的用心，鼓励他说，“今天我们得议论对策，看看这仗怎么打？怎样才能以少胜多？”

很久没人说话，他们都在动脑筋。

为了启发大家，努尔哈赤又让李永芳把各路明军所在的位置以及实力向大家说一遍。

李永芳站起来，走到那个放在桌子上的大木盘前，努尔哈赤招呼大家围上来观看。

这个军用的大木盘在他们看来是个新鲜玩意儿，大家看得聚精会神。

李永芳拿起木杆，先把主要的城市、主要的道路、主要的山林讲了。又把明军各路的部署说了一番。大家看得一目了然，都觉得心理有了底。

“这东西好！”阿敏说，“额驸这么一说，我把这一片的地理形势都装到心里了！”

“这就有所长进，”努尔哈赤说，“你们什么都明了啦，如果你们是我们的三军统帅，准备怎样指挥这一场战争？”

扈尔汉是个直性子，有话窝不住，他说：“他们四路来，我们也四路挡，我领一路！”

额亦都笑了：“我不赞成扈尔汉的打法，我们才几万人，分成四路，一路才万把人，能行么？怎能造成排山倒海的优势？”

“那么，你说呢，额亦都？”

额亦都被问得往后退了一步，他说：“大汗，我还没有想好呢，只是觉得扈尔汉那样有些不妥。”

努尔哈赤笑了：“不成熟的意见也可以说一说，集思广益嘛！”

大汗胸有成竹，但他不愿早早地说出来，闭塞臣下的思路。看一时说不出更好的意见，就启发大家。

“我们来看，哪一路最强呢？很显然，是杜松军的南路。听李将军说，他已经逼近抚顺关了。要是我们集中兵力先把他打垮……怎么样？”说着努尔哈赤把自己的右手伸到木盘杜松军的前面，望着大家。

无论开什么样的会议，皇太极从不没头没脑地抢先发言。他总是细心倾听，等心中豁然开朗，才说出自己的意见。

当父亲把手伸在明军南路前面的时候，他心领神会了，不由得喊了一个“好！”字。

“好什么？”莽古尔泰说，“你才挡住人家的一路军，别的呢？”

“别的还在冰天雪地中跋涉着呢!”皇太极说。

莽古尔泰有点茫然,扈尔汉也有点摸不着头脑。

努尔哈赤挺起身,用木杆指着他们二人说:“我的憨儿子,你们得学着皇太极,脑袋转得快一些才好!”

这时,代善也明白了父汗的意图,他说:“这样打好,先把杜松给消灭了,回头再对付别的明军。”

“要是他们攻上来呢?”额亦都蹙着眉头问。

“他们来不了的。”代善说,“那三路的来路崎岖狭险,三五天不会来到。等我们把杜松军收拾完了再回头打他们也不迟!”

说到这里,与会的大多数人都心中有数了,人人面带喜色。

努尔哈赤回头问皇太极:“你说,几天就可打垮杜松军?”

“我觉得有三天差不多吧……”

“就给你三天!你要把杜松军拿下来!”

“我?”

“是你!”

说到这里,贝勒们和将军们都看着皇太极,大家知道这场大战,皇太极要唱主角了,不禁在心里为那个老实憨厚的代善抱屈。

皇太极脑筋转得快,他说:“对,咱们就这样打,凭尔几路来,我只一路去!”

这是总结性的一句话,他巧妙地把父汗的启发和与会者的讨论一下子变成自己的了!

努尔哈赤给他做了肯定:“皇太极,说得好!如果把这战法运用好,咱们就成了这万千大山中的蛟龙,辗转飞腾,喷火吐云,一路路地把大明的军队消灭干净!”

代善郁郁地说:“我看对其他各路也不要放着不管,每一路派几百骑守望一下,万一他们突了上来,可以先行堵住。”这无疑是很好的意见。

努尔哈赤虽把主将的位置安排给皇太极了,但他并不想冷落代善。他说:“代善的主意好。但你不能做这事,你得和皇太极在一起。监视其他三路明军的任务就交给额亦都吧。”

额亦都当然不愿意做这次要的事,但也不好推辞了,就点头应着。

皇太极走到代善面前,拉着他的手说:“有大贝勒和我在一起,我就如虎添翼了。”

大家琢磨着皇太极的话。很明显他把自己说成了虎,而作为太子的代善只能是他的“翼”了。

代善却没有说什么,他说:“父汗请放心,您就在家听我们的好消息吧!”

努尔哈赤说:“我怎能坐在家里呢?我要到萨尔浒山上去,在那里看你们怎么取得胜利!和你们一起凯旋归来!”

这时范文程拉着李永芳走到努尔哈赤面前,一揖到地说:“大汗,我们预祝八旗神兵旗开得胜!”

努尔哈赤抚髯大笑："这……仗还没开始打呢！"

范文程说："有了英明的决策，又有了勇冠三军的统帅，那胜利不就唾手而得吗？"

四贝勒、五大将像孩子似的乐得撒起欢来。

"大家坐下来，坐下来……"努尔哈赤向与会者招招手。

贝勒和将军又坐在努尔哈赤面前。

"大家虽然已经明白，但我还要说一说。这次大战，我任命皇太极为主将！大家一定要谨遵他的将令，不管是谁，若有违抗，必按大金律法惩治！"

与会者听了努尔哈赤的话，齐刷刷地站在他面前躬身答道："谨遵大汗旨令！"

"明天，将士齐集南门外祭天！"

"是！"

天亮后，皇太极回到家里，他直接就到大福晋那里去了。

博尔济吉特氏接着他，见他满面肃然，就吩咐侍女说："去给贝勒爷准备早饭吧！"

侍女走后，福晋问皇太极："贝勒爷，宽宽衣服歇一歇吧。"

"你又来了，"皇太极皱起眉头，"我不是说过吗，在家里叫我的名字。"

"我忘记了。"说着福晋伸手想给皇太极铺床。

皇太极摇摇头，"不，一会儿就要去参加大汗主持的祭天大典。"

"祭天？"福晋转着眼珠，"要出兵了吗？"

"是的，"皇太极坐在床边，斜依着被窝和枕头，"明军要向赫图阿拉进犯了……"

福晋没有再问下去。她只想：过去打仗前皇太极总是异常兴奋，话多了，而且和她说说笑笑，就好像那是一个特殊的节日，现在却满腹心事似的。

皇太极看着福晋那两道美丽的长眉，忽闪忽闪地耸动，充满深情地看着他，知道她想知道事情的底里，就说："大汗半夜召我们去就是为了这件事，敌人有十万，我们才有六七万，这是一场恶战。"

"……能够打赢吗？"

"那是没有疑问的，一定要打赢！打过这一场大仗，大明就再也不敢招惹咱们了！这是很关键的一仗。"

"大汗亲自出马吗，还是让大贝勒出任主将？"

"大汗要我做主将……"

"是你？怎么是你？"

皇太极坐起来，问福晋："你以为我没资格做主将吗？"

"在我眼里谁也没有你好，每次出征我都为你委屈，如今终于做上主将了。我是觉得只要代善还在太子位上，大汗就不会把这主将之职交给你的！"

"可是大汗要我做主将了……"皇太极又半躺在床上了。

"是为了大贝勒和大福晋那件事吧？"

“大概是……”皇太极说，“看样子代善在父亲那里失宠了，他的太子的位置虽然还在，但不久长了。”

“那只能怨他失德。”

“话是这样说，”皇太极叹口气，“福晋，咱们在这上头是不是有点……有点做得过分？代善也太可怜了。”

“代善真的有点可怜。皇太极，你不要在这上面想得过多，将来，咱们好好地待他就是，你说呢……”

“另外，兄弟和将领们会怎么看呢？”

“那只是一时的事，皇太极。”福晋倾身坐在皇太极一旁，几乎就压在他的身上了，“皇太极，你不要想得太多。一朝大位应该有德有能者居之。你看，你的兄弟们谁能比得上你呢？父汗是个极为精明的人，他已经看出了只有你才能把他的大业继承下去，别的人都不行！大汗是天子，他是代表上天把这重任托付给你的，你就该当仁不让。如果你在这时候犹豫不决，或者被一些世俗的感情所羁绊，那你就铸成大错！上天不容，苍生不佑，老百姓正盼望着有个好皇帝呢！”

福晋的话使皇太极振奋起来。

在这之前，他为自己已接近那个他日思夜想的追求而激动，可又被人之常情而苦恼。现在那片遮在心头的阴云没有了。

他站起来伸了伸腰，笑着说：“我们这是议论什么呢？……那位子对咱们也许是个空中楼阁！”

“皇太极，那位子是你的，一点儿不错，是你的。”福晋说，给他整理着袍褂，“目前，你要打好这一仗！上天会保佑你的，我会为你天天祝祷！”

这时，侍女把早饭送进来了。

早上雪下得很大，几步外就看不到人影。努尔哈赤顶风冒雪率诸将领来到祭坛上，跪下虔诚地祷告。他祈求长生天佑护他的大军，使他们完成长天交给的任务。他又诅咒“万恶的明军”，求上天惩罚他们，让他们埋葬在冰天雪地中……

这次祭天比任何一次都短，而且下级将士没有参加。当他们站起来时，都成了毛茸茸的“雪人”。

众将领向汗王告别。

努尔哈赤把皇太极拉到怀里，紧紧地拥抱着。

皇太极感到父亲的身子在微微地颤抖着。

“阿玛，您别这样……”

当皇太极离开父亲的怀抱，他已经看不到他的将士了。——这时雪下得更大，纷纷扬扬的雪把天地凝固起来了。

当战马咴咴的叫声传来时，才看到在正前方的山沟里，八旗健儿像宽阔的河水一样，泛着白茫茫浪涛向前流动。原来，皇太极命令军队每人弄一件白袍穿上，没有白袍的就反穿皮袄或者弄匹白布把自己包裹起来，这样，他们一走进雪原，就融入白雪皑皑的山林中了，何况大雪还在一股劲儿地下着呢……

努尔哈赤立刻领会儿子这样做的用意，笑着说："好好，八旗子弟就是塞北的山林，塞北的山林就是我们，明廷要来进犯，那千山万水都会站起来反击他们的！"

"父汗，您说得很对！"

"皇太极，你要在哪里堵住杜松的大军呢？"

"我想在萨尔浒把他们消灭。"

"好极了，我就站在萨尔浒界凡城的城墙上看你大战明军！要是明军突上萨尔浒山，你阿玛也就成了明军的俘虏了！"

"不会的，决不会！父汗就放心吧！"

"皇太极，你要我在萨尔浒上等几天？"

"一天，最多两天！"

"那，皇太极，你上马走吧！"

皇太极向父汗躬身施礼，回身跃上战马，飞驰而去。

三

杨镐知道属下几位将军的脾气，不再召集将军们前来沈阳"坐而论道"了，他派出快马，向各路大军下了进军的绝对命令。

"违抗军令者，斩！"

"贻误军机者，斩！"

"畏葸不前者，斩！"

"临阵脱逃者，斩！"……

军令上写了一连串的"斩"字。

过去，每逢他要下令进军，就有将军前来阻拦，他们在杨镐面前挺着胸膛叫嚣，说出一大串的理由，要杨镐上报朝廷，延期行动。这一次谁也没敢到沈阳来。

万历四十七年(1619)二月二十九日，杜松率军从沈阳出发，星夜出抚顺关，他想在萨尔浒山下停一下，然后沿着苏子河转向赫图阿拉。

朔风凛冽，大雪扑面，将士连十几步前的景物都看不见。总兵王宣领前，赵梦麟殿后，杜松居中，协调全军，监军张铨和他走在一起。

一出沈阳城，他们就被抛在了冰天雪地中。队伍再也不是一伍一列地前进，爬过几道丘壑就乱成一团。他们不是故意这样，因为大雪蔽地，使人摸不清地形。看似平坦大道，却是一道山沟，看似结实的山脊，却是溜滑的雪岭。人马滚下山坡、陷进雪谷，有的能够挣扎出来，有的却被埋在沟底，要等明年大雪融化时才能看到尸骨……还没走出多远，各部已经有些伤亡。

杜松怒火冲天，对身旁的张铨发牢骚道："京都的言官整天叫嚷进军，进军，把咱们赶到这茫茫雪野里送死！国家就是被那批狗官糟蹋完了的！"

张铨原是分巡兵备副使，是靠一位兵部的亲戚谋到这个职位的。他刚刚在沈阳安了家，就被弄到前线来了，也是满肚子冤屈。可是他不敢像杜松那样咒天骂地，只是唉声叹气："唉，昨天还和老婆孩子守着火炉享受着天伦之乐，今天就被撵到这荒野来了！——人生呀，真是没法讲……"

杜松最讨厌张铨这样的书生，他斥张铨道："别弄出这哭哭咧咧的样子，你那天伦之乐再也别想，今生今世你是回不了家了！"

"将军，和下官开玩笑吧？"

"我哪里还有心情开玩笑。"杜松厌恶地看他一眼，"说实话，你不该来这儿，像你这样的人，在军中不过是聋子的耳朵，没什么用处！"

"将军，我怎么没用处呢？我可以给您出主意呀。"

"你肚子里真有主意吗？我考考你，你给我想个法子，让咱们的军队在山路上走得安全些！"

"好，我想，我想……"

一会儿，张铨竟想出了一招。他建议多找些绳索，把士兵和马匹连起来，你牵着我，我连着你，十几人一队。这样就是有人、马陷进雪谷里、山坡下，也能被迅速地救上来。

杜松听了觉得有道理，就下令这样实行。半个时辰后，他的三万大军，都用绳索连了起来。那种陷于沟壑不能自拔或者滚下山沟跌死或跌伤的情况少了很多。部队的行军速度也加快了。

杜松高兴些了，他对张铨说："张大人，你还真有点本领，以后要帮我多想点子。"

张铨嘿嘿地笑着："看来将军认识我了……"

过了抚顺关，杜松下令加快行军速度。他想在第二天中午到达萨尔浒。

萨尔浒，汉译名叫做"碗架"。建州女真中有萨尔浒部落，早几年就被努尔哈赤吞并了。作为地区，在今辽宁省抚顺东大伙房一带。地当浑河上游与苏子河合流处，萨尔浒山西距抚顺七十里，东距赫图阿拉百多里。东北靠近铁背山，铁背山上有天命三年后金在吉林崖上筑的界凡城。努尔哈赤把它当作后金的门户。

杜松觉得过了萨尔浒就算进了努尔哈赤家的后门了。

杜松的军队在离开沈阳后的第三天下午到了萨尔浒山下。他下令停止前进，埋锅造饭。他问张铨："大人，你是分管全军庶务的，咱们带了几天的粮草？"

"五天。"

"那就足够了。"杜松说,"咱们到这里是第三天,明天急行一天就到了赫图阿拉,到第五天一早,咱们就进城去吃女真人的饭了!"说完哈哈大笑。他那黑里泛红的虬髯抖动着。全军中大概只有他的脸面上洋溢着必胜的信念。

这时军士们已经为他搭起了中军大帐,并生上火炉。他走进帐里,坐到桌案后面命令把管探马的把总找来。把总是个粗壮的汉子,但行动极为灵活。他进帐给将军半跪施礼后站在一边,两只眼睛滴里咕噜地转。

"老弟,"杜松像当时的许多将军那样,把下级军官诙谐地称为"老弟"。"看见女真人了吗?"

"没有。"

"真的没有?"

"小的不敢说假话。"

"嗯。那他们在哪里呢?"

"据派出的几批探马回来报告,他们在赫图阿拉城外的几个山头上。"

"他们不可能来袭击我们?"

"他们怎么敢呢? 他们就像猴儿一样,主人拿起棍儿来就吓煞,放下棍儿来就扎煞! 见天朝进剿的大军来了,还敢满山遍野地跑吗!"

听到把总那不太恰切的比喻,杜松笑了。他又问:"那几路军呢,他们到哪里了,知道吗?"

"将军。北路军已经离了开原,快要到达商阳堡了。南路军有点麻烦,李将军一出清河就被几百女真军堵上了……"

"东路军呢?"

"东路军进展得很快,他们已经过了佟佳江,正沿江前进。"

"你说快,快什么? 是呀,比乌龟是快一点!"杜松骂道,"他们为什么慢腾腾的? 说到实处还不是想把仗让给别人打,好保存自己的实力!"

在杜松身旁的张铨建议:"将军,咱们是不是也慢一点? 等齐了再向赫图阿拉前进。那时,四处合围,努尔哈赤插翅也飞不了啦!"

"那样做对得起皇上吗? 对得起主帅吗?"杜松拉长了脸,对张铨打起了官腔,"我杜某人可不做那样的小人! 既然已经应召出兵,那就要勇往直前,不破努贼誓不回师!"

"是,是! ……"张铨退到一边。

"走,到外面走走,看军队是不是都吃上饭了?"

杜松一站起来,就有贴身侍卫给他披上一件大红斗篷。杜松低头看了看,吩咐说:"还是给我那件黑色的吧。"

侍卫愣了愣,就把那件红斗篷收起来,找出那件黑斗篷给将军换上。

那件红斗篷是他的夫人在他出征那夜给他赶制的,一针一线都凝聚着她的爱意。给他试穿时，杜松说：“夫人缝了一夜，何苦呢，有了那件黑色的已经够了。”

夫人含着眼泪说：“尽管你是去打那些不堪一击的女真人，那也是打仗呀！我一边缝着一边为你祝祷……”

杜松是条硬汉子，不愿夫人说下去，就搂过夫人，让她把泪水流到他的胸膛上：“夫人，你就在家等着我吧，我会很快回来的，这件斗篷我带上，等我凯旋归来时，我就穿着它……”

他走出家门时遇到杨镐的一个参将，那家伙不知好歹，竟说：“杜将军，怎么在家耽误了好多时候？是不是唱了一出‘霸王别姬’呀？”

杜松瞪了他一眼，骂道：“不会说话你就别说，闭上你的臭嘴！”

那参将跟着杨镐，职衔虽比杜松矮一点，但平时许多将军都巴结着他，现在被杜松骂了几句，想了想，在杜松出征前是不该说这些话的，也就灰溜溜地走了。

谁想到这句话在杜松心上留下了一片暗影，离家越远那暗影就变得越重。

走到帐外，见连下了几天的大雪停了。西方天边的乌云也散开来，从山沟望出去，一轮夕阳正冉冉坠下。他见过不知多少次落日，可今日的落日使他触目惊心。它像鲜血一样红，把周围的几片云霓也染得血淋淋的。大概不仅他一个人受到了惊吓，山坡上、沟壑里、树林边……都有不少人驻足观看。

“将军，您看那夕阳……”张铨说。

杜松没理他，问道：“咱们带来的肉多吗？”

“几乎还没吃着呢。”张铨回答。

“在这冰天雪地中，给将士吃饱是最要紧的。为什么不把肉发给下边？”

“我以为……在庆贺胜利时……”

“现在就把肉发下去，让将士吃得饱，吃得暖和！”

“是，将军！”张铨带着几个侍卫离开了。

周围的山上几乎全是窜天的松树，平常，就黑苍苍的，太阳一擦过山尖，就很快阴暗下来。这时，那里面的阴影在向外扩展，山沟里、山峰间到处都弥漫着轻轻的暗褐色的雾。等天上的云彩失去光彩，黑夜也就来临。幸亏，到处都是厚厚的雪，山林间还不很暗，可以看得很远。虽然在这萨尔浒有明军的三万之众，放眼看去，却也见不到多少人。他们都隐没在大山的皱折里了。但是，可以看到袅袅的炊烟。

杜松、张铨和几个千总、把总一起顺着山沟转着，脚下的雪在吱咕吱咕地响，每一步都陷到膝盖，所以十分难行。杜松小声地嘀咕着：“要是这时候来了敌人才坏事呢……”

“不然，”张铨说。因为他给杜松出过好主意，就觉得自己有资格在将军面前聒噪了。“敌人行动也不方便，天公对一切人都是公道的。”

杜松不理他，回头对一名千总说：“你说女真人习惯这样的雪天吗？”

那千总说：“回将军的话，他们当然要好些。他们的一行一动都骑马，马在雪地上行走就好多了，再说他们有耐寒的衣着。”

“士兵们有冻坏的吗？”

“回将军，咱们的衣服不行。靴子是布的，浸透了水，那就是冰疙瘩，脱都脱不下来。我亲眼看见有的人往下拽靴子时，连脚都拽下来了！”

“那是怎么回事？”杜松皱起眉头。

“脚是冻下来的……”

杜松没话说了，心里充满了对士兵的同情和对朝廷的恼恨。

可是那把总还是说下去：“有些部队现在还穿着夏天的单衣，只好沿路抢点东西包在身上……”

“别说了！”杜松吼了一声，吓得那个千总赶紧屏息敛声。

这情形，杜松亲眼看到了。在行军的路上，他见许多士兵披着五颜六色的花被、女人穿的裙衫，有的裹着抢来的兽皮和麻片……

朝廷和杨大帅屡次来令对他申斥，责备他的军队不守军令纪律，所到之处有如匪盗。他心里不服，——话可以随便说，他们没有到这里来试试，要是穿着单衣、食不果腹，他们也早就成了匪盗了！

想到这里，觉得不该对那个千总发火，就悄悄地拉拉他的手，说：“将士们受的苦，本官是知道的。可是有什么办法呢？你对你的同事说一说，尽量地对士兵们好一点，好的将领应该懂得爱护部下！”

“属下知道，将军。”千总感动了，声音有点嘶哑。

“吃过饭，让他们好好地歇一歇吧，这里离女真人还远。”

“将军，属下斗胆建议，咱们还是走吧，一旦让他们睡下，也许有许多人就再也起不来了！……”

杜松明白：人如果没有可靠的御寒东西，是不敢在雪窝里睡觉的。他默然了，他想和参将、监军们商量一下，看怎么办好。已经走了三天的军队还能走得动吗？

四

突然，就像天兵从天而降似的，东面响起了一种怪异的呼叫声，这声音使人毛骨悚然。

张铨、王宣张皇地望着杜松。

“是朔风突至吗？”王宣问。

“不，是一群夜枭！”张铨回答，还仰头向天上看。

天上又乌云四合，大雪旋转着下来了。

“都不是，”杜松谛听了一会儿说，“是女真人来了，……你们各自回队，准备应战吧。”

这样大的事，杜松说得极为平静，竟使两个总兵、几个把总一时没有反应过来。

士兵们大概也是这样，直到女真人的万千马蹄击在山石上，迸射出飒飒的火星，他们才喊叫起来："女真人来了！鞑子来了！……"

王宣、张铨跑开了，他们知道自己应该干什么。

明军起初当然是很混乱的，他们没有思想准备。这几天困扰他们的是大雪和寒冷，还有大雪底下摸不清的山路。现在女真人来了，好像是从地里钻出来的，他们怎能不混乱呢！

女真人冲破了明军的第一道防线。

可是由于这里是一条山沟，他们的万千兵马根本展不开，无法施展他们的威风。所以，头一批冲进山口的女真骑兵约一百余骑立刻失去了作为，勒马仰望着两边的山岭。

"上山！"杜松看到女真的马队后，立刻闪出这样一个念头，他对身边的侍卫叫道，"传令下去，占领两边的山头，快，你们一起呼喊！"

侍卫们呼喊起来。在中军帐周围的都是杜松的本部人马，是十分精悍和训练有素的。他们只是稍微迟疑了一会儿，便明白主将的意思。于是，他们不顾一切地冲上山头，只有在山上，女真铁骑才会失去优势。已经占领山头的将士用弓箭、用石头向女真马队投射下来，眨眼间，就把这批女真马队消灭了。

皇太极没有和大明的正规军队交过手，他以为就像对付李永芳、张承荫那样，给他们来个迅雷不及掩耳，在他们还没明白是怎么回事的时候，就把他们冲乱了，打散了……

可是他的这一着没有奏效。明军的阵地是一字长蛇，三万人的纵深有几里地。你一下子很难冲到底，也很难把它冲乱。

就是在前哨，明军的张皇也没有持续多久，王宣是个很有经验的将军，他骑马驰到第一线的时候，就喊叫道："明军将士们，为皇上效力的时候到了！鞑子是叛贼，大明的子民和他们不共戴天！他们就像一阵风，只要顶住风头，他们就无技可施了！"

但八旗军也不像他说的那么简单，那疾风般地铁骑一批连一批地冲杀过来，眨眼间就冲破明军的两道防线。

他们就像一泓泛滥的江水，在这里打了旋儿就把明军几百人吞没了！鲜血洒在雪白的山岭上……

鲜血呀，鲜红的血！

一见到这一摊摊的同胞的血，明军健儿立刻变得生龙活虎了！

本来，这几天的急行军、寒冷、饥饿、疲惫把他们折磨得精疲力竭，他们对横在他们面前的万里雪原，对这滴水成冰的天气，对自己的长官心里都充满了怨怼之气，当女真人真的站在了他们面前，而且屠杀他们的同胞，同胞的鲜血一摊摊地在他们面前闪耀时，他们把那一切都忘了，剩下的只有一股对女真人的同仇敌忾。

"杀呀，杀女真人呀！"

"杀呀，杀鞑子呀！"……

他们冲上前去,有的滚到敌人的马蹄下,用刀砍敌人的马腿,有的挺着钩镰刀把敌人从马上拉下来,当然他们大多死在了敌人的刀枪下。

这都是自发的抵抗。

在和女真人的战斗中,大明将士很少有人做孬种的,除非将校带头投降、逃窜。为什么呢?虽然大明朝廷已经腐败透顶,对他们的压榨、盘剥、搜刮无所不用其极,但大汉族的自豪感仍是一种去除不掉的情结。他们自觉地捍卫国土的完整,他们痛恨外族的反叛,更加憎恶边疆人对内地的抢掠和骚扰。这就是他们英勇奋战的难以摧垮的精神支柱。大概就是靠了这一点,尽管大明已经千疮百孔,可女真八旗几十年都无法越过山海关!

王宣的挺身而出和他的大声激励,立刻激发了所有人的意志,各级将校开始组织有效的抵抗,前面的阵脚稳住了。

战斗互有胜负,战线犬牙交错。这就对明军大为有利了。王宣把手中的几门铁炮排放起来,立刻对准前面敌人密集处开炮!

女真人没有这样的强大武器。大炮的火舌照亮了山谷,炮弹在马群里开花……

皇太极一看第一次冲锋没有奏效,就对旁边的代善说:“哥,看来要有一场恶战,过去的一招没用了!”

“杜松不是草包,咱们要认真对付他,”代善说,“我领头再冲一阵!”

他刚要拍马冲锋,被皇太极拦住:“咱们不能在这山沟里和他撕打,咱们也要上山去!”

代善明白了皇太极的意思,那就是迅速占领萨尔浒山,使自己居高临下,进退都争取主动。“好,好,就照你说的办,吹喇叭发号令上山!”

就在这同时,杜松也发出命令:“上山!要占领更高的山头!”

他的想法和皇太极是一样的,谁在山沟里,谁就要被动挨打,他通令各部抢占萨尔浒!

“上山!”

“上山呀!”

“谁爬得高谁就胜利!”……

山陡雪滑,爬起来不易,但这是有关生死的事,两军在萨尔浒的山坡上互不相让地开始了爬山赛。明军爬得快些,他们已看见了界凡城的灯火,可是他们上来的人还不多。许多人几次地跌下去又爬上来,也有些人掉进山崖,葬身在沟底了。跌进深雪,也许不至于立刻就死,可是他们越挣扎,就陷得越深,直到深深埋在雪下……

山沟里回荡着他们的呼救声,凄厉惨绝!

女真人是山林中人,就是大雪天也有人上山打猎,但他们也不愿在大雪封山后在山林中乱闯。现在,马的用处不大了,而且成了他们上山的累赘。这时,他们接到了主将的命令,把马放到山林中,轻装上山!

“山林是我们的,马也是我们的,谁也拉不走!”皇太极说。

放弃了马,只带着武器上山,轻便了许多,半个时辰后他们先到了界凡城。

界凡城建在山顶，城不大，但周围城高池深，整个像一大堡垒，努尔哈赤是用它来对付明军的，直到这时，还没有完全修成。城里除了少数女真贵族外，还有一万多搬运石材的人。八旗组织的特点就是军民一体，所以他们也是战士。

其时，努尔哈赤已经到了萨尔浒山顶，他料到萨尔浒山将是两军争夺的要地，他便和自己的一队侍卫把运石工组织起来。

首先到了界凡城的是大将扈尔汉。

努尔哈赤对他说："这里有一支队伍，你带领他们去占领吉林崖，在那里把明军挡住！"

扈尔汉得令后，便带领自己的本部人马和刚刚组织起来的运石工向吉林崖进军。

他到了吉林崖，明军也扑到那里了，两军在崖上展开了殊死搏斗。杜松激励将士说："有了吉林崖就可夺取界凡城，大家努力呀！"

明军明白主将的用心，如果在吉林崖站不住脚，他们将被赶下山去，跌进山沟。女真人扔块石头也能砸死他们几个人！扈尔汉也知道吉林崖对女真的重要性，没有了吉林崖，界凡城保不住，大汗就在界凡城里，所以下死命地争夺。

他们在血战中迎接了黎明。

起初，扈尔汉军抵不住明军的冲击，片刻后，他们就死伤过半，扈尔汉自己也受了伤，几乎要放弃吉林崖。就在这时，皇太极派来了援兵，两军的争斗呈现胶着状态。吉林崖上的积雪全被热血染红了。

明军被挡住了上山的路。

杜松可不想在这里被阻住。他和赶上来的王宣、赵梦麟商议，只留下一部分人马，由赵总兵和监军张铨指挥，在这里和扈尔汉部缠斗，他和王宣领大部人马绕过吉林崖去夺取萨尔浒的界凡城。

"努尔哈赤在那里，擒贼擒王，捉住了努贼，敌人就溃败了！"杜松的看法是对的。

可是，王宣说："那会把皇太极的大军吸引过去，他有我们人马的两倍还多！"

"是这样，但我们无路可退了，只能在这里和他们斗个鱼死网破！"

看到杜松那恨恨的样子，王宣小心地说："我是想拨出一部分人马在山下接应。一旦……"

"老弟，没有'一旦'了。"杜松瞅着王宣说，"要是咱们在这里把努尔哈赤逮住，那是千好万好；如果做不成这件大事，把他的八旗队伍撕烂打垮也好！那可能会把咱们的三万人拼个精光……"

王宣抬头望着漫天大雪，眼睛里闪耀着泪光。

"老弟，"杜松拍拍他的肩膀，"有道是'将军百战死'，咱们弟兄也许今日就把骨头扔在这里了！"

王宣仍不言语。

"别多想了，你看将士们都看着咱们呢！"杜松又说。

王宣回头望着杜松，微笑着说："将军既然下了必死的决心，我还顾虑什么呢？能和将军一起为国殉职，是件幸运的事，走吧！"

他们的马也大部分留在了山下，可是，他们的侍卫死拉硬拽地弄上了几匹，杜松和王宣上了马，带领明军向界凡城驰去。

北风凛冽，把山上的乌云刮净了。蓝天、白雪、鲜血，互相映照。天气更冷了，可是每个的身上都热气蒸腾，他们把满腔热血继续泼洒在雪原上……

皇太极却没有把自己的人马都赶到山上，他人马多，一半上山去保卫界凡城，另一半留在山下，由莽古尔泰指挥围住了萨尔浒。从整体上看，他已经把明军包围起来了。

杜松和王宣没有到达界凡城。当他们带领人马向山上爬去时，扈尔汉已经把和他缠斗的赵梦麟部打垮，赵梦麟死在乱军中。扈尔汉没有让他的军队稍歇，立刻指挥他们把正在上山的明军拦腰截断，并由上而下地冲杀，和山下的莽古尔泰部实行夹击，近五千明兵挣扎在这把"铁钳"中。

皇太极到了界凡城，见到了在城堡中观战的努尔哈赤。

"孩子，情况怎样？"

皇太极向父汗报告了战场上的大体态势，踌躇满志地说："父汗，大概不用等到太阳落山，我们就把杜松的三万人吃掉了！"

"孩子，我相信你的话，"努尔哈赤说，"但我问你，杜松这块骨头硬不硬？"

"硬，没想到这么硬！"

"硌下了几颗牙来？"

皇太极没有回答，只轻轻地叹息了一声。

"孩子，你和你的兄弟们都要记住，决不能轻敌，大明军不是关外的部落！"

"大明朝廷如此昏庸腐朽，他们的将士还这样为皇上拼命……"

"现在没时间让你多想，仗还没打完呢，"努尔哈赤望着远处的雪原，那里闪耀着红光，不时还传来隆隆的炮声。明军正用女真人没见过的大炮轰击……

"你不该平均用兵，杜松向界凡城来了，你得在这城下和杜松决战！你只要把杜松的本部兵马收拾了，这一仗就算打赢了。"

"是，父汗！"

皇太极告别了努尔哈赤，上了马，在侍卫的护卫下向战场驰去。

此时，扈尔汉和莽古尔泰已经完成了对明军的夹击，冲上山来。杜松的军队还没有到达界凡城，就被比他们多出几倍的女真兵马团团包围起来。

明军占领着几个小山包，要不是地形对他们还有利，女真人只要一人一箭就能把他们消灭了。

几个千总集合在杜松身边，他们没有说话。因为他们都知道最后的时刻已经来临，脸面上都有绝望的神色。

王宣望着杜松说："他的全部人马大概都在这儿了，他竟不顾另外三路大军……"

杜松冷笑一声："这就是努尔哈赤的高明处，他知道三路军决不会同时到来，他吃掉我们后，再回头吃他们也不晚！——如果有机会，一定要告诫国人，不能小觑努尔哈赤！"

"咱们不管那些了……"

"是的，不管那些了！"杜松说，"我们在这里就义后，一辈子的功业就算完成了。"

有个千总伤心地说："看样子就要死在这里了……"

杜松斥他道："后悔了，如果后悔，你就从这里走出去，向努贼投降吧，他会给你留一条命的，李永芳也就是你这么个官儿……"

听了杜松的话，那把总痛心疾首地说："将军，你也太看不起属下了！投降？那是比死更可怕的事！"

杜松向那把总拱拱手："兄弟，我不该说那话，请你原谅！"

沉默了一会儿，王宣说："咱们食君之禄、忠君之事，为国而死是应当的。可是那些大兵呢？是不是允许他们离开战场？"

杜松想了想说："现在死到临头了，就不要侮辱他们吧……"

"将军，"几个把总一齐说，"我们怎么死呢？"

杜松说："不投崖，不自戕，尽量多杀几个贼人，然后看着青天死去！"

"好，我们跟将军去！"

清点人数，这几个山包上的明军还有三千来人，除了手里拿着的刀枪外，还有十多门大炮和抬枪。

杜松激励将士们说："好，好，皇太极要消灭咱们，他还要洒下五千人的血！"

他和王宣把军队分成两个梯队，火器和弓刀两相配合，组成交叉的反击网，他们也站到了第一线。部署好后，他们开始轰击靠近的女真人。

可是杜松的打算几乎没有用处。

皇太极看透了杜松的用心，他才不和杜松在界凡城下拉开战线鏖战呢。这时，他们的战马逐渐地上了山，他一声令下，上千铁骑呼啸冲杀进来，一阵大杀大砍，杜松的明军就溃散了。

明军曾依靠炮火扫倒了成片的八旗兵，可是，等不到他们装填上第二轮的火药，他们就做了刀下鬼！

杜松、王宣和几个把总抵抗到最后，王宣被冲来的骑兵扑倒，接着被削去了头。杜松身中数箭，仍战斗了好久，直到一刀从他后脑劈进，他才像他说的，仰面倒在雪地里，眼望着湛蓝的青天……但也没有立刻就死。他的鲜血流到身边的白雪里，他抓了一把和着血的雪填进嘴里，说了句："啊，我好渴呀……"

当皇太极跑到他跟前时，他死了。

杜松军的残余几乎没人向女真人投降，他们且战且往山下退走，在路上又会合了好几股溃兵，一直杀到浑河岸边。当他们想过河时，被女真人撵上，就在那里，他们无一例外地都战死了！

女真人没有明军那样好的刀枪，他们下了马，贪婪地捡取死者的武器。他们还翻弄死者的衣袋，除了金钱外，还有许多他们稀罕的小物件，那都是他们珍贵的战利品。

一个女真兵正俯身拾取一个满身血污的明兵的短刀，那刀锃光闪亮，只是在刀口上有了几个丫口，可是，那女真兵不嫌，仍想据为己有。他拉了几次，可那死尸竟攥紧刀把不放，他奇怪了，喝道："你这个死东西，死了还不放手！"

就在他用力一拽时，那死尸竟顺势站起来了！

女真兵吓得魂不附体，"啊，啊"叫着，一边回头一边惊逃，没想到一个死尸绊倒了他，一头扎在一条竖着的长枪上，被当胸刺了个透。

那明兵拄着手中的刀哈哈大笑，接着又猝然倒地而亡。

这场大战十分惨烈，《明史》记载：……死者漫山遍野，血流成渠。死尸与兵器冲入浑河，如解冰旋转而下！后金兵追杀明军直至硕钦山麓（辽宁省抚顺县营盘西）……

五

把杜松的西路军消灭之后，代善、莽古尔泰、扈尔汉等打算上山去见努尔哈赤。目的是听一听大汗的褒奖，稍微歇一歇。可是皇太极不同意，他说："胜利之师，可连续进击，明朝的其他三路军正向赫图阿拉走着呢！"他主张连续作战，前去截击北路的马林军。

莽古尔泰说："咱们就在界凡城下，进去看看又有何妨？"

"是呀，"扈尔汉帮着说，"听听大汗的旨意总有好处。"

他们一时也离不了大汗的鼓励，那好比一副兴奋剂。

皇太极的主张是对的，可是却拗不过众弟兄。他以贝勒之身刚膺八旗主将，不好压服诸将军。他们正僵持之时，一个大汗的侍卫跑下山来，他来传达大汗的指令："……皇太极应立即统兵北上破敌，不得延误。令阿敏军先行一步，其他几旗可一边行军一边整顿……"

这指示是十分正确的。阿敏一旗在这场战斗中，一直为预备队，游动在萨尔浒的周围。队列没有打乱，他可以立即向北方开拔。别的部队在战斗中不可避免地乱了阵形，需时间整顿一番，为了争取尽早歼敌，一边行军一边整顿也是上策。

有了大汗的明确指示，诸将不再说话了，他们立刻开始行动。

在萨尔浒的大战中，有两小股明军逸出了战场。一是监军张铨部，张铨见大势已去，便带领千把人向辽阳逃窜。说他贪生怕死似不恰当，因为他守辽阳时表现得极为英勇壮烈，可歌可泣。另一路两千余被游击龚念遂、李希泌等人带出战场，他们且战且跑，径直投开原的马林去了。

因此，马林迅速知道了杜松全军覆灭的消息，他不敢再向东南进兵，怕蹈杜松的覆辙。但他也不敢回到开原，怕受朝廷的追究。于是他和监军潘宗颜商量了一下，便在尚间崖（商阳堡）、斐芬山一带掘壕造垒构筑工事。

马林近五十岁了，长方脸，两道扫帚眉老是蹙着，好像有满腹心事，是个谨小慎微的人。他长期驻扎开原，和叶赫女真关系很不错。所以这次进剿，叶赫也出兵相助。

潘宗颜原为户部主事，他曾上书议论辽事，有些见地。他到开原督集辽饷，正巧开原道出缺，他就被留下了。在组织北路军时，他就成了马林的监军。他原为京官，对地方官忍不住要说三道四，和马林的做法常常有忤，所以两人在许多事情上并不合拍。就在前不久，他曾悄悄地给杨镐写信，批评马林。他说："马林庸懦，不可当一面。乞易别帅而以林遥为后应，庶有济。否则，不唯误国，恐身亦难保。"意思是说：马林那家伙平庸无才而又懦弱，用他独当一面是不行的。请上司把他撤了，换上个有本领的人当主将，叫马林到后方做个接应的差事。要是这样安排，北路军还有希望对整个战场做出点成绩。否则，不但把全国的大局误了，连北路军的将士也难保全！

潘宗颜的密告不能说一点儿道理也没有，但也不能否认他有取马林而代之的野心。因为后来的事，证明马林并不是没有一点儿作为。

战事紧迫杨镐绝不会临阵换将。马林在杨镐身边也有自己的人，所以潘宗颜不仅没有告倒马林反而把他们的关系弄得更糟。从此，他们之间就如同水火了，这也成了北路军败北的原因之一。

马林在尚间崖布防后，潘宗颜便拉起他分管的五千人到斐芬山扎营。从萨尔浒逃来的龚念遂部呢，就在斡珲鄂谟建营。这样的布阵也有好处，就是互为犄角，便于防守。女真大军的到来，使他们之间的矛盾有些缓解。

他们等了几天，阿敏的部队才到。

明军利用这几天，绕营凿壕三道，壕外列大炮，炮手皆步立。炮阵外又密布骑兵一层，前列枪炮，其余的兵丁下马于三层壕内布阵。

潘宗颜的布置也差不多。

这样的布防据史家说，没有一点儿意思，表现了一种手忙脚乱的心态。就像一个冻坏了的人，把衣服乱七八糟地披裹在身上。敌人一旦来攻，必然会乱成一团，就是想着抵御，也会互相妨碍。

由游击龚念遂、李希泌带出来的杜松残部，大多是车营和骑兵，他们没有列阵作战的经验，只能在雪原上肩集在一起……

阿敏虽然先日到达，但他没有发动进攻，只是把明军包围起来。

皇太极率军赶到后，会同代善等贝勒、大将们围绕着明军大营转了几遭，哈哈大笑起来："马林连杜松也不如！……"

"四弟莫要轻敌呀！"

“大哥，我是有点轻敌，可是我不得不轻视他们。”

阿敏和莽古尔泰等人没有说话，只是望着皇太极。

这时的皇太极由于自己的勇敢和谋略，再加上父汗的吹嘘，在兄弟中已经很有威望了。可是在他们看来，马林的阵势井然有序，已经做好了应战的充分准备，是不可能一鼓而下的，怎能轻视他们呢？

可他们又不敢反驳皇太极。

“你们看到了吗？”皇太极用马鞭指着面前的敌营说，“他们壕外有兵，兵外有炮。炮外还有炮，还有骑兵杂处其间。咱们一打，他们将互相妨碍、互相遮挡，非乱成一团不可。再者，他们战阵周围没有一处出兵的门口，摆出的是一副挨打的态势，他们一开始便输了！至于从杜松处败下来的兵，有如惊弓之鸟，他们的马车和骑兵围绕在那里，就像一堆瓦砾，只一脚就可把他们踢散了！”

莽古尔泰有点不以为然，他说：“我看他们的阵势完整，层次井然，切不可小觑他们！”

代善支持皇太极的意见，他说：“皇太极说得对，莽古尔泰若不信，你去攻一下斡珲鄂谟试试。”

得到皇太极的同意后，莽古尔泰率领本部人马冲击龚念遂和李希泌的大营。

果然如皇太极所料，龚念遂、李希泌部刚从萨尔浒的战场上逃了出来，亲见八旗兵的厉害，今又见他们如狂风呼啸而来，惊骇得不知如何是好。

“女真兵来了！”

“皇太极来了！”……

他们喊着，往龚念遂的中军聚来。

龚念遂和李希泌知道现在难逃一死，就互相鼓励说：“敌人来势汹汹，友军自身难保，咱们就拼个死吧！”

“对，为剿贼而死，也是死得其所！”

他们没有向将士们隐瞒，而是把目前的严重局面如实地说给了他们。“面对强虏，英雄只有杀身成仁！拼死一个够本，拼死两个有利，咱们就多多杀敌吧！”

将士们听了他们的话，个个抱定必死的决心，有马的上马，有车的驱车，一齐向莽古尔泰的旗兵冲去。

两军在雪原上展开了惨烈的肉搏，战马嘶鸣、车摧轮折、刀枪闪耀、热血喷涌，只一会儿，就倒下了一大片人！

女真人没想到萨尔浒的溃兵还有如此的抵抗力，接战不久，就大呼救援。皇太极急带几百骑兵杀人战阵。

明军的抵抗没有持续多久，就彻底溃败了。李希泌殁于乱军之中，龚念遂满身血污地逃了出来。皇太极追着他不放：“龚将军，投降吧，你能逃到哪里去呢？”

是呀，他能逃到哪里呢？龚念遂勒马站下了，横刀对皇太极说：“叛贼，我不是李永芳，来，接我几刀！”

皇太极还想劝他几句，龚念遂拍马冲了过来。没等皇太极招架，他就口喷鲜血坠于马下。皇太极令人检视，早已气绝了。

没用半日，斡珲鄂谟的据点就被清除。

龚念遂部的英勇抵抗，使八旗的将领警惕起来。

这时努尔哈赤赶到了，他召集贝勒、将领们说：“你们不要指望明军将领中有多少李永芳，我曾对你们说过，他们瞧不起咱们。他们的将士，觉得向我们投降是比死还严重的事！咱们就和他们拼杀吧，只要是在这白山黑水间，他们就别想战胜咱们！”

努尔哈赤的话，使贝勒、将领们丢掉了幻想。

在努尔哈赤的带领下，他们又重新绕着明营细细侦察，努尔哈赤同意皇太极的分析，明军的阵形的确是一副被动挨打的样子。但他不主张轻取，还是提出集中优势兵力打歼灭战的部署。

莽古尔泰说：“他们有炮，开始时，我们会死伤很多兵马。”

“他们的炮是可怕的，我们怎么办呢？”努尔哈赤望着诸将问。

皇太极说：“目前，咱们没有大炮，无法和他们对打，可是当我们冲进他们的大营后，他们的大炮就无用了。所以我们接战后，就要飞速地冲进他们的阵地，和他们近距离地撕打！”

“对呀，”努尔哈赤点点头，“我们不要在他们的阵外挨他们的大炮，要立刻钻进他们的肚子里去！”

皇太极领会了父汗的思想。

这天夜里，八旗兵露宿在雪原上，皇太极令他们上山收集枯树干枝，点火煮饭、取暖，一夜不得停息。

这是心理战。明军夜里看到他们的大营周围火堆万点，密密层层，粗略估量一下，不下十多万人！有些火堆就在他们的壕沟旁边，连晃动的人影都看得清清楚楚。风一刮，火团竟燎到他的营帐门口，明军无不心惊胆战。

第二天黎明，皇太极发动了进攻。他令代善领左翼二旗兵正面策马前进，阿敏、莽古尔泰等率兵从两侧冲击，分别杀入敌营。两军展开混战。

马林命令大炮、抬枪一齐轰击，枪炮手们只打了一阵就离开炮座，手执刀枪参加战斗。因为两军已经没了阵线，他们的枪炮没用了。

马林又喝令马队向外冲打，可是，他的马队比起女真人的骑兵来就差远了，他们冲不多远，就像蜡烛掉进火炉立刻熔化了，不见了！

明军见不能敌，就纷纷向斐芬山的潘宗颜的大营逃去。守营的将士见是自己人，就开营门接纳，可是，溃兵太多，又没有秩序，乱纷纷地一冲，潘宗颜的营垒也乱了，最糟糕的是，这天大早就刮起了大风，雪屑满天迷漫，像一种特殊的雾，明军看不清楚，马林的溃兵还没有走完，女真的骑兵就冲杀进来了！

潘宗颜几天来苦心经营他的营阵，现在一无用处。他想带领身边的兵丁再创造一条战线。可那是妄想，一股溃兵冲来，他被裹挟着离开了营地。

“明军弟兄们！”他喊着，“奋勇杀敌呀！生为人杰，死当鬼雄！”

他的号召也起了一点儿作用，有些将士开始往他身边窜涌，不一会儿，就有上百名明军士兵站到了他的身边。可是，皇太极带领上千名旗人冲了过来，他们就像洪水中的小岛，眨眼间就没影儿了！

至此，大明的北路军和西路军一样，也全军覆灭。前后没用了半天的时间。皇太极清理战场却很费了点工夫，明军的辎重他得搬走，明军的武器他得拾取。在萨尔浒，他们得了数十门大炮，大炮虽然很有威力，但他们没有炮手也不能用。再说搬运起来也十分沉重，就放弃了。这一次，他们又得了十多门，皇太极却珍视起来，他令军士们把它们抬到车上，还令从俘虏中寻找炮手……

女真人的尸首，他们一一仔细地检出来带走，明军的战死者，他们就不管了，八旗兵还没离开，成千上万的乌鸦就飞来了。

这场战役还没开始时，马林就派人给叶赫部落贝勒金台石下书，要他派兵前来参战。叶赫一直倾向大明，努尔哈赤对它几次侵犯，都是大明派兵援救了它。正因为有明朝给它撑腰，叶赫的首领才敢在努尔哈赤面前始终挺着胸膛。

叶赫派出了两千人。他们行至中固城就听说明军已败，惊骇不已，就赶忙逃回去了。

叶赫虽没给大明帮上忙，可是努尔哈赤已经记在账上，派人到叶赫对金台石说：“好呀，你们竟在我们和大明的战斗中掺一手！等着吧，我不会忘记你们的！”

商间崖一战，明军逃出了一员大将，他就是北路军的主将马林，这时他正带着身边的几十个人，慌慌张张地走在回开原的路上……

后金军在获得萨尔浒的第二战役的胜利后，在商间崖整顿队伍，休息了一天。

第二天大早，努尔哈赤听说明军清河一路的李如柏军正向赫图阿拉进袭。就和皇太极商议如何应对。

皇太极说：“明军的杜松军和马林军已被消灭，现在我们应该郑重对待的是东路军刘綎一路。至于李如柏……”他笑笑说，“实在不足为虑！”

李如柏是故辽东巡抚李成梁的儿子，靠了父亲的荫庇他和他的弟弟李如桢才得以做了总兵。李成梁镇守辽东几十年，为大明立下了赫赫功勋，到了老年才昏庸贪鄙起来。李如柏兄弟实际上是一对纨绔子弟，他们除了把乃父的腐朽、贪婪变本加厉地继承下来之外，李成梁的智勇和才能却丢得一干二净了。

努尔哈赤说：“不能那样看，不怕一万就怕万一，还是防备着好。”

皇太极听了父亲的话，立即决定派扈尔汉领兵一千先去兴京赫图阿拉，第二天早晨又派二贝勒阿敏带一千人马继进，这样就确保了赫图阿拉的安全。

明军东路军的主将刘綎是大明的一员驰名的虎将，在诸将中最为骁勇。这年他不到五十岁，仍然彪壮异常。他面目黑红，络腮胡乱蓬蓬的，两只大眼一瞪，就露出周围的白睛，像一双虎眼。他惯使一口镔铁大刀，传说有一百二十多斤，在马上抡转如飞，军队里的人给他起了个绰号："刘大刀"。他顶盔贯甲巡营时，那形象有如战神，给将士以巨大的激励和鼓舞。

他战功赫赫，明史记载：起初他跟随主将，后来亲自带兵，参加了平缅寇、平罗雄、平朝鲜、平东倭、平播酋、平猓猓……经历了大小数百战，名震海内外。

他本来不甚愿意到辽东来的："努尔哈赤的几个鞑子还用老子去打吗？几个边将出兵镇抚一下不就完事了？"

后来他听说杜松去了，心里又痒痒起来："杜松那小子也去了？他想在那里建功立业吗？可不能让他吃个'独桌'！……"

在各省的总兵中，杜松是和他齐名的。要是论起智谋，评论的人都说他还稍逊一筹。这就使刘綎难以忍受了。每逢有人把他和杜松并提，他就发火："杜松算什么？老子打遍天下的时候，他还只是个游击呢！"

抱着和杜松较量一下的心思，他就应召到辽东来了。

他被编为东路军，驻扎在宽甸。

他仍大咧咧的，不太听从杨镐的管束。当杨镐令他二月二十九日进军时，他偏偏晚上两天，三月二日他才带领军队慢慢地从老窝里向前爬。

他走得很慢，他的马鞍下挂着酒壶，用头盔盛着烂牛肉，和监军一路走一路喝。监军康应乾原是海盖兵备副使，为人很正派，可是，他明白和这样的将军同事，切不可和他对着干，只有顺从没有别的办法。只要将军的大节没事儿，一切他都得忍着、让着……

"将军，咱们得快一些走，要不，女真人对咱们来个半路拦截，那就贻误军机了！"康应乾劝说道。

"大人，别多虑，女真人躲还来不及呢！"刘綎嘻嘻哈哈地说，"——我觉得杨镐大人有点偏向那个杜松，他从沈阳出发，经萨尔浒就直扑赫图阿拉了。你看他给咱们划定的路线多难走呀？全是他娘的崎岖山路！"

从宽甸到赫图阿拉，山险路窄、荆棘丛生，皇太极放着别的明军不管，带着八旗军专门去对付杜松的三万大军。要是刘綎赶紧进军，说不定在皇太极回师北上时，能够逼近赫图阿拉。那时，皇太极只好先分兵去保卫京都，马林一路也不会遭到那样的惨败了。如果在赫图阿拉一纠缠，别的大明军也可陆续到达，一场大战就在赫图阿拉周围进行了，那将是另一种局面。

可是历史来不得假设，目前刘綎就那么像蜗牛般地爬着。

从三月四日起，皇太极从北方回师，出击刘綎的南路军，开始了萨尔浒的第三个战役。

代善主动请战："皇太极，你太劳累了，就把对付刘綎的事交给我吧！"

上两次战役，代善都是皇太极的助手。皇太极看到他对自己的支持与体贴，很是感动。

他想，应该让大哥立一次功，不能把天下的功劳都抓在自己手里。就说："很好，大哥智勇无双，这次大战就请大哥指挥了！"

刘綎军走到深河下营，连下牛毛、马家等寨，颇有斩获，这使他有点扬扬自得。

前几天，当皇太极率军迎战杜松军时，他听从父汗的命令，留下了一万人马交给额亦都统率，以监视另外三路明军。额亦都在刘綎前进的路口栋鄂处布置了两千人马。

刘綎到栋鄂时，那两千旗兵一面英勇迎敌，一面派人飞速向额亦都汇报。

刘綎纵兵把旗兵团团包围，一阵大杀大砍，把他们大部消灭，也有百多人从狭路逃走。这一小胜却使明军士气更加旺盛，他们前进的脚步加快了。

刘綎军是训练有素的，他们人人手持"鹿角"（扎营的木桩），无论在哪里驻扎，立即可以围绕成营阵，炮车、火器、骑兵都能迅速找到自己应在的位置。

代善军和刘綎军接触后，见他们进退有据，首尾照应，阵形严整，秩序井然。谨慎的代善没有贸然攻击，只在瓦尔克什密林里集结监视。

刘綎人虽粗率，但临战时还是很细心的，要不，他成不了名将。

他得到报告说：两边山林中有人马喧嚷，知道努尔哈赤的大军来了，就和监军、参将等密议如何破敌。参将中有人对这一带地形十分熟悉，就提议说："在山林间摆战场是女真之长，我军之短，不如从间道登阿布达里冈，可以凭险据守。"刘綎认为这样最好，就秘密传令把队伍悄悄地带往该处。

可是，代善看破了他的意图，迅速带兵急行抢占了阿布达里冈。

当明军到达山下时，已是傍晚，山上满是明灭的火光，知道已为旗兵占了先机，可是刘綎不怕，令全军在山下扎营。

这时，双方有些小规模的战斗，各有损失。

皇太极赶来了。代善对他说："现在，咱们居高临下，比敌人的处境优越多了。我将领兵往山下冲击，可以一战而胜！"

皇太极察看了敌人的布阵态势后说："大哥，这一仗，你是主将，你带兵护卫后面，冲阵的事就交给我吧！"

代善想想说："也好。你带领右翼兵据山顶向西冲下……"他端详了皇太极好久，关切地说，"我的好兄弟，这几天你太劳累了，听我的话，不要冒险，可跟在后面督战！"

皇太极很感动，心想：无论到了什么时候，大哥也是自己最贴心的人！他说："大哥，放心吧，我会小心的！"

皇太极离开代善，领右翼旗军往山下冲杀。因为上山时弃了大部分的坐骑，行动就慢了。皇太极等不得，他带领身边的三十精骑出现在众兵之先，冒着炮火和箭雨一直冲到刘綎营的前面，几十个人一齐扑倒在地，大部被明军杀死。

原来，刘綎预料女真人会来袭击，建营之后，在靠近山麓的一面，用巨石和冰块建造了一道高大厚实的墙，他令军士们在墙上便溺，和着积雪，一夜冻成了"铜墙铁壁"。

在这滑溜溜的大墙下，皇太极也扑倒了，幸亏他的侍卫救得急，才没有遭遇不测。

皇太极的后备旗军到了后，就和明军炮来箭往地干起来了。他们几次冲锋，都被明军打了回来。士兵们急得嗷嗷叫却奈何不了明军，皇太极只得退兵。

代善在两侧的进攻也没有奏效。

在两军激战时，刘綎骑着他那匹全军都认识的铁青马，提着明晃晃的大刀，一边巡视一边哈哈大笑。

“让努尔哈赤和皇太极来吧！把他们的八旗兵都调来吧！老子一点儿也不在乎！”他叫道，“他应该知道是谁在这里，是他们的刘爷爷！刘爷爷的兵可不是豆腐渣，他们个个是英雄汉！”

他的属下听惯了他咋呼，看惯了他那临战不惊，豪气遏云的样子，只要他在身后，他们就勇气倍增，奋勇当先。

回到大营，代善和皇太极召集贝勒将军们议论破敌之策。

他们有些急躁，七嘴八舌地嚷嚷着。

有的主张死拚硬打，有的主张等大汗到来时，再做定夺，还有的主张恰恰相反，他们说：“让大汗看到的应该是胜利，怎能让他看到咱们绕着敌营瞎转呢！”

皇太极静静地听着。

他提醒大家：“刘綎是明军名将，不是李如柏那样的草包！对付他可得动动脑筋，大叫大嚷是不行的！”

提到刘綎，有点读书人样子的额亦都说：“这个人有他独特的带兵方法，他从不摆将军的架子，和他的士兵就像亲兄弟一样，所以打起仗来个个为他用命！他和杜松不和，更瞧不起马林、李如柏等辈。听说他来辽东，就是为了和杜松争功……”

“争什么？杜松已经完蛋了！”费英东说。

“杜松死了，他还不知道哩，前天他还激励将士说：咱们要第一个打到赫图阿拉去，别让杜松那小子抢了头功！”

“你这些消息是从哪里得到的？”皇太极问，“从俘虏口中知道的呀，你忘了是你要我收容明军俘虏的吗？”额亦都回答。

“好，好，大将军，请跟我来！”

皇太极让代善和将领们继续讨论，他和额亦都离开了营帐。

额亦都在成功地教训了李如柏，遏止了他的进攻后，就自动带兵会合到皇太极的大军中了。

皇太极和额亦都到俘虏营里走了一遭，从中拉出了两个小军官。他们吓得觳觫着跟皇太极、额亦都走出来，扑通跪下，求他们饶命，以为要杀头。

皇太极让侍卫把他们拉起来，说：“放心，我们不会杀你们的，要是你们立了功，还要奖赏你们哩！”

额亦都把他们引到一间小帐篷里，向他们介绍说：“这是四贝勒，他要问你们话，要如实地说。”

明军把总低头答应。

皇太极审视着俘虏。他们都是二十多岁的小伙子，满面憨相。一个高一些，另一个矮些，可以看出他们原先都是农民。

“想回家种田吗？”皇太极问。

“连做梦都想……”那个高个说。

“好，如果你们说实话，等仗打完了，就给你们路费，送你们回家。”

“将军问什么，咱们就回答什么，”小个儿说，“只要我们知道的……”

“刘綎将军属下有多少人马？知道吗？”

“知道。”高个儿回答，“按编制说，刘将军有一万多人，可是他自己又私下招了许多，那就没数了，带到辽东来的足有两万人吧！”

额亦都插话说：“你们觉得，我们打得过你们的刘将军吗？”

他们都犹豫着不说。后来见皇太极笑嘻嘻地瞅着他们，大个儿回答说：“恕小的直言：刘将军的将士从上到下，都以为你们是打不过明军的……”

额亦都笑了，皇太极看了额亦都一眼。意思是：瞧见了吗？刘綎能够把兵带得士气这样高，也是他的长处。

“可是……”皇太极看着俘虏们的眼睛，“我们已经把杜松的西路军、马林的北路军全部消灭了！”

他们愣怔了一下，惊骇地看着两位女真将军。

呆了好久，高个儿才问：“是……真的吗？”

皇太极说：“我们怎会骗你们呢？大将军，给他们点东西看看。”

“是。”额亦都走出去了。

皇太极要侍卫给两个俘虏倒上水。看到面前的四贝勒这样和蔼，俘虏情绪上松快了许多。

额亦都进来了，他带来了一只袋子。

皇太极从里面摸出一样东西递给高个俘虏：“你们看，这是杜松将军的头盔，不是假的吧？”

高个儿接过，只看了一眼，两手就颤抖起来。“是，是杜将军的头盔……”他把头盔递给身旁的伙伴。

“现在你们该相信了吗？”额亦都问。

“信了……”高个儿说，“可是，我们上下没人知道。”

皇太极问：“连刘将军也不知道吗，还是他向你们封锁了消息？”

“不，不，不，”矮个儿说，“刘将军真的不知道。要是他知道，绝不会不对我们说。他还鼓励我们勇敢作战，别让杜松把头功夺去呢！”

这时一个大胆的计划在皇太极胸中成熟了。他不想再问什么，就对明军的两个俘虏说：“暂时，你们还要在营里委屈几天，等我们破了东路军，会送你们回家的。”

六

阵前一天无事，刘綎把参将、把总们叫到他的大帐内，设宴款待。

赞理黄宗周问："女真还未退走，大将军就要庆贺胜利了？"

刘綎说："黄大人还把那几个毛贼当一回事吗？你没看见前天女真人败北的狼狈相，皇太极差点儿就把脖子折断，他们再也不敢招惹老子了！"

"下一步呢，将军继续和他们对峙吗？"

"我理他们干什么？"刘綎虎起眼，"过一两天，咱们就拔寨起行，扑向赫图阿拉，别让杜松那小子占了先！"

"听说，杜松将军在萨尔浒那边被努尔哈赤占住了。"

刘綎端酒杯的手停在嘴边，笑嘻嘻地问："消息准不准？"

"前几天逮住个到那边贩私盐的，他说萨尔浒那边正在打仗。"

"好呀！"刘綎叫一声，把酒杯扔到半空，等它落下时，又一把接住，一滴酒也没有洒出来。酒宴上他常玩这样的小把戏，"也该让杜松那小子吃点苦头了，要不他怎知天高地下！等他从萨尔浒挣脱开来，咱们早到赫图阿拉了！哈哈哈哈……"

这天监军康应乾没在军营，他被刘綎派去接应朝鲜援军去了。

朝鲜是大明的属地，千多年来和中国一直关系密切。努尔哈赤起事后曾多次对朝鲜软硬兼施，想把它拉到自己这边来，可是朝鲜的朝廷是坚定的，他们认定大明是自己的宗主，丝毫也不动摇。这次征讨努尔哈赤，朝鲜王主动提出要派大兵相助。明廷把他们的援军编入东路军，归刘綎节制。

过了一夜，大营周围仍是安定的。

这时已到了三月初头，东北地区这时节气温上升得快，积雪虽然仍旧覆盖四野，但满山的树木已绽出绿蕾，从山上流下的雪水化成小溪，潺潺地绕着军营流过，和煦的春天就要到来了。

早上，雾气还没有消散，有几个衣服褴褛、灰头土面的人涌到了明军的大营前。大呼小喝地要见守门的把总。

他们被挡在离大营几十步外。

"你们是什么人？"

明军的一个哨官问他们。

"你看不见吗？我们是明军呀，是杜大将军派来的！"

大营的明兵打量了他们好久，看出他们的衣服虽破，可的确是大明的军服，就让他们靠近了些。哨官奚落他们说："你们怎么搞的，像一群讨吃的乞丐？"

"我们在萨尔浒和女真人打了几仗，还不成这样子了？要是你们也和女真人厮杀上几回,衣着也就像我们一样‘好看’了!”说着笑了起来。

“你们来干什么?”

“杜将军有书信交给你们大将军!”

“拿令箭(号矢)来看!”

领头的一个“信使”把怀中的令箭摸出来交给哨官查验。

哨官接了,仔细看罢,令箭上的花纹和关防那是没错的。他不敢怠慢,赶紧把信使和他们一伙人放进寨门。对他们说:“兄弟们稍待。”就去报告他的把总去了。

把总看了令箭,又飞跑去报告传令的中军。

当中军把令箭上呈给刘綎的时候,他刚刚起身,朦胧着两个醉眼看了看说:“他杜松是总兵,我也是总兵,他怎么敢拿令箭传我?——那些狗日的呢?”

“在大营门口……”中军报告。

“叫他们滚进来!”

中军赶忙跑出去,不一会儿,他领着信使和他的随从走进将军的大帐。信使刚要给将军行礼,刘綎吼道:“滚一边去!”

信使只好低头站在一边,瑟缩着把信呈上去。

刘綎没耐心看书信,扔在一边:“他姓杜的和本人同为大帅,他有什么资格向我传令箭?”

“小的不知……”信使回道。

“杜松派你们来有什么要紧的事?快说!”

“我们主帅来信的意思是催您迅速进军,在赫图阿拉会战……”

“为什么不传炮?”

“边地烽堠不便,此去建州五十里,三里传一炮,不如飞骑更快!”

信使的话还是有道理的,明廷在边防设了许多的卫、所,在卫、所之间,还有相连的据点。一有紧急情况,便次第发炮,迅速地传到整个前线。可是,有时风向不对,或者下一卫、所听不到相邻的炮响,那音信就断了。

刘綎听了久久不说话,只是恶眉恶眼地瞅着从杜松那里来的信使。

中军很害怕,他怕主帅一发火,把信使杀了,他才不在乎军法和律条哩!

一次,一个把总在几天奔袭中嘴馋了,就叫士兵偷了人家几只鸡,在歇息时煮了下酒。这本不是什么严重的事,正巧他的一个亲戚来说,他的家被过路的明军抢劫了个干净,他就来气了。他把那军官叫来,问他为什么当土匪?

那军官反驳说:“我有错,将军可以惩罚我,但不可以骂我!”

刘綎火了,他把那军官一把抓过来,掐着他的脖颈儿叫道:“你抢劫老百姓,不是土匪是什么?说呀,你给我说呀!”

那军官怎能说得出,将军把他生生地掐死了!

中军忙说:“将军,您巡营的时候到了,让信使回去吧!”

刘綎这才对信使说："你回去对那姓杜的小子说，三天后，我到达赫图阿拉，到时候，他若贻误军机，我就上本参他！"

杜松的信使走后，刘綎立刻把参将和把总们叫来，把杜松的来信给他们看了，然后宣布立即拔营进军，直奔赫图阿拉。

将军们觉得很是突然。他们没人敢反对他的将令，只是对杜松的来信深表怀疑。

黄宗周说："我听说杜将军在萨尔浒遇到了劲敌，努尔哈赤把几个旗的兵力都拿到那里去了……"

"拿到那里又怎么的？难道努尔哈赤还能把杜松的三万大军吃掉？杜松可不是好捏的包子，他会把努尔哈赤噎死的！"

参将王也弟说："是的，努尔哈赤是绝对打不过杜松将军的精兵的，但他可以拖住他呀，杜松将军要从几旗兵力中挣扎出来，也比咱们落了后，他怎么会有心思派信使催咱们速速进兵呢？"

"王老弟真会动脑筋，可是我也会呢！"刘綎向他撇撇嘴，不屑地说："你说，努尔哈赤把几旗兵力拿去对付杜松去了，那么咱们周围的女真军队有几旗呢？你瞧，皇太极在这里，代善在这里，那个额亦都也在这里，听说，那个阿敏现在守着赫图阿拉。你那儿消息确实吗？"

他有个养子名叫刘招孙，是他的一员猛将。这时也在刘綎的身旁，他拿过那封信翻来覆去地看了一会儿，提出疑问说："我见过杜将军的书法多次，好像这不是他的字体……"

"你懂什么？"刘綎斥他道，"一支军队的主帅，写封信还要自己动手吗？他属下那么多幕僚是吃屎的？"

混进刘綎大营的"杜松信使"，都是皇太极派去的。

刘綎的大营目前看还是固若金汤。后金人马即使再多也奈何不了他。最好的办法就是把他引出来，在行动中把他冲乱消灭。

在讯问明军的俘虏时，他得知刘綎的消息很闭塞，他至今尚不知杜松军已经灰飞烟灭，还知道了刘綎和杜松的关系很不好，相互间嫉妒、拆台。

皇太极就利用这两点构造了自己的计划。

他从俘虏来的明兵中，挑选了几个机灵的，还没剃过头的，叫他们扮成杜松的信使。杜松的令箭、杜松军的军衣，更是要多少有多少。皇太极是通汉文的，他为杜松草拟了几封信，都觉得不很像，不敢交给假信使前去冒险。最后他派人送到现在努尔哈赤身边的范文程，请他修改。

范文程看了皇太极的拟稿后说："这些将军只有在给皇帝写奏章时才请书吏认真地写，他们相互间都是很草率的，有时，连骂人的话也写进去。四贝勒的稿子太认真了！"他便顺手加以修改，叫来人捎回。他还警告说："这事不十分可成，因为总兵间是不会互相传令的，要是有什么建议，都是请主帅转达……"

可是皇太极考虑再三，还是打算走这一步险棋。

这一步，他走对了。

谁也拗不过刘綎，第二天大早，他的这一路军就开拔了，这里离赫图阿拉仅仅几十里，他想朝发夕至，最多苦战一夜，就把努尔哈赤的老巢拿下了！

面对着周围的旗兵，刘綎还算警惕，他嘱咐部将准备一边作战一边行军，别指望一路顺利。他的编队是：步兵在中间，炮车放在每哨营里面。前后有骑兵来回联络巡视。还不时地放出探马侦察。他指示：大炮是咱们的克敌之宝，在任何情况下，都不得丢弃。

他和赞理黄宗周居中协调指挥。

他们本来有大量的辎重，他吩咐只带几天的粮草，其他的大部烧掉。他对将士们说："到了赫图阿拉，什么都有。到不了赫图阿拉，咱什么都别想了！"大有孤注一掷的意思。

尽管他和黄宗周谋划得十分周到，他们却把这一步棋走错了。一离开营寨，明军就被暴露在千山万壑中了。

道路崎岖难行，爬山下谷，穿林海，涉莽原。这几日天气又出奇的好，山林间的积雪开始融化，到处是河道沟渠，到处是沼泽水潭……

部队没走多远，就浑身湿透，风一吹冷得哆嗦。

有时为了迂回一个山头、躲避一摊积水，不得不绕道或者分几路前行。

一种说不出的惧怕从明军的心底油然而生，他们知道大自然把他们给拆散了，打乱了。

离开阿布达里将近有半天的路程时，几匹快马追了来，他们是主帅杨镐的信使。因为他们认识刘綎和他的主要部将，很快刘綎就接见了。

"刘将军，赶紧回程！"信使张口岔气地说，"西路和北路全军覆灭，杜将军为国捐躯，马林将军下落不明！"

"什什……什么？"刘綎这个从不知害怕的将军，也满脸惊惧了，"你，你，你再说一遍……"

信使把杨镐的书信呈上，把刚才的话又说了一遍。"大帅令你们东路军和李如柏将军的南路军赶紧退回原地。"

杨镐的书信没人看，被从大帐缝隙钻进来的风吹得飘飘摇摇地落在地上。大帐里死一般的寂静。

呆了好一会儿，刘綎才说："杜松将军广有智谋、勇冠三军，而且他们一路是人马最多的，他怎么会？……"

信使着急地说："将军不要迟疑了，现在您就下令往回奔吧，在路上，我会把详细情形禀告您的！"

"好吧，现在咱们就扭头回去。"刘綎说，"不过，我这一两万人，翻一个个儿也不是太容易，总得拿出半天来吧……"

"我的刘爷爷，"信使急得团团转，"现在情况这样紧急，您就不要按规矩来了！扔掉所有辎重和老弱伤残，甚至您那些从地方上自招的兵丁也别要了，能把您的嫡系部队带回去就是万幸了！"

听了信使的话，刘綎发起火来："杨大帅就被努尔哈赤吓成那样子？我不走了，我倒要看看努尔哈赤怎样把我吃了！"

信使和闻风而来的将军们一齐围在刘将军身旁，你言我语地相劝。他们说这不是怕努尔哈赤的事，这是军令，军令是不可违抗的，杨大帅一定是从全局考虑才下令退兵的。

一直到了这天午后，刘綎才下令后队作前队、前队作后队，向南撤退。

这时，东路军由于要涉水爬山，已被分割成一队队、一团团，刘綎的撤退令一个时辰后，才传达到全军。部队一下子就乱了。乱的原因大概有两点，一是心理上的，原先就窝在心里的惧怕，这时浮现出来。他们以为遇上了大敌，可女真人又不知在那里，害怕变成了慌乱。二是组织上的，各营各哨都要集合自己的队伍，这里吹号角，那里鸣锣鼓，战士们一时像没头的苍蝇到处乱钻乱撞……

就在这时，周围十多个山头上站出几万的八旗兵，好像从天而降一般。帽上的红缨似一簇簇的火焰，连成一片的黑箭衣如乌云堆积，而他们手中的刀剑犹如闪耀的雷电。这只是一瞬间的印象，接着，他们就从山冈上呼啸而下！

明军从意识上立刻就崩溃了，在这乱纷纷的情况下，他们觉得无法抵抗。现在支配他们的是一种动物的本能：找块安全的地方赶紧躲藏，躲藏！

这时，战神出来了……

刘綎顶盔贯甲，骑着他的铁青马，手举镔铁大刀，对他的将士呼喊着："大明的将士们，不要慌，不要乱。不就是来了几个鞑子吗？在我们面前，他们不过是些无知无识的猪狗，难道你们怕自家的猪狗吗？我们来到辽东，不就是为了宰杀这些无君无父的野畜吗？现在野畜出来了，我们正好过一把大杀大砍的瘾！……"

刘将军的怒吼有如雷霆，在千山万壑中滚动、回荡。

部队的情绪有些安定了，他们开始急急地寻找自己的营队。

"弟兄们，不要去寻找原来的部队，你站的地方就是你的岗位，将军们，你也不要集合你的部属了，你周围的人马，就是你现在的部属，你就带领他们英勇奋战吧！……"

刘綎真的是一位了不得的将军，他的镇静和指挥，使全军开始了有效的抵抗。

但皇太极的八旗兵有他们数倍，就是三个对付一个也绰绰有余。本来就散乱的明军被他们纵横穿插，分割成七零八碎的小块。旗兵像一群群饿极了的狼，正在吞噬着一堆堆的血肉……

明军的抵抗是英勇的。他们早就听说努尔哈赤对俘虏赶尽杀绝，与其被俘后绳捆索绑地砍头就不如死在战场上了！所以他们大部拼死地抵抗着。这也激怒了女真人，即使有的明军仆倒了、没有武器了，甚至在他们面前跪下了，他们也绝不放过，照样杀掉……

刘綎把身边的侍卫都赶走："别管我，到前面去，尽量地多杀敌人！"

哪里的情况紧急，刘綎就冲向哪里："老子来了，尝尝刘爷爷的大刀吧！"他把大刀抡得呼呼作响，哪一刀也劈死几个、十几个敌人。

皇太极起初想活捉他，不想下死手和他拼打。后来见他伤人太多，就令旗兵向他放箭，旗兵们惧他那威风凛凛的模样，发的箭往往不准，想沉静下来仔细地瞄准，可是他像旋风般过来了，不是被他劈死，就是被他的马踏死……

皇太极拍马迎了过去。

“刘将军，你的人马已大部被我们消灭了，你为大明也尽了力，该保全自己了。大汗和我对您深深敬重，您若是投了过来，让您做上将军！”

“上将军”是战国时对领兵主将的称谓，皇太极一时找不到个引诱刘綎的职位，就这么说了。

刘綎不理皇太极，拍马冲过来就砍，皇太极没有拿刀剑，只手挽着一张搭箭的弓，他急急闪过后，回身给了刘綎一箭。这一箭射中刘綎的后颈。

刘挺把刀换给左手，右手反向后面，把那支在他后背拖着的长箭扯下来，看了看，箭镞上带出杏子大小的一块肉，他塞在嘴里吃了。

就在这个当儿，他又身中多箭，挣扎了几下，就从马上摔下来。

旗兵们围过去。

“不要杀他！”皇太极喊道。

可是他赶过去时，刘綎的头已被割下来了。

“不要侮辱刘将军，把他的头装上！”皇太极吩咐。

到了过午，战斗结束。女真人获得了战车百多辆，战马上千匹，大炮几十门，另外别的武器不计其数。清点俘虏也有近万人……

皇太极跑到俘虏面前，对他们说：“……过去有人给我们造谣，说我们捉了俘虏就要杀掉，那是诬蔑，女真人和大汉人，自古以来就是兄弟，我们为什么要杀你们呢？我们恨的是你们的朝廷和贪官污吏。是他们欺侮我们几百年，我们忍无可忍才起兵报仇的，这和你们一点儿关系也没有！你们留下来很好，我们给你们饭吃，给你们衣穿。愿意种地的就拨给你们土地，不愿意留下来就回关内去吧！”

皇太极说完后望着他们。

面前的俘虏没有动，听了他的话，有人翻了翻眼皮，又低下头去，他们还不太相信皇太极的话。

又等了一会儿，还是没人说话，就下令押解他们回赫图阿拉。

皇太极从俘虏中挑出十几个身强力壮的人，要他们把刘将军的遗体运回内地。

“你们可以在这儿稍等，等我派人把棺木送来，你们就好装敛启程了！”

后金兵正要收拾战场，忽见南边来了黑压压的一片人马。那是刘綎的监军康应乾的一彪军队和他接来的两千多朝鲜军。

皇太极、代善急急列阵迎战。

可是，懈怠了的军队一时很难振作起来，组织有效的冲击。头一回合，他们就败了，八旗兵撤退到富察草原以北。

皇太极、代善骑着马绕着部队大声鼓励他们：“八旗的兄弟们，拿出勇气来，敌人又给我们送东西来了，我们是收下呢，还是让他们带走呢？我们已经打垮了明朝的十万大军，是争取全胜呢，还是给他们留一点儿呢？大汗在赫图阿拉等待我们凯旋而归，要是我们让一部分敌人跑掉，我们该怎样对大汗说呢？……”

下面各级额真也把皇太极和代善的话反复地给将士们讲述。很快，八旗士兵的士气又高涨起来了。他们表示不获全胜决不收兵！

皇太极把八旗兵又带到前线。

在刘綎的一路军中康应乾的军队是很善战的，他们执竹竿长枪、披藤皮甲。朝鲜兵就差一些，他们只披纸甲，戴柳条盔。要害是朝鲜兵不知为什么要来中国和女真人拼命，这就大大地削弱了他们的战斗力。

康应乾把自己的军队放在前面打头阵，把朝鲜军安排在后面和两翼随军冲击。他的计划是把枪炮等火器排列在前面，当枪炮把女真人压得抬不起头来的时候，就冲上前去，一鼓作气地把敌人打垮。

战斗开始后，康应乾的部署十分奏效，集中的枪炮火力把八旗兵压住了。他们藏在山林茂草中不敢出来。这时，康应乾就挥师前进……

可是，上天来给女真人帮忙了。就在这时，北风骤起，明军火器造成的烟尘返回了他们的阵地，天地漆黑一团。皇太极见机会又到，在马上高呼：“看，上天帮助我们了，天爷降下黑气裹住了敌人，兄弟们千万不要辜负老天，杀呀，杀呀！……”

女真人是十分信仰上天的，这时一股无名的力量鼓舞着他们，犹如泰山压顶向明军冲去。“杀呀，杀呀……”

突起的大风、黑雾不仅使明军大大减弱了战斗力，也给他们心灵上以很大的震慑。他们的枪炮失去了作用，在黑暗中他们也辨不清敌我，完全乱作一团。

在这场混战中，明军很快瓦解，康应乾好歹逃出了一条命。

朝鲜领兵的都元帅姜弘立在“欲走则归路已断，欲战则士卒股栗”的情况下无可奈何地向皇太极投了降。

朝鲜的元帅、将军姜弘立、金景瑞等人被解到赫图阿拉后，努尔哈赤待如上宾，五日小宴，十日大宴。

努尔哈赤一直十分注意对朝鲜的笼络，他想用这办法把大明的这一属国拉到自己身边，使自己免去后顾之忧……

第七章 捷报频传 八旗军显神威

一

至此，萨尔浒之战已经结束。前后打了三大战役，不到十天就决定了胜负。这是努尔哈赤和明朝进行的第一次大规模的战争。这一胜利，对后金的存在、巩固和进一步发展有着决定性的意义。后来的乾隆皇帝曾说：“我大清亿万年丕基实肇乎此。”

明神宗一辈子没做点什么大事，到了晚年，在大臣们一再吁奏下，认识到了辽东边防已岌岌可危，才下决心调兵集饷打这场大仗的。不过他和他的臣僚们没有估计到努尔哈赤会有这么大的势力和能量，以为“大军一到，边寇即可服伏”。

这样的情绪也影响到了领兵的将军们。

杨镐虽看到了进剿的困难，但他顶不住朝廷的强硬催促，另外，他也急于事功，想拿出点成绩来给朝廷看看，证明过去对他的处分是多么错误。就在这样的情况下，他才把大军送到了冰天雪地中。他终究不是一位有才能的将军，一开始就把十万大军分成四路，好端端地把自己的力量分散了，给了努尔哈赤以各个击破的机会。

杜松曾劝他说：“努尔哈赤已羽翼丰满，不可轻视。”杨镐没有理睬。

刘綎和杨镐早就有矛盾。他说：“从宽甸到赫图阿拉道路不熟，地形不明，请求缓一步进军。”杨镐以为是对他个人的意见，就怒斥道：“国家养士，正为今日。若再临机推阻，当军法从事耳！”

杜松、刘綎、马林等将军过去都战功卓著，进军前虽再三犹豫，却从心底里瞧不起努尔哈赤的八旗兵，认为他们虽不是昔日可比了，但比起国家的正式军队来只不过是有组织的草寇罢了，因此也就不那么放在心上。

还有将军之间的不和呢！情不和就志不协，他们就没法协调统一作战。杜松和马林两路大军被歼，刘綎竟一无所知！

这次大战，明廷文武将吏死者三百余名，军士死者四万五千八百余人，损失的马匹、枪炮难以计数。

后金也有许多牺牲，但他们是战胜方，收获极大，据说，这次战后各旗的仓储都十分充盈。那大大小小的“额真”和战场勇将，几乎都成了富翁。就是一般士兵，也家财不菲了。于是上下皆大欢喜，都盼望着再有这样的战争才好，那士气比什么时候都高涨。所以说，它的政治意义比胜利本身重要得多。

后金的朝廷中最得意的要算皇太极了，他从头至尾指挥和参加了三大战役。他的勇敢和谋略，全军上下有目共睹。在大军班师时，大汗在赫图阿拉城门外扎了彩门迎接。皇太极和代善、阿敏、莽古尔泰走在全军的前面。可是，大汗却笑呵呵地只望着皇太极，还推开皇太极的卫兵，亲自为他拉着马缰。

皇太极急急地跳下马来，向父亲跪下，口称：“孩儿不辱父汗之命，打败了来犯之敌，凯旋归来了！”接着从袖筒里拉出一方白绢交给努尔哈赤，上面写满了这次大战的收获和战果。

努尔哈赤接了，把皇太极扶起来，对他说：“好孩子，有你这样的子孙，爱新觉罗一家就兴旺发达了！”

努尔哈赤的话，是当着几大贝勒的面说的，其用意他们当然十分清楚。他们嫉妒，他们艳羡，他们也替身为太子的代善抱屈。

代善带领贝勒、将军们在皇太极之后向大汗致敬，却满面愧色。也许是他多心，大汗看他的眼神是冷冷的。

他想起大战前夕因和大福晋一事受到的申斥。

在这场大战中，他的表现是很不错的，就是苛求的大汗也挑不出一点儿错来。但他不想得到父汗的称赞，如果大汗能够宽恕他原谅他，就喜不自禁了。

努尔哈赤拉着皇太极的手，走向自己的五匹红马拉着的装饰得花团锦簇的大车。

“父汗，孩儿不敢接受这样的荣誉……”皇太极害怕地站住了。

“孩子，怎么了？”努尔哈赤问。

是的，自从努尔哈赤在建州起事，大大小小的战事不下百场，建立功勋的将军也以百计，他从来没有用这种方式嘉奖过有功将领，最多也就是拉着立功将军的手，和他并辔走进赫图阿拉，在庆功会上，给他们这样那样的“巴图鲁”的称号，怎会赐给这样天大的荣耀呢？

“父汗，这场大战之所以取得辉煌胜利，绝不是我一人能力所及。众贝勒和五大将都立下了可载史册的殊勋。特别是我大哥代善，没有他的襄助，皇太极是完不成父汗交给的艰巨任务的！”

他说这几句话时，在他身后的众贝勒和大将们听得清清楚楚。

代善感动得低下头，用衣袖悄悄地抹着溢出眼角的泪珠。

别的贝勒、将军心里的不平和嫉恨也就消失了。

努尔哈赤回头看了他的子侄和五大将一眼，对皇太极说：“我儿有一颗金子般的心，父汗就不勉强你了！”说着他和其他三位贝勒以及五大将军一一拥抱，然后上马，和他们一齐并辔进城。

这日，赫图阿拉张灯结彩、锣鼓喧天。所有的人都拥到大街上且舞且唱迎接自己的亲人归来。第二天，努尔哈赤和皇太极、代善等带了大批财物，到牺牲了的牛录额真以上的军官家里去慰问，别的军官也仿效他们的样子，亲自到牺牲了的部属家里进行安抚，这样一来，女真上下更加团结一心，期盼着事业有更大的发展。

过了几日，努尔哈赤召开庆功大会。除了皇太极外，给了代善等贝勒、将领以各种称号和赏赐。

皇太极没有得到奖赏，大家都感到奇怪，有的甚至愤愤不平，竟有人联名上书大汗，请求对四贝勒予以应得的奖励。

努尔哈赤没有理。

皇太极心里却没有不平，甚至比得到奖赏还高兴。大家都莫名其妙，为此莽古尔泰还去找过大哥。

代善叹口气说：“没给四贝勒奖励，那就是最大的奖励。”

“我不明白，”莽古尔泰说，“大哥，你给说清楚呀！”

代善摇摇头，没有再说。

在萨尔浒大战结束后，努尔哈赤宣布把女真改称满洲。

回到赫图阿拉后，皇太极没有立刻回家，帮着努尔哈赤处理战后的许多事。直到大汗屡屡催促，他才回到离大汗宫殿不远的府第。像往常大战后归家一样，妻妾家人按规矩迎接。大福晋博尔济吉特氏对他说：“你到她们那里去吧……”

“为什么？”皇太极很惊讶，“按规矩我应该先来你这儿。”

“就破一回规矩吧。”

“离开了这许多日子，你就不想我呀？”皇太极嘻嘻哈哈地说。

“想，她们更想……”

“真不知你搞些什么名堂。”

大福晋低头说：“连妻子的心事都不知道，还算心心相印吗？”

皇太极想了想，恍然大悟，他明白了大福晋的心思。她是为了全家的和谐和团结，是为了显示自己的宽容和大度。另外，她有大事想和他从容商议。

“好，我听你的。”皇太极说，“可是日后你可不要埋怨我呀，你今夜可就难熬了！”

大福晋啐他一口说：“去你的吧，还在这里啰唆什么！”接着就把门关了。

从这日起，皇太极在别的几个福晋那里留恋了多半月。这个不到三十岁的汉子把自己的几房妻妾都“爱怜”得变了模样，也就是说，她们得了皇太极的雨露后，像花草一样变得更加娇艳了。

一天晚上，他推开了大福晋的房门，丫头通报后，博尔济吉特氏便出来跪接。皇太极把妻子拉起后，看到大妃比起别的妻妾来另是一番娇媚，有着她们从不具备的美艳。她的美是另一种，端庄、雍容，国色天香，有着无比高贵的神韵。这几日他的那几位福晋变着法儿伺候他，招惹他，挽留他，那种难描难画的把戏，羞得几个丫头都红着脸远远地跑开。这位战场上的将军，在床笫上也是别人比不了的英豪。

他在大福晋面前却规矩了。

“和她们玩够了？”大福晋低着红红的羞面，向皇太极翻了一下眼皮问。那话里有着别人无法体会的怨和情。

“福晋，这可是依你的安排……”

“还有精力到我这里来吗？”

皇太极想了想，咧开嘴说：“我的亲亲，大半给你留着哪！”

“要不，你再休息几日？……”

“别难为我了，福晋！”说着，他挨着福晋坐在她的身边。

福晋好久没有说话。皇太极在想是哪些事上惹着福晋了？正想说几句话表白一下，福晋的粉嫩脸靠在了他的肩上，接着，抬起玉手给皇太极解着纽扣……

过了会儿，他们拥被并排斜倚在炕上。

“皇太极，我祝贺你！”

“你才想到要祝贺我？”

“那一会儿，你也没心听。”

皇太极笑笑：“是的，那一会儿我是野兽，——你祝贺我什么呀？父汗什么奖赏也没给我！”

“你埋怨大汗了？”

“我没敢，但这几天一直在想这件事。我想，是父汗还没想出怎样奖励我吧？”

“他永远不会因为萨尔浒大战的胜利奖赏你了。”

“为什么？”

福晋用手指点了一下皇太极的额角：“你呀，装糊涂呀？”

“我真的不明白。”

“这是我祝贺你的原因。”

“福晋，你聪明绝顶，什么你都看得透，快说给我呀！”

“皇太极，你想想看，咱们后金谁的功勋赶上父汗了？”

“当然谁也赶不上……”

“那，他奖励过自己没有？”

“没有，”皇太极说，“谁有资格奖励他呀，他是至高无上的！”

“是呀，他没有奖励你，是因为把你看成太子了，这是其一。另外，他也在试探你，看你有没有君临天下的度量。”

皇太极没吭声，他在想着福晋的话。“我也曾往这上边想过，可是没敢想下去，代善还是太子呢！”

“他这太子当不了几天了。”福晋说，“你瞧我看得准不准？”

“代善也太可怜了。”皇太极沉吟着说，“他的确是个好人……”

“那不假，但他当不了大汗，治理不了国家，能够担当后金大汗的是你！”

“如果将来父汗把大任交给我，兄弟们未必臣服呢……”

“所以你现在不仅要积功而且要积德。”福晋说得语重心长，“对代善要格外尊重，也要善待各位兄弟和长辈。就是各家的福晋你也要循循有礼才好，那也很要紧！女人的嘴是厉害的……”

“我记住了。”

“我听说你没有杀害明军的俘虏，还要放他们回家，有这事吗？”

“有。”

“你不准士兵侮辱明将刘绥的尸体，还给了棺木，让几个俘虏运往关内，有这事吗？”

“有，有议论这事儿的吗？”

“议论可多了，他们说你破了满洲人的规矩，大汗的规矩……”

“大汗，他说什么了没有？”

“我也给你打听来了，”福晋说，“赫图阿拉城里的汉人都十分高兴，夸奖你的仁义和恩德。几个人向大汗‘告你的状’……”

“父汗怎么说？”皇太极有点急了。

“他说，皇太极做得对，咱们恨的是明朝的皇帝和官僚，不是当兵的和老百姓！”

皇太极乐得搓着手说：“好呀，这件事是做到父汗心里去了！看来他老人家对汉人的态度也有所转变。”

“皇太极，你这样做抓住了汉人的心，等于给后金又添了两旗兵！——两旗兵也没这力量大！你信不信？”

“看你说的！”

“中国古兵书上说：攻心为上，攻城为下。你已经朝这方面做了……”

“这两句话真好，你再给我说一遍！”

福晋从褥垫底下掏摸了一会儿，拿出了一本书说：“这是一部兵家十分尊仰的书，你该好好地读一读。”

皇太极接过来端详着书的封面。上面写着几个端方的字：“孙子兵法”。

“我听说过这部书，可是没见过，更没读过。我未必能够读得懂……”

“可是有人懂呢！”

“谁呀？”

"就在你身边坐着呢!"

"是你呀,福晋?"

"对呀,你若拜我作老师,我就教你!"

皇太极爱怜地看了福晋一会儿,就又把她抱了起来,嚷嚷着说:"我这就拜你老师!可是,先让你尝尝学生的厉害吧!"

萨尔浒之战的血雨腥风,吓昏了明朝的文武将吏。

万历皇帝一连几天驾临乾清宫,接见那些慷慨激昂、痛心疾首的朝臣们。

他的身体已经糟透了,御辇把他送到宫门口,几个身强体壮的太监架着他走向御座。就是这几步路,也累得他气喘吁吁,额上渗出一层汗水。

他的瘦长脸像一张黄纸,要是他闭上眼睛,就煞像个死尸了。

他的娇妃跟着他,照看着他。

前几天,他去了一趟昌平的天寿山,察看了他的寿宫。他曾对身边的人说:"朕就要到这里来了。这一辈子朕没做什么事,可累得朕难以忍受,朕就要到这里来安静地休息了。算起来,朕还算是个有福的皇帝,过去的祖宗比不了,朕的子孙更是比不了……朕真恨不得今日就在这里住下来……"

这有点胡说八道,或许他已经感到自己的来日无多了。

这座寿宫,已经营造了十八年,墓室由五个极其高大的石筑殿堂构成,前中后三殿分外地富丽堂皇,他将和他的两个皇后在这里安息。

他不恋生,可是有人需要他长命百岁。那些妃嫔们、太监们,像附骨之蛆一刻也离不开他。他们劝他像过去一样,把朝政交给大臣们。

"高官厚禄养着他们干什么?天下就让他们操心去吧!"他们说。

可是万历还是挣扎着临朝了。

他说:"朕没有几天了,可是朕还想给子孙们留下个囫囵江山呢!"

他一坐定,群臣们就向他跪拜如仪、高呼万岁,司礼太监令臣僚们平身。

今天御座前设了几张椅子,看样子朝议时间会很长。

从洪武时起,皇上若要和大臣们长时间地讨论天下大事,往往会在金殿上设一些条凳。那东西是用窄窄的木板做的,坐上去很不舒服,只一会儿,屁股就疼痛难忍,但比跪在地上还是好受多了。后来的皇帝把这规矩取消了,只在御座前给年纪大的臣僚赐座,那是几张宽大的椅子,上有棉垫,坐上去十分舒服,可是他们都不敢坐实靠,只用屁股蹭着点边儿,好在皇帝也没工夫和臣子多说话。

朝议开始,方从哲向皇帝上奏了辽东平叛的过程,尽管他怕吓着皇帝,已将那边的实际情况掩蔽了许多,但杨镐的十万大军,除了李如柏的万把人外,全军覆灭已是尽人皆知的事实!他说:"努尔哈赤已不是有些人说的是什么'跳梁小丑',他是关外崛起的能征惯战的统帅。满洲八旗更不是有些人说的是'疥癣之疾',他们的存在已是我朝的心腹大患了!"

他还没有说完，激动难抑的兵部尚书黄嘉善就站起来了，他有腿疾，几次上书乞归，皇上不准。他捋着一把白胡子说："……皇上，辽东有句俗话：'女真满万不可敌'，何况努尔哈赤已有十几万之众！他不是当年的李满住（女真有名的头目），也不是蒙古的也先、俺答可比。他的狼子野心已不仅是想和我朝分庭抗礼！自夺我抚顺以来，他们筑城驻牧、休养兵力、造船运粮、广布奸细，种种迹象表明，他们是想向内地侵犯，进而占取辽沈，威逼京师！要是我们再像过去那样因循苟且，将不堪设想！"

辽东巡按御史陈王庭接着说："贼谋不在抢掠而在攻取。志不在村屯，而在沈、奉！谁如果再把努尔哈赤看做是东北草寇，那将误国害民！朝廷应紧急采取措施，阻挡努尔哈赤的八旗铁骑深入内地，否则，后果将如决堤之江……"

黄嘉善还想说话，周围的人已经对他怒目而视，有人已经忍不住了，顾不得上面的皇帝，高声叫道："是谁因循苟且呢？你是兵部尚书呀！你既然知道情况如此严重，为什么不早向皇上建言？"

黄嘉善被如此直言顶撞，弄得张皇四顾，想再说些话自辩，可是皇上已让别人发言了，他想坐下，屁股却没挨着椅子，跌了个四仰八叉，于是引起了一片混乱，周围的人赶紧把他扶起来。

上年纪的人跌一下了不得，大家看他的嘴角已有些歪斜，太监向万历小声地说了情况。皇上就说："黄爱卿回家歇着吧……"

太监向宫外喊了几名侍卫，把他抬出去了。

黄嘉善那老朽不堪的样子，叫人想起这难以收拾的局面，有些态度激切的臣僚竟哭了起来。

他们这一哭，使朝议的内容有了巨大的变化。大家不再议论辽东的局势了，开始追究萨尔浒败绩的原因。御史左光斗站起来弹劾杨镐。

"杨镐身为主帅，却一再地贻误战机！"他举出事例数端，证明杨镐到职时，只是深秋，他满可以辽、沈之兵力先行进剿。"可是他却推三诿四，安坐沈阳官邸，日赏丝竹管弦，夜拥娇妻美妾。朝廷几次三番敕令他进兵，他却置若罔闻！以至延宕到数九隆冬，大雪普降，他才把十万将士驱赶到冰天雪地之中！……"

说到这里，激愤的大臣们便不顾规矩，高声地指责、詈骂起来。

"杨镐本就是个没什么本领的罪臣，是谁把他上书起复的？"

"听说，还没进军，他就把军机泄露给了努尔哈赤，查一查，这是怎么回事？"

"主帅通敌，哪有不败之理！"

"为什么不委任杜松为帅，他比杨镐好多了！"

"杜松是只没头脑的虎……"

"可杨镐是一只狗！一只不会看家的狗！"

"求皇上下诏，把杨镐逮回京来论死！"

“还有那个李如柏，那是个靠老子升上去的将军！杨镐和他有私，所以他从战场上逃出来了，也得把他抓回来一同治罪！”

皇上皱起眉头，可是他无力制止下面的混乱，他望望太监。

太监走到前面说：“皇上有旨，只留阁臣议事，退朝！”

臣僚们哪里止得住，他们又在乾清宫里吵嚷了好久，才乱纷纷地走出去。

好在皇上没看到这更纷乱的场面，就让几个太监搀扶着到后宫去了。

他大概有点累，阁臣们等了好久也不见有旨下来，直到过晌，才接到皇上的谕旨，召阁臣们到东暖阁去继续议事。

皇上要给他的子孙留个囫囵江山，大概是他的真心实意，所以这一次他还算勤奋，他和阁臣们一连议论了几天，终于决定了几件大事。

一件是派缇骑前往沈阳，逮杨镐回京下狱论死。

另一件是嘉奖杜松、刘綎等死难将士，追赐各种恩衔，立祠表忠。

第三件事最重要，起前大理寺丞、兵部主事熊廷弼兼河南道御史、宣抚辽东。

这时熊弼正家居。一年前，他见朝廷事纷乱无章，又无人听他，他就赌气“乞休”了。敕令下，家属亲友纷纷劝阻，他们说朝廷日颓、宦臣当道，大事已无可为。杨镐不是个没有能力的人，只是壮志不得尽抒，以至于兵败获罪。辽东那是个费力不讨好的地方，咱们何必去重蹈覆辙呢？

可是熊廷弼不听，他说：“国家破败如此，廷弼怎能只想自己！朝廷没让做事的时候，曾几次上书，呶呶不休，现在朝廷让自己去干了却又畏首畏尾，这是男子汉的态度吗？我现在恨不得插翅飞到辽东去呢！”

于是他昼夜兼程、驰骋二百余里，到达京师。在北京，他是有房子有家人的，他却没顾上回家，就一直跑到紫禁城去了。

他要在这儿等候赴任的敕书和关防。

可是，朝廷的事总是不那么顺遂。辽东那么个刀山火海一样的险地，也有人看上了，想通过关系争到手，借以升官发财。几个得势的太监正在为他们的一党运作着……

熊廷弼等了几天，实在耐不住了，就给皇帝上书一封。大意说：辽东为京师肩背，不能等闲视之。要保住京师，就决不能丢弃辽东。河东是辽东的心腹，要保住辽东，河东也不能失掉。开原是河东的根底，要保住河东，开原更不能丧失。他特别强调辽阳、沈阳的重要，如果辽、沈守不住，那京师就十分危险。开原、辽阳、沈阳、京师是一条不能断开的锁链。既要顾全整体，也绝不能忽视局部。

谈到对付努尔哈赤的办法，他说不外三种：一是恢复，二是进剿，三是固守。他反对轻易进剿、恢复，也反对一味地固守。而是主张“坚守进逼之策”，即在固守的基础上步步为营，向前推进。针对后金拥有十万精骑，他请求朝廷给他调集十八万官兵，九万马匹……

他的设想，是在总结张承荫、杨镐失败教训的基础上提出来的，有理有据，自成一理，非别的觊觎此职务者可比。

皇帝把方从哲叫去，叫他看了熊廷弼的奏疏，征求他的意见。

方从哲说："熊廷弼是个极有才干的将军，不是那些有名无实、沽名钓誉者能比。辽左情况紧急，不能再有闪失，请陛下赶紧下定决心！"

于是敕书下来：令熊廷弼以兵部右侍郎兼都察院右佥都御史经略辽东。这是一个带兵将帅的最高职衔了，还赐给他尚方宝剑一把，让他全权行事。

二

萨尔浒战役结束后一月多一点，皇太极请求大汗进军辽阳、沈阳。

代善等嫌他太心急，可是努尔哈赤坚决支持他的主张。

五月，努尔哈赤在赫图阿拉召开军事会议，让皇太极正式提出他的建议。

皇太极说："胜兵可用，这是中国古兵法上屡次提到的。萨尔浒后，大明军队不可敌的神话已经被打破。现在八旗将士没人再害怕和明军打仗了，经过一个多月的训练，战斗力又提高了不少，下面的将士情绪高昂，纷纷请战，我们不能坐失这个机会。"

代善有不同意见，他说："打仗就像人一样，胃口不能太大，贪吃会撑坏肚子。我们要稳妥一点，把胜利成果巩固以后，招兵买马、扩大实力再说！"

过去，在这样的会议上，他总是让着大哥，就是有不同意见，也是变着法子采取迂回的方法提出，这回不同了，他的态度是很激烈的。

他说："我们已经建立了后金国，现在要紧的是扩大国土，像过去那样，抢掠一阵就立即离开，那是流寇的做法，一辈子也成不了大气候！以后我们夺得一处地方或城市后，我们就要在那里守住，把它视为我们永久的国土！……"

这是一个大胆的全新的主张，连努尔哈赤也没有提出过。

与会者瞪大眼睛看着大汗，想听听他的意见。

努尔哈赤起初默默地听着，这时，他抬起头来，眼睛亮光四射，他说："皇太极说得好，他说出了我久积心中的话。过去，我们的行动就像雨水积成的小渠，流过去就没了，只湿了一层地皮，永远也成不了滔滔的大江大河！今后，咱们要像皇太极说的那样，夺得一处地方就巩固一处地方，把它扩充成咱们后金的国土！"

听了努尔哈赤的话，与会者都受到鼓舞，他们活跃起来。

坐在努尔哈赤身旁的范文程赞叹地说："咱们后金国有了这样的见识，就能变个样子，用不了几年就可与大明分庭抗礼了！在下敢断言，也许明年咱们就可在沈阳建都了！"

范文程的话虽不多，但至关重要，他给四贝勒五大将描绘了一幅壮丽的未来图画，而且是并不遥远的未来。

这样，他们都一边倒，倒向努尔哈赤和皇太极这一边了！

但代善并没有最后被说服。

他是个老实人，性格有些固执，这种人总是要吃亏的。

他说："如果像父汗和皇太极说的那样，那更不能心急，以后，咱占了地方就不走，没有很多的将士怎成？我看再有个八旗也不行！再说那得有多少物力、财力呀！……"

努尔哈赤回头斥他道："你真是个死脑筋！没有广大的地面，没有富足的城乡，你老是趴在这穷山沟里，哪里有人？哪里有物？哪里有财？"

几句话就把代善呲得低头耷脑，一声不吭了！

就在这次会议上，皇太极还取得了几项胜利。努尔哈赤听从他的意见，改变对待汉人和汉人知识分子的态度，只要顺从后金，不反抗，不通敌，就一个不杀，让他们各安其业。对俘虏的将士，无论他们过去如何顽固凶残，只要真心服膺后金，就给奖赏和相应的官职。

皇太极取得的最重要的胜利还是努尔哈赤对他的进一步信任。

不过在是不是要立即向辽、沈进军的问题上，还有较大的争议。

皇太极做出了妥协，他说："如果大家认为夺取辽、沈还为时尚早，那就先对明军做试探性的进击，把开原和铁岭拿过来，一来可以察看明军的实力，二来可以借以练兵，一举两得。"

这一主张得到了努尔哈赤的支持。

就在这次会议不久（这年六月），努尔哈赤和皇太极领四万兵攻向开原。

军行三日，大雨河涨。

河面虽不太宽，但波涛汹涌。努尔哈赤说："挑出几十名善泳者冲过河去，也不过半天时间。当他们在那面站住脚后，其余的人就可从容过河了。"

皇太极伏在河岸的草丛里，观察了很久，对父汗说："河那面有一队队游动的哨兵，几十个人恐怕无济于事。硬冲硬打，损失就大了。"

"那怎么办呢？"努尔哈赤问他，"等待的时间越长，开原的守军就越有准备，不如先回去，等时机好的时候再来。"

"父汗，"皇太极说，"咱们的军队浩浩荡荡来到这里，弄个无功而返，那会挫伤士气的……"

又延宕了半天，皇太极建议军队沿河向铁岭那面运动，做出要去攻打铁岭的样子。若是遇到过河的桥梁，便急返开原……

努尔哈赤觉得他的建议有理，便令军队掉头折向西南，皇太极却领几个侍卫沿河潜行。走了几十里，找到了一座桥梁，那里明军只有几十个守护者，皇太极领兵一阵冲打，便夺取了大桥，并通知大部队折返渡河。

那时正是夜半，下着小雨。努尔哈赤、皇太极带兵摸黑冒雨前进。黎明时，他们已到开原城下，并立即挥兵攻城。

在商间崖逃出战场的总兵马林觉得这里是他的老窝，各方面的条件较好，又觉得努尔哈赤已在萨尔浒的三大战役中耗尽了力气，就没有做充分的准备。他招募了一些新兵，正在城外训练，因此也没有关闭城门。

满洲大军的来临，使他们猝不及防，等马林察觉后，城外的新兵已被歼灭，城内大街上也到处窜涌着八旗兵了。

马林知道这是最后一战，他再没有可能像在商间崖那样侥幸逃脱了。于是，他和副将于化龙、推官郑之范、参将高贞等集合身边的明军拼死抵抗，企图将努尔哈赤军逐出城外。

但那是妄想，努尔哈赤军的人数比明军多一倍，且骁勇善战。双方对峙不久，明军就被打得溃不成军，组织不起有效的抵抗。于化龙、高贞皆战死，郑之范得以逃逸。

这时，马林身边只有两个儿子：马燃和马熠。他们在父亲两边跃马挺枪且战且走，想冲开一条血路。

但马林对他们说："在商间崖一战中，我身为主将却从战场上逃出，至今内心愧悔不安。现在又把开原丢了，咱们有何面目活在人间？今日咱们就多多杀敌赎罪吧！"

他们三个人三条长枪跃马冲入敌阵，冲到那里，那里的满洲兵就人仰马翻。

起初，皇太极以为马林父子要冲出城去逃跑，就想放他们一条路，让他们出城，然后在城外的开阔地将他们擒获。但见他们并不想出走，而是折来返去地冲杀，就明白他们的目的了。他指使军士用绊马绳将他们绊倒，乱箭射死……

开原城被努尔哈赤取得，明军又把铁岭白白地送上了。

原来听到努尔哈赤攻打开原，铁岭的守军着急了。本来开原、铁岭、沈阳相依相靠，南北连成一线，开原如果失守，铁岭便孤悬于外，连忠于明朝的叶赫也联系不上了。这在辽东整体战略上是很不利的。

考虑到这一点，铁岭的守将游击喻成名、史凤鸣便尽出铁岭之军急援开原。

他们刚刚过了河，就听说开原已经陷落，就立刻紧急回头，想缩回铁岭。努尔哈赤知道后，就命皇太极紧急追打铁岭援军。

铁岭军一路上损失了过半，到达铁岭后，还来不及关闭城门，皇太极就领兵杀进城去了！转眼间，明军大溃。喻成名、史凤鸣都在乱军中牺牲。

这样，明军在北线已经没有什么重要的据点了！

熊廷弼在赶赴辽阳。

朝廷中有许多大臣支持他经略辽东，有人希望他像李成梁那样，把那里的动荡不安的局势镇住。也有人是为了看他的笑话："你不是自认为有本领么？那就露几手给大家看看吧……"

熊廷弼经过几次的官场浮沉之后，按说应该处事稳重而深有城府才是。可是他不是个接受教训的人。他仍然不拘小节、风流倜傥，动辄对当权者讽刺谩骂，为此他招惹不少人对他嫉恨。

他做御史时，曾有两个很要好的言路上的朋友：姚宗文、刘国缙。他们一齐排斥东林、攻击异己。廷弼前几年主持辽东事时，姚和刘曾希望他做出成绩以壮他们一派的声威，可是廷弼开始瞧不起这两个只会要嘴的朋友了。

一次，姚宗文衔朝廷之命前往阅边，谈话间，熊廷弼和他发生冲突。他攻击那些言官大多没有实际本领，只知拨弄唇舌。姚宗文拾到心里，他说："你过去不也是个言官么？……"廷弼说："我和你们是很不一样的！"

第二天，他们正走在边境线上，忽然廷弼高叫道："女真人杀过来了，宗文快跑！"姚宗文不知是诈，慌忙勒马逃窜，由于过急，竟摔进一旁的壕沟里。

廷弼大笑道："宗文兄，我说得不错吧？你们……靠嘴巴吃饭的人就是不行！"

姚宗文满面涨红地从沟里爬上来，愤愤地说："你呀，算是什么朋友！"从此和廷弼绝交。

那个刘国缙后来也成他的敌人。辽东虽是险地，可也是块肥肉。很多人都想借给辽东募兵筹饷大捞一把。刘国缙也揽到了这个活儿，他给熊廷弼募了一万七千新兵。这些新兵很不顶用，只蒲河一役就溃散了，导致蒲河失守。要是廷弼把这事遮掩过去也就算了，可是他是个眼睛里不揉沙子的人，他上了本章，对刘国缙大加揭露、斥责。刘国缙朝廷中有人，是属于魏进忠（即魏忠贤）一党的，却轻松地过了关。从此，他也和熊廷弼势同水火。

像一切心地坦荡的人一样，人家已经在算计他了，他却毫不在意，依旧我行我素。这次来辽东，本来如同救火，可是他还带了个小妾和许多家人，好像要在那里安家似的。

那个小妾，名缨红，是内地一大户人家的丫头。生得娇小玲珑，娥眉柳腰，一行一动千娇百媚。廷弼常把她抱在怀里，像小猫儿似的抚弄着。

这小女人不仅生得乖巧，还颇通音律、诗文。这也是廷弼喜欢她的原因之一。他想，到了辽东，举目无亲，军旅生活是很寂寞的，有缨红在身边就好多了。

是的，缨红并没有妨碍他的公务，他依旧是雷厉风行。

出了长城以后，沿途到处是逃亡的难民。他们扶老携幼、拖大带小、蓬首垢面、哀叹号哭。一位老汉像是跑不动了，倒在路旁的草地里休息。

廷弼走到他的面前，把他扶了起来："大爷，饿了吗？"

"谁不饿呢，我已经两天没吃东西了。"老汉回答。

廷弼要侍卫拿东西给老汉吃。

老汉吃饱后，又把剩下的装进自己的破烂布袋里。

"你们要到哪里去呢？"廷弼问老人，意思是不仅指老人，还指那些逃难的人。

老人望望他，眨眨眼睛，大概是在想：这是个什么人呢，敢和他说实话吗？

侍卫们对他说："在你面前的是新任辽东经略，是长城以外最大的官儿了……"

老人听了，跪下来给熊廷弼磕头。

廷弼叫侍卫拿过两付马鞍，让老人坐了，自己坐在老人的对面。

老人说："老爷，咱们是到关里去……"

廷弼说:“关里人口稠密,地少人多,怎么养活你们这么多人呢?”

“没想那么多。”老人用衣袖使劲地抹着脸,他想在大人面前,把自己弄得干净些。“大家都想,到了关内,就是死也死在自己人那里……大人,您不知女真人的可恶呀,他们见了汉人就杀,不论老人、孩子都杀干净!”

“明军还有几个将军在那儿呢,刘遇节、王捷、王文鼎他们不是守在清河、抚顺那儿吗?大爷,知道这些人吗?”

“怎么不知道?”老人说,“他们怎么会管老百姓的事?他们还没见女真人的面,就自顾自地跑了!跑得比兔子还快哩!”

“老人家,家里还有什么人?”

“有老伴儿、儿子、女儿、媳妇、孙儿、孙女,可全呢,都是一齐跑出来的,可是,女真人一冲,就都跑散了,谁知这辈子还能不能见面呢!……”说着,老人哭了起来。

廷弼把一锭银子放在老人手里,握起他的手,劝他说:“老人家,求你帮我一个忙:就是劝逃难的人回家。廷弼没有别的本领,但能和辽东人民共生死!只要我在辽东,就不让努尔哈赤和他的八旗兵侵犯辽、沈!——你相信我的话吗?”

“相信!相信!”老人又给熊廷弼跪倒,“你能对一个小小老百姓这样说话,你就是一位顶天立地的大元帅了!像岳飞、韩世忠那样的大元帅!”

离开老人,他下令在各个路口把逃难的人拦住,要跟随的侍卫、幕宾和随从向他们劝说,动员他们各自回家。许多人听从了,也有许多人仍像水一样向关内流去。

几天之内,辽东大地都知道来了一位新的大帅,像岳飞、韩世忠那样的大帅!人心安定了许多。

努尔哈赤听说熊廷弼来了,一时不知道他会有什么动作,就主动后撤了几十里,还放弃了沿战线的二十多个村镇。这影响是大的,辽东的形势向着有利于大明的方向转换。

熊廷弼到辽阳后,那几个逃跑的游击、参将都去经略府报到了。

按过去的成例,新来的经略总是对这样的人慰劳一番,奖勉一番,然后就派给他们适当的职位,让他们在自己的麾下效力。因为这里的边将跑跑窜窜的都是常事,没人拿着当失职对待。可是这回不同,熊廷弼把他们抓起来了。

隔了几天,京师方面就有人跑来给被抓的人说情。有的拿着朝廷高官的书信,有的带着金银财宝,熙熙攘攘、络绎不绝。

熊廷弼决心做一件振聋发聩的事。

一天大早,锣鼓声震动了辽阳城。

人们前一天就看到了处斩逃将的布告,所以顶着满天星斗往城中的校场走去。

辰时稍过,几辆囚车被百名军士押解到校场示众。他们是镇守过开原、铁岭、抚顺、清河的游击、参将、裨将刘遇节、王捷、王文鼎,贪将陈仑四名。

他们被晾在校场上,让全城人前来观看,心中对熊廷弼极为恼很。不过他们以为大帅只是拿他们显显威风，不一定就真要杀他们。

午时正刻，一队队的仪仗来了。最后来了两乘大轿，一乘金幔的大轿抬来了皇上的御赐尚方宝剑，一乘绿幔大轿抬来了新任辽东经略熊廷弼。

熊经略下轿后，先带领众官员对尚方宝剑三拜九叩，然后宣布犯官犯将的罪状，斥责他们身为大明边将，不唯不朝惕暮警、为国戍边，却慵懒怠惰、鱼肉民众。努贼进犯，竟置生民、君恩于不顾，临阵脱逃……实不杀不足以正国法、平民愤！……

到了这时，罪犯们才知道这位新来的经略大帅要真的宰他们了，一齐哀叫、求饶。

“斩！”熊廷弼喊道。

罪犯们被从囚车里拖了出来，刽子手大刀一挥，他们就身首异处了！

辽阳还有一个该杀的官，熊廷弼却不敢动他，他就是镇守铁岭的总兵李如桢。他是功勋赫赫的已故大帅李成梁的儿子，和杨镐一起被拿问的李如柏的弟弟。铁岭被围后，他不领兵援救，城破后又不自领罪责。可是他在京师有着千丝万缕的关系，许多人拼命地保护他，甚至方从哲这样的首辅大臣也给熊廷弼写来了信。熊廷弼的尚方宝剑一时还不能奈何他。

于是，熊廷弼先行把他撤职，然后劾奏罢黜。这是一着险棋，好在几天后，朝廷准了他的奏请，召李如桢回京，以总兵李怀信代替他。

熊廷弼这三下“开山斧”打开了局面，辽东军民上下一心、号令一致。

然后，熊廷弼便在辽沈一线开始浚壕缮城、筑寨建垒，做坚守的准备。同时，他督率军士造战车、铸火炮，打造新式弓弩，教导将士演习新的战法。他的这些做法都大大增强了辽东军民的信心。

此时，辽阳和沈阳之间有些路口已被满洲军切断。熊廷弼派佥事韩原善前往沈阳组织双方夹击事，以恢复交通。可是韩原善怕得要死，不敢出辽阳一步。

熊廷弼很生气，他又派佥事阎鸣泰去，他比韩原善好些，也只敢走到虎皮驿，回来后，他朝着熊廷弼痛哭，请求处分。

熊廷弼明白只用惩办的办法也不行，得给他们做出榜样。他仅带了百名精兵，从辽阳出发经虎皮驿到沈阳，又从沈阳到了抚顺。给他们出主意，督促他们勇敢出击，打通了绵亘千里的防线。

这时已是数九寒天，他的顶风冒雪、不避艰险的精神深深地感动了戍边的各级将士，从而稳定了人心，提高了他们的战斗力。

可是，皇太极不甘心这条战线挡在他们面前，很想试试它的坚固性。

这年冬末，他向努尔哈赤请求带兵向沈阳做试探性的进击。

努尔哈赤极为犹豫，他和皇太极骑上马，一直走到沈阳城边。

他用马鞭指着那黑压压的城墙对皇太极说：“你瞧，真像铜墙铁壁！这个熊廷弼非同一般呀，他知道我们的长处，也知道自己的短处，所以，他来到辽东后，就构筑了一个个的窝，然后就躲在窝里不动。咱们去攻打,徒然地损兵折将。”

“那么,我们惹他出来呀!”

“他不是张承荫,不是杜松,也不是刘綎……”

“他就永远待在他的窝里吗?”

努尔哈赤摇摇头:“现在是冬天,到明年春暖花开,你看吧,他就会步步为营地向前推进了,他会把堡垒慢慢地筑到我们家门口的!”

“他想把我们挤死呀?”

“一点儿不错,那就是他的打算。”

“我们就没办法了吗?”

“有,咱们的办法在大明的朝廷里……”

“说一说呀,父汗!”

“熊廷弼是个有才能的将军,越是有才能他就败落得越快,因为大明朝廷里满是妒贤嫉能的人!他们会把熊廷弼这块大石头替我们搬掉的!”

努尔哈赤在这一点上比皇太极眼光锐利得多,没用了一年,明廷就把这件事替他做了。

一年前,依尔玛给龚正陆盗了令牌,让他回中原去。她害怕了几天,见汗王府中没有动静,就放了心。

努尔哈赤离她更远了,整整一年也没到她房里去。

其实,这也没有什么不正常的。现在汗王的嫔妃中不断地增加新宠,他哪里有精力照顾那些旧人呢?再说,后金建国后千头万绪、百废待兴、战乱频仍、灾荒不断,这副重担,就是春秋鼎盛的年轻人也未必扛得了,何况他已是六十多岁的老人了!

可是烦闷缠绕着她……

这天,她带了丫头哈佳骑马走了出来,在城边儿的小胡同里闲逛着,希望能够遇到点儿开心的事。

走到西门附近的柳林边,见许多女孩儿在追逐嬉戏,她不禁想起自己已去很远的童年,伤心地落下泪来。

“福晋,”哈佳连忙劝解,“您又哭了?您总是泪水不断,人哪里经得住这样长久摧心拉肺地折磨呀!本来今日是出来散心的……”

依尔玛没有理她,又往前走。她想到柳林深处,找个人们看不着的地方,痛哭一顿,好把胸中积存的无名怨气全倒出来。

在柳林边,见一个算卦先生坐一棵被风刮倒的树干上,在向面前的几个人有一搭没一搭地推演六易。

依尔玛下了马,把缰绳交给哈佳,走了过去。

那先生近五十岁,黑面皮,五绺长须。初看有些面熟,仔细一看,吓得哆嗦了一下。

他竟是龚正陆!

大概龚正陆也认出了她，迟疑了一会儿，对众人说："好了好了，今日就到这里，我肚子饿了，得到那边找点儿东西吃！"

看客们走开了，只一霎就剩下他一个人。

依尔玛没有立刻与他说话，回头自顾自地向柳林里边走去。

"福晋，您要去哪里？"丫头哈佳叫道。

"你就在这里看着马，我到里边走走……"

"我陪您去吧，福晋！"

"不用，我一会儿就回来！"

依尔玛进林不多会儿，龚正陆就跟来了。

"五福晋……"

依尔玛站下，回过头来："龚叔叔，吓死我了！您……没有跑出去吗？这一年，您在哪里？"

"别害怕，五福晋……听我告诉您！"

"龚叔叔，您别和我客气，叫我的名字吧。我不愿意您用'福晋'称呼我！"

龚正陆把这一年多的经历对她说了。

他过关后回到了京师，见到了老朋友熊廷弼，在他家里把后金要攻取抚顺的事告诉了他。熊大人立刻和几个大臣上奏朝廷，可是朝臣们没有撼动明廷怠惰成性的"大象屁股"，抚顺还是失守了。

龚正陆怀着一颗报效朝廷的心回到了建州，但他没敢走进赫图阿拉，他在周围游荡了近一年。这一年发生了多少大事呀，当然最重要的是萨尔浒之役……他当过流民、乞丐，做过苦力……他曾被旗兵捉住，令他往前线运粮，差点儿就死在乱军中。他灰心、绝望，觉得自己流浪关外，吃尽苦头，对明廷却没作出一点儿贡献，就想一死了事！

就在这时，他听说熊廷弼来经略辽东了，他就一路讨饭来到了辽阳……

他见到了熊大人，两人谈了一夜，第二天，他就又摸到赫图阿拉来了。他希望能够见到依尔玛，想对熊大人有所帮助……

如果尽着他说，他能够说上半天，但他知道身为福晋的依尔玛绝不能够在这里久留。他说得十分简短。

"依尔玛，你怎么样呢，还好吧？"

"还那样……"她捂着脸哭起来，但她没有让自己沉浸在悲痛里，一会儿就拿手帕把泪水抹干，"叔叔，还是别说我吧，咱们没那么多的时间……你听我说，努尔哈赤被熊大人的高墙深垒、步步为营的策略挡住了，最近他们不会有什么大的动作，再说，他的家庭中又出了大事……"

"依尔玛，那是什么事呢？"

"叔叔，我没工夫对您说，反正不是与明廷有关的事……"

就在这时，外面的哈佳叫了："福晋，您在哪里？您回答呀……"

依尔玛没有回答哈佳，她急急地对龚正陆说："我逢五排十到这儿来……您记住。"

"福晋，我把马拴在树上，进去找您了，您在哪里？"哈佳又叫。

"哈佳，别进来！……"依尔玛急急地跑了出去。

三

九月，代善之子硕托企图弃金投明，半路上被追回来了！

后金满朝皆惊，这是件在满洲贵族中几乎不可能发生的事！

为什么天潢贵胄、太子之子、努尔哈赤之孙，在后金如旭日临空之时，竟要投到他们的死敌——明朝去呢？

努尔哈赤气不可遏，一怒之下，他想把叛逃者连同他们的全家一齐杀死！

但他被范文程、皇太极等臣子劝住了。

范文程说："不管出于什么原因，都要把真实情况弄个清楚，只有调查得水落石出，才能警戒臣下、惩前毖后！"

努尔哈赤冷静下来，命令把叛逃者关进大狱，调查、审讯。

当然，最受震动的是太子代善，半年前他和父汗大福晋的事，已经弄得很尴尬，在父汗面前失去了宠信，在兄弟臣下中丢尽了颜面。现在又出了这么一件大事，他觉得实在无法自处了。

他在父汗脚下跪下来。

"父汗，您把硕托交给我吧，我要亲手把他杀掉！"

努尔哈赤却心疼起孙子来。努尔哈赤很喜欢硕托，在征战中他的表现也是好的，年纪轻轻就有立功表现，且能吃苦耐劳。

"代善，你是怎么教导孩子的？"努尔哈赤痛心地问。

"父亲，我在战场上，有时几个月不回家……"

这也是个理由？努尔哈赤想。爱新觉罗家的成年子孙，哪个不是南征北战，又有谁家的子弟做出这样的事来呢？他觉得范文程说得对，一定得把事情弄个水落石出才行。

起初，努尔哈赤想把调查的责任交给皇太极，可是皇太极推脱了。他说："代善是我的大哥，我不好做这件事……"他推荐了大将阿敦、额亦都和扈尔汉，让范文程协助。

阿敦是大将之一，他姓爱新觉罗，属努尔哈赤本家，在统一女真部落中屡立战功，是努尔哈赤最信赖的近臣。他除了统兵征战外，还是努尔哈赤的侍卫头儿。逢到大的典礼，他就站在努尔哈赤的身后，所以被人尊敬地称为阿敦吓，"吓"就是侍卫的译音。

在后金的统治集团中，他和皇太极走得最近。

皇太极很清楚硕托逃跑是因为什么，但他不愿意说出来，也不愿再招惹代善。因为，他明白代善这一次是彻底完蛋了，用不着再推他一把。他要在兄弟们中留个好印象，不想被这件肮脏事弄脏了手。

实际上，这也不是件难查的案子，很快，事情就弄清楚了。

原来代善很听他继妻的话，虐待前妻之子硕托、岳托。岳托脾气好些，好歹还能忍受。硕托却觉得无法生活，极为沮丧，常常与父亲吵闹。他想向祖父禀告，可是又碍着父亲。他想，将来如果父亲袭了汗位，那他更是死路一条了！于是，他在生母的墓上哭了一场，就逃跑了。

努尔哈赤听了调查的结果，由于他小时候也有过类似的遭遇，对孙子动了怜悯之心。

他立刻下令把硕托从监狱里放出来，眼泪簌簌地抱着他安慰他："孩子，你为什么不对爷爷说呢？你该对我说呀！"

"我不敢，爷爷……"

"有什么不敢的！大金是我创的，你父亲的太子是我封的，你爷爷还没死！"

说着，努尔哈赤流下泪来。

"爷爷……"硕托跪下来抱着努尔哈赤的腿哭道，"我一时糊涂，犯了大错！"

硕托知道无论如何，想逃到明国去是不对的，只这一点就该处死。

努尔哈赤把硕拖拉起来："是呀，你不该那样做。爷爷饶你这一回，以后可不许了。"

"谢爷爷开恩！"

"硕托，今后你如果还想跟着父亲过，很好，他们再也不敢虐待你了。"努尔哈赤爱抚地说，"你要是不想跟父亲过了，就到爷爷这里来……"

硕托给爷爷磕了头，表示愿意跟着爷爷。

于是，努尔哈赤把硕托划到自己的旗下。

事情弄明白了，许多事实证明代善不仅虐待硕托，还想杀掉他！努尔哈赤越想越生气，觉得代善比那个死了的褚英也好不了多少。他野心是小了，但一样的心地狭窄，残忍无道。他连前妻生的儿子都容不下，如何容得了天下人！

第二天，努尔哈赤召开了有长辈、贝勒和大臣参加的会议。

他把代善叫到面前，严厉痛斥："代善，你是我哪个妻子生的呢？不也是前妻吗？但我是怎么对待你的？我把你看作我的骄傲，十分信任你，屡次奖励你，还想把国家交给你，封你为后金的太子，想不到你竟是这样的人！……"

努尔哈赤是很坚强的人，他不会当着众人哭泣，但他说话时，喉咙间有着哽咽的声音，这就使人感到他是如何痛心！

他让阿敦、额亦都等人揭露代善的犯罪事实。

阿敦说了很久，额亦都又作了补充。代善虐待、迫害前妻子女的事实难以抵赖。除了对他们经常打骂外，还分给他们破房子、劣马、克扣他们应得的战利品。分给他们的"诸申"

(百姓)都是没有劳力和财产的困难户,而把有“油水”的富户都分给后妻所生的孩子。

“代善,你说一说,当年我是怎么做的?”努尔哈赤气愤地高声叫道,“我把最好的‘诸申’赐给你管理,你为何不学我的样子呢? 你为什么这样虐待岳托和硕托呢?”

努尔哈赤气得喘不过气来,他要贝勒和大臣都说一说自己的看法。

但下面的人都低头沉默着。

“说呀,你们!”努尔哈赤叫道。

还是没有人说话。

“阿济格,你说!”努尔哈赤点了刚刚有资格参加议事会的十三子,“你还是个孩子,该能够对我说实话吧?”

阿济格站起来:“我说,我不敢对父汗撒谎,大家都怕大贝勒,也怕他的大福晋,要是惹着他们,将来他做了大汗,还能有好果子吃吗?”

“是这样?”努尔哈赤又指名几个人发言,他们说的和阿济格差不多。

“是呀,一个人居然想把自己无辜的亲生儿子杀死,还不可怕吗?”

代善知道自己要大祸临头了,仰起脸分辩道:“父汗,我绝不是无缘无故要杀硕托的……”

“为了什么?”努尔哈赤问他。

“他干下了大逆不道的事!”

“什么大逆不道的事? 说出来!”

“他偷着和他的庶母通奸……是我的小妾喀勒珠对我说的。”

“有这些事吗?”努尔哈赤看着阿敦。

“大汗,绝对没有!”阿敦说,“喀勒珠是在大贝勒的继妻指使下编造谎言诬陷硕托的!”

“我得信谁的呢?”

“大汗,我们已经取得证据了,那个喀勒珠现在门外,时刻等待大汗的传讯!”

代善没话说了,趴在地上呜呜地哭。

努尔哈赤对代善的作为极为激愤和痛心。他哆嗦手指点着代善说:“你……你……你这个逆子! 你偏听继妻之言,竟要亲手杀害亲生儿子! 这样的人,怎能指望你好好对待自己的兄弟? 怎能指望你好好对待臣子、百姓? 这样的人哪有资格做一国的国君? 我怎敢把一国的大权交付给你呢? 我……险些铸成大错! ……”

下面的人屏息敛声地听着,都知道那件大事就要发生了……

“父汗……”有人跪在努尔哈赤面前说话了,他是皇太极,“请允许我说几句话吗? 大哥的罪过是很严重的,但是,他为金国出生入死,立下了不可磨灭的功绩,除了对待家人外,他对兄弟们还是宽厚的……要不是大哥的辅佐,我和将士们完成不了您委托给我的指挥萨尔浒大战的任务……”

“别说了!”努尔哈赤一口叱住皇太极,“你总是为你大哥说好话,快要不分是非了!”

皇太极挨了批评,可是他又捞到了一项政治资本。

斥退了皇太极,努尔哈赤当众宣布:废黜代善的太子位,收回他手中的所有大权,并将其专管的僚属、部众尽行褫夺。从今往后他只是一个普通的庶人……

代善被废为庶人后,极为痛苦。他绝望极了,几次想拔刀自裁,都被他的侍卫救下了。

“滚,不要管我!”他吼道,“我现在什么都不是了,没有了父汗,没有了家庭,没有了子女,没有了侍卫……你们还在这里干什么?”

是的,代善是该遭到树倒猢狲散的命运,可是,仍有一个人在为他奔忙着,那还是皇太极!

他想把这个对他已经无害的哥哥抓到手里,他知道在将来的某一天,父汗还会饶恕代善。

他跑到父汗面前,继续为代善说好话。他说把代善废为庶人的处分是不是有点太过了?纵然他没有资格做太子了,还可以做贝勒、做大将嘛!

“给代善一个将功赎罪的机会吧……不给代善出路,也是后金的一个损失呀,他还能为您为后金做许多事情呀!……”

大汗默默地听着,他冷静多了。但他没说什么,只是拍着皇太极的肩膀说:“我的孩子,要是代善有你这样宽容、大度就好了!”

已经几次了,每逢代善失分的时候,皇太极就得分。

皇太极看到父汗的心活动了,知道他在心底里其实舍不得儿子!于是,就更来了劲儿。

他命令代善的侍卫继续看管好他们的家,保护好大贝勒,不能有一点儿闪失。

一天晚上,代善正如坐愁城,皇太极走进来了。

“大哥……”

“皇太极,你没有我这个大哥了……”代善哭道。

“大哥,你永远是我的大哥!”

皇太极傍着代善的身边坐下,用衣袖抹着他的泪水。

“大哥,不要绝望,事情还不是不可收拾……父汗等待着你向他痛心地认错呢。”

“真的吗?好弟弟,你是安慰我吧?”

“这时候,我还敢跟你说假话吗?”

“告诉我,我得怎样做,父汗才能饶恕我呢?”

皇太极叹口气,“大哥,这件事是你听了老婆话引起的,恕我说句实话,事情都是你那继室给你惹的!父汗对你只是埋怨,对那婆娘才是真恨呢!”

“要是我把她杀了呢,皇太极?”

“我不敢说……”

他们又说了一会儿话,皇太极就告辞走了。

代善一直像个泥胎似的坐着,过了半夜,他才下定决心,抓起他的腰刀往外走。

到了院门那儿，他又站住了。

他的继妻名叫布尔吉，叶赫人，是前几年和叶赫交好时娶来的。她生得美丽、娇小，代善爱如心头肉。布尔吉心眼细小，性格凶残，代善是知道的。但，爱掩盖了一切，她怎样做怎样说，代善都言听计从，所以酿成了今日的一场大祸。

满洲汉子，只要养得起，可以娶很多老婆。特别像代善这样的特殊人物，更是没有限制。可是他们都知道：身边的女人虽多，可是称心如意的女子就难寻了。代善想：要是家里没有了布尔吉，这个家还是个家吗？

天亮时，他来到继妻布尔吉的床前。

布尔吉睡得正酣。

大概她也是辗转反侧到天明吧？是的，一定是这样。

你瞧，炕上的皮褥都揉皱了，烛台上的蜡油流了满满一碗……

“叫醒她，说几句话呢，还是趁她睡着给她一刀？……”

代善哭了。

布尔吉的睡态也是美的。她那娇俏的脸，她那小巧的鼻子，她那长长的睫毛，她那有点肿胀的小嘴……代善想起和她一起度过的那些美不可言的夜晚，想起她像泥鳅一样缠绕着他，对着他的耳朵没完没了地絮叨……

他浑身发烧了，他把刀扔在地上，伸开双臂要抱她。

忽然，布尔吉醒来了，向他睁开那双被睫毛笼罩着的秋水般的眼睛。

“代善，回来了？……”

就在这时，代善从地上拾起刀，向她细细的脖子砍去。

只轻轻地响了一声，布尔吉的头就滚在枕头下面。她那俊美的眼睛诧异地转了几圈就闭上了，好像在问：“怎么了，代善，这是为什么呀？……”

太阳出来后，代善跪到了父汗面前。他说已经把那个拨弄是非的婆娘杀了，并痛心地向父汗忏悔了自己听信继妻谗言、迫害自己亲生骨肉的罪过，表示要坚决悔改。

努尔哈赤听了，久久地没有说话。

他觉得有些轻松，这几天他一直心疼自己的儿子，深感对他的处分有些过分，可是又不好回头。中国历来的皇帝都是金口玉言，后金大汗虽没有达到这样的极致，但也不能出尔反尔，现在下台阶的机会来了。

正好，皇太极推门进来，他没有说话，只是在代善身边跪下了。

“好了，你们都起来吧……”努尔哈赤说，“代善，你知过即改就好……你得向你的弟弟皇太极学习呀！你瞧他心胸多么宽广，这几日，他一直为你着急呢！……”

代善和皇太极搂抱在一起。

努尔哈赤原谅了代善，虽然不能再让他做太子了，却还给他被没收的僚属和部众。恢复他贝勒的爵位。使代善没想到的是：仍让他位居四大贝勒之首。

经过这场事变，屡遭摧残的努尔哈赤的身体衰颓了。如果不议论国事，不谈论战争，他常常现出一副委靡之态。后金朝廷的臣子们都明白，转捩乾坤的一代英豪，他的日子并不很多了。

黎明，大明的弘德殿。

宫外的走廊、台阶，以及院子里簇拥着许多人，那是在京的四品以上的臣僚们。

他们在丑时正刻就被传唤了来，为的是等待万历皇帝咽下最后一口气。

万历躺在东暖阁的一张大床上，他瘦得只剩一把骨头。那床明黄色的绣着张牙舞爪长龙的薄薄绸被子搭在他身上，几乎是平平的。

几天前，朝臣们就知道皇上"大渐"了。所谓"大渐"，就是皇上的病已无药可医，要一命归阴了，可是没想到拖得这么久。

正史上没说他生的是什么病，可是从另外几本史书的描写猜度，他应该是患的一种肠癌。他先是吃不下东西，后来就不住地泻泄。粪便早就没有了，就拉脓拉血。那种叫人受不了的恶臭，弥漫在周围的宫院里……

太医们对皇上的病束手无策，可是断定他已病入膏肓。在这期间，也有大臣向皇上进过一些民间的偏方，吃了一两剂，都没见效。一两天前，那股臭味忽然没了，太医头儿就哭着上奏皇后说："……皇上就像烛油燃尽，无心眷恋这个凡世了……"

于是，皇后忙着传见王爷和近臣，把皇上大渐的消息告诉他们，叫他们做好准备。

其实，他们早就准备着了。

可是，皇上的病又好了一两天。他把近臣如英国公张惟贤、大学士方从哲、尚书周嘉谟、黄嘉善等召了来，勉励他们勤于国事，辅理嗣君，大臣们也对皇上说了几句宽慰的话。

那也许是一种回光返照，皇上拉着他珍爱的娇妃的手，想说点什么，可是一个字也没说出来，就处于昏迷状态了。

娇妃立刻被撵了出去，因为她没有品位，没有资格待在皇上身边。

暖阁以外宽阔的正殿里，候着皇子和皇孙，以及有品位的妃嫔。走廊上站着的是以方从哲为首的阁臣们。

皇上面色蜡黄，嘴半张着，正呼呼地喘气。他的周围是皇后、贵妃，还有几个贴身的大太监。

太子朱常洛这年三十六岁了，可是他没有一点壮年人的朝气。乍看起来，他比父亲年轻不了多少，听说他也是一身的病。但无论如何，他是应该在这里的，可是他说：他怕……

他怕什么呢？是怕他的严父，还是怕这种谁也不待见的场面？这时，他就站在半掩的阁门前，似乎在谛听父皇艰难的呼吸。

忽然，门开了，老太监刘公公伸出头来说："千岁，皇上传见您……"

朱常洛吓得要死，他突着两只大眼睛望着刘公公："怎么，父皇要我……去？"

"是的，千岁。请您来……"

他一步抢进暖阁,要不是刘公公一把拉住了他,他非绊倒自己不可。

皇后走过来,弯下身对他说:“父皇要对你说话……”她又对着皇上的耳边低声说着什么。

突然,看样子已经死去的皇上睁开了眼睛,他朝朱常洛稍微歪过头,似乎说了几句话,可是朱常洛没听清楚。皇后把太子拉起来,让他把耳朵对着皇上的嘴。

朱常洛这样做了。

皇上又说话了,虽然,他说话时,舌头有点直,可还是能够听得清楚。

“……常洛,朕要去了……朕没像列祖列宗那样创下什么丰功伟绩,可也没给他们丢失什么……下面就要看你的了……亲贤能、远小人……国内是不足虑的,你要……你要……”他伸出手,向东指着。

朱常洛没有理会父皇的意思,傻乎乎地看着皇后。

皇后离皇上远一点儿,不能完全听到皇上断断续续的话,但又不能不回答太子,就说:“我的孩子,皇上说,以后,他就要把万里江山交给你了!……”

朱常洛呆了一会儿,接着,就吓得要死似的跪在床前,尖声细气地叫道:“父皇,别呀!……这皇帝还是您来当吧!……儿子没有本领……”

不知皇帝听没听到朱常洛这些不争气的话,反正他把头一扭就没气了!

接下来就有点乱糟糟,皇子皇孙们、后妃贵妇们、朝臣们把早已准备好的丧服穿上,按内外、品级一批批地进宫号哭、拜祭。

朱常洛一直跪在灵前,直到大殓他才被人扶了起来。

朱常洛这几天就像是个没有生命的木偶,一切都听从太监和大臣们摆布,在大行皇帝(大行皇帝,是指刚刚死去,还没来得及给他上尊号的皇帝)灵前跪拜、哭号,换上龙袍登基、接受群臣的朝贺。再脱下龙袍换上孝服把父亲的棺椁送进定陵……

他没有感到从千岁升到万岁的喜悦和激动;相反,他倒羡慕起已经殡天的父皇来。

父皇倒没事儿了,躺在那个为他建造了十八年的豪华地宫里,可是我呢?

正如他之所愿,他没当了一个月的皇帝就跟他的父皇去了,得了个庙号“光宗”。

他的儿子朱由校只是个十几岁的娃娃,被他的奶妈客氏和太监魏忠贤抱上了皇帝的宝座。

大明朝廷两三个月来忙着办理登基和出殡,谁也不知该喜还是该忧,连表情也来不及更换。可是,那些理智的臣僚都明白延续二百多年的大明是快要完结了。

皇上冲龄(幼小)即位,阁臣们有辅佐之责。可是真正管事的是两个人,一是那个曾奶过皇上的客氏(现在已被封为“奉圣夫人”),一个就是新任秉笔太监魏忠贤。

几个月朝廷没顾得处置军国大事,攒下了一大堆。

大学士方从哲和几位内阁大臣把急于要办的大事,一一上奏。其中就有几位言官参劾熊廷弼的奏本。

“主要劾他什么事?”代表皇上问话的是魏忠贤。

“魏公公,主要劾他‘废群策、雄独智,军马不训练,将领不部署,人心不亲附’,还揭露他‘出关逾年,漫无定画。蒲河失守,匿不上闻。上方之剑,逞志作威。’……”方从哲说。

“这些……都是真的么?”

方从哲过去曾经看好熊廷弼,也为他说过许多好话。这一年来他也有点讨厌这个恃才傲物的家伙了,对于他扶持的李如桢的处理,更使宰辅没面子。于是,他说:“大体上……是不错的。熊经略有点辜负先帝的重托!……”

“那就把他撤下来嘛?不能把东北边防这么大的摊儿交付给一个不可信赖的人!”魏忠贤皱起眉头。像魏忠贤这样的人,先天的就对那些自诩耿介忠贞的大臣没有好感。

“好,好,臣下遵旨!”方从哲说。虽然面前是个太监,却要把他的话当作圣谕来对待。

“那么,方大人认为谁去代替他好呢?”公公问。

方从哲只想把熊廷弼拉下来,却没有想到公公立刻就问起代替熊廷弼的人选。他想了想说:“就叫佥都御史袁应泰去吧……”

“那你就去拟一道诏令:任命袁应泰去经略辽东!”

新皇即位,在外的将帅还来不及表示什么,不到一个月就又死了,是为光宗。现在在位的是熹宗皇帝。熊廷弼领衔和辽东的督抚将帅上了一个奏章庆贺。

不到一年,换了两个年号。光宗即位为泰昌,现在已是天启元年了。

八月中旬,正是关外一年中最好的季节。辽阔的平原上色彩斑斓,金黄、火红、深赭、绽紫。就在这一片片的暖色中,也点缀着几点翠绿。天上万里蔚蓝,一堆堆的白云和地上的羊群相映成趣。大雁开始南归了,一队队一行行地慢慢地掠过,抻着长颈凄凉地叫着。使那些多愁善感的文人儒生大发“人生苦短”的感叹。

熊廷弼从前线视察归来,缨红伺候他把征衣换了,正要问他怎样准备饭菜,他说:“就两个人的吧,你和我。摆在院子中间那葫芦架下,我想,今晚的月色会是很不错的。”

以往,他如果白天回来,他总是邀几位同事一块儿喝上几杯,借以商议目前几样急办的事,那样缨红只好在一旁谨慎伺候。

一年来,熊廷弼忙于军务政务,很少有时间和缨红过上一个轻松的晚上。

“缨红,冷落你了。你别怪我,等过些日子,我一定和你好好地乐上一乐!”

这样的话他不知说过多少遍,后来不好意思了,就改口说:“你看,我总是没空,不过,幸亏有你在这里。我在戎马倥偬中,一想到家里还有个你,心里就涌起一股温暖。再累再苦,也甘之如饴了!”

听他这样说,缨红就忍不住要落泪,可是她还是笑着打趣道:“相公,我有那么大的用处么?那,我真的没白跟你来辽东一趟。”

前年,熊廷弼正在家乡赋闲,没事儿,他常到本乡的一家姓沈的乡绅过访。那沈姓当家人沈养正和廷弼年岁相当,也是个风流才子。祖上曾在朝做官,后来归隐田园,现在已家有千顷了。谈起朝廷时事，他们的观点常常一致。激昂时，捶胸顿足、唾花四溅，悲伤处，相对欷歔，摇头慨叹。日子一久，那沈官人看出廷弼对他的小侍女缨红很是怜爱，常常邀她弹着琵琶唱歌，唱的多是《满江红》之类慷慨激昂之词。那缨红似乎也很钟情于这位年纪不小的公子，唱得分外动情……

去年廷弼奉诏将要经略辽东时，沈养正设宴为他送行。宴终时，他牵着缨红的手，把她送给了廷弼，“此去关山万里，雪地冰天，就送一婢子给阁下暖足吧！愿大帅旗开得胜，早日凯旋……”廷弼虽再三推辞说：“挚友之爱，断不能夺！”最终还是收下了。

自廷弼到沈家，缨红就一直称他为相公，跟了他后也没有改口。

缨红把一张小桌放在葫芦架下靠院子的一边，使相公待会儿好看到月亮。她和丫头们弄了几个小菜，虽不丰盛，但都是相公爱吃的。

等月亮升上来，缨红就去请廷弼，见他已伏在床上睡着了。

缨红想：今日就让他睡吧，他也太累了。说是想观月小酌，那不过是为了她……

她把被窝铺好，就轻手轻脚地给他脱着靴子，才脱下一只，廷弼就醒了。

“相公，今日就算了吧，你好好睡，再说月亮也不圆……”

廷弼坐起来，揉揉眼睛说：“我好久没听你唱歌了，有时，我在马上就哼起来，惹得侍卫们都笑我。我那是想你呀，缨红，不过越哼就越想你！”

相公是领兵的大帅了，人也已近半百，可是他仍像个初落情场的年轻人。看他这样，缨红笑他又疼他。

他们携着手走到葫芦架下小桌边，丫头们服侍他们坐下。

廷弼连尽三杯，缨红却只沾了沾嘴唇，她怕弄坏了嗓子。

这时，月亮已升上中天。今晚是八月十三，月亮不是很圆。可是廷弼自有他的说法。他说：“我不爱圆月，我欣赏的是十三四的月亮。月亮太圆满了，就要走向缺损。看来我熊廷弼还有更圆满的前程……”

也只有他这样的人才把话说得这么显露。

缨红没说话，她看了廷弼一眼，低头想了一会儿，就叫丫头去拿琵琶。

“相公想听什么呢？”缨红把琵琶抱在怀中，弹了两三声，问道。

“那还用问吗，你知道的。”廷弼已有些酒意了。

缨红好像早有准备，顺手弹了几句引曲之后，就低声曼吟起来：

琵琶起舞换新声，
总是关山旧别情。
缭乱边愁听不尽，
高高秋月照长城。

“好……这是唐朝王昌龄的一首《从军行》吧？直白自然，但有些悲凉。”

“相公不是爱听我唱王昌龄的绝句吗？”缨红抬起头，廷弼看见她的眼角有亮灼灼的几星泪光。

“是的，他的绝句是好，能不能给我唱一首雄壮一点的？”

缨红点点头，一边轻轻弹奏一边想着。

忽然她的琴声高亢起来，接着，她唱道：

青海长云暗雪山，
孤城遥望玉门关。
黄沙百战穿金甲，
不破楼兰终不还！

缨红一连把这首绝句唱了两遍，那铿锵的琵琶声和她激扬的歌吟把在座的人带往那个风急云暗的古战场。两个丫头终于忍受不了，掩着脸哽咽着进房去了。

“……青海湖上的乌云一片连着一片，遮暗了雪山，站在孤城上遥望远处的玉门险关。”廷弼好像怕别人听不明白，一句句地解释着，“守卫边疆的将士们在大漠中打了不知多少仗，瞧，他们铁片做的战衣也磨破了！可是他们下定了决心，不打败敌人决不踏上归途！……啊，如果今天的将士们都有这样的壮志，辽东早就安定了！”

缨红没有说什么，依旧沉浸在王昌龄的边塞诗情里。

她接着唱道：

秦时明月汉时关，
万里长征人未还。
但使龙城飞将在，
不教胡马度阴山！

熊廷弼听了感叹再三：“而今大明朝中谁是那镇关大将卫青、李广呢！他们有么？他们在哪里呢？……”

缨红望着廷弼，深情地说：“相公不必慨叹，那飞将军如果生在今日，也不过只能做相公这样一些事！”

廷弼注视缨红良久，他觉得小觑面前的这个女人了。说实在的，过去他只把她看成是一个可爱聪慧的女人，把她带在身边只是为了慰藉军旅中的孤寂，没想到她能说出这样的话来，看样子她对今日的大势也是看得清清楚楚的。

“是的，正如你想的，我熊廷弼也只能如此了……”接着，他像是问缨红又像是问自己，“我还能做些什么呢？……”

又过了一会儿，他们无言相对，微风吹得葫芦叶飒飒啦啦地响，更添了无限的冷清和落寞。

“相公，该安歇了……”

“是呀，明日还要早起和几位参将去巡视新辟的战线。”

他们站起身，踏着地上斑驳的树影向房中走去。

就在这时，院门无声地开了。廷弼回头看时，只见副将急急忙忙地走进来。

看他的面色，廷弼就明白了大半。

“大帅，京师来了一位孙公公……”

廷弼摇摇手，叫他不要说下去。“好，咱们到前面去……”

走了几步后，他又扭回头来到缨红身边，搂着她的肩膀说：“别怕，没事儿的，也许咱们就要回京师了，你不是想家了吗？回房睡吧，别等我。”

廷弼一进府衙的敬事房，面前就站起一个人来。他认得那位孙公公，他是朝中新升任秉笔太监魏忠贤面前的人。

“熊廷弼接旨！”

熊廷弼跪了下去。

公公开始尖声尖气地读着圣旨。廷弼尽管心里已经有所准备，可仍然像一棒子打蒙了似的，有点昏昏然。圣旨很快念完了，他却没记住多少，只有这么几句在头脑里轰响着：“出关一年，了无成绩……军马不训练，将士不部署……荷戈之士，徒供挑浚……拥兵十万不能斩将擒王……”末了是“敕令缴还尚方剑，席藁待罪！……”

大概廷弼呆了好久，他听到孙公公催他道：“熊大帅，谢恩吧！”

“谢万岁洪恩！……”熊廷弼磕下头去，等抬起头时，已是满脸泪水……

四

熊廷弼戴罪回到京师，头脑清醒了许多，他知道了自己之所以被赶下台来，不是由于犯了什么过错，也没有圣旨上说的那些罪状，而是惹着了朝廷里的权臣。其中就有他过去的朋友，现在的仇敌姚宗文和刘国缙。他们不仅自己交章参劾，还鼓动他的同党奋力攻击，如御史冯三元就开列熊廷弼的罪状是：“无谋者八，欺君者三”。

熊廷弼气愤极了，上书为自己辩解。

可是这类事情往往越辩越辩不清楚。

刘国缙和他的后台已经为熊廷弼织成了一个很结实的网，尽他怎么挣扎也绝不能逃脱，只能引来更多的人落井下石。御史张修德、给事中魏应嘉继续上书参劾。

此时，熊廷弼虽弄了个“席藁待罪”，可还没有正式撤职。于是他上缴了尚方宝剑，求皇上罢他的官。

朝廷就等他这样做，几天后，他的请求被批准了。

要是别人，就这么罢了。可是熊廷弼来了劲儿，一再地上书请求“复勘”。

他说：“……辽师覆灭，臣始驱羸卒数千踉跄出关。至杏山而铁岭又失，廷臣咸谓辽必亡。而今且地方安堵，举朝帖席，此非不部署、不操练者所能致也！若谓拥兵十万，不能搴旗决胜，诚臣之罪。然求此于今日，亦岂易言！令箭催而张帅殒命，马上催而三路丧师，臣何敢复蹈前轨！……”

这些话说得够尖锐的了。用现在的话说，就是：杨镐的十几万大军完蛋以后，才把这一摊破烂叫我去收拾。等我带着几千瘦弱不堪的人马出关时，还没走到杏山，那个李如桢又把铁岭给丢了。这时，朝廷上的衮衮诸公吓得手足无措，都说辽东算是保不住了。可是现在看看辽东是个什么样子？我们的阵线守住了，什么都有条有理，老百姓也能安稳地过日子。有人骂我军马不训练、将士不部署。“不训练、不部署”能有现在的局面吗？言官们责备我“拥兵十万，到现在还没有把敌人打垮”，那确是事实。但原先想达到今天的这种态势也是很不容易的！想想过去的教训吧：你们曾甩令箭催促张成荫冒险进军，结果是叫他白白地丧命，你们曾几次地派陕马催促杨镐出兵，结果是三路大军都在冰天雪地中覆灭！这事是急不得的，我是不敢重蹈他们的覆辙了……

没有人能够驳倒熊廷弼的自辩，朝廷便派劾告廷弼的三个御史冯三元、魏应嘉、张修德前往辽东调查。

这时杨涟出来说话了。他说：“叫那三个人去是不公道的，应派另外的人去。经来往驳复，朝廷改令兵科给事中朱童蒙前去。”

杨涟也是御史，以大胆、耿直著称。前一阶段，他为新皇帝的移宫案拼命死谏，弄得更出名了。

事情是这样的：光宗死了后，熹宗即位。抚养他的李选侍与宦官魏忠贤想利用他年幼把持朝政，占据乾清宫。朝臣杨涟、左光斗等人不让李选侍和小皇帝同居一室，迫使她迁出来。暂时，他们达到了目的，可是，他们没有改变以后的宦官专政，事后不久，终于连性命也搭上了……

朱童蒙在辽东调查了好久，结果对熊廷弼是有利的。

他在给朝廷的奏书里，为廷弼好一个歌功颂德。

他说：我到了辽东以后，将士和老百姓沿途向我哭诉，他们说辽东的数十万生灵都是熊廷弼大人留下的呀！希望朝廷千万不要轻易地说他有罪！谈到蒲河的战役，他们说：当时形势危急，是熊大人不顾一切地策马带兵相救，那是多么壮烈的事呀！……最后朱童蒙也说了廷弼几句“不是”，但和言官们的不实之词就相去甚远了。

这样，熊廷弼就被放过，但不能恢复他的经略职务。

“我还会回辽东去的！”他对朋友们说，“对付努尔哈赤非我那步步为营的战术不可！你们瞧着……”

朋友们觉得在这场事变中，他能逃出性命就不错了。

可是，几个月后，他真的被朝廷起复又去经略辽东了！

这时大臣袁应泰已代替熊廷弼到辽东视事。

他已五十多岁，原任佥都御史。明史对他的评价是：“应泰历官，精敏强毅，用兵非其所长。”

他一上任，这两点就充分地表现出来了。

他以辽东经略的身份召集将士于辽阳校场，杀了三匹白马祭奠神灵。在誓师大会上表示要把自己的全副身心放在辽东，并激励将士们说：“本帅愿与辽相终始，更愿文武诸同僚与本帅相终始！”

为了树立军威，他像他的两位前任一样，请出尚方宝剑，戮贪将何光先，汰（清除）李光荣以下十数人！然后，他表态说：“你们十多万人在辽东一年有余，干了些什么？只是躲在堡垒里面吗？抚顺等地被努贼占领着，你们就心安吗？下一步咱们就先把抚顺拿下来，向新登基的皇上报捷！”

这话，就有些过分了。在他面前的是熊廷弼带领了一年的将士，他旁敲侧击地责备他们的熊经略，就不怕他们心里难受吗？

廷弼很注意和将士们共甘苦，治军很严，十万人马部伍整肃。袁经略到任后，想把将士们拉到自己一边来，就“以宽矫之”，对将校也多所更易。他没想到这样一来就乱了套。

他还办了一件要命的事。时，蒙古诸部大饥，许多人逃到辽沈一带求乞。袁应泰以为来了“兵源”，就下令招募，一下子就招收了几万人。也有部将劝他不要这样做，“收降过多，恐致不测”。袁应泰哪会听呢！

熊廷弼在辽东时，努尔哈赤和皇太极一年多没有对其发动大规模的进攻。他们也曾试探性地在沈阳周边打过几场小仗，可是没得到什么便宜。知道这个熊大人真像山林里的一只“熊”，和他来硬的是不行的，得等待机会的到来。

可是努尔哈赤的八旗兵也没有闲着，他们消灭了和他们对峙三十几年的叶赫。

叶赫在建州的西北部的叶赫河一带。它的先世本为蒙古的土默特氏，后迁至这里，灭掉了扈伦纳拉部而占据其地，从此为女真纳拉。叶赫河流域土地肥沃、水草丰美，农耕、畜牧以及山林采集都很发达，再加上它人口众多，使其成为女真各部中较为强盛的一族。

建州努尔哈赤的突然崛起，引起了叶赫部本能的惊恐与仇恨。于是便出现了叶赫部纠集九部联军大举进犯建州的军事行动。

在这之后，两个大部落之间虽然停战、友好过几次，甚至彼此通婚，皇太极的母亲孟古姐姐就是叶赫贝勒仰加奴的女儿。但总的说来，他们之间还是以战争为主要关系的。因为打不过努尔哈赤，叶赫一直依靠明朝，历年进贡不辍。

明万历三十一年，皇太极的额娘病重，临死想见上自己娘家的母亲一面。努尔哈赤便派人前往叶赫，请求叶赫首领、大福晋的哥哥纳林布禄，希望满足将死的人的愿望，让他的岳母前来建州见一见自己的女儿。不幸的是，纳林布禄坚决拒绝了这一请求。皇太极的额娘叶赫纳拉氏就带着遗憾死去了。

努尔哈赤悲痛万分，恼怒纳林布禄的无情无义，并感到这是自己的奇耻大辱！他下决心要报复叶赫！

但真正的原因是:叶赫对大明的投靠和依赖。

万历四十一年(1613 年)正月,努尔哈赤灭掉了和叶赫相邻的乌拉部。乌拉的首领布占泰只身逃到了叶赫。努尔哈赤三次遣使要叶赫把他交出,都遭到叶赫的拒绝。

九月,努尔哈赤便统领三万大军征讨叶赫。叶赫首领布扬古、金台石向明廷求援。明朝派出使者责令努尔哈赤退兵。并派出游击马时楠等率枪炮手一千人进驻叶赫。

努尔哈赤仍不愿公开与明朝为敌,便撤退了。努尔哈赤公布的"七大恨"中便有这么一条。

努尔哈赤称汗建立后金之后,特别在攻取抚顺获得了胜利之后,觉得不可一世,就又出兵攻打叶赫。明朝驻开原的总兵马林立刻率兵往援,努尔哈赤害怕腹背受敌,连忙撤军。

经过几次的用兵不成,努尔哈赤对叶赫更是恼恨不已。他不允许在他家的后院里有敌人的一个据点。

萨尔浒战役结束后,又找到一个消灭叶赫的理由。就是叶赫曾经派出两千人帮助过马林。努尔哈赤声言:"这一次如果还不能灭掉叶赫,我就决不回还!"

这时的努尔哈赤已不是往日可比,他的八旗军已有十几万人,还曾几次打败过明军。叶赫也别指望明军再来救它了!

天命四年(1619)八月,努尔哈赤最后一次率大军踏上讨伐叶赫的征程。

叶赫的两个首领之一的布扬古据守西城,另一首领金台石驻兵东城。两城相距两里,依山而建、坚固异常。

后金的将领中如皇太极、代善、莽古尔泰、阿敏等都参加了这一战役。他们如飓风般地扑到两城下,开始猛攻猛打。

初一交锋,霎时就把城外叶赫的几千兵马一扫而空。两首领连忙收缩入城,企图据城坚守。

叶赫两城壁垒层层,是很便于守护的。可是八旗军凶猛异常,甘愿赴死冲锋者极多,不停地架云梯冒飞矢攻打。另外又架起从萨尔浒战役中得来的明军大炮,向城中开火。又从地下挖掘地道,填置炸药进行爆破。三天后,两城皆被攻破。

皇太极的舅舅金台石拒绝投降,他带领着妻子儿女龟缩在自己家中,负隅顽抗。

他的家建筑在城内一座台地上,易守而不易攻。后金将士在下面喊叫:"金台石,下来投降吧,大汗饶你不死!"

金台石提出了投降的条件:"我想亲眼见到妹妹生的四贝勒皇太极,只要看到他,我就下来投降!"

努尔哈赤同意了金台石的请求,派人把正在西城作战的皇太极叫来。对他说:"你舅舅想见你,你去和他说几句话。如果他投降了,当然很好。他若再顽抗,你就挥兵攻打,把他们消灭!"

皇太极出现在金台石的高台下,高声叫喊:"舅舅,你出来呀,你的外甥皇太极来了!"

金台石躲在高墙后面叫道："我从来没有见到过外甥，认不出来！"

皇太极说："你儿子的乳母认识我，让她出来看看。"

乳母站在高台上，立刻就认出了皇太极。

金台石说："既然如此，我就听外甥一句'收养'我的话，如果要杀我，我怎能下来呢？此地是我祖宗之地，死也要死在这里！"

皇太极不忍舅父死在这里，便劝慰他说："舅舅，这些年来，你费尽心机，修建城堡，可是有什么用？现在两城皆破，你被困在高台上，能守多久呢？投降吧，咱们是亲戚，父汗是不会杀害你的！"

可是金台石仍然要皇太极说一句收养他一家的话。

皇太极说："舅舅，过去，你多次攻伐亲戚，都是斩尽杀绝。我额娘临死前想见一见姥姥，你却怎么也不允许！你还有舅甥的感情么？在近十几年里，父汗曾多次派使者到叶赫来，你是怎么对待的呢？你杀的杀，关的关，全不念亲戚之情！现在你的死期已到，却向你的外甥讨价还价了！"

皇太极反复地把这些话说了十几遍，金台石仍然无所动，皇太极绝望地要走开："舅舅，你若下来，我就领你去见父汗，你若再执迷不悟，我就要走了！"

这时，金台石着急了，他站在高台上叫喊："你别走呀，我的外甥！我马上派我的近臣去见你的父汗。"

努尔哈赤对金台石的来使说："过去的事，我不想追究了，你去带金台石来，他投降后，我不会杀他的！"

金台石的使节回去后，便劝他投降，但金台石仍想拖延时间，希望有人来救他。他的妻子儿女见他这样顽固，就偷偷地离开家，跑到努尔哈赤那里去了。

金台石见大势已去，便跳到大火中，他没有烧死，却做了俘虏。布扬古也放下武器投降。努尔哈赤把他们羞辱一番，带回了赫图阿拉。

从此，女真各部完全统一，努尔哈赤去了一块心病。

但，窝在他心中三十几年的仇恨仍未消解，这天，他把金台石和布扬古叫到面前，瞅了半天后问他们："你们告诉我：你们虽然投降了我，顺从了我，可是我仍然恼恨你们，怎么办？"

金台石和布扬古叔侄一听，吓得要死，连忙给努尔哈赤跪下求饶。

金台石说："请大汗息怒。如今叶赫已是您的了，而且千年万代永远是您的，大汗还生什么气呢？"

"想想你们反反复复，给我制造的那么多的麻烦，我就气得发抖……"努尔哈赤恨恨地说。

"再也不会了，大汗……"布扬古磕头如捣蒜，把头都碰破了，"现在关外的白山黑水都是您的了，连明朝都打不过您，叶赫还反复什么！不会了，绝对不会了！"

“你们说的，我都想到过，可是我还是恨得不得了！……”

“那……怎么办呢？”金台石问。

“是不是吃点什么药呀？”布扬古小心地出主意。

“你们得死！你们要死给我看！”努尔哈赤叫道。

第二天他叫人竖了一个高高的木架，把金台石和布扬古吊死了。

努尔哈赤在那木架下，一手擎着酒杯，一手捋着胡须，“欣赏”了三天。

灭了叶赫，努尔哈赤轻松了不少，他的身体却更衰老了。他常对子侄们说：“我年轻时就想给女真人建立一个国家，使他们再不受中原汉人的欺侮，现在，这个国家有了，可以和大明分庭抗礼了！只要你们给我守住就好！”

但，当和他谈起辽沈的明军，他的眼睛就立刻放出灼灼的亮光，他说：“是呀，后金的国都不能在这小小的赫图阿拉，应该到辽阳去，到沈阳去！”

他的性格在变，变的征兆之一就是爱和小孩子玩儿了。

如果没有什么军国要事和大臣们商量，他就到自己的孙儿孙女中去，和他们嬉闹，给他们讲故事。

“来，让我给你们讲一讲咱们的祖先……”

“是哪一位祖先？是老老老爷爷吗？”

“他们的故事已经讲完了，我今日给你们讲的是最老最老的祖先……”

“那他的胡子一定有几丈长了！”孩子们笑起来。

努尔哈赤摆摆手，止住孩子们的嬉笑，轻言慢语地讲了开了。

他说：高高长白山绵亘千余里，风景秀丽、巍峨壮观。松花江、图们江、鸭绿江，三条大江都发源于长白山。山上有一大湖，叫做天池。天池东北六十里有一更加秀美的山，名布库里山。山下也有一池，叫布勒胡里，池水澄碧，清波荡漾。湖光山色，风景如画。

相传很久很久以前，天上三位仙女飘然来到了湖边。她们大姐叫恩古伦、二姐叫正古伦、三妹叫佛库伦。那天很暖和，她们便下池洗澡。

在水中她们快活地嬉戏完了，正要上岸，只见一只神鹊飞来，落到佛库伦的衣服上，把一只通红的小果子放在上面。

她们上岸后，看到了果子，很是喜欢，但谁也不敢吃它。佛库伦穿衣服时，把它放在嘴里，不想，那果子滑到肚里去了。

起初，她觉得没什么，但霎时间后，她觉得身子沉重起来。当两位姐姐穿好衣服冉冉升天时，她却飞不动了。“怎么办呀……”佛库伦着急得哭了。

两位姐姐又落到地面，懂事的大姐摸了摸她的肚子，笑笑说：“妹子，你这是天授妊娠，肚子里已经有个小娃娃了！”

“那怎么好呢？”佛库伦有些慌了。

“不要紧的，你可稍等一会儿，生下小宝宝后，身子轻了，你再走吧，我们在天门那儿等你……”

与姐姐们分别不久，佛库伦真的生下一个男孩儿。

那孩子生下来就会说话，转眼间就长大成人。

佛库伦对儿子说：“你是奉上天之命来到人间的，上天把你生下来，是给了你使命的……”

“娘，儿的使命是什么呢？”

佛库伦向周围望了望，只见四方烽烟缭绕、杀声阵阵，就说：“这个世界很不太平，你的使命大概是平定战乱，给人间带来和平、安宁吧！”

“娘，我得有个姓有个名吧？”

“孩子，你会有的……”

仙女想了想，说：“你应该有个最好的姓，就姓爱新觉罗（真金），名字呢？你将是个伟大的男子汉，就叫布库里雍顺！”

努尔哈赤对孙儿们说：“那位布库里雍顺就是咱们满族的祖先！他真的是个伟大的男子汉，他活了一百零一岁，一生干了许多惊天动地的事业。他平定了周围的部落，连百里、千里外的部落都臣服于他。他还教导子民们放牧、耕种、打猎和采集，他的百姓们都生活得十分幸福……”

“咱们的祖先真了不起！”孩子们眼睛亮亮地望着努尔哈赤，好像他就是今天的布库里雍顺。

“是呀，是呀！”努尔哈赤说，“我们都是布库里雍顺的后代，也都是了不起的男子汉！你看咱们统一了女真各部，建立了后金国，连大明也被你们的父兄打得屁滚尿流！”他哈哈大笑起来。他的笑声那么大，连头顶上的屋瓦都震得筚筚响。

是的，女真人都知道这么个故事，都为自己是布库里雍顺的子孙后代自豪，但这是不足为奇的，因为世界上任何民族都有这么一个大同小异的故事。

汉人的远古传说中有个美女叫简狄，一天，她下河洗澡，见一只燕子飞来，把一只可爱的小卵放在她的衣服上，她穿衣时，把小卵含在嘴里，结果吞下去了。后来她就怀孕生下了一个儿子，名字叫契。契长大成人，帮助大禹治水，被封于商。所以《诗经》里说：“天命玄鸟，降而生商。”那个契便是汉人的祖先之一。

五

熊廷弼的下台和袁应泰的继任，赫图阿拉很快就知道了。

一天，努尔哈赤正和几个孙儿辈聊天，给他们说着统一女真各族的许多惊险故事，逗得孩子们嘘喝连声。

皇太极忽然推门进来,高兴地嚷道:“父汗,正如您所料,一切正如您所料!……”

“什么正如我所料?”努尔哈赤从火炕上欠起身来,望着皇太极。

在他十几个儿子中,最宠爱的就是皇太极了。只有皇太极才可以不经通报,闯进他的寝宫来。

皇太极把大明辽东主帅易人的事详细地说了一遍。

努尔哈赤招呼用人把孙儿孙女们领走,等他们的吵嚷声渐远,他蹭到炕沿,垂下两条腿。皇太极帮他把靴子穿上,扶他下炕,在一张宽大的软椅上坐下。

“那袁应泰是个什么样的人?”努尔哈赤又问。

“那人是个老书生,根本不懂得领兵,”皇太极说,“他连熊廷弼的一个脚指头也赶不上!”

“你也别小看他……”

“我是有根据的呀!”皇太极把袁应泰上任后烧的“三把火”和他吹嘘的话说给父汗听。

“新上任的官不论多么有本领也不能轻易评论前任的功过,更不能草率地移弦更张,要有改革,那得看准了以后,要不,会把已有的格局弄乱的。”努尔哈赤摇摇头,又说:“他把那么多蒙人收进城里,更是做了一件要不得的事!——喂,那些蒙古人里头有咱们的人吗?”

“父汗,咱们怎么能放过那机会,我早吩咐几个额真把属下的蒙古人,训练以后,混进难民中去了……”

“好,好!”努尔哈赤称赞道,“这就是说咱们的大好时机又到了?”

“父汗,可不是!明廷怎么光做这样的傻事呢?”

努尔哈赤听了皇太极的话没有表现出过分的喜悦,他在沉思着。待了好久,他语重心长地说:“明廷怎么会傻呢?是他们的皇帝不好……”

皇太极不理解了,他直直地望着父汗。

“一个国家要想强盛,得有一个好皇帝,好皇帝要想有所作为,他得会选贤任能。治世能臣大明永远不会缺乏,幅员那么大的国家,怎会没有人才呢?只要皇帝是好的,他们自会聚集到他的身边去。所以最要紧的还是得皇帝英明。如今来看,大明的皇帝是一代不如一代了!……”

皇太极默默地听着父汗的话,琢磨着其中的意思。他觉得父汗的话就像是一杯老酒,越品就越觉得滋味无穷无尽……

“父汗,这是怎么一回事呢?大明的皇帝怎么就一代不如一代了呢?”

“大概是上天不再眷爱他们了吧?”努尔哈赤说,抬起眼望着那深邃的空中。“一个朝代开始时,那些皇帝往往是很英明的,他们心中有数,知道自己所以据有天下,是靠了上天的眷顾,百姓的拥护。所以他们怎么也不敢做有违上天的事。后来就不行了,他们的后代就忘乎所以了,为所欲为了,他们也就一代代地走下坡路了!……比如说,他们肆无忌惮地欺侮我们虐待我们……”

袁应泰接替熊廷弼，是在熹宗即位以后那一年的九月。按后金的纪年，是天命五年。在这年的整个冬季，努尔哈赤的八旗没有大举进攻明军，只在辽沈周围做了些试探性地攻击。他们的主要任务是整理军备，为夺取辽、沈练兵。

这给了袁应泰一个错觉，以为努尔哈赤就是那么点能力。

半年来，他也没有闲着，在做着明年收复开原、铁岭、抚顺的梦。为了这个梦，他和他的将领们也在摩拳擦掌、秣马厉兵。

他就没想一想，他所以能够在辽阳城里做着“美梦”，还是靠了熊廷弼给他留下的那点老底，靠了过去的坚固防线，靠了以往的千里壁垒。

袁应泰虽然信心十足，朝廷中了解他的人却知道他的实际能力，他们几次上书，为他争取更多的援军。可是到哪里去搜罗那么多的军队呢？

云南、山东都有战事，农民起义如卷地之火到处燃烧。

四川一位女将军也收到了朝廷的诏令，要她迅速拔兵援辽，足见朝廷这时是多么捉襟见肘。

这位女将名叫秦良玉，四川忠州（现重庆忠县）人，石硅宣抚使马千乘妻，丈夫死后，她便代领其职。

在边远地区，这样的事也不仅她一个。那时，地方上的军事组织，往往以一个家庭为中心。他们受明廷册封，给国家看守边防。属下的各级将校也都是儿女和亲戚。这也有个名堂，叫做军户。这样的军户，主要的职官死了后，别人是无法带领的，只有从他的家人中再找出一人袭职。

宣抚使，其职位是比较高的，因此人马也多。秦良玉接手时，已有上万人了。

明史对秦良玉的评价是：“良玉饶胆智，善骑射，兼通词翰，仪度娴雅，而驭下极严，每行军发令，从伍肃然。”

相传她本是一家富裕人家的女孩儿，从小跟随父亲读书、写字，生得又俊俏娴静，在地方上很有些名声。到了十六岁，说媒的人就踏碎了门槛。本乡有家恶霸，名叫李二，早就对良玉馋涎欲滴。他知道自己虽有钱有势，但秦家是绝对看不上他这个地头蛇的。于是，他就采取了杀、抢的办法。

一天，秦家老两口到外村走亲。李二派上人在半路上杀了他们。秦良玉和她的两个幼弟一下子变得孤苦无依！

这时的李二却装得无事人一样，常常派人送些东西给良玉，还装模作样地到处为她捉拿凶手。良玉是个心里装得下千军万马的人，她收下李二的周济，还作出很感激的样子。日子一多，李二觉得良玉是个“成熟的果子”了，就派人登门求亲。

良玉含着泪答应了，像她这样遭遇的柔弱女孩，眼泪是现成的，李二当然不怀疑什么，就在嫁娶的当日夜里，良玉手刃了李二和他一家十几口！

在干完了这件大事后，她带着李二的人头到父母的坟头哭诉了一番，就等着官家来捉拿她这个凶犯了。

她等了两天，竟没人前来拿她，等不得了，她就到石硅的宣抚司投案。

马千乘问明了什么事后，又派人到良玉的家乡调查确实，把良玉收进监里，就到四川巡抚衙门去了。马千乘知道，这是个十几条人命的大案，他自己是做不了主的。但他下定决心要搭救这个孝心侠胆的女子。

巡抚听了马千乘的禀告，连连感叹："真是个刚烈的奇女子呀！如果她是个男子汉，一定可做出惊天动地的事来！"

"现在怎么办呢？是判她偿命，还是把她发配？"马千乘想：发配就是她的造化了，"饶她不死，把她送到西北或东北去……"

可是巡抚说："你就收下她吧，叫她加入军籍，那谁也不会找她的麻烦了！"

马千乘连忙点头，他想：巡抚是个进士，有学问的人，想出的办法就是高人一筹。

从此，秦良玉就在这个军户里留下来。马千乘看她生得细皮嫩肉、娥眉低垂，就让她跟婆姨们学些针线，可是她偏要请求习武。马千乘想起她的作为，就疑惑道：也许她女儿的柔媚下面包着一副男儿的性情，也就教她一些武艺，没想到她一学就上手，几个月后就臻上乘，几年下来，她就成为宣抚司中的武将了。

马千乘在出兵平叛时，常常带着她，发现她不仅勇冠全军，还富有韬略。马千乘听了她的话，往往能够出奇制胜。

一次，巡抚前来阅兵，看到秦良玉的飒爽英姿，就对马千乘说："如此文武双全的美娇娘就在手边，你竟能忍住？"

马千乘知道巡抚是个风流才子，说些风流话是难免的，却不以为意。

可是巡抚望着他的眼睛笑嘻嘻地说："如果将军有意而不好启齿的话，下官愿意帮忙！"

马千乘仍不说话。

也是碰到了一个愿管闲事的上司，过了几天，巡抚竟派他的一个老成持重的幕僚给马千乘说媒了，他把秦良玉叫去，说了马将军的许多好话……

秦良玉却一声不吭。

后来，那老儿问她："说句话吧，我好知道你的心思。"

等了好久，秦良玉说："马将军……怎么想的呢？"

"那……我去问他。"老幕僚说。

"不，我自己！"

就在这天晚上，秦良玉去见马千乘了，直接地把巡抚给说媒的事兜了出来。马千乘感到张皇失措，讷讷地说："你，你，你什么都好，可是我怕……"

"怕我杀你的全家，是么？"

"不，不……"

秦良玉笑了："别怕，我性情刚烈不错，但也可作绕指柔的……"

后来石砫宣抚司在他们夫妇的教练、带领下，成为保一方平安的中流砥柱，秦良玉也成了西部的传奇人物。

马千乘去世后，她袭职任事，她所带领的“白杆兵”，为远近匪徒所惮。她曾经从征播州，还立了大功。

秦良玉奉诏后，立刻行动。她派二弟邦屏以两千人先行。

为了振作军威，朝廷命赐良玉三品官服，授二弟邦屏都司、三弟民屏守备之职。

良玉十分认真，她带领全军一边向辽东开拔，一边给朝廷上书。“……臣倾全部兵力，止万余人，恐军声不振，欲调在川士兵三千五百余名，成一臂之力。因再乞假给战车、火器，半马半步，奇正相兼，庶臣志可展……”

她的请求得到了朝廷的允可。

天命六年（明启元年，1621）三月，辽东大地还是千里冰封，努尔哈赤对沈阳发动了凌厉的进攻。

这是继萨尔浒战役，开原、铁岭战役之后的又一大战。

这时机选得好。

前一年，明神宗死去，光宗即位仅仅一个月又呜呼哀哉。现在那个不懂事的小孩子朱由校刚刚上台半年。最高统治者频繁换人，局势每况愈下。朝廷内闹了几个大案，什么梃击案、移宫案、红丸案……弄得本来就有的党派纷争愈演愈烈。结果，落了个宦官专政，政局更加黑暗。坚持战守的熊廷弼被罢了官，“用兵非所长”的袁应泰出任辽东经略。他上任后，自以为聪明，把熊廷弼许多有效的举措都废弃了，整个辽东战线趋于瓦解……

这应了努尔哈赤一年前所说的：“明廷会把那惹不得的熊廷弼给弄走的……”

熊廷弼在沈阳的防守上很用了心，绕城挖了深两丈的壕沟，在它之外，又伐木为栅，在栅内埋伏了大炮等各种火器。贴近城边，他又令挖掘了一个个陷阱，井底栽上尖尖的木桩。这样即使敌人攻到城下，也无法立足攻城。

朝廷兵部派人来巡视多次，都说沈阳固若金汤，是一座名副其实的“坚城”。

可是任何坚固的堡垒也怕从内部攻破。当初，那些成千上万从蒙古涌来求乞的流民，使袁应泰害怕，他想：要是战事一起，这些和女真人血脉相连的蒙古人一定会和敌人站在一起的，于是，他把他们尽收入城内，以为把他们看管起来就万无一失了。可是他想错了，他的蠢笨正好帮助了努尔哈赤！

这时，袁应泰的“美梦”还没有醒过来。

三月五日，他在辽阳誓师，打算三路出师收复清河、抚顺。正要出兵，忽然探马报来：“努尔哈赤亲率大军已薄（进逼）沈阳！”

袁应泰一听面如土色，他一再追问消息的真假。几天后，他才得到确信，那时沈阳已经是个孤城了……

三月七、八两日，皇太极的先锋军已经到达沈阳城下，把沈阳和外边的通道全部切断，并开始扫荡外围的许多据点。

三月十日，努尔哈赤率领全部八旗和诸贝勒、将军向沈阳进发。各旗带着板木、云梯、战车、攻城锥等破城利器沿浑河而下。

到了沈阳郊外，他们结营山林中，把个沈阳城围了几匝。

努尔哈赤和皇太极、代善、扈尔汉、额亦都等商量攻城之策。早到的皇太极带着他们绕城观察，惊叹明军的防守严密。贝勒和将军们出了许多主意。可是努尔哈赤都摇头。

他叹口气，断定说："强攻是不行的，每一步都要付出大量鲜血！"

代善说："那就围住它！"他估计城中连军带民至少有十几万人，每天要消耗粮食至少二十万斤，另外还有战马的草料呢！"不用多久，他们就难以支持了！"

莽古尔泰不同意代善的做法，他说："那要等多少时候呀！谁有工夫和他们在这儿泡着……"

"我看还是想法子引他们出来！"皇太极说，"只要他们出城来就好办了！"

额亦都说："谁知这法子还灵不灵？熊廷弼在这儿时，他们是绝不出战的。"

后来，努尔哈赤提出了明撤暗不撤的办法，就是把大军撤到距城几十里的山林中，只留少部分人在这儿，等明军出城后就死死地咬住它，然后大军掩杀过来……

可是，不用努尔哈赤这么费事，明军就出城来了！

明军守沈阳的是两个总兵，一是贺世贤，一是尤世功。他们都是勇将，而且协作得很好。敌兵围沈阳后，他们日夜督兵坚守。

两天后，见敌营有点松动，且有撤退的意思。

尤世功问贺世贤道："老兄，你看，他们这是什么意思呢？"

贺世贤答道："什么意思？想撤走呗！他们绕着沈阳城转了几圈，见咱们无懈可击，不走怎么办，在这里耗着呀？"

尤世功听了没说话。他还没有看得清楚。

贺世贤四十岁左右，满面胡须，一双小而锐利的眼睛，他说话直率，为人憨直。他的枪法、剑术都不错，尤以铁鞭为最佳。他虽勇敢有余智谋却不足，但他没打过败仗，因而没把鞑子军看在眼里。

尤世功和他年纪相仿，生得白净儒雅，远不是贺世雄那样的魁梧汉子。他心数多些，凡事好眨巴着两眼多思多想，但他很景仰贺的雄武。

隔了一天，贺世贤终于耐不下性子，他对尤世功说："这样等下去不是办法，我出城惹努尔哈赤一下，看他能怎样？"

尤世功劝他再等等看："努尔哈赤如果真地觉得自己有实力，便会来攻。我听说他带了许多攻城利器，咱们城高池深，壁垒森严。他要攻打必然消耗甚大，到那时，再出兵反击，效果会更好些！"

贺世贤激动地说："你说让他们先来打咱们？不，不，不！我老贺从没等着让人家打过。

那样就是胜了，传出去对名声也不好！”

尤世功劝不住他，就说：“老兄可以一试，但绝不可恋战。到底该怎样对付他们，咱们再做详细的计议。”

第二天一早，尤世功指挥施放大炮，炮火把城郊去年的枯木衰草燃着了，一时火海一片。这时，贺世贤顶盔贯甲，令大开城门、放下吊桥，他带一千精兵冲出城去。

这时火势变小，到处弥漫着浓黑的烟雾。当他冲到离城两里远时，周围八旗兵骤然而出，把他们围了几层，他带领人马左冲右突不得解脱。贺世贤是十分骁勇的，他的两把铁鞭抡得呼呼作响，冲到哪里哪里就是一片血花。他的人马也是个个英豪，跟紧了将军和旗人厮杀。可是，他们遇到的是皇太极从八旗中挑选出来的勇士，人人都想杀敌立功。他们短兵相接，纠缠到一起……

究竟寡不敌众，贺世贤的人马很快消耗殆尽，他和他的几十个护卫着他的家丁被围在一小片树丛中，周围箭矢如雨。

尤世功在城楼上十分着急，远处是滚滚的浓烟，他只听到杀声如雷，却看不清那里的情形，他也不敢再令施放大炮，怕伤到自己人马。

再三考虑后，他命令参将张纲带一千人出城助战。

他嘱咐说：“见到贺将军，拉也把他拉回来，绝不准恋战！”

张纲走了，可是一走就没了消息。

原来张纲一进入战场就被八旗兵围住。皇太极裹住了贺世贤，代善又把张纲的一千人包围了起来！

八旗军的战术还是努尔哈赤原来的设计，即他们一出城就咬住不放。

被围在垓心的张纲知道贺将军也是如此命运，厮杀了一阵后，他隐隐听到不远处的小树林中有喊杀声，知道将军就在附近，就拼命挣出包围向那个方向冲去，他冲到贺世贤身旁时，已鲜血淋漓，一支箭当胸贯透。

他跌下马，抱着贺世贤的马腿说：“将军，回城去吧！尤将军在等您，沈阳城可以没有我张纲，但不能没有您呀！”

贺世贤深为感动，他拉起张纲，要他骑上自己的马，一起冲出重围。张纲却口喷鲜血死了。

贺世贤悲痛、恼怒异常，像猛虎下山带领着身边的几十名家丁向沈阳城那边冲去。

大火引起的烟雾越来越浓。那些柴草在雪下泡了一冬，被炮火轰着，燃烧了一阵后，就没有火焰了，沤出的全是滚滚黑烟。人冲不开，风吹不散。

尤世功急得火灼，见贺世贤和张纲都没人影，就想自己带兵去看个究竟。可是他身边的一个幕僚把他拉住了。

“将军莫急，不知外面的情况而闯了进去是极其危险的。要知道，您是对沈阳城身负重责的人呀！”

“夏国清!”他喊着一个参将的名字,“你带上一千人,再去看看!”

夏国清应声来到他的面前。

可是,又被众人止住了。他们一齐求尤大人道:“将军万万不可了!沈阳是北国重镇,沈阳失则辽阳难保,辽阳失则辽东一线全溃!贺将军、张纲那两千人看样子是回不来了,咱们还要守住沈阳城呀!”

将士的话大义凛然,尤将军不能不听,只能黯然。

这时有人前来请示:是不是把城门关上,把吊桥拉起来?

尤世功像和什么人吵架似的喊:“绝对不可!把城门开着,把吊桥放着,等待贺将军、张将军归来!”

就在他的声音刚落,一彪人马从烟雾中冲了出来,直向沈阳城奔来。

“贺将军回来了!张将军回来了!”城上的人欢呼着。

可是当那彪人马冲过吊桥、冲进城门时,大家才大惊失色,原来他们是戴着红缨帽的八旗兵!

这时,身中十四箭的贺世贤也冲到了城下,看到满洲人借机破城时,痛心得捶胸顿足!他大叫道:“关上城门,拉起吊桥!”

他身边只有二十几个家丁了,也是人人如披血衫,他们和将军一齐高喊:“关上城门!拉起吊桥!”

城上的人对他们喊:“贺将军,请赶紧进城!”

贺世贤摇着手喊:“我已经是千古罪人了,你们也要犯罪吗?”

这时,尤世功才抹着眼泪下令关门拉桥。

当关上城门,上百人拉着两条皮绳把那吱吱嘎嘎的吊桥拉起来时,八旗兵已冲进了两千多人。

尤世功说:“赶紧围堵消灭!他们只两千余,我们有几万人,不足为虑!”

夏国清等人衔命去了,尤世功仍担心着自己的同僚。“世贤!世贤!”他喊道,“你如能冲出重围,就投辽阳去吧,上天会照应你的!”

贺世贤高叫道:“我为大将,不能存城,何面目去见袁经略!”他挥鞭驰马又冲入敌阵中。可没跑多远就中矢坠马而死。

情况并不如尤世功所料,冲进城的满洲人虽约两千,可是能量极大,他们东冲西突把全城搞得大乱。使明军奇怪的是,他们的人竟越战越多,只一会儿就变作了几千!

原来,袁经略收容的那些蒙古人叛变了。他们把红巾往头上一扎,夺了马的骑马,夺了枪的持枪,也跟着满洲人冲杀起来……

沈阳城里乱成一团,城外的八旗兵加紧了攻城。

原先,他们是不善于攻坚的,可是在攻打铁岭、开原和灭叶赫时积累了经验,他们已经为打沈阳城做了充分的准备。

沈阳周围虽陷阱密布，沟壑相连。满洲人带来了大量的木板和树干，他们搭铺在上面，那些陷阱、沟壑立即变成了平川大道。

本来，如果从城上用火器来阻挡他们是很容易做到的。由于城里乱起，城堡上的抵抗就大大地削弱了。皇太极、代善等将帅带领旗兵迅速地到了城下，开始用云梯和破城锥攻城。

尤世功看到了这样的危险，他派沈阳知州段展、同知陈柏指挥平定城中的混乱。他率领两万明军据城抵抗。他骑了马沿城跑来跑去，激励战士们浴血奋战，哪里情况紧急他就出现在哪里，甚至手执大刀和冲上城来的敌人拼搏。

“兄弟们，大明的将士们！咱们是什么人？是天朝的子孙！他们是什么人？是野兽，是鞑子！咱们就是鲜血流尽也决不能把城池抛给他们！”

“看到贺将军是怎么死的吗？大丈夫就该像他那样为大明壮烈牺牲，那是虽死犹荣的！要不，怎么对得起身后的大明，面前的先烈！”

尤将军的以身作则和他激昂地呼喊，使大明将士舍生忘死地战斗着，他们打退满洲人一次次地进攻，也像贺将军那样一批批地死去。鲜血染红了沈阳城头，又汩汩地流下城去……

在他们将士之中还杂着成千上万的沈阳百姓，他们知道努尔哈赤的八旗兵破城后，那将是肆意地抢掠和屠杀。他们听说过，也见到过，因此他们不存幻想，不抱希望，与其城破后被屠，那就不如现在拼个你死我活！

所以他们战斗得十分英勇，和大明战士一样的英勇！

街道上、城头上遍地都是刀枪，他们捡在手里就成了战士。

一个旗兵冲上了城墙，和他对打的不是明军的战士，而是被一个白胡子的老头儿紧紧抱住了，旗兵依仗着年轻，把他撑开，横刀砍断他的胳膊，老头却咬掉了敌人的鼻子。两人正挣扎着，跑来了一个十多岁的孩子，他抱住了旗兵的一条腿，狠劲地拖拽，结果三个人一齐滚到了城下……

女人们也参战了，她们从家里带来了菜刀、火铲……有的还端来了滚烫的开水，泼到正在上城的旗兵身上，烫得他们吱哇乱叫！

可是沈阳城还是丢了！

城里大街小巷都在血战。

明军没有消灭了冲进城的旗兵和那些内应的蒙古人。他们砍断绳索，放下吊桥，让努尔哈赤的大军进城。战斗急转直下，守城的明军被切割成一团团一块块，半天后他们也就被消灭了。

尤世功和他的将领、地方官都壮烈牺牲，没有一人投降。

后金夺取沈阳后，在浑河南岸还进行了一场野战，情况也极其壮烈。

援辽总兵童仲揆、陈策领川、浙军急赴沈阳，他们走到浑河，想和沈阳的明军取得联系，对旗人进行夹击。当听到沈阳失守后，童仲揆等下令还师。游击周敦吉等坚决请战，他们激昂地垂泪道："我辈不能救沈，急行三天何为！"

他们的义愤也感动了领兵的将领。童仲揆说："沈阳几万热血儿郎都抛却了生命，我们何惜这七尺之躯！"

陈策也高叫道："干！咱们豁上这万余人，和努尔哈赤拼个你死我活！"

经过紧急商讨，他们分做两大营。

周敦吉的本部人马和秦良玉派来的由其弟秦邦屏带领的川军渡河结营桥北。童仲揆、陈策及副将戚金、参将张名世统浙兵三千立营桥南。两营互为照应。

他们的行动被努尔哈赤所发现，立刻调两旗兵前来进击。

秦邦屏、周敦吉军尚未展开，阵脚没稳，就受到后金军的凌厉攻击。金兵推着用圆木做的盾车，猛冲猛打，明军英勇还击，混战在一起。不到一个时辰，后金兵就死了两三千人！这使努尔哈赤十分震惊，他对身边的额亦都说："汉人是怎么了，疯了吗？"

额亦都又领兵冲锋，"却而复前，如是者三"，明军终于不支，败北了！几百残兵想过河投南营继续战斗，可是他们大部被杀死在河边……

秦邦屏及参将吴文杰、雷安民等皆战死，独周敦吉还活着，他提着满是鲜血的大刀，胸上带着几支箭对走近的额亦都说："贼子，见识明军了吗？……"

额亦都说："你们的人都死绝了，投降吧！"

"我们为了救沈阳，急行军三天，没沾水米。要是吃得饱饱的，你们行吗？"周敦吉说完嘿嘿地笑起来。

额亦都喝令旗人去捉他。

"忙什么？"周敦吉把胸口的箭往里捅了一下，就倒地死了。

六

浑河桥南的浙兵营从容些，他们掘壕安营，用野地里的秫秸为障，外面涂以泥巴，并环置枪炮。后金乫尔汉军几次来攻都被打退，他们站住了脚。

这时，明军在近处还有一个据点，就是奉集堡。总兵李秉诚、朱万良、姜弼带兵三万来援。走到白塔铺，因不明情况暂时驻足，派出一千人试探前进。

半路上他们遇到了后金的雅松将军，雅松只见远处尘土飞扬，不见人影，带二百精骑探视。雅松一见明军吓得回头就跑，明军放火枪紧追……

努尔哈赤听说后，气得对皇太极说："那个雅松真是丢尽了后金的脸！……"然后要亲自领兵回击。

皇太极虽刚刚从沈阳城出来，却立刻提刀上马，对努尔哈赤说："父汗何必亲自出马，我去把脸面争回来!"他带一旗人策马飞驰,把明军冲得东逃西散,一直追到白塔铺。

在那里,皇太极见到了黑压压的一大片明军,来不及等待援军,就冒险杀进明营。

明军的三总兵猝不及防,慌忙应战,结果站不住脚,步步后退。等他们组织起阵形,后面的代善和岳托军又杀了上来。明军开始全面溃退……

皇太极等后金将领追出四十余里,歼灭了明军三千多人,回营时,天色已晚,只得暂时收兵。

第二天,努尔哈赤领兵对桥南的明军发起进攻。

他们用战车冲击明军,双方杀得激烈无比。明将童仲揆、张名世等皆战死,可是他们的阵地却岿然不动。

努尔哈赤气咻咻地从战场上下来,对着几员大将吼道:"你们在这里干什么?谁能给我啃下这块硬骨头?"

代善说:"咱们的人已经比他们多几倍了,我们再上去,怕父汗觉得丢脸,只好在一边观战……"

"放屁!皇太极呢?他在哪里?"

"四贝勒在沈阳清理战场……"

努尔哈赤把话说到这里,谁也不敢怠慢,几个将军都跑了出去,招呼本部人马投入战斗。这一次明军支持不住了,但他们没有溃散……

明军步兵无弓箭,他们都持三尺长的竹竿长枪和一把腰刀,远近都可歼敌。他们的装备很好,人人有甲胄,外套一层厚绵,刀剑不入。

可是,他们还是被一点点地消灭了。

和桥北北军一样,最后死的还是一位将军,他叫陈策。

他被砍掉了一条腿,但仍兀立着。他向周围打量了几眼,说:"啊,只剩我自己了!我得快去追我的将士,到了那边,我还是一个总兵!"说罢,就向走近他的一个后金兵扑去……

明军将士的英勇献身,给满洲人留下了极为深刻的印象,他们没有庆贺胜利,也没有对明军的俘虏和战死者说一句凌辱的话。在过去的战后,那是到处可闻的。

消息传到朝廷,臣僚们交口称颂。他们说:"自努酋发难,我军在野战中往往一触即溃,未有撄其锋者。独此一战,以几万余人,当虏十数万。我朝将士虽力屈而死,却至今凛凛有生气!……"

沈阳残卒有的跑到了辽阳,请求继续加入部队作战。辽阳按臣张铨一一对他们进行褒奖。可是他们痛哭阶前,不愿领赏:"张大人,收留我们吧,我们要给主将报仇,不要奖赏呀!"那忠勇激愤的样子,使见到的人莫不垂泪。

沈阳城破的第三天,努尔哈赤才在皇太极的陪同下巡视市区。

这时,满城都是满洲兵,他们正如狼似虎地进行抢劫、杀人。到处可以听到詈骂声、哭叫声。街头巷尾停着许多马车,旗人正把抢到的东西装到车里。

大概他们也遇到过抵抗吧，时不时地见到士兵把市民拖到街上杀掉。所以战争留下的遗骸还没收完，又增加了许多新的，到处是鲜血和死尸……

努尔哈赤好像没看到一样，依旧和皇太极谈笑风生。

他觉得沈阳是能够和北京比美的城市，就踌躇满志地对皇太极说："咱们什么时候把都城迁到这里来呢？这里才是立国兴邦的好地方呀！"

"父汗，沈阳是可以暂时充当都城的。"

"那么永久呢？"

"父汗，您多次到北京朝拜皇帝，您就不想坐在那金銮殿上被万国朝拜么？"

努尔哈赤斜眼看了皇太极一眼，说："皇太极，你什么都好，就是有点好大喜功。上天把整个白山黑水给咱们也就行了，你还想怎样呢？贪心不足，上天是不喜欢的。要是惹恼了上天，就什么也没有了！"

他说了个故事给皇太极听。

从前有一个穷人，对上天十分尊敬。一天，天神把他领到天堂，对他说："这里有许多许多的金银财宝，你尽管拿吧！"说着给了他一只袋子。那穷人装呀装呀，把袋子装满了，还不满足，就用劲儿地塞。天神警告他说："你别太贪心了，如果把袋子撑破，你就什么也没有了！"但他仍然不听，塞满了袋子后，他又装满了衣袋。才一步一回头地往家走。这样他在天门那儿摔了一跤，把袋子跌破了。财宝撒了个干净，变成了尘土。剩下的只有衣袋里财宝还在着，他坐在门槛上哭起来。守天门的神仙对他说："回家吧，上天是不喜欢贪得无厌的人的，你命里就该得那么一点……"

故事说完了，努尔哈赤回头看了看皇太极，见他有点嬉皮笑脸，就不高兴地说："皇太极，你真叫我不放心。后金国如果交给你……怎样呢？你会把那只袋子撑破吗？"

皇太极立刻严肃起来，他怕惹父汗生气，再也不敢就这个问题谈下去了。

他们正边说边走，忽然几块瓦片从墙里飞出来，有一片落到了努尔哈赤的肩上……

侍卫们马上前去搜索。

只一会儿，他们就把一个几岁的男孩子送到努尔哈赤和皇太极面前。

"是你扔的瓦片吗？"努尔哈赤问。

他以为孩子会极力地抵赖，但没有。

"是我，是我，是我！"那男孩说。

这出乎努尔哈赤和皇太极的意料，他们端详起面前的男孩来。

他有三尺多高，破衣烂衫，黄瘦的脸上有一大块血痂。他像一只斗鸡那样歪着头怒气冲冲地望着他们。

"你不是……"皇太极问，"你不是故意的吧？"

"怎么不是故意呢？我就是为了打你们！"

努尔哈赤和皇太极互相望了望。

“孩子，你知道我们是什么人吗？”努尔哈赤问。

“知道，你们是鞑子头头……”

努尔哈赤把手放在剑把上，皇太极按住了他的手。

“孩子，你这是犯罪，要杀头的！”皇太极说。

“那又怎样，”那孩子说，“你们杀了我的爹娘，杀了我的爷爷、奶奶，我也不想活了！”孩子满脸是泪，可是他的眼睛里却喷着火。

努尔哈赤、皇太极和那个孩子对视了好久。

皇太极说：“孩子，你几岁了？”

“九岁，怎么了？”

“那是战争呀，孩子！”

“是战争，我们全城的人都和你们打……”

“可是怎么样呢？”努尔哈赤哈哈大笑，“你们败了！”

“你们取得了沈阳，不等于说我们败了！”那孩子的脖子挺得崩直，“你打得过我们全国人吗？那是一片大海，吞了你们，淹死你们！”

努尔哈赤愤怒极了，他对一旁的侍卫叫道：“你们干什么哩，看热闹吗？”

两个侍卫扑过来，把孩子攫住，像抓住了一只小鸡仔，可是在没有扭断他的脖子前，他的两手乱抓、两脚乱踢。

只霎时，那街旁的死尸堆里就添了一具小尸体。他嘴里流着血，可是他历历可数的肋骨还微微起伏着。而努尔哈赤和皇太极已经走远了。

他们两人一直没有说话。

直到出城向他们的大营走去时，努尔哈赤才懊丧地说：“后金的大汗竟和一个小孩子拌嘴……”

皇太极没有接父汗的话，却没头没脑地咕哝了一句：“本来，咱们用不着费这么多的力气，死这么多人的……”

“怎么呢？”努尔哈赤问。

皇太极看了看父汗，见他脸色是平静的，而且好像在沉思。

他试探着把沈阳城军民同心抗击满军的事说了。他说：“到城上城下去看看吧，那里躺着的不光是两边的军人，还有许多老百姓……他们和我们的将士撕打在一起，直到死了也抱得紧紧的，咱们收尸的人分都分不开……”

努尔哈赤听着，咬着牙，那牙筋上下窜动着。

“父汗，咱们对汉人的政策得改一改了……”

“难道我们还要讨好他们？”

皇太极瞅了一眼努尔哈赤，索性把话说到底：“父汗，我们要想和明朝分庭抗礼（他不敢说要到北京坐天下了），就得讨好老百姓！想一想吧，父汗，你多杀一个老百姓，你就多了十个敌人!”

努尔哈赤没有反驳他,只气呼呼地抛下了一句:“今后看你的了!”就拍马跑进大营。

进营后,迎面遇到了个倒霉鬼,他就是那个见了明军掉头就跑的小将军雅松。

“站住!”努尔哈赤喝道。

雅松来到大汗面前,低头耷脑地站着。

“你这个狗东西,把我们后金的脸面都给丢光了!你见了明军为什么回头就跑?明军是怕我们的,你知道吗?”

雅松不说话,吓得瑟瑟发抖。

“我和儿子皇太极,相互依赖如眸子,因你的败走,他不得不杀入敌阵中。万一他遭到不幸,你之罪必得千刀万剐!……”

听了父汗训斥雅松的话,皇太极明白父汗没有恼他,而且更加看重他了。就劝努尔哈赤说:“父汗,饶恕他吧,一个小将军初次临阵难免有这样的事情,说不定将来他会成为一员虎将的!”

“不行,他的命可以饶,但不能不责罚他!”努尔哈赤说,“把他的职先削了,叫他到下面当几天小兵吧!”

秦良玉带着她的“白杆兵”于他的弟弟秦邦屏出发一月后,开始从四川启程。在路上因为接到朝廷的谕旨,给她配备了她请求的大炮和其他火器,这样迁迁延延又耽误了两月有余,她到辽阳时,沈阳已经失守了。

袁应泰设宴给她接风,备极热情,秦良玉问起弟弟秦邦屏时,袁大帅支支吾吾没有详说,只赞扬邦屏年轻有为,给辽东增添了有生力量等等。宴后便安排秦良玉在驿馆安歇。

晚上,小弟民屏走来问姐姐:“按说,袁大人为咱们接风时,应该让哥哥作陪的,却没有,不知为什么?”

良玉没有说话,只是蹙着两道长眉想着。

民屏又说:“当姐姐问起哥哥时,袁大人也没有正面回答,只是应了几句,难道哥哥出了事吗?”

“别说了,民屏。”良玉抬起头,民屏这才看到姐姐脸上满是泪。

“姐姐,你怎么了?”

“民屏,难道你还不明白吗?邦屏没了,你哥哥和他那千把人都没了!”

“怎么会?”

“别耽误了,赶紧为你的哥哥设个灵堂,他的灵魂就在周围,他会埋怨咱们怠慢他的!”

民屏哭着去了。

良玉抽泣了很久,邦屏和民屏都是她亲手带大的,其感情不是寻常的姊妹手足可比。跟着她的两个女孩——她的亲随,左劝右劝,她才好歹止住了泪水。

这时,民屏来请姐姐去祭灵了。

灵堂设在一间小小的客房里。周围有白色的布幛，中间有两个神位，一个写着："大明川军都司秦邦屏之位"，另一个写着："川军千名英灵之位"，桌上有香烛。

她进去时，已有几位参将、游击在了，他们见良玉拈香跪拜，不由得痛哭失声。

良玉回头说："哭几声尽一尽意就行了，说不定几天后，我们的牌位也就摆在这里了！咱们奉诏到这里来，难道没想到这一步吗？"

将领们的号啕变成了哀泣。

这时，门开了，袁应泰和他的几个副将走进来。

他望了良玉一眼，就径直走到灵前，拈香拜祭，他要下跪，却被良玉拉住了："您是长辈，邦屏是受不起的！"

可是袁应泰挣扎着跪下了，他说："为国而殁就是先烈，在他们的英灵前，咱们还能有脸站着吗？"

拜祭后，良玉招待袁大人到她的客厅去。

"秦将军一到辽东就知道邦屏将军牺牲的消息了？"袁应泰问。

良玉摇摇头，"在宴席上袁大人……已经对我说了！"

袁应泰愣了一会儿，点点头。接着就说起沈阳城破后在浑河两岸的那场激烈会战。对秦邦屏的英勇献身大加赞许……

"袁大人不用说了，邦屏只要没有给秦家丢脸，我就安心了。"

袁应泰沉吟良久，他请良玉把她的川军带进辽阳城，和守备张铨一起守城。

"袁大人……觉得我是一个女流吧？"秦良玉问。

"岂敢！"袁应泰赶紧向她解释，"将军声威远震，如雷贯耳……"

秦良玉笑笑，摇摇手止住他，她说："努贼欲壑难满，在夺得沈阳后，不会停住脚步，不几天八旗铁骑就会进逼辽阳了。"她愿带兵守在城外七里山上，与辽阳以成犄角。她说："川军比起内地军队，野战的本领稍长，在城外对努贼进行拦截，使他们的铁骑不能直扑辽阳，这也许对大人的助力更大一些……"

袁应泰慨叹再三，同意了她的意见。

他这时还没想到努尔哈赤会接着进犯辽阳。

第八章

战辽阳 八旗军一路高歌

一

后金军攻占沈阳后，仅仅隔了五天，于三月十八日发兵辽阳。

行前，努尔哈赤对诸贝勒、大将说："沈阳之战，遇到明军激烈抵抗，这是我们有些人没有想到的。摆在我们面前有两种选择：一是乘胜前进，趁敌人灰心丧气时，夺取辽阳。二是歇息些时日再说，那样的话，很可能近一两年打不下辽阳了！因为他们会有更充分的准备。大家一定看到了，大明的军民对他们的朝廷和官吏或者深恶痛绝，可是对付起咱满洲来却是同仇敌忾的！……"

大汗说完后，几乎所有的贝勒、将领都同意立即进军，乘胜夺取辽阳。

决定以后，努尔哈赤又说了一段话，这是与会者没有想到的。

他说："夺取辽阳，你们和所属的军队一定要遵守一条绝对命令：那就是严厉禁止乱杀、乱抢、欺侮百姓、奸淫妇女！论人数，我们永远不会比汉人多。就是在这关外，我们也不能和他们相比。那么咱们怎样才能使他们心悦诚服呢？靠杀吗？靠抢吗？靠欺侮他们吗？不用我说，你们也知道那是绝对不行的！那么靠什么呢？汉人希望有一个比大明更好的皇帝，有一群更好的官，如果咱们都给他们，叫他们过上比在大明时更好的日子，那样，他们还会仇恨我们吗？……"

面前的贝勒、将军们默默地听着，他们没人反对，可也没人热烈拥护。

以前，努尔哈赤也曾经提到过要改变对待汉人和汉人知识分子的态度，可是没有像这次说得这样恳切和严厉。

要扭转过去的习惯是很难的。抢掠、杀人、奸淫几乎就是他们起兵的目的，攻城夺地的动力。每一个士兵都想通过战争获取财富，改善自家的生活，他们出外打仗，妻子儿女踊跃相送，又急切地盼望他们归来，为的是什么？那是不言而喻的！

可是现在这一切要改了，他们能够痛快地接受吗……

“我也是刚刚想通的……”努尔哈赤继续说，“李永芳投过来时，曾经就这一点进言，可是我没听。范文程先生也多次对我说起过，他甚至不怕惹恼我，对我激切地说，如果再像过去那样干，后金也就是如此了！即使是已得的成果也会渐渐失去，那是十分可怕的。我得褒扬皇太极，他首先转变了看法，劝说了我几次。沈阳战后，他对我说，如不改变策略，我们的敌人会越杀越多……”

说到这里，范文程极为婉转地给贝勒和将军们讲了“得道多助，失道寡助”的道理，“攻心为上，攻城为下”的道理，以及“王道”和“霸道”的区别。他说：“大汗的教导是十分重要的。只从这一点来看，我们的大汗就不是过去的部落头领可比了，他有统一天下的气概，他有君临万民的才德。我们都要好好听他的话，如果一时还想不通，就先按大汗的话去办，上下一致，我们的事业才兴能旺发达！”

李永芳也说了话，他说得有点偏激。他说：过去，咱们旗兵和土匪差不多。所以老百姓就像对待土匪那样对待我们，或逃光藏光，或投毒暗杀，或给明军通风报信。两相比较，他们还是觉得明朝要好些。这样下去，越打，敌人真的会越来越多的！

有的将领对李永芳瞪起眼睛，觉得这个家伙心犹不死，可是努尔哈赤坐在那里纹丝没动地听着，也就不好说什么了。

代善首先表示赞成大汗的决策，他说：“大汗叫我有时间多读书，我也读了几本，如《三国演义》《水浒传》什么的。知道成大事者就得行仁政，像宋朝梁山上那一伙，虽说‘替天行道’但脱不了草寇的脾性，终于散伙了事。现在，咱们建立了后金国，咱们的八旗兵就是国家的军队，哪能像过去那样到处乱杀、乱抢？我一定严格约束自己的军队，时时处处按大汗的要求去做！”

接着，阿敏、莽古尔泰、扈尔汉、额亦都、阿敦等贝勒、将军都说了话，愿意按大汗说的话认真执行。

皇太极没说什么，可是大家知道，他的心意由父汗给他说了，他才是新策略的首倡者。

努尔哈赤令范文程把他和大家的决定写成文告发布全军，还找朝廷中懂汉字的文人抄写若干份准备沿途张贴。

这件事在后金的历史上有着重大意义。

当晚，八旗军就渡过了浑河，在虎皮驿扎营。

明军的哨探立刻探知，飞报辽阳城文武官员。形容满洲军：“旌旗蔽日，漫山遍野，首尾不见！”

这是出乎明守军意料之外的。

他们竟然立刻来了，如此神速！如此嚣张！又如此众多！

辽阳在明代是东北首屈一指的重镇。政治、军事、经济和文化的中心。朝廷把辽阳看得比沈阳要紧得多，所以加意地保护、守卫。镇守东北的最高军事和行政机关也设在这里。

一切设置和部署也都是以辽阳为核心的。熊廷弼经略辽东时，在辽阳挖堑浚壕，修垒建堡，下的工夫最多。

据载：当时辽阳的周边掘了三四层战壕，沿壕列置大小火器，环城大小堡垒上百，每堡分兵把守。防御工事所占土地，比辽阳城大几倍！

沈阳失守后，袁应泰尽撤奉集堡、威宁营诸军，龟缩辽阳，并力据守。无怪乎秦良玉认为他摆出的是一副被动挨打的样子，才想把军队驻扎在城外，使自己进退自如的。但也看出袁应泰以为辽阳是有所恃的。

听到努尔哈赤的军队向南开拔，他又令把太子河的水放于最外的一圈壕内，增加了一道新防线。

袁应泰心里很不踏实，趁着努尔哈赤的八旗兵还没把辽阳封严，一天一拨地向京师派出快马，希望得到朝廷的救援。

北京明廷由于连着死了两个皇帝，党派的倾轧更激烈了，却没几个人真正关心困在辽阳的袁应泰。

三月十九日中午，皇太极的先头部队已到了辽阳东南郊，和秦良玉的营盘相对峙，但没有接战。袁应泰派人出城对秦将军说："现在进城还来得及，要不，旗兵一到，城门和吊桥就不能开了。"

秦良玉谢绝了袁大帅的好意，坚持在城外扎营。

她的营地在虎爪山，是一带起伏的丘陵。

这日夜晚，努尔哈赤的大军到了。秦良玉、秦民屏带着几个参将站在山头上瞭望，只见旗兵的营地灯火一片连着一片，那是灯火的河流，灯火的海洋。这海洋流动着，渐渐地把辽阳城包围起来了。

民屏和将军们有点胆寒，他说："姐姐，咱们还能回到四川去吗？"

一句话问得良玉心动，她映着月光，看着几双望着她的泪水莹然的眼睛，慢慢地说："青山处处，可埋忠骨！咱们的邦屏和川军的一千健儿已经留在这里了！"

民屏和将军们谁也没再说话。

回到大帐，秦良玉吩咐把情况如实地对将士们说明，让他们抱定必死的决心。一时间，破釜沉舟的悲壮气氛笼罩着整个军营。

二十日黎明，努尔哈赤的八旗兵没有理秦良玉扎在山中的营寨，转到西北方，以四旗兵向辽阳发起进攻。他们冒着明军布置在沟壕间的炮火，想在太子河上架桥。辽阳城派出三位总兵李秉城、侯世禄、梁仲善带三千人马和旗兵做殊死争夺。

旗人把从周围村里锯来的整株树木扔进河里，希望阻断水流，可是明军的炮火和矢雨封锁了两岸，旗兵大部落水，尸体几乎把河水截断。水漫上来，使河道更宽。旗人便抱了树企图泅过河去，但过河后，其战斗力还没有恢复，就被明军歼灭。

秦良玉军趁机出动，和城内的军队内外夹击，旗兵在城边站不住脚，只得撤出。

这时，努尔哈赤才明白不把这一股川军消灭，他们是不能放手攻城的。

皇太极带领他的两旗去攻打川军，攻势十分强劲，他们想把秦良玉一把扼死，然后腾出手来进攻辽阳。

川军非常英勇，一开始就和皇太极的军队拼杀在一起，分不清阵线。弄得城里的炮火也不好支援他们。一个时辰后，他们损失了一千余人。

秦良玉看到再这样打下去有全军覆灭的危险，就下令撤退。

起初，皇太极想把川军包围起来，不让他们逃走，可是在这千山万壑中，他的军队就像是个握不紧的拳头，到处都是缝隙，杀到傍晚，追出四十余里，就不见川军的踪影了。

皇太极回兵后，在山边路口留了一千人，看守和阻挡秦良玉的袭击。

袁应泰等守将连夜议论战守的策略。巡按张铨认为仍可坚守不出，可是他的意见立即就被否决了。

总兵侯世禄说："那不是办法，兵法上说：拒敌于国门之外。要是我们不出兵，努尔哈赤立刻就可过护城壕，过了壕后，他们用木板铺在陷阱上，就可像走大路一样一直来到城下，那就危险极了！"

张铨说："护城壕是不能丢的，我军可以在堡垒中向他们施放大炮和火器，他们照旧过不了壕！"

"真是书生之见！"总兵张弼说，"在堡垒中放大炮怎么会打得准呢？就是打得准，一排炮打完后，再装火药要间隔很长的时间，有那空儿，他们就过壕了，听沈阳跑回来的兵丁说：那些陷阱和梅花坑根本阻挡不住他们！"

张铨有些生气，他反驳说："当初就不该把城外的据点尽行撤回来，那样我们要主动得多，就像一只巨蟹，哪一只螯也抓人！"

这两句话等于责备袁大帅，是他命令城外的部队尽行龟缩进城内来的。

袁应泰眉头皱成个疙瘩，他说："事到如今，就别说当初怎么着了，还是尽快为今天的御敌出谋划策吧，明日，我想努尔哈赤会攻打得更猛烈……"

"还是主帅决定吧！"总兵朱万良说。

袁应泰会有什么好主意呢，他从来就没带过兵，现在把偌大的责任压到他身上，心里一点儿底也没有。他试着说："我觉得还是在城外把敌人打退为好，再说，秦良玉怎么样了呢？这也是叫人挂心的，人家大老远地从四川来，咱们不能看着她挨打不管呀，她已经把一个弟弟和一千四川子弟留在浑河两岸了！"

张铨咕哝了一声："现在顾不得那些了。"

"出城迎战"成了既定之策，就连夜商讨出兵的具体战术。大家又争论了好久，袁大帅说："要打就得多出兵，一鼓作气地把敌人打垮最好，要不就'再而衰，三而竭'了！"

于是，决定五个总兵李秉城、侯世禄、梁仲善、姜弼、朱万良各领一万人马出城应战。

第二天黎明，为了壮军威，袁大统帅亲临军前，鼓动将士为国英勇杀敌。在和五位将军喝过壮行酒后，他站在城头指挥开城门、放吊桥。五万人马分别从北门、西北门杀出城去，也费了半个时辰。

他们出城后，几乎没看到多少旗兵，就是有一队两队的人马，也瞬间隐藏到丘陵中去，大有望风披靡的征兆。明军头一次尝到如入无人之境的滋味。他们“杀呀，杀呀”地喊叫着往前冲锋。

离城五里许，忽然像从地里钻出来似的，转眼间周围全是满洲兵了。扈尔汉、额亦都率领的两旗兵加上莽古尔泰的一旗兵把出城的五万人包围了。

明军的五位总兵看到敌人尚不及自己的一半，他们要吃掉明军显然自不量力。便鼓舞将士们说：“咱们正要寻找他们决战，他们来了，杀呀！为国除害，为城解围，为死难的兄弟报仇！”

明军也的确敢打敢拼，并没有被铺天盖地的敌人吓倒，精神抖擞地向四面八方杀去。

旗兵们似乎并不忙着和明军决战，一队队的铁骑不顾一切地纵横穿插，像一柄柄的尖刀把明军割得七零八碎。

领军主将李秉城看出了敌人的用意，就传令诸将说：敌人想把我们切割粉碎，然后消灭，他令各部向他所在的位置集中。可是，他的命令难以实现了，五个总兵和他们的队伍，都被包围起来，自顾不暇，就是有些小批的明军闯出了重围，也难以连成阵线，很快就被消灭了。

恰在这时，皇太极从南线回军，他立刻带领自己的两旗军参加了战斗。努尔哈赤觉得皇太极从接战以来就没有很好地休息，太劳累了，就令阿济格上前劝阻。可皇太极说：“扈尔汉等三个旗兵力很难吃掉五万明军，时间长了就会贻误战机！”

努尔哈赤仍然为皇太极担心，便亲率自己的两黄旗上阵协助。

这一来明军支持不住了，李秉城等想把军队撤回城里去，可是皇太极切断了他们的退路。尽管他们反复冲击，城里的袁应泰也开炮接应，仍无济于事。

半个时辰后，战场局势急转直下，每一个圈子里都在进行着真正意义上的屠杀。明军的头颅遍地乱滚，热血狂喷。也许是努尔哈赤的新政策起了作用，旗兵们一边大杀大砍，一边高叫道：“谁把刀放下，跪在地上，就饶谁的性命！”但没一人向旗兵下跪。

辽阳城是回不去了，李秉城明白要想逃生的话，那就只有向城外落荒而走，他领头向外猛冲，将士们紧紧地跟随着他……

挣脱了包围后，他回头看看在他身后的仅仅有几百人。遥望战场，那里的战事已经接近尾声，不禁掩面失声。

但皇太极没有给他留下哭泣的时间，派千骑快马追赶过来。

李秉城想：跟自己出城的那几位总兵大概已经血洒沙场，即使能够从战场上逃逸，以后陪伴他的也只有羞愧，于是他不想跑了。他勒马回身，高叫道：“有血气的男儿们，多杀几个鞑子，再给自己来个痛快的，跟我迎上去打，可别给大明人丢脸呀！”

他们凶猛冲杀，一度曾使骄横的满洲人连连后退，但究竟寡不敌众，一会儿就像抛进热火里的冰，转眼间没有了！

躲进深山的秦良玉军，见明军身陷危境，曾向辽阳城拼死冲锋，企图给予一臂之援。可前天被皇太极一阵冲杀，川军只剩两千余人马，这小小的一股力量，几乎拼了个精光，他们也没有能够接近那火热的战场……

就这时候，袁应泰又往绝路上迈了一大步。

看到他的五万人马陷于努尔哈赤的重围，心急如焚，就要领兵出城援救。张铨拉住他劝道："大帅，不要急不择策，您再把辽阳城的这一点儿军队送到城外，那就等于把辽阳拱手让给努尔哈赤了！"

"张大人……"袁应泰哭着说："咱们就看着大明的五万儿郎，血洒眼前而不相救吗？义在哪里？勇在何方？"

"大帅，义在辽阳，勇也在辽阳！"张铨愤激地说，"你给大明守住了辽阳，就是你的大义大勇！"

经过张巡按的劝阻，袁应泰清醒了许多，他自己是不出城了，但还是派出了一营三千人马，前去支援李秉城等。他想：如果不能扭转战局，就是给他们减轻一点儿压力也好。

这一营明军是从西门出去的……

他们刚刚出城，袁应泰就发现是让他们白白送死，恼恨不已，因为探子向他报告：李秉城的那几万人绝大部分已壮烈殉国，战场上只剩下弥漫的硝烟。于是，大帅便令鸣锣收军。

明军正疑惑间，满洲飞骑便出现在面前，像群野狼扑羊般地吞噬着他们。反应快的便回头往城里跑去，门窄人多，人马自相践踏，积尸瞬间如堵。旗兵本想跟随明军杀入城内，可是他们被高如山包的死尸挡住了。再加城头的明军，及时施放猛烈火器，他们才没有得逞……

这时的辽阳城里已兵不满万，对努尔哈赤军的反击力也十分软弱了。袁应泰站在城头，眼看着旗人已靠近积水的壕沟，正明目张胆地准备器械，那欢乐的声音直传到他的耳边，感到一筹莫展。

"天哪，"他叫道，"难道就没有一点儿办法了吗？"

他身旁的张铨说："大帅，天不应地不灵，守住辽阳还得靠自己！"

张铨，字宇衡，山西沁水人，万历三十二年进士，历官至江西巡按，当后金公开叛明，他曾上书反对征调全国之兵开赴辽东。他主张加强辽东的实力，就近征募，就近征剿；更反对在全国征派辽饷。萨尔浒战役时，他曾被派到杜松部任监军，并没有被杜松重用，那些军人们大多瞧不起这个文弱书生，对他那些连篇累牍的"空论"更是嗤之以鼻，袁应泰也是书生出身，对他自是高看一等。

听了他的话，袁应泰说："张大人如有良策，要等什么时候才说出来呀？"

张铨说："辽阳城里现有人口十万，能上城的也有四万，他们都是袁大帅麾下的将士呀！……"

"大人，我袁某人无德无才，怎敢累及那些无辜百姓！"

"大帅，努贼背叛朝廷，杀人抢掠，在百姓看来有如洪水猛兽，他们一直和咱们是站在一起的，大人决不能把他们排除在抵抗力量之外！"

"他们愿意……和咱们并肩守城吗？"

"岂止愿意，他们会奋不顾身！"

"我们得派人一家一户地向他们宣传……"

"不用，只要大帅一声令下！"

"张大人，您是地方巡按，您能不能为我做这件事呢？"

"大帅，为了您，为了辽阳，我是不辞辛劳的！"

张铨和他的僚属去动员群众了，没到夜半，辽阳城里就家家开门启户，街道上灯火如龙，请求参战的百姓成千上万，其中还有许多老人、妇女和儿童。

袁应泰下令打开军械库，把武器全部发给他们。可是仍有不少人没有得到，他们回家拿了斧凿锹镢以及做饭用的菜刀。于是，全城都响起了打磨武器的声音。

张铨派人把他们以街道划分了营、哨，指定了负责人，使他们稍微有点组织。到了天亮，许多百姓就和军队一起严阵以待了。

二十日黎明，努尔哈赤和皇太极绕着辽阳城转了一圈，细细地观察了明军的城防，仍觉得六十几尺的太子河是道难以逾越的障碍。只在城门那儿有几道闸口，一夜间也被明军的大炮轰塌了，但他们看出了破解之法。

太阳出来后，努尔哈赤召集贝勒、将军们说，这太子河西有闸门，东有水口，是破敌的要冲。他命令左翼四旗兵掘开西边的闸门，右翼四旗兵塞住东边的水口，又派皇太极亲临东口布阵，令士兵抬土运石堵塞水口。

城头上的明军看得清清楚楚，袁应泰十分着急，他对张铨说："他们如堵住东边的水口，再掘开西边的闸门，河水必然冲到城根而且渐渐上浮，不用多久，城墙必然坍塌。努贼的这一手，能抵三万精兵，万不可让他们得逞！"

张铨也明白其中的利害，十分着急，但一时想不出应对的主意。

袁应泰说："事情到了如此地步，只好出城和他们拼了，张大人可在城内守住……"

踌躇了一会儿，张铨只好同意大帅的做法。

袁应泰把城内的壮丁和万把军人混编在一起，凑了三万人马，带着出城。临走，他握着张铨的手说："张大人，我给您留下的尽是老弱残兵了……"

"大人放心地去吧！"张铨说，"我们虽是老弱残兵，可是还有城堡可恃，您可就和努贼面对面地相拼了！"

"张大人，就此别过。我虽是个不知兵的书生，可是懂得礼义廉耻。到时候，我知道该怎么做的。大人，也许这是永诀，各人好自为之吧！……"说着，袁应泰落下泪来。

“大帅，别难过，人生不过百年，大半生过去了，最后为国而死，求之难得，我只求您在不得已时，仍进城来……城门一直给您开着……”

袁应泰出东门外安营，排列枪炮三层，对着皇太极几旗兵连发不止。企图阻止他们堵塞东部水口。

皇太极指挥将士冒着弹火填石夯土，死的人堆起来几乎和土石一样高。

这时，西闸的掘进也遇到困难，张铨指挥军民奋力反击，他们用强弓攒射，箭雨纷纷。莽古尔泰、阿敏、额亦都等将领横着大刀不准将士后退一步，成百的人死在河里。

城上的许多百姓要求下城和满洲人拼杀，张铨不许。

可是百姓可不像军队那样听话，他们从城上缒下去，向掘闸的旗兵冲去。老百姓虽不懂得战法，但他们敢死！立即和满洲人抱打在一起。

看到同胞们打得这样解恨，更多的人从城上跳下去、缒下去参加战斗。只一会儿，下城的就有上千人！

半个时辰过去，东口没有堵塞，西闸也没有掘开。

莽古尔泰怕耽误了父汗的整体计划，忙赶到东口那儿向努尔哈赤报告。说完之后，莽古尔泰慨叹道：“那些老百姓比明军更难对付，他们对咱们旗人怎么那样仇恨呀！”

一旁的皇太极听了，拧着眉毛说：“莽古尔泰，你不是主张杀干净吗？老百姓就像山岭上的草，你是杀不完的……但你把他们杀成战士，杀成死对头了！”

努尔哈赤默想了一会儿问：“离那儿不远不是有座桥吗？”

“是有座桥，可是，被河水漫过去了……”

“有桥的地方，河水就不深。”努尔哈赤说，“你可带几百人冲过去，先堵住从城上缒下的百姓，再奋力掘闸！”

这是一个办法，莽古尔泰掉头跑回去。

“如果掘开了闸，赶紧向我报告！”努尔哈赤向莽古尔泰的背影说。

袁应泰的炮火越来越稀，原来他带出来的火药、炮弹用完了，从城上缒下的弹药还没有运到。就在这关键时刻，明军还炸了几尊大炮。那种大炮是不能连着发射的，一旦炮筒发热，火药一进炮膛就炸……死人是不消说的，还给满洲人留下了时间。

就利用这一空当儿，皇太极督促旗兵迅速用石头泥土和着死尸把水口堵上了，河水涨起来，向下游窜去……

过了河，皇太极令几百人扛着木板、树干铺到陷阱和深坑上……

明军运到了火药，炮声又响起来，通红的火扫帚到处乱扫。满洲人又死了不少，可是他们到底有了一条前进的路。

皇太极决不会耽误时间，他令军士穿了绵甲，排车前进。因为车前的挡板装了铁甲，明军的炮火立刻失去了先前的凌厉。只一会儿，旗兵就冲到明军面前。

可是明军没有退。

两军开始酣战，互有进退。

皇太极知道这种情况决不能持续下去，他又令旗兵用木板、原木把道路加宽，使更多的旗兵前来参战，明军有些不支了。

皇太极曾请李永芳帮助他训练军队，他挑选其中的精锐另编一军，给他们穿红衣，号称“红号军”。这时，他调了二百进来，红号军果然非同寻常，他们能打也很会打，明军开始动摇，溃退……

这时，城上的明军高声喊叫：

“袁经略进城来！”

“明军兄弟进城来！”……

溃败时，要想有序地进城是不可能的，霎时，明军乱成一团，争先恐后地往城门那儿跑。可是，这时西边的水闸已决，大水汹涌地向城根的护城河涌去，一眨眼竟成泽国。很多人淹死了，死尸漂浮其上，几乎看不见水面。

袁应泰好歹地进了城，他拉着张铨的手泣不成声：“大人，我为什么还进城来呀！……我为什么不和兄弟们死在那里呀！”

张铨也没话可说，只是百般劝慰。

二

入夜，八旗兵举着火把，竖起云梯攻城。

袁应泰和张铨东西两城分阵固守。起初，他们打退了敌人几次进攻，使军民士气大振。

张铨认为只要熬过这夜，敌人的势头就会衰竭，辽阳人的大难就会过去。他把这一思想变成口号激励军民，起到了很好的效果。

城破比死亡更可怕，所以，军民甘愿痛快地把鲜血洒在城头上。

可是这时发生了一件把全城军民置于死地的事！

就在全城军民怀着希望誓死奋战的时候，几个败类逾城逃走了！

他们是监司高出、牛维曜、胡嘉栋及督饷郎中傅国等人，怯懦行为大大地动摇了人心，影响了士气。

溃败的情绪迅速在城里蔓延，引起了涣散和惊慌。越城逃跑的人多起来，而后金兵进攻得更加猛烈了。

这时候，什么怪事也会出的，有的人竟放下绳梯，引敌人进城。

敌人入城后迅速扩大战果，他们用炸药轰开城墙，大批满洲兵涌了进来！

进城的敌人把张铨、袁应泰两军逼到了一处。

他们号召明军作最后抵抗。

袁应泰对身边的明军说:“辽阳已陷敌手,可是我们脚下的土地仍是大明的!”

有人哭着问他:“这时,再死命抵抗有什么意义呢?”

“意义大着呢!”袁应泰说,“叫旗人看看咱们大明人是什么人呀!”

张铨也说:“对,大帅说得很对,咱们要用行动给鞑子上一课,让他们知道古圣先贤是教导咱怎样生怎样死的!”

他们指挥身边的几百名明军凭着身后的西城墙,在路口列檐抵抗,使成百上千的满人倒在他们面前,他们竟坚持到了夜半。

夜幕使他们产生了希望,他们想趁着黑夜越城出逃。

袁应泰说:“我是朝廷派到辽东来的经略,在接受任命时,已经宣誓把身家性命和辽东共存亡,现在两座大城丢失了,不仅没脸面去见大明皇上、百姓,就是活在人间也感到羞耻!张大人,您是辽东巡按,本无守土之责,现在既然有条活路,您就快快出走吧!”

张铨听了,正色说:“袁大人,您这就太小看我张铨了!我身为朝廷命官,无论身在何处,都有守土安民之责,在这城破军殁之时,您把自己成全了,却让我做个万人唾骂之人,真辜负了咱们共事一场!……”

“不,不,不!”袁应泰连忙说,“我是这样想的,城外残兵散卒很多,您出去后,可以把他们召集起来,重整旗鼓,以退为进守住河西之地,如果那样的话,我袁应泰死也瞑目了!”

张铨连忙摇手,他说:“大帅,那正是您应该做的事……”

正说到这里,忽然轰隆一声巨响,身后的西门城楼火光冲天,土木碎石,蹿上天空,又纷纷落了下来,接着就是一片连天的大火……

原来,城楼上的火药库染了火,引起爆炸。

趁着混乱,袁应泰带几个亲随转到东北镇的远楼,那是他的家。他对妻子儿女奴仆们说:“咱们的路走到头了!……”家人们刚要和他相拥而哭,他厉声叫道:“哭什么?为国家而死是咱们的福分!来,向京师方向磕头吧!”然后,他亲自关上房门,点火自焚。

全城除了几处地方还有小规模的战斗外,战事已基本结束。总兵李秉城、朱万良等五人,以及副将、参将、游击等十多人战殁在血泊中。

分守道何廷魁回到家里,打算派一个贴身侍卫送妻子出城,可是妻子对他说:“为国死节难道只是男人的事?”何廷魁赶忙给她赔礼。

他们便手携手地一同投井而死。

与此同时,监军张儒秀自缢身亡。

中国的文武官员们在关键时刻,怕死恋生者是有,但绝大多数还是能够舍生取义的!

皇太极进城后立即率领自己的几百红号军,把住大街小巷,不准旗兵到处入户抢劫;还派出上百匹快马沿街巷摇着令旗高呼:

“大汗有令:私闯民宅者,杀!”

“杀人放火者,杀!”

"强奸民女者,杀!"

"掠人财物者,杀!"

"欺凌汉人者,杀!"

同时,把范文程拟草,早已写好的安民告示到处张贴。内容不仅有皇太极宣传的十杀令,还宣传满汉一家,各族平等。对匿藏在民间的明朝将士,只要投降,一概不究。游击以上的军官给予优厚待遇……

这都是过去没有的事。

这时,努尔哈赤还没有进城,他把皇太极叫到面前,严厉地责问道:"是谁让你到处叫嚷'十杀令',张贴安民告示的?"

"父汗,在战前的四贝勒、五大臣的会议上,父汗不是亲口说的吗?"皇太极说,"事后还让范文程写成文书通知了各旗?"

努尔哈赤两眼发直,气喘吁吁,他并没有忘记这件事,可是当时他决定这一政策时,就有点违心。说实话,他并没有想过认真地实行。

看到努尔哈赤这副模样,皇太极知道他有点反悔了,可是他不能后退,要是后退了,后金就会回到老路上去,那是十分可怕的。

"父汗,明天,你到城里看看吧,大街小巷到处在称颂您的大恩大德呢!"

"是吗?"努尔哈赤阴沉的脸有点放晴了。

小西门楼上的一声爆炸,结束了明军的抵抗,张铨知道自己下面的任务就是像模像样地死去,以保持自己的大节。

他"衣绣衷甲"下城,要回到他的巡按衙署去。

"大人,那可不行!鞑子已占领了全城,说不定正到处找您呢!"随从们对他说,劝他把这一身耀眼的大明官服换下来。

张铨瞪起眼睛斥道:"什么话!我是大明的臣子,这一身官服是我的荣耀,怎能换下来呢!"

没办法,趁着夜黑,城内又乱糟糟的,随从们拥他出了小南门,想从那里随着逃难的人流逃走。

"事到如今,谁愿意逃就逃吧,我却要回我的衙署去!"张铨说着就扭头向城里走。

有人还想劝他,他拔出腰间的佩剑说:"你们这是害我!城破军殁,我为国殉节应该做的事!南宋的文丞相怎么说的?还记得吗?他说:'读圣贤书,所学何事?而今而后,庶几无愧!'在这时候,我知道什么是最要紧的!"

他回到官衙面南而坐,等待满洲人来。

从夜半到天亮,旗兵进来了不少。他们看到一个明朝的官儿守着一支烛坐在大堂上,觉得有些好笑,却也不知怎么处置他。

过去是有办法的,那就是拉着他的耳朵把他扯下来,再扭着他的胳膊送到上司去,或者干脆把他杀掉。

可是，现在有了大汗的十杀令，十杀令中又没具体到对这官儿怎么处理？再说，他们也分不清他在这儿凛然地正襟危坐，算不算投降。

天亮以后，一个满洲官员进来了。

他是李永芳。

皇太极求他来说服张铨投降。

李永芳泪汪汪地说："四贝勒，你是知道我的，我把抚顺献给后金，在大明人看来我已经不是人了，张大人能够听我的话吗？"

皇太极以汉礼向李永芳深深一揖，说："将军，这事非你不可，你如果能够把张将军拉过来，那就是绝大的功劳！"

"唉！"李永芳叹口气点点头。他不能不答应，在后金朝廷中，皇太极和代善都是他的知交，如果没有他们的维护，也许努尔哈赤早就把他从朝廷中赶走，或者干脆杀掉了，"四贝勒，我怎么说呢？"

"你就现身说法……许他和你一样做将军。"

"要是他不愿意呢？"

"他可以什么也不做……"

李永芳走进巡按署衙，看到张铨那正气凛然的样子，不由得两腿软了，他向张铨跪下来，只叫了声："张大人……"就无话可说了。

"下跪的是什么人？"张铨问道。

"奴才李永芳……"

张铨仰面大笑："原来是一条断了脊梁的狗！我的署衙没有狗的地方，你给我滚！"

李永芳知道没有可能劝降他了，但很想自辩几句，就说："张大人，您听我说，我对明廷也算尽到了本分，是为了全城人的生命我才被迫投降的呀……失节是不好，但我也在尽量地改正错误……"

张铨知道当时的情形，态度稍微好了一点，他说："别说了，你对我说这些，我对谁去说呢？一失足成千古恨，路是自己走的！你走吧……"

李永芳知道再说下去也无益，就低头退了出来。

他对皇太极复命后，找地方大哭了一场。

可是皇太极仍不死心，他下令把张铨"请"到了自己的营帐，见了张铨，连忙起座迎接，还亲自给他松绑，说了许多安慰的话。

皇太极很聪明，他避开劝降的事，直接这样说："将军来到后金，给朝廷大为增辉。大汗要我问您有些什么要求……"

张铨从容不迫，像屹立的山峰站在众兵将拱卫的皇太极面前。他说："我只有一个要求，就是快快让我死！"

皇太极语塞了，过了一会儿，他说：“将军真的想死吗？”

“是的，在后金多活一刻就多一分耻辱！”

“如果那样的话，您为什么不像袁经略等将士那样自裁呢？”

“不，不，不！”张铨昂首答道，“我要像那些死难的明军将士那样，尝尝满洲人的快刀！”

见他这样地桀骜不逊，满洲兵们喝令他“跪下！”

“那是不可能的，除非你们按我在地或是打断我的腿。”张铨说，“我是大明天子任命的大臣，岂有给乱臣贼子下跪的道理！”

皇太极噎了一下，但他对张铨是敬重的，他向士兵摆摆手：“算了，不要为难张将军了。——将军，我们后金和明朝一样，是个自立自主的国家，怎能说是乱臣贼子呢？……”

不等皇太极说完，张铨就嗤之以鼻，他说：“你的父亲曾是大明敕封的建州都督，也是大明的臣子，朝廷对待你们恩比天厚，可是你们竟不安分守己谨遵朝命，反而犯上作乱，自立伪朝，怎不是乱臣贼子呢？”

皇太极觉得张铨是绝不会投降的了，就令成全他的意愿。

当士兵们把张铨推到营门时，皇太极又把他喊了回来：“张将军，我还有话对您说。……过去，你们宋朝的徽、钦二帝曾被我们那时的大金捉去，他们曾对我们的皇帝下跪叩首，还接受了我们的敕封，你为什么就不能学他们的样子呢？”

张铨说：“你说的那两个皇帝，不过是乱世中的软弱之君，他们已经成了我们全民族的羞耻，我虽只是一个臣子，却绝不愿意做他那样的人！”

皇太极听了摇头叹息。

张铨说：“四贝勒，我知道你是满洲王爷中的有才有识者，你应该明白你面前是个什么样的人，不要多费口舌了！”

皇太极仍然不忍杀他，踌躇良久，他说：“张将军，我很敬重您的气节，那么，我禀明父汗，送您回南朝吧！”

“不，不，不！”张铨连忙说，“四贝勒，你是想羞辱我吗？我城破兵败，已是朝廷的罪人，只有一死才能上报朝廷百姓，下对妻子朋友！四贝勒，你就赐我一死吧！”

皇太极还在犹豫不决，下面的卫士却怒火难抑，他们嚷叫道：“四贝勒，这样死心塌地的人还留他干什么？杀！”

皇太极站起身，又沉思了一会儿，对卫士们说：“那就给他留个全尸吧！”说过就流着眼泪走了。

张铨被用绳子勒死，皇太极令李永芳备棺礼葬于辽阳城外。

满洲军入城后头一次没有大杀大抢，当然也有几个下级军官和少数兵卒旧习难改，偷偷地破门入户干了些龌龊的勾当。其中严重的都被皇太极抓住，随即拉到街口“正法”了。

这给辽阳市民很大的震动，虽然在内心里仍然觉得认同鞑子的统治有点疙里疙瘩，但满洲政权总算被接受了。

皇太极乘机找了里正、三老，让他们发动百姓张灯结彩、箪食壶浆、敲锣打鼓、欢天喜地迎接大汗进城。

他怕到时候人数不多，不够热烈，特令八旗中的汉人和李永芳部扮成群众杂在市民中载歌载舞。

辽阳城破后的第五天中午，随着连连轰响的大炮声，努尔哈赤在贝勒、将军们的陪伴下骑着高头大马进城了。他看到清扫干净的大街小巷，看到人山人海的欢迎场面，看到满城飘扬的旗帜、彩带，看到成千上万张喜庆的笑脸，他高兴极了，高兴得眼角上泪水莹莹。他不时地把皇太极叫到面前，伸出胳膊搂着他的脖子说："幸亏你……坚决地听了我的话！没有我的'十杀令'，怎会有今天的一切！"

三

后金与明朝争夺沈阳、辽阳的战争，虽然是在两个城市及其附近打仗，经过仅十余天。但它是一次重要战役，影响很是深远。

与以往最大的不同是：后金占领两城后，再也不像过去那样抢掠后就迅速退走，而是以此为根据地，并向周围扩展开来。

清朝的文献中记载："辽阳既下，其河东之三河……等大小七十余城，官民俱削发降。"

明朝本有极其正当的理由动员广大军民支持朝廷保卫辽、沈，也完全有可能以全国之力收复失地，可是他们已没有这种精神和气魄。尽管人民中生气还在，将领中慷慨之士也有，但朝廷已纠缠在无谓的党争之中了！一个国家就像一个家庭一样，其不肖子孙，一国一家的危亡可以不顾，为眼前的蝇头小利却能够打得头破血流……

大学士方从哲说："三路丧师之后，人心不固，兵气不扬。"他虽没有说到根本处，但可看出弥漫整个朝廷的一种情绪。

但是，后金朝廷中也很不平静。

随着后金在战事上的节节胜利，随着努尔哈赤的日见衰老，后金宫廷中的夺嫡之争也日趋激烈了。

皇太极和他的大福晋又在扳着指头数……

宽泛地说，能够有资格觊觎汗位的有四个大贝勒和一个小贝勒。

四个大贝勒是代善、阿敏、莽古尔泰和皇太极。

一个小贝勒是多尔衮。

阿敏虽然位居贝勒之二，但他是没有份儿的，因为他老爸是舒尔哈齐。舒尔哈齐是努尔哈赤的胞弟，因想和努尔哈赤争位，被努尔哈赤杀了。大汗虽重用了他的儿子阿敏，但绝不会把汗位传给他的。

莽古尔泰也失去了可能性。他像努尔哈赤的其他儿子一样，战功赫赫，威名远震。可是这人性情鲁莽，缺少智谋。努尔哈赤早就说他不能任大事。另外，他还干了一件丑事，使努尔哈赤把他看成畜生。他的母亲是努尔哈赤的一个小妾，小妾的地位不稳固，必然要给自己做些打算，这就造成了人们对她的偏见，例如自私自利等等。一次，努尔哈赤当着众人的面批评她，说她做了些偷鸡摸狗的事。莽古尔泰觉得面子上下不来，就回家把亲娘杀了。这事，使努尔哈赤怒不可遏，虽然没有把莽古尔泰杀掉，但骂他是没有人性，是畜生一样的东西！

努尔哈赤是绝不会把汗位传给一个畜生的。

对皇太极来说，最有竞争力的还是代善。

在褚英被处死后，代善曾一度夺得了太子大位，可是他不知珍惜，做了些糊涂事，急切事，尴尬事，又被人乘其机，把太子位弄丢了。

在这其间，皇太极的地位冉冉上升，太子位几乎是伸手可及的了。

但只要还没到手，大汗还没有册立，其中的变数仍是难说的。

何况，大汗对代善和皇太极的看法又有些动摇呢！

代善的功劳和皇太极比肩，难以分出伯仲。但他的忍辱负重，他的忠厚仁慈，他的长兄仪态，仍给大汗留有深刻印象。

这些日子努尔哈赤又在想是不是对代善的处分有些过重呢？他最大的过错就是两件，一是和大妃阿巴亥过从甚密，一是听他继妃的话迫害他的儿子。头一件当时觉得很严重，可也没有什么具体事实。第二件呢，想一想也是人之常情，像代善那样的年轻人，谁不听小老婆的话？小老婆年轻漂亮，有几个经得住引诱的？

努尔哈赤这人很坦诚，心里有什么往往留不住，特别是上了年纪以后，就好絮叨了。当和老臣们说起代善来，总是带着欣赏的口气说："瞧，我十多个儿子中，最中意的还是代善呀！模样端庄大方，有帝王之相，脾气呢，又能容人，别人顶他几句，他也从不着恼。他是有些过错，可是谁又没有过错呢？——人非圣贤，孰能无过？唐太宗了不起吧，要不是魏征时刻纠正他、提醒他，他还不知犯多少错误！你们想：要是给代善配上个魏征那样的大臣呢？……"

这些话很快就传到了皇太极的耳朵里了，他真有点心惊胆战。

萨尔浒战后，皇太极成了努尔哈赤唯一的宠儿，努尔哈赤的眼睛老是打量着他。皇太极的确有着许多优点，那些优点都是灿烂耀眼的。但过分地耀眼也不行，过分光亮也会变成阴影。努尔哈赤心里又在打鼓了：这孩子心机太多，计划太周全。如果他掌了大权，谁还能够制约他呢？他曾说过，他的脚步是不会在山海关前终止的，他还要前进，他要把整个中国全部攥在手里！一个人想全部拥有，往往一切都不能拥有！

另外，他好胜心太强，不管哪一场战斗，如果不能夺取头功，他绝不罢休！

特别是在攻占辽阳以后，他公布"十杀令"，张贴"安民告示"，那气魄，那声势，就好像他是后金的独裁者！

努尔哈赤承认他那几手的确高明，给后金赢得了威望和群众，却好像把女真的传统给弄丢了，祖宗的成法固然有许多不合理处，可是丢掉了总有些舍不得。

他没有理由反对皇太极，教人害怕的就是这个“没有理由”……

努尔哈赤对皇太极一个不满意的字也没有说，但皇太极从努尔哈赤的一个眼神，一声叹息，从他一个难以捉摸的动作，体会到了父汗心窍的每一细微颤动，也就是说，他什么都知道。

他极害怕功亏一篑……

那个小贝勒多尔衮也是令人担心的。无论什么事，父汗总是偏向他一点，一次，努尔哈赤望着才十一岁的多尔衮，对他的弟弟，一个几乎什么事也不管的老王爷说：“你看，他像不像一条小龙？”

“是个有本领的孩子……”老王爷回答。

“他能不能坐上汗位？”

“别开玩笑了，老哥！”

“怎么开玩笑呢，如果现在就把汗位交给他，我在一旁看着他长大，不行吗？那秦始皇坐龙廷不是才十二三岁吗？”

皇太极可不想把父汗的话，像那位叔王一样，看作玩笑。

另外，代善不在计算吗？……

又一次较量来到了。

这一次的引火人是阿敦。

阿敦姓爱新觉罗，是努尔哈赤的本家，因为他后来被努尔哈赤处死，他和努尔哈赤的血缘多远多近，已无从查考，后来大清的史家把这些有关碍的事件全部删节掉了。

但在他获罪前毫无疑问是后金的一位显赫人物。

见过阿敦的人都说他相貌伟岸，智慧超群。努尔哈赤在建旗开始，自领两黄旗，其中一旗的固山额真（旗主，实际的指挥者）就是阿敦。

在以后的许多战役中，阿敦的表现都十分出色，因为在每次的授奖中，他的名字都排在前列，这在朝鲜、蒙古的历史中都有记载。

在辽、沈战役之后，努尔哈赤更把重要责任交给了他。叫他担任“都堂”的官职。大概相当于现在的“办公厅”长官，他每天处理军国要务，统辖各个地方，日夜不停地操劳。如他在辽东广设墩台（地方侦察机关）安置哨探以加强边防和控制民众……

像那些过为谨慎的人一样，他为了巩固自己的地位，也在时刻窥测着方向。

他看到努尔哈赤年纪大了，老病缠身，正为选择接班人弄得十分苦恼。这是后金的关键时刻，如果在这时跟错了人，举错了旗，不仅有误自己的前程，或者还会引来杀身之祸！

一天，努尔哈赤叫来精明过人的阿敦，在说出了自己日夜烦恼的大事后，问他：“阿敦，你对我的孩子是最了解的,依你看,我把大位交给谁好呢?"

阿敦吓得魂不附体,他把努尔哈赤问题在脑子里转了几圈后,机警地说:"大汗,您是最英明的。俗话说,知子莫若父,有谁比您更了解自己的儿子呢?我实在不敢在这事上说三道四。"

"别在我面前耍花腔!"听了阿敦的话,努尔哈赤斥他道,"我叫你来是想听一听你的心里话,你却用一些屁话敷衍我!"

看样子是非说不成了,阿敦在心里盘算了又盘算,近一两年,他看出来皇太极在努尔哈赤面前最受宠,要是皇太极成为太子,的确当之无愧。再说,他和皇太极的关系也是最好的。他想推举皇太极,但他绝不敢从自己的嘴里吐出那三个字,就含糊地说:"大汗,依我看,还是智勇双全,大家称赞的人最好……"

努尔哈赤点点头:"好了,你下去吧,我明白你的意思了,你说的是皇太极。目前当得起智勇双全的也只有他了!"

阿敦乐不可支,他料定自己的话说到大汗心里去了,不久的将来,皇太极必登大位。要是事情到此为止也就算了,因为这是大汗和他之间的一次极为秘密的谈话,别人是不知道的。

阿敦却不想这样算了,他要让皇太极知道在努尔哈赤面前是谁推荐了他。将来皇太极践位后必定论功行赏,他可不愿埋没了自己。

这天晚上,他到皇太极那儿去了。

几层门岗都没有询问他,因为他们都认识阿敦,他是后金国炙手可热的人物。

阿敦一直走到皇太极的客厅,上了台阶,他听到厅里已有几个人,他们在谈话,而且情绪很激昂。

他弯下腰,从窗纸的小洞里往里瞧,他看见里面有三个人,他们是皇太极的"铁三角",即皇太极、莽古尔泰和阿济格。

莽古尔泰发生了弑母那件事后,差点儿掉了脑袋,是皇太极拼命把他保下来的。他虽不受父汗待见了,可是还是保住了一旗的固山额真和四大贝勒之一的地位。那天代善也在场,可是他却没为莽古尔泰说一句好话。

其实,代善不是不想说,而是他没了说话的资格,他已经被和大福晋的事和迫害亲子的事弄得遍体污秽,把太子位也丢了,他还能为谁辩白呢!

莽古尔泰从此和皇太极成了生死兄弟。

阿济格是努尔哈赤的第十二子,和多尔衮是一母所生。年纪虽小,却早就跟着父汗纵横沙场了,他没立过什么显赫的功勋,但也从没畏首畏尾呀,但努尔哈赤好像看不上他,一提起他的弟弟多尔衮就眉飞色舞,一提起他来就怅然若失!

阿济格觉得十分失落,就常常跑到皇太极面前一把鼻涕一把泪地哭诉。皇太极防备的是多尔衮,对阿济格却无任何成见,为了牵扯多尔衮,他很需要阿济格。

“十二弟，别伤心，有你四哥呢！”皇太极安慰他。

“四哥，你要是做了大汗，可别忘了你这个苦兄弟！”阿济格抱着皇太极求他。

“不会忘，绝不会忘！”皇太极说，“可是，我怎么能当大汗呢？你可不要胡说！”

“怎么胡说？褚英死了，代善废了，你说还有谁？再说，你听不见朝廷里外的议论吗，哪个不盼望你继承汗位呀？”

“好了，好了，你别说了，”皇太极连忙堵上他的嘴，“要是将来真像你说的那样，我能忘了你吗？论你的才智，还不让你早早地当上贝勒爷！”

以后，莽古尔泰和阿济格就常到皇太极这儿来，一开始他们议论朝政还有点谨慎，后来他们就不管不顾了！

这时，阿敦听到下面一段话：

“……代善是咱们的兄长，说什么咱们不能干那事儿……”皇太极说，表现出万分无奈。还叹了一口气。

“那，你就是妇人之仁了！”莽古尔泰叫道。

皇太极望了望他：“你在哪里学了这句话？”

“我没什么学问，这也是看了点书学来的。”莽古尔泰说，“我看不能再等了，现在就找机会宰掉他，他就像一块大石头挡在我们面前！”

“是呀，四哥，”阿济格说，“正像你说的，父汗心里又有点活动了，无论哪朝哪代的帝王看中的都是那种四平八稳的人！代善就正合父汗的心愿……中庸之道嘛，中国已讲了几千年了！”

“干掉他，现在就干掉他！”莽古尔泰嚷道。

“怎么干？”皇太极问。

“这事用不着你来操心，”莽古尔泰说，“我就替你办了！”

“莽古尔泰，你说说具体怎么做，你得让我放心才行。——再说什么时候为好？”

下面的议论声音就小得多了，阿敦把耳朵紧贴在窗纸上，还可以听得清楚。

外面有岗哨，是没人敢到这里来的。

“我看这样……”是皇太极的声音，“听父汗说，立刻就要攻取广宁了，代善肯定要争取做主将。我就把主将的位置让给他，我做他的副手。莽古尔泰，你可邀请他到你军去指导，那时，你就可乘机下手了。把他射死，或者想法使他的马惊疯，让他跌进山沟里……”

“要是被人识破呢？……”莽古尔泰说，“其实我也豁出去了，只要你做上大汗……”

“那，你不用怕，”皇太极说，“听到代善的死讯，父汗会痛心而死的，就是死不了，他也无心去处分你了。即使他想杀你，也绝不会立刻就杀。一定像处分舒尔哈齐、褚英那样，先把你关起来，过两年再说。可是，他还能活两年吗！……”

莽古尔泰嘿嘿地笑起来。

阿敦听着，吓得大汗淋漓。他很后悔到这儿来，他觉得两只脚在地上生了根，再也拔不起来了。

他绝不能在这时候到里边去，他们会立刻就把他处置了，是绝不会让他活着的！

他得走，马上就得走。

忽然，他听到里面有一阵剧烈的响声，好像倒了什么东西似的。

阿敦想拔腿跑掉，可是不由得又往里面瞧，他看见莽古尔泰和阿济格双双跪在皇太极面前，一齐叫道："兄弟参见大汗，愿大汗洪福齐天！"

皇太极笑嘻嘻地把他们拉了起来，并说："你们闹什么？那事儿还不见影儿呢，要是我真的做了大汗，将和你们共同议政……"

莽古尔泰起身时弄倒了一把椅子，发出很大的声音，阿敦就乘机跑了。

房里的人大概是兴奋极了吧，他们什么也没听到。

过了一会儿，皇太极把门推开一条缝儿，向外喊道："来人！"

一边的耳房里有人应道："贝勒爷，奴才在这儿候着哪！"

"到后面厨房去，叫他们送点吃的东西来！"

"是！……"

大概厨房里也是早就"候着"了，只半锅烟工夫，就有两个侍卫把饭送来了。

皇太极打量了一下侍卫放在桌上的杯盘碗筷，心里动了动，问道："怎么准备了四个人的？"

"不是四位爷吗？"侍卫反问道。

"四位？还有谁呢？"

"阿敦进来了……"

"你看看，这里有阿敦吗？"皇太极问，样子极为惊异。

侍卫傻了，眨着两只惊恐的眼睛："他……确实来过……"

"为什么不报告？"

"阿敦以前来过多次，也都没有报告……"

皇太极不说话了，他在想着这件事。

莽古尔泰急了，他骂起来："你们干什么？心叫狗吃了？"

阿济格也说："这样的侍卫，要是在我家里，早就打死了！"

两个侍卫连忙跪下向三位爷磕头求饶。

"你们起来！"还是皇太极冷静，"没你们的事，是我没有好好地对你们说清楚，如果是白天，你们那样做就对了，可是这是夜里呀！以后想着……"

"是，是！"侍卫吓得满头大汗。

"阿敦……什么时候离开的？"皇太极问。

"回爷的话，"其中一个侍卫说，"那，奴才就不知道了，因为不多时奴才就换班了。"

"是这样？"皇太极说，从抽屉里拿出一串铜钱扔给他们，"走吧，没什么事。玩一会儿就睡去，可别喝多了酒误事！”

侍卫们走了。

阿济格怕极了，脸色煞白：“怎么会有这样的事？事情还没做，就泄露出去了！……”

莽古尔泰搓着手说：“我看立刻去把那个阿敦宰了，叫他永远闭口！”

“先别谈这事了，”皇太极说，把筷子分送到他们面前，“先吃饭，先吃饭……”

阿济格说：“你们吃吧，我是一点儿胃口也没有了。”

“吃个屎！”莽古尔泰嚷道，“皇太极，我不是说你，在你家里竟发生这样的事！”

“你们呀，就这么点胆子？”皇太极脸上竟有了笑影，“就是明天要砍头，今天也要吃个肚儿圆！大丈夫能成旷世伟业，也能担塌天风险，更能够慷慨赴死！你们呀，嘿，还说要跟我干大事呢？”

说完，他就拿起筷子自顾自地吃了起来。

莽古尔泰和阿济格仍有点垂头丧气。

“没事儿的，”皇太极给他们解释，“阿敦也许什么也没有听到，他踏上台阶，听到咱们在说话，说不定就走了。像他那样聪明绝顶的人，是绝不会管贝勒们的私事的。说真的，他们躲还躲不及呢！”

莽古尔泰听了皇太极的话觉得有理，顿时轻松起来。

阿济格心眼细些，仍不放心：“四哥说的是其中一种情况，假如他果真听到了呢？”

“这也有可能，”皇太极呷了一口酒，“阿敦听得清清楚楚、明明白白。可是他知道这事儿的严重性，那是比死都可怕的！他能说出去吗？他有天大的胆子也不敢！这时候呀，他在家里胆战心惊得要死，恨不得把自己的耳朵割下来！——再说，他还是我的人……”

阿济格还是没有得到宽慰，他说：“四哥，那也许是你一相情愿的想法。要是阿敦发了疯，真的把这事儿透露给代善呢？”

“那可能性很小，但也不是一点儿可能也没有。”皇太极说，“但代善这人办不出漂亮事来，他总是弄巧成拙，或许他还要弄得自己一身污秽也说不定……”

“别再想了！”莽古尔泰对阿济格叫道，“咱们就跟着皇太极跑吧，没事的！我看准了，他才是真龙天子！吃吧，快吃吧！”

还真像皇太极所分析的，阿敦回家后，吓得黄鼻子黄脸，一头扎倒床上，吠吠地喘，妻子怎么问他，他也不吭声。熬到半夜，妻子找来了医生。医生给他号了脉，说是受了惊吓。可是像阿敦这样的朝廷大员，谁能吓着他呢？虽百思不得其解，妻子还是按方子给他抓了药……

过了些日子，阿敦的病好了。他笑自己傻，那怕什么？他们三个人的谈话，我就让它烂到肚子里好了，谁也不会知道的。

他是努尔哈赤的侍卫头儿，有时，他比努尔哈赤的儿子们都和大汗亲近。因此，努尔哈赤有些许变化，他都十分清楚。近日，使他惊异的是努尔哈赤的心理天平竟渐渐向代善倾斜去了。他常常向阿敦问起代善的事，言语间带着赞许和亲情。

“还是代善可靠呀，老实人就是有错也好改正。”努尔哈赤说，“一个人要是太有能力，太聪明，就要小心他，因为谁都可能败在他的手下！”

阿敦想：努尔哈赤真是老了，老人的心和年轻人就是不一样，年轻人喜欢雷厉风行的人，锋芒毕露的人。老年人就不是这样了，他喜欢老成可靠的人，办事稳妥的人。看样子努尔哈赤最后要把自己创下的江山放在代善手里了。

我要见风转舵，该从皇太极这儿转到代善那儿！

他回想这两年，跟皇太极跟得太急，贴得太紧。为这，代善一定很不高兴。我得想法买代善的好才行，要不就来不及了。褚英曾说：他掌权后就要大杀大砍，把那些对他有过节的人收拾干净。代善就不这样了吗？

于是，阿敦开始往代善家跑了，每次去总带上好些礼物。也许，过去他跟皇太极跟得太出格了，代善没给他个好脸。他说：“皇太极是我的好兄弟，你亲近他，我没意见，跟他的人多着哩。可是你和他们不一样，你是个跟屁虫，我是最讨厌跟屁虫的！”

代善的话吓得阿敦胆战心惊。

怎样才能改变这种情况呢？想来想去，只好动用他那张“王牌”了。一天，在代善家里喝酒喝到半夜，就想挨着代善睡一觉。

已有些醉意的代善骂他道：“跟屁虫，这些日子你虽离皇太极远些了，可是浑身还有一股屁臭气，回家去吧！”

“大贝勒，跟跟……你说……说吧，”阿敦醉得厉害，他的舌头都发直了，“幸亏我是皇皇……太极的跟屁虫，我……我才能救你，要不……你的头……头掉了，还不知哪里下的刀……刀呢！”

“你说什么醉话？”代善问他。

“皇太极他们要……要杀……杀你哩！……”

一句话，有如雷声震响，代善那点醉意没有了，他一把抓住阿敦的袍子，把他提到床上。几个纽扣嘎崩崩地断了，“阿敦，你说什么？”

“我……我没说什么，”阿敦的酒也醒了，他猛地觉得自己说错了话，就想抵赖。“我……我喝醉了，是……是说的醉话！”

代善抬起一条腿，跪在阿敦的肚子上，压得他喘不上气来，接着从靴子里拔出一柄雪亮的短刀，摔在他的胸口上。“阿敦，你要是想活，就把你的话说完！从此跟着我走，将来我不会让你吃亏，你想要什么我都给！要不，我立刻就割了你，并且向大汗报告，说你挑拨我们兄弟间的关系！你知道，大汗是不会怀疑我的话的！”

“我说……我什么都说！”阿敦尖叫着，“爷，从此，我就是你的人了！”

“你放心！……”

代善把腿放下来，又一把将阿敦拉起，摔在地上。

“说！”

看到代善对他的凶样，很怀疑将来他的许诺是不是能够兑现，可是事到如今，不说也不行了，他就把那天夜里在皇太极家听到的他们的秘密策划从头至尾地说了。

代善吓得魂飞天外，他信了，完全信了！

与父汗大福晋的事，弄得他身败名裂，迫害前妻儿子的事，又雪上加霜，惹得大汗把他的太子位也褫夺了。如今他在父汗面前颜面扫尽，在家里也孤苦难耐。自从他忍痛杀了继妻后，就像从心头剜了块肉，一想起来就痛不欲生。可是皇太极仍不放过他……

对此，他也理解，虽然，他如今像一块石头那样无知无觉了，但他是横在皇太极路上的石头，皇太极还是要把它敲碎的！

“大贝勒，我说的这些不重要吗？”阿敦说，“我认为太重要了！这些都是火药，你只要把它点着，轰的一声，他们三个就完蛋了！”

是的，阿敦说得对。

代善觉得全身发热，血液在奔流，磨得血管嚓嚓地响。

“到时候，你能作证吗？”

“要是大汗问起来，我就实说！”

“嗨……可惜，大汗已经不看重我了！”

“不，不，不是你说的那样，大贝勒！”阿敦爬到代善的脚边，“现在情况有了变化，大汗又偏向你了……真的，我一点儿也不骗你！”

他把听到的最近大汗对代善和皇太极的评价都说了……

代善认真地听着，他觉得每一句每一个字都极其宝贵。

他坐在床上哭了，哭得像小孩子一样。

就在这一刻，代善竟一下子觉得前程似锦，他觉得那失去的太子位，仁慈的父汗还给他留着。你瞧，父汗褫夺了他的太子位，可是过了这么久，也没有给别的人，就让它在那里空着、悬着。为什么呢？

这就是父汗在等待着，好有一天再还给他！

许多日子以来，他已经心如死灰了，不再妄想了，只等着将来皇太极做了大汗后，自己好好地辅佐他，做他的好兄长，做他忠贞不贰的臣子……

啊，原来，那朵希望的火并没有死，它还在心灵的某个角落燃烧着，不过很微弱很微弱罢了。

现在，它忽然猎猎地冲天而起了！

四

第二天一早，代善就跪倒在父汗面前，哭着把阿敦告诉他的事说了。

“你说的都是真的？”努尔哈赤怒火满腔。

“真的，我怎么敢欺瞒父汗呢！”

“你听谁告诉你的？”

“阿敦，是您最相信的阿敦！”

“把阿敦叫来！把皇太极、莽古尔泰、阿济格都给我叫来！”努尔哈赤对身边的侍卫叫道。

代善端详着父汗，他极为震怒。气喘着、颤抖着，似乎就要晕倒，就要爆炸，就要裂成碎片。他怕了，怕得要死……

努尔哈赤真的怒火冲天，他最怕最烦最叫他痛心的就是家庭的分崩离析。他杀了自己的亲弟弟、亲侄子、亲儿子。太子立了又废，废了又立……这许多事，每一场都把他的脏腑搅得鲜血淋漓！

这一次如果是确实的，那他又要在亲族中大开杀戒！要是把他最珍爱的皇太极等再杀了，他身边还有什么亲人呢？

他已经到了风烛残年，他还能经受得起吗？

他的敌人，国内的国外的，他们一定在那里笑，在那里开怀大笑！看着他在这里自残手足，自砍臂膀，自败家国！

这一定不是真的，他决不准它是真的！

皇太极、莽古尔泰、阿济格陆续来了，他们一看情势，就知道那件要命的事发了，就战战兢兢地跪下了。

努尔哈赤看了他们一眼，却没有说话。

一会儿，阿敦来了。

他一触到努尔哈赤锐利的目光，就知道天塌了、地陷了！他看到大汗变了模样，脸面缩了一圈，眼睛像两个窟窿，鼻子扭歪了，胡子乱七八糟，两个又黄又尖的牙齿凸露着。

“跪下！”努尔哈赤喝道，“夜猫子，你一叫就要出事！”

阿敦的魂儿没了，他恨不得现在就死，也不愿回答努尔哈赤的提问。

“皇太极，”努尔哈赤已经气得不能把一句话连贯地说出来，“我问你……你和莽古尔泰、阿济格密谋……要杀害代善？”

皇太极装出五雷轰顶的模样，两眼上翻，接着又扑倒地上，哭叫道：“父汗，这是哪个坏蛋造的谣言？真是又恶毒，又拙劣！整个后金国都知道我和大哥的深厚感情！我知道大哥比我好，比我宽容大度，有王者之风，我是非常非常尊重他的！父汗，您不会相信的，朝廷上也没有人相信！您可要为我做主呀！……”

接着，阿济格、莽古尔泰也呼天抢地地大喊冤枉……

“阿敦，这件事，是你对代善说的，对吗？”

“我……我……我没说呀……”阿敦想赖掉。

他一要赖，代善可着急了。父汗是绝对不允许无中生有的，何况是这样的事！他对着阿敦厉声叫道：“阿敦，你这个狗东西，昨天夜里你在我家是怎么说的？你敢当着大汗的面撒谎！”

“那时，我喝醉了酒，说的什么……我怎么知道呢？”

努尔哈赤稍微轻松了些，他恨不得阿敦出这个熊样子。

代善可难以下台了，他只得把昨夜的事，从头至尾详细地说了一遍。除说了阿敦听到的皇太极一伙的密谋，还说了努尔哈赤这些日子对代善看法的变化……

他的叙述，不管谁听了也会认为是真实的，因为他是那样地可信。

“阿敦，”努尔哈赤把桌子一拍，“你敢说你没有说！”

“是……是我说的……我该死！”

“阿敦，你真的听到皇太极他们这样密谋？”

阿敦回头向皇太极那边看了一眼，正遇到皇太极那逼人的尖刀一样的目光，他连忙缩了回来，讷讷地说：“大汗，我该死！……是我编造的……一切都是我编造的！……”

“你为什么要编造这样的谎言？什么目的？”

努尔哈赤的逼问，阿敦知道是在往死路上引他了，他可不愿向那儿迈步。

“我，我想讨大贝勒的好……那夜里，大贝勒又用刀逼着我……”

努尔哈赤不想再问下去了，他恨不得有这样的结果。

其实，他心里跟明镜似的，皇太极他们的密谋很可能是事实，阿敦没有撒谎，他也不敢撒谎，不过在代善和皇太极之间，他没有胆量招认罢了……

人太精明了就变得糊涂，阿敦就是这样……

努尔哈赤不恨阿敦，但是，他得死！

皇太极又赢了，谁对他也没奈何。上天偏向着他，后金大概是他的了！

“蠢蛋！老实自私、胸无韬略，就会变成这个样子！”努尔哈赤看了代善一眼，他那窝囊相使人生厌，他在心里对代善说，“不过，通过这一件事，你保住了你的性命。皇太极以后不会对你怎样了，谁会招惹一个对他无害的人呢！”

努尔哈赤令侍卫把阿敦拉下去关起来，等待处理。

“代善，看到了吗？全是阿敦那家伙挑拨的！”

“是的，皇太极、莽古尔泰、阿济格都是我的好兄弟！”代善泪汪汪的，他胸中的那朵希望之火这次真的熄灭了！

皇太极哭着向他扑去："大哥，你永远是我的好大哥！"

莽古尔泰、阿济格也爬过去，和他们抱在一块儿……

第二天，努尔哈赤召集家族和大臣会议，向他们宣布阿敦的罪状是："交构两间，挑拨亲族关系，散布有损国政的话……"交给大家议论处置。任何专制国家，只要当权者指谁有罪，那必然会引起"群情激愤"，人人都想"踏上一只脚，叫他永世不得翻身"。诸贝勒及各执法大臣一致的意见是：令众人活活打死！努尔哈赤也像任何专制者一样，这时装出一副仁慈模样，他说："你们的意见是正确的。但我看先把他关起来。不是我可惜他，也不是袒护他，因为我曾说过：'对于大将犯了死罪，可先监禁在高墙里边，'现在怎好违背这一规定呢？"

于是，阿敦被绳捆锁绑囚禁在监狱中，家产被没收。这天是天命六年九月十八日。不久，他就被杀，时间在几个月之后。

通过这件事，努尔哈赤明白皇太极是一条真正的龙，代善不是他的对手，多尔衮也许能行，可是他太小了，皇太极一把就能捏死他！

天命六年初，努尔哈赤决定迁都辽阳。但他说："这不过是为了夺取广宁诸城，咱们真正的京都在沈阳……"

努尔哈赤到了辽阳后，暂时把明总督府当作大汗宫，另在城中心选址，开工兴建新的宫殿。

按说，这时的他应该情绪昂扬、如日中天。可是正正相反，他像变了一个人，整日闷闷不乐，神情沮丧，倦惰迟钝，畏冷怕热。一下子老了十几岁，连背也佝偻了。

贝勒们、大臣们都很害怕，不知怎样劝慰他。

他的脾气也有些异常，常常动辄斥责、处分身边的人。

于是，在背后大家都猜测着其中的原因。可能两件事给了他承受不了的刺激，一是儿子们之间的嫡位之争，使他的心灵受到难言的伤害；二是额亦都的死……

额亦都自起事以来跟定了他，是他同生死共患难的老伙伴。他的功劳在后金无人可比，即使努尔哈赤的儿子也难以与其比拼，一次，努尔哈赤说："论起大将军的功勋来，后金国应该有他的一半！"可是努尔哈赤以后也没再重复说，朝廷上下也没人敢于传说这句话的。但有个事实是很明显的，在代善、皇太极、莽古尔泰等贝勒长大后，额亦都在后金的地位就日渐衰落。前年他还差点儿给努尔哈赤杀了！

事情是这样的：天命五年(1620)八月二十一日，在攻击沈阳城外明军的时候，额亦都没能随同左翼军固山贝勒莽古尔泰一齐出击，莽古尔泰极为恼火，他对额亦都斥责道："你是干什么的？竟敢不听从我的命令！"

对身居大将军之职的额亦都来说，这无疑是一次严重的侮辱，但额亦都是个谨慎的人，深知怎样为人臣下。他只辩解说："三贝勒的行动太快了，我们有些追不上……"实际情况是，额亦都不赞成莽古尔泰的孤军深入。

回师后，莽古尔泰仍然怒气冲冲，他向努尔哈赤汇报了额亦都不听指挥的事。如果过去发生这样的事，努尔哈赤会当面斥责莽古尔泰，告诉他额亦都比你职位高，是大将军，又是你的前辈，不能这样放肆。可是现在不行了，他认为他的儿子一出生就高于任何将领，他要拿着额亦都说事了。

他把额亦都找来，火辣辣地说了这样一段话："额亦都，若谓莽古尔泰不当去，尔应追去，勒其马缰，乃至击破马头，携归。设惜命重，自不前往，亦当遣我士卒前去。我子孤军深入，为众明兵所围，苟有失误，其性命、名誉当如何？我命你率军随行，就是为了守护我子莽古尔泰！尔于我面前如此骄傲，专断军事，我岂不得训耶？兹命捆拿与尔同行之诸臣！"

努尔哈赤立刻下令把额亦都和他同部的十几个将军都抓起来了！

第二天一早，努尔哈赤把贝勒、将领召集到大汗宫，然后把额亦都等罪臣带来，让他们跪在面前。执法人英达见努尔哈赤如此动怒，就在叙述了额亦都等人的罪状后，宣布处以死刑。在场的所有的大臣、贝勒都跪下了，求努尔哈赤开恩，饶恕他们的初犯。努尔哈赤知道这时候还不能杀他们，考虑了好久说：额亦都等近来虽然不遵臣道，悖忤之处甚多，但念他们过去对后金的建立有着特殊功勋，特免死罪，给以轻重不同的处罚。额亦都的大将军之职被削去了，另外，还收回了他的诸申（统属的民众）三百人！

年近六十的额亦都第一次经受这么严重的责罚，尽管免了一死，可是被废为庶民，心里充满了苦楚。他从十七岁跟随努尔哈赤出生入死，效尽犬马之劳，已有四十载了。以他的功劳来说，这后金江山真地可以分他一半。努尔哈赤骂他贪生怕死，是很不公道的。他年轻时为努尔哈赤能够奋不顾身，难道现在会顾及一条老命吗？

就在这年晚些时候，哀痛、郁闷的额亦都病死了！努尔哈赤得到消息后，表现得极为痛心，一日三次到额亦都的灵堂上祭，每次都失声痛哭。表面上是这样，谁知他心里是怎么想的呢！

这是一非常事件，影响十分深远，标志着后金进入了爱新觉罗的家族统治时期。在以后不久，立过大功的诸多将领如扈尔汉、额尔德尼、阿敦次第地被囚了，被杀了，都是为了点鸡毛蒜皮的事！而安费扬古等大将，看到努尔哈赤要收拾他们了，个个心怀怨恨，胆战心惊，郁郁而终者也不在少数。

佛经有云：害人者必害己。努尔哈赤在算计别人时，挖肚搜肠，也耗尽了自己的生命。他的儿子们已与他离心离德，而和他同甘共苦的老将们又一个个地赶赴阴曹，他怎不感到从没有过地悲哀和孤独呢！……

家人围绕着他，想尽办法安慰他，可是他极为厌烦，大声叫着要他们走开。

后来家人们征求他的意见，愿意谁在身边照顾他？

"叫大福晋来吧！"他忽然说。

大福晋是谁呢？自从大福晋阿巴亥被他废了后，一年有余了，那个位子一直空着。大家懵了，以为他又要立新大福晋了。

看到大家张口结舌的样子，他说："是她呀，是阿巴亥呀！"

大家一下子明白了，大汗虽然赶走了那个美丽端庄、善解人意的阿巴亥，可是她一直在他的心里，他还没有忘记她。

这时，阿巴亥还在赫图阿拉，被圈在一个小小的别院里。

迁都时，有人提到过她，问努尔哈赤对她怎么办？是不是一齐移往辽阳？

"让她在这赫图阿拉吧……"他还这样说。

阿巴亥被休弃后，被没收了所有财产。幸亏，她的三个儿子和一个女儿仍是大汗的阿哥和格格，领取着应有的俸禄。每天，她为几个孩子忙碌着。一听到大墙那面的欢笑声，她就心如刀绞，捂着脸痛哭。

"别哭了，额娘！"孩子们劝她道，他们还是很孝顺的。

"瞧，咱们什么也没有了！"

"额娘，你还有我们呢！"多尔衮最乖，他的话最暖她的心，"有我们几个，你就什么也不用愁了。"

有时，她忙得衣衫不整，蓬首垢面，多尔衮就劝她说："额娘，你还是父汗的福晋呢，这怎么能这样子呀！"

"我还是福晋吗？"她又要落泪了。

"怎么不是呢？你在我们心里永远是！我想，父汗终究会想起你来的！"

多尔衮的话，多少给了她希望。

当大汗府中的一个女侍骑马慌慌张张地跑来，把大汗要阿巴亥到辽阳去照顾大汗的话告诉她的时候，阿巴亥惊得一句话也说不出来，接着就激动得又哭又笑的。

"大汗是那样说的？"

"一点儿不错，大汗谁也不要，只要你！"那女侍说。

"只要我？"

"嗨，我的大福晋，你熬到头了，大汗一直没有忘记你！"

好久，阿巴亥仍然没有从兴奋中解脱出来。

但这事是等不得的，于是女人们围上前去帮阿巴亥梳洗打扮。这时的阿巴亥三十稍多，她本就是个美人胚子，只稍加修饰又显得光彩照人了！

大家把阿巴亥簇拥着上了马，在儿女和护卫队的簇拥下赶了两天路，来到了辽阳大汗宫。

使阿巴亥难以置信的是迎接她的仪式极为隆重、盛大，一进街口，地面就被白席铺严，临近大汗府时，脚下就是红毡了。街道两旁站满了欢迎她的人群，其中有牛录以上的官员，有努尔哈赤的贝勒近臣。大门前，有努尔哈赤和贝勒们的福晋和妃嫔，她们都着了盛装，打扮得花团锦簇。贝勒们、福晋们、臣僚们、家人们……一批批地在她面前跪下来，向她祝贺，向她敬礼。

阿巴亥哭了，也想和过去亲近的人说几句话，可是谁也听不见谁的声音，因为锣鼓喧天、鞭炮齐鸣把什么声响也淹没了！

她在宫女们的簇拥下，进了汗王府。大汗身穿王服，向她掀髯微笑，老远就跑下台阶，张开两臂向她迎上前去。

“阿巴亥！我的阿巴亥！……”

他们相拥着走进宫去。

过一会儿，大臣、贝勒们散去了，努尔哈赤也脱去了沉重的礼服，他们重又相见。

“阿巴亥，我终于又把你迎回来了！”大汗说。

“大汗！……”阿巴亥跪下去，搂着努尔哈赤的腿，哀哀地哭。

“你们去吧……”大汗向周围伺候的人挥挥手。

众人走后，努尔哈赤把阿巴亥拉起来，要她像过去那样坐在他的腿上。阿巴亥听话地站起来，犹豫了一会儿，坐上努尔哈赤的腿，但她立刻又站起来了。因为他的腿只剩硬硬的两条骨头了。

“大汗，您怎么这样瘦呀？您经不起我坐了！”说着又哭起来。她心疼曾经和她朝夕相处二十几年的丈夫。

“来吧，来吧，我的阿巴亥！”

阿巴亥找了个小凳子放在努尔哈赤的两腿之间，坐下，依偎在大汗的怀里。

“你知道吗，阿巴亥，我一天也没有忘记你！”

“谢谢大汗……”阿巴亥连做梦都在等这句话，现在听到了，激动得嘤嘤地哭，“我也日夜思念着大汗……

“别哭了，阿巴亥，让咱们好好说几句话！”努尔哈赤颤颤地从衣袋里摸出一条手帕想给阿巴亥抹泪。那手帕黑黑的，有种汗臭气，还沾了一些烟草的碎末，阿巴亥心酸得要号啕大哭。那些福晋们就是这样照顾这位扭转乾坤英雄盖世的大汗的吗！

“大汗，我也一肚子话想对你说！”

“那咱们就好好地拉一拉，拉它个三天三夜！”

“你不累吗，大汗？”

“不累，有你在我身边，就不累。——阿巴亥，在所有福晋中，我最喜欢你，你该知道呀！”

“知道，可是一年前的那天，你可把我吓坏了！”

“是吗？但你想过吗，你也太让我伤心了！”

“别说了，大汗，别说了……”

“是呀，别说了。我不知自己还能活几年，我把以后的日子都给你，都给你……”

晚上，大汗和大福晋早早地睡下了。阿巴亥原就是个娇小的女人，六年的苦日子更榨干了她的血肉。这时，她蜷缩在大汗的怀抱里，像只小猫儿。

"阿巴亥,还记得咱们那些美好的年月吗?"

"怎么会忘记呢?一辈子忘不了,死也忘不了!"

"不知我还行不行……"

"行!一定行!……"

他们相互抚摸着,一种欢乐充盈了他们的全身。

"阿巴亥,我觉得自己又年轻了……"

"努尔哈赤,你本来就不老嘛!"

阿巴亥只有在被窝里时,才敢忘情地喊他的名字。

他们累得浑身是汗,可是他们终于做成了那件恩爱的事。

第二天,努尔哈赤向贝勒和大臣们宣布恢复大福晋的名誉和地位,这是很得人心的。一年前的那件事,使所有人的心里都遮上了一片挥之不去的阴影。现在好了,那片阴影被风吹散了。

只有一个人感到忐忑不安,那就是皇太极的大福晋博尔济吉特氏。

"皇太极,"在四贝勒晚上回家时,她说,"我看,要出大事了!"

"可别乱说,会出什么事呢?"

"我如今还说不出……"

经她这么一说,皇太极也觉得朝廷中的气氛不太正常,莫非那件大事就要来到?他望了大福晋一眼。

"准备着吧,皇太极。"

"对,准备着……"

五

袁应泰等边臣战死,辽、沈失守后,明廷再一次慌了手脚。这时,他们才明白用袁应泰经略辽东是大大的失策。

朝廷中有人提议起复正在家里待罪的熊廷弼。

可是,也有人是宁愿看着国家败亡,也不愿看着冤家对头再次上台的。于是他们一齐上本,又开始拼命地诋毁熊廷弼。

没办法,他们只好派辽东巡抚薛国用和广宁巡抚王化贞充任。

这两个人都是些自己干不好,又不许别人干的官僚。他们一上任,就连失六七十个城镇。"河西军民尽奔,自塔山至闾阳二百余里,烟火断绝。"明廷大震!

这时,大学士方从哲致仕回家了,辅臣是二次上台的叶向高、刘一燝等人。他们上书说:"使廷弼在辽,当不至此!"

御史江秉乾上书为熊廷弼歌功颂德，说如果坚持用他的御敌之策，辽东就没有现在的忧虑了！

于是，考虑再三，朝廷坚决地起用了熊廷弼。

这实在是很不易的事。

因为这时朝臣的注意力仍不在辽东那儿，只内部纷争就让他们烦心死了。

从神宗末年经过短命的光宗到新即位的熹宗，朝廷就没安定过。梃击案、红丸案、移宫案搞得人心惶惶，魏进忠和熹宗的奶娘客氏操纵朝政，把那些正直之士抓的抓，杀的杀，摧残几乎净尽。小皇帝成了他们的傀儡。

他们所以得逞，首先是因为从神宗起就依靠宦官，不相信外臣。光宗呢，即位后，只活了个把月，顾不得做什么。熹宗是个小孩子，离不了奶妈和近侍。于是，趁这机会，魏进忠、客氏等便纠结在一起，把宫内的异己者(太监、宫女甚至先帝的几个后妃)赶尽杀绝，将小皇帝牢牢地抓在手里。

熹宗(朱由校)有个爱好，就是极爱木工活，“好亲斧锯锥凿髹漆之事”，每天他吃了饭就跑到作坊里干起来，而且一干就着迷。在这方面他还真有点才能，做出来的家什，熟练的木工也难比得上。要是他不生在帝王家，而去当木匠的话儿，也许比当皇帝有成绩。

他在干活儿时，最讨厌的就是有人去打扰他。

而魏忠贤看准了这一点，偏偏在他干得如痴如迷时去奏事。

“皇上，有一件事……”

“你干什么？又来打搅我！”皇上吼叫道。

“是这样……得您批准！”

“朕批准了，去吧，去吧！”

“您得在后边写个‘行’字……”

“拿来，朕写！”

魏忠贤赶紧把奏本送过去，皇帝连看也不看，就在魏忠贤指定的地方写了“行”。

许多举足轻重的大事就是这样决定的；一些重要的大臣就是这样任用和黜革的；还有一些正直的臣子就是这样被关、被削籍、被杀头的！

这一天，魏忠贤又走进朱由校的作坊。

“谁？”皇上皱着眉头喊。

“是臣下……魏忠贤。”魏忠贤躬着腰满脸赔笑。

“你又来干什么？”

“臣下不敢轻易来打扰您，皇上。可是这件事实在太紧要了！”

“紧要的事，你们就不能干吗？”皇帝一边不耐烦地听着，仍一边推着刨子，刨花儿不住地从刨孔里往外冒。

魏忠贤来到皇帝面前：“这件事，还非得您亲自决定不可……”

“朕养着你们是白吃俸禄的？”

“嘿嘿，有些事我们可以为您分忧，有些事实在不敢……”

“这是什么事？……把墨斗给我拿过来。”

“是……”魏忠贤看到了墨斗，可是他给皇上拿来了拐尺。

“魏忠贤，你是怎么的？朕让拿的是墨斗！它就在靠墙的案子上！”

魏忠贤深深懂得在予杀予夺的皇帝面前，绝不能表现得伶俐乖巧，得装得糊涂蠢笨一点儿才好，因为那样，皇帝才不提防你、怀疑你，才能百分之百地信任你。

魏忠贤给皇帝拿来了墨斗。

皇帝把墨线递给魏忠贤，让他拉到要锯的木板的一端。

“斜了斜了，斜到左边去了！”朱由校生气地叫道。

魏忠贤连忙改正。

“又斜到右边去了，你的眼睛呢？真是比牛还笨！”

魏忠贤用衣袖抹抹脸上的汗，解嘲地笑笑：“我怎比得上皇上呀，皇上聪明天纵……”

“别说废话了，”皇帝把墨斗一扔，恼火地说，“好了，你搅得朕没法干了。——说说吧，你有什么事？”

“辽东那边又出事了……”

“努尔哈赤又夺去朕的什么地方了？”

“没有多少地方，”魏忠贤说，“不过那薛国用也太不中用……”

“换了他就是！”朱由校说，“你想换谁呢？”

“朝臣又举荐那个熊廷弼……”

“那就叫熊廷弼干！”

“前一阶段，搞得他有点太狠，他使性子不想来……”

“他还敢对朕使性子？”皇帝说，“那就给他点厉害瞧瞧。”

“这不是辽东正用得着他嘛！”

朱由校想了想：“那就这样办，把那些劾他的人办上几个！叫他们在别人干活儿的时候不要说三道四！”

“臣下正是这个主意！”魏忠贤说，“等熊廷弼来的时候，皇上最好能够让他……见陛下一次，给他些鼓励……”

“你代朕去不行吗？”

“那不太好，臣下是内臣。”

“以后，朕要改一改这规矩，内臣一样能够驾驭外臣！你想，内臣是伺候皇上的，难道不能代表皇上说话吗？”

“是的，该改改了，可是目前还得行老规矩。”

“好吧，朕去接见他。”朱由校说，“又要耽误半天了，——你说，朕该对他说些什么？”

“臣下正要和皇上商议这事儿……”

天启元年(1621)六月,复起熊廷弼为兵部尚书兼右副都御史,经略辽东。

在这同时,“上乃治前劾廷弼者”。皇上惩治了几个过去不遗余力地参劾熊廷弼的人。贬了冯三元、张修德、魏应嘉、郭巩等人的官职,除了姚宗文的名。御史刘廷宣上书为这些人说话,也被斥退。

朝廷算是给足了熊廷弼面子。

熊廷弼从家里带着一身光荣入朝后,皇上亲自设宴给他饯行。

皇上驾临乾清宫。在他面前已设御席一桌,那是一个张很大的案子,铺着明黄色的桌衣,周围绣着团龙。中间有五个大盘,还围绕着十几个小盘子,里面只装了不多的菜,色彩却很鲜艳。

熊廷弼被传进去时,皇帝已经在那儿了。

他头一次见到这个登基还不到一年的十几岁的小皇帝。他身穿明黄色的龙袍,身子有点单薄,面容端正、眉清目秀、桃腮樱唇,很有几分女儿态。

熊廷弼没敢多看,就扑倒在地了。

“谢皇上隆恩,愿吾皇万岁,万岁,万万岁!”接着就激动得哭起来。

“起来吧!”皇上说,声音奶声奶气。是的,他比熊廷弼的小儿子还小好几岁呢!

“谢皇上……”熊廷弼想站起来,可是他浑身颤抖,差点儿摔倒。

做臣子的就是这样,皇上再昏庸,给他一点“优礼”,他就感激涕零,恨不得为他肝脑涂地了。

皇上皱起眉头,对一旁的太监说:“熊大人年纪大了,搀扶一把吧。”

熊经略五十岁左右,在当时来说,已是一个老人了。他有点发胖,身子有些重,两个太监扶着,才颤巍巍地站起来。

“给他拿把椅子。”

“是!”椅子早就伺候在一旁了,太监很快地搬了过来。

“谢皇上赐座!”熊廷弼蹭着椅子的边缘坐了下来。他面庞松弛,胡子拉碴,垂着眼睛,脸上还在淌泪,一点儿也没有做主帅时的英武了。

“熊廷弼!”皇帝叫他。

“臣在……”

“你过去在辽东的一年,震慑夷虏,力保危城,大振我明朝神威,功劳是很大的!先皇因受流言蜚语的煽惑,令你待罪原籍,你是被冤枉的。现在那些摇唇鼓舌的宵小之徒已经受到了惩戒,加在你身上的诬蔑不实之词也已昭雪,望你不忘皇祖重用之恩、顾全君臣大义,为消除边患,筹划安攘!……”

小皇帝还说了一些话,熊廷弼激动得没有记住,只想皇帝一住嘴就下跪谢恩。

皇帝的嘴是住了,他刚要立起,就听太监喊道:“皇上赐兵部尚书、右副都御史,辽东经略熊廷弼大人宴!”

另一太监就念流水账似的报起了菜谱和食谱。

熊廷弼又扑倒在地向皇上谢恩。

当他再次被搀扶起来时,眼前的小皇帝没了。

面前只有几个太监围绕着他,“公公,下官……”他说。

“下面,您就吃饭吧!”

原来,赐宴的程序已经完成了,他得一个人在这里用餐。

他过去听人说,皇上赐宴只是个形式,皇上说几句该说的话就走了。有时,皇上还待一会儿,那被赐的人就那么站着,擎着筷子触一触桌上的菜就得谢恩回头走人。当然还有更隆重些的,皇上派太监把酒菜送到大臣的家里,那可能是对待王爷份上的臣子了。

他想告辞,可是太监们不让他走,非让他吃饭不可。

“您得吃上几口呀,这是千载难逢的隆恩呀!”

“是呀,别辜负皇上的一片真情呀!”

没办法,熊廷弼只好举起筷子夹了一点儿菜,塞进嘴里,吃的什么,他也没尝出来。

可是,太监们仍然不让他走,纠缠着他给他祝贺、道喜。他终于明白应当怎样做了,就把身上带着的几张银票全掏出来给了他们。

“没准备,身上也没有多……就请公公们收下买酒喝吧!”

公公们看看银票,有点嫌少,可也没法,这样的穷官榨不出多少油水,就闪开一条道,让他走了。

熊廷弼走出宫门不远,太监追上喊道:“皇上有赏……”

廷弼只好回头向着皇宫再跪下来。

一位太监端着大黄礼盒,一位太监捧着圣旨读道:“……上特赐麒麟服一、彩币四……”

廷弼又感动得泪眼模糊了,他又对着皇宫磕了头,接受了赏赐,交给了在宫门口等候的侍从,坐轿回家去了。

回到京都的住处,麻烦还没完。满朝臣僚都认为熊廷弼得到了莫大的荣耀,认识不认识的都来贺喜。一连几天忙得昏头晕脑,朝廷却催他赶紧赴任。

于是,他带了几个家人、一辆马车和从兵部领的百多名护卫,急匆匆地到辽东去了。

马车里坐的是他须臾离不开的小妾缨红。

半月后,熊廷弼到了广宁。

原任经略薛国用和巡抚王化贞,设宴给他洗尘。

薛国用是个干巴老头子,满面愁容,他是以兵部侍郎经略辽东的。从李成梁以来的几任经略他都熟悉,除了李成梁还算是衣锦还乡外,别的几个有谁不是弄得灰头土脸,甚至连命都扔在这里!他早就要在京的朋友为他运动,希望尽快地离开这一险境。

现在总算有人来接替他了,所以他脸上的每条皱纹里都透着轻松。

王化贞是进士出身，年龄不到五十岁，一张干黄脸，两只黄眼睛，稀疏的几根胡子掩着两片薄薄的嘴唇，显得很干练。他是另一类人，正如朝廷上许多人对他评论的：言辞伶俐，好说大话而无实际才能。但他很懂得做官的诀窍，像鸟儿一样，哪根枝儿旺就往哪根枝儿飞。在来辽东前，他和他所在的兵部已巴结上了魏忠贤一党了。因此，他觉得后台硬硬的，腰杆挺挺的，一副踌躇满志的样子。

酒席间，薛国用便向熊廷弼"介绍情况、交代工作"。

他说，他已上疏朝廷继续抽调兵马援辽。被抽调的有宣、大、山西、延、宁、甘、固、保等镇兵力。朝廷以原任山海关总兵刘渠为援辽总兵官。刑部尚书黄克缵又建议利用从国外进口的佛朗机大炮，募人操练演习，并收集辽阳等地的溃兵。薛国用说：这样的工作正在做，大概能收集到四五万人。

王化贞说，他已上疏朝廷，请发百万银给广宁，已得到批准。他觉得这笔钱，可拿出一部分抚赏蒙古，把他们作为牵扯后金的一股力量。

熊廷弼问："这笔钱已有多少到手了呢？"

王化贞说："朝廷已命经历徐天鼎解银二十四万五千两赴广宁了。"

算来算去，当时集中在广宁的明军约有十三四万，这也不算个小数目。只是比较散乱，得经过训练才能使用。

以后的几天，王化贞等陪同熊廷弼绕广宁几匝，以观察广宁的形势。

广宁（即今辽宁省北镇县城），它背靠著名的医巫闾山，登山可俯瞰整个城市，南临大海，西界锦州，直通山海关，东隔辽河与辽阳遥相对峙。有明一代，广宁一直是辽东地区仅次于辽阳的第二大城。

在辽、沈失守后，广宁的地位就显得很重要了。

经过与王化贞的多次交谈，熊廷弼觉得和他在战守问题上有着尖锐的分歧。

熊廷弼的主张就是他在离京前向朝廷陈述的"三方布置"策。

其内容是：其一，在广宁集中马步大军，制伏后金主力；其二，天津、登、莱各置水军乘虚进入后金南卫地区；其三，登莱设巡抚于天津。经略驻山海关以节制三方。

王化贞却不同意熊廷弼的主张，他说用不着那么费事。他的办法是：部署诸将领兵沿三叉河（辽河一支）设营。依靠辽东当地反对后金的力量和西北蒙古的援助就足够了，甚至要借助降将李永芳为内应……

熊廷弼反驳说："大人有两项事，是很不实际的。你说要依靠当地人的反金势力，那势力在哪里？谁去组织？蒙古更不可靠，说起来，袁应泰就是吃了蒙古人的亏。近年来蒙古有很大变化，他们已向努尔哈赤靠拢了！至于那个李永芳，你和他联系过吗？这位努尔哈赤的额驸还能为咱们出力吗？"

熊廷弼说到这里笑了笑，这笑刺痛了王大人的心，他认为熊经略瞧不起他。

于是他故意拿出傲视一切的态度来，扬言道："熊经略，您看着，我就是欲以不战取全胜！”

熊廷弼盯着他看了好久，觉得面前的这个人好荒唐呀！好危险呀！自己以后怎么和他共事呢？……

按明朝的官制来说，王化贞应当受熊廷弼的节制、指挥，于是廷弼在去山海关前巡视了王化贞的防地。他的主力放在三叉河两岸，沿河一百二十里一字摆开，每数十步一个窝棚，安排六七人守护。

熊廷弼十分愤怒，他说：“大人这样做等于自杀！强敌要来，在任何地点都可以突破挺进！”他命令王化贞赶紧改变部署。

王化贞气得红了脸，他冷笑一声说：“经略大人，下官这样布置防线，已经得到兵部张大人的认可，他老人家觉得我如此举措乃万无一失！”

熊廷弼对他无可奈何，从广宁到山海关去了。

兵部的实任尚书原是王象乾，那是个很有血性的人，可是他到云贵去督军了，——那里的农民起义正如火如荼。朝廷把个已经致仕的老先生又调了回来，他是张鹤鸣。年纪大的人，有的看破世事、名利，这种人是不会再回来做官的。有的人却变得老奸巨猾，想在晚年再搏一把，张鹤鸣就是后一种人。

一开始，朝廷下了诏令，要他回朝，他还拿架拿势地犹豫着。后来魏忠贤以老友的身份一再派人去请，他才赴任兵部。过去，他就在许多事情上和熊廷弼说不到一块去，现在，他可有了报复他的机会了！

有了魏忠贤和张鹤鸣的支持，王化贞就更不怕熊廷弼了！

辽东前线，虽有十几万兵力，熊廷弼可调动的不过五千多人，实际上他是个空头经略。他几次上书说明情况，可是朝廷没人理他。他只好在当地招募一些新兵加以训练……

熊廷弼是努尔哈赤一向惧怕的“蛮子”，他来到辽东后，努尔哈赤几次想暂时罢兵。可是他又听说王化贞根本不听熊廷弼指挥，两人尿不到一个壶里。他高兴了。

他对皇太极等将领说：“明朝上有昏庸的小皇帝、魏忠贤，下有张鹤鸣、王化贞，纵有千百个熊廷弼，他们能做什么事！”于是下令进兵。

天命七年（1622）正月十八日，努尔哈赤令族弟多毕、贝胡吉，额驸苏呼海留守辽阳，亲自率兵向广宁进发。

在三叉河边，他们遇到了明军的顽强抵抗。

虽然，王化贞不会用兵，布置失当，可是明军里面却有很多忠勇之士，他们面对努尔哈赤的劲旅，一寸一尺地争夺，表现了大无畏的英雄气概，把满腔热血涂在雪原上。

每逢遭遇强敌，皇太极就请战了。努尔哈赤派他去夺取攻战广宁的桥头堡——西平。二十日，皇太极的大军来到西平堡下，立刻发动进攻。

西平堡的守将黑云鹤，是总兵中的名将，极为骁勇。他对副总兵罗一贵说：“你守住堡寨，我去迎敌！”

罗一贵说:“敌人刚到,锋锐正健,不如等一等再说。”

黑云鹤说:“你说得是,但皇太极来了,正立足未稳,这时打他还容易些。要是能把他的锋头遏制住,以后他就不那么嚣张了。”

黑云鹤错误地估计了皇太极,他只带了五百兵马上阵,一出堡就被皇太极的旗兵团团围住。罗一贵虽在堡上开大炮支援,但无济于事。

黑云鹤和他的人马打得十分英勇,几次把包围圈撕开,想冲回堡去。可是都被皇太极指挥旗兵堵上了。双方混战到中午,明军完全被消灭,黑云鹤战死在阵中,皇太极损失也不少,死伤近千人!

满洲人想趁明军溃败,逼到堡下,可是罗一贵指挥明军滚木礌石地砸了下来,满洲兵只得退回。

皇太极以数万之众竟拿不下个西平堡,觉得很不够面子,就指挥部队昼夜攻打。

在山海关的熊廷弼知道消息后,焦急万分,他怕王化贞有失,立刻通知防守镇武的辽东总兵刘渠带所有守军驰援。

王化贞慌了手脚,他没想到布置在河边的那两万人一触即溃,一点儿也没有阻挡住努尔哈赤的脚步,他紧急召集部将商议对策。

他手下有个游击,叫孙得功,在辽阳时,就暗地里投降了皇太极。皇太极叫他埋伏在明军中准备日后策应,后来,他带着几百名溃兵来到广宁,被王化贞收编。

这时,孙得功献言说:“如果大帅信任我,我愿率领大军去援助西平堡!”

王化贞相信了他,问他道:“你需多少兵马就能完成此功?”

孙得功说:“大帅给我十万吧!”

王化贞广宁只有十多万人,即使对孙得功深信不疑,也不敢把家底全部给了他。就说:“我给你七万吧!你去西平堡和罗一贵奋力退敌。打得赢最好,即使打不赢就给我守住,我另有妙计破敌!”

王化贞所谓的妙计就是指望那个降将李永芳了。

他和李永芳过去有些联系,熊廷弼到山海关后,他又派人化装去找李永芳,虽至今没有得到回应,他却觉得有十分把握。他曾多次对他的心腹说:“我就不相信李永芳会真心附敌,到时候,他会立功的!”

为了使孙得功顺利地逼近西平堡,王化贞急调驻守闾阳的援辽总兵祁秉忠所部,火速前往西平。这样,除了还有两三万人留在王化贞手里以外,他的“本钱”几乎都投上了。

努尔哈赤的全部兵马也已到了西平堡周围。如果明朝的援军到了话,双方的军队可达十多万,又形成了会战的态势。

努尔哈赤和诸将商议怎样破敌。因为事情紧急,皇太极说:“绝不能让明朝的援军来到这里!那样,在这里混战一场,还是打不下西平堡,拿不下西平堡就到不了广宁!”

“那么,你认为怎样呢?”

“我带兵去截住援军，大哥仍旧围打西平！”皇太极说。

努尔哈赤望着他，警告说：“刘渠、孙得功、祁秉忠，三支人马有十多万人哪，你行吗？我再给你正黄旗！”

这样，皇太极就带领三旗人马去迎战来援西平的三支明军。

到了平阳桥，两军相遇。时已近暮，双方扎营。

夜里，皇太极派人乔装成明兵潜入敌营，见到了孙得功，传达了皇太极对他的指示。

第二天一早，孙得功没有通知其他两军，就率领本部人马，向满洲军营进击。刚一交锋，孙得功就命令军队退却，明军不明情况，以为遇到了强敌，回头就跑，旗兵趁机跟杀过去。

孙得功的七万人，再加上皇太极的三万多人，如洪水暴发，形成了不可阻挡的冲击力量。刘渠、祁秉忠两军在冲击下也乱成一团，随着孙军稀里糊涂地逃窜。

这样的态势，根本不用旗兵打杀，只相互马踏人踩就尸横遍野了！

刘渠、祁秉忠和他的部将们极力地压住阵脚、稳住军队，和满洲军展开了一场厮杀，无奈溃势已成，谁也没有回天之力，刘渠和祁秉忠阵亡，来援西平的明朝十几万大军覆灭。

孙得功在战场上见了皇太极，扑在地下，得意地说：“四贝勒，您看，我干得怎样？”

“好极了！”皇太极把他拉起来，拍着他的肩膀说：“这次大战所以取得如此胜利，是你倒戈所致！我一定立刻汇报大汗，将来会论功行赏的！可是你还可立一更大的功劳……”

孙得功侧耳倾听：“四贝勒请讲……”

“你再回到广宁去，想法给我把王化贞捉来！”

孙得功愣住了，“我还能回广宁吗？”

“怎么不行？咱俩的交往是秘密的，今天战场上的一切也了无破绽，你随溃兵回去不是顺理成章吗？”

孙得功想了想，觉得四贝勒的指示也不是不可能实现，只是有些犹豫。这时，皇太极从衣袖中抽出一张纸条，交给孙得功。孙得功看了一下，上面写着一些人的名字，有些人他是认识的。

“你回去后，就和这些人取得联系，孙将军，你不是孤立的，有许多人帮助你呢！”

原来，王化贞派人去策反李永芳，李永芳却把他们策反了。回到广宁后，成了潜伏在明军内部的间谍。王化贞却蒙在鼓里，继续派人到李永芳那里去，后金在广宁城里的间谍人数也就日见增加。

孙得功回广宁时，一路收集着溃兵，到了广宁，他手下又有万把人马了。

平阳桥明军全军溃败的消息传到广宁后，王化贞吓呆了。他不从自己身上找原因，却不住地哀叹：“努尔哈赤的八旗兵了不得，真是神兵呀！无怪乎有人说：‘女真万人即不可敌’呀！”

当有人向他指出孙得功有通敌嫌疑时，他立刻叱道：“怎么能这样说呢？孙将军在战场上拼死杀敌，弄得遍体鳞伤，末了还给我带回万把人来！那刘渠和祁秉忠呢，他们的官儿都比他大，都是总兵，可是，他们干的什么？不是都死在那里了吗？”

努尔哈赤击败了明军的三路援军后，便立即集中兵力继续攻打已经围了几天还没有打下的西平堡。

代善指挥旗兵昼夜攻城。他们用云梯，用破城锤，用爬城钩，都不能奏效。

皇太极此时已有了一支强大的炮队。他把明军的大炮和炮手集中起来加以训练，并给予很高的待遇，使他们为后金服务。这时，皇太极把他的炮兵调了上来，对着西平堡轮番轰击。但这些汉人炮手看到自己的同胞在拼死守城，无不感动，他们发射的炮弹，往往不到城下就爆炸了，给明军造不成什么损失。有时还把炮弹打到旗兵冲锋的人堆里，炸得他们血肉横飞……

努尔哈赤气极了，他说：“人家有又高又坚固的城墙，炮火有什么用！白白地碍事，叫他们滚开！滚开！”

罗一贵几天来一直站在城头上，汗水和血水透出战袍。他身先士卒的行动，大大感动和鼓舞着守城的将士。他每到一处地方，士兵们都哭着对他说：“将军，你别说什么了，你就是我们的榜样！咱们只要有一口气，就绝不让满洲人进来！”

又一昼夜过去，西平堡仍然屹立着。有的地方，后金军在城外的死尸堆积得几乎和城墙一样高。

“李永芳在干什么？把李永芳给我找来！”努尔哈赤喊道。

在辽、沈等战役中，李永芳总是在做明军的策反工作，有时还跟着军队押运粮草。可是这些幕后的事虽做的不少，可总是不很显眼，没人认为他有什么特别的功劳。

李永芳来了。

努尔哈赤气急败坏地朝他吼道：“李永芳，这一向你在做什么事？”

李永芳平静地把自己的工作向大汗摆了摆，他并不畏惧这个气吞牛斗，但在紧急时往往不讲理的大汗。

“李永芳，我把孙女儿给了你搂着，还给了你高高的俸禄，你就是只给我做这点事吗？”

李永芳不说话，知道在这时候他说什么都是错的。

一旁的皇太极赶忙为他辩解：“父汗，您别心焦，李将军在这几次战役中做的事可真不少。没有他的辛苦操劳，咱们这十几万大军吃什么？”

努尔哈赤的心绪好些了，他知道皇太极说得对。他瞅着李永芳，狠狠地咽了几口唾沫，对他说：“我不是说李将军没做事，没功劳，我是期望你给我做更大的事！——我问你，你认识那个罗一贵吗？”

“认识……”李永芳说。

“你去劝劝他吧，”努尔哈赤说，“他要是投降，我给他和你一样的优待。我的女儿、孙女儿多着呢！”

"大汗，您不要认为明军的将领都和李永芳一样……"

"怎么？你还觉得有种？当初，你为什么不拼命地和我打一打呀？"

皇太极觉得父汗有点不太像话，就说："李将军当时……"

"他当时什么？……"

李永芳憋在心里的话忍不住了，他说："大汗，我归顺后金一点儿都不后悔，而且是真心诚意的。但我说实话，要不是您的人马借集市混进城里，我也会和抚顺城共生死的！"

"嘿嘿……"提起当初他和皇太极用计谋赚开抚顺城一事，至今努尔哈赤觉得十分得意，"城破了，你也可以和我们拼一拼呀！"

"是的，我可以像您说的那样，但我心痛抚顺的百姓，我是用我的投降换您答应对抚顺不屠城的，大汗还想着吗？"

"不要再说那些旧事了！"皇太极说，"李将军是真正的正人君子，他在抚顺时，为了满汉两族和平共处做了许多事，归顺我后金后，对朝廷也是不遗余力的，这一切谁也看到了！"他又回头对李永芳说，"这一次，大汗想让你去劝劝罗一贵，我想罗将军也是一条好汉，他一定会像你一样想到老百姓的！"

"好，我去……"李永芳说。

"这不就对了嘛！你去，你快去！"努尔哈赤高兴了。

"可是有些话我得说到头里，"李永芳说，"罗一贵守的是一个城堡，里面没有什么百姓。再说，人到了这般时候，他还顾及什么呢？我看希望不大……"

"知道了……"努尔哈赤说，"你去说一说，他如果固执下去，那是他自己找死，和你没什么关系！"

李永芳冒着炮火、飞矢来到城边，周围的金兵一齐向城上喊话："城上明军听了，我们李将军要找你们罗将军说话！"

喊了几遍，城上城下停止了攻战。又过了一会儿，城头上出现了满面烟尘的罗一贵。

李永芳看到罗一贵后，顿时万感交集。他觉得他没有脸面和他说话，当初，即使有一千万条理由活着，为了这一刻他也应该死去。

他和罗一贵都是辽军，虽不相熟但是相识。

看李永芳久久地不说话，罗一贵说："李将军，有话你就说吧！"

李永芳当然不能把努尔哈赤那些不堪入耳的话说给罗一贵，就说："罗将军，您为皇上已尽了忠，对大明也尽了孝。您看，事已至此，西平堡也没有几天了，何必再干些无益的事呢？您要是像我一样……"

李永芳还没有说完，罗一贵就截住他了："李将军，您当时降敌，有您迫不得已的理由，作为军人，我们并不过于责备您。但是，对皇上尽忠对大明尽孝，那是一生一世的事！一贵奉命守城，只有和国土共存亡，才能对得起皇天后土的信托！西平堡是不堪守了，可是我和大明子弟已经不仅仅是为了这片土地，而是在尽量张扬我们大明军人的气节了！"

这时，罗一贵身边的将士喊道："叛国逆贼，滚回去！""给努尔哈赤和皇太极舔屁股去吧！……再不走，我们就要开炮了！"……

李永芳料到了这样的结果，可他没有想到罗一贵会这样地礼让他。

"嗨，这究竟是上国的将领呀！……"他一边洒着泪一边走了回去。

身后，战争又开始了，他很希望炮子或者流矢击中他……

回到营帐，努尔哈赤不知跑到哪儿去了，皇太极还在等待着他。

"李将军，不要难过，"皇太极站起身，"你尽了力就行了……"

"四贝勒，您知道，我不是为这个……"

"我知道您心里想的什么，"皇太极说，"在您心灵的深处仍旧奉大明为正宗，把自己看成是大明的叛徒逆子，那样，您怎么会快活呢？其实，您应该想开了，咱们都是中国人，哪个民族都可以坐天下的！"

李永芳没有说话，在后金国里只有皇太极知道他的心思。

罗一贵继续指挥反击金兵。

他盼望王化贞派兵来救援他，他也以这一希望鼓舞自己的战士。

可是他的末日到了，他在城上巡视时，一只流矢射进了他的眼睛，流血不止，痛得他站不起身来。

身边的亲随叫来了随军的大夫，大夫看了后，着急地说："箭镞已深入脑髓，无药可医了！"

罗一贵推开众人，面向北方跪拜说："皇上，微臣力量已经用尽，再也不能报国了！"说罢，自刎而死！

罗一贵死后，西平堡里的明军又坚持了一天一夜，才被旗兵攻破。

努尔哈赤怒不可遏，从四门把明兵赶到堡内的中心空地上，数了数还有三千多人。

"杀了，一个不留的杀干净！"他咬着牙喊。

六

努尔哈赤是以沉重的代价攻下西平堡的。

他巡视战场，看到遍地是横竖枕藉的死尸，心痛得颤抖。他对皇太极说："萨尔浒和辽沈两大战役也没死这么多八旗子弟呀！才一个小小的西平堡……"

他否定了皇太极继续西进的建议，暂时在这里扎营。

"父汗，那广宁已经是咱们的了！"皇太极说。

"怎么？……"

"明将孙得功已想把广宁献给咱们！"

“哪有这样的好事!”

皇太极便把孙得功悄悄投降,现在埋伏在广宁的事对努尔哈赤说了。

努尔哈赤高兴些了,但他仍不相信孙得功有那么大的本领。

“还有李永芳呢,近一月来他为咱们做了大量的反间、招降工作,成效是很显著的。现在广宁城里,已有十几个将领想向咱们献城呢!”

“看来李永芳还是有些用处的,前一天,我是不是冤屈他了?——那他们还等什么?”

“我令他们准备得充分些,把那个王化贞捉住!”

“我不要王化贞,那是个草包!”

“王化贞可以不用,但,捉住他给明朝的震动还是很大的……”

他们正讨论着,有侍卫来报告说:“广宁城派人来了!”

皇太极朝努尔哈赤笑笑:“父汗,一定是孙得功他们来和咱们商议献城了。”

努尔哈赤高兴得呵呵笑着:“叫他来,叫他来……”

第二天,皇太极带领两旗人进逼到广宁城外,还向城里打了几炮。

听到炮响,王化贞把孙得功叫到面前。

“得功,我刚才似乎听到了炮声……”

“是炮声,大帅!”孙得功说。

“什么人放炮?是部队在练习吗?”

“不,大帅,努尔哈赤已经打到咱们广宁了!”

王化贞惊得跳了起来:“那,那,那西平堡失守了?”

“是的,罗一贵将军战死。”孙得功说,“西平堡陷落后,努尔哈赤的八旗兵立刻打到广宁来了……”

王化贞急得在地上走来走去,“怎么会这样?怎么会这样?……”他在问自己。

忽然,他拉着孙得功的手说:“得功,广宁是大明在辽东的重镇,现在我就把它托付给你了,你要想尽一切办法给我守住呀!……”

“您放心,大帅,咱们还有三万大军呢!”

“你去布置去吧,布置去吧!”

把广宁交给孙得功等于把羊群交给虎狼。他有了兵权后,立刻下令堵住城门,不许百姓逃亡,再派兵把银库和火药库封了,以迎接后金。另外,他派出千总石天柱、生员郭肇基出城跪迎皇太极进城。

皇太极陈兵城外,不时地往城里打炮,城内的投降派又放出风去,说努尔哈赤是不可抗拒的,弄得人心惶惶。不多久,怪事发生了,竟有一些地方小官僚,如三老、里正等备了鼓锣、彩旗、礼物准备迎接后金大汗进城,他们招摇过市,竟无人干预……

城陷那天一早,广宁城里大街上满是逃难的人和散乱的士兵,他们撞开城门,像洪水泛滥四泄郊外。

王化贞竟被蒙在鼓里。早起梳洗毕，像往常一样，在慢腾腾地阅看文书，手下的参将江朝栋排门闯了进来，叫道："大帅……"

王化贞吓了一挑，正要对他大加训斥，江朝栋拉起他的手哭着说："大帅，孙得功等十几名将领已把城献给了贼人了！快走，要不就晚了！……"

王化贞吓得两腿抖得不能挪步，他的老婆、家人还算沉着，急忙收拾了一点儿细软、珍宝，用两峰骆驼驮了，把他拥上了一匹马，跟着江朝栋出了署衙。

出大门不远，就被乱兵叫住，问他是不是王化贞？还要拿绳子捆他。幸亏江朝栋和他的侍卫大杀大砍了一阵，才把他救出。

溃败的形势发展得极快，连孙得功也难以掌握，要不，他就捉住王化贞了。

王化贞曾和蒙古人联络，要他们派兵来援助守城。这时，那几千蒙古兵首先叛乱，他们到处杀人放火，奸淫掳掠。溃兵一看，觉得不能只便宜了蒙古人和满洲人，竟也回到城里大肆抢劫，真是古话说的"兵匪一家"呀！

幸亏，皇太极没有派兵追杀，王化贞才能领着百多个随从逃到了闾阳驿，在那里碰到了从右屯赶来的熊廷弼。

王化贞对熊廷弼大哭道："大帅……怎么好呀！……全完了，……辽东全完了！……"

熊廷弼冷笑着问王化贞："你不是要'不战而胜'么？你不是要以六万之众荡平辽阳么？现在怎样？"

王化贞无话可说，只是哭。

熊廷弼看在同僚的份儿上，还是把他拉到一座草房里，生火给他暖身，招待他吃了饭。并劝他说："事已如此，哭亦无益，就等着朝廷降罪吧！"

王化贞这个罪魁祸首却又出怪招，他向熊廷弼建议在宁前固守，由他写信给兵部尚书张鹤鸣求援。他说："要是在这儿挡住努尔哈赤的脚步，朝廷还会饶过咱们的！"

熊廷弼说："晚了，一切都晚了！当初，你若听我的话，就绝不会有今天！现在正是土崩瓦解的时候，谁也不肯为你在这里死守……"

"那怎么办呢，熊大人？"

"先救老百姓吧，想尽一切办法保护辽东百万生灵撤入山海关，能做到这一点，就算满足了！"

"好吧，就依大人……"

努尔哈赤从西平堡来到广宁的皇太极大帐，第二天就耀武扬威地进城。

明朝降将孙得功、郎绍贞、陆国志、黄进等人把守城门，派代表七人去见努尔哈赤请降。努尔哈赤高兴得哈哈大笑，乐得眼泪在脸上淌。他下了马，指使随从把早就准备好的赏赐拿出来分给众人，有银两也有金牌。

从城门到衙署一路有不少明军军官来降，努尔哈赤人人给予赏赐。最后，把自己的战马和令旗也赏给了他们！

广宁的陷落,影响比辽、沈的失守还大。周围的许多城镇已无所凭依了,所以金军到后,纷纷投降。仅仅几日,敌人就得到了降将献出的四十余城和所属百姓!

夺取了广宁,对后金的巩固和发展,有着非常重要的意义。从此,他们突破了辽河防线,打开了争夺辽西的新局面,为征服蒙古和进取明朝内地,创造了有利条件。他们得到了辽阔的领土、大批人口和充足的物力、财力,这时的后金真的足以和大明分庭抗礼了!

在明朝那边,有广宁在,至少还可以表示辽东尚存,而失掉广宁,实际上等于丧失整个的辽东!战后,曾任辽东经略的王在晋痛心地指出:“东事一坏于清(河)抚(顺),再坏于开(原)铁(岭),三坏于辽(阳)沈(阳),四坏于广宁。初坏为危局,再坏为败局,三坏为残局,至于四坏,则弃全辽而无局。退缩山海,再无可退!”

广宁的惨败,大臣们顿足垂泪的很多,他们暂时搁置其间的恩怨纷争,开始认真地检讨东事了。

他们意见一致认为,巡抚王化贞和经略熊廷弼都有罪,争论的只是他们的罪过性质和轻重。明廷下令逮捕王化贞和熊廷弼。

几个月前,熊廷弼到山海关后,才明白朝廷给他结了个死扣。

熊廷弼绝不想在这个绳扣里勒死,因此,就一次次地上书,书中言辞激烈,他骂朝廷中的当事者,骂兵部尚书张鹤鸣,又骂王化贞不会用兵,因此他惹恼了很多人。

他书中说:“臣既任经略,四方援兵宜听臣调遣,乃鹤鸣径自发戍,不令臣知,臣咨部问调军之数亦不答。臣有经略之名而无实,辽左事唯枢臣、抚臣共为之……”

他说的是实话:既然叫我来辽东任经略,就得给我实权,各处来援辽的人马,就得归我统一调遣。兵部尚书张鹤鸣竟然亲自调拨军队,不让我知道。我上书兵部想问一问所调之兵的数目,他们也不和我说,我这个经略成了个有名无实的空架子!辽东的防守大事只有张鹤鸣和王化贞他们一起办吧!

朝廷没人听他的,魏忠贤还有许多更重要的操心事,皇帝呢,觉得派你熊廷弼去了,你就得给我办好,你办不好,我就治你的罪!

努尔哈赤的大军过了辽河后,广宁危急,张鹤鸣也知道王化贞不中用了,他立刻请敕廷弼出关策应。

廷弼一边出兵一边满腹牢骚,他上书说:“枢臣第知经略一出,足镇人心,不知徒手之经略一出,其摇动人心更甚!且臣驻广宁,化贞驻何地?鹤鸣责经抚协心同力,而枢臣与经臣独不当协心同力乎?为今之计,唯枢部俯同于臣,臣始得为陛下任东方事也!”

字里行间,廷弼充满着自负,就是说只有王化贞和兵部尚书都听他的,他才能为皇上去守辽东。他没想到,他的话,他的行动都是一笔笔记录在案的罪状。

事不宜迟,朝廷问尚书张鹤鸣怎么办?

那时,由于西平堡将士的英勇抵抗,王化贞又向朝廷频频报捷,张鹤鸣认为王化贞把形势稳住了,他就回答朝廷说:他们经、抚不和,只好在他们中留其一。他建议把熊廷弼罢免了,留下王化贞在辽专任其事。

他的建议一出,就遭到许多朝臣的反对,因为他们深知王化贞的本领。于是,有人提出给他们划分防守的范围,各负其责……

可是,形势急转直下,他们还没商议出个眉目来,广宁就失守了!

广宁陷落的消息一传到山海关,熊廷弼就把小妾缨红送回京师去了。

临行前,他对缨红说:"你在京里等我吧,不久,我也要回去的!"

"那样,相公何不让我和你一块儿走呢!"缨红说。

这次来到辽东,因事情紧迫,心绪难宁,卿卿我我的日子一天都没过。缨红虽没说什么,廷弼觉得十分歉疚。

听了缨红的话,廷弼哈哈大笑,他说:"我是坐囚车回去,你能和我同路吗?"

廷弼虽说得潇洒,却把缨红吓着了,她抱着廷弼哭起来。

廷弼把她抱了一会儿,又轻轻推开,对她说:"大丈夫享得起荣华,也要受得起屈辱,我这次来辽仅仅半年,辽事沦落竟至如此!是我所没想到的……"

缨红说:"这些日子,我就守在你的旁边,什么事我都看得清楚,我想,朝廷如果派人来调查一下,是非责任会弄清楚的!"

廷弼长叹一声说:"缨红,有些事情要想弄清楚,得掉许多头颅,流许多鲜血的呀!听我的话,你回京师后,不要久留,过几天就回家乡去吧!"

"不,相公,我要在京城等你……"

"等我做什么?"廷弼苍凉地笑道,"等过了这道坎儿,我会去找你的……"

缨红走了,她哭了一路。等她到了京师,廷弼的囚车也快到了。

熊廷弼、王化贞被逮到京师后,关进大狱。

那位护着王化贞的尚书张鹤鸣自觉有罪,就请朝廷批准他去辽东视师,朝廷批准了。

为了不使他灰溜溜的,皇上还诏加太子太保,赐蟒袍和尚方宝剑。当然,这都是魏忠贤安排的。

可是他害怕到那里去,延宕了多日,才慢腾腾地到了山海关。

他一离开京师,弹劾他的本章就如雪片般地飞到魏忠贤那里,他也不敢包庇这个辽事的真正罪魁祸首,就请旨把他罢归了!

兵部尚书换上了孙承宗。

孙承宗是阁臣,权力很大。孙承宗上书:"下廷弼于理,与化贞并谳,用正朝士党护。"意思是说:把熊廷弼下到大狱里究治,和王化贞一起审判定罪,以纠正他们朋党的庇护。

他是保定高阳(今河北)人,字稚绳,万历进士。天启二年出任兵部尚书,是个忠直、耿介的人。他认为只要把熊廷弼和王化贞一起审理,避开朋党的庇护,就能够把王化贞这个主犯揭露出来,而熊廷弼的罪责就可减轻。

可是审理熊廷弼的事拖了下来。虽然像张鹤鸣、郭巩等落井下石的大有人在,但为正义说话的大臣也很不少。他们谴责张鹤鸣身为兵部尚书而不谙军事，却一味地庇护王化贞，把大好的辽东大地送给了努尔哈赤。辽东经抚不和是尽人皆知的事，张鹤鸣不仅不解决，反而火上加油，使他们间的分歧愈演愈烈。

对魏忠贤来说，这也是个关键时刻，他知道辽东的失落，如果挖起根子来，再深几层就会挖到他，把他把持朝政，操纵东事的罪过大白于天下！只有把熊廷弼杀掉，罪责有主，那些对他汹汹的言论才会平息。

于是熊廷弼的死期到了。

使魏忠贤下决心杀掉熊廷弼的原因很多，其最重要的，是那个被他尽情玩弄的小皇帝朱由校。

小皇帝虽然二十岁刚出头，可是病病歪歪，已显出下世的样子。他还没有可以继承的子嗣，如果他死了，很可能是那个比他小六岁的弟弟朱由检。他还能像控制朱由校这样控制他吗？

他在宫里经常遇到那个阴沉着脸的朱由检。

朱由检这时只有十四五岁，可是，他不仅勤于读书，很有心机，还对天下大事精于研究。他身边有一帮人，他们名义上是他的老师，实际上都是他密切的幕僚，另外，论长相，也不是小皇帝可比的，他身体修长，浓眉大眼，一行一动，凛凛然而生威风。

"王爷……"魏忠贤笑脸相迎着和他说话。

"一边去！"朱由检喝道。

这是不得了的事，因为宫中上至后妃，下至皇族子孙，没人不对魏忠贤恭恭敬敬的，朱由检竟敢这样！

一次，朱由检从对面走来，魏忠贤想拐道避开，朱由检却叫住了他。

"魏忠贤，过来！"

魏忠贤赶紧屁颠屁颠地跑过去，笑着对朱由检说话。

"老实点，这是对王爷说话的样子吗？"朱由检皱起眉头。

"是……我……"魏忠贤赶紧低下头。

"我问你，京城监狱里犯人都盛不下了，是怎么回事？"

"回王爷，有些臣子见皇上年龄小，就图谋不轨……"

"是皇上要抓的吗？"

"是，是皇上的意思……"

朱由检沉思了好久，魏忠贤的感觉就像在油锅里炸。"知道你是谁吗？"

"魏忠贤是皇家的奴才！"

"嗬，你还知道自己的身份，我还当你忘了呢！"

说完，朱由检就走了，魏忠贤却在那儿呆了好久好久。

他想：这个朱由检可不是个好剃的头，得想法干掉他，要不……将来掉在他手里，我还有好果子吃吗？

可是他没有撼动这棵小树。

一天，魏忠贤弄到一块金晃晃的珍贵的花梨木，叫两个小太监给皇上扛到作坊里去。看到皇上坐在一旁的小凳上，满脸大汗，就忙跑过去用手帕给他抹汗。

“皇上，您虽年轻，也不能太过劳累了！”

“劳累什么？朕今日还什么都没干呢！”

“那是怎么回事呢？”魏忠贤关心地问道。

“近来身上老是乏累得很，走路也气喘……”

“那就赶紧传御医看看呀！”

朱由校摆摆手，好像不愿和他谈这个问题：“忠贤，你拿来的是什么呀？”

“一块上好的花梨木，陛下不是很喜欢这种木料吗？”

朱由校走过去，用他那只瘦手摸了摸，弯起指头弹了弹，上下打量了一下，他那双眼睛放出了光，那是只有专家的眼里才有的光。

“是块好料子，可惜呀……”

“皇上，可惜什么，您能用它做出传世的东西来的！”

“你没看见吗？朕现在只能用那些软木料，如杨木呀柳木呀什么的，像红木、黄杨、花梨之类的硬木料，朕是没力气动斧凿了……”

魏忠贤看了一下朱由校，只见他形销骨立，就像一架骨头撑着一件袍子，浑身没几斤肉了。这个短命鬼，他的身体是怎么了呢？

“皇上，我刚刚在路上遇见了王爷……“

“哪个王爷？是朱由检吗？”

“是他，”魏忠贤掂量着词句，“他的身体好像很好……”

“但愿他健壮，”朱由校说，“他在忙什么呢？还和他那帮人议论天下大势呀？”

“是的，他怎么会闲着……”魏忠贤下了决心，要捅个娄子，“他虽是个王爷，可是却时刻想着天下，好像他是‘当今’似的！”

“唉……”朱由校叹了口气，“朱家要是真有这么个人……”

“皇上，要是在前朝，……这可是犯法的呀！”

“犯什么法？朕还巴不得他替朕干这个皇帝呢！”

这句话使魏忠贤感到有如五雷轰顶。他不说什么了，他还能说什么呢？

不能指望这个软鼓囊囊的皇帝了，他得靠自己。

考虑了几天，他想孤注一掷，把那些对头收拾干净！到新皇帝上台的时候，他手下就没有一个可用的大臣了，他也就对我无可奈何了。当然，也许悬在头上的那把剑会落下来，那就认倒霉好了。人不能光瞻前顾后，今天大权在握，就先摆摆威风，图个痛快！你们既然不放过我，我就和你们拼个鱼死网破吧！

就这样，处死熊廷弼的诏令下了。

朝廷派刑部尚书王纪、左都御史邹元标、大理寺卿周应秋审理熊廷弼和王化贞一案。

他们先把熊廷弼提出来。

也许照顾到他曾是辽东经略，先给他下了镣铐，但还是要他跪下。

狱卒们可怜熊廷弼是位忠臣，一直对他很好，这时，给他在膝盖下垫了一只棉垫。坐在上面的三位大人也就眯眯眼睛算了。

王纪是主审，他问道："熊廷弼，你在大狱中也羁押很久了，辽东的事都想清楚了吗？"

熊廷弼知道这场决案只是个形式，他该判什么罪，早在魏忠贤那儿定了。但他仍要辩白一下，好给后人留个记录。

"大人，两年来，辽东事聚众纷纭，朝廷上人人都该明白。不过大人既然问起来，廷弼还想说一说……"

于是他把两次主辽东事从头至尾都说了一遍，重点讲了第二次。

他到辽东时的形势，与王化贞在战守的分歧，张鹤鸣对抚臣的偏袒，他屡次对辽事的上书，广宁大战前后的举措，等等。最后说了自己的责任。

他说得很长，也很条理分明。"我从普通百姓，再当经略，原定驻扎山海关，驻兵广宁的是巡抚王化贞，广宁失守，主罪在王化贞！"

熊廷弼说完后，三位大人竟无一人说话。

待了会儿，大理寺卿周应秋笑眯眯地望着熊廷弼问："听说熊大人到辽东去时，还带着一名小妾，那小女子生得不仅美貌无双，还精于吹拉弹唱，大人每日只顾沉醉于温柔乡中，这……也是辽东战败的原因之一吧？"

熊廷弼极为生气，自辽事败归，诬陷、谴责者可谓数不胜数，但没有一人提到他的小妾一事，这位看来老成持重的大臣竟有滋有味、尖酸刻薄地提了出来。

"是的，我是带了一名小妾，可是，自有明以来，主辽东事者莫不带有家眷，廷弼不是第一个，也不是最后一个。不过，我还要谢谢大人对小妾的夸奖。辽东战事繁冗，实没时间沉醉在温柔乡中，至今尚觉十分抱憾！"说到这里，熊廷弼望着大理寺卿说，"周大人，听说您年近古稀，却仍喜好床第之事，为此家中畜养了许多个娇妻美妾，我真为大人纳罕，不知您是怎么应付过来的……"说罢，哈哈大笑。

周应秋没想到熊廷弼敢这样奚落他，脸色立时通红，尴尬至极。他想对别的两位大人说句什么解嘲，可是他们都回过头去不理他。

审讯王化贞就简单多了。

王化贞在监狱中大概没受到什么摧残，他吃得胖墩墩的，头发梳得油光，胡子也修剪得很整齐。不过他一进大堂，还是扑倒在地痛哭起来。

王纪问他："想辩白吗？那就说吧！"

王化贞哭道："我不该落此下场呀……熊廷弼是辽东主帅，广宁失守他应负主要责任呀……"

邹元标把桌案一拍，喝道："王大人，熊廷弼有熊廷弼的责任，你有你的，今天问的是你，你就说一说你该有什么罪责吧！"

"我不说……我不说……"王化贞还是哭，"三位大人什么都知道，就不要难为罪臣了吧！"

"你总得说一说呀……"周应秋说。

"我这里有点东西，请大人观看，"说着，他从袖筒里掏摸出一个纸卷。一旁的狱吏接了，递了上去。

王纪看了，又传给别的两位大人。

三位大人窃窃私语了一会儿，就不再问，也没有吩咐王化贞怎样，就排成一串儿走了。

王化贞又跪了许久，狱吏才说："走吧，王大人……"

"让我回家吗？"

"你还想什么呢？……"

王化贞站起来嘟哝着说："还叫我回大狱去，这是怎么回事？……魏公公传下来的话，可不是这样呀……"

过了几天，王纪等给熊廷弼定了案，结论是："争私利而误国，致使辽东沦丧。宜用重典，以做将来。"

用什么重典呢？朝廷上争论不休。偏护熊廷弼的人都希望把事情拖下去。

当然也有人仍在给他罗织罪名，如侵盗军资、贿赂内廷等等。

又过了些日子，皇上批下来了：大辟。

"大辟"是五刑中最严重的处死方式，可以砍头、腰斩、剖腹、车裂……

那年(1625)八月二十八日黎明时分，刑部主事张时雍接到执行的命令。

他不想让熊廷弼太难受，就要狱官找个借口，叫他出来。

狱官和熊廷弼相处已两年多，知道他是个忠臣义士，就备了一桌好饭，陪廷弼吃这最后一餐。

廷弼立刻明白是怎么一回事，笑着对狱官说："谢谢你，来，咱们喝一杯。"廷弼斟满两杯酒，递给狱官一杯。"人生百年终有一死，我熊廷弼能为国事死，也是一乐！老朋友，你记住我的话，是金子就是碾成粉末也是金子！"

老狱官泣不成声。

廷弼却谈笑自若地一杯接一杯地喝。

喝完吃饱，回到狱室，像要回家似的把东西收拾好，吩咐将来怎么处置。接着就洗脸漱口，整理好衣服后，走了出去。

来到狱外的大庭，已有许多人来给他送行。廷弼想对他们说几句话。

张时雍劝他说："芝冈(熊廷弼的号)，失陷封疆，罪应一死，还有什么可说！再说你还有家人、朋友,你应为他们的安全着想。”

熊廷弼想了想,说:“你说得也对,我的事如日月之食,谁也知道的……”

张时雍看他的胸前挂着一个小布囊,就问:“芝冈,那是什么?”

廷弼说:“皇上赐我大辟,这是我谢恩的奏书。”

张时雍摇摇头:“唉,你博古通今,就没读过《李斯传》吗?囚犯怎能上书?”

熊廷弼一听这话火了,瞪大眼睛嚷着说:“张时雍,你怎么好意思说这话?这是秦赵高说的呀!”

张时雍低头说:“好吧,我会把你的上书交上去的……”说着,就令人把熊廷弼押上囚车。

来到西市,已经大亮,西市上这里那里到处有人备了烧纸、酒席给他生祭。四下里都有明明灭灭的火,压抑的哭声涌动着。

熊廷弼被杀后,朝廷又令“传首九边,尸弃荒野。”就是把他的头割下来装在一只木笼里,传送给那些守边的将士们看,意思是说:你们如玩忽职守就和他一样。

那天太阳刚落,西市就来了一个年轻女人,愣愣地站在熊廷弼被杀的地方。那里只有一大滩黑紫的血。

已经夜深了,她还在那里站着,默默地不哭也不走。风吹动着她的乱发,像黑色的火焰,舞动着……

又过了些时候,一位白胡子的老者走近了她,才听到她在哀哀地哭。

“你是熊大帅的家人吗?”

女人点了点头。

老者犹豫了一会儿,向四周望望,又对她说:“你跟我来,熊大帅在这里……”

女人跟老人走了很久,才在一片小树林里停下来,那里聚集着一小群人,看到老人领来了一个女人,就慢慢地让开。

一口大黑棺木放在草地上,棺盖躺在一边,棺内的最前边点着一盏小灯。

她从衣着上认出了躺在棺材里的亲人,她晕了过去。

人们慌了,七手八脚地给她救治。

她醒来时,一边抽泣一边望着那个近年来和她朝夕相处的人。她想起朝廷的敕令,惊异地望着周围的乡亲……

老人给她解释道:朝廷的命令是在杀了大帅后,再把他的头“传首九边”的。大帅的身子,事情一过,我们就偷出来了,而且用早就预备好的棺木装敛起来。刚要合上棺盖,老人就说:“等等吧,也许有人会把大帅的头送过来!”

“谁有那个胆量呢,那要灭九族的!”身边的人说。

老人说:“我就有,我想你们也有!只要有机会!”

谁知正如老人所料,天黑后,有个黑衣人来了,那人用黑布蒙着脸,他放下一个黑布包后扭头就走了。大家一看就知道那是什么？拆开一看果然是大帅的头！

装敛好后，有人小声地问："他把大帅的头送来，用谁的头顶上呢？"

老人说："你真是笨死了，这里几乎天天杀人，找个头来顶替不是太容易了吗？被砍下的头都是差不多的！"

女人知道了事情的原委后，就跪下来给周围的人磕头。

然后，她两手扶着棺材，弯下腰去，亲了亲廷弼的额头，又抓起了他的雪团似的手，像在枕畔似的对廷弼说："相公，我知道你的灵魂就在周围，一定会听到我的话……看见了吗？我是你的缨红，和你日夜厮守的缨红！……"她哽咽了一声，"你走了……你走到哪里了呢？你等一等我好吗？……我要跟你去。我不愿活在一个没有你的世界上……以后，咱们就快活了，不再为什么王事活着，……王事管咱们什么事呀！眼前你觉得那么重要的事，站在那个世界看，一出出、一件件都不过是过眼烟云罢了……相公，人们不会忘记你的，你将载入史册，像那些英雄豪杰一样……可那又什么意思呢？……"

周围的人都拢过来，想听听这个娇小的女人在说什么。

他们想赶紧把这件事情干完，好离开这儿回家，一旦被官家发现，他们不会不管的。

缨红回过头来，泪眼扑簌地望着乡亲们。

老人见她有话要说，就靠近了她。

"我叫缨红，是大帅的小妾。"缨红说，"大帅罹事后，我一直留在京里。我想，大帅几年来疼爱过我，怜惜过我，我恨不得和他一块死儿呢，我还怕什么！这两年我去大狱探望过多次，可是狱官们不让我进门，他们说：'他是朝廷的钦犯，是不准家人探望的！'……"

大家听了缨红的话莫不摇头叹息。

缨红从衣袋里掏出两大把银子要送给乡亲，可是没有一个人肯接受。

"乡亲，请给我再买一口棺木来吧！大帅走了，我也不想活在人间，请把我和他葬在一起……"

大家还没有十分明白缨红的话，她就从袖口里抽出一把尖刀，用力插进自己的胸口！

乡亲们对着这个刚烈的女子哀泣、叹息了一番，只好如她生前所愿，急着去买棺木、殓衣。第二天，就把他们合葬在京都的西山下……

第九章 一代女真英雄 饮憾归西

一

皇太极被召到大汗府。

在那里等待着皇太极的是他大福晋的侄儿吴克善。

努尔哈赤笑嘻嘻地告诉他这次小王爷奉科尔沁老王之命把自己的妹妹送来，是想与皇太极再次结为秦晋之好！

皇太极感到很突然，他已经有了个科尔沁格格了，现在又给他送来她的侄女，事先他却没听哲哲说起过。

但想想也不奇怪，因为各部落间为了政治上的关系，常常一再地联姻。姊妹、姑侄嫁一个丈夫的很多。

其中皇太极不知的原因是：大福晋哲哲已进门几年了，至今没生个男孩儿，皇太极已有几个儿子，长子也快十三岁了，她开始为自己的将来忧虑。去年他回了一趟娘家，和哥哥——科尔沁王爷寨桑商量，能不能再把侄女布木布泰嫁给皇太极？

布木布泰还不到十三岁，聪明伶俐，美丽可人，是寨桑的掌上明珠，全家人都舍不得她离家到沈阳去，但又一想：哲哲提出这件事来一定经过了深思熟虑。为了了解其中的隐情，寨桑又派人来到辽阳，见了大福晋……

科尔沁贝勒寨桑终于明白了妹妹的深谋远虑：后金国已经统一了山海关外的广大土地，大明已经不是它的对手。蒙古过去一直是依凭大明的支援的，现在已不可恃。科尔沁是夹在察哈尔和后金之间，何去何从已摆在面前了。

她又谈到：努尔哈赤已是落山的夕阳，他的儿子都是声名赫赫的虎将，特别是八子皇太极在后金极有人望，由他来继承父业几乎已成定局。

哲哲连自己深藏内心的苦衷也说出来了：她只生了三个女儿，如果膝下无子，将来在后妃中就没有竞争力了！

“回去对王爷说吧，让他仔细地体察我的一片苦心，说实话，我也是为了科尔沁的蓝天白云呀！”

寨桑终于同意了妹妹的建议，但把最后的决定权交给了女儿布木布泰。

事情的整个过程，布木布泰是知道的，父亲征求她意见时，她还是哭了。

“女儿……把你送到那么远的地方，父亲不难过吗？妈妈不难过吗？”寨桑说，“可是正如你姑姑所说，是为了科尔沁的蓝天白云呀！”

“父亲，我才十二岁……”布木布泰说。

听到她奶声奶气的话音，一家人全哭了。

“罢罢罢，”寨桑抹一下泪眼，“孩子，不愿去也就算了，咱们凭什么要把好姑娘都往他们爱新觉罗家送呀！”

第二天，事情有了转机，布木布泰回过头来说服父母和家人了。

她说：“还是姑姑有远见呀……为了咱们科尔沁，她出这个主意的……”

“你才十二岁呀！”额娘说。

“十二岁怎么的？”布木布泰说，“后金大汗的大福晋嫁过去的时候不也只有十二岁吗？”她说的是那个海西女真首领满泰的女儿阿巴亥，那件事大家都知道的。

“孩子，你离开爹娘该是多么孤独呀！”奶奶已经泣不成声了。

“奶奶，在那里不是有姑姑么？”布木布泰说，“她现在是皇太极的大福晋，她会指点我的。”

是呀，她还有姑姑在那儿，她可躲在姑姑的羽翼下面。

“孩子，皇太极在这之前已经有了四位妻子了。”额娘说，“你到他家里，有办法牵住皇太极的心吗？唉，帝王的爱，那真是一阵风呀！”

“额娘，你就别为女儿担心了……”

“这么说，你愿意嫁给那个皇太极了？”

布木布泰点点头：“额娘，皇太极，我没见过，他的事迹我却听过不少。他是一位草原上的英雄，哪个姑娘不想嫁给这样的人呀！”

既然女儿这么说，大家也就放心了。

于是，科尔沁的寨桑家开始为布木布泰准备嫁妆，同时派人到后金国大汗那里去提亲。

大概从阶级社会开始，帝王家的婚姻就是政治联姻了。谈婚论嫁，就是一场政治谈判。这在爱新觉罗家族中更是突出，比如说，努尔哈赤的所有妻子，都是在政治上为着“什么”才迎娶的。女方也是如此，都是为着“什么”才把女儿送到努尔哈赤家里的。当然，其中爱情也有，男人可以从他众多的妻妾中找到他宠爱的女人。但爱情总是居于次要而又次要的地位……

努尔哈赤当然也是依照这个标准决定儿子们的婚事的。

在山海关外，向东向北广袤的土地上，努尔哈赤已是最大的也是最有势力的统治者了。他很想以长城为界和明朝划地而治，但在他的背后，还有个蒙古察哈尔，努尔哈赤正不住地且十分耐心地争取着它。争取蒙古，首先应该把介于后金和察哈尔之间的科尔沁拉到自己身边来。为此努尔哈赤也做了许多工作。如，他已经为皇太极从科尔沁贝勒家选进一位大福晋了……

现在，科尔沁贝勒又想把自己的女儿送给皇太极，努尔哈赤怎不感到喜出望外，他立刻就答应了！

因为是政治联姻，双方又都是迫不及待，所以一过了年，寨桑就派儿子吴克善把女儿送到辽阳了。

蒙古人大多是元朝统治者的后裔，他们和中原的关系是很近的，有明以来，政治、军事上没断过合作，通商和文化来往更是紧密。吴克善也像蒙古其他的贵族一样，很有些汉化了。他虽仍是蒙古人装扮，但他的风度和说话，却很像关内的汉官。

他常作为科尔沁的使节来后金办事，所以皇太极见过他多次。

听了父汗的介绍，皇太极向吴克善行礼："见过王爷，愿王爷吉祥如意！"

称呼吴克善"王爷"，那是客气，因为科尔沁的贝勒不是他。

"四贝勒好！"吴克善站了起来，躬下身行了个蒙古礼，又抹了一下他那翘在上唇的小黑胡，用一双亮亮的眼睛望着皇太极。"四贝勒更加英俊了，一接触您，就感到您的凛凛神威！"

"王爷，谬奖了！"

"四贝勒，我不会说假话。您虽在辽河这边，可是，在科尔沁，您就像草原上的雄鹰，一抬头就望见您矫健的身影，一低头就听得见您嘹亮的呼啸。科尔沁人钦佩您，羡慕您，又为您是科尔沁人的女婿而自豪。科尔沁人想把您和他们拴得更紧，所以，又把他们草原上最美丽的花朵给您送来了！"

皇太极说着这时候必须说的套话："感谢科尔沁王爷，感谢科尔沁人，感谢美丽无双的科尔沁草原！满洲人忘不了科尔沁人的美好情意，一定会像爱护眼睛一样地爱护她。至于那朵科尔沁的娇花，我们会倍加珍惜，一定让她在后金国的土地上开放得更加鲜艳……"

双方的开场白已经说完了，下面就开始商议迎婚的具体细节。

吴克善是提前到达辽阳的，那浩荡的送亲的队伍离辽阳还有两天的路程呢。

迎亲那天，努尔哈赤率领他的贝勒、大臣迎出北门外十里之遥，在那里扎了几座宏大的迎亲亭。从那里到城里一路上彩门重重，花旗招展。在迎亲亭举行了隆重的迎亲礼后，回到大汗的府衙，又举行了更为隆重的结婚大典，接着就是三天的婚宴。参加婚宴的有大汗的远近亲属，还有牛录以上的上千军官。据说辽阳城里的酒都喝光了，牛羊肉都吃净了，爆竹的纸屑平地积了一指厚，把雪地都盖严了。

四贝勒府里又多了一个福晋，可是，皇太极觉得像是打了一场战役，连累带醉，在床上躺了两天。

这是个很好的机会，大福晋把布木布泰叫进房里，和她细细地谈话。

“姑姑，是您把我弄到这里来的，您得指点我，照看我……”布木布泰仰着脸看着大福晋，她眼睛里滚动着泪水。

“那还用说吗，孩子！我是你的亲姑呀！”大福晋用手帕给她抹着眼泪，“别哭了，咱们还有好多话要说呢！”

“姑姑……”

“孩子，在这贝勒府里咱俩是平辈的，所以当着别人的时候，你得称我大福晋。”

“我忘不了，姑姑。——姑姑，您说，皇太极他是个什么样的人呢？他的脾气，他的性情，他的修养……”

大福晋想了一会儿，说：“布木布泰，草原的老虎，你见过吗？”

“见过。”

“老虎非常威猛，弄不好还会被它吃掉，可是人们还是爱它，喜欢它，甚至敬重它，把它称为山林之王！皇太极就是后金国里的老虎！”

“那么，我们呢，是他牙爪下的小兔子吗？”

“你说呢，我的孩子？”

“我说呀……”布木布泰看着姑姑说道，“我要做个驯虎的女人！爱他，照顾他，让他去做山林之王，但又让他敬，让他爱，让他离不了，还要让他听话……”

“你真了不得，我的小乖乖，我真没白叫你来！”大福晋把布木布泰紧紧地搂在怀里。“你说得很对，有的女人一味地以自己的美颜取悦丈夫，可是容颜会看够、会老。有的女人一味地顺着丈夫，以自己的似水柔情浸泡他，可是他会腻烦、会厌恶……可是要做到你说的那样，得有本领呀，我的孩子！”

“是的……”布木布泰想着，絮絮地说，“要做到这点，她得比老虎有智慧，比老虎有本领……另外，她得是一眼甘泉，叫他在你这儿取之不尽用之不竭！那样，他还会厌烦吗？……”

“我的儿，你说得真好，可是有几个女人做得到这些呀！”

“姑姑，你不就是我的榜样吗？”

是的，姑姑嫁给皇太极十多年了，容颜已不是当年可比了，可是后金的那只老虎依旧爱着她，敬着她，离不开她。她的地位谁也不能动摇……

她又把布木布泰搂过来，对着她的耳朵小声地问：“那件事……你来之前，额娘对你说了吗？”

布木布泰的脸红了：“还能不说……”

“你怕吗？”

“有点怕，我太小……不过我想会熬过去的。”

“他是只虎，你得经得住他的三扑……以后就好了。他一夜不到你那里去，你就想……”

皇太极醒来了。

他的炕前坐着一个女孩儿。

那么美、那么纯、那么天然，又那么脱俗。

这使他想起多年前。

那年他才十多岁，头一次跟着一位叔叔到科尔沁去。那是一次外交活动，只是想试探一下科尔沁和察哈尔之间的缝隙到底有多宽有多深。科尔沁对建州很警惕，态度不冷不热，使叔叔很棘手……

皇太极对谈判插不上手，就到处游逛起来，一日他走出寨子，来到草原中的一个湖边。

一说到湖，有的人认为那不过一大摊水罢了，那他一定没见过真正的湖，更没见过草原上的湖。那湖镶嵌在草原里，蓝天、白云和周围的羊群都倒映在湖里，那种美妙那种情景，没见过的人很难体会到。还有湖水的甘冽呢？不用你捧起水来品尝，你只要坐在湖边，那种沁人心脾的特殊香味就使你醉了。

在蒙古人的歌里屡屡地唱到他们的羊群，他们的湖，把羊群说成是落在地面上的白云，把湖说成是镶嵌在草远上的珍珠。如果不到草原上走一走，是难以理解蒙古人的胸怀的。

他由着自己的坐骑走着，它竟向着湖边去了。

人和牲畜都禁不住草原湖的诱惑。

湖边的石块上坐着一个女孩儿……

她面向着湖，似乎哼着一首旋律悠长的歌。

可是皇太极从湖水里看到了她的模样，那种超凡脱俗的美把他惊住了，他勒住了马。她是仙女，真正的仙女……

就在这时，那女孩儿回过头来，用一双明亮的大眼睛看着他。那眼睛就和湖水一样，也是那么清澈，那么纯净，那么幽深，也映照着蓝天白羊……

皇太极正手足无措时，那女孩儿笑了，湿润的红唇里露出两排细小整齐的皓齿，美得就像一朵勾人灵魂的花。

皇太极正想向前再走一步时，忽然不知从哪里冒出许多人来，有丫头、仆妇，也有许多护卫，那女孩儿被拥到一乘小轿上抬走了。

原来她就是科尔沁贝勒莽古思的女儿！

几天后，在回建州的路上，皇太极曾几次地向叔叔说起和莽古思女儿的邂逅，言语间充满了对她的倾慕。

“皇太极，看上她了？”

“还说不上……”皇太极害羞地低下头，“不过我是忘不了她了！”

“那是科尔沁草原上的一朵娇艳的花。”叔叔说，“她不仅生得美，而且还读过书，有人说她如果是个男子，而又生在中原的话，说不定还能夺个状元哩！”

“啊，是这样……”皇太极叹道。

“皇太极，那是给察哈尔大汗的小贝勒准备的，没咱爷儿们的份儿呢，”叔叔说，“科尔沁还不想和察哈尔汗割断联系，当然也不想惹咱们……”

叔叔和皇太极说起了这次出使科尔沁的经过。

到了第二年，事情发生了很大的转折，努尔哈赤的大军统一了建州各部，又北征乌拉，取得了很大的胜利，努尔哈赤的建州已是公认的最强的政治、军事集团了，并且酝酿着建立后金国。莽古思贝勒审时度势派人来赫图阿拉通好，并把自己的宝贝女儿送来了。这样皇太极就得到了科尔沁草原上的第一朵鲜花！

“你是谁?”皇太极问。

“你说呢?”那女孩儿羞涩地低下了头。

“你是科尔沁的又一朵娇艳的鲜花……”

“我是来伺候王爷的。”

“你像汉人那样叫我王爷?”

“是的，”布木布泰说，“我们那儿都这么叫。”

皇太极抓起了她的手：“你现在还是个女孩儿，可是我要把你变成我的妻子。”

布木布泰没有收回自己的手，可是她的脸红到了脖根：“就在这……”

“不行吗?”

“现在是白天……”

“白天又怎么了?”说着皇太极把她拉了一把，由于用力过猛，布木布泰一下子扑到了皇太极的身上。他就像扒玉米棒儿似的把她的衣服扒光了，接着就把她紧紧地搂进怀里……

“他是一只虎，你要禁得住他那三扑……”她想起了姑姑的话。

第二天一早，布木布泰随着别的福晋去给大福晋请安，大福晋的眼睛一直担心地看着她。等别的福晋退下去后，大福晋留下了她。

“怎么样呀……”大福晋关切地问她。

“还行……”布木布泰把头垂得低低的，“可是那一刹儿，我好像被他劈碎了……”

“他厉害吗?”

“不顾一切……”布木布泰说，“一开始他还说要怜惜我的，后来简直要我死……”

“那就是他喜欢你呀！傻丫头……”

二

天命十年(1625)十一月初五,来自北国的五名骑手,飞奔在千里冰封的雪原上。

他们是科尔沁的使者,是来向后金紧急求援的。

蒙古的科尔沁部,地处嫩江流域,位于蒙古察哈尔部的东北。

在努尔哈赤统一女真各部之前,曾在古勒山下与北方女真以及蒙古的九部落进行了一次规模巨大的战争,结果以九部的失败而告终。

科尔沁也是反努尔哈赤的九部之一,他们的贝勒明安被努尔哈赤的儿子代善打在马下,好歹地逃了性命。

后来乌拉的首领布占泰与努尔哈赤交战时,科尔沁的瓮刚代贝勒又凑热闹,他带兵在乌拉城南二十里的地方,遇到了努尔哈赤的长子褚英和侄子阿敏,被他二人的声威所惧,不敢交锋,退走。没隔多久,乌拉就被努尔哈赤吞并了。

从此后,科尔沁各部就日益转向努尔哈赤。

蒙古察哈尔部林丹汗兴起后,雄心勃勃,他在与明友好的同时,妄图统一蒙古各小部落,建立像他的祖先那样的大蒙古汗国。

科尔沁地处蒙古和后金之间的要冲地带,努尔哈赤早就看上它了,他很想把它拉进自己的怀抱,好作为日后征服蒙古的跳板。

与科尔沁的联系,联姻是努尔哈赤的重要手段,他自己曾娶明安贝勒的女儿为妻,后又娶贝勒孔果儿的女儿为妻。后来,他又让皇太极娶了贝勒莽古思的女儿,那就是他的大福晋。十多年后,科尔沁贝勒又把自己的小女儿布木布泰给皇太极送过来了。

皇太极也很明白科尔沁的重要性。他也借着这层关系多次地到科尔沁去,处心积虑地培植满蒙的亲密友谊。

在布木布泰嫁给皇太极不久,努尔哈赤正式向科尔沁提出结盟的要求。科尔沁贝勒立刻答应了。几个月后,科尔沁使者便带着鄂巴洪台吉(继承人、太子)的信来见努尔哈赤。

信中说:

> "鄂巴洪台吉等致书于明掩众光威镇列国睿主陛下:吾嫩江台吉等闻汗谕,莫不欣服。然主持其大事,裁之自汗,吾等莫有敢违命者。但察哈尔汗及喀尔喀部知吾等与大国同谋,必来征伐,将何以为我谋也,唯汗筹之而已。"

在这封重要的信中充分地反映了科尔沁的处境和矛盾心理。

他们愿意和后金结盟,但又害怕察哈尔和喀尔喀等对他们进行攻击。

努尔哈赤见信后,又和皇太极及诸大将商议,觉得事不宜迟,应该立刻向科尔沁表示态度。后金便派出巴克什库儿禅等使者到科尔沁和鄂巴洪台吉会盟,这是非同寻常的。

科尔沁说起来不能算是一个国家，它只是蒙古察哈尔的几个小部落，但它的地位是极为重要的。为了把科尔沁牢固地留在自己身边，为了孤立亲明的察哈尔，努尔哈赤对科尔沁采取了非常措施。

努尔哈赤和蒙古林丹汗的矛盾也不是几年了，林丹汗有明朝做他的后盾，他根本瞧不起努尔哈赤。早在天命四年十月，林丹汗派遣使者带着他的书信来到后金，在书中他自称是“蒙古国统帅四十万众的英主成吉思汗”，而称努尔哈赤为“水滨三万人的出色首领”。

努尔哈赤愤怒至极，认为这是对他的极大的侮辱。

辽、沈战役后，当努尔哈赤率兵夺取广宁时，林丹汗给努尔哈赤来信进行恐吓。他说他已经招抚了这座城市，通过广宁来收取给明朝的贡赋。还说如不听警告发动进攻，蒙古将采取不利于后金的行动！

第二年的正月，努尔哈赤令范文程给林丹汗写了一封信，信中严厉地抨击了林丹汗的傲慢和自我吹嘘，揭露他说：你的所谓“四十万众”，其实连三万人也没有！并且说：后金是个强大独立的国家，是不怕威胁的！

在向大臣们说明迁都辽阳的原因时，曾说“辽阳乃大明、朝鲜、蒙古三国中之要地”。足见他对蒙古在三国中的地位的看重，他想解决和察哈尔的纠纷，要不，就消灭它！

他这个想法在修建辽阳的新城时，讲得更加明显：“辽阳城大，且多年倾圮，东南有朝鲜，西北有蒙古，二国未服，若合此而攻大明，难免内顾之忧，必另筑城郭，派兵坚守，庶得坦然前驱而无后虑矣！”

后金与科尔沁的结盟，是征服蒙古的一个重要步骤。

天命十年八月初九，对天发誓的余音尚在耳边回荡，察哈尔的林丹汗已经计划着要发兵惩戒科尔沁了！

科尔沁的鄂巴洪台吉听说后很是着急，他立刻遣使驰书来到努尔哈赤面前。

书中写道：

“过去我们两国曾宰白马、乌牛对天歃血结盟，两国如一国。遇有敌人来攻相互支援。现在林丹汗要入侵我们了，阿鲁的兵也要南下，打算和林丹汗一起夹击我们科尔沁！时间是在河未结冰，草未枯死之前。这个消息是可靠的，后金的援兵能来多少？请大汗裁定。我们粗略地估计了一下，只炮手就需千人！”

努尔哈赤愿意为科尔沁付出代价。

在广宁之后，他和大明的战争没有多大的进展。到辽东来代替熊廷弼出镇山海关的是孙承宗。是个很厉害的角色，他是以东阁大学士的身份来蓟辽的。他来到后，像熊廷弼那样稳打稳扎，扎扎实实地整治军备。不到三年，他就整修城堡数十座。同时他教将士屯田，以其收入来添补军费的不足。当他的实力壮大后，就步步为营地向后金进逼，被他收复了大片土地……

没有战争，又连连损失土地，努尔哈赤渐渐地困难起来。

就在他自己陷于困难的情况下,他仍决定驰援科尔沁。

他调集各路军马,于十一月初十日亲率诸贝勒、大臣奔向科尔沁。

大军走到开原以北的镇北关时,皇太极建议父汗在这里驻扎一两天。

"你是什么意思?"努尔哈赤问他。

皇太极说:"父汗没看到么?两年来没有大的战事,各路军刚刚集合起来,战马又累又瘦。这样开到科尔沁去,也未必就打败林丹汗……"

努尔哈赤瞪起眼睛看了看皇太极。心里想:又被他说对了。援助科尔沁确实是逞一时之气,实际上后金真的没有准备好。再说,努尔哈赤的身体大不如前,在校场上马时,就险些掉了下来,一旁的众贝勒都是看见了的,亏得侍卫眼快,把他抱住了。

"皇太极,你既然知道实情,就说说办法吧!"

"父汗,您御驾亲征,这是了不得的大事,消息传出去,一定会给林丹汗以很大的震动。有这作用就很够了。下边的事情你就托付给我们来做吧!"皇太极看努尔哈赤不言语,知道说到了父汗的心里,就继续说下去,"实际上也不用这么多军队……"

"你要多少人马?"

"父汗,只要精骑五千就很够了!"

"好吧,"努尔哈赤叹一口气,"就依你,——难道我就这么回辽阳?"

"有一件重要的事情请父汗来做。"

"你说。"

"请父汗明日一早检阅军队,以造成声势……"

努尔哈赤明白皇太极的意思,点了点头。

第二天黎明,各路大军就排列在田野里,彩旗招展,刀枪耀辉,战马嘶鸣,喇叭声咽。声息传到几十里外。

太阳升起后,努尔哈赤身着红袍,头戴金盔,骑在一匹金黄战马上,在众贝勒、大将的簇拥下,来到大军面前。

大军欢呼起来,地动天摇。

"满洲的子弟们,后金国的将士们,"努尔哈赤站在一辆高高的战车上对面前的十几万大军说,"这次出兵是为了惩治邪恶,维护正义!科尔沁是咱们的邻邦,是咱们的亲戚,咱们绝不能看着它被察哈尔那帮蝥贼欺凌而不顾!"接着,他讲了几年来后金和科尔沁的友好往来,以及察哈尔对后金的侮辱和蔑视,激起了十几万人马的愤怒呼喝,"八旗的子弟们,举起你们的戈矛,骑上你们的骏马,前进吧!上天站在我们后金这一边!上天一定会保佑我们胜利的!"

检阅之后,选出五千精兵,令皇太极为主将,同莽古尔泰、阿巴泰、济尔哈朗、阿济格、硕托、萨哈廉等率队前进。努尔哈赤便和诸贝勒、大臣及其余大军返回了。

皇太极知道林丹汗既来科尔沁,就是势在必得,带的人马和勇将一定不少。他才不愿触其锋锐呢。在镇北关的阅兵是给林丹汗看的。几年来，后金兵在东北大地与大明的几场震天动地的大战役，林丹汗虽是在一旁看着，内心也一定寒战不已。现在就是这支威震华夏的大军要来科尔沁了，难道他就不想一想吗？

后金的军队行至农安塔暂时停住，那里离科尔沁仅只几十里。皇太极派人前去科尔沁打探。

林丹汗正如皇太极所料，他没想到后金大军会真的前来科尔沁，努尔哈赤在镇北关阅兵的事使他胆战心惊，忽然又报皇太极的精兵直向科尔沁杀来，他坐不住了，想趁夜撤兵。皇太极的名字对察哈尔的将士来说，如雷贯耳，听说要和他对战，不禁股栗不已，见主将要溜，他们怎不心慌呢，于是还没有看见一个后金兵，他们就溃不成军，争相逃命，丢下无数的骆驼、马匹和辎重。

听到这个消息后，皇太极和他的将士们欢呼雀跃，他们也做出样子追赶了半日，但终不见人影，就回来和科尔沁人欢欢喜喜地收拾战场。

科尔沁贝勒眼含泪水迎接皇太极率领大军进城，并备酒饭、财物犒劳后金将士。皇太极和他的将士只在这儿住了两三天就班师回辽阳了。

这次不战而胜，并没有使努尔哈赤冲昏头脑，他仍觉得林丹汗是只雄踞蒙古的猛虎，以后金之力也不可能一口吞并它，这仍是努尔哈赤的心病。

皇太极提议说："只凭林丹汗一个部落之力，他是斗不过咱们的。支持他的有大明，也有蒙古别的部落。咱们要一点点地把别的蒙古部落争取过来，然后切断他和大明的联系，他就完蛋了。"

努尔哈赤很同意皇太极的谋略。

天命十一年四月，蒙古巴林部的首领囊奴克背弃了和后金的盟约，又同明朝和林丹汗勾结反对后金了。努尔哈赤很生气，他说："不能让自己的后院里起火，囊奴克的背盟也会影响别的和后金结盟的部落，得把这股邪气压下去！"

四月四日，身体好了些的努尔哈赤要亲征巴林。

皇太极劝他在家等待他的好消息："这小小巴林，还用得着父汗御驾亲征了吗？"

努尔哈赤听了皇太极的话很不高兴，他瞪着眼对皇太极说："你是怎么了？你是让后金人只知道有你皇太极，不知道还有我努尔哈赤吗？"

话说到这样了，皇太极再也不敢说话。

满洲八旗又向巴林开拔，努尔哈赤令皇太极为先锋。

巴林的实力，连林丹汗都不如，还没听到皇太极的马蹄声，他就丢弃了自己的老巢逃跑了！

可是，皇太极的大军，跑到了他的前面，把他堵了回来。

囊奴克下马向皇太极跪下请降，皇太极令把他缚起来去见父汗。就在这时，囊奴克又跳上马，在随从的掩护下顺着山沟逃走了。

后金兵要去追赶，皇太极拦住他们。

远远望去，还看得见囊奴克头盔上窜动的雉翎。皇太极拈弓搭箭，嗖的一声，飞箭到时，囊奴克跌到马下，死了。

平定了巴林的反叛，后金在蒙古边缘地区的联盟巩固了，在里面起中坚作用的仍是科尔沁。

天命十一年五月，科尔沁的鄂巴洪台吉亲自访问后金，努尔哈赤隆重接待，厚加赏赐，还把自己的孙女嫁给了他，同他再次对天盟誓，决心永远友好相处，并赐他为“土谢图汗”。

六月，土谢图汗回科尔沁时，努尔哈赤又亲率诸贝勒、大臣相送。至蒲河，又再次设宴饯行，以后又命代善、阿敏等送至铁岭。

在回来的路上，努尔哈赤已经疲惫不堪了，甚至连马都坐不住，皇太极给他备了轿子。

在上轿时，他拉着皇太极的手说：“无论什么时候，蒙古人都是咱们最可靠的朋友，他们比汉人好多了！记住了吗？”

“记住了，父汗，儿记住了！”

一天大早，丫头扎姑急急地跑进阿巴亥的寝宫来，看看廊前没人，就一直来到大福晋的面前。

“娘娘，五福晋又到城外的那片柳林去了。”

“她去干什么？”

“谁知道呢？”扎姑说，“从您令我监视五福晋以来，我见她到柳林几次了，不是逢五就是逢十……”

阿巴亥复位后，她就觉得依尔玛的行动很不正常，一天黄昏，突然刮起大风，阿巴亥想到努尔哈赤的书房看看门窗关好没有？刚刚走进书房的小院，就见一个似女人的黑影从书房出来，贴着墙走了几步，又没入拐角处黑乎乎的蔷薇丛中。

她是谁呢？

阿巴亥想了好久，觉得那人很像五福晋依尔玛。

她想起两年前通关令牌失窃的事……

于是她令聪明能干的扎姑秘密监视依尔玛。

“扎姑，你去把戒沙叫来……”

“是。”

阿巴亥这几天正在忙着整理将要创制成功的满文。

这本是大巴克什额尔德尼的工作，就在这件大事将要完成时，他突然被汗王处死了。

事情是这样的：天命七年正月雅逊等人向努尔哈赤揭发额尔德尼犯有贪污罪。法司遂搜查了他的家，从中抄出了汉人送给他的八头猪，以及几只小家畜和几包粮食。大汗怒不可遏，下令将他治罪，革了他的副将之职，他的财产除了留一点了生活外，全部没收！天命八年五月，又有人上告说：额尔德尼收受朝鲜人的东西，法司再次地抄了他的家，搜出了几颗东珠和几两金子。努尔哈赤极为愤怒,立即下令杀掉额尔德尼夫妇!

整个朝廷被这件大事震住了。额尔德尼是朝廷大臣,在朝政和军事上都有很多功劳,特别是创造了满洲文字,是一杰出贡献。

额尔德尼至死不承认自己贪污,几次上书辩解。皇太极也为他讲情,说汉人、朝鲜人送点东西,是人之常情,算不得犯罪。再说数量也极其有限,如果这样就杀头的话,朝廷中的将佐得杀一半!

可是人们就不明白,努尔哈赤年纪大了,对朝中的大臣更加猜忌。他想,在他身后,这些功勋赫赫的臣僚对他的子孙会恭顺吗?把他们都带到另一个世界去是不可能的,费英东等那些心思坦直有勇无谋的人,可以放过,但对那些头脑深邃、眼光邈远的人,就得好好地清理了!

像额尔德尼这样聪睿敏捷、学识渊博而又深受人们景仰的大臣就非死不可了!

额尔德尼死后,努尔哈赤令通晓蒙、汉文字,又心地细腻的阿巴亥把创制满文的工作继续做完。

戒沙来了,向大福晋行礼后恭谨地站着。

由于他办事认真且忠诚可靠,努尔哈赤不放他回军队去,成了大汗府的家臣了。

"戒沙,"阿巴亥吩咐道,"刚才我听人说:五福晋到野外的柳林去了。一个尊贵的福晋到那样的地方去,我很不放心。你去看看,如果有危险,就保护她,但无论怎样,你不能打扰她!"

"是!"戒沙应道。

"她或许是想去见什么人,"阿巴亥边想边说,"如果那人对五福晋有威胁,你怎么办呢?"

戒沙一时没有想不出怎样回答,只说:"……大福晋,我会视情况处理的。"

"很好。……你去吧。"

将近中午,戒沙回来了。

他向大福晋做了汇报,他说:他进柳林后,很快就看到了五福晋,她正在和一个男人说话。他不敢惊动福晋,就藏在一棵大树后等他们把话说完。

他们的话音很低,时间也不长,接着就各自匆匆走了。

戒沙想:他虽不敢打扰五福晋,但那男人必须查看清楚,于是急急地跟了上去。出了柳林,是一片田野,那人发现后面跟踪,就加快了脚步。

那人一跑,更引起戒沙的疑心,他运起轻功,只几个飞掠就到了那人面前。"请站住,在下有话问你!"同时拔出了佩刀。

那人站住了,可是,他动作极快,从衣袋里摸出一样东西塞进口中,喉结一串动就吞下肚里。

戒沙知道那是毒药,迅即伸手掐住他的喉咙,想逼他吐出来。可是倏忽间,那人就死在了他的面前。

就在这时，戒沙认出那人是谁了？

他是曾经红极一时的龚师傅！

阿巴亥听完，惊骇极了。

呆了半晌，他问："那……龚正陆呢？"

"死了。"

"我说的是他的尸身。"

"带回来了，……我把他放在府外马厩里。"

"五福晋呢？"

"我丝毫没有打搅她……她该回来了吧。"说完，戒沙担心地看着大福晋。

"你干得很好，戒沙，"阿巴亥说，"没枉大汗把你看作心腹，你回吧！"

戒沙走了，阿巴亥却久久地想着，她断定这件事牵扯着一件大案子，就派侍卫去请大汗来。

但大汗与几个贝勒到几十里外的地方检阅骑射去了。怕再出什么事，她当机立断，下令把已经到家的依尔玛和她的贴身侍女哈佳禁闭起来。

晚上，努尔哈赤回府后，阿巴亥向努尔哈赤细细地做了汇报。

努尔哈赤起初十分惊异，接着就怒气满腔，他掣出腰刀就要去宰了"那个贱女人"！

阿巴亥拉住他，劝他道："努尔哈赤，别为这事生气。从古以来，战争双方就是敌中有我，我中有敌。今后提高警惕就是了！如果大汗认为我还能为你做些事情，就把她交给我好了！"

第二天，阿巴亥没有去审问依尔玛，却把他的侍女哈佳叫来。吓唬了几句后，就说："你随你的主子犯下了叛国大罪，该千刀万剐，可是罪有大小，犯分主次。只要你把事情讲清楚，我可以饶恕你。当然汗王府你是不能待了，但我可给你足够的钱，随你到哪里去……"

哈佳没用大福晋等待，就跪在地上，哭着把她跟主子犯的叛逆罪桩桩件件地说了。

一年前，龚正陆到赫图阿拉见到依尔玛后，每逢五、十两人都要见面。依尔玛给龚正陆通报信息，有时，还把重要的文件偷给他……

"那通关令牌呢？"

"也是五福晋……"哈佳说，"她从汗王书房的木柜里盗取的……"

阿巴亥不愿和依尔玛见面，更不愿以大妃的身份审讯她，那样会给众多福晋留下不好的印象。想了想，找了两丈白绫给哈佳："你回五福晋房里去吧，把咱们的谈话对她原原本本地说。传我的话，犯了这样的大罪，怎么也活不成了。但她贵为福晋，我不愿看到她身首异处、血溅街头，她就自我了断吧！"

哈佳哭着走了。

两个时辰后，有人来向大福晋禀报说五福晋过世了，同时悬梁的还有她的女侍哈佳……

阿巴亥又把戒沙叫来，要他把龚正陆的尸体投进荒园的井里埋掉。

努尔哈赤知道事情的原委后，沉默了好久。

“努尔哈赤，这件事只能这样无声无息地办了，绝不能让它传扬开去……”

“是的，是的。”

努尔哈赤点点头，把阿巴亥拉过来抱在怀里。

三

努尔哈赤在安顿好自己的“后院”，把国都迁到了沈阳。像在辽阳一样，也是先在明朝沈阳总兵府暂住，再派人选地建造宫殿。

也许是迁都给他带来的愉悦吧，努尔哈赤的身体竟渐渐地好了。

于是他又兴致勃勃地觊觎大明。

这时，大明在辽东有两位强将。

一是孙承宗，他是河北高阳人，万历进士。他少有大志，常对人说：“做官就是要为国家做点事情。”因此，无论在哪里任事，他都能做出骄人的政绩，成为一代名臣。他曾到河北、山西等边疆地区实地考察，他对北方和东北的民族社会发展以及与中原的关系十分熟悉，曾几次上疏提出很有影响的军政大计。

在后金占领广宁，熊廷弼和王化贞被拿问后，辽东形势又趋紧急，朝廷想起了他，就任命他为东阁大学士兼兵部尚书，派他去督察辽事。

他来到山海关后，针对当时“兵多不练，饷多不核”“武将为文吏所制约”的老问题，提出了“重将权”的建议。

他主张选择一位沉着冷静、有气魄有谋略的人为大将，让这个人自行任命偏裨以下的各级将领。把那些高高在上、盛气凌人，又无实际才能的文官赶到一边去。这位将军对小胜小败可不必过问，他的主要责任是阻挡住后金入关，然后进一步再图恢复失地。

在对辽东的政策上，他提出“西抚蒙古，东恤辽民，简练京军，增置永平大帅，修筑蓟镇亭障，开京东屯田”等重要的建议。

他的这一整套方略，比起熊廷弼的那只在军事上的“步步为营”来说，要全面得多，完整得多，也长远得多。

那个他理想中的大将，也找着了，他就是袁崇焕。

袁崇焕，字元素，是广东东莞人，万历进士。他和孙承宗一样，极为关心辽东的局势。他在任兵部主事时，曾单骑出关，考察敌我形势。还京后曾自请守辽，他说：“给我兵马钱粮，我一个人就能负起守辽大任！”

广宁刚刚失守，朝廷人心惶惶，他的这两句话显得有点狂妄。

到辽东去的孙承宗要朝廷找一大将，那些大将在李成梁之后，有的战死，有的败北，有的关在监狱里，找谁呢？

有人便说：既然袁崇焕自己请去，那就让他去吧。

于是，朝廷便任命他为兵部佥事，监关外军。

袁崇焕四十多岁，正是朝气蓬勃、精力充沛的时候。他一到山海关，就和辽东经略王在晋在防御路线上冲突起来。

晚明时，朝廷人浮于事，中用的不多，无用的倒不少。重要的地方往往重复设置，造成同样职权的官儿一大堆。这时，在辽东有以下几个人。

一是孙承宗，他的官最大，是东阁大学士、兵部尚书。他到辽东是来监察。

一是王在晋，他是现任的辽东经略。在熊廷弼被抓起来以后，是派他来应急的。

一是王象乾，他也是兵部尚书，广宁失守后，他是自请来辽督师的。

现在又来了一个袁崇焕。

这些人中，真正有实权的应该是王在晋。他是个文官，不懂兵，可是中国的官儿没有不抓权不抓兵的，他和王象乾串通一气，牢牢地抓着兵权不放。

王在晋和王象乾的主张是在山海关外八里铺筑重关，实现他们的"重关设险，卫山海以卫京师"计划。

袁崇焕以为不可，他主张力保关外各点，锦州、杏山、松山等地决不能放弃，用出击来守卫，变被动为主动，还要找机会收复失地。

他们的争论反映到朝廷上，朝廷又没人到辽东察看，就是看了也不能断定谁的主张正确，就把这事委托给孙承宗了。

孙承宗乘机请朝廷给他更大的权力，朝廷便任命他为兵部尚书、督山海关及蓟辽天津登莱诸处军务，这个官衔很长，权力也很大。朝廷把辽东那一片加上东部沿海这一带都给他节制了，他可以通盘考虑、部署。

他的主张和袁崇焕完全一致。为了不让王在晋等人扯肘，孙承宗上疏把王象乾调回京师，把王在晋调到南京去当兵部尚书。

孙承宗对袁崇焕说："现在大权在握，咱们谋划个完全之策，就赶紧做起来吧！"

袁崇焕说："大人年龄大了可慢慢地想，想好了，由晚辈去做就是！"

孙承宗苦笑道："你在朝也不是一年半年了，难道不懂宦海浮沉的道理吗？"

袁崇焕说："正想向老前辈请教……"

"别看今天朝廷给了咱经略一切的权力，可是，明天，也许是后天，由于某个人的一纸上书，朝廷又把权力收回去，叫咱们回老家歇着，那就什么也不用干了！——所以绝不能慢慢做！"

袁崇焕点点头，他对前辈的话深以为然。熊廷弼不就是个现成例子吗？半年前，皇上设宴相送，戴着满身荣耀来到辽东，半年后，就绳捆锁绑地逮了回去，打入死牢。

“大人，您说，朝廷会给咱们多少时间呢？”

“多则两年，少则半年，不会多了！”

谈到这里两人都有些黯然。

他们知道时势不会给他们留下叹息的时间，孙承宗说：“你是带兵的将军，你就根据具体情况，列出一个完整的计划，咱们立刻动手去做。我呢，可以给你拾漏补阙，但主要是给你以支持，给你承受着来自上面的压力！”

在以后的半年里，孙承宗依靠袁崇焕定军制、建营合、练火器、治军储、缮甲仗、筑炮台、买军马、采木料、救难民、练骑卒做了许许多多的大事。山海关和它周围一带大大地被巩固了！

一天，孙承宗把袁崇焕从前线召回。

袁崇焕披着满身风尘地回来了，他一进门，看到迎接他的是孙承宗的一张笑脸和一桌丰盛的酒席。

“大人，有喜事吗？”

“有……”孙承宗站起来迎接着他，“你先去把你的一身灰土抖落在外面，再去洗一洗你的手脸，然后坐下来说话。”

“我可真应该洗一洗了！”袁崇焕哈哈笑着说，“我这张脸有三天没洗了！”

家人领袁崇焕去洗了手脸，脱去外衣，回到孙承宗面前。

“现在好多了，不过，脸还没有洗干净，娘子见了恐怕要骂了！……”

“我这张脸怕是永远这样了，好在拙荆没在身边。”

两人说笑了一会儿，刚刚坐下，承宗又捧着酒杯站了起来：“袁将军劳苦功高，承宗作为你的同僚特致谢意！”

袁崇焕也慌忙站起来，连说：“不敢，不敢！”

“干！”

“干！”

他们连干了三杯后，袁崇焕说：“大人，快把您的喜事说出来吧，崇焕虽然家下没在关外，但一份薄礼还是要送的！”

“老夫个人无事可喜，”承宗笑笑说，“那喜事是咱们两人的！”

“崇焕实不知喜从何来？”

“你真不知道吗？”孙承宗望着崇焕。

“大人，下官真的一无所知！”

“那，我就说给你！”孙承宗挤挤眼睛说，“朝廷半年没动着咱们，让咱们安心地干了这么多的事情，给山海关的防守奠定了坚实的基础，难道不可喜可贺吗？”

袁崇焕想了想，拊掌说：“大人，还真像您说的，真的是可喜可贺！”

“那咱们就再干一杯！”

两个人又喝了一杯。

孙承宗在朝廷上是以端严方正出名的，可是在知心的朋友面前，就露出他的另一方面，有点放荡不羁。他喝得热了，脱了外面的两件袍服，只穿着贴身的衫裤，从盘中拎了根鸡腿啃着，那鸡汤和肉屑沾到胡子上和脸上。仆人递过手帕来，他也不抹一抹。

“如果朝廷把咱们忘了，晾在这山海关不管，咱们下半年就可再干一件大事！”他说，“你说，咱们该什么呢？”

“在宁远修筑一座卫城！”

“对，咱们想到一块儿去了！将军真有你的！”承宗高兴得把吃剩的骨头扔进汤盘里，溅得汤水到处都是，“那宁远背靠起伏的热河丘陵，面向着滔滔渤海，扼辽西走廊咽喉，西连万里长城，东接锦州，地势无比的险要，是山海关的前卫！”

“是呀，是呀！”袁崇焕说，“原来是有个旧城的，现在已经颓圮，修起了宁远卫，咱们的防守就可进可退了！”

“好，兄弟一心，黄土变金！让咱俩今日一醉方休！”孙承宗又举起了杯。

袁崇焕赶忙离座道谢：“崇焕怎敢和老大人论兄弟？我能在关外干成几件事，还不是全靠老大人这座大山！”

听了袁崇焕的话，孙承宗颓然地坐下，看他那样子，袁崇焕也不敢问他，只是等他说话。

过了好久，孙承宗说：“京里来人说：那帮子阉党胆子是越来越大，他们已经把熊廷弼开刀问斩了！”

“是么？”袁崇焕瞪大了眼睛。

孙承宗点点头，“在这之前，我本来想上疏为他说几句话，后来想想算了，一是咱们救不了他，二是怕弄得咱们也干不成什么事了！”

“朝廷上不是还有个叶大人吗？”

“你说的是叶向高吗？他精明了一辈子，正直了一辈子，可就在这事上犯了糊涂。”承宗叹口气说，“王化贞是他的门生，他偏袒那畜生！”

袁崇焕只有扼腕摇头。

“听说，叶向高为外甥的事被一帮子太监弄得灰头土脸，他上疏请辞……看样子，他也干不了几天了！”

“现在，朝廷上的志士仁人都望着您了！”

袁崇焕这句话对承宗有点过誉，承宗只是皱皱眉头，没有分辩。他说：“大概我在这关外也没多少日子了……”

这使崇焕十分吃惊，忙问：“您怎么知道？”

“还用说么？”承宗把筷子摔在桌上说，“他们会让我在关外‘闲’着吗？将军，从明天起，你去修宁远城，我去为你干另一件事！……”

"大人为我干什么呢？您已经为我做得够多了！"

"我要为你请托京师中的朋友，我要为你上书，求朝廷为你加官晋爵……"

"大人，您这是为什么呀？"崇焕吓得跑到孙大人身边，"难道我到这关外来是为的这个吗？"

"将军，坐下，坐下……"承宗推开崇焕，"我知道，你不是为的'这个'，但你必须有'这个'！树大了，高了，就经得起风吹雨打。你现在只是一个小小的佥事，能经得住他们折腾吗？"

一年后，宁远卫城被他们修城了，袁崇焕也被提升为兵备副使、右参政。在军政方面有他的发言权了。

孙承宗喜出望外，他握着袁崇焕的手说："谢天谢地，谢祖宗保佑！朝廷又给了咱们一年多的时间！"

"大人，明天，我设宴庆贺！"

"不，不，不！"孙承宗摇着手，"明天，咱们先去祭告神灵！"

山海关只有一座小小的庙宇，里面有一尊金身的神像。有人说是玉皇，有人说是天齐，还有人说是关神。孙承宗说："不用管他是谁了，只要他是神，咱们的心到了，他就会把咱的诚心报告天庭！"

"是的，大人！"袁崇焕说。

他们携着手走进庙里，当中的神殿很小，也快要倾圮了。他们向着神像跪下，一时不知说什么好。当三个头磕罢，孙承宗祷告道："神灵，保佑下官二人再在此任职一年……"

"一年少一点吧，大人？"袁崇焕拉拉承宗的袍袖。

"一年就不少了，将军，要是朝廷再给咱们一年时间，你就知足吧！"

他们从庙里出来，见门前的几棵柳树上都拴了马，正迟疑间，中军慌忙地跑来，对孙承宗说："孙大人，京都来人了！"

"是……谁？"承宗问。

中军回头一指。

只见一个胖胖大大、身穿宫黄、上绣团花的官儿，走了过来。

"是部堂大人吗？"他以公鸭似的嗓音问。

"是我。"孙承宗回答。

"孙承宗听旨……"那官儿走到墙边，面南站下，喊道。

孙承宗没有立刻就跪下接旨，他拉拉袁崇焕的衣袖，苦笑说："我说得怎么样？……"

孙承宗被罢黜了，为的什么呢？谁也不知道。

袁崇焕派人到处打听，也不得实底。后来，据内廷中人传出来说，那天孙承宗回到京师，顾不得安置家眷就进宫去见皇上，从中午一直等到日落，才被召见。

一边的小太监喊道："九千岁传皇上口谕！"

“九千岁?”孙承宗蒙了,谁敢称九千岁呢?

这时,左边的门帏一开,魏忠贤从里面走出来了,他颤巍巍地看了孙承宗一眼,就在一把很大很大的红木椅子上坐下。

孙承宗跪下,想听听皇上对自己有什么话说。

往常,传喻的人是以皇上的身份说话的,他得站着说,臣子得跪着听。

“孙大人,回到京城不赶紧回家去,到宫里来干什么?”这是皇上的口谕吗?显然不是。

“臣下想……”孙承宗想站起来,——你既然是魏忠贤,我就没有必要跪着了。

魏忠贤说:“给孙大人摆个座位。”

“是。”太监端了把椅子来。

孙承宗走过去坐下。

太监小声对他说:“大人,您要谢九千岁赐座。”

孙承宗装作没有听见。

“魏公公,不知朝廷为什么罢了下官的职,请公公明示。”

“不知道吗?”魏忠贤歪着头看着他。

“下官真的不知。”

“马世龙在柳河是怎么一回事呢?”

“噢……”孙承宗想起来了。

两个月前,孙承宗手下的将军马世龙误信了投降过来的刘百溫的假情报,派遣副将鲁之甲、参将李承先袭取耀州,结果受到后金代善部的迎头痛击,死伤惨重,败于柳河。鲁之甲和李承先都战死在军中。

孙承宗没看重这件事,带兵打仗,情况多出,一想不周到就会出事。“胜败乃兵家常事”,是也。他把马世龙叫来责备了几句就过去了。

“那算什么事呢?”孙承宗说,“下官曾上书朝廷说请朝廷不要管得太多,一场战争的得与失无关大局,只要是把满人挡住,不让他们进关……”

“孙大人,那是您的看法,不是朝廷的看法!”魏忠贤变了脸,他截断孙承宗的话,“大人知道熊廷弼为什么砍头了吗?”

“这是两码事!”孙承宗知道魏忠贤要自己顺着他的路子说话,孙承宗偏不。

“怎么会是两码事呢?”魏忠贤说,“熊廷弼丢掉了广宁,犯了死罪,你丢掉了一个柳河,难道就不该撤职吗?”

孙承宗被堵得瞠目结舌。

魏忠贤以为说服了孙承宗,就继续说了下去。“依照一些人的主张,就要给你加点什么罪名。我说:算了吧,孙大人是朝廷名臣,有过许多建树,如今年纪大了,就让他回家养老吧!皇上对您还有许多赏赐,过会儿派人送到您家去……”

魏忠贤刚刚说到这里,孙承宗忽然大笑起来,那是一种发自内心的笑,笑得眼泪、鼻涕一齐冒了出来。

“孙承宗,你是怎么了?”魏忠贤喊道。

孙承宗并不理那“九千岁”,他站起身,一边往外走,一边笑着嚷道:“领教……领教……”

孙承宗被罢黜后,朝廷改派阉党的兵部尚书高第为辽东经略。

高第怯懦无能,他可不愿到那人人谈而色变的山海关去,后来,魏忠贤再三催促才去上任。他到了山海关后,就找来袁崇焕问:“这里实有多少兵力?”

袁崇焕说:“要是把朝廷派来的和当地招募的一起算,有十三四万吧!”

“这么少?”高第瞪起两只圆圆的眼。

“大帅来山海关前,掌管兵部,想是该知道的。”

“我以为这里有几十万大军哩!”

袁崇焕早就听说高第是个什么东西,也就不去理他。

高第,因为做过兵部侍郎,又傍上了魏忠贤,在几个尚书出京督师后,他却得了个便宜,当上了实职的尚书。他个子不高,浑身是肉,那张面团团的脸上,除围着嘴巴的那一圈黑胡子外,就是两只眼睛最突出,眼睛虽大,却没有一点儿神采,好像整天睡不够似的。

“告诉我,山海关前一共有多少堡寨?”

“连大带小,一共七十三个。”袁崇焕回答。

“什么?你说什么?”高第惊叫道,“一共十多万人,怎么守得了七十多个堡寨?这不是胡来吗?孙承宗是阁臣,是个在朝廷上耍嘴皮的人,他怎么知兵呢?他把人马都弄得分散了,努尔哈赤一来怎么办呢?——我要上表参他!”

“大帅,孙大人已经卸职回家了……”

“回家也不行,我要上书,请朝廷治他的罪!”

袁崇焕不愿再和他唠叨,就说:“大帅来到后,不想巡视边关吗?”

“巡视,一定要巡视!不到处看看怎么能行?”

以后几天,在袁崇焕的陪同下,高第巡视了宁远前面的各个城堡。他每到一处,就连声说:“这么简陋的堡寨,这么少的人马,能守吗?”

袁崇焕只好给他壮胆,劝他坚守。因为他毕竟是辽东的最高长官,他若失掉了信心,还有什么指望?

在宁远,他站在城头上向前面黑黢黢山林望着,问袁崇焕道:“袁将军,那是什么?”

袁崇焕答道:“大帅,那是黑松林呀!”

“不是努尔哈赤的八旗兵吗?”

“怎么会呢?”

“那,怎么呼呼作响呢?”

“树林吗,风一吹就响,要不,我和大帅过去看看?”

高第连忙摇手说："不必了，不必了！这又是你们的错！——在周围有这么多的树林怎么行呢？努尔哈赤在其中藏上几万人马，你们也不会知道！"

"大帅，那同样是我们的天然屏障，我们的人马埋伏在里面，敌人也难以发现呀！"

"强词夺理，真是强词夺理！"高第斥责道，"咱们到那里面去干什么？咱们有城堡可守呢！最好的办法是把周围的树林全部砍掉，十几里内要一望无际才好！"

"大帅，这里的百姓还要依靠山林为生呀！"

"那，管不了那么多了，把他们赶进关内去也是办法呀？"

正在这时，有探马来报，说正面山沟里有后金的人马暗暗运动……

高第吓坏了，他厉声对袁崇焕说："一定是他们知道朝廷有大员在这儿，一定是知道我在这儿！你们部队中是不是有人通敌呀？"

袁崇焕说："我们的将士都是忠勇可靠的，怎么会有人干那事呢？"

"那他们怎么很快就知道辽东经略在这里呢？你说？"

袁崇焕无法对他辩说，只好派两位游击带几百兵马送他回山海关。

高第走后，袁崇焕望着面前的千山万壑禁不住潸然泪下。一旁的副将问他："大将军为何伤心？"

"你没看到吗？这样的人压在咱们头上，咱们还能伸展手足吗？"

高第回到山海关后，立即下令放弃锦州、杏山、松山等地的防御工事，并驱屯民入关。这样一来，关外乱了套，军民都以为后金八旗杀过来了，慌忙丢下粮食、军械和辎重，争先恐后地往关内逃去，明史上记载了这次人为的大灾难："死亡载道，哭声震野"。

几天后，那个逃跑经略又给袁崇焕下令，要他尽撤宁前二城。

袁崇焕抗令不撤，他说："我官为宁前道，在哪里做官死在哪里，坚决不撤！"

由于高第把山海关外的防务全部撤除，辽西一线，只存宁远一座孤城了！

袁崇焕当然不能任高第胡作非为，他向朝廷一再地上书，反映辽西的实际情况，陈述自己的防守要策，希望朝廷撤回高第，另派干员前来。同时，他还遣人到京师关心辽事的正义之士处运动，期望他们发挥自己的影响，扭转长城外的危局。

这时的朝廷谁在乎他的呼吁呢？

魏忠贤在丧心病狂、不顾一切地清除着篡权路上的障碍，正和忠臣义士们进行着殊死的搏斗。他结了两个网套，一个个地把那些敢于和他对着干的大小臣僚送进监狱里，公开或秘密地杀害。

一是，以"梃击案""红丸案""移宫案"为因由，搞出了一个"东林党"，把他的死对头杨涟、左光斗、魏大中等十几位大臣逮了起来，关进大狱，非刑拷打。他们宁死不屈，临死仍大骂奸宦乱政，"终被狱卒所毙，情状极为惨烈。""涟之死，土囊压身，铁钉贯耳，最为惨毒。光斗、大中亦体无完肤。越数日始报，三人尸俱已溃败不可识矣！"

二是以"熊廷弼案"为由头，株连他的亲戚朋友，兴起一座座的大狱，把成百上千的京官、地方官逮捕或削籍。

四

努尔哈赤终于等来了可乘之机。

天命十一年(明天启六年,1626)正月十四日亲率诸贝勒、大臣统领十三万大军(号二十万)远征明朝,兵锋所向,直指山海。

十六日至东昌堡。十七日渡辽河。后金大军布满南至海岸,北越广宁的河西旷野。浩浩荡荡,旌旗飘扬,剑戟如林,炮车辘辘,战马如潮,杀气弥天地川流不息地向西挺进。

他令皇太极率镶白旗和正黄旗为前锋。

皇太极很谨慎,他一路行军,一路打探,在四平堡,他从捉来的俘虏和民众嘴里得知前进的路上明兵甚少,右屯卫一千,大凌河五百,锦州如此重要的城镇才三千人。

八旗兵畅行无阻,没费什么事,就轻取了辽西各城,并截获了大量的辎重、粮草。二十三日,后金大军兵临宁远城下,越城五里,横截山海大路,安营扎寨。

皇太极把捉到的汉人放回城中,要他们对守城的明军说:“后金二十万大军已到,小小的宁远能守得住吗?赶快投降吧,我们给你们官兵优厚的待遇!”

消息传到袁崇焕那里,他很冷静,给努尔哈赤写了回信,用箭射到城外。

信上说:“……你们后金已经强占我大明很多地方了,宁锦我们刚刚恢复起来,哪有退走的道理!告诉你吧,我们一定誓死防守!你们也不要吹牛了,把十三万人马吹成二十万,不羞耻吗?”

袁崇焕不骄不躁,认真对待。他召集属下将军满桂、朱梅、祖大寿、何可刚等人商议对策,并和他们刺血为书,以求同心同德。

将军们又召集所属将士,激励他们的斗志,决心誓死守城。

二十四日,后金兵发起进攻。

努尔哈赤带着皇太极和几员大将绕城转了几圈,问他们:“这个宁远城几天可破?”

皇太极没有吭声。

莽古尔泰回答说:“这城堡还不如锦州大,他们还能抵抗几时?”

“皇太极,你说呢?”

“这要看我们面对的是什么人了……”皇太极望着宁远城上来往的人影说。

“这是什么话!”努尔哈赤皱皱眉头,他可不想在这时候猜谜语。“守城的不就是那个袁崇焕么?”

“袁崇焕来辽东三年多,他做了许多事,使山海关一带比几年前巩固多了。他不墨守成规,不顾上司掣肘,是个难对付的人,可不知他临阵怎样?”

皇太极的话虽使努尔哈赤有点败兴，但也无法反驳他，就令他带了正黄旗攻打东门。

战斗一开始，皇太极就感觉到对方是块硬骨头。

旗兵以生牛皮覆盖战车，下伏勇士，冲到宁远城下，用斧锥凿城，声如雷鸣。皇太极再令人披两重铁甲（号“铁锤子”）逼近城根，推有轮子的云梯攻城，攻势十分猛烈。

袁崇焕和他的将领们都在城上，一面指挥一面亲自参加战斗，他们身先士卒的行动大大鼓舞了守城的战士。许多老百姓也带了家中的斧头、铁锹上城助战。

由于人多，相互妨碍，袁崇焕就把军民分成两拨，轮番战斗。

他们用大炮轰击远处金兵营垒，使他们不能直接支援攻城的金兵，又向城下抛掷药罐、礌石，放火烧敌人的战车。

后金的战车由于用木头和牛皮制成，着火就烈烈地燃烧起来，霎时变成火球，那些凿城的士兵想逃也逃不出来。

只半天，就有上千的金兵死在宁远城下。

皇太极觉得这样退下去，太不合算了，第二天会有更大的伤亡。就指挥士兵死攻不下，但毫无结果，只留下了更多的尸体。

那时，天气奇寒，袁崇焕又发明了一种战术，就是令百姓担水浇到城的外墙上。外墙立刻变成玻璃一样的光滑，且坚硬如钢。

没办法，努尔哈赤只得冒着箭雨跑到城下，劝说皇太极暂时撤兵。

满洲人有个习俗，死人是要带回来的。可是，死尸沾了水就和地面冻结在一起，钢锹也铲不下来，只好像石头一样垒叠在宁远城下。

这一天，宁远城中仅仅伤亡了几十人。

第二天一早，努尔哈赤用上了他所有的兵力，从四面攻城。他的兵呼喝叫嚣，样子如虎似狼。同时，努尔哈赤令向城头放箭，使守城的明朝军民抬不起头来，战斗更趋激烈。

袁崇焕觉得人马不敷使用了，他号召更多百姓上城参加战斗，并给将领们分配城段，严把死守。

满桂将军指挥将士悬西洋大炮十一门于城头，循环飞击。炮弹不中，他就教士兵把炮弹裹上枯草硝黄，再用木绵缠起来，吊下城去烧击，这办法实在厉害，炮弹在敌人最密集的地方爆炸了，旗兵在火光中粉身碎骨。袁崇焕赶紧把这一绝招在各城段推开，于是，周围城下爆炸声震耳欲聋，火光冲天……

努尔哈赤和他的将领头一次见识这样的火力，惊得瞠目结舌，而且不住地往前走着，想看个明白，就在这时，他忽然听到嗖的一声，他连忙回头，一支流矢啄在他的脊背上。

“大汗，您中箭了！”他的侍卫惊呼道。

“什么？哪里有箭？”努尔哈赤问道。

“您的背上……”

“我怎么不觉得，——给我拔下来！”

“我……不敢。能拔么，大汗？”

“怎么不能拔？大概连铠甲也没有透。”

那侍卫给大汗拔下了箭。努尔哈赤稍微地觉得有点痛，可是箭镞上连点血星儿也没有。回到大营，努尔哈赤令侍卫帮他把铠甲脱了下来，找随军的大夫查看伤处，伤口很浅，出了一点血，大夫给他包扎了一下。

伤口是很小，如果过去，怕是不耐烦医生在他身边忙来忙去。可是，努尔哈赤显得很痛苦，那箭就像射到了他的心上！

“叫皇太极和代善退兵！”他说的声音不大，但他的态度很坚决。

他的命令很快被执行了，后金扔下宁远城下的上万死尸撤走。

莽古尔泰等将军不死心，还想进攻。努尔哈赤骂他道：“你昏了？想把这十多万人全烧死在城下呀？”

莽古尔泰顶嘴说：“顶多再死两万人……”

可是努尔哈赤和别的将军都认为，用几万人换一座小小的宁远城太不值得了。再说，过了宁远还有山海关周围的城镇呢！

努尔哈赤一撤就撤到了离宁远几十里的龙宫寺。

这一场只有两天的战役，据努尔哈赤自己说，只伤亡了五百来人，可是，这一仗真正死伤了多少人，在他心里有多么“疼痛”，他是知道的！

在龙宫寺停留了两天。努尔哈赤的贝勒、将军们谁也不愿意这么灰溜溜地回去。

怎么办呢？正巧，他们得到消息说：明朝关外的军需、粮草全部屯扎在觉华岛（菊花岛），便派武纳德将军率领八旗中的蒙古队前去攻取。

觉华岛离宁远二十里，突出在波涛汹涌的海里。明朝的守将是参将姚抚民、胡一宁。他们在冰上安营，凿冰十五里作壕，以战车防卫。

武纳德察看了明军的防地后，躲开那条战车拥塞的战壕，从冰冻的大海上突了过去，全歼明军，火烧战船两千余只，粮草千余堆。

这次胜利，使努尔哈赤和他的将领心里稍安，便带领大军回沈阳了。

宁远之役，是后金叛明以来，明朝第一个像样的胜利，史称宁远大捷。袁崇焕因为力保孤城，声威大震，被提升为右佥都御史，受到皇上的玺书褒奖，那个怕死的经略高第被撤职。

后金在宁远的受挫，影响也是深远的。除了损兵折将以外，因为有宁远的阻隔，后金不能在辽西继续扩大占领地区和建立稳固的统治。后金如发动新的进攻，也不能直指山海了。

宁远胜利后，袁崇焕一点儿也不敢松懈，他和总兵官赵率教巡察锦州，大、小凌河，商议大兴屯田。他说军屯的好处很多，可以养兵，可以练兵，也可以保民，是一举数得的事。

这时后金对朝鲜有战事，袁崇焕便趁着努尔哈赤无暇他顾，把锦州、大小凌河的防御工事修筑得更加无懈可击。

五六月间，努尔哈赤又率兵攻打锦州和宁远。

皇太极包围锦州，攻势极为凌厉，在前方督军的太监纪用和总兵赵率教想向金兵求和，来往书函不断。

袁崇焕令总兵祖大寿统精兵四千绕出金兵后，别派水师东出相牵制。

可是大寿的兵还没有到达锦州，另一股金兵来到了宁远城下，袁崇焕被迫两线作战。

袁崇焕没有慌乱，他督将士登城，列营壕内，用大炮拒击。而总兵满桂、率兵来援。双方夹击金兵，杀得“尸填壕堑皆满”。金兵不得不从宁远撤退。

皇太极见宁远之军已撤，怕袁崇焕合兵反击，也从锦州撤走了。

袁崇焕对太监纪用、赵率教很不满，追问其为何向金兵请降？他们都是阉党，就赶紧向魏忠贤求救。七月，朝廷来了诏令：罢巡抚袁崇焕。理由是“袁崇焕拥兵自重，不解锦州之围”。

又是一个壮志未酬身先败！

袁崇焕恨恨地离开了辽左。

朝廷派兵部尚书王之臣去代替他，以霍维华代任兵部尚书。这样，连兵权也被魏忠贤攫去了。

五

努尔哈赤回到沈阳后，精神极为颓丧，几年前的抑郁病似乎又犯了，除了大福晋而外，他谁也不见。

到了这年的七月初，努尔哈赤的背上，就是被箭伤着的那儿，生了一个疖子，疼痛难忍。朝廷中的太医来看过多次，有的说是痈疽，有的说是普通的脓疮。他们给大汗开了药方解毒泻火。吃了几天药，那疮没有下去，反而越鼓越大，整个脊梁都红肿得厉害。这时，却不像开始那么痛了，又换上了奇痒。痒了几天，那东西破了，淌出了几碗脓血。

努尔哈赤觉得有点轻松，睡了几天的觉。

贝勒们围着太医问：“父汗的病到底怎样？”

太医说：“只要疮合了口，病灾就过去了……”

这些日子，阿巴亥昼夜地守在努尔哈赤身旁，再累再脏的事情也自己担当。福晋们想和她轮流守夜，可是阿巴亥绝不离努尔哈赤的炕边，她说：“我自己就行……我自己就行……”

努尔哈赤也说：“我谁也不要，只要大福晋……”

皇太极的大福晋博尔济吉特氏也来了，她知道努尔哈赤很喜欢她这个儿媳。她问阿巴亥：“我替你几天？”

“不用，真的不用。”

博尔济吉特氏拉着大福晋的衣袖来到外面的廊檐下。她望着阿巴亥那虽然消瘦但仍俊美的脸，关切地说：“让她们（她指的是大汗别的福晋）和你轮流一下吧，这样不好……”

阿巴亥以为是说她的身体，就说：“我身子能行……”

“你还有几个没成年的孩子……”

“不要紧，他们也是大人了。”

话不能说得太露，博尔济吉特氏走了。她想：在大汗临终前，他对阿巴亥这么好，会给她一些特权的，在大汗归天之后，她定是个说话算数的人。那时，她会想起我这几句话的。

不管太医们如何努力，努尔哈赤的背疮就是不合口，整天淋淋漓漓。可是他的精神好了些，常常对来看望他的人说起过去的许多事。不过只一会儿，他又厌了。经常说的只有两句话：“天意呀！真是天意呀！”

儿子按时前来向他请安问好，给他谈前线的消息。

他只默默地听着。

要是请他说点什么，他就摇摇头说：“这是天意呀！天意呀！……”

一次，大福晋阿巴亥问他道：“大汗，你说的天意是什么意思呢？依我看，上天一直是护佑我们的。”

“阿巴亥，那是过去呀！如今可……”努尔哈赤说，不住地叹气，“你说，我在什么地方招惹着上天了呢？”

“不会的，”阿巴亥说，“你圣明仁慈，怜惜生灵，怎么会惹着上天呢？”

“杀人多了吧？”

“绝不是！你杀人是为了救人呀！”阿巴亥安慰他，“如果没有你带领大军东征西战，咱们女真人会建立后金国吗？没有自己国家的人，是永远被人家欺侮的！”

“也是呀，也是呀……”他说。“阿巴亥，你给我准备一份祭品，不，两份吧……”

“大汗，你要给谁……”

“你别管了，只准备去就是！”

两份祭品很快就准备好了，有纸锭、冥钱，香烛和三牲。

“阿巴亥，你和我去祭奠两个人吧！”

“好的……”阿巴亥没有问他要祭奠什么人，只答应着。又偷偷地指使一个丫头去告诉了大贝勒代善。

不久，代善来了，同来的还有别的三大贝勒。他们都劝大汗不要去祭祀什么人，等身体恢复后再说。要是这事非办不可，他们就代替父汗去做。

努尔哈赤想了想说：“好吧，我不去了……我原想去祭奠一下弟弟舒尔哈齐和你们的大哥褚英的……”一听这两个名字，大家都黯然神伤。

是的，谁也知道，努尔哈赤是迫不得已才采取那样绝情的手段的，可是，那杀的究竟是爱新觉罗家的亲骨肉呀!

“这些年咱们东征西讨,冷落他们太久了!”努尔哈赤说,“阿敏,你就带一份去祭奠一下你的父亲吧!他原是我的好兄弟,同胞兄弟……后来他竟违背上天的意旨走了邪路……你就对他说,他的大哥没忘记他……”

大汗的话还没有说完,阿敏就泣不成声。

努尔哈赤又对代善说:“那一份是给你哥准备的。褚英是我的好儿子,是条好汉,是真正的爱新觉罗家的子孙!我本来想把大位传给他的,可是他却被鬼迷了心窍……”

代善也哭起来。

“皇太极,莽古尔泰,你们也一齐去吧,舒尔哈齐和褚英都是你们的亲人呀!”

从坟地回来,皇太极心里一直惴惴不安。他不愿意和大福晋议论这些沉重的话题,就到布木布泰房里去了。

“王爷,”布木布泰还不敢叫皇太极的名字,“在我这里吃饭吧,我这里有好吃的呢!”

“好,我就在你这里吃饭!”皇太极想装得高兴些,就说:“要是我今晚留在这里呢,怎么样?”

布木布泰赶紧向皇太极施礼:“老天保佑,你终于想起我来了!”

“没良心的小东西,前天夜里我还在这里呢!”

布木布泰装作吃惊地说:“是么?我觉得你似乎半月没来了,——抱抱我吧!”

皇太极抱起布木布泰:“小东西,你知道吗,我心里有事,别嫌我不能温存,好吗?”

“王爷,是为父汗的病吧?”

“也为这事……”皇太极不愿把自己的心事对布木布泰说,可又忍不住,“今天父汗突然要我们给舒尔哈齐和褚英上坟去了……”

“是突然吗?”

“是,是突然。”

“那不好……”

“有什么不好的呢?”皇太极松开抱她的手。

“要我把心里的话说出来吗?”

“说吧,小乖乖。”

“父汗就要升天了!”

明明知道她会这么说的,皇太极还是哆嗦了一下:“你……你……”

“饶恕我,王爷。”布木布泰说,“父汗已经觉得幽灵们向他逼近了!”

皇太极好久没有说话。

“……你说得对。”皇太极又搂着布木布泰的肩膀,“你和你的姑姑一样的聪明,整整一天,我就觉得这件事很异样,可是说不出什么来。——好了,我得走了,有许多事得找人商量。”

七月中，太医终于对贝勒们说出努尔哈赤的病症，他得的是背痈。

这是一种可怕的病，在当时是无药可医的。

现在，痈毒已经散开，整个脊背以及脖子都肿起来了。那疮口就像烂菜花一样，红白相间，脓血不止。

“他怎么会得这种绝症呢？”皇太极悄悄地问太医。

太医说：“表面上看，这是一种巨疮，实际上是气恼、愤怒郁乎中而发于外，往深处说，应该说是一种心病。”

皇太极点点头：“还有办法吗？”

“难说……”太医说。

皇太极认为太医说得很对。

努尔哈赤一生受伤多次，那点箭伤对他来说，根本不算什么，对他伤害最大的是宁远的败北。

清代的历史对这点毫不隐讳地说：努尔哈赤自二十五岁起兵以来，战无不胜、攻无不克。唯有宁远一城没有攻拔，怀愤恨而回。

努尔哈赤是后金的最高统治者，战争的失利，他应负主要责任。除了军士们多年没有打大仗、硬仗，锐气大减，训练荒废，武器不精而外，后金上下明显的轻敌思想也是重要的内在原因。

可是大明那面正好相反，他们屡屡败北，将士上下都同仇敌忾。袁崇焕等将领又能充分发动军民群众，以民族仇恨激励他们，所以他们人人都抱定必死的决心，准备背水一战。再加他们的武器比较精良，在战术上也不断革新，所以取得以少胜多的胜利。

努尔哈赤没有深刻地检讨自己，而是把这一切归于上天。

“天意呀，天意呀……”所以他老是这样说。

但归之于天意，并没有使他得到解脱，他感到十分内疚、愤怒和灰心。这对一个快七十岁的人来说，的确是难以承受的。

有病乱投医，这在帝王家也是一样的，有人提出一方，说是以清河温泉洗涤可以去五毒，于是，众贝勒、福晋都劝努尔哈赤到清河去试一试。

“好吧……”大汗同意了，“我也愿意到那边去散散心。”

七月二十三日，努尔哈赤把军国大事交代给代善，带着他的许多太医和内侍到温泉去了。临走，他看阿巴亥泪汪汪的，就对她说：“阿巴亥，你这些日子劳累至极，瞧你单薄的样子，你就在家好好地歇一歇吧！”

阿巴亥哭了，她一直送努尔哈赤到车上。努尔哈赤挣扎着坐起来，从他满脸的皱纹里挤出一个笑影，“放心吧，……你瞧，我哪个福晋也没带……”

皇太极带了一千人做侍卫。

努尔哈赤到温泉后，情况有些好转，他开始有点相信这一疗法了，天天在水里泡着。可是五六天后，病情就很快恶化起来，一沾水就疼痛钻心。可是他坚持洗着，盼望着奇迹出现。又过了五六天，疮口开始抑制不住地流血。他对温泉浴完全绝望，拒绝再到水里去。

他没说回家，谁也不敢把他运回去。

皇太极一刻不离地守在他的身边，想听他说点什么。他想：人在这时候，会有一些要紧的话想说的。

可是没有，努尔哈赤一句话也没说。

他整天躺在床上迷迷糊糊，有时嘟哝几句。皇太极把耳朵放在他的唇边，竭力想听清他的话语。一次，他还真地听到了。努尔哈赤说："你们，这么多人呀……有三万……五万……十万……百万……你们断腿少胳膊的，浑身鲜血淋漓……可是我不怕你们……你们向我讨命？……嘿嘿……我就要到你们那里去了……我只一条命……你们却有上百万命呢！……我赔得起吗？……"

皇太极知道父汗梦到什么了，不觉毛骨悚然。

八月十一日，大清早努尔哈赤就坐起来了，他的神志清醒了许多。

"我要回家。"他说。

皇太极赶忙说："父汗今日精神很好！回家就回家吧——我去准备车辆。"

"车颠簸得厉害，我想坐船。"

"坐船更好，我去预备。"

"皇太极，派人骑快马回沈阳报个信儿，叫大福晋来接我！"

"好的，父汗，我立刻派人。"

这日下午，皇太极准备了五艘大船，把父汗安排在中间一艘最大的船上。两岸有骑兵护送。他们沿太子河顺流而下，进入浑河后遇到前来迎接的大福晋。

大福晋向皇太极问了丈夫的情况后，就去见大汗了。

大汗十分清醒，他拉着阿巴亥的手，要她在自己身边坐下。对她说："阿巴亥，我就要走了……"

阿巴亥一时没有听懂努尔哈赤的话，就说："是呀，咱们回家吧，哪里也不如家里好。"

"不，不，我说的是我要去那边了，——你要记着我的好。"

阿巴亥仍没有十分明白大汗的话，她说："大汗，是的，我不会忘记您的恩情！……"

"把孩子抚养成人……"

"是……"阿巴亥这才明白就要发生什么事了，她惊慌失措，在舱里转了几圈，伏在努尔哈赤身上哭起来。

这时，努尔哈赤吭吭地咳，咳得几乎缓不过气来。阿巴亥连忙给他抚摸胸膛。

"你瞎忙什么……"努尔哈赤颤抖着把阿巴亥推开，"阿巴亥，你去把皇太极叫来吧，我要把多尔衮的事托付给他……他还太小，不能处理军政大事……"

"是。"阿巴亥出去了。

皇太极走进父汗的船舱时十分激动,他以为父汗要对他说那几句最要紧的话了。

“皇太极,来,坐在我的床边。”努尔哈赤又咳起来。

“是。”皇太极坐下了,他望着父亲,从父汗嘴里冒出了一股浓浓的紫血。

皇太极想给他抹去,可是努尔哈赤喝道:“坐下!……”

皇太极只得乖乖地坐到他身边。

“孩子,你要对我发誓,我死后,按我说的去办……”

“我发誓,父汗。”皇太极说着,泪水已经流到下巴。

可是,他什么誓也没有发。

“多尔衮……我以后,多尔衮……”

努尔哈赤只说到这里,就直瞪着眼睛不说话了。

皇太极又等了一会儿,父汗仍是那样子。

“父汗!父汗……”他叫道。

努尔哈赤的面容变了,变得像纸一样白,而且蹙缩得厉害。

皇太极扑到努尔哈赤身上,大哭起来:“父汗,你怎么啦?……父汗……”

听到哭声,阿巴亥走进船舱,她还比较冷静。她走到努尔哈赤的床前,紧紧地握着他的手:“大汗,你走了?你劳累了一生,也该好好地歇歇了!……”

看到阿巴亥,皇太极想起父汗说的那三个字:“多尔衮”,吓得出了一身冷汗。父汗也对阿巴亥说过什么了吗?一定说过——他想。

他走出船舱,才听到阿巴亥的痛哭声。

皇太极站在船头,眼睛里已经没有泪水了,倒像是燃烧着火,通红的火!他恨父汗……父汗是怎么了?是精明还是糊涂?多尔衮,一个什么也不懂的孩子……

船队已至瑷鸡堡,距沈阳还有四十里。

皇太极派陕马到沈阳传报噩耗。

六

努尔哈赤的遗体运到大汗宫正殿大殓后,就按照满洲人的丧葬礼仪一步步地进行。沈阳城里哭声震天。各种白色的哀幛、丧坊布满全城。

后金国沉浸在哀痛里……

皇太极成了朝廷,特别是爱新觉罗家族关注的中心,因为大汗归天时,只有他在父汗身边。

代善也成了后金举足轻重的人物,因为他成了爱新觉罗家族的族长。

皇太极把代善请到灵堂边的一间小屋里。他向代善跪下,哭得上气不接下气。

代善把皇太极拉起来，让他说一说“当时”的情形。

皇太极仔细地说了，并把一张纸条交给代善。

“大哥，这是父汗说着，我记下的……”

代善看了一下，立刻把它藏在自己的袖筒里，还向窗子和门掠了一眼。

那上面只有几个字：“令大福晋陪葬……”

“当时，船舱里还有别人吗？”代善问。

“没有了……”皇太极望着代善。

代善沉默了一会儿，他说：“皇太极，这事就你知、我知，算了吧。你想大福晋前几年才遭遇了不幸，恢复名分后也没过上几天好日子……再说，阿济格、多尔衮、多铎都还小……”

皇太极知道代善的意思，他想把“父汗的遗言”毁弃，让阿巴亥活下去。

皇太极着急了，他想：如果阿巴亥活下去，她就是父汗唯一的大福晋，在国家大事上尤其在汗位的继承上，有着绝对的说话权力。无论哪个贝勒将来做了大汗，都得认她做亲母，都得奉她为太后。是不是有人会趁机拥戴阿济格或者多尔衮继承汗位呢？那么，他皇太极可就永远永远地没份儿了！

“大哥，这怎么行呢？”皇太极说，“这是父汗的遗言呀！”

“皇太极，阿巴亥才三十七岁呀！咱们怎好看着她死呢？好在这事只你知、我知……”

“大哥，不是这样的，还有天知、地知、父汗知呢……”

代善没话说了。

皇太极走过去搂着代善的肩膀，亲昵地对他说：“大哥，你想一想，万一被人知道了，你是大哥，你会担多大的干系呀！新的大汗会把你当做爱新觉罗氏的不孝之子、不容于天地的败类处理掉的！”

代善听着，“还有呢，大福晋为什么曾被父汗废黜呢，还不是为了和你过分亲近？你若是违抗父汗的遗旨把他留下来，人们会想起那件事来，你怎么为自己辩解呢？”

代善为难了。他低头想了好久，点点头：“我是以为……只有你我知道……”

“大哥，在当时，我是觉得只有我一个人在父汗的身边，但，是不是真的就是我一个人呢？我也实在拿不准，因为那时我悲痛得乱了方寸……要是有人站在舱门口呢？要是有人在窗外谛听呢？……”

代善被说服了。

第二天，代善以努尔哈赤长子的身份，召集家人、亲眷到大汗的灵前，把努尔哈赤的遗言宣布了。

大家呆了一会儿，就又号哭起来。

女真人过去就有拿活人殉葬的习俗，爱新觉罗家的祖上就有逼妻妾殉葬的事。努尔哈赤的第一个大福晋——皇太极的母亲死去时，努尔哈赤曾令两个丫头为她殉葬。几天来，努尔哈赤的十多个福晋们和难以计数的丫头们就胆战心惊，唯恐这一厄运落到自己头上。

现在好了，她们放心了，可以轻松地号哭了。

阿巴亥起初好像没有听清楚，以为是说的别人，眼睛还向四下里看，可是，当她终于明白那遗言时，脸色霎时变得雪白，接着就晕倒了。

皇太极安排人把她送到一旁的房里，并派几个婆子把她看守起来。

在以后的三天里，她得洗浴，净身（把屎、尿排泄干净），装裹，然后自杀。以备和大汗一同安葬。

过去，那些倒霉的人，精神上往往经受不了这样难以忍受的折磨，早早地找个机会了断自己。可是，她们的尸体大多很不理想，如果一头碰死，弄得头破血流，难看得很。要是吞食鸩毒死了，死后会七窍流血，也不雅观，都不像自愿去陪伴死者的样子。

最好的办法是吊死，那虽死得慢些，受点罪，但死后脖子上仅仅留下一道浅浅的紫红色的印痕，血色一褪也就看不出什么来了。

所以必须派人紧紧地盯着她。

反映最强烈的是阿巴亥的三个儿子和一个女儿。

他们旋风一样冲进母亲的房里，抱着额娘痛哭。

“额娘……额娘……你不能走！我们不让你走！……”

“为什么要这样？……你已经受过一年罪了，还不够吗？……”

“我们三个在这儿守着，看谁敢动你一指头！”

女儿身体柔弱单细，这时已哭得只剩一口气了，她说：“额娘……我要和你一齐去……没有了额娘……我还活什么呀？……”

阿巴亥已哭得晕去几次，这时反而冷静多了。她说：“我的苦命的孩子，这是你们父汗的意思……”

“什么父汗的意思？”阿济格叫道，“是父汗亲自对你说的吗？”

额娘摇摇头：“听说，是你们父汗说着，由皇太极记着……”

“由皇太极记着？”多尔衮吼道，“那个坏蛋，一定是他伪造的！他看到父汗对我们好，他嫉恨，他恨不得灭了咱们一家！”

“别这么说，我的孩子！”

“额娘，父汗亲自对我说过，要我来继承他的汗位……”

阿巴亥赶紧把他们搂到自己胸前，以堵住他们的嘴：“你们看周围都是耳朵，都是眼睛！”

阿济格知道其中的利害，吓得不敢乱说了，他只是抱着额娘的两腿抽泣。

多尔衮和多铎仍然像受伤的野兽那样号叫着。

“父汗那么多的福晋，为什么这样的事要摊在我们身上？”

“这一定是那个皇太极搞的阴谋，我饶不了他，我要和他拼命！”

他们一家在这里又哭又嚎痛不欲生的时候，代善正在外面的院子里飞快地走来走去。

他的心在流血。

六年前，他做了太子不久，大福晋就开始和他接近。那个比他小七岁的女人一下子就让他动心了。他无法拒绝她的情意，就和他来往起来。后来就发生了那件尴尬的事，弄得他连大好的前程也丢了，可是，他从不嫉恨阿巴亥，在他心灵的深处仍为她留着一个位置。

忽然，多尔衮、多铎飞跑了出来，在他面前跪下，哭叫着向他求情。

"大哥，救救我们的额娘吧！你就这样看着她死吗？"

"大哥呀！我额娘就指望你了，你可别让她失望呀！"

"大哥，我们给你磕头了！"……

他们把头砰砰地往地上碰，代善连忙抱住他们，多尔衮还是把头磕破了。

这时，在爱新觉罗的家族里，也只有多尔衮、多铎怀疑皇太极手里的那张可恶的纸条。

代善把除了阿济格兄弟而外的贝勒们召集起来。对他们说："父汗要大福晋殉葬的事，还要议一议！"

"还议什么呢？"皇太极说，"那是父汗的遗诏，咱们只能认真执行！"

阿敏大声嚷嚷着附和皇太极，他说："大汗的遗诏，谁敢不遵？谁不遵，我就和谁拼命！你们瞧着……"

接下来，会上就没人说话了。

"别说了，"代善喊住阿敏，"父汗的去世，已使我们哀痛已极，咱们就别再让新的不幸发生了。大福晋一家正遭受着磨难……我不知道父汗是怎么想的，反正……今天，我做长子的就做主了，叫几个丫头代替大福晋吧……"

莽古尔泰横起眼睛说："有大哥做主，咱们还有什么话说！这事儿我也真看不下去，父汗已经死了，为什么还要搭上个额娘呢？"

有他开头，大家大起胆来，说话的就多了。

阿巴泰说："就按大哥说的办吧，咱们爱新觉罗家族还有许多事情要做，这时候要分外地团结呀！"

别的如德格勒、济尔哈朗等也说了话，都表示要遵从大哥的决定，不过他们没有单独发表意见，多数是随声附和。

"大哥！"皇太极又站起来说，"我绝没有违背大哥的意思，但是我仍觉得大哥的主意不够妥当。这样做了，不仅大哥会留下千古骂名，而且大福晋也会带着屈辱过日子，我真不知将来她怎么生活！……大哥，那真是生不如死呀！"

皇太极的话是沉重的，无法反驳的。如果留下了大福晋也就等于留下了无尽无止的后患，大福晋也就难以自处了！她还是大福晋吗？

阿敏还要说话，被代善挥手制止了。

就在这时，一个婆子跑进来哭着叫道："大福晋跟随大汗去了！……"

大家一下子觉得事情有了结果，心头轻松了下来。

于是，他们赶到大福晋的房里，一齐向她磕头、号哭，接着就给大福晋大殓，腾出地方让侄男侄女们、大小福晋们、各辈的仆妇们、各级臣僚们前来致哀、磕头。

在这过程中有一个纷乱的场景，造成了一个永远的谜，可是，在场的人都愿意永远地忘记……

第二天一早，大福晋的灵柩就和大汗的棺木摆在一起了。

到了这天晚上，贝勒们又在代善的召集下聚在一起。因为有人觉得只大福晋陪葬还不够，得再找几个人跟着他们到地下，才算尽到全孝。他们商量了好久，决定再搭上两个小福晋和三个侍女。两个小福晋中就有那个喜好搬弄是非的代音察。

当夜，就把那五个倒霉的女人勒死了！

阿巴亥怎样最后服从了呢？原来是一位伺候阿巴亥多年的老仆提醒了她。

大福晋的三个孩子被人连劝带拖地弄出去了，只有几个看着她的婆子在周围。

老仆说："大福晋，要是你还信任我，你就听我一句话。这事，是挨不过去的，那就越快越好！慢了就会弄出许多事儿来……孩子是大汗的孩子，他们都前程无限，要是再给他们弄出什么不好来，那就是为娘的不是了！……大福晋，你到那边去，不会孤独的。我会随你去……"

听了老仆人的话，大福晋又想了一会儿，就到里间去了，婆子们都趴在门缝上瞅着。

不久，她们就散开来，边说边往外跑："大福晋走了，大福晋过去了……"

这时，没人再理那个劝说过大福晋的老婆子，她走到院子里向天叫道："大福晋，等等我，我跟你去了。"说着她掀起衣襟把脸一蒙，在石柱上撞死了。

侍者把她拖到一边，找一领破席给她盖上。

因为还没有给努尔哈赤预先造好陵墓，只好把他和大福晋的灵柩暂厝在大汗府一旁的闲宅里。

皇太极即位后，一直想寻找一处安葬努尔哈赤的"吉壤"，至天聪三年（1629），终于决定葬在沈阳城东二十里，浑河北岸的石嘴山上。因为这里"川萦山拱，佳气郁葱"。努尔哈赤的墓名福陵，即现在的东陵。

葬时，从东京（辽阳）把皇太极的生母（孝慈高皇后）迁来与努尔哈赤合葬，莽古尔泰的生母（富察氏）也迁葬于此。

后金的辉煌时代开始了……